KB248702

일년 · 쌍영

연희전문학교 재학 중 신춘문예에 당선되는 등 꿈을 안고 세상에 나왔으나, 항일 순교자의 자식이라는 이유로 취직이 되지 못해 암울한 세월을 보내던 시절. 중학교 교사자리가 있다 하여 북간도 용정으로 가서 발령을 기다리던 1934년 7월의 어느날.

<table>
<tr><td>①</td><td rowspan="2">③</td></tr>
<tr><td>②</td></tr>
<tr><td colspan="2">④</td></tr>
</table>

1. 평양 광성고보 2학년 16세때의 모습.

2. 서울 진명여고보 2학년 16세때의 처의 모습.

3. 북간도 용정 동흥중학교 현관 앞 동료교사와. 왼쪽이 필자.

4. 평안남도 강서군 함동면 고향에서, 바로 아래 동생 박상준(朴相濬)의 결혼 때 찍은 유일한 가족사진. 뒷줄 왼쪽부터 장남 화준(和濬), 차남인 필자 영준(榮濬), 세째 상준(相濬)과 그의 신부 윤봉명, 막내 도준(道濬). 첫째와 셋째는 나중에 목사가 되었고 막내는 농사꾼으로 고향을 지켰다. 앞줄 왼쪽부터 필자의 큰형수, 처, 어머니 그리고 인척들.

①|②
③

1. 순교자의 아들이라는 말만 듣고 선뜻 딸을 허락했다는 필자의 장인(정호 鄭虎)과 장모.

2. 필자의 처, 정숙용(鄭淑龍)여사의 진명여고 졸업기념 사진. 1936년 3월.

3. 필자의 처가 기념사진. 가운데 앉은 두 분이 장인과 장모. 뒤 왼쪽이 소숙(小淑), 필자의 아내 숙용(淑龍), 안고 있는 아이가 장남 승렬(勝烈), 두 사람 건너 큰처남 도협, 둘째 처남 우협, 막내 처남 준협. 큰처남은 경성의전 3회 졸업생이고 둘째 처남은 광주학생사건 주모자로 옥고를 치른 뒤 귀향하여 집안일을 돌보았으며 막내 처남은 농협에 다녔다. 필자는 북간도에서 교편을 잡아 참석치 못했다.

만우 **박영준 전집 ❼** / 중·장편

일년 · 쌍영

동연

『박영준 전집』을 내며

만우(晩牛) 박영준(朴榮濬) 선생이 가신 지 30년이, 그리고 단편집 전6권이 발간된 지노 5년이 지났나. 선생이 돌아간 동안(1976~2006), 그처럼 지식인들이 두려워 떨던 군사독재 정권도 무너졌고, 민간인 정권도 세 번째나 돌아와 있다. 우리는 선생의 생애가 일제의 가열한 민족 침탈기로부터 시작되었음을 기억하고 있다. 일제의 폭력이 혹독했던 1930년대에 문필활동을 시작하여, 가장 민감했던 청년 시절에 글쓰기의 어려운 현실적 상황이 어떤 것인지를 몸소 체험하였다.

1934년 연희대학교 문과를 졸업하던 해에 《조선일보》 신춘문예에 「모범경작생」(模範耕作生)이, 같은 해 《신동아》에 장편소설 『일년』(一年)과 꽁트 「새우젓」이 동시에 당선되어 일약 문단의 화제를 일으켰던 만우 박영준은 평생을 작품 쓰기와 모교 연세대학교에서 문학 가르치는 가운데 생애를 마감하였다. 1911년 3월 2일에 태어나 1976년 7월 14일 돌아가기까지, 66년 생애를 산 그는 일제 식민체험은 물론이고 해방정국에서의 좌우익 대립의 스산한 처신, 6·25 전쟁, 군사독재의 심란한 정국 등 소용돌이치는 역사의 현장에 놓여 있었다.

66년 그 생애의 시간 도막 위에는 지울 수 없는 국내외적 회오리바람들이 있었다. 유아기로부터 소년기에 이르는 기간은 일제 폭력의 억압 속에 있었고, 광복이 된 청년기에는 6·25 동족 전쟁이 그를 괴롭혔다. 전쟁이 끝나고 난 해로부터 모교인 연세대학교에서 후진들을 기르며 작품활동을 하던 시기가 그에게는 황금기였다. 글쓰고 가르치는 동안 틈틈이 등산과 낚시, 운동경기 관람 등으로 비교적 여유 있는 생활을 누리던 시기에 그는 갔다. 그는 일생 동안 자신의 작품 속에서 인간의 윤리적 관계 거리 조절에 관한 긴장의 눈길을 멈추지 않았다. 제자들에게도 그는 엄격한 윤리적 규범을 글쓰기의 핵심이라고 가르쳐 왔다. 그러한 그의 원칙은 여러 편으로 남긴 작품 속에 고스란히 살아 있다.

문학 교육에 관한 한 엄격하고도 자상한 스승으로서, 때로는 어버이 같은 자애로움으로 그는 제자들을 가르쳐 왔다. 이제 그가 남긴 필생의 문학작품을 모아 뒤늦게나마 전집으로 묶어 후생들에게 보이고자 하는 뜻은 그의 문학적 발자취와 함께, 우리에게 보인 그의 사람에 대한 치열한 애정을 드러내 보여주고자 함에 있다. 살아 있는 것에 대한 치열한 애정 없이는 문학 할 생각을 말라고 가르쳤던 분이신 박영준 선생께 우리 제자들은 그 동안 전집 발간에 관한 마음을 짐을 지고 살아왔다.

마침 선생과 너무도 닮은 모습으로 살아가시는 선배이며 만우 선생의 큰 자제인 승렬 형이 우리에게 마음의 빚을 탕감할 방도를 알려주며 격려함으로써 이 전집 간행의 빛을 보게 되어 기쁘기 한량없다. 그의 재정적인 뒷받침이 없었다면 아직도 우리는 그 많은 분량의 전집(단편집 전6권, 중·장편집 전7권) 간행을 꿈도 못 꾸었을 것이다. 이것은 또한 우리의 부끄러움이기도 하다.

출판 사정이 여러 면에서 어려운 시기에 단편집 출간 후 수년의 과정을 거치면서, 각 선집이나 잡지에 실린 글들은 물론이고 신문에 실려 있어 읽기가 여간 어렵지 않았던 글들을 꼼꼼히 읽고 잘못 인쇄된 철자법을 바로잡고 인멸될 처지에 있던 작품들을 찾아내어 깨끗한 인쇄에 붙이도록 만들어 준 동연출판사 백규서 사장에게도 우리는 여러 면에서 여간 고마운 게 아니다. 이 자리를 빌어 깊은 고마움의 뜻을 표하는 바이다.

2006년 3월 1일
만우 전집 편집위원

차례

일러두기

1. 『만우 박영준 전집』은 박영준이 발표한 모든 작품을 대상으로 하여 단편소설 전6권(1차분), 중·장편소설 전7권(2차분) 총 13권으로 엮는다.

2. 『만우 박영준 전집』은 박영준이 발표한 모든 문학작품을 총망라하여 일반 독자에게 소개하는 것은 물론 문학사적인 연구·정리에 목표를 둔 것이지만, 단편소설 가운데 찾을 수 없는 일부 작품과 중·장편소설 가운데 일부 작품은 제외하였다.

3. 『만우 박영준 전집』에 수록된 작품의 배열순서는 발표 연대순에 따랐다.

4. 각각의 작품 말미에 발표년도와 발표지를 밝혀 놓았으나 정확하지 않은 작품은 따로 표시하였다.

5. 『만우 박영준 전집』에 수록한 모든 작품은 발표 당시 신문·잡지의 원문을 그대로 옮긴다는 원칙에 따랐으나, 단 작가가 직접 퇴고하여 단행본으로 간행하였을 경우에는 개작본을 정본으로 삼았다.

6. 맞춤법과 띄어쓰기는 현행 규정에 맞게 고쳤으나 대화에 나오는 구어체와 사투리는 그대로 살렸다.

7. 현대 독자가 이해하기 힘든 낱말은 편집자 주( )로 설명하였다.

8. 외래어는 현재의 외래어 표기법에 맞도록 고쳤으며, 과도하게 쓰인 생략부호(……)나 장음 표시(──)는 읽기 편하도록 조절하였다.

9. 부호는 아래와 같이 사용했다.

대화	" "
인용과 강조	' '
단편 작품	「 」
책명(단행본)과 장편	『 』
신문, 잡지	《 》
영화, 노래제목	< >

일년

보리밭

"내일부터는 보리밭에 거름을 내기 시작해야겠다."

따스한 양지쪽에서 지붕 이엉을 엮고 있는 성순에게 그의 아버지가 말했다. 방 안에서도 아랫목만 찾아 누워야 몸이 편안한 그는 문 밖에 나오지도 잘 않는다. 꼬부라진 허리와 뼈만 남은 다리는 그로 하여금 방 안에만 있게 하며 긴 담뱃대와 동무를 만들어 주었다. 더구나 겨울날에는 추운 바람이 무서워 대소변 때 외에는 문 한 번 열어 보지도 않는다. 그러던 그가 첫 봄이 온 것을 알고 말한 것이다. 그는 팔십 년의 경험을 가진 이로서 누구보다도 천기를 잘 알며 시절을 잘 알았다. 그리하여 무엇이나 남보다는 일찍 곡식을 심었고 또 모든 일을 든든히 하였다. 그래서 아직 다른 이는 생각도 미처 못하는 보리밭 거름을 내라고 명령을 한 것이다. 성순은 그의 아버지 말을 잘 들었다. 또 아버지와 같이 농사를 지은 이로 아버지의 말이 틀렸다고 말하는 사람이 없었다.

"벌써 이월달두 몇 날이 남지 않았구먼…… 에앰!"

기침을 돋우어 가며 날짜를 헤어 보던 아버지가,

"금년은 조금 늦었군. 지난 겨울은 좀 추웠던 모양이지."

하며 벌써 때가 늦었다고 말했다.

"아직두 이엉을 다 못 엮었단 말이냐?"

볏짚을 혼자 골라 가며 혼자 엮는 성순의 움직이는 손을 보던 아버지는 가만있을 수 없다는 듯이 말을 또 꺼냈다. 그러나 성순은 아무 대답도 하지 않았다. 늙은 아버지의 말에 자기의 의견을 말하면 언제나 좋아하지 않기 때문에 대답하고 싶지가 않다는 듯 그의 입은 늘 무거웠다. 늙은이는 항용 말하기를 즐기고 남을 부리기를 기뻐하는 것을 아는 성순이는 아버지의 말에 무슨 잘못이 있다 해도 입을 꾹 막고 참아 오는 것이다. 더구나 늙도록 호사라는 것을 몰랐으며 더구나 젊은 피를 참음으로 식혀 온 아버지가 자기의 마음에 맞지 않는 일이 있으면 자식들에게 과거의 분노를 풀어놓기라도 하는 듯이 달려들기도 하였다. 그래서 나흘 동안 혼자서 지붕 이엉을 엮느라고 손가락이 전부 짚에 베였으나 일을 빨리 못한다는 아버지 말에도 아무 대답을 아니했다.

사람을 사서 했으면 하루에 치워 버릴 것을 쌀이 없어 밥을 먹이지 못하여 혼자서 며칠 동안 끙끙 일하는 것쯤은 아버지가 모를 리 없지만 그런 것을 서로 말할 수는 없는 일이었다. 성순이도 자기의 아버지만을 원망할 수 없는 것이니까.

그럴 때 폈던 허리를 다시 구부리며 방으로 들어가려고 지팡이를 내어놓던 아버지가 또 말했다.

"그렇게 일을 뜨게 해서야 농산들 지어먹겠니? 내가 젊었을 땐 그런 건 금방 해치웠다. 원, 원……."

입을 쩍쩍 다시며 한 걸음 문턱으로 갔다.

성순은 손에 든 것을 던지고 어떻게 하면 빨리 하느냐고 따라가 묻고 싶었으나 이제 자기가 살림살이를 맡았으니 그래야 아무 소용이 없다는 것을 알고 있다.

성순은 그리하여 동네에서 젊은이 가운데 가장 참을성이 있고 온순하다는 이름이 난 사람이다.

저녁때에 이엉을 말아 지붕에 펴기 시작했다. 앞채까지 합해 네 칸밖에 안 되는 집의 이엉 씌우기는 과히 힘든 일이 아니었지만 혼자서 하기에는 시간이 걸리는 것이었다.

가라앉게 무너져 가는 작은 집에 새 이엉을 깔아 놓으니 그래도 새에 날개가 달린 것 같았다. 아무리 시꺼멓다고 해도 맑은 집 이엉에 신선이 된 듯하였다. 성순은 기뻤다. 누구보다도 먼저 깨끗이 하여 놓았으니 동네 가운데 가장 작은 집이나마 그것이 윤택이 나는 것 같았다.

성순이에게도 기쁨이 있다면 이런 때밖에는 찾아볼 수가 없을 것이다.

아직 찬바람이 손을 굳게 하였다. 솜옷이 아니면 밖에 나올 수가 없을 만큼 쌀쌀한 이른 봄이다.

성순은 저녁을 먹기 전 거름을 치웠다. 내일 아침 보리밭에 낼 거름에서 덩어리진 것을 깨 놓아야 하기 때문이다. 저녁 찬바람은 거름을 굳게 얼어붙게 하였으나 쇠스랑을 쥔 성순의 힘에는 견디지 못하였다.

물론 거름이 아주 녹은 뒤에 보리밭을 일구면 쉬울 수는 있을 것이나 땅이 없는 사람으로 일을 남보다 먼저 해 놓아야 되기 때문이다.

시꺼멓게 썩은 거름 위에서는 더운 기운이 향기롭지 않은 냄새를 풍기며 코를 찔렀다. 이것이 그에게는 봄의 첫 향기가 되는 것이다.

봄——농부의 봄은 이렇게 거름 속으로부터 찾아오는 것이다. 그리하여 그들은 일찍 봄을 맛보며 남과 다른 봄 냄새를 맡는 것이다.

다음날 새벽 성순은 김 참봉네 집에 소를 가지러 갔다.

"벌써 보리밭을 하겠어?"

언제나 자기네 물건을 성큼 주지 않는 김 참봉의 말이다.

"이제는 때가 되었습니다. 아버지는 벌써 늦었다구 하시는 데요."

"아니 그러면 왜 와서 의논두 없이 혼자서만 그런단 말이야! 누구보고 말했었나?"

"요사이는 소가 언제나 짬이 있기에 아무때나 와도 줄 줄 알고 저두 짬이 없어 그렇게 되었습니다."

언제나 조용한 성순의 말이다.

"그럼 할 수 없으니까 소를 가져가! 그러나 처음 일하는 소에게 너무 많이씩 싣지는 말게!"

"네! 그런데 내일까지 소를 주셔야 되겠습니다. 오늘은 종일 거름을 내고 내일은 밭을 갈아야겠으니까요."

"그리하라구."

귀찮다는 듯이 대답을 해 버리고는 들어가고 말았다.

성순은 소에게 거름을 싣고 종일토록 서른 바리를 내었다.

동네 사람들은 벌써 보리밭을 한다고 저희들도 시작하여야겠다고 말하였다. 그러나 벌써 해야 아무 소용이 없다고 하는 이도 있었다. 그러나 성순이는 소가 어째 그리 걸음이 뜬가 하고 그것만 한탄할 만큼 조급하였다.

열 마지기에 서른 바리를 내고 소를 돌려 주고 와 보니 일 년 동안 모아 놓은 거름이 절반이나 없어졌다. 그것도 김 참봉에게는 적게 생각되겠으나 성순에게는 여간 많은 것이 아니다. 제 거름을 내야 반분이라도 얻어먹는 판에 보리밭 열 마지기에 온 거름의 절반을 쓴다는 것은 다른 밭의 거름을 근심케 하였다. 조밭과 논에는 보리밭의 배 이상이나 많이 내야 한다. 그런 것을 벌써 이렇게 써 버렸으니 다른 것은 삼분으로 맞지 않을 수밖에 없었다. 삼분이라면 품값도 잘 되지 않으나, 그런 것이라도 해야 한다고 생각하며 남보다 일찍부터 일을 시작하고 있으나 도리어 안타깝기만 한 일이었다. 남에게는 부지런하고 용하다고 말을 들으나 먹는 것이 있어야 기쁘지 않을 것인가!

다음날 보습과 연장을 소에게 싣고 밭을 갈러 나갔다. 산의 눈 녹인 바람이 몹시 차게 불었다. 조금 따스했으면 하였으나 다시 눈이 내릴 듯이 하늘색이 변하며 동풍이 불어오자 남보다 이르게 하는 것이 도리어 해가 되지나 않을까 의심도 했다. 그러나 벌써 이월 보름이니 땅은 다 녹았고 다시 눈이 온대도 그것이 얼 것 같지는 않았다.

그는 두 마리 소를 매어 밭을 갈아 새 흙을 만들어 놓으니 퍼렇게 흐늘거릴 보리이삭이 눈에 암암히 보이며 그것을 일찍 거두면 가을까지 먹을 수 있다는 생각이 났다. 보리는 거름을 주어 심어만 놓으면 김도 안 매고 그저 거둘 수 있는 것이며 또 다른 곡식보다 일찍 거둘 수가 있는 것이기에 성순이와 같은 이에게는 없애지 못할 일이다.

산골짝을 스치며 휩쓰는 봄바람에 숨을 허덕이면서도 밭을 다 갈아 놓았다.

해가 아직 조금 남았을 때 그는 소를 몰고 김 참봉의 집으로 갔다. 소 외양간에 소를 몰아넣고 나설 때 참봉이 문을 열고 나왔다.

"다 갈았나?"

"예, 거름을 헤치고 다 갈았습니다."

"언 땅에 보섭을 꺾지나 않았나?"

"땅이 그렇게야 얼 리가 있겠습니까."

"그런데 한 품은 내가 내지만 한 소품은 언제 갚아 주겠나?"

"글쎄요. 내일 보리를 심고는 짬이 있을 테니까 곧 갚아 드리지요."

"그럼 모레부터 와서 한 나흘 동안 일해 주게……. 텃밭에 바주(숫대 울디리)도 헤야겠고 또 새끼도 꾀야겠네!"

"그럼 그러지요, 그런데 내일 심을 보리종자를 주십시오."

"글쎄, 오늘같이 추워서야 보리고 무엇이고 살겠는가? 내일 보구 줌세!"

"그래도 죽기야 하겠습니까?"

한 번 말이 빗나가면 잘 듣지 않는 김 참봉에게는 언제나 비는 것처럼 말해야만 했다.

감자장사

보리종자는 주지를 않았다. 그래서 공연히 밭만 갈아 놓게 된 성순이는 일이 뜻대로 되지 않아 손에 힘이 없었다. 더구나 아버지는 김 참봉에게 가서 심어도 괜찮다는 말을 하라고만 야단을 치며 자기가 일하고 싶지 않아 안 하는 것처럼 말하는 것이 더욱 괴로웠다. 자기에게 보리가 있다면 자기 것으로라도 심어 버리고 싶으나 당장 먹을 것이 없는 그로서는 그런 것은 생각조차 하기 힘든 일이었다.

하루라도 빨리 심어 하루라도 빨리 익어서 거두면 그때부터 먹을 것에 대한 근심이 줄어들 것 같아서 남보다 일찍 서둘렀던 그는 그만 낙심이 가득하였다.

요사이는 가을에 가서 입쌀로 갚아 주기로 약속한 뒤에 좁쌀을 꾸어다 먹고 있다. 한 말 두 말 이렇게 먹으니 벼는 얼마나 해야 다 물어 줄 것인가 한심스러웠다. 하루가 지나면 지날수록 그의 어깨는 무거워만 가니 그에게 있어서 하루는 여간 큰 고통이 아니다.

멍하니 정신을 못 차리고 있을 때 성순의 처는 점심때가 되지도 않았는데 식은 밥 한 그릇을 차려 주고는 광주리를 이고 부엌문을 나서며 말했다.

"오늘부터 감자장사를 좀 해 보겠소. 앞집 얌전이 어머니도 가겠다는데 오늘은 산 너머 절 아랫동네에 가서 감자를 사 올 테예요."

"돈은 어데서 나서?"

"어데 가서 꾸어 가지고 사지요."

"그것을 이고 어떻게 돌아다니며 팔겠니? 잘 팔리지 않으면 망하게 될지두 모르는 걸……."

성순의 아버지는 근심은 되나 마음이 고맙다는 듯이 수염을 쓸며 말했다.

"그럼 다녀올게요!"

하고 달음질하듯이 나가버렸다. 아버지는 밥술을 힘없이 놓으며 한숨을 쉬었다.

"젊은것이 얼마나 돈이 그립기에 저런 노릇을 할려고 할꼬! 아마 오늘은 조반도 안 먹었지!"

성순은 더욱 어안이 벙벙했다. 깔깔한 조밥이 넘어가지 않았다.

진심은 얌전의 어머니와 돈 삼십오 전씩을 마련하여 가지고 절아래(동네 이름)로 떠났다.

얌전네도 먹을 것은 없고 집안 식구는 많아서 매일 집안에는 싸움이 일어났다.

삼 년 전까지도 동네에서 넉넉하다는 말을 들어가며 땅을 남에게 타작으로 주어 가며 살아가던 집이다. 집도 큰 집을 쓰고 살고 소도 돼지도 치며 근심을 모르고 지냈다. 그러던 이가 금융조합의 세금 관계로 집달리가 몇 번씩 왔다갔다 하는 바람에 큰 집을 빼앗기고 작은 단칸집으로 내려왔으며 남에게 소작을 주던 그들이 도리어 남의 소작을 하게 되었다.

학교에 보내던 얌전이도 집에서 애를 봐야 했으며 갑농만 하던 얌전이 아버지는 호미에 손의 피를 흘리지 않으면 안 되었다.

학교에 보내 달라고 억지를 쓰는 얌전이를 보고 몇 번이나 그의 어머니가 울었으나 몇 해가 지난 오늘에는 얌전이가 억지도 안 쓰려니와 그런 것은 또 아무것도 아닌 것같이 생각되게 되었다.

언제 한 번 넉넉히 살아보았으면 하는 생각이 날 뿐이다. 그러니 지난날의 살림살이를 그리워하게 되고 밥 때만 되면 가슴을 졸이는 현재를 눈물이 나도록 가슴 아파하지 않을 수 없었다.

웬일인지 조그마한 말 트집이 생기기만 해도 살기가 등등하여 서로가 원수같이 싸우며 남편은 폐기한 것이 미누라에게, 처는 남편에게 있는 것 같이 말해 온 그들이다.

그래도 시원하지 않을 때 그들은 싸움을 막는 길을 체득했는지 그 뒷날부터는 누구나 일을 부지런히 해서 굶지나 말자고 의논했다. 땅이라고는 전부를 잃어버린 그들은 팔 수 있는 것은 전부 팔아 치웠다. 돈 있을 때 쓰던 것을 두어 둬야 생활만 호화롭게 하고 싶어질 것이 겁나 물건을 더욱 팔게 하였다. 얼마 동안은 그것으로도 살았다. 그러나 파산한 지 삼 년이나 거의 된 이 봄에는 팔 것도 없어 곱게 죽게 되었다. 하루는 겨우내 짜 놓은 무명 한 필을 들고 장으로 간 얌전의 어머니는 그것이 팔 것의 마지막이라는 것을 알고 돈 쓸 궁리를 해 보았다. 그것으로 쌀을 사 가면 금방 먹어 없어질 것이다. 그래서 그 돈 몇십 전으로 장사라도 해서 돈을 벌지 않으면 며칠 안에 죽을 것 같았다. 장을 떠날 때 쌀을 많이 사 가지고 오라고 하던 얌전이의 말이 눈물 나게 가슴에서 살아 올랐다. 그는 생각 끝에 사과 한 접과 좁쌀 한 되를 사 가지고 왔다. 사과 한 접에 칠십 전을 주고 한 개에 일 전씩만 받으면 삼십 전은 남으리라는 생각에서였다. 또 사과장사를 하는 이가 적지 않게 있음을 보고 자신을 얻었던 것이다.

그것을 이고 이 장 저 장으로 다니며 이틀 만에 다 팔고 보니 삼십 전 가까이 남았다. 다리가 저미는 듯이 아팠고 발에서 피가 났으나 그새 번 삼십 전이 무한한 기쁨을 안겨다 주었다. 얌전이에게 사과 한 개라도 쥐어 줄 수 있지 않은가? 이틀에 아니 사흘에 삼십 전이라도 그것만 계속해서 벌면 살 수가 있을 것을 알았다. 그래서 몇 번 그 장사를 했다. 이제는 이력도 나고 사과금과 사과의 품질도 잘 알아 장사꾼이 될 만큼 익숙해졌다. 그러나 자기와 같은 사람이 세상에는 한 사람만이 아니며 그런 마음을 먹은 사람도 자기만이 아니었다. 장날이면 사과장사의 장이 될 만큼 장사꾼이 늘어났으며 제각기 자기 것을 팔려고 하니 사과 금새는 떨어만졌다. 어떤 날은 오 전밖에 남기지 못했다.

이제 이 장사도 다 되었다고 생각하고는 남들이 과히 하지 않는 것을 해 보기로 생각했다. 그것이 감자장사였다. 얌전이 어머니가 사과장사를 해서 먹고 살아 나간다는 말을 듣고 간 성순의 처는 이런 이야기를 듣고 얌전의 어머니와 같이 감자장사를 해 보기로 한 것이다. 남들이 하는 것을 내가 못 하랴 하는 마음을 가지고 떠났으나 실상 광주리를 이고 나서니 어쩐지 자신이 없어지는 것 같았다.

"내 팔자는 왜 이리도 박할까?"

두 여인이 다 같이 이런 생각을 하며 걷고 있으나 그런 말을 꺼내지는 않았다.

"하면 못할 것이 없지요. 내가 이런 노릇을 할 줄이야 누가 알았겠소. 글쎄, 그러나 이러고 다니게 되니 그것이 도리어 재미도 납니다."

"그것을 처음에 어떻게 팔았어요?"

"지나가는 사람의 옷깃을 잡아당기며 한 개씩만 사라고 하면 사지 않으려던 사람도 사 가지요. 그렇게 팔 때엔 퍽이나 재미가 있어요."

성순의 처, 진심의 생각에는 아무래도 돈이 그리 남을 것 같지가 않음이 두려웠다. 더구나 생감자 한 근에 이 전씩 주고 열댓 근 사 이고 집에 돌아올 때는 더했다. 돈이 한 푼이라도 남기만 하면 좋으나 일 전이라도 밑지고 들면 꾸어 쓴 돈을 갚는 것이 문제이기 때문이다.

"이것을 쪄서 팔면 한 근에 얼마씩이나 받을까요?"

자기는 그런 예산도 없이 다만 경험 있는 얌전이 어머니가 하자는 대로 하면 되려니 하던 진심도 이제는 그것만이라도 알아야겠다는 듯이 물었다.

"요즈음 봄이라 돈이 귀하기 때문에 한 근에 사 전씩밖에는 못 받을 거예요."

이 대답에 진심은 손가락으로 한참 동안 세어 보다가 말했다.

"그렇게야 받겠소? 그렇게만 받으면 얼마를 남기게……."

"그만큼도 남기지 않아서야 장사를 해 먹겠소? 또 감자는 찌면 근수가 조금 주는 것이라우……."

장사꾼이 다 된 말투로 하는 말이다.

진심은 그것을 가져다가 잘 씻고 그 다음날 새벽에 가마에 쪘다. 솥뚜껑 사이로 새어나오는 냄새가 구수하기가 짝이 없다.

"그 냄새가 좋구나, 잘 팔리겠다."

방 안에 있던 아버지도 냄새에 취한 모양이다. 그러나 그래도 밑지지는 않을까 하여 감자 한 개도 아버지에게 드리지 못하고 그냥 장으로 이고 갔다.

십 리도 넘는 촌장에 가 보기는 이번이 처음이다. 장에 보이는 것은 전부 물건이요, 내왕하는 사람의 손에도 사고 팔고 할 물건뿐이었다.

저희들은 돈이 많을 터이니까 이것쯤이야 쉽게 팔아 주려니 하는 마음으로 광주리를 앞에 놓고 앉은 진심은 옆으로 지나가며 감자를 들여다보는 사람에게다 큰 기대를 걸고 사 가라고 졸랐다. 그러나 아직 수단이 없고 서투른 그는 한 사람도 끌지 못했다. 옆에 앉은 사람들은 벌써 몇 근이나 팔았으나 자기만 한 근도 못 팔고 있음에 가슴이 떨리는 것 같았다.

팔지를 못하면 어쩌나 하는 생각이 먼저 그의 머리를 차지하고 있다. 그럴 때 한 사람이 앞에 앉으며 한 근에 얼마인가를 묻는다. 참으로 구세주와 같이 고마운 이로 생각하였다.

"예, 얼마치나 사실라우?"

그는 얼핏 온 사람을 보내지 않으려고 첫마디에 이런 말을 했다.

"한 근에 얼마예요?"

"예, 한 근에 사 전씩만 주십시오."

"좀더 눅게 않겠소?"

살 사람이 이렇게 물을 때 진심이 대답도 하기 전에 옆에 앉았던 감자장수가 가로채며 말했다.

"일루 오시오, 내 많이 드리리다."

이때 진심의 마음은 불에 석유를 붓고 바람을 피우는 것 같았다. 이제야 처음으로 한 사람이 온 것을 그것도 가로채는 것이 너무나 분했다. 자기는 인정상 옆에 사람이 팔 때에 그런 말을 못 하였건만 더듬지도 않고 말하는 그 사람이 인정이 없다는 것보다 자기의 첫 기쁨과 기대를 깨어 버리는 것이 분했던 것이다.

"여보! 그래 당신은 그것이 무슨 법이오."

살려던 사람이 채 가기도 전에 이렇게 말을 했다. 한 사람에게 판대야 얼마를 팔며 남긴대야 얼마를 남기겠는가? 이삼 전밖에 못 남길 것을 모르는 것이 아니지만 그것이 그들에게는 적은 것이 아니었다. 그러나 진심에게는 돈보다도 각박한 인심이 미웠던 것이다. 그때 옆에 앉았던 얌전이 어머니가 와서 진심의 귀에 입을 대고 말했다.

얌전이 어머니는 경험이 있어서 그런 것을 잘 알았다. 만약 그곳에서 몇 마디만 더 하면 싸우게 되며, 그렇게 되면 두 사람 모두 그 날은 팔지를 못하고 돌아가게 되는 것을!

누가 잘 하고 누가 잘 못 하고 간에 싸움만 일어나면 그 뒤부터는 손님이 한 명도 찾아오지 않는 것이었다.

진심은 참았다. 첫날부터 싸움질로 장안에 이름을 날리고 감자는 팔지도 못할 것이 두려웠다. 그날 그는 가지고 왔던 감자를 겨우 다 팔았다. 계산해 보니 이십삼 전이 남았다.

그는 돌아갈 때 나는 듯 걸음이 가벼움을 느꼈다. 다 팔기나 할까 하고 근심하였고 팔아도 밑지지나 않을까 걱정한 것이 이십삼 전이나 남았다. 조금이라도 빨리 가서 아버지와 남편에게 이 말을 하고 싶었다.

얌전이 어머니는 삼십몇 전을 남겼다고 한다. 조르는 수단도 파는 수단도 나왔던 까닭이다. 그러나 진심은 많이 남기지 못한 것이 조금도 서운하지 않았으며 얌전이 어머니가 부럽지도 않았다.

기뻐할 아버지! 기뻐할 남편! 그들의 웃는 얼굴이 그의 가슴에 가득 차서 아무것도 몰랐다.

첫번 장사에 성공이다. 이십 전이라도 자기의 손으로 돈을 벌기는 이것이 처음이다. 이것으로 또다시 장사할 것을 생각하니 참으로 가슴이 뛰었다.

먹을 것에 시달리던 성순이도 기뻐 아니할 수 없었다. 자기도 얼마 동안만이라도 마누라와 같이 이 일을 해 보고 싶었으나 우선 소 한 자루 쓴 품 값을 갚아 주어야 했다.

김 참봉

남의 일이라도 부지런히 해 줘야 하는 성순은 새벽밥을 먹고 김 참봉의 집으로 갔다. 더구나 김 참봉네 땅을 부치는 그로서 조금이라도 김 참봉의 눈에 들게 일을 해야 했다.

"요새 할 일이 뭐 있나? 그런데두 사흘 동안 일을 하라니 데려다가 놀릴 세음인가?"

일할 건덕지가 그다지 없는 것을 본 성순이가 말했다. 일터에 나서서 할 일 없이 빙빙 돌아만 다지면 피차에 미안하기만 하기 때문이다.

"낸들 알겠나? 너보구 사흘 동안 일을 하라구 하든?"

일을 시키면 그것만 치워 놓고 빈둥거리기가 일쑤인 기순이가 물었다.

"글쎄, 바주를 만든 대두 하루면 되겠는데……."

이렇게 말하는데 태은(泰殷)이도 일하려고 왔다.

"벌써 왔니?"

자기가 늦어 참봉에게 욕이나 먹지 않을까 겁이 나서 인사라는 것보다 온 지가 얼마나 오래되었는가를 물어 보는 말이다.

"나두 이제 방금 왔네. 자네도 일하러 오나?"

두 사람이 해도 넉넉할 일에 태은이까지 오란 것을 볼 때 할 일이 달리 또 있는 것 같아 궁금했다. 그래서 성순이는 말을 이었다.

"너보구두 무엇 한단 말 아니하든?"

"바주 엮어 달라구 하더군. 나는 요새 나무를 해 놓아야 보리밭 할 때까지 때겠는데, 그래두 일을 해 달라니 할 수가 있어야지. 이런 바주쯤이야 며칠 후에 하면 어떻겠냐마는 말을 듣지 않았다가는 굶어 죽겠으니 할 수가 있나? 보리감자 한 말에 일 두 자루를 꼭꼭 해 줘야 하니 기가 막히네! 김 참봉은 어데 갔나?"

뒤를 돌아보며 두려운 듯이 말했다.

"아직 기침을 아니하셨나 보이! 자네는 몇 말이나 먹었나? 아마 이 동네에 그 감자 먹은 사람이 퍽 많을걸!"

기순이가 말했다.

"두어 말 먹었네. 그놈을 갖다 먹으라기에 먹었더니 한 말에 두 자루씩 내라고 하데 그려! 다른 사람보고두 그러는가?"

보리감자 한 말에 삼십 전도 못한다. 그러나 먹을 것이 없는 사람들로서 그것이라도 가져다가 먹지 않을 수 없었다.

쌀은 주지 않고 그것만 안겨 주니 그것을 양식 삼지 않을 수 없었다. 태은이 보리감자를 꿔다 먹기는 이번이 처음이었다. 태은말고도 영리하게 생각하는 사람 외에는 그 집에서는 돼지 주는 것이니까 소작인들에게 그저 주는 것이겠지 하였다. 그래서 고맙게 생명을 살려 주었다고 김 참봉 마누라를 만나면 치하를 드리는 사람이 적지 않았다. 나중에 그것을 안 동네 사람들은 말이 많았다. 그러나 동네의 대감이요 또 그것이라도 가져다가 먹어야겠기에 나중에는 어떻게 된다는 것을 알면서도 가져다 먹는 사람이 있게 되었다.

팔러 다니기는 귀찮고 해서 돼지에게나 끓여 주고 그렇지 않으면 썩혀 거름을 만들 것이었지만 다른 사람에게 줄 때는 말도 실히 주지 않으려는 그 마음보가 너무나 고약했다. 그래서 달리 살아갈 길을 생각하며 그런 것은 꾸어다 먹지 않으려는 사람이 많았다. 아무리 자기 땅을 소작해서 사는 사람에게라도 그것은 너무 과했다.

셋이서 수숫대를 잘라 바주를 만들고 있을 때 김 참봉이 마당으로 나왔다. 셋은 같이 일어나 인사를 했다.

"어데 갔다 오십니까?"

"웃동네 좀 갔었네. 그런데 다른 사람들은 아직 안 왔나?"

그는 급한 듯이 대답도 들으려 하지 않고 안으로 들어갔다.

"아직 일어나지 않았다고 했지? 웃동네 첩한테 가서 자고 오는가 봄세! 자네는 주인이 어데서 자는지도 모르나?"

성순이가 기순이에게 하는 말이다.

"나는 여기서 자는 줄만 알았지."

"김 참봉이 둘째 첩을 제일 사랑하는 것 같더라."

데온이기 말했디.

"그거야 그럴 수밖에. 첫째 첩도 셋째 첩도 애를 못 낳고 있으니까, 더구나 웃동네 있는 그가 나이도 가장 젊었다고 하데!"

기순이가 대답했다.

"그 첩에게는 재산을 많이 주기로 한 모양이야. 요즘도 매일 거기만 다니니까, 다른 첩들은 시기를 하여 그 둘째 첩을 죽이고 싶어한다데……."

성순이가 눈을 굴리며 가만히 말했다. 더구나 참봉의 마당에서 참봉의 말을 할 때는 무슨 이야기도 숨을 죽여 가며 아니할 수 없었다.

이때에 아침 해가 동산에서 부옇게 떠올랐다.

"이제는 해가 퍽으나 북쪽으루 뜨는데!"

성순이가 말을 할 때 참봉의 처가 나왔다.

작은 얼굴에 잔뜩 화가 나서 유월 사마귀같이 고개를 간득이며 나오는 것이 무슨 좋지 않을 말이 있을 것을 짐작케 했다. 잘 했던 잘못 했던 간에 한 번 화를 내면 물불을 가리지 않는 참봉의 본색을 아는 이는 그를 참봉보다 더 무서워했다. 마련 없이 덤비고 제 마음대로 해야 시원해하는 그에게 누가 감히 말 한 마딘들 할 것인가?

"아직 이것들은 안 나왔어?"

"누구 말씀입니까?"

이 말도 안 하는 것이 자기에게 유리할 줄 알면서 기순이는 말을 하고야 말았다.

"오늘 이거 하러 사람을 오라구 한 줄 아니, ××골 창고에 가서 벼를 날라야 해. 밤낮 돌아만 다니고 일하는 사람 하나 참견치 않고. ……어서 죽지나 않구!"

자기 남편에 대한 분이 머리끝까지 올랐다.

"기순아! 너 가서 돌아다니며 어서들 오라고 해, 빨리!"

"누구 말입니까?"

이때 열서너 명이 머리에 수건을 동이고 오고 있었다.

"저것들이 이제야 저기 오누만, 돼먹지 못한 것들! 남의 일을 하는 것들이 대낮에 기어오니!"

앓는 강아지처럼 혼자 중얼거렸다.

마당을 들어서는 그들을 보고 참봉의 처는 말했다.

"아니, 점심들이나 마자 먹구 오지 왜……."

그러나 대답하는 사람은 하나도 없었다.

"저런 것들 보구두 아무 말을 못하는 저 녕감쟁이가 어서 죽어야지!"
하며 방으로 들어갔다.

그때 자전거를 끌고 나오던 김 참봉이 늦게 온 사람들의 인사를 받고는 ××골 창고로 가자고 했다. 그는 자전거를 타고 먼저 갔다. 그 뒤로 열대여섯 명이 십 리가 거의 되는 김 참봉의 곡식 창고로 걸어갔다.

"되지못한 것들, 돈이나 있으면 제 위에 사람이 없는 줄 아는 거지! 그저 타고 앉아 ×가랭이를 찢어 주고 싶은 걸 참으려니……."

동네에서 가장 힘이 세고 성질이 팔팔한 진억이의 말이다. 그의 말이 터지자 들길을 걷던 그들은 저마다 한 마디씩 했다.

"고것쯤이야 약괄세, 매일 그놈의 성화를 받는 나는 어쩌겠나? 세 살 난 애 보구나 할 수작을 내게 하지……. 입에다 똥을 처넣어 주구 싶지만 일 년에 오십 원이 사람을 죽이네. 그것도 많다구 야단을 칠 때는 돈이고 무에고 그놈의 집에다 불을 싸질러 놓구 싶네."

매일 학대를 참아 오는 기순의 말이다.

"아니야, 오늘은 성날 일이 있어서 그런 거야!"

성순이가 빙글빙글 웃으며 말했다.

"참봉이 둘째 첩의 집에서 자구 왔다고 막 지랄을 하는데 볼 만하데!"

"돈 많은 집에 시집오기를 잘못이지. 그럴 줄 몰랐댔나?"

태은이가 천천히 말했다.

"첩을 얻어 두구두 본댁 하구만 있을 놈이 어데 있담."

이때 진억이가 걸음을 빨리 하며 거칠게 말했다.

"너희들도 감자 먹은 품값이냐? 성순이와 태은이 너도 그렇겠지? 그런데 두 새벽부터 왔니? 품을 받는 것이라고 밥도 안 먹이는 놈의 일을 하러 조반이나 믹있나?"

태은이와 성순이는 아무 대답도 하지 않았다. 그들도 밥을 먹여 주지 않는다는 것을 알건만 진억의 말에는 무엇이라고 말을 할 수가 없었다.

"우리 동네서 그놈의 집이 없어져야 해! 남의 일을 할 때는 그 집 밥을 먹는 것이 법인데 이눔의 집에서는 일을 시키면서 밥두 안 주니 그런 몹쓸 놈의 집이 어디 있어?"

그들은 어느덧 창고에 다다랐다. 참봉이 창고 문을 열어젖히고 앉아 있었다.

"이제들 오나?"

하며 일어나는 참봉을 보며 그래도 그의 처에 비하면 참봉은 무던한 사람이라는 말이 누군가의 입에서 흘러 나왔다.

"일본 간 아들놈이 돈을 보내 달라구 해서 좀 팔아야겠네. 수고들 해야겠어!"

하며 참봉은 일꾼들을 데리고 창고로 들어갔다.

볏섬을 한 섬씩 지어다가 신작로 옆에 쌓아 놓았다.

이백여 근 나가는 볏섬을 지어만 주면 누구나 힘들지 않게 메고 걸어갔다. 더구나 진억이는 혼자서 메고도 무거워하는 기색 없이 메다친다.

“힘들을 쓰는데!”

칭찬을 해 주어 가며 참봉은 길지도 않은 수염을 쓸고 있었다.

그때 화물자동차가 너덧 대 왔다. 꺼내 온 볏섬을 올려 주었다. 온 지 이십 분도 못 되어 자동차는 먼지를 일구며 달아났다.

“달구지로 하면 얼마나 오래 걸릴지 모르는 일을 그 자동차란 놈이 오게 되어 얼마나 날랜지 모르겠군! 자, 이제는 점심을 먹구 해야지! 자동차가 올려면 아직 두어 시간 걸릴 테니.”

참봉은 일꾼들을 데리고 시골국수집으로 들어갔다.

제각기 ‘빨리 주소!’ 소리를 했다. 모두가 배가 고팠던 모양이다. 시골국수—— 고기도 없고 국수만 한 접시 주는 그것이 상에 그득하게 올려졌다. 저마다 한 그릇을 차지하고 허겁지겁 먹기 시작했다. 참봉은 먹지 않으려다가 그럴 수 없다는 듯이 두어 저 들고는 놓았다. 일꾼들은 이런 때나 국수를 맘껏 먹어 봐야겠다고 두어 그릇씩을 더 먹었다. 진억이는 세 그릇을 먹고도 세 그릇을 더 먹겠다고 버틴다. 배가 차지 않았다는 그들을 참봉도 차마 어찌할 수 없어 세 그릇까지는 허락했던 것이다.

“아들 하나 공부시키려 했드니 땅까지 팔아야 하겠구먼, 참!”

묻지도 않은 말에 참봉은 혼자 중얼거렸다. 그러나 아들 하나에 그 많은 곡식이면 그만일 텐데 땅까지 팔아야 한다는 말은 왜 하는지 알 수 없었다.

“아니 땅까지 팔다니요? 돈을 얼마씩이나 쓰기에.”

“말 말게! 그놈이 일본엘 무엇 하러 가서 그곳은 방값이 비싸다, 무엇이 필요하다 하며 한 달에 이백 원씩을 보내라네 그려. 그러니 몇 집 살림살이에 그것이 쉽겠나? 참 야단이네. 그래서 여기 이 창고와 동네에 있는 창고 곡식을 다 팔아야 할 참이네!”

그래도 믿어지지 않는 말이었다. 아무리 꺼내어도 축나지 않게 쌓인 볏섬을 다 팔고도 땅까지 팔아야겠다는 것은 아무래도 거짓말 같았다. 그러나 전 같으면 이렇게 이른 봄에 창고를 비게 하지 않던 참봉이 금년만은 전부를 팔아 치우려 하는 데에는 의심도 갔다.

“둘째 첩이 사내애를 낳았으니 그 집에 돈을 쌓아 줄라는 게지.”

이런 생각도 해 보았으나 몇천 원을 준다고 해도 그렇게까지는 팔지 않아도 될 것 같았다.

해가 저물 때 그들은 창고를 떠났다. 창고의 벼를 다 꺼내려면 며칠이 더 걸릴지 알 수 없었다.

"어떻게 하면 저런 창고를 하나 가져 볼까?"

그들은 이렇게 부러워하며 창고를 돌아다보았다. 저녁 햇살에 창고의 함석지붕은 금빛으로 번쩍거렸다.

출가(出家)

"또 최 주사 집에서 편지가 왔구나! 이빈에는 이자라도 물어야겠는데 어쩌면 좋으니?"

태은의 어머니는 편지 한 장을 들고 오며 마당에 벼락이라도 친 듯이 겁먹은 표정으로 말했다.

"벌써 세 번째가 아닌가? 만약 이번에도 안 내면 차압을 하겠다구 하누나. 닭이라도 몇 마리 팔아야 하지 않겠나? 어찌해야 좋겠니, 응?"

"글쎄, 이번에는 가만있지 않을 것 같지만…… 그러나 요즘 한참 알을 낳는 닭을 어떻게 팝니까? 어데서 한 십 원 빚을 내다가 이자라도 물읍시다."

태은이는 근심하는 얼굴을 어머니에게 보이지 않으려고 노력했다. 그러나 그도 딱한 표정을 감출 수가 없었다. 비료를 사야 하고 사람을 사서 일을 하려면 쌀도 사야 하고 세금도 물어야 하고 이렇게 조금씩 조금씩 쓴 것이 삼십 원이 되어 이제는 이자만도 십 원이 넘었다. 그런 것을 갚지 않을 수도 없고 갚으려니 돈은 없고, 다만 있다면 이때까지 정성껏 알을 낳기 시작하고 있는 닭뿐이었다. 그러나 알을 모아서 그것을 까서 판다면 시일은 오래 걸릴지 몰라도 꽤 돈이 될 것 같았다. 그렇다고 독촉장을 세 번째나 받고 보니 그럴 수도 없는 것이다. 고리대금업자인 최 주사는 냉혹하기로 유명했다.

한 번은 그의 사돈집에 빌려 준 돈을 기일 내에 갚지 않는다고 그 집을 차압까지 한 그였다. 아무것도 없이 고리대금업으로 돈을 모은 그는 누구에게나 돈 한 푼 잃지 않았으며 돈을 받지 못할 경우에 받은 땅문서로 부동산도 착실히 불어났다. 그런데 원인 모를 불이 최 주사의 집에 일어나 집 전부가 타 버렸다. 누가 불을 질렀는지 아직도 범인을 잡지 못했으나 하여튼 빚진 사람의 소행이라는 것은 짐작할 수 있었다. 최 주사의 돈을 물지 않은 사람은 누구나 조마조마하게 지내고 있다.

"그러면 어데 가서 또 돈을 취해 오겠니?"

한심한 듯이 어머니가 말했다.

"어디든지 가서 내어 와야지요! 어찌하겠습니까?"

"글쎄, 이 전황한 때 누가 우리에게 빚을 주겠니? 남같이 땅이라도 있다면 문서라도 가지고 가겠지만……."

"땅이 있으면 남에게 빚은 왜 지겠소. 없기에 그러지……. 좌우간 어데 다녀 보시소, 그래!"

살림살이를 아직도 주관하는 어머니에게 모든 처리를 맡기는 듯이 말했다.

태은 어머니는 처음으로 김 참봉네 집을 갔으나 다른 집에서보다도 더 빨리 나왔다. 동네 사람에게는 일절 돈이라고는 빌려 주지 않는 참봉의 성미를 잘 알지만 요사이 벼도 팔고 했으니 자기의 딱한 사정을 말하면 자기의 땅을 부쳐 먹는 그에게 조금이라도 줄 줄 알았던 그는 첫마디에 딱 잘라 버리는데 두 번 다시 말을 꺼내지 못했다. 빚을 안 준다고 그 집 문에다 주문을 써 붙인들 무슨 소용이 있으며 돈이 없다고 하는 그들에게 사정을 한다고 무슨 딱한 수가 있겠는가. 그것은 태은이 어머니뿐 아니라 동네 사람들이 다 알고 있는 일이다.

태은이 어머니는 돈이 있음직한 집은 모두 다녀 보았다. 그러나 이자를 주겠다고 해도 빚을 주는 사람은 하나도 없었다. 김 참봉 말고도 동네에 돈 십 원이 없으련만 누구나 돈을 내어놓으려 하지 않았다. 손바닥만한 땅도 없는 태은이에게 돈을 빌려 줄 사람이 어디 있겠는가?

나갈 때보다 걸음을 더 빨리 하여 들어 온 어머니는 나갈 때보다 더 급한 태도로 말했다.

"이것을 어찌한담, 이제는 꼭 집행(가차압)을 당하구야 마는구나! 어쩌면 좋으누?"

"그렇게 돈이 없습디까? 그러면 할 수 있나요. 닭이라도 몇 놈 팔아야지."

이 말을 하는 태은이는 사지에 맥이 풀렸다. 생명같이 바라보고 있던 닭을 그것도 요사이 판다는 것이 너무나 가슴이 쓰렸다. 조금만 더 두어 두면 수백 마리가 될 것을 이제 팔면 이것도 저것도 아닌 것이 된다. 그러나 집달리가 오면 닭이고 무엇이고 전부가 없어지고 만다. 그러니 집행만은 피해야 한다.

"어머니! 내가 댓 마리 내일 장에 가서 팔아 올 테니 한 오 원 먼저 받고 나머지는 늦은 봄에 가서 닭을 전부 팔아서 본금까지 물겠나고 하십시오."

"그럼 그러자……. 내 건너 동네에 갔다 오마."

숨이 조금 터지는지 한숨을 내쉬며 일어서서 그의 어머니는 최 주사의 집으로 갔다.

다음날 태은이는 암탉 네 마리와 수탉 한 마리를 잡아서 망태에 넣어 가지고 장으로 갔다. 아무때라도 결국은 팔 것이지만 매일 알을 낳는 암탉과 모이를 줄 때마다 고개를 끄덕끄덕 하며 굴국굴국 하던 큰 수탉을 지금 팔기에는 너무나 아까웠다. 아깝다기보다는 지금 팔면 계획이 어긋나서 최 주사의 빚도 갚지 못할 것이 걱정이었다. 그러나 차압이 눈앞에 닥쳤으니 어쩔 수가 있는가?

이왕 파는 것이니 그는 한 푼이라도 더 받으려 했다. 그러나 그의 닭이라고 더 줄 사람이 어디에 있겠는가? 암탉은 구십 전씩 받고 수탉은 육십 전에 팔 수밖에 없었다. 오 원도 못되는 돈을 가지고 돌아오게 되니 최 주사에게 말한 것도 갚아 주지 못하게 된 것이 또 문제다. 동네에서는 팔십 전이 아니라 단돈 일전이라도 빌리러 다니기가 싫었다. 그래서 다음날 한 마리를 더 가지고 가야 했다. 장이라면 한 곳에서는 닷새 만에야 한 번씩 열린다. 그러니 가까운 장에 가려면 아직 나흘이나 남았으니 조금 먼 곳이나마 삼십

리 장을 가지 않을 수 없었다.

　겨우 오 원을 마련하여 그것도 이자의 절반을 갚고 집행은 면했다. 돈이라고 한 번 쥐게 되면 그놈은 몇 시간도 못 되어 그 뿌리까지 뽑히고 마니 태은이로서는 맥이 풀릴 수밖에 없었다.

　돈을 위해서 사는 인간 속에서 돈을 만져 보지도 못하는 자기 같은 것은 아무런 가치도 희망도 없는 것 같았다.

　"오늘은 몇 알이나 낳았나?"

하며 어떤 날 저녁 모이를 주려고 바가지에 수수를 담아 가지고 뜰에 나섰던 태은이는 깜짝 놀랐다. 구구 소리만 치면 꼬리를 뻗치고 죽을 듯이 따라오던 닭들이 모이 먹을 생각도 않고 눈껍질을 닫았다가 떴다가 할 뿐이었다. 고개를 길게 뽑으며 사람이 가도 피하지 않고 모이도 흙이 묻었는가 살피는 듯이 자세히 보며 한 알 두 알 쪼아 먹는 것이 태은이로 하여금 가슴을 서늘하게 하였다.

　"병이 들었다! 닭들이 병이 들었어!"

　그는 모이 바가지를 팽개치고 닭 한 마리를 잡아 보았다. 거친 숨소리라든가 진한 똥을 싸는 것이 분명히 병이었다.

　"어머니! 닭이 병들었어요!"

　애를 업고 방에서 물레질을 하던 어머니가 쫓아 나왔다.

　"무엇이 어째? 병이 들었다니!"

　너무나 뜻하지 않았던 일이라 어머니도 놀라지 않을 수 없었다.

　"이것 봐요! 어떻게 하지요? 큰일났습니다, 그려."

　"참말 병이 들었어? 그래, 무슨 약을 써야 하니, 응?"

　등에서 애가 우는지 그것도 돌아볼 경황이 없는 어머니였다.

　"젓을 가져와요, 빨리!"

　닭 병에는 젓이 제일이라는 말을 생각한 태은이가 고함을 쳤다. 그러나 벌써 한 놈은 그의 손에서 아주 눈을 감고 말았다.

　태은이는 울고 싶었다. 아버지가 죽었을 때보다 더 큰 소리로 울고 싶었다.

고함을 치고 덤비던 태은이와 그의 어머니는 아무 말도 못했다. 참으로 그들의 눈에서는 눈물이 나려고 했다.

"다른 닭들은 어떻니?"

죽어 가는 사람의 말 같은 어머니의 말이다. 그러나 태은이는 대답도 못했다.

"저것들이 다 죽으면 어찌한단 말인가?"

이렇게 혼자 생각할 수밖에 없었다.

닭들을 전부 불러서 닭장에 가두고 한 놈씩 잡아서 새우젓을 먹였다. 그러고는 불을 켜 가지고 닭장 옆에서 밤을 새우려고 했다.

'큿특' 하고 닭들이 딸꾹질을 할 때마다 정신을 가다듬어 닭들을 살펴보았다. 밤이 늦도록 그곳에 서 있다가 그래야 소용이 없다는 것을 안 그는 방으로 돌아왔으나 도무지 잠들 수가 없었다. 한참 있다가 다시 나갔다. 다시 나갈 때마다 이번까지 죽지 않았다면 이젠 괜찮겠지 하면서도 얼마 되지 않아 다시 나가지 않고는 견디지 못했다.

태은이가 나갔다 들어올 때마다 죽은 닭이 없느냐고 묻는 그의 어머니도 한잠을 못 이룬 모양이었다.

날이 밝을 무렵 다시 들어온 태은이는 다시는 나갈 생각이 없는 듯이 이불을 푹 쓰고 누웠다. 그의 어머니의 말에 대답도 않았다. 그의 어머니는 무슨 일이 일어났는가 하고 나가 보고야 알았다.

몇 마리가 횃대에서 떨어져 있었다. 얼마 되지 않아 높은 횃대에서부터 다시 떨어지는 소리가 또 들렸다.

닭의 목숨이 끊어질 때마다 그들의 가슴은 찢어지는 듯했다.

태은이는 아침 먹을 생각도 않고 누워서 긴 한숨만 짓고 있었다. 그의 어머니도 같은 심정이었으나 그를 위로하여 주었다.

"애야, 나는 육십 평생을 이런 살림살이를 해 왔다. 너의 아버지가 죽구 네가 어렸을 적에 내 마음은 어떠했겠니? 그러나 아직까지 살아왔다. 이런 것을 가지고 그렇게 밥도 안 먹어서야 되겠니? 일어나 밥이나 먹어라. 그래도 죽기야 하겠니?"

진정에서 나온 어머니의 말이었다. 그러나 그의 마음이 자기 남편이 죽었을 때보다 덜 아프지 않을 것을 태은이도 짐작했다. 그들은 삼 년 전부터 닭 기르기를 생각했다. 그것이 큰 돈이야 되련만 빚이나 갚으려고 한 것이다. 그들은 금년 봄까지 삼십 마리의 닭을 만들어 놓았다.

이 봄에는 좀더 깨우면 빚을 갚고도 금년 농사하기까지는 용돈을 넉넉히 쓰리라고 생각했다. 가을까지 먹을 것도 그 속에 예산을 정했고 논의 비료값도 그 속에서 빼내려고 하였다. 그래서 그의 어머니는 닭을 위해서 살았다. 닭이 알을 낳으면 그것을 가지고 사흘 만에 한 번씩 장에 가서 팔아 모이를 사 오는 것이었다. 알을 많이 낳으면 보리 대신에 수수나 밀을 사다 주었다. 봄에 알을 깨우기 전까지는 그 속에서 한 푼도 빼어 먹지 않으려고 했다.

삼십 마리의 닭을 잘 먹여야만 그만큼 알을 더 낳고 그래야 그것을 팔아 모이를 한 됫박이라도 더 살 수 있는 것이었다.

태은이 어머니는 눈이 올 때나 비가 내릴 때도 늙은 몸으로 수십 리 길을 고생, 고생하며 걸어야 했다.

어떤 때는 삵(산짐승)이 돌아다니며 닭을 잡아먹는다고 해서 닭장에다 밤새껏 불을 켜 놓기도 했다.

그들은 닭을 위하여 모든 정성을 다 했다. 동네 사람들은 그렇게 많이 치면서 왜 닭고기도 못 먹느냐고 말을 하나 그들은 그런 생각은 꿈에도 하지 못했다. 그런데 그 닭들이 죽어 버렸다.

차라리 어린것이 죽고 닭이 살았다면 태은이가 그리 속이 아프지 않았을 것이다. 속이 아픈 것은 물론이고 앞일이 캄캄했다.

"빚은 무엇으로 갚고 이 봄은 어떻게 살아갈까? 이때까지도 김 참봉의 보리감자로 근근이 연명해 왔는데……."

그는 숨이 콱 막히는 것 같았다. 그러나 텃밭에 닭이 들어가면 곡식이 안 된다고 일부러 병든 닭을 사다가 닭병을 전염시킨 김 참봉네의 계획적인 행동을 알려고 하지 않았다.

"애, 어서 일어나 밥이나 먹어라."

그의 어머니는 조용한 소리로 말했다. 그러나 태은이는 그 말에는 대꾸도 않고 이불 속에서 혼자 중얼거렸다.

"아무래도 여기서는 못 살겠다. 어데로나 떠나야지!"

공장에서

"내가 농부인데 그것을 못하겠습니까?"

"그래도 할 것 같지 않은데…… 공연히 그러다가 몸을 다치면 어찌할래요?"

"그럴 리가 있겠습니까? 붙여만 주십시오."

"그럴 테면 해 봐도 괜찮어!"

태은이는 검이포 세린소의 한 직공이 되었다.

그것은 태은이가 집을 떠난 그 다음날의 일이다. 실업자가 많은 세상이라 일자리 얻기가 상당히 힘들 줄 알았던 것이 찾아온 그 날로 일을 하게 되니 집을 떠나온 것이 후회되지가 않았다. 까만 집들이 산처럼 솟아 있으며 굴뚝들이 하늘을 찌를 듯이 올라간 것을 볼 때 시골 기와집만을 가장 크게 보던 그로서는 우선 놀라지 않을 수 없었다. 기계 소리, 기차 소리, 배에서 석탄 퍼내는 소리, 사이렌 소리는 그의 귀를 어지럽게 하였다. 공장에서 일자리를 얻었으나 무엇을 해야 할지 무엇이 무엇인지 구별할 수 없었다. 칠팔백 명이 일한다는 곳이지만 한 눈에는 열 명도 보이지 않는 것으로 공장이 얼마나 큰지를 알 수 있었다. 모든 것이 놀라운 것밖에 없었다. 시멘트로 만든 키 큰 굴뚝이 스물넷이나 되니 공장을 지어 놓은 사람은 돈이 얼마나 많을까? 몇 마리 닭의 죽음으로 쫓겨온 자신을 생각할 때 자기가 슬퍼질 뿐이었다.

그는 처음에 석탄을 배에서 퍼내는 일을 했다. 지게를 지고 석탄을 옮기는 것이 그다지 힘들지 않았다. 새벽부터 어두울 때까지 일을 하던 그로서는 하루에 열아문 시간 일하는 것이 도리어 편한 듯했다. 그러고도 하루에 육십 전씩을 받으니 십 전짜리 밥을 세 때 사 먹는다 해도 돈이 남는다. 집을 떠나온 것이 다행스럽게 생각되지 않을 수 없었다.

‘이런 것을 모르고 촌에서 고생만 했구나.’

자기의 가족까지 빨리 데리고 와야겠다고 생각했다. 그래서 그는 자기 어머니에게 편지를 썼다.

"어머님! 얼마나 근심을 하시고 계십니까? 어데 가서 굶지나 않을까 하고 밤잠을 주무시지 못할까 하여 지금 붓을 듭니다.

나는 그 날 이곳까지 걸어왔습니다. 내내 고무신을 끌고 왔더니 복사뼈 있는 곳에서 피가 나고 발이 조금 부르텄으나 지금은 조금도 아픈 줄을 모르겠습니다. 저녁에 주인을 잡고 저녁밥을 먹기는 했으나 밥벌이를 못하면 어떻게 할까 하는 생각이 적지 않았습니다. 그러나 오늘 나는 일을 시작했습니다.

어머니! 하루에 육십 전씩 받습니다. 밥값은 삼십 전씩인데 얼마 안 있으면 최 주사의 돈을 다 물 것 같습니다. 그러고는 어머니와 집사람도 이곳으로 오게 하겠습니다. 참으로 여기가 사람 사는 곳 같습니다. 애들도 잘 노는지요?"

그는 우울하던 생각을 털어 버릴 수 있었고 그 대신 기쁜 마음만이 가슴 가득했다. 그는 성순이도 기순이도 모두 오게 하고 싶었다.

하루 일을 마치고 돌아온 그는 주인에게 일자리를 얻었다는 것을 말했다. 주인도 마음이 놓이는 듯이 쉽게 일자리를 얻은 것을 기뻐해 주었다. 이렇게 일하러 와서 밥을 사 먹고 있다가 일을 잡지 못해 밥값을 떼어먹고 달아나는 경우를 경험한 식주인은 언제나 첫번 손님을 달가워하지 않았다. 그러나 일자리를 얻기만 하면 밥값을 받을 수 있다는 것이 명확하기 때문에 대개는 공장에서 사람을 쓸 것을 알고 나서야 객을 붙이는 것이었다.

태은이는 하루의 밥을 돈 없이 먹었기 때문에 주인의 걱정을 빨리 덜어 주기 위해서라도 취직된 것을 곧 말했던 것이다. 그리고 자기도 하숙방에 누워 있기가 마음 놓이며 잠을 자도 발을 뻗고 잘 수 있을 것 같았다.

"이 전깃불을 보아라! 이것이 어데로 와서 불이 붙노?"

그는 전깃불이 밝다는 것만은 들었으나 아직 보지는 못했던 만큼 경탄하여 하는 말이었다. 그는 호롱불이나마 오래 켜 본 적이 없었으며 불을 켠다고 해도 석유가 없어질까 하여 금새 꺼 버리곤 했다.

밤새도록 켜 두어도 괜찮으며 조금도 어두워지지 않는 그 불을 볼 때마다 참으로 밝은 세상도 있었구나 하는 생각을 하였다. 이런 곳에서 사는 사람은 하루를 살다가 죽어도 기쁘리라고까지 생각했다.

그는 밝은 전깃불 아래서 조금씩 쑤시는 자기의 다리를 보았다. 몇 군데나 물집이 생기고 복사뼈 옆에는 가죽이 벗겨져 누런 물과 피가 흐르고 있었다. 잘 맞지도 않는 고무신을 끌고 백여 리나 걸어온 덕택이었다. 그런데 껍질이 벗겨지고 피도 나오며 쓰리고 아픈 것이 금방 아물지 않을 것 같았다. 그 뿐인가, 점점 부어오르는 데는 놀라지 않을 수 없었다. 그러나,

"이까짓 섯이야 아무려면 어때!"
하며 대수롭지 않게 생각했다.

그 다리가 나을 줄을 몰라서 태은이는 조금씩 절면서 일터로 가곤 했다. 배에서 석탄을 지고 가느다란 나무를 지나 땅 위로 나오는 그는 나무다리를 건널 때마다 겁이 났다. 이 상처가 그냥 돋히면 어찌할까 하고 발을 생각할 때마다 근심이 커 갔다.

석탄 나르기는 그만하고 그는 가다기(쇠뭉치와 같은 것)를 메어 옮기는 일을 하기 시작했다. 가다기 한 개는 팔구십 근이나 되는 것으로 밖에서 하는 일 중 가장 힘든 일이어서 돈도 가장 많이 받는 일이었다. 그는 힘이 드는 것도 생각지 않고 다만 돈을 많이 벌어 어머니에게 부쳐 줄 마음뿐이었다. 집을 떠나와서 얼마도 못 되어 집에 돈을 보낸다면 동네 사람들의 칭찬도 크려니와 어머니, 아내, 아이들이 먹고 살 것이 무엇보다도 기뻤다. 그래서 일을 할 때에는 남보다 더 열심히 해 주고 싶었다. 어깨가 부어오르고 아팠으나 그는 꾹 참고 일을 했다.

"이놈아, 일을 좀 잘 해!"
그는 힘을 다해서 하나 옆에서 보고 있던 감독이 이런 말을 할 때는 칭찬해 주리라 생각했던 마음에 무척 서운한 생각이 들었다. 자기는 지금까지

남의 일을 해 왔으나 잘 못 한다는 소리를 듣지 않았다. 맥이 풀릴 만큼 마음이 상했다. 힘이 있으면서도 안 한다면 더 잘 하라고 해도 괜찮겠지만 있는 힘을 다해서 하는데도 그런 말을 듣자 그의 열이 죽어졌다. 그러나 그는 언제나 남의 일은 성심껏 해 주어야 한다는 생각을 갖고 있었기 때문에 부지런히 일을 했다.

"이놈아, 그것이 무슨 일이야!"

하는 감독의 고함과 함께 그의 커다란 손이 태은의 얼굴에 철썩 소리와 함께 닿을 때 그는 정신이 아뜩했다.

"그러다가 그것이 부러지면 어찌할 테냐?"

가다기를 조금 힘껏 내려놓았기 때문이다.

그는 눈물이 빙그르 돌았다. 그것이 그다지 아프기야 했으련만 너무나 억울했기 때문이다. 자기처럼 열심히 일을 해 줄 이가 누가 있으며 자기처럼 착실한 마음으로 일해 주는 이가 어디 있을까? 그러나 그는 뺨을 맞았다. 이때까지 남보다 한 개라도 더 많이 옮겨다 준 것이 후회가 될 만큼 마음이 아팠다.

그는 하숙에 돌아와서도 견딜 수가 없을 만큼 가슴이 울렁거렸다.

이런 일을 어머니가 보았다면 얼마나 괴로워할까 생각하니 더욱 서러웠다.

집을 떠나지 않았으면 이런 매는 맞지 않았을 것이라 생각하며 그는 울었다. 그의 아픈 다리는 혹처럼 부어올랐다.

"에라, 집으로 가고 말까!"

그는 집으로 돌아가고 싶은 생각이 났다.

"당신은 아직 그런 것을 처음 당하는 것 같소. 뺨이나 맞는 것은 매일 일어나는 일이지만 풍덩 풍덩 강물에 빠지는 사람이 드문드문 생긴다우. 오죽하면 강물에 빠져 죽을라구 하겠소? 그러지 말구 어서 일이나 하시오. 또 당신은 처음 왔고 동무가 없으니 허술하게 보고 그럴 테니까 어느 조합 같은 데라도 들지요. 그럼 조금 날거요."

주인이 위로하며 해 주는 말이다. 참으로 분하지만 그 죽은 사람들도 감독에게 뺨이나 맞고 죽은 것일까 하고 생각해 보았다.

그는 집 생각이 났다. 동시에 장차 무엇을 하며 무엇을 먹고 살까 하는 생각이 머리를 무겁게 했다. 그 사이 가족들은 죽지 않고 살아 있는지? 살아 있다면 무엇을 먹고 사는지? 그들에게 누가 먹을 것을 줄까? ……어서 빨리 일을 해서 다만 얼마라도 보내 줘야 할 텐데…….

그는 어머니의 죽음, 아내의 애소, 자식들의 울음소리가 들리는 것 같았다.

첫날의 기쁨은 꼬리를 감추고 설움이 가슴에 차 온다.

그가 온 지도 한 달이 지났다. 그 사이에 몇 번이나 울고 싶은 마음으로 하늘을 쳐다보았으며 시퍼런 강물을 부러운 눈으로 바라보았던가?

돈을 받아 쥔 그 날 그는 농사보다 나은 것이 그다지 없다는 것을 깨달았다.

삼십여 일 동안에 일한 날이 보름 밖에 되지 않았다. 그 돈으로는 옷 한 벌 사 입지 못하고 식주인에게 송두리째 넘겨 주어야 했다. 한 달 전 눈이 내리던 날 입던 옷을, 석탄 칠을 한 그대로 입어야 하니 기가 막히지 않을 수가 없었다. 집에 있으면 그래도 때를 맞춰 잠방 적삼을 입었을 것을 아직도 솜옷 그대로 입으려니 집 생각이 간절했다. 그러나 자기만이 아니라 거의가 그런 것을 볼 때 그곳에서는 그리 부끄럽지도 않았다.

일급(日給)이어서 매일 일을 하는 것이 아니라 하던 일이 끝나면 또 다른 일이 생기기를 기다리고 다른 일을 다 하면 또 무슨 일이 있어야 돈벌이를 할 수가 있는 것이다. 그래서 누구나 할 것 없이 이 공장에서 일하는 사람은 누구나 일하는 날보다 쉬는 날이 더 많았다. 이렇게 된 태은이가 돈을 보내 주겠다던 집에다 무엇이라고 편지를 쓰겠는가? 그는 갈 수도 올 수도 없었다. 이제 맨손으로 집을 찾아간다 해도 거기에 일이 있을 리 없을 것이며 그렇다고 해서 그냥 이곳에 있기도 괴로운 일이었다. 생각하면 집으로 갈 수는 더욱 없었다. 가면 동네 사람들이 무엇이라 말을 할 것인가? 그보다도 맨 먼저 찾아올 최 주사가 두려웠다. 최 주사는 이미 소작할 땅도 빼앗았을 것이다.

"태은이, 가세! 우리라구 놀지 못하겠나?"

그곳에서 의형제로 사귄 친구가 찾아왔다. 그러나 밥값으로 있던 돈을 다 치러 준 태은이는 친구와 함께 나서기가 마음 내키지 않았다. 그와 나가게 되면 형제판(노동자들이 형제를 삼아 여러 사람이 한 판이 되는 것)으로 가지 않으면 안 되며 그곳에 가려면 적어도 몇 푼은 가져야 되기 때문이다. 그러나 자꾸 끄는 바람에 태은은 마지못해 나갔다.

"에익! 모르겠다, 되는 대로 살자!"

태은이는 한숨과 함께 말했다.

담백하고 술, 담배를 모르던 태은이가 한잔을 마시고 방에 눕자 세상이 핑핑 도는 것 같았다.

"이것이 공장에서 사는 살림살인가?"

그는 술김에 웃어도 보았고 어찔해서 눈을 감아도 보았다.

"무얼 그래? 빨리 일어나 한잔 더 해야지!"

친구가 누워 있는 태은의 손목을 잡아끌며 술을 권했다.

"아니, 못 먹겠다. ……나만은 그만 두자."

그는 정신을 잃었다.

그의 머리에는 그놈의 닭들이 죽지만 않았다면 지금쯤은 모가 시퍼렇게 자라는 논밭의 곡식에 김을 매겠구나 하는 생각이 떠오르는 동시에 매일 돌아다니던 들이 눈앞에 떠올랐다.

조밭

새벽과 저녁 외에는 산산한 기운을 느낄 수 없을 만큼 날씨가 따뜻해졌다. 진달래 봉우리가 붉어지고 양지쪽에는 푸릇푸릇한 새싹이 돋아났다. 얼음 녹은 물은 졸졸 흘러 논으로 들어가며, 아지랑이는 먼 산의 골짜기에서 아롱거렸다.

"금년에는 아지랑이가 많이 끼니 흉년이 들려는 게 아닌가?"

첫봄의 아지랑이를 본 시골 사람들이 하는 말대로 성순이도 이렇게 말했다. 그리고는,

"작년 겨울에는 눈이 많이 내려 풍년이 될 것 같던데……."

조씨를 뿌리던 손을 잠시 멈추고 자기 마누라에게 동의를 구하듯 말했다. 씨 뿌린 이랑을 밟으며 걸어오던 진심도 과연 금년이 풍년일까 흉년일까 생각해 보았다. 이런 것을 보면 풍년이 될 것 같고 저런 것을 보면 흉년이 될 것 같기도 해서 무엇이라 대답을 할지 몰랐다.

"풍년이 져야지…… 흉년까지 들면 살 수가 있나요?"

"그야 물론이지. 흉년만 들면 우리두 태은이네와 같이 될 거야. 우리만인가? 이 동네서만두 많은 사람들이 다 그렇게 되겠지. 진억이네, 경화네 모두 그렇지……."

"그래두 그렇게야 될라구요?"

"그래두라니? 태은네는 우리만 못한 것이 있었나? 우리야 요 조밭 하나 더 있다 뿐이지, 이까짓 거야 흉년만 들면 어데루 도망갈지 모를 것인데……."

"그래두 그렇게까지 말할 것 있소?"

봄은 그들에게 희망을 준다기보다는 괴로움을 주었다. 비참한 앞날이 기뻐할 수 있는 희망보다 몇 배나 컸으며 흉년이 들 근심이 풍년될 즐거움보다 수십 배나 되어 불안이 더 컸다.

"벌써 이렇게 따스하니 풍년들 것도 같은데…… 하늘의 일을 누가 알 수가 있어야지."

"금년에는 땅도 길게 세루만 터졌는데 풍년이 안 들겠어요?"

"그래두 금년에는 송충이가 너무 끓어서 어데 시절이 박할 것만 같애!"

"두구 봐야 알지요. 누가 압니까? 흉년만 안 되면 풍년이 되겠지요."

"그럴 줄을 누가 모르나? 그래두 흉년질 것두 같구 풍년질 것두 같애서 하는 말이지."

그들에게는 자기의 것이라고 오직 조밭 하나만이 있었지만 그래도 땅을 파먹고 사는 사람이 어찌 풍년을 기다리지 않겠는가?

쌀을 한 톨이라도 더 많이 거둬야 그만큼 오래 연명할 수 있기 때문이다.

성순의 처, 진심은 한참 동안 발로 이랑을 메우며 따라오다가 잠시 후 밭이랑 위에 힘없이 앉아 버렸다. 별다른 기색이 없었으나 말없이 앉아 있는 것을 보자 성순이 말했다.

"빨리 밟구 안발작(두 번째 꽁꽁 밟는 것)까지 하구 들어가야지! 어쩔려구 쉬기만 하노."

"허리가 아퍼서 그래요."

진심은 맥없이 대답하고는 소리나게 두어 번 허리를 치며 일어났다.

"이 여름을 또 어찌 지내노! 그저 죽어 버리기나 했으면 좋겠다."

진심이 혼잣말로 중얼거렸으나 성순은 못 들은 척했다.

"좀 쉬자! 천천히 해야지 그러다가 큰일이 나면 되나!"

"큰일은 무슨 큰일이요? 죽기밖에 더 하겠소?"

발로 종자를 묻어가는 진심의 이 말에 성순은 마음이 편하지 않았다.

몸이 허약해서 일할 때가 되면 죽을 듯이 허덕이며 그러면서도 남만큼 하려고 기를 쓴 그의 얼굴에는 언제가 기운이 없었다.

봄만 오면 사형선고가 가까워 오는 듯 낙심을 하며 그 한 해를 보낼 근심에 얼굴을 펴지 못하는 것이다.

"쉬어 가며 해요!"

성순이가 거듭 말했다. 그러다가 아내가 병이 나서 죽기라도 하면 큰일이 아닌가? 더구나 임신 중인 마누라가 너무 과하게 일을 하다가 태아(胎兒)까지 상하면 큰일인 것이다. 돈이 없어서 남보다 몇 해 늦게 장가를 들었고 아내는 자기보다 육칠 년이나 아래였다. 몇 해를 두고 준비를 하다가 겨우 든 장가였다. 그로서 만약 진심이가 죽는다면 장가는 평생 다시 들지 못할 것이며 장가를 다시 간다고 하더라도 잔치는 엄두도 내지 못할 일이었다. 돈 없는 사람에게는 딸을 주지도 않을 것이며 설사 준다고 해도 색시 집에 얼마의 돈을 줘야 하고 옷감이나 잔칫돈을 어느 정도 준비해야 한다. 그런 돈을 준비하지 않고서는 남의 딸을 달라고 말할 수가 없기 때문이다. 이런 돈이 없는 사람은 죽을 때까지 장가라는 것은 꿈에서나 생각할 수밖에 없다.

진심과 결혼할 때도 그의 아버지와 그가 몇 해 동안 애써 가며 얼마를 준비했다. 그것을 한 푼도 남기지 않고 썼던 것이다.

동네 경화(景化)도 한 번 색시를 죽여 버리더니 4년이 지나도록 아직 장가를 들지 못했으며 지금도 장가갈 생각도 못하고 있는 것을 매일 보고 있다.

허리를 구부리고 아장아장 일하다가 허리를 툭툭치는 진심을 볼 때 성순은 아내가 애처롭게 생각되었다. '저것이 죽는다면…… 아니 내가 왜 이런 생각하나…….' 그는 여러 가지로 두루두루 생각했으나 결국은 진심만이 불쌍하게 생각되었다.

"왜 여기다가 마늘을 심게 했소? 길가에다 심으면 무엇이 남겠다구. 길가가 아니라도 애들이 뽑아 가는데……."

갈다가 비어 놓은 빈자리에 가서 물끄러미 눈을 돌리다가 아내가 말했다.

"글쎄, 이버지가 그렇게 하라고 하시니 어찌하노?"

진심의 마음을 조금이라도 다치지 않게 하려고 성순은 조심스럽게 대답했다.

"그리구 언제 아버지가 돌아가실지 알겠소? 그런데 찹쌀도 조금 심어야 할 것을 수수나 심어서 무엇 합니까? 글쎄 생각해 봐요."

진심의 신경이 상당히 날카로워진 것 같았다.

"그도 그래! 그러나 아버지가 자기가 죽을 걸 생각하구 그렇게 하라구 해야지. 만약 우리가 그것을 심으면 자기를 죽으라는 뜻이라고 야단하겠으니 어찌 하겠소?"

진심의 마음을 거스르지 않으려는 성순은 말씨까지도 훨씬 부드럽게 했다.

"당신두 알지 않소? 우리 마음대루 무엇을 할 수가 있소?"

"그래두 우리가 할 것은 우리가 해야지, 그러다가 그냥 늙은 아버지가 덜컥 돌아가시면 어찌합니까? 글쎄……."

어디까지나 신경질이었다.

"모밀이나 녹두도 심을 곳을 좀 남겨 두지 않구 정월 명절과 보름 명절은 어떻게 지내려우?"

명절이라고 남들처럼 지내보지 못한 그이지만 명절을 맞을 때마다 남들은 떡과 전을 부쳐 먹는데 자기네만 못해 먹고 우두커니 있게 되는 것이 부끄러웠던 성순이었다.

"여보, 여기 이 땅이 얼마나 넓다고 이것저것을 다 심겠소? 조금 심어도 두서너 섬이 고작인데 다른 것을 심으면 밥을 먹을 수가 없지 않소? 땅이 많으면야 말하기 전에 모두 심었을 것 아니오?"

땅이 너 마지기도 못 되는 것을 잘 알면서도 아내가 여러 말 하는 것을 보고 그런 말은 다시 못하게 했다.

"벌써 조밭을 하나? 우리는 아직 땅을 갈지두 않았는데……."

지나가던 경화가 밭머리에서 말했다.

"벌써라니, 곡우(穀雨)가 며칠 남았나? 그리고 날씨가 이렇게 따스한데야……."

경화는 모이를 쪼아 먹는 비둘기 같은 그들을 부러운 듯이 몇 번씩, 몇 번씩 돌아보다가 동네로 들어갔다.

성순이도 씨를 다 뿌리고 종자를 발로 묻기 시작했다. 흙만 내려다보며 이랑을 따라 걸어가는 것이었다. 한 이랑을 다하면 다음 이랑으로 걸어간다.

앞서고 뒤떨어지고 하며 그들은 씨 뿌린 이랑을 잘근잘근 밟으며 나갔다.

"내일은 또 감자장사라도 나가야겠는데 허리가 이렇게 아파서 어떻게 하나?"

"아픈데 어데를 가겠소?"

"안 가면 무얼 하우? 집에서 그저 놀기만 하게?"

"그래도!"

제각기 말하기를 힘들어했다. 내일은 먹을 것이 걱정이니 안 갈 수도 없는 노릇이고 몸이 불편하다는 사람을 가라고도 할 수 없는 그들이었다.

그때 얌전이 어머니가 빈 광주리를 이고 온다.

"오늘도 장에 갔댔소?"

얌전의 어머니를 보며 느리게 걸어가던 진심이가 물었다.

"오늘두 ××장에 갔댔소. 잘 팔리지두 않습디다."

"그런데 왜 벌써 옵니까? 요즘두 꽤 팔리는 게지요?"

"잘이 뭐요? 팔리지 않아서 남겨 가지고 오다가 길가에 있는 집마다 다니며 겨우 팔았다우."

밭머리에서 아픈 다리를 쉬는 듯이 걸음을 멈추며 얌전이 어머니가 말했다.

"나두 내일부터 가 볼까 하는데 같이 갑시다."

"아이구 참, 요사이같이 분주해서야 살 수 있소? 더구나 틈틈이 이 짓을 할려니 그래두 밧튼골집 아우님은(집 이름과 성순이를 말함) 벌써 조밭까지 해 놓았으니 이제는 좀 한가하겠군."

"한가가 다 뭐예요? 언제 한가한 때 보구 죽겠소?"

이런 말을 하는 진심에게 성순은 아무 말도 할 수가 없었다. 사실은 언제 틈이 있어 놀아 볼 때가 있겠는가마는 이때에 그 밭반을 사기에게 들으라고 하는 것 같았다.

얌전이 어머니는 갔다. 해는 거의 져서 붉은 낙조가 서편 하늘에 걸려 있었다. 싸늘한 바람이 이른 봄을 느끼도록 옷깃 사이로 스며들었다. 한 마리 흰 나비가 팔락팔락 날아갔다. 천천히 날아가는 것 같았으나 저녁 바람에 펄럭이는 날개가 집으로 돌아갈 길을 서두는 것 같았다. 동네에서 송아지 울음소리가 들렸다. 송아지는 헤어진 어미를 그리워하는 듯이 구슬프게 운다.

"아니, 어데를 이제 가십니까?"

동네에서 보따리를 이고 나오는 태은의 어머니를 보고 진심이가 말했다.

"아침에라두 떠나시지 다 어두웠는데 어찌 가시려우?"

"그러나 어찌하니?"

하소하듯이 대답했다.

"어데를 가시는데요?"

성순이도 놀란 듯이 물었다.

"태은이에게서 아무 소식이 없나요?"

"가서 처음에는 돈을 잘 번다구 편지가 오더니만 벌써 그때가 달 반이나 되었는데두 아무 편지가 없네 그려. 아마 그곳에두 있지 않는 것 같아!"

"거참! 태은이두……. 돈을 못 벌어두 편지는 있음직한데. 그러나 이제 가면 어데를 가겠소?"

"그럼 어떻게 하겠나? 그 집에서는 나가야겠으니까 자네도 가 보면 알겠지만 문마다 못질을 하고 뒤지(옷장)마다 판대기를 댔다네."

"예? 그런……. 그렇게 몰인정하단 말인가요?"

"애 어머니는 어데루 갔나요?"

진심이 말했다.

"개야 그래두 저이 집이 있으니 제 집으루 애들을 데리구 갔지. 너이들은 벌써 조밭을 하구……."

그는 말끝을 못 맺고 눈물로 마물었다. 떠나가 있는 아들인들 얼마나 보고 싶을 것이며 이 동네에 남아서 사는 사람들이 얼마나 부러웠을 것인가?

성순이 부부도 한참 동안은 서로 말도 못하고 눈시울을 적셨다.

"우리는 그래두 조밭 하나가 있어서 조두 콩두 강냉이두 수수두 마늘두 심어 먹지 않소? 이것마저 없었드면 우리두 저렇게 되었을 것이 아니오."

이렇게 말하며 멀리 산길로 사라져 가는 태은이 어머니를 바라보면서 성순이 부부는 집으로 돌아왔다.

(以下 「호세(戶稅)編」 全部 削除당함)

치도(治道)

"아니 요새는 조밭도 한 벌 매어야 하구 짬만 있으면 보리밭의 풀도 뽑아야 하지 않니? 너의 처는 돌아왔니? 너두 일을 해야지, 응?"

집안에 누워 있던 아버지가 고함을 쳤다.

"아니, 누가 일을 안 하구 놉니까?"

"그럼 요새 한 것이 무엇이냐? 대 봐라!"

“요즘 집에서 밥을 안 먹는 것 알지 않아요? 참봉네 집에 가서 일을 해 주구 있어요. 이런 때 일자루나 해 줘야 땅두 부쳐 먹구 또 요새 같은 때 밥 한 끼가 어디예요. 놀구만 있다구 하시면 어떻게 하지요? 나이 열 살두 아 닌데…….”

통 대답도 아니하던 성순이가 전과는 딴판으로 말대꾸를 했다.

“그래, 놀지 않았으면 그렇게 말하기냐? 그게 무슨 말버릇이냐, 응? 이 고약한 놈 같으니! 그래도 지 애비보구…….”

벌떡 일어나 앉으며 밖에서 일하고 있는 성순이에게 달려들 듯이 덤볐다. 성순이는 산에서 해 온 장작을 짜개면서 못 들은 체하고 있었다. 이런 때 한 마디를 하면 돌이라도 들고 죽이려고 할 아버지의 성질을 잘 알고 있는 그 였다. 아버지가 혼자 투덜거렸다.

“내일은 조밭 김을 매라! 안 맬려면 그만들 나가ㅓ 말어! 쏠두 보기 싫 다.”

그들이 나간다면 제일 먼저 굶어 죽을 사람이 자기일 것을 모르는 바 아 니지만 성이 나면 언제나 이런 말을 하곤 하였다.

“내일은 청결(청소)이에요. 모레 매지요.”

“청결은 다 뭐냐? 분주할 때 청결을 하면 일이 더 잘 되나……. 난 청결 을 모르구 살았어두 이만큼 늙었다.”

“그러나 하라는 것은 해야지요. 내일엔 순사가 올 텐데…….”

“애, 모르겠다. 맘대로 해라. 나야 언제 죽을지 알겠니? 까짓 것…….”

성순이도 모두가 귀찮았다. 할 만큼 했고 그런데도 마음만 상하게 하는 아버지는 차라리 빨리 돌아가시기나 했으면 하고도 생각했다.

낮추어 달라고 그렇게 청했지만 그놈의 호세도 면서기들의 출장으로 돈 을 취해다가 고스란히 주고 말았다. 그 돈 값으로 일을 몇 자루나 해 주어야 하며 내년에도 그 호세를 또 그렇게 물어야 할 것을 생각하니 그의 마음은 어둡기만 했다.

가장 분주한 때가 가까워 온다. 벌써 사월 스무날이다. 얼마 안 있어 모도 심어야 하며 조밭을 세 벌 네 벌까지 매어야 할 때다. 그러나 당장 먹을 것이 없으니 쌀을 꾸어다가 먹을 수밖에 없다. 가을에 갚아 줄 것은 다음 문제다. 당장 먹고 일을 해야겠으니 할 수 없는 일이다.

이리저리 생각해도 답답한 것밖에 없는 성순은 어디로 도망이라도 치고 싶었다. 집을 잊고 혼자 떠돌아다니면 아무 근심도 없을 것 같았다. 그러나 그것은 그로서는 못 할 일이었다.

“요새는 보리밥이라두 우리 것을 먹으니 목구멍에 걸리지 않고 잘 넘어가는 듯하다.”

다음날 아침 바가지에 담은 보리밥 덩이를 먹던 아버지의 말이다.

“그렇구 말구요. 제 것이 있어야 마음두 편하지요. 나는 요새 곤한 줄두 모르겠어요. 여름에두 팔리기만 하면 이 장사 그냥 하겠는데…….”

숟가락으로 밥을 입에 넣으며 진심이가 말했다.

(以下 二面 削除당함)

“말이 다니구 곡식이 들어오는 저 앞길은 백 년을 가야 한 번두 고친다는 말두 아니하구…….”

순환이가 성순에게 이렇게 대답할 때 멀리서부터 자동차 한 대가 뿡뿡거리며 다가왔다.

“자동차 봐라! 빨리 비키자 처 죽으면 되나…….”

덤비는 사람 가운데서 이런 소리가 나왔다.

언덕 위에 올라 선 사람들은 입을 벌리고 먼지를 먹으면서도 자동차 안에 있는 사람만 보려고 했다.

“야! 메가네쟁이(안경쟁이)가 탔구나!”

“저런 놈을 한 번 타구 어데를 갔다 왔으면…….”

“저거 한 대에 얼마나 할까?”

이런 이야기 저런 이야기가 여기저기서 터져 나왔다.

자동차라고는 구경도 못 한 동네 아이들이 길가로 몰려 나왔다.

“그 자동차 어데 갔니, 응?…….”

자동차를 보려고 나왔던 아이들이 말했다.

"이눔아, 벌써 가두 천 리나 갔겠다. 이제야 나왔니?"

어른 하나가 먼지가 부옇게 일어난 곳을 쳐다보며 대답했다.

"야! 이제는 우리 동네 앞으로두 자동차가 다니누나…… 빨리 길을 닦았으면 진작 그놈을 보았을걸!"

지나간 자동차를 보지 못해 서운해하던 애들은 그냥 돌아갔다.

그 다음날도 자동차가 그 길로 지나갔다. 눈에 익은 자동차지만 또 보고 싶어하는 그들이었다.

"어제두 가더니 오늘두 또 가니 대체 어데를 가는 것일까?"

문득 누가 말했다.

"누가 알어? 어데 가는지……."

"그것두 몰라? 요사이 저 해변에 농정을 만들려구 한대. 그래서 이 길두 닦는 것이 아닌가? 그것두 모르다니……."

진억이가 거분거분 말을 했다.

"그럼 그곳에 다니는 자동찬가?"

담배를 피워 물고 앉은 순환이가 돌을 깨며 말했다.

구장이 면장과 함께 슬근슬근 걸어온다. 구장은 눈웃음을 치며 면장의 뒤를 따라오며 무슨 이야기를 하고 있었다.

"어제 일 때문에 온 것이구나."

고개를 비슬비슬 틀면서 얼굴을 감추며 무서운 듯이 순환이가 말했다. 길 좌우를 훑어보는 면장의 눈길이 무서워 어쩔 줄을 모르던 기순이도 떨고 있는 것 같았다. 그러나 성순은 할 말이 있다는 듯이 면장의 얼굴을 바라보며 다 지나가도록 그의 뒷머리를 쏘아보고 있었다.

그들이 다 지나간 뒤에야 겨우 마음을 진정한 기순이가 이때까지 아무 말도 없다가 한 마디를 했다.

"면장이 뭘 하러 왔을까?"

"할 일이 없으니까 돌아다니는 게지……."

진억이가 불쑥 말했다. 사실은 어제 왔던 면서기는 아니 오고 면장이 온 것이 조금 이상해서 물은 것이다. 그러나 매맞은 자기가 무슨 잘못이나 있는 듯이 떨던 그가 면장이 자기를 보고도 그냥 지나가는데 조금 안심이 되었다.

한참 있은 뒤 구장이 뛰어다니며 사람들을 모았다. 점심 먹기 전에 빨리 모여 달라고 하며 수염을 너풀거리며 뛰어다니는 구장이 우습게 보였다.

"영감이 무엇 때문에 저러구 돌아다니누……."

길가에서 일하던 이가 수군거렸다.

사람들이 길가에 길게 모여 앉았을 때 조금 높은 언덕에서 구장이 허리를 굽히며 말을 꺼냈다.

"에…… 에! 오늘은 우리 면장님이 말씀을 조금 하실 텐데…… 어허, 조용히 앉아 잘 들으시오."

구장이 물러서자 면장이 모자를 벗은 채로 나섰다.

"여러분! 에! 오늘날에 여러분 앞에 나와 말을 하게 되어 기쁘기 한이 없습니다. 그리고 여러분이 이 길을 닦느라고 애를 쓰시는 데 대해서는 더 고마운 말씀을 드릴 수가 없습니다. 이 길로 말할 것 같으면……. 에헴! 요사이 만들려는 농장의 길입니다. 그러나 이 농장이 즉 나라와 같은 것인데 그들의 말을 잘 들어 줘야 우리 면도 잘 되며 그것 하나만 되면 우리 면의 산물(産物)이 얼마나 많아질지 모를 것이웨다. 에헴! 어제 나오셨던…… 에헴! 농장 사람이 이 길 닦는 것을 보고 여간 기뻐하지 않았으니 이제 우리 면은 잘 되어 갈 희망이 많습니다. 에헴! 우리는 이제 우리의 목숨을 그들에게 맡겨 살려 달라고밖에 할 수 없으니까 온순히 우리의 일을 잘 하기 바랍니다. 에헴!"

"그 말 하려구 모이랬나? 싱겁다."

면장이 위대한 웅변이라도 한 듯 턱을 내밀고 지나갈 때 누가 말했다.

"누군 모르나! 다 알구 있는 말을 하구 있구먼……."

성순이가 일만 더디었다는 듯이 말했다.

(治道篇 一部가 削除당함)

모

"에! 벌써 이렇게 덥군!"

방 안에서 한 걸음도 움직이지 못하고 파리하고만 싸우던 성순이 아버지가 숨을 내쉬며 말했다.

"죽을라면 하루빨리 죽구 말지 않구……일어나 다니지두 못하구……."

요새 와서는 걸어다닐 수도 없게 되었으니 퍼렇게 자라 흐늘거릴 곡식들도 볼 수 없게 되어 아버지는 쓸쓸하기 짝이 없었다. 그뿐 아니라 누워서 절기만을 외우며 일을 시키기에도 그는 힘이 겨웠다.

그는 새까맣게 때가 묻은 부채를 들고 얼굴에 앉은 파리를 쫓으며 더위를 피했다.

"이놈의 부채가 나보담 오래 살겠군."

아직도 튼튼한 부채를 휘어 보며 혼자 중얼거렸다.

부채에다 종이를 바르고 또 발라 두껍게 되어 버린 그것은 아마도 십 년은 되었으리라. 요사이 방 안에 누워만 있게 되어 그 부채를 자주 쓰지만 옛날 들에서 일을 할 때는 부채를 쓸 생각도 못했었다. 덥다고 부채를 부칠 만치 한가하지 못한 생활이었다. 그래서 십여 년 전에 샀던 부채가 아직도 그의 손에서 바람을 피우고 있었다.

누웠다가 부시시 일어나 앉아 담배쌈지를 만져 보았다. 담배 생각이 났던 것이다. 그러나 담배가 없어서 다시 자리에 누웠다.

"늙마[老年]에 담배두 못 먹구 늙누만!"

하며 다시 부채질을 했다. 그는 누웠다가는 앉고 앉았다가는 다시 누웠다. 늙었으나 가만히 있기가 좀이 쑤셨으며 모내는 논에 나가 보지 못하는 것이 답답했다.

"점심때가 거반 되었는데 왜 들어오지들 않누?"

혼자 중얼거리고 있을 때 진심이가 들어왔다.

"이제 들어오냐? 빨리 점심을 해라."

"그다지 늦지 않았어요."

밭에 나갔던 그는 호미를 놓고 손을 씻으며 말했다.

그는 방 안에 싸 둔 입쌀 자루에서 쌀을 꺼내다가 씻기를 시작했고 사서 매달아 둔 조기 한 마리를 내려서 비늘을 긁었다. 더운 날씨에 점심을 하려고 불을 때니 방 안은 한증막 같았다.

"오늘은 모내기가 무던하겠다. 아마 금년 들어 가장 더울 것 같다."

"제일 더울 것 같아요."

불을 때며 아궁이 앞에 앉은 진심이가 대답했다.

"저녁까지 하면 쌀이 남지 못하겠구나……."

누워 있던 아버지는 적어진 쌀자루를 바라보며 근심을 하는 것이다.

진심은 밥을 퍼서 광주리에 넣어 들로 나가며 아버지에게도 조기 한 토막을 내어놓았다.

"일 년 만에 쌀밥을 먹어 보누만……."

하며 아버지는 한 손에 조기를 들고 한 손에 수저를 쥐고 밥을 먹기 시작했다. 빌린 돈으로 사 온 것이나 오랜만에 먹는 쌀밥을 보자 마음껏 먹지 않을 수 없었다. 늙은 사람이 끼니도 제대로 찾지 못하다가 쌀밥을 대했으니 사양할 것인가?

그는 실컷 먹었다. 그러나 절반도 먹기 전에 수저를 놓은 것이다. 예전 같으면 조밥이라도 한 그릇으로는 배가 차지 않던 것이 반 그릇도 못 먹어 수저를 놓게 된 것을 생각할 때 죽을 날이 가까운 것이 분명했다.

진심이 밥광주리를 이고 논으로 나갔을 때 순환의 처는 벌써 밥을 가지고 나와 있었다.

"밥 먹구 하자!"

논에서 모를 내던 사람들은 손에 쥐고 있던 것을 꽂고는 뛰어나왔다. 물 속에서 허리를 굽히고 일하던 그들은 밥보를 헤치며 달려들었다.

진심은 순환네 밥 광주리를 보고 있다가 그래도 반찬이 자기네보다 나은 게 없음을 보고 조금 안심했다. 물론 순환이의 처도 그랬을 것이며 순환이도 그랬을 것이다.

"안됐네! 돈이 있어야 고기를 사 오지…… 변변치 못하나 많이들 먹게."

순환이가 밥그릇을 들고 말했다.

"나두 그렇네. 순환이가 고기를 못 사 왔는데 나만 사 오면 순환이가 나무랄 것 같아서 나두 그만 두었네!"

이렇게 말한 성순은 힘껏 웃었다. 순환이도 웃었다. 그러나 성순이는 밥술을 입으로 가져갈 때마다 밥맛이 가시는 것을 느꼈다. 사람들 품값이야 자기가 일로 갚아 주면 그만이지만 쌀을 사노라 빚을 낸 것을 생각하면 밥맛이 날 리가 없었다. 작년도 이처럼 살아왔지만 유독 올해는 근심이 더 한 것이다. 누구나 자기의 근심이 있겠으나 일꾼들은 남의 일 하는 날이고 또 남의 밥이니 마음껏 잘도 먹는다. 누구나 집에서는 이런 밥을 못 먹는 사람들일 것이며 조기 반찬을 먹지 못하는 그들일 것이었다.

순환이의 처와 진심이가 돌아간 뒤 한참을 쉰 그들은 다시 논으로 들어가 모를 꽂기 시작했다.

"금년은 아무래두 흉년이 들려나 봐. 이렇게 비 한 방울 내리지 않구 덥기만 하니 말이야. 공연히 비료값만 버리는 것이 아닌지……."

성순이가 말을 꺼냈다.

"어째서 그런지 시절이 잘 되지 않으려는 것 같애."

순환이도 한숨을 내쉬며 말했다.

"논에도 비가 와야 모를 다 낼 거구 밭에는 며칠만 더 안 오면 곡식이 말라 죽겠던데……."

경화가 허리를 피며 말했다.

"근년같이 몇 해만 지나면 죽지 않을 사람이 없을 것 같다. 어째 그런지 그다지 흉년이 들지도 않았는데 점점 살림살이가 기울어만 진단 말이야?"

얌전이 아버지도 빠지지 않고 한 마디 했다.

"참, 자네가 우리들과 모를 낼 줄이야 누가 알았겠나? 생각하면 자네두 딱하네!"

"더구나 감독만 하러 나오던 이 논에 오늘에는 자네가 품앗이로 일을 해 주게 되었네 그려?"

순환이가 웃으며 하는 말에 모두 따라 웃었다. 그러나 얌전이 아버지는 괴롭게 웃었다.

"할 수 있나? 이제야 굶어 죽지나 않으면 그만이지……."

그는 이렇게 말하며 자기에 대한 말은 그만 두어 주기를 바랐다.

"금년에 흉년까지 든다면 집 떠나는 사람이 많아질걸?"

"별수 있나. ……흉년까지 진다면 죽는 판이지……."

그들의 말은 딴 데로 흘렀다.

"태은이는 어데 가 있는지? 그리구 그의 어머니는 어데루 나다니는지……."

"떠날 때 물감이나 바늘 같은 것을 팔면서라도 아들 찾아가겠다구 했으니 모르지……."

한참 동안 묵묵히 모를 꽂던 그들은 모든 생각을 떨쳐 버리자는 듯이 서로 소리를 시작했다. 진땀을 흘리며 목에 핏줄을 돋우어 부르는 소리는 누구를 울리려고도, 누구에게 들으라는 것도 아니었다. 다만 모든 시름을 잊고 일손이 가벼워지기 위함이다.

"해가 넘어간다 빨리 하구 집에 가자!"

하는 소리가 나오자 모두 고함을 치며 일을 서둘렀다.

"어서 하구 저녁 먹자!"

소리로서 나오는 그 말은 저녁때가 되었다는 것을 말해 주었다. 그러나 해가 졌을 때야 집으로 돌아오며 그들은 한참 동안 쉬다가 걸으면서 길에서 소리를 불렀다.

"내일은 우리 모를 내다구, 응?"

"가마!"

성순은 대답을 하고 논물에 젖은 옷을 그냥 입은 채 집으로 들어갔다. 모 내던 사람의 절반은 성순의 집으로 가서 저녁을 먹었다. 컴컴한 방에서 그릇도 알아볼 수 없을 만큼 어두운 데서 저녁상을 받았다.

"석유가 있어야지!"

성순의 아버지가 미안한 듯이 말을 했다.

"불은 켜서 뭘 하게요? 설마 밥을 못 먹겠어요? 누구는 밝은 세상에서 살아 보았나요?"

"그래두……."

그들은 돌아갔다. 성순은 누운 채 잠이 들었고 진심도 밥그릇을 치우고는 곧 누워 잤다. 바느질을 하려고 해도 기름이 없을 뿐 아니라 곤해서 일을 할 수가 없었다.

남의 품을 갚고 난 지 며칠 지난 다음 어떤 날이다. 면에서 농업기수가 모 검사를 하러 나왔다고 동네에서 법석을 떨었다.

"지금 구장네 집에 와 있는데 줄모(정조식)를 안 한 사람은 큰일난대드라!"

누가 이렇게 말하고 지나갈 때 성순이는 가슴이 뜨끔했다. 그때 순환이가 찾아와서 말했다.

"큰일났네! 줄모 안 한 논은 모를 뽑아 버린다구……."

"허, 무어? 그렇게까지 하면 어쩌라구……."

"글쎄, 누가 아나? 다른 데서두 그렇게 했다는데……."

"이제 뿌리가 다 뻗은 것을 뽑으면 어떻게 다시 모를 내노, 응?"

"정말 다 뽑을까?"

그들은 두려웠다. 모 낸 지가 벌써 며칠이 지나서, 뿌리가 뻗고 땅김을 다 쏘였는데 이제 그것을 뽑는다면 금년 논농사는 망쳐 버리는 판이다. 더구나 모판에 콩도래(대두박)를 하느라고, 또한 논에 쓸 조합비료를 사느라고 남의 돈을 빌린 것도 문제다. 모를 하면서도 빚 때문에 죽을지 살지 모르겠다고 야단이던 그들에게 모까지 뽑아 버린다면 죽으라는 말과 같다. 어찌 살겠다고 희망을 가질 수가 있겠는가?

단오

"개구리가 저렇게 울 때야 흉년이 안 들 수 있나?"

컴컴한 방에 누워 있던 성순이가 말했다.

“금년엔 개구리도 유별나게 울어요.”

새어드는 요란한 개구리 소리를 들으며 진심이가 말했다.

“그래두 부엉이가 아직두 울구 뒷산에서 콩새가 날아다니니 풍년이 질지두 모르지…….”

기침을 하며 아버지가 말했다.

“금년에는 꼭 풍년이 들어서 빚이라두 물어야지. 한 해만 끌면 못 물게 되는 게 빚이야…….”

성순은 누워서 비료와 쌀을 사느라고 진 빚을 생각했다. 그들에게 빚이 없고 먹을 것만 있다면 무엇이 근심되련만 잠잘 때도 머리에서 떠나지 않는 것이 빚 걱정이다.

“하필 최 주사의 돈을 꾸어 올 것이 무어요? 같은 값이면…….”

진심이가 전에 빌려 온 빚 때문에 자기들이 장차 어찌 될까를 염려하여 하는 말이다.

불을 켜지 않은 캄캄한 방은 누가 무엇을 하고 있는지 보이지 않으나 부스럭거리는 소리로 서로의 움직임을 알 수 있었다.

성순이 돌아누우며 말을 했다.

“우리 밭문서를 저당 잡고 내었으니 집은 집행 못할 것이고 또 우리가 굶어도 추수한 것을 팔아 물면 그만 아냐?

아버지는 벌써 잠이 들었는지 아무 말도 안 하고 콧소리를 내고 있었다. 그때 문 밖에서 기순이의 목소리가 들렸다.

“성순이 자나?”

“아니, 그 누구야, 응? 들어오라구…….”

“들어가서 뭘 해? 그런데 내일 짬이 있겠나?”

“왜, 무엇 하게?”

“짬 있으면 그네를 좀 매어 달라구 하데.”

“해 주지…….”

“그럼 내일 아침 일찍 오게!”

“그러마…….”

“잘 자게나.”

“가겠나? ……잘 가게.”

기순이는 돌아갔다.

“오월 단오가 가까웠으니까 또 그네를 매려는 게로구먼…….”

성순이는 한숨을 내쉬었다. 개구리 울음소리만 요란한 캄캄한 밤에 잠들지 못하며 몸을 뒤척거리고 있었다. 아무 근심이 없을 때에는 개구리 소리가 피곤한 그들의 몸에 잠을 실어다 주었건만 빚진 생각, 또 돈 없는 탓으로 아무때나 부르기만 하면 일해 주지 않을 수 없는 신세를 생각하니 오려던 잠도 사라져 버리는 것이다.

“성순이 아직 자나?…….”

겨우 한잠 들었던 성순이는 밝기도 전에 누가 부르는 소리에 깨었다.

“성순이! 상기 자나?…….”

“누구야?…….”

“나야, 빨리 일어나게.”

“응, 기순인가…… 왜?”

“지금 떡을 치는데 좀 와서 쳐 주게.”

“그럼, 감세…….”

아직 닭이 두 번밖에 울지 않은 새벽이었다. 캄캄한 새벽길을 기순이가 가지고 온 등불로 비춰 가며 참봉의 집으로 갔다.

“왜 이렇게 곤경에 떡을 치노?…… 남 잠두 못 자게…….”

“누가 아나? 이때 해야 떡이 없어지지 않는 게지…….”

“그것 좀 없어지면 어떤가?”

성순은 떡망치를 들고 떡을 쳤다. 장가갈 때 한 번 쳐 보고는 이렇게 꼭 두새벽에 떡을 치기는 처음이었다.

“나두 돈을 벌면 명절 때마다 떡을 섬으로 할 텐데……. 그때에는 기순이 자네두 오게…… 그리구 아주머니두 와서 먹구 싶은 대루 먹소.”

성순은 떡을 만지는 아주머니에게 말했다.

“그럼 그때를 기다려야 하겠군. 몇 해나 걸리려우? 돈을 벌려거든 하루바삐 내가 죽기 전에 벌어 놓으소. 떡이라두 한 짝 얻어먹게……. 떡두 안 먹어 주구 죽으면 나무럼할 테니까……."

그들 모두 웃었다.

"그때는 내가 자네 집에서 일하지. 그러면 장가나 보내 주시게…… 응?"

기순이가 웃으며 말했다.

"그럼 그러구 말구…… 그러나 자네는 그때까지두 남의 머슴으로만 있겠나? 내가 집을 한 칸 지어 주구 땅두 조금 주지…… 하, 하."

떡을 얼마나 쳤는지 팔이 떨어지게 아팠다. 그때야 날이 밝기 시작하는지 자즌닭이 울었다.

"정말이지 우리 기순이를 장가나 보내 줘요. 같이 있으며 보려니 정말 불쌍해서……."

"아주머니두 마음이 너그러우신데요. 그렇다면 딸이나 하나 두었다가 사위루 맞지요, 왜……."

이 말에 모두 웃었다.

떡치는 소리는 동네를 울리며 새벽 공기를 휘저었다. 다른 곳에서도 간간이 떡치는 소리가 들렸다. 모두가 명절을 쇠려는 떡일 것이다.

날이 밝은 다음에야 성순은 떡치기를 끝내고 조반을 얻어먹으러 안으로 들어갔다.

떡상이 방 안으로 들어오자 팥고물을 묻힌 떡을 한 입씩 물었다.

"언제 다시 이런 떡을 먹어 보겠나? 마음놓구 먹자!"

기순이도 이런 소리를 하며 먹었다.

"자네들 많이 먹게!"

눈을 부비며 김 참봉이 나왔다.

성순은 떡을 한 입 가득히 물고 있을 때라 어쩔 줄을 모르고 허둥대다가 겨우 입을 열었다.

"안녕히 주무셨습니까?"

"응, 그런데 어떻게 할려구 줄모를 아니했었나?"

"그저 안 해두 괜찮을 줄만 알구……."

성순은 조금이라도 빨리 하려고 사람 품이 적게 드는 것을 했다고는 대답할 수가 없었다. 줄모를 한다면 품이 배나 들며 그만큼 쌀도 많이 없어지는 것이다.

"자네들 때문에 내가 혼이 났네! 자네들을 혼내 주겠다고 하는 것을 내가 겨우 말렸어. 자네들 생각을 해서 내가 책임지기로 했으니까 내년부터는 정조식으로 꼭 해야 하네!"

"예! 내년부터는 그렇게 하지요."

"내년에두 줄모를 안 하는 사람에게는 부득이 땅을 떼야겠어. 안 그랬다가는 내가 큰일나니까……."

"그렇겠지요……."

참봉은 할 말을 다 하고 안방으로 들어갔다.

떡심을 비운 그들은 마당으로 니외서 그넷줄을 꼬기 시작했다.

높은 버드나무 가지에다 굵다란 그네를 휘어지게 매어 놓으니 모든 처녀들이 저마다 뛰어 보았으면 했다.

작은 명절이라고 아이들은 누구나 새 옷을 입었고 색시들까지도 새 옷을 입고 한가히 다녔다.

애들은 이 날만은 새 옷을 입으리라 생각했고 부모들도 어떻게 해서라도 이때만은 해 주려고 했다. 다른 애들이 새 옷과 고운 댕기를 드렸는데 자기 애들만 그렇지 못하다면 애들의 마음이 섭섭할 것은 둘째로 하고 그들 자신의 마음부터가 섭섭했기 때문이었다. 그래서 굵은 무명에나마 분홍물을 들인 저고리를 입고 나온 애들이 많았다.

"얌전이는 참 고운 옷을 입었구나……."

많이 모인 아이들 가운데 끼어 있는 얌전이를 보고 성순이가 말했다. 얌전이는 부끄러운 듯이 고개를 쳐들지 못했다.

"너이 어머니가 해 주던?"

"전에 있던 거야요."

겨우 대답을 했다.

"그래도 돈이 있던 집 아이가 좀 다르다."

아이들은 얌전이가 입은 옷을 만져 보고 자기의 옷을 보았다. 얌전네가 패가하기 전에 입던 옷을 꺼내 명절치레로 만든 것이니 자기네들의 옷보다는 좋지 않을 수 없었다.

푸른 버드나무 가지 아래서 흔들거리며 왔다갔다 하는 그네 위에 파랑 치맛자락이 너풀거리는 것은 단오가 아니면 볼 수 없는 일이다.

단오는 아름답고 기뻐할 날이다. 절반 농사를 하고 이제부터는 가꿔만 주면 추수할 수 있게 된다. 농부들의 일년 계획이 달성되는 때다. 이제는 흉년이 들어 굶거나 풍년이 들어 굶지를 않게 되거나 하늘에 맡기는 수밖에 없었다.

다음날 사람들은 어느 동네 할 것 없이 난을 피하는 사람들처럼 씨름판을 향하는 것이다. 아이들도 젊은이도 색시도 늙은이도 할 것 없이 씨름 구경을 가느라고 주머니에 돈 몇 푼씩 넣어 가지고 동네를 떠났다.

논에서 물을 푸고 있던 성순이도 이 길 저 길 할 것 없이 개미줄같이 줄지어 가는 사람들을 보고 자기도 가서 씨름을 한 번 해 보았으면 했다. 그러나 말라 가는 논바닥을 볼 때 그것을 두고 어디를 갈 것인가?

그는 물을 푸며 물 헤는 소리를 더욱 높이었다. 그것은 물 안 푸고 팔자 좋게 구경가는 이들에게 들으라고 하는 것 같았다. 수리조합이 가까이 있으나 큰 산으로 막혀 언제나 가뭄을 피할 수 없는 이 동네에서는 조금만 가뭄이 들어도 물덕구리(물 푸는 것)를 가지고 못에서 물을 퍼 논으로 넘기는 것이었다. 그리하여 비가 며칠 안 오면 누구나 물을 펐고 그때가 되면 아침, 저녁이 더욱 분주해졌다.

땀이 흘러 눈으로 들어가도 씻지를 못하고 물을 푸던 그들은 해가 중천에 올랐을 때 언덕 위 아카시아 나무 아래로 가서 앉았다.

"그만하면 꽤 펐다. 우리두 이제 씨름 구경이나 갈까? 화가 나서……."
순환이가 말했다.

"글쎄, 갔다 와서 더 푸기루 하구 갔다 올까?……"

이때 경화가 왔다. 모시적삼에 흰 무명 잠방이를 입고 옥색 항라조끼를 입었다. 그가 가까이 올 때 풀 냄새 같은 새 옷 냄새가 났다.

"오늘은 새서방 같구나, 응?"

"말 말게, 일년 내내 일해서 겨우 이것밖에 해 입은 게 없네. 돈을 두었다가 부자 되겠니?"

"그래두 한턱할 만한데?"

"그런데 씨름판엔 안 가겠니? 나두 이때까지 무엇 좀 하느라구 이제 간다. 갈라면 같이 가자!"

"가면 한턱하겠니?"

"좌우간 가자꾸나……."

가고 싶은 마음이 간절하던 그들은 경화의 말에 더 마음이 동한 듯 조금도 서슴지 않고 떠났다.

"오월 단오에 씨름 구경두 못하구 살면 무엇을 하니?"

"우리야 너같이 옷이 있니, 돈이 있니…… 그러니 길 생각두 못하는 게 아니가. 주머니에 돈닢이라두 넣구 가야 할 테니까."

성순이가 모 낼 때 입던 옷을 그냥 입은 자기의 몸을 보며 말했다. 저고리는 흙이 튀어 얼룩덜룩해졌고 물에 젖었던 잠방이는 쭈글쭈글하여 구긴 종이 같았다.

햇볕은 내리쪼이어 이마가 따가웠다. 그러나 사람들은 저수지에 물 모이듯이 각처에서 모여들었으며 계속해서 모여들고 있었다. 언덕 위로 빙 둘러선 사람들은 어디에 숨어 있다가 나왔을까 하고 놀랄 정도로 많았다. 아이들은 나팔, 홀노리(호각) 피리 소리를 즐기며 씨름 구경은 하려고 하지도 않고 물건 파는 곳과 빙수 파는 가게 앞으로 돌아다녔다.

누가 이기고 누가 졌는지 모르나 둘러 선 사람들의 고함소리로 씨름을 하는 것만은 알 수 있었다.

밀치고 밀리고 하는 통에 여자 양산이 쭈그러지며 사람들은 넘어진다.

무엇 하러 왔는지 빙빙 돌아다니기만 하는 사람도 있었다.

"우리두 씨름이나 한 번씩 하세……."

성순이가 순환의 손을 잡아끌며 말했다.

"그만 두게, 씨름해서 소 타먹겠니?……"

경화가 말렸다.

그들은 사람 사이를 뚫고 들어갔다. 땀을 흘리며 빙빙 돌며 제각기 이겨 보려고 버둥거리는 것을 볼 때 성순은 팔 힘이 빠지는 것 같았다.

"으악!"

기압 소리가 나며 한 사람이 넘어진다.

"내 저기 가서 한턱하마. 어서 가자……."

"아무렇게나…… 나도 이 꼴이 보기 싫다……."

셋은 씨름판 왼편에 차양을 치고 술을 파는 집으로 들어갔다.

"이런 날 안 먹구 언제 한번 마음놓고 놀아 보겠니?"

첫 잔을 마시는 경화의 말이다. 그리하여 술이라고는 일년 가야 몇 번도 마시지 못하는 그들이 술을 마시게 되었다.

김

조가 퍽 크게 자랐다. 단오 명절에 입었던 옷을 벗고 밭으로 나가야 할 때다.

"뉘 집 김매러 가요?"

"나는 얌전네 김매러 가오. 당신은?"

아침 조반을 일찍 해 먹고 호미 한 자루씩 들고 나선 성순의 부부가 얼마 동안 같은 길을 걷다가 갈림길에서 헤어졌다.

"이제는 김이나 몇 번 매 주면 먹는다."

얌전네 조밭머리까지 온 성순은 얌전이 어머니가 먼저 김매고 있는 것을 보고 말했다.

"그럼. 이제는 먹어 주었지."

흙을 긁어 부스러뜨리며 얌전이 어머니가 대꾸했다.

"참 잘 됐는데! 이렇게 키 큰 조가 퍽 드물던데!"

"잘 된 것을 볼랴면 아우네 밭을 보게!"

"우리 거야 머 된 게 있나요?"

세 벌 김매는 그들은 호미질을 해 놓은 흙을 긁어 올려 이랑을 만들며 나갔다.

한참 있더니 젊은 사람 몇이 와서 아래 밭머리의 이랑을 잡아매어 오기 시작했다.

"오늘 얼마나 맬려구 사람이 이렇게 많소?"

"매는 날 아주 매야지. 목화밭두 맬려구 하는데 될는지……."

수건 한 개씩을 손에 들고 김매러 나오는 색시들이 떠들며 지나간다.

들에는 어느 밭에서나 사람들이 허리를 굽히고 김을 매고 있으며 논에서는 모를 내기에 바쁘다.

뒤를 따라오던 사람들이 <미나리곡>을 부른다.

"시애비 아들 잠드릴내기
  알뜰한 총각 찬이슬 마셨다."

그 뒤를 이어 또 타령으로 변한 소리가 들렸다.

"타령간다 타령간— 다
  님한— 테— 로 타령간다
  심심하구 갑갑— 한— 데
  타령— 이나 바다줄— 나."

서로 바꾸어 가며 하는 소리는 김매는 손을 흥겹게 해 주었다.

"하늘이 암만 높다해— 두
  초저녁이— 면 이슬— 온다
  지부 황천 머다더니
  대문밖— 기 황천이— 다."

　김매며 소리로 피곤을 잊을 줄 아는 이들은 기어가는 소리로나마 무슨 소
리든 꺼내 불렀다.

　　　　"바람이 불래면 동남풍 불고
　　　　풍년이 질내면 님 풍년지럼
　　　　도토리깍대기 장말구사러두
　　　　언제나원대로 사라나보자우."

　<미나리곡>에 이어 옆 밭에서 색시의 목소리가 곱다랗게 울려왔다.

　　　　"십리안에 오리장성
　　　　님가는곳 못보았소."

　색시가 받아 주는 소리에는 서로 맞소리를 해 주려고 덤볐다.

　　　　"못살겄어요 못살겄어요
　　　　님간곳 몰라서 못살겄어요
　　　　일할내기 분주해서
　　　　오라는거 못가보오
　　　　일하다가 쉬일때면
　　　　님의생각 간절해라
　　　　일하든 오금에 잠이나 자지
　　　　재너머턱턱 뭐하러왔소
　　　　입찰살 버무리 떡삼아 먹구
　　　　언제나 원대로 살아나보자
　　　　들창의 새는 집을 말동말동
　　　　너하구 나하구 말동말동"

돈이나 많으면 오리변주지
남의딸청춘 웨늙히노

오월이라 단오날에
너하구나하구 쌍그네뛰자

요놈의 종자야 치맛깃노아라
외불루당친거 콩튀듯한다.

고놈의눈띠는 낚시나눈띠
걸구채는데 나죽겠구나

이밥의눈띠 뜰줄몰라
양눈을가지고 쌀일듯한다.

숫돌이좋다기 낫갈려갔더니
모본단주머니 넓질너주네

홍이 나서 제각기 노래를 한다. 이따금 받아 주는 색시들 때문에 소리는
끝날 줄을 몰랐다.
　그들은 또 소리를 시작했다.

모시나적삼에 비마져오니
오리알같은 젖보기좋구나

도라지캔다구 핑계를해서
총각의무덤에 삼우제갔댔소

방문안에 앉은각씨
네스나이 죽으면 나하구살자

해는 뜨겁게 쪼여 땀 씻기에 분주했다. 조밭 사이에는 바람도 불지 않고 땅에서 솟구치는 더운 김과 따가운 햇살에 모두 허덕이었다.
"물이나 좀 떠와야지 이거 살겠나?"
남자, 여자 할 것 없이 저고리를 벗고도 그냥 덥다고 야단들이다.
"소리나 더들 하지."
"소리두 숨이 차서 못하것소."
흐르는 땀이 밭이랑 위에 떨어져 먼지를 내고 젖어든다. 그래도 고개를 땅에 닿을 듯이 숙이고 흙을 파서 올린다.
"물 떠 왔네, 마시게!"
얌전의 어머니가 바가지를 들고 오니 우르르 모여들었다. 모두들 목을 축이려고 고개를 빼고 바가지에 입을 댄다.
"오늘 같은 날에 김매다 죽은 사람이 없을까?"
"아직 더워서 죽었다는 말은 못 들었네."
이때 신작로에서 자동차 한 대가 소리를 지르며 달려가는 것을 본 그들 가운데서 다시 소리가 나왔다.

돈이나많으면 자동차탈걸
돈없는탓으로 밭이랑탔소.

죽어이별은 잘도생겼지
살아서생니별 못할네라.

하늘도중천엔 별도많고
나사는 이땅에 말도많다.

<아리랑곡>을 부르며 다시 호미를 쥐고 밭이랑으로 들어갔다.

"오늘두 씨름하나? 웬 사람들이 저렇게 많이 가지?"

조밭 사이에서 고개를 들었던 사람이 말했다. 그 말에 고개를 한 번씩 모두 들었다.

"오늘두 한대. 아마 내일까지 할걸……."

"우리 동네서두 누가 씨름했나?"

"진억이가 해서 비교에 들었다는데……."

"금년에는 진억이가 일등을 먹을 것 같던데."

"글쎄, 작년에는 부상을 탔댔으니까 어찌 되는지……."

"씨름 구경 가는 이는 팔자들두 좋다. 우리는 외편(외가편)이 못 생겨서 이런 노름을 하고 있나?"

"말 말세! 일해야 믹구 살지. 그 사람들 얼마 안 가시 어떻게 되나 보게!"

성순이가 슬근슬근 말했다.

"패가를 한 대두 양첩이나 하나 얻어 보구 죽었으면 좋겠다."

"너는 그것이 소원이냐? 양첩이 뭘 바라구 네게 오겠니?"

얌전이 어머니가 화난 듯이 말했다.

"그러니 말이지요. 김 참봉의 첩이나 내게 하나 주면 좋겠드라. 그 많은 것 다 무엇 하지?"

"가서 한 개 달라구 그래 보지?"

"달라면 줄까?"

"말 잘하면 두 개라두 줄걸!"

이때 젖먹이를 업은 애들이 몰려 지나간다. 얌전이도 애를 업고 어머니에게 가까이 왔다.

"얼마나 울었니?"

애를 풀어 받아 무르팍에 눕히고 젖을 먹이면서 그의 어머니가 물었다.

"아까부터 울었어요. 자꾸 울어서 혼이 났네."

어린애를 안고 젖을 먹이려니 땀이 더욱 흐른다. 나무 그늘로 가서 기저귀를 펼쳐 놓고 젖을 물린 뒤에야 애는 울음을 그쳤다.

애를 어머니에게 맡긴 얌전이는 어머니가 매던 이랑에서 호미를 쥐고 김을 매느라고 할딱거렸다.

"고만 둬라! 우리가 할 테니⋯⋯."

어린것이 어머니가 쉬는 동안에 자기가 매려고 애쓰는 것이 애처로워 성순이가 말했다.

숨이 차서 헐떡이면서도 방긋 웃는 것이 참으로 귀여웠다.

"저것이 학교나 다닐 나이에 김을 맬 줄이야 누가 알았겠나?"

애에게 젖을 물린 채 얌전이를 보고 있던 얌전이 어머니가 키 큰 조[粟] 포기를 물끄러미 보며 말했다.

"저 애가 아직두 학교에 다녔다면 금년에 삼학년이나 되었겠네?"

"그렇구 말구. 부모 된 우리의 죄지. 공부두 그렇게 잘 하던 것을 한 달에 칠십 전이 없어 학교를 못 보냅니다 그려. 저것이 크면 얼마나 말하겠소."

얌전이는 애를 업고 집으로 돌아갔다. 얌전이의 뒷모습을 보며 성순이가 말했다.

"나두 저런 애나 하나 있었으면 좋지 않겠나? 조런 애를 보면 귀여워 죽겠어."

동정한다는 듯이 얌전이 어머니가 웃으며 말했다.

"우리 얌전이를 줄까? 양딸로 삼으소 그래. 나도 먹일 것이 없어 걱정인데⋯⋯."

성순이도 같이 웃으며 얌전이 어머니에게 얼굴을 돌렸다.

"얌전이 어머니야 그 애 없이 하루나 살겠소?"

"그렇기는 그래요. 벌써 밥 지을 줄두 알구⋯⋯. 우리 집에서 가장 일을 많이 하는 애라우."

이때 윗밭에서 김을 매던 색시가 타령을 한 곡조 넘긴다.

온갖물은 흘러 내려두
오장썩은 눈물 솟아오른다.

소리가 끝나자마자 성순이 옆에 있던 사람이 받는다.

　　오장육부 서러운사정
　　뉘로위해 풀을소냐!

　　조개는잡어서 구럭에넣고
　　가는님잡어서 정드려살자

　　밥먹기싫거면 두었다먹지
　　님보기싫은 것 나어찌하리

　헷빛은 민물을 내려누르는 듯했으나 색시와 젊은이들의 노래는 하늘로
오르는 듯했다.
　"이제는 점심이나 먹구 와서 마자 매자."
　얌전의 어머니가 이 말을 하자 그때는 <방아타령>이 나왔다.

　　어서매구 집에가자

　올랐다 낮았다 하는 곡조는 나는 듯이 경쾌했다.

　　에헤야 방헤야!

　그들이 집으로 돌아갈 때에 다시 윗밭에서 색시의 소리가 들렸다.

　　전과나같이 노 — 를래두
　　시애비아들이 원수로다.

　　모시나 전대에 베전대에

전에나 전대루 놀아나보자!

"야! 그 어느 동네 색시가? 참 소리를 잘 하누나."
소리에 반한 그들이 하는 말이다.
저녁때 경화가 김매는 데 와서 모 심을 사람을 구한다고 했다.
"웃집 조카 너 모레 우리 모 하루 해 주렴!"
"누가 품을 채지 않으면 가지……."
"성순이 너두 하루 해 주렴. 내 김을 하루 매 줄게니."
"그러자구."
"아재비네 내일 누구랑 모 합니까? 늙은 사람들은 탁대지 말라요."
"그럼, 늙은이가 끼이면 재미가 있나."
경화가 간 뒤 저녁 바람이 시원하게 불기 시작하자 사뭇 유쾌한지 목소리
를 더 높이며 아래웃밭에서 소리를 넘기었다.

밀물에왔다가 썰물에갈래면
뽕나무 오디 오지나말지

앞집체네 알개는 소리
뒷집총각 두건이튼다.

시집을못살면 본가집살지
곰방대놓고는 나못살겠네

조금 사이가 있는 저 쪽 논에서 모를 심던 사람들이 방아타령을 불렀다.
자기들 소리에 정신이 없던 그들도 귀를 기울여 방아타령을 들었다.

어젯밤에 사통을돌아 에헤야방헤야
오늘날에 뫼인우리 에헤야방헤야

방아소리루 놀아보세 에헤야방헤야
먼데사람 듣기좋게 갓채사람 보기좋게
에헤야 방헤야
일만가지저세서 일만석이날듯하다.
에헤야 방헤야

한 사람이 섬기고 여러 사람이 방아를 부르는 것이 참으로 나는 듯한 곡
조였다.
계속해서 들려 왔다.

일만석이나구나면 달같은마당에 별같이되고
에헤야 방헤야
달같은마당에 별같이가리면 노적담은 높아가구
에헤야 방헤야
앞남산은 낮아가네 몇몇이모인 우리 마루나한번 올려보세
에헤야 방헤야
초가로마루 와가로마루 명심해서 받아주세
에헤야 방헤야
어야헤 좁은골에 지동하듯 넓은골에 노상하듯
에헤야 방헤야
체녀애기 애질번했네 어서하구 바삐해서
에헤야 방헤야
다나란참에 하구보면 주인님이 별상을 주네
에헤야 방헤야
꾸엉꽁지같은 입담배에 씨원한 탁주에다
에헤야 방헤야
꼬꼬하는 영계(鷄)찜에 고추양념 해서놓구
에헤야 방헤야

칼치반찬 조기생선 돼지다리 소갈비에
에헤야 방헤야

방아소리가 꿈자리 난리 난 것같이 떠들썩하였던 들이 조용해졌다.
"오늘은 밭을 다 맬렸더니 너무 무덥고 해서 조밭밖에 못 매었군……."
"글쎄요. 땅이 굳구 돌두 많아서 꽤 오래 걸리는데요."
"내일은 누구네 밭 매나요?"
"우리 조밭을 매 줘야겠어요. 너무 날래 커서 자꾸 낟알(곡식)이 마르는
데 비가 안 와서 큰일났쉐다. 내일은 미녕밭을 맬러우?"
"글쎄, 매던 차에 다 매야겠는데…… 아우네는 다음에 갚아 주면 안 될
까요?"
"천천히 갚아 주소 그려. 우리는 다른 사람 얻을 수 있겠지요."
다짐한 뒤에야 조밭을 나와 호미를 뒤에 차고 돌아왔다.
다음날 아침도 검은 구름이 돌다가 있었던 것 같지도 않게 전부 벗어지고
말았다.
"개미가 구멍에서 나와 다니구 지렁이가 길에 나와 있는 걸 보면 비가 올
듯두 한데……."
밭으로 가면서 성순이가 진심에게 말했다.
진심도 개미들이 나도는 것을 내려다보았다.
"정말 이렇게 비가 안 와서는 사람두 말라죽을 거예요."
진심이가 개미구멍에 발질을 하며 말했다.

일등상

오월의 햇살은 살을 태워 버릴 듯이 내리쪼였다. 그 가운데도 점심때가
가장 심했다. 밤나무꽃도 햇빛에 시든 듯이 축 늘어졌고 논에서 고기를 잡
아먹던 황새도 모가지를 빼고 졸고 있다. 들에 매어 둔 송아지도 목이 마른

듯이 아귀만 삭이며 앉아 있고 이슬 맞아 파랗던 잔디로 시들시들했다.

"에, 더워! 멱(목욕)이라두 깜구 들어가야지."

키 큰 조밭을 매고 있던 성순이가 땀을 훔치며 밭머리에 벗어 놓았던 신을 신으며 집으로 돌아가려고 했다.

"멱은 무슨 멱이요. 집에 가서 냉수나 먹으면 그만이지."

진심이 흙이 들어간 고무신을 털며 말했다.

개구리도 뛰어가기가 숨이 찬지 조금 가서는 넙적 앉아 다시 갈 생각도 못하고 있다.

"금년엔 벌써 이렇게 덥고 비는 한 방울도 안 내리니 어찌되려는 시절이야!"

"글쎄, 너무 더워요. 오늘 더위에는 비라도 좀 올 것 같은데……."

"글쎄, 더위를 보면 비누 올 것 같구……."

"이렇게도 안 올 리야 있겠소?"

"하느님두 이렇게 무심해서야 믿을 수가 있담. 요 며칠 사이에 비가 안 오면 곡식은 둘째로 사람이 다 죽을 것 같다."

성순이는 적삼까지 벗어 들고 집으로 들어갔다. 집안에 누워 있던 아버지도 무던히 더운지 부채만 휘두르며 적삼을 벗고 있었다.

"이렇게 더워서는 못 살 것 같다. 곡식은 얼마나 말랐던?"

"며칠 내로 비가 안 오면 누구 할 것 없이 밥주머니 차구 떠나야 되겠습니다."

"애! 그런데 아까 체부(배달부)가 와서 편지 한 장을 주구 가드라. 어데서 왔나 보아라! 영순이한테서나 안 왔는지 빨리 봐!"

"편지가 왔어요?"

성순이는 선반 위에 있는 편지를 내려 겉봉부터 읽었다.

김성순이라는 자기 이름이 봉투에 써 있었으나 자기에게 오는 편지에 그만큼 잘 쓴 글씨는 이것이 처음이었다. 급히 뒤집어 보았다.

"군청에서 내게 무슨 편지를 할고?"

그는 내용이 궁금해서 봉투를 곱게 찢었다.

‘가나’(일본말)로 썼구나! 이렇게 쓰면 누가 읽으라는 말인가? 한문과 한글을 조금 아는 성순이는 읽을 수가 없었다.

“어데서 왔어? 네 아우에게서 오진 않았니?”

“군청에서 왔어요.”

“뭐라구 왔니? 또…….”

“가나가 돼서 알지 못하겠어요. 참, 그런데 아우한테서는 통 소식이 없으니 어떻게 살구 있는지…….”

“글쎄, 퍽 갑갑하다. 한 번두 편지를 안 하니…….”

“이것이 뭔지 빨리 알아야겠는데 누구한테 가볼까?”

군청에서 온 편지를 접었다 폈다 하며 성순이가 말했다.

“요전에 군청에서 뽕나무밭 검사를 다니드니 그게 아닌가요?”

“그것밖에는 건덕지가 없는데, 참 모르겠네! 내가 죄를 짓지도 않았는데…….”

“좌우간 빨리 가서 누구 보구 봐 달라구 해요.”

성순은 편지를 들고 밖으로 나갔다.

“무슨 큰일이 생겼나? 군청에서 올 리가 없는데…….”

“모르겠어요.”

진심과 그의 시아버지도 성순이가 돌아올 때까지 점심 먹을 생각도 않고 그를 기다리고 있었다.

“빨리 돌아오지나 않구…….”

“아무래두 무슨 일이 생겼나 보다.”

그들은 꼼짝도 않고 성순을 기다렸다. 그들의 마음은 숨이 끊어져 가는 사람을 보는 듯했다.

숨을 헐떡이며 벙글거리고 들어오는 성순을 그들은 의아한 눈으로 쳐다보았다.

“일등상이래요. 상 타러 오라는 편지야요! 금년 운수가 나쁘지는 않은 모양이지요?”

그는 말 탄 어린애같이 기뻐서 덤비며 빙빙 돌아다닌다.

"글쎄, 뽕나무상 말이지요?"

"그래, 그것이야……."

"내가 알았지! 그럴 것 같더군."

"아니 얼마나 준다던?"

"상은 말하지 않았는데 내일 자동차를 타구 군청으루 오랬어요."

성순은 말할 때마다 벙글벙글했다.

진심이도 아버지도 기뻤다. 하늘에서 떨어진 돈 같아서 어쩔 줄을 몰랐다.

"한 백 원 주었으면……."

진심이 점심을 차리며 하는 말이다.

"백 원은 다 해서 무엇 해? 오십 원만 나와도 빚을 갚구 얼마 남는 것으두 쌀이나 사서 먹으면 되지…… 봐라, 농사는 세가 잘 하기만 하면 하늘이도와주는 법이란다. 생각지두 않았던 돈이 떨어지지 않았니?"

아버지가 힘들어 천천히 하는 말에도 웃음이 섞인 듯했다.

성순이는 면에서 나온 뽕나무를 조밭머리에 백 주 가량 심었다. 땅도 좋고 또한 김도 매어 준 덕택에 뽕나무는 잘 자랐다.

물론 그가 뽕으로 누에를 치기 위함은 아니었으나 뽕나무를 누구나 심어야 한다는 면의 지시에 할 수 없이 조밭머리에다 심었던 것이다. 뽕이 자랐으나 누에도 못 치고 그저 버려 두었다. 그러던 것을 금년에는 도에서 뽕나무 날을 정하고 면에서 나와 거름을 주고 김을 매어 주라고 할 때 그는 두엄을 주고 김을 매었다. 그러한 것이 동네에서 가장 잘 되었다고 일등상을 타라고 오라는 것이었다.

"뽕나무라도 심어 둔 것이 덕볼 때가 있군. 그 그늘 때문에 낟알(곡식)이 잘 자라지 않았지만 이번 상만 타면 그 보충은 되겠군."

"참봉네두 나왔는데 이등상이라데……."

"어떻게 그 집에서 이등상을 탔노?"

"너무 자란 것을 잘 가꾸지 못했던 게지."

"내일은 누가 갈는지 같이 갔으면 좋겠는데……."

햇살은 지치지도 않는지 그냥 내리쪼였다.

"비는 왜 아니오구 날만 더울까?"

"참, 비두 신통히두 아니 오네. 누구를 죽일려구 그러는지……."

곡식을 볼 때마다 비를 기다리지만 비는 오지 않고 볕만 따가웠다.

"동풍이 불어 구름이 나는 것을 보니 오늘내일 비가 올 듯도 한데……."

"와야지 살지!"

성순이와 순환이는 헤어져 딴 밭으로 갔다.

저녁때 해가 거의 졌을 때 그들은 다시 그들이 같이 부치는 논에서 만났다.

"벼가 누래만 가누만 비가 어찌 안 오는지……."

순환이가 물덕구리를 들고 오며 말했다.

"내일은 어느 때나 가겠나? 자동차루 오라구 그랬으니까 그 시간에 나가면 되겠구만……."

"걸어가면 줄려던 상을 안 줄까? 아침 물이나 푸구 걸어가지. 몇십 리나 된다구……."

성순이가 대답했다.

"이런 때나 자동차루 모시어 보지 언제 자동차 타 보겠나, 팔자에……."

"말 말게."

"그런데 벼가 크지를 않는다구 다시 비료를 하라데. 일전에 참봉이 그러데."

"그렇지만 어쩔 수 있나?"

"자기가 사 주겠다구 그러두만……."

"그렇게 해서 가을에 벼로 감할려구?"

"어쩌나? 할 수 없지! 나두 더 빚을 못 낼 것이고 자네두 그럴 것이니……."

"그것두 야단이지."

"그럴 것 있나? 자네야 그 일등상 돈으로 비료를 사지."

"글쎄…… 그것두 괜찮지……."

해가 기울어져 저녁때가 됐는데도 덥기는 마찬가지였다. 어두워질 때까지 들에서는 여기저기 물 푸는 소리가 처량하게 들렸다. 그들은 땀을 뻘뻘 흘리며 물을 폈다. 벌레 우는 저녁에야 겨우 마친 그들은 하늘을 쳐다보았다. 검은 구름이 깔려 별이 하나도 보이지 않았다.

"이제야 비가 오려는 게다."

"올 것도 같으이."

가뭄에 하늘을 쳐다보는 농부들의 눈빛은 처절했다.

번개가 치고 이어서 우렛소리도 들렸다. 비가 올 것 같다. 옷도 벗지 못하고 쓰러져 자던 성순은 비가 오니 논에 가 보라는 그의 아버지의 말소리에 잠이 깨었다.

"애! 비가 많이 온다. 어서 일어나서 논에 가 보아라!"

일핏 잠이 깬 성순은 잘 떠지지 않는 눈을 비비고 일어났다. 비가 온다는 말에 정신이 벌컥 들었다.

"비가 와요? 빨리 가 봐야겠군."

그는 등불도 없이 삽을 메고 새까만 어둠 속으로 삿갓을 쓰고 나섰다.

어느 새 빗물은 개울에서 소리를 내며 흐르고 있었다.

그는 논두렁을 다니며 열어 놓을 데는 열고 막을 데는 막았다. 아무것도 보이지 않는 논두렁에 서서 한참이나 찬비를 맞고 서 있었다. 어쩐지 마음이 놓이지 않은 까닭이다.

순환이가 기침 소리를 내며 다가왔다.

"벌써 나왔나?"

"다 해 놓았네! 이제 들어감세."

그러나 순환이는 한 바퀴 돌고 들어가겠다고 했다.

그 날 밤 그들은 비 오는 기쁨과 동시에 비가 쉬 그칠 것 같은 염려로 잠들지 못했다.

이튿날 새벽에 그들은 맹꽁이 울음소리가 들리는 논에 거의 동시에 당도했다. 약물과 같은 비가 그치지 않고 내리고 있음에 그들은 종일토록 들에 서 있고 싶었다. 그러나 성순은 군청에 가야 하겠기에 집으로 들어가 조반을 먹고 나섰다. 두루마기도 없이 잠방이 적삼만 조금 깨끗한 것을 입고 참 봉네 집으로 갔다. 삼십 리나 되는 길을 우산도 없이 비를 맞고 갈 수는 없었다. 군청에서 상을 준다고 했으니 할 수 없이 자동차로 가기로 했으며 그래서 돈도 빌리고 또 그 집에서도 상을 타니 같이 가자고 해서 같이 떠났다.

경화가 단옷날 입었던 옷을 입고 떠나려던 참이었다.

성순이는 돈을 취했기 때문에 자동차가 다니는 데로 가서 몇 시간을 기다렸다. 시골 자동차는 시간을 모르며 더구나 비가 오는 날에는 형편없이 늦어지는 것이다.

그들은 자동차에 탔다. 양복이나 입고야 타는 줄 알았던 자동차에 오르자 성순이는 자기도 비 한 방울을 맞지 않고 가게 되는 것을 생각하며 자동차가 그다지 높은 사람만이 타는 것이 아님을 알았다. 길가에 선 포플러 나무를 헤어 보다가 헤지 못한 그는 자동차가 그렇게까지 빠르다는 것을 이제야 안듯이 경화의 귀에다 입을 대고 말했다.

"자동차가 이렇게 빠르댔나? 나는 것 같구나!"

"그것두 몰랐댔니?"

"멀리서 볼 때야 그다지 빠른 것 같지 않던데?"

한참 있다가 읍에 이르렀다고 샛노란 표를 주고 내린 경화가 말했다.

"고 사이에 육십 전 먹었구나."

"눈 깜짝할 새에 없어졌는데. 그 돈을 가졌으면 집에서 며칠이나 쓸지 모를 거 아냐?"

한 시간도 되지 않는 길을 육십 전이나 주고 온 것이 퍽으나 아수한 모양이었다. 성순은 자기 상을 타는 것이니 조금 나은 편이나, 점심이나 먹으라고 주는 몇십 전 외에 자기 돈을 들인 경화는 참으로 가슴이 쓰렸다.

그들은 비를 맞으며 군청으로 들어갔다.

한참 후에 나온 성순은 기뻐서 웃어야 할 것이지만 얼굴을 찡그리고 입술을 삐죽이었다.

"이것 받으러 비오는 날 여기까지 왔댔나? 자동차 값만 육십 전 빚으로 남았군."

"일등이니 이등이니 하더니 겨우 이걸 주느라고 법석을 떨었던가."

경화도 입술을 삐죽이며 말을 했다.

그들은 제각기 나무 자르는 가위와 삽 한 개를 들고 힘없이 나오는 것이었다.

"이거 들구 어떻게 집으루 들어간담. 집에서는 돈이나 나올 줄 알구 내가 오기만 기다릴 텐데……."

자기가 어리석었던 것이 분했다. 그것을 길가에 내던지고 싶었다. 비 내리는 길을 걸을 때 젖은 옷깃으로 스며드는 써늘한 빗물은 모든 것을 귀찮게 했다.

돈을 듬뿍 주는 일등상을 꿈꾸었던 성순은 점심 한 그릇도 못 먹고 비를 맞으며 힘없이 돌아왔다.

신축 농장

"야! 자동차 온다. 내려와 봐라!"

"저것…… 두 개, 세 개나 지나가네. 야! 멋쟁이다."

"군도랑 찼구나!"

"너 거 어데 가는 건지 아니?"

"농장에 가는 거 아니가, 그것두 몰라?"

자동차가 지나갈 때 소 먹이던 애들이 소를 놓고 산에서 내려와 서로 떠들었다. 자동차 같은 것을 매일 보는 그들이라 새삼스럽게 자동차 때문에 떠들 일이 아니지만 아무거라도 자동차가 지나가면 기어이 그것을 보고 그 속에 있는 사람까지 보고야 마는 그들이다.

"오늘은 순사들이 가지."

"무슨 일이 생긴 게로구나!"

"아니야, 내가 요전에 가 보니까 농장 사무소 옆에다가 파출소를 세웠드라. 그리로 가는 순사들이겠지."

구장의 아들로 보통학교에 다니는 지성의 말이었다.

"너 언제 갔댔니?"

언제나 지성이와 싸우려는 진억의 아들 인국이가 물었다.

"얼마 전에 학교서 선생님과 갔댔다. 왜?"

지성이도 지지 않겠다는 듯이 말했다. 이때 한편에서는 벌써 씨름판이 벌어졌다.

"자! 일등에 소 한 마리!"

씨름판에서 들은 대로 소리를 치던 한 애가 지성이와 인국이를 끌어다가 씨름을 붙였다.

인국이와 맞붙은 지성은 인국이보다 약하지가 않았다. 둘은 엎치락거리다가 꼭같이 넘어지고 말았다.

둘은 서로가 이겼다고 뻗대는 바람에 싸움이 붙고 말았다.

"이 자식! 학교에 다니면 다녔지 왜 건방지게 노니? 그래 지구두 지지 않았다는 개 같은 자식!

"목도꾼의 아들 같은 놈! 누가 졌어? 진 사람 볼려면 네 얼굴이나 봐!"

"무엇이 어째? 네 애비는 구장이나 해 먹는다구 그리 높은 줄 아니?"

자기의 아버지가 목도꾼이라고 하는 말에 인국은 성이 머리끝까지 올랐다. 찰싹 찰싹하고 나는 소리는 누구의 뺨에서 나는지 몰랐다. 그러나 귀하게 자란 지성은 마지막까지 견디지 못하고 인국이에게 깔리고 말았다.

"이 자식 죽어 봐라!

인국이는 지성을 깔고 앉은 채 옆에 있는 돌을 들어 내리치려고 했다. 이것을 본 다른 애들이 큰일날 것 같아 달려들어 돌을 빼앗았다. 둘 다 열서너 살 밖에 안 되지만 한 애는 학교에 다니고 한 애는 학교에 다니지 못한다는 점에서 언제나 충돌이 생기는 것이다. 또한 하나는 자기 소를 먹이고 다른 하나는 남의 소를 먹이며, 하나는 구장의 아들, 또 하나는 빈농의 아들이라는 데서 서로 미워하며 깔보기도 하는 것이다.

그들은 싸움을 그치려고 하지 않았으나 다른 아이들의 씨름이 다시 시작함으로 싸움은 끝났다.

"애들아, 북조포(北漕浦)로 갈려면 이 길루 가면 되니?"

지나가는 사람이 길을 물었다.

"예, 그리루 가면 됩니다."

다 같이 대답했다.

"그런데 아직 몇 리나 남았니?"

"한 십 리만 가면 돼요."

머리에 수건을 동인 사람들이 보따리를 메고 고맙다는 말을 하고 갔다.

"저것두 목도꾼이지!"

지나가는 노동자를 본 지성이가 말했다.

"이 자식! 목도꾼이 뭐야. 네 할아바지 아냐?"

인국이가 또 대들었다.

"네 할아바시시……."

"네 하래비지야!"

그들은 또 싸우려 들었다.

그때 멀리서 소들 잘 보라고 고함치는 소리가 들렸다. 소들이 밭에 들어가서 곡식을 먹고 있기 때문이다. 남의 소를 먹이는 인국이도 소를 잘 보아줘야 하므로 그도 소 있는 곳으로 뛰어갔다.

농장! 그것을 세우려고 계획하기는 십여 년 전부터이다. 그 사이에 여러 사람들이 자동차로 와 보고 입을 벌리고 돌아가기만 했다. 서해변 육천 정보가 넘는 넓은 간사지를 개간하여 논을 만들기에는 작은 돈을 가지고는 생각도 못할 일이었다. 그래서 돈 많은 주식회사에서 이곳을 시찰하기가 몇 번이나 되었으나 그들도 자기들 주머니로는 시작도 할 수 없었다. 그러던 것이 작년에 일본 사람의 회사 불이(不二)농장에서 손을 뻗쳐 삼 년 간 삼백오십만 원을 투자하여 만들 계획을 세우고 금년 얼음이 녹자 시작을 하여 지금은 기초공사를 진행하는 중이다.

길이만 백십여 리나 되며 저수지도 양편에 두 개, 양수지(楊水地)도 두 개, 제당(堤塘)도 물을 만드는 만큼 그들의 계획은 누구나 놀랄 만한 것이었다.

제1호 제당의 계획만을 보아도 전체의 계획이 얼마나 큰가를 알 수 있다.

북조포에서 북으로 미회리(美會里) 언덕까지 길이가 천삼백일곱 간 분이며 높이가 서른일곱 자나 되고 그 만수면(滿水面)의 여유가 일곱 자나 되며 그 천폭(天幅)이 스물넉 자나 된다. 제당의 기초는 물이 스미지 못하게 철판을 땅에다 꽂는다. 그 철판이 들어가는 길이가 열댓 자나(洋尺) 되며 넓이가 일여덟 치가 되는 것으로 그것 하나를 꽂는 데에 이십 원씩 먹힌다고 했다. 일여덟 치짜리로 천간을 나가고 또 그 위에 둑을 쌓으니 제당 한 개에 돈이 얼마나 먹힐 것인가를 추측할 수가 없었다.

농장 근처에는 농장으로 가는 노동자들과 중국인의 떼를 매일 볼 수 있을 만큼 인부를 많이 쓴다. 그도 모자라는지 북만주 등지로 노동자를 모집하러 가기도 한다고 한다.

근방에서 농사짓기가 힘이 들어 하는 사람은 한 번씩 모두 가 보았다. 그러나 그곳에서 한 달 이상 있는 사람은 드물었다. 그만큼 삯전이 싸서 공연히 거기 있다가는 밥값만 늘게 되므로 떠날 수 있는 사람은 누구나 그곳에서 오래 머물지 않았다. 그래서 공사를 시작한 지 벌써 두서너 달은 지났어도 그들의 계획인 하루 노동자 오륙백 명은 절반도 채우지 못했다.

모를 다 낸 순환이와 진억이도 멀지 않은 곳이므로 돈벌이를 하려고 내려갔다. 그들뿐 아니라 누구나 한 번씩은 가서 며칠간 일을 했다. 그 가운데서도 진억이와 순환은 가장 오래 일을 했다.

집이라고는 변소간도 없던 곳에 노동자들에게 밥을 파는 집, 물건을 파는 집들이 도회지같이 많이 들어서 있었다. 그러나 좁은 방에서 스무 사람 이상의 노동자가 자는 것을 볼 때 자기들의 생활이 조금 나은 것이라고 생각했다. 누추하고 보잘것없는 집이라 해도 식구들이 쐬기 치듯 비좁게 자는 일은 없기 때문이다. 그러나 여러 사람들이 함께 뭉쳐 일을 하고 또 그 생활에 높은 사람과 낮은 사람의 구별이 없음에 살기가 무척 편했다. 돈은 하루에 사십오 전씩 받았으나 누구나 같은 액수이기 때문에 별로 불평도 없었다. 그리고 그들이 농사를 짓는다 해도 그런 벌이가 되지 않을 것 같아 가을까지 만이라도 있기로 했다.

그들은 돌을 메어 나르는 일을 했다. 해변에 작은 섬이 하나 있는 것을 남포로 터뜨려 그 돌을 옮겨다가 둑을 쌓는 것이다. 그 일은 무척 힘이 들었다. 밝기 전에 시작해서 어두울 때까지 돌을 져다 나르면 어깨가 내려앉는 듯이 아팠고 온몸이 바늘로 찌르는 것 같이 쑤셨다. 그래서 도저히 매일 일을 할 수가 없어서 며칠에 한 번씩은 쉬지 않을 수가 없었다.

쉬는 날도 밥은 먹어야 하니 그들의 손에 남는 것은 아무것도 없었다. 다만 일 전이라도 손에 남는 것이 있어야 하겠는데 조금도 남지 못하니 그들은 집으로 돌아갈 생각을 해 보았다.

"그렇게 돈을 많이 가지구 있는 회사에서 왜 이렇게 삯전을 조금 줄까?"

"글쎄, 이렇게 일을 시키다가는 삼 년 아니 십 년이 지나두 다 못하겠네! 먹을 것이나 주어서 사람들을 많이 모아야지!"

몇 달이 되있어도 아직 별로 진전이 없는 빌판을 바라보며 그들은 이야기했다.

"바다에 뚝을 치면 이 넓은 간사지가 돈이 된다지. 우리는 그때 와서 농사나 지어 먹세."

"말 말게! 지금도 삯전을 박하게 주는 그들이 자네에게 농사지어 먹게 우대해 줄 것 같은가?"

"그래두 회사 땅은 소작료가 적다드라."

순환이가 일터에서 잠시 쉬다가 일어나며 말했다.

그들은 일하다가 힘들 때에는 감독이 없는 것을 틈타 앉아서 잡담을 했다.

어떤 날 새벽에 일하러 나가자 자기네들보다 조금이라도 일찍 나오던 중국인들이 보이지 않았다. 조선 사람들이 임금이 적다고 모이지 않자 중국으로 가서 데리고 온 중국 노동자가 조선인보다 더 많던 그곳이 그들의 말소리가 없자 농장 안은 텅 빈 듯했다.

남포 소리도 없고 구루마 소리도 없으며 보이는 감독마다가 눈을 번뜩이는 것이 조금 이상스러웠다. 더구나 한 명씩밖에 오지 않던 농장 순사들이 네 명씩 떼를 지어 다니며 모잣줄을 느리우고 고개를 기웃거리는 것이 이상했다.

돌을 옮기려고 석유상자를 메고 가며 진억이가 말했다.

"그놈들 다 죽었나."

"글쎄, 무슨 일이 생긴 모양인데…… 오늘 아침에 조금 기색이 다르더라."

한참 일을 하고 있을 때 사람이 가장 많이 모여 일하는 제1호 제방(第一號 堤防)에 중국인 노동자 한 명이 나서서 서투른 말씨로 말을 했다.

(中間 一部 削除당함)

그 날 하루 동안을 그들은 불안 속에서 지냈다. 누구나 할 것 없이 중국 노동자들을 참으로 불쌍하다고 생각했으며 특히 잡혀가는 그 사람들을 볼 때 측은하게 생각지 않는 이가 없었다.

모두들 밤이 늦도록 불을 켜 놓고 웅성거렸으며 또 저벅거리는 구두 소리도 그치지 않았다.

다음날 아침에는 농장이 죽은 듯이 조용했다. 남포 소리도 나지가 않아 농장 일의 진행을 눈여겨보던 근방 사람들까지 의심을 하게 되었다.

진억이와 순환이도 방에서 나오지 않고 누워 있었다.

"저이들두 하루바삐 일을 하려 하니까 이렇게 되면 돈을 올려 줘서라두 일을 시킬걸……."

진억이가 말했다.

"그렇구 말구! 어쩔 텐가! 일을 아니시킬 수는 없는 노릇이구!"

순환이가 대답했다.

그래서 조선인 노동자들은 임금을 올려 달라고 진정을 하기로 했다. 그 진정서는 진억이가 가지고 가서 제출하기로 했다. 그러나 진정서를 가지고 들어갔던 진억이는 보람도 없이 해고를 당했다. 그래서 집으로 돌아와서 다시 농사를 짓게 되었다. 그러나 그 동네에서는 농장 임금이 조금 높아졌다고 그리로 가는 이가 점점 늘었다.

보리 가을!

하지(夏至)가 지난 지 열흘이 되도록 모를 심고 김을 매느라고 누렇게 익은 보리를 베지 못했던 성순이는 오월 그믐날에야 낫을 들고 보리밭으로 나갔다. 하지가 지나면 보리뿌리가 썩는다는 것을 모르지 않았고 또 보리를 베어 들여야 하루빨리 자기의 곡식으로 먹고 살 것을 모르는 바 아니다. 그러나 그 동안 진 품을 갚아 줘야 했기 때문에 그는 이제야 겨우 지게를 지고 나선 것이다.

가뭄에 결실을 잘못한 보리와 밀이지만 그래도 누런 빛깔을 보자 성순의 마음은 기뻤다.

이제부터는 보리밥이라도 남에게 빌리러 가지 않고 마음놓고 먹게 되었다는 것을 생각할 때 천자라도 된 것 같은 기분이었다.

싯누런 보리밭에서 더운 김이 무럭무럭 올라오는 밭이랑을 따라 한 줌씩 한 줌씩 보리를 베어 눕혔다. 다른 곡식보다 가볍고 껄렁이가 많은 것이 대수러워 보이지 않았으나 그것이 자기의 목숨을 살리는 것이라고 생각할 때는 넘어진 이삭 하나라도 버리고 싶지 않았다. 남의집에 쌀을 빌리러 아내를 보낼 때마다 이때가 오기를 얼마나 기다렸던가?

작지 않은 밭을 혼자서 베기에는 벅찼다. 그러나 아픈 허리를 만져 가며 한 묶음이라도 빨리 벨 생각뿐이었다.

허리를 굽히고 모를 심다가 다시 밭에서 몸을 굽히고 일하기는 너무나 힘들었다. 그래서 허리를 앓아눕는 사람도 적지 않았다. 그래서 농부들은 자기 밭이 아니면 남의 밭 보리를 베어 주지 않는다. 너무 심할 때는 앉아서 밥도 먹지 못할 만큼 허리가 아파서 일어서서 하는 일이나 하려고 한다.

성순이도 사람을 구할 수 없어서 혼자 꾸부리고 보리를 베었던 것이다.

땅에서 올라오는 더운 기운과 하늘에서 내리쪼이는 햇살은 가죽을 벗겨 내릴 듯했다.

하늘에는 종달새도 날지 못하고 풀섶에서는 벌레들도 울지를 못한다.

"비가 온 뒤 날이 더워야 벼가 잘 되지만…… 다시 비가 오려구 이렇게 더운가? 하지가 지나면 구름만 떠도 비가 온다는데."

구름 한 조각이 가볍게 떠다니는 하늘을 쳐다보며 혼잣말로 중얼거렸다.

땀은 얼굴을 적시고 옷을 적신 뒤 등골을 타고 내렸다. 이따금씩 지나가는 자동차가 바람을 피우며 달아날 때 그 속에서 부채를 부치며 앉아 있는 이는 무슨 팔자를 타고났을까 생각했다.

그럴 때마다 벌레만큼도 가치가 없는 듯한 자기 목숨이 더 천하게 보였다.

언제까지나 이러다가 죽을 것을 왜 이렇게 안달을 하고 있을까? 밤낮으로 일만 해도 죽음을 면치 못할 이 목숨을 살리겠다고!

그는 끓는 물 속에서 숨을 못 쉬는 사람같이 가슴이 답답하여 한숨만 쉬었다.

바람은 보릿잎도 흔들지 않았고 먼지 한 알 날리지 않았다.

멀리서 보리 베는 사람들도 자기와 같으련만 그래도 움직이고 있는 그들을 볼 때 자기도 부지런히 일을 해야겠다고 생각했다. 일할 때면 언제나 들리는 노래도 들리는 데가 없었다.

"북조포를 가려면 이리로 간디여?"

신작로를 지나가던 행인이 다른 지방 말씨로 길을 물었다.

"예, 그리루 가면 됩니다."

한 손에 벤 보릿단을 쥔 채 돌아서서 대답했다.

"아직 몇 리나 남았당께로?"

성순이는 처음 듣는 말씨가 우스웠으나 대답을 해 주었다.

"얼마 멀지 않습니다. 십 리두 못 되지요. 일하러 가십니까? 늙으신 분이……."

적은 보따리를 걸머지고 지팡이를 짚고 있는 행인은 퍽 늙어 보였다. 수염도 희고 얼굴에 주름살도 퍽 있었다. 그래서 얼마나 먹을 것이 없으면 저런 늙은이가 일터를 찾아다닐까 생각했으나 늙은이의 이야기는 이러했다.

"나는 전라도 ××이라는 땅에서 왔는디 말이여, 그기서 아들 둘과 농사를 지어 그럭저럭 지내고 있었지라우. 풍년이나 들면 걱정 없이 지냈는디요, 몇 해는 당체 농사가 되야지 말이여. 그랑께 굶기를 먹기보다 많이 하면서 그냥 지내던 것이 금년 봄에는 맏아들 놈이 으디로 도망을 쳤당께! 그놈이 없으니 농사도 지을 수 없고 앉아서 죽어야 할 형편이여! 그래서 이리저리 알아본께 그놈이 그곳 몇 사람과 같이 이리로 왔다는디 말이여. 그래 아들 놈을 찾아 여기까지 왔당께 그려…… 죽기도 살기도 이렇게 힘이 드는 것이어, 잉…….”

눈물을 글썽이며 힘없이 말하는 것을 볼 때 가련한 마음이 솟았다.

“그러면 아들을 찾아오신 게웨다. 그려?”

“그렇체, 잉…… 여기 있기만 하면 좋겠는디…….”

“요새 그런 사람이 많을지두 모르지요, 떠난 지 얼마나 되었는데요?”

“벌써 두 달이나 되었으라우. 헛, 참 기가 맥혀서, 잉.”

지팡이에 힘을 주어 가며 걸어가는 모양이 며칠 동안을 걸어 몹시 피곤한 깃을 밀해 주는 듯 헀다.

“세상엔 고약한 사람두 많지, 부모를 버리구 도망을 치다니 죽어두 같이 죽어야지!”

어린애처럼 눈물겨워 하는 노인의 말을 듣고 성순은 혼자 중얼거렸다.

그러나 눈을 뜨고 죽어 가는 가족들 꼴을 보는 것보다 돈을 벌어서 살게 해야겠다는 젊은이의 생각은 헤아리지 못했다.

소경의 걸음같이 비틀거리는 늙은이의 그림자는 점점 멀어져 갔다. 성순은 멍하니 그편만을 바라보고 있었다. 그는 얼마 전에 이 길을 지나가던 몇 사람을 생각해냈다.

며칠 전 어떤 늙은이와 젊은 여자가 밤중에 이 길을 걷다가 동네에 머물렀다. 그 둘은 잘 곳과 먹을 것을 구하고 있었다. 차비로 돈을 다 쓰고 먹을 것도 없었지만 자기의 며느리만은 밖에서 재울 수가 없다고 애걸을 했다. 신랑이 없다면 시집에서 안 살겠다는 며느리를 데리고 아들을 찾아가는 사람이었다. 그들의 얼굴은 여위고 눈알은 쑥 들어갔었다.

그 뒤에 어떤 날 아침에는 오륙십 세쯤 된 남자가 밥을 얻어먹자고 구걸을 했다. 옷도 말끔하게 입은 사람이 왜 구걸을 하느냐고 물었더니 그는 이렇게 대답했다.

"거지는 아니웨다. 돈벌이를 왔더니 늙은이라구 일도 시켜 주지 않어서 그저 돌아가는 사람입니다. 노비는 없구 길은 가야 하겠기에 밥을 얻어먹으며 가는 사람이웨다."

정신 없이 멍하니 서서 이런 생각을 하던 성순은 세상은 이렇게 살기가 힘드는 것이라고 생각했다.

사람들이 비극 속에 사는 세상이 나쁜지 남보다 잘 못 사는 사람들이 잘못인지 성순이는 도무지 알 수가 없었다. 세상도 잘못된 것 같고 사람들에게도 잘못이 있는 것이리라.

손에 땀이 나서 쥐었던 낫자루가 미끈미끈했다. 이마에서도 땀이 떨어졌다. 그는 흐르는 땀에 번질거리는 팔뚝을 움직이며 낫질을 했다.

해가 하늘 중간에서 조금 기울어졌을 때 점심을 먹으러 들어갔다. 마당 귀퉁이에 서 있는 살구나무에서 벌겋게 익은 살구를 따서 한 입에 넣고 씹으며 혼잣말을 했다.

"살구꽃이 피던 때가 얼마 안 되었는데 벌써 먹게 되었군. 이것두 배가 부를 때라면 얼마나 신이 나겠나……."

가장 잘 익은 살구 몇 알을 따 가지고 방으로 들어갔다.

"아버지! 좀 어떠십니까? 살구라두 한 알 잡숴 보시지요!"

"이제는 죽으려는 게다! 다 싫다!"

숨을 거칠게 내쉬며 마음대로 돌아눕지도 못하는 아버지가 말했다.

"왜 그런 말씀을 하시나요? 요즘 번지는 감기겠지요. 아버지야 그래두 몇 해는 걱정 없습니다."

"그런 말 마라! 어서 죽어야 편안하겠다."

"집안사람은 안 들어왔나요?"

"왔다 나가드라…… 너두 한 술 먹구 나가야지……. 그런데, 보리는 얼마나 비었니?"

그의 말은 마디마디 끊어지며 힘이라고는 조금도 없었다. 그렇게 강퍅하고 고집스럽던 이가 몇 번 앓고 나서는 말 한 마디도 크게 못하는 것이 성순의 마음을 괴롭게 했다.

"빨리 나가 보아라! 어서 보리를 비어야지. 혼자 그걸 다 빌려니 얼마나 허리가 아프겠니? 조금씩 쉬어 가며 해라! 일만 생각하구 몸을 돌보지 않아서는 안 된다."

성순이도 밥 한 술을 먹고 나갈 생각이었으나 아버지가 전에 없던 말을 해서 죽으려는 사람 같은 생각이 들어 겁이 덜컥 났다. 아버지가 이제 죽어도 많이 살았다는 마음도 들었으나 갑자기 측은한 마음이 생겼다.

"아버지, 그리 근심이 되시면 제가 집에 있지요!"

말이 끝나기 전에 대답을 하려고 말을 꺼냈지만 숨이 찬지 아버지는 힘들여 가며 겨우 말을 이었다.

"그런 소리는 하지 마라! 죽긴들 오늘 죽을 것이며 네가 있는다고 낫긴들 하겠니? 어서 가서 보리를 베다가 그것으루 하루바삐 밥을 지어 먹어야 되시 않겠니? 나두 햇보리루 지은 밥이나 먹어 보구 죽자꾸나."

성순은 집을 나왔다. 그러나 어쩐지 아버지가 금방 돌아가실 것 같았다.

오전보다도 더위는 더했고 머리는 더 어지러웠다.

"아버지가 누워 앓는데 며느리는 김매러, 아들은 보리 베러 나갔다고 하면 남들이 뭐랄까? 그러나 남의 김 품은 갚아야 하고 보리는 하루바삐 베어다가 털고 또 밭을 빨리 갈아 팥과 모밀을 심어야 할 우리가 아버지 병 때문에 집에 우두커니 있으면 어찌될꼬. 말을 들어도 할 수 없지. 다 돈 없는 탓이 아닌가?"

그는 보리를 베며 한 길 두 길 앞으로 나갔다.

"무엇보다두 하루바삐 마당질을 해서 보리쌀을 내도록 해라."

는 아버지의 간곡한 말에 어두울 때까지 보리를 져다 날랐다.

그 다음날도 하루 종일 져다 날랐다.

허리는 칼로 잘라 버렸으면 시원하리만큼 쓰리고 아팠다. 그렇다고 누울 수가 있으며 옮기던 보리를 그냥 두어둘 수 있는가?

다른 사람들은 벌써 근경(보리밭에 팥 같은 종자를 뿌리고 가는 것)을 하는데 자기는 보리를 털고 난 뒤에야 하게 되었으니 남보다 퍽 뒤떨어지게 될 것이 분명했다.

걸음을 재촉하며 쉬지 않고 보릿단을 옮겼다.

참봉네 마당에 쌓아 둔 보리를 다음날 털기 시작했다.

돌아가는 도리깨에 와삭 와삭 떨어지는 보리알은 이리로 저리로 튀어 간다.

"맛질을 벌써 하누만! 저 사람은 부지런해!"

지나가던 동네 늙은이들이 말했다.

"이르지두 못하웨다."

도리깨질을 하며 대답했다.

"자네네 보리가 제일 잘 되었을걸…… 다른 것들은 전부 말라서 먹을 것이 없드라구!"

"이삭을 보아선 보리가 날 것두 같지 안쉐다. 얼마나 날는지!"

"나와서 노눕시다!"

다 털고 참봉의 집으로 들어간 성순이의 말이다.

"응, 나가마!"

여자의 말소리다.

한 번도 나와 보지 않던 참봉의 처가 보리 나누는 것을 보려고 나왔다.

"곡간에서 가마니를 내 와야 담지!"

성순이는 참봉네 적은 곡간에서 가마니 몇 개를 꺼내어 왔다.

"우리 것부터 되게!"

붓축질(바람으로 보리 검불을 날리는 일)을 할 때 키질을 해 주러 왔던 진심이가 가마니를 벌리고 성순이는 보리를 되어 넣었다.

"한 말, 두 말……."

목소리를 높여 말 수를 헤며 그는 한 말이라도 많아지길 원했다. 또 이제는 먹을 것이 생겼구나 하는 생각에 무척 기뻤다.

"마당을 잘 쓸구 가라구!"

두 섬 한 말씩 나눠 가진 성순은 보릿짚을 쌓아 두고 마당을 치운 뒤 지게를 지고 보리를 날랐다.

"넉 섬이 다 우리 것이라면 무던하겠건만……."

그는 쓸데없는 소리를 하면서도 그래도 기쁜 듯이 보릿섬을 만지작거렸다.

의사

"요전에 빚 내온 돈 다 썼소? 입쌀두 조금 사야 모뎅이를 뜨지 않겠소?"

"그래서 조금 남겨 두었지! 빨리 사 둬야 하지 않을까요?"

"글쎄, 순환이가 내일 모레쯤 뜨자구 그러든데! 그럼 당신이 오늘 장에 가서 쌀 두어 말 사 가지구 오구려!"

성순이는 뒤지 속에 꽁꽁 싸 두었던 이 원 오십 전을 꺼내 진심에게 주었나.

"사람을 얻지 않고 우리끼리만 할 수 있다면 이런 돈은 안 써도 되지 않겠나."

만져 보기 힘든 돈을 내주며 그는 아까운 듯이 말했다.

"이것을 다 쓰면 돈 쓸 일이 또 생길 때 어찌 하노!"

그러나 사람을 얻지 않고는 한꺼번에 모뎅이를 뜰 수 없다.

"여보! 돈이 남으면 아버지 드릴 반찬이나 좀 사 오구려."

"남기만 하면 사다 드리지요."

며칠 동안 자리에 누워 앓고 있는 아버지에게 아무것도 못해 올린 성순은 보리밥에 된장만 드리기가 미안했던 것이다.

아버지의 병환은 나날이 더해만 갔다. 감기 같아서 매약상이 맡기고 간 약봉지에서 금계랍도 드려 보았고 소화불량도 같아 감초뿌리도 달여 드려 보았건만 아무것도 듣지 않았다.

"고열에 돌아가시기나 하면 어찌할고?"

이런 근심이 나도록 병이 심했다.

소변과 대변은 물론 거두어 주어야 했지만 혹시 아무도 없는 사이에 죽지나 않을까 하여 그들은 한시도 병자 옆을 떠나지 못했다.

진심이 장에 갔다 올 동안 성순이가 아버지를 간호했다.

"애, 성순아! 영순에게 편지나 해라. 마지막으루 한 번만 보았으면 좋겠다구 해라! 으흥!"

아버지는 기침을 자주하며 자기가 얼마 있지 않아 죽을 것이 분명하다는 듯이 평양 간 작은아들 이야기를 자꾸 한다.

"편지는 하리다마는 다른 생각은 하시지두 마시구 마음 편안히 자십시오!"

성순이는 위로의 말을 하기는 하나 아버지의 생명이 그다지 길지 못할 것을 느꼈다. 그러나 벌써부터 남의집에 있는 동생을 오라고 편지를 하고 싶지는 않았다.

"편지를 쓰니, 응?"

"이제 쓰지요!"

"이제 쓰다니? 빨리 써라! 한시가 바쁘다."

"걱정 마세요."

"너 편지 안 쓰면 나는 안달이 나서 더 빨리 죽겠다."

"그럼 쓰지요."

그는 할 수 없이 손가락만한 연필로 백로지에다 편지를 썼다. 그러나 아버지의 병세가 위독하니 빨리 오라는 말은 쓰지 않았다. 상점에서 일하느라고 죽을 틈도 없다는 아우를 오라고 하면 그야 올 수도 있기는 하겠지만 오느라고 여비도 쓸 것이고 상점에서도 좋아할 것 같지 않아 그런 말을 쓰기가 망설여졌던 것이다. 그러나 동생에게 알리지도 않은 사이에 아버지가 돌아가시면 어떻게 할까? 그는 결국 쓰지 않을 수 없었다. 쓰기는 했으나 그것을 부칠까 말까 또 망설였다. 그 편지를 받으면 동생이 놀랄 것이며 그래서 오라는 말을 쓰지 않아도 급히 올 것처럼 생각되었기 때문이었다.

쓴 편지를 아버지에게 한 번 읽어 주고 곧 부치겠다고 하고는 궤 속에 넣어 두었다.

진심이 돌아왔다.

쌀 두 말을 다 사면 남는 돈이 없을 것 같아서 쌀은 한 말 반을 사고 나머지는 고기 조금과 다른 반찬을 조금씩 사 왔다.

"배가 자꾸 아프다!"

아버지가 애들같이 앓는 소리를 하며 배가 아프다고 한다.

성순이와 진심은 병자가 앓는 소리를 할 때마다 가슴이 내려앉곤 했다.

아프다는 곳마다 뜨거운 물로 물찜도 해 주었고 돌을 달구어 불찜도 해 주었다. 그러나 갖은 방법을 다 써도 조금의 효과가 없을 때 그들의 근심은 더욱 커 갔다.

"늙은이의 병이니 한참 끌구 갈거요. 집에 꼭 붙어서 간호 잘 하오!"

다음날 논으로 나가는 성순이가 진심에게 당부했다.

"급한 일이 생기면 곧 알리소!"

"걱정 말구 일이나 하소. 늙은이는 다 그런 게지!"

싱순은 이슬이 비 오듯 하는 풀밭을 지나며 일꾼들과 같이 이야기했더.

"집에 늙은이는 없어야 할 게야! 먹을 것두 없는데 늘 편안치 않으니 언제나 맛있는 것을 드릴 수두 없구…… 맛없는 것은 먹지를 않으니 힘드는 것은 젊은이들뿐이야!"

"그렇구 말구. 우리두 지내보았지만 그것이 제일 힘든 노릇이야!"

얼마 전에 자기의 어머니를 잃은 경화가 대답했다.

"또 병원에 가 보려구 해두 맞돈을 내지 않으면, 그리구 허름한 옷을 입구 가면 약두 잘 지어 주지 않는다니까! 그러니 병원에두 갈 수가 없데!"

"그렇구 말구. 얼마 전 청결 때 군청에서 사람들이 나와서 청결하게 살며 조금만 몸이 불편해두 의사에게 보이라구 강연을 했지만 그건 돈 있는 사람들의 놀음이지 우리 같은 놈에게야 꿈인들 꿀 노릇인가?"

경화가 다시 말했다.

"참 그렇기두 하데! 내가 넉넉할 때는 쩍하면 병원이니 무에니 했는데 요새는 누우면 앓는가 보다 그런 정도루 되데. 모두 돈 있을 때 하는 말이야!"

얌전이 아버지가 말했다.

전에는 희기로 유명했던 그의 살이 까맣게 탔고 그의 얼굴에는 수염이 거칠게 났다.

호미 하나씩을 들고 바짓가랑이를 불두덩이까지 걷어올린 뒤 논으로 들어가 모 사이의 흙을 뒤집어 놓으면서 그들은 이야기를 그치지 않았다. 순환이의 집에서도 몇 사람이 조반을 먹고 나왔다.

"돈이란 그놈을 마음대루 써 보구 죽을 수는 없을까? 그놈이 참으루 이상한 놈이야!"

물 속을 걸어가며 말하는 그들의 목소리는 더욱 커 갔다.

"그것이 하필 무엇이기에 세력이 그렇게 클까?"

"그런 것을 보면 징역은 하지만 뒷동네 형식이가 마음은 커! 돈을 만들어 쓰다 잡혔다지 않아!"

여러 사람들이 제각기 자기의 말을 하려고 큰소리로 덤비고 있을 때 농장에 가서 일을 하고 온 순환이가 말을 꺼냈다.

"돈이 우리에게는 왜 없는지 아나? 돈이 없다구 앓지만 말구 그것을 알아야 한단 말이야! 돈이란 것은 누구에게만 있는고 하니 부자에게만 몰켜 있어. 그렇게 어떤 사람들 손에서만 그놈이 놀구 있기 때문에 우리 같은 것은 상대에 돈을 못 쥐어 보구 죽게 되는 거라네!"

노동자들과 얼마 동안 있으며 주워들은 말로 강연을 하듯이 말을 이었다.

"보게! 이 동네 김 참봉이나 너머동네 최 주사 같은 이야 돈이 얼마든지 있지. 그런 이가 세상에 없다구 하면 밥 굶어 죽겠다는 사람이 당초에 없을걸세!"

모두 그 말에 동조하며,

"사실 그래!"

하는 말이 연방 나왔다.

절벅절벅하며 모뎅이를 뜨던 그들은 잠시 말이 없었다.

그때 누가 한편에서 가만가만 그러나 알아들을 만큼 낮은 목소리로 말을 꺼냈다.

"어제 뒷동네 일하러 갔드니 참 별난 것 다 보겠더라! 늙은 사람이 길을 가다가 죽었는데 아들을 찾아왔던 사람이라나! 참, 끔찍하더라!"

"나두 오늘 아침에 들었는데 참으로 불쌍한 사람두 있어. 아들두 찾지 못하구 게다가 며칠을 굶어 그만 그곳에서 쓰러졌대! 무섭더라!"

(中間 一部 削除 당함)

　이때 성순의 처가 급히 나왔다. 성순은 무슨 큰일이 난 듯이 뛰어갔다. 일하던 사람들도 허리를 펴고 뛰어가는 성순을 바라보았다.
　"무슨 일이라두 생겼나?"
　얼굴색이 변한 성순을 본 순환이가 따라가 물었다.
　"아버지가 조금 편찮다구 하네! 일들 하게. 집에 좀 갔다 올 테니!"
　아내에게 뛰어갔던 성순이가 되돌아와 말했다.
　"빨리 들어가 보게! 거 참 큰일났구만!"
　성순은 뛰어들어갔다. 아버지는 조금 나아서 잠이 든 것 같다고 하나 숨이 차서 힘들게 호흡하는 것을 보자 심상치 않은 일이라 생각했다.
　"아버지! 아버지! 물 좀 잡수세요!"
　병인의 몸을 흔들어 깨웠으나 아무 대답도 없었다.
　"여보! 언제부터 이렇소?"
　진심에게 물었다.
　"조금 전에 갑자기 토하시더니 정신을 잃었어요."
　눈물이 나오려는 것을 참아 가며 진심이 대답했다.
　"이러다가 큰일나겠소! 내 병원에 갔다 오리다!"
　그는 병원에 가려고 일어나며 이제는 동생에게도 알려야겠다는 생각으로 궤 속에 넣어 두었던 편지를 꺼내어 '빨리 오너라!'라는 말을 덧붙였다.
　"봉투가 있어야 편지를 부치지! 어데 가서 좀 얻어 올 수 없을까!"
　그는 심지의 불이 기름 속으로 붙어 들어가는 남포를 보고 도망치는 사람같이 덤볐다.
　"내 참봉 댁에 가서 한 장 빌려 오지요!"
　진심이가 재빠르게 문을 차고 나갔다.
　갔다 온 진심은 참봉이 없어서 모르겠다고 하더란 말을 했다.

이러다가 의사도 오기 전에 죽으면 사망신고도 할 수 없을 것을 아는 성순은 병원에 가서 봉투를 얻자고 생각하고 달려나갔다.

"여보, 의사님 계십니까?"

의사는 있었다. 그러나 급해서 맨발로 뛰어온 성순의 말은 들은 척도 안 했다.

"여보, 사람이 방금 죽게 되었으니 빨리 가 봐 주십시오!"

"그렇게 급하다면 왜 입때까지 뵈지두 않았소? 먼저 와서 가 달라는 손님이 있기 때문에 지금은 못 가겠소!"

"그럼 언제 오시게 될까요?"

"글쎄, 낸들 알겠소."

종내 의사는 와 주지 않았다. 성순이는 봉투 한 장을 얻어 겉봉을 썼다. 그러나 우표값도 안 가지고 와서 편지를 그냥 가지고 돌아왔다.

"의사가 짬이 없다구 안 오겠다네! 어데 그새 좀 어떤가?"

"난 그럴 줄 알았소. 돈이 있어야 어데라도 다닌다우. 맨손으로 헌옷을 입구 갔으니 어찌 오겠소? 빨리 어데 가서 의사 태우구 올 말이나 대여가지구 갔다 오소!"

성순이도 그것을 모르는 바 아니었다. 그러나 괘씸한 의사가 미웁게만 생각되었다. 마음 같아서는 다시 그 집에 가고 싶지 않았으나 의사의 진단서가 없으면 사망신고를 낼 수 없음에 말을 구해 다시 가 보기로 했다.

모뎅이를 뜨느라고 분주한 이때 돈을 준대도 말을 쉽게 구할 수가 없었다. 오 리도 못 되는 가까운 길을 의사를 태워 오려고 오십 전으로 말 한 필을 겨우 구했다. 말을 몰고 병원에 오니 의사는 아직도 방 안에 있었다.

"빨리 가 주십시오!"

아무데도 가지 않았을 것을 잘 아나 그래도 이렇게 말하고 말은 문턱에 대어 놓았다.

"출장비와 약값은 전부 물겠소?"

말 위에 오르며 의사가 물었다.

"인명이 경각에 있는데 그것이야 묻지 않겠습니까? 빨리 가 주십시오!"

길 옆에서 우표 한 장을 사서 봉투에 붙여 뻘건통에 넣었다.

"내일 아침에는 받아 보겠지! 빨리 들어가 주었으면 돌아가시기 전에 올 것도 같은데."

이렇게 생각하며 말 뒤를 따라 걸었다. 의사의 살찐 굵은 목이 보였다.

"이 집입니다. 내려서 들어가십시다."

말에서 내린 의사가 집을 휘둘러보고 들어갔다.

"어데 봅시다!"

한 마디를 하고는 청진기를 귀에 꽂고 병자의 몸을 짚어 본다.

"병은 무슨 병입니까?"

"감기가 쎘는데……. 조금 위험하군!"

청진기를 가방에 넣으며 더 앉아 있으려고도 않고 일어서며 말했다.

"방이 이렇게 더러우니 병이 생기지! 우리 집에 가서 약을 가져오우."

방 안을 한 번 둘러본 뒤 곧 나가서 말을 탔다.

의사를 태우고 갔던 마부(馬夫)가 약 한 봉지를 가지고 와서 출장비 일원과 약값 팔십 전을 빨리 보내 달란다는 말을 하고 갔다.

"보리쌀 열두 말을 했는데 그 중 너 말은 팔아야 그 돈을 갚겠구나!"

부상(父喪)

의사의 약은 전부 먹었으나 차도는 조금도 있는 것 같지 않았다.

눈도 뜨지를 못했고 앓는 소리도 제대로 못했다. 병자의 옆에 앉아 있을 땐 병인의 괴로워함을 보며 빨리 낫기를 원했으나 문 밖에 나서기만 하면 장례 걱정이 앞섰다.

"여보, 저녁때가 되지 않았소? 일하는 사람들의 밥을 져야지요! 빨리 나가서 밥을 하오!"

진심도 한심하여 우두커니 정신을 잃은 사람처럼 앉아 있다가 성순의 말을 듣고 나서 부엌으로 나갔다.

"아버지! 죽이라도 조금 잡술까요?"

정성껏 묻는 성순의 말에 아버지는 고개만 흔들었다.

"아버지! 말씀 좀 하십시오. 성순이에요."

아버지는 묻는 말에 대답은 않고 알아듣지 못할 군소리만 하였다. 점점 정신이 흐려지는 모양이었다. 성순은 물을 떠다가 아버지의 얼굴과 손발을 씻어 주고 무겁기만 한 이불을 바로 덮고 몸을 바로 잡아 주었다.

몸에는 힘이 없고 심장 뛰는 소리도 들리지 않는 듯한 생명이 꺼져 가는 아버지를 볼 때 성순은 우렁찬 음성과 화가 날 때는 몽둥이를 휘두르던 옛날의 아버지를 생각했다.

그는 눈물 한 방울을 무릎 위에 떨어뜨렸다.

"사람은 이렇게 힘없이 죽는 것인가?"

그는 말할 수 없는 슬픔에 몸을 떨었다. 차츰 죽음 속으로 빠져들어가는 아버지를 차마 볼 수 없었다.

"여보! 논에 가서 밥 짓는다구 말을 하구 와서 밥을 지으소. 앓는 사람 집에 와서 밥을 먹으려는지 모르겠지만."

"그럽시다."

진심은 대답하고 곧 논으로 나갔다. 이제 죽으면 무엇으로 장례를 지낼까 하는 생각이 진심의 머리에 떠오르자 머리가 아찔하여 길이 뱅글뱅글 도는 것 같았다. 앞산이 잘 보이지 않았으며 맑은 날이 흐린 것처럼만 느껴졌다. 진심은 갑자기 시동생을 생각했다. 시동생만 있다면 이런 때 힘이 돼 줄 텐데…….

사람이 죽어 가도 누구 하나 말을 건네 주는 사람이 없고 어찌해야 좋을 지 몰라 애타할 때에 의논할 사람 하나 없는 것이 너무나 서러웠다.

그는 평지를 걸어가면서도 돌이 많고 구멍이 많은 험한 길을 걷는 것같이 느껴졌다.

"집에서 저녁을 지으니까 일찍들 들어와서 저녁을 잡수소!"

겨우 이 말 한 마디를 하고 돌아선 진심은 순환이가 옆에 와서 병환이 어 떠냐고 묻는 말에 대답도 못했다.

“고만두시소! 다들 자기 집에 가서 먹기루 했다우.”

이 말에 진심은 돌아섰다.

“집에서 밥을 짓구 있어요, 오셔야지요!”

“그러지 말구 어서 들어가기나 하소. 먹으러 갈 사람두 없쉐다.”

병자가 있는 집에 저녁을 먹으러 갈 사람이 어디 있겠는가? 순환은 성순이 대신 자기 집에서 저녁을 먹이리라 생각했다.

진심은 아무 말도 못하고 돌아갔다.

“어떻게 됐소! 오겠다구 합디까?”

“고만두겠대요.”

그들은 다시 입을 열려고도 하지 않고 서로 병자의 얼굴만 보고 있었다.

아버지는 잠이 들었는지 숨소리도 없이 눈을 감고 있다. 죽은 사람이 다 된 것 같았나.

진심은 소리를 죽여 울기 시작했다. 그러나 그 울음은 성순을 더욱 괴롭게 했다.

“울지 마소! 아직 맥이 노는데!”

아버지의 팔목을 잡고 있던 성순이 아내를 달래었다.

그들은 그대로 밤을 새우려는지 물 한 모금 먹지 않은 채 꼼짝도 않았다.

날이 어두워져 갈 때 순환이가 찾아왔다.

“조금 어떤가?”

“그저 그렇네!”

“잠이 드셨나?”

“글쎄, 잠이 드셨는가 봐!”

“나는 아까 큰일이 난 줄 알았네.”

밤을 새우려고 해도 등잔에 기름이 없었다. 불도 없이 병자와 함께 밤을 새울 수가 없어 성순은 순환에게 석유를 조금 빌려 오라고 부탁했다. 그 말에 순환이가 나갔다.

한참 후 순환이가 석유 한 병을 들고 와서 말했다.

“아무리 돌아다녀두 석유 있는 집이 없데…… 바통골집에 가니까 그 집에야 석유가 있었는데 빌려 주지는 않구 다음에 돈으루 달라구 하데.”

“수고했네!”

불을 가늘게 켜 놓고 희미한 불빛 아래서 창백한 아버지의 얼굴을 내려다보았다.

“가 보지, 응?”

“가서 할 일이 있나. 같이 하룻밤을 지내세!”

“곤하지 않겠나?”

“자네는 곤하지 않은가? 다 같지!”

사실 동무가 곁에서 함께 밤을 새워 준다는 것이 여간 마음 든든한 일이 아니었다. 그래서 말로는 가라고 했지만 있어 주었으면 하는 마음이 간절했던 것이다.

병자를 둘러싸고 하나는 머리에, 하나는 가슴에, 또 하나는 발 있는 곳에 앉아서 모두 고개를 숙이고 있었다.

언제 어떻게 될지 몰라 제각기 정신을 차리고 눈을 부릅뜨고 있었으나 따가운 햇볕 아래서 허리를 굽히고 종일 일한 그들이라 피곤을 이기지 못해 깜빡깜빡 졸고 있었다. 그러나 졸면서도 희미한 불빛에 비치는 병자의 얼굴에서 눈을 떼지는 못했다.

삼성별과 모재기(별 이름)가 없어졌을 때 오줌 누러 나갔던 순환이가 들어와서 말했다.

“이제는 우리두 잠을 자야겠네! 아버지가 숨이 편안하고 잠이 드셨으니까 산 사람두 잠을 자야지!”

그들은 불을 켜 둔 채 잠을 잤다.

모기가 무는지 벼룩이 깨무는지 정신 잃고 잠든 그들은 밤 동안 아버지가 죽었다 해도 알지 못했을 것이다.

순환이가 옆에 있어서 마음 든든하여 겁이 덜 났던지 날이 밝아 올 때 닭 소리를 듣고야 성순은 잠에서 깨었다.

아버지는 자는지 깨어 있는지 간간이 앓는 소리를 내고 있었다.

“일어나게! 좀 보라구 어찌 됐나.”

성순이가 가만히 말했으나 진심과 순환은 놀란 듯 일어나 눈을 부빌 새도 없이 병자를 보았다. 병자는 가래가 끓는지 숨쉴 때마다 그렁거렸다. 손빛은 점점 파래지고 있었다.

창은 점점 밝아지건만 사람의 명은 점점 어두워만 가고 있었다.

"자네 널[棺]은 있나?"

이제는 별수가 없음을 안 순환이가 자기라도 나가서 장례 준비를 해 줘야 겠기에 이런 말을 물었다. 성순도 어쩔 수 없다는 것을 알았는지 마음을 진정시키며 말했다.

"널이라니? 있을 리가 있나. 아버지가 십여 년 전에 한 개 만들어 두었지만 어머니가 돌아가셨을 때 그걸 썼지! 그러니까 목수라도 데려 와야지. 널을 만들어 파는 데가 어데 있겠나? 좀 가 주겠나?"

순환은 만들어 오든지 목수를 부르든지 하겠다며 밖으로 나갔다.

성순은 육 년 전 어머니가 죽었을 때를 생각했다. 그때는 아버지가 전부 맡아서 시신도 만지고 장례도 하여 성순이는 별 어려움 없이 다만 어머니의 죽음을 슬퍼했을 뿐이었다. 만들어 둔 관도 있었고 땅마지기도 지금보다는 낮게 가지고 있었기 때문에 그다지 힘들지 않게 장례를 치렀다. 그러나 오늘은 흰 손 하나로 어떻게 장례를 치를까가 문제였다.

"여보! 쓸데없소. 울어야 소용 있나. 한시바삐 염이나 만드소!"

치맛자락으로 눈물만 씻고 있던 진심이도 뒤지를 열고 옷가지를 꺼냈다.

"아무것으루라도 하구레! 있는 대루 해야지!"

진심은 자기가 시집올 때 남편의 옷이라고 명주저고리 한 채 가져왔던 그것과 당목바지를 뜯어 수의를 만들었다.

"이것만 하면 어떻게 하우, 보선과 두루마기두 있어야지 않소? 그리구 상복이 하나두 없는데."

벌써부터 문제가 일어난다. 남들이 보는데 당목바지를 입히기도 부끄러운 노릇이었지만 버선과 두루마기가 없으면 보는 사람이 얼마나 욕을 할까 하고 생각하니 또 눈물이 나오려 했다.

어머니가 죽었을 때 만들었던 상복은 입을 옷이 없어서 뜯어 고쳐 입었으니 그것도 사야 할 것이다.

날은 완전히 밝았다. 닭이 홰를 치며 모이를 쪼는 소리가 들렸다. 암탉이 모이 찾는 소리를 낼 때마다 병아리들은 삐악거리며 암탉의 부리로 모여든다.

"저 병아리들은 아무 근심도 없으리라. 어미가 죽건 애비가 죽건 모이나 먹으면 그만이겠지! 아! 사람은 무슨 죄를 지었나?"

오 분을 더 살지 십 분을 더 살지 모르는 병자를 두고 밖에 나갈 수도 없는 형편이라 성순은 모든 일을 순환에게 맡기지 않을 수 없기 때문에 관을 구하러 나간 그를 눈이 빠지게 기다렸다.

"아우님이 오늘 올려는지……. 좀더 빨리 편지라도 했으면 좋았을걸!"

"오늘이야 오겠지!"

사람이 귀할 때인만큼 멀리 있는 동생이라도 빨리 왔으면 하고 기다렸다.

누가 와서 거들어 주는 이도 없으며 손에 돈이 없으니 무엇 하나 장만할 수도 없었다. 가슴만 답답할 뿐이었다.

조반 후 경화와 진억이가 찾아왔다. 이때까지 발길도 안 했다가 이제야 찾아오는 그들이 미웁기도 했으나 아직 한 번도 들여다보지 않는 사람들보다 그래도 고마웠다.

"이제는 다 틀렸네! 자네들 오늘 할 일이 없으면 집에 좀 있어 주게."

너무나 한심해서 붙들어 두기는 했으나 그들에게 무엇을 시켜야 좋을지도 생각나지 않았다. 어디 가서 돈을 빌려 오랄 수도 없고 병자를 맡기고 자기가 나설 수도·없으니 답답하기만 했다.

진억이와 경화는 우두커니 앉아서 동정만 살피고 있었다.

"정말 죽고 싶네. 이렇게 딱한 노릇두 있나? 아버지를 어떻게 파묻는단 말인가, 응?"

성순은 진억이의 무릎에 거꾸러져 울었다.

"성순이 이러지 말게. 죽은 사람 때문에 산 사람이 실신을 해서야 되나? 마음놓구 의논하세! 자! 일어나 앉어!"

성순을 일으켜 세우며 진억이가 말했다.

"근심 말게. 없는 사람이 자기 푼수대루 하면 되잖나?"

"그래두 조금이나마 있어야 푼수구 뭐구지!"

"죽은 사람은 죽은 사람이라네. 산 사람이 죽은 사람 때문에 죽어서야 되겠나? 힘 자라는 대루만 하세!"

진억이가 성순의 등을 쳐 주며 위로하듯 말했다.

"순환이는 어째서 아직도 안 올까?"

"어디 갔는데?"

"밝기 전에 목수를 데리러 갔는데."

"이제 오겠지!"

진억이는 경화에게 앉아 있으란 말을 하고 밖으로 뛰어나갔다.

성순의 얼굴은 믹지를 못한데다가 상심을 하여 하루 만에 몰라보도록 수척해 있었다.

장례

"형님! 아버지가 어떻게 되었어요, 네?"

목으로 땀이 비오듯 흐르는 것도 씻을 생각을 못하고 뛰어든 영순(永淳)이가 울부짖었다. 형님과 형수에게 인사는 둘째였다. 영순은 죽어 가는 아버지 옆으로 달려들었다.

"아버지! 제가 왔어요. 대답하세요."

"응, 영순이가!"

희미한 대답을 겨우 한 아버지는 눈을 한 번 떴다가 다시 감았다.

"애! 영순아 너무 그러지 마라, 응! 참아야지 않니!"

성순은 보기가 괴로울 뿐 아니라 병자에게도 좋지 않을 것 같아 영순의 손을 떼며 말렸다.

그러나 영순은 사람들이 바라보고 있는 줄도 모르고 울음을 그치려 하지 않았다.

"애들아!"

아버지가 겨우 입을 열었다. 그래서 성순이 진심이 영순이 모두가 무슨 유언을 하려는 줄 알고 가까이 다가앉았다.

"너희들은 굶어 죽지 말구 잘 살아라!"

한 마디 하고는 입을 봉하고 말았다.

입술이 점점 파래지면서 손발이 차지기 시작한다. 눈꺼풀이 뒤말리며 숨소리가 들리지 않는다. 몸이 힘없이 축 처지고 살은 흡수지에 잉크가 번지는 것처럼 파란 기운이 번져 갔다.

처마 끝에 새끼를 깐 제비가 모이를 가져다 새끼에게 먹여 주느라고 재잘거리고 있다.

방 안은 질식한 사람들같이 모두가 조용했다.

"아버지! 왜 말씀을 안 합니까?"

영순이가 울음을 터뜨리자 진심도 소리를 내며 울었다. 성순이도 눈자욱을 씻지 않을 수 없었다.

굶지 말고 살라는 말 한 마디를 남기고 돌아간 아버지를 생각할 때, 아버지가 얼마나 고생을 하며 살아왔는가 하는 생각보다 앞으로 그들이 얼마나 더 힘들게 살아야 할까 하는 것이 그를 더 괴롭고 가슴 아프게 했다.

"너무들 울지 말게! 동네가 소란하겠네!"

한참 울고 있을 때 경화가 그들을 달랬다. 그냥 두면 하루 종일이라도 계속해서 울 것 같았다.

"울어야 소용·있나? 그만했으면 참기두 해야지!"

"응, 울어 무엇 하게!"

성순은 한숨을 내쉬고 울음을 그쳤다.

"영순아, 너두 그만 그쳐라! 이제는 아버지 장례할 생각이나 하자!"

얼마나 더 울려는지 주위의 말에는 아랑곳하지 않고 영순은 울음을 그치지 않았다.

"여보, 당신두 그만두오! 그래 운다구 죽은 이가 살겠소?"

　　진심이 울음을 멈추었을 때야 영순이도 겨우 울음을 그치고 수건으로 눈물을 씻었다.

　　"이 사람들은 왜 안 올까?"

　　성순이가 먼저 나간 순환이와 진억이를 기다리며 말했다.

　　"이 사람들이 와야 의논이라두 하지."

　　그때 순환이와 진억이가 급하게 들어왔다.

　　"아니 어떻게 됐나?"

　　"말 말게!"

　　이 말을 들은 그들은 고개를 숙이고 말을 꺼내지 못했다. 눈물을 한 방울씩 떨구고 입을 움칠거리는 것이 마음이 괴로운 모양이다.

　　"자네들까지야 그래서 되겠나? 이제는 일을 해야 되겠네! 정신을 차리게!"

　　어깨를 치며 경화가 말렸다.

　　"자네 왔구나. 얼마나 걱정을 하며 왔니?"

　　그들은 영순을 보고 인사를 했다.

　　"예!"

하는 영순이는 정신없이 대답만 하는 것 같았다.

　　"관은 하나 마련했네! 그런데 장두 봐야겠는데 돈을 마련할 데가 있어야지……. 쌀과 반찬은 좀 있나?"

　　"우선 돈이 있어야겠는데 어디 한 푼이나 있어야지."

　　성순은 울먹이며 말을 잇지 못했다. 돈이 없어서 아버지의 장례도 못하면 어쩌나 하는 생각이 솟아올랐다.

　　죽은 사람을 가마니에 싸서 산에다 짐승처럼 묻던 것을 얼마 전에 본 일이 있다. 그때 일이 성순의 눈앞에 선했다.

　　"아, 아버지는 왜 죽었습니까?"

　　큰 소리로 울면 가슴이라도 후련할 것 같았다.

　　"형님, 그리 근심 마십시오. 내가 얼마 가지구 온 것이 있으니 그걸루 대강하구 모자라는 것이 있으면 또 내가 내두룩 합시다."

근심에 쌓인 형의 얼굴을 본 영순이가 말했다.

"네가 번 돈을 그렇게 써서 되겠니, 그것은 내놓지두 말아라! 아무리 내가 돈이 없기루 그걸 쓰겠니?"

"별말씀두 다합니다. 쓸 데 써야지요. 만약 이렇게 우물거리구 있기만 하면 누가 장례를 치러 줍니까? 자, 받으시라구요."

곱게 접었던 십 원짜리 한 장을 내어 성순에게 주었다.

장가 못 보내 줄 형편임을 알고 장가나 들겠다고 타향에 나가 돈벌이를 해서 한 닢 두 닢 모은 것을 받아쓰기는 미안했다. 그러나 아버지의 장례는 안 할 수 없고 전황한 때 한 푼도 빌려 쓸 수 없는 시골에서 어떻게 하겠는가? 그는 받지 않을 수 없었다.

"자! 그럼 이 돈으루 목수 일값두 주구 의사에게 가서 약값과 출장료 일원 팔십 전을 주구 진단서를 받아 사망신고부터 해 오게! 그것을 하기 전에는 묻을 수두 없다데……."

돈을 받아 쥔 진억이는 자리에서 일어섰다.

"자네들 미안하네만 베[麻] 한 사십 자 하구 쌀과 고기근도 있어야겠는데 어떻게 할 텐가?"

"염려 말게. 우리가 가서 다 사 올 테니."

그들은 달음박질하듯이 나갔다.

"형님, 아버지의 병이 언제부터 생겼습니까?"

조금 마음이 안정된 뒤에 영순이가 물었다.

"앓기는 한 달 전부터다. 노환인 줄 알구 그럭저럭 있었더니 점점 더하기만 하더니 이렇게 됐구나! 나는 네가 늦게야 올 줄 알구 근심했는데 그래두 임종을 보았으니 마음이 조금 낫다."

"나는 아버지가 앓는지 집안이 어찌 돼 가구 있는지두 모르구 있었어요. 워낙 분주해서 편지 한 장두 못해서……."

"다 그렇지! 눈코 뜰 새가 있어야지."

해는 거의 넘어갔다. 참새들이 이 날따라 지붕에서 몹시 재재거렸다.

동네 사람들이 이제야 하나 둘 찾아와서 부의금 몇십 전씩 주고는 위문의 말을 하고 가곤 했다.

다른 집 같이 떡도 못하고 지짐도 못 지지며 술도 없어서 그런지 찾아오는 사람이 별로 없었지만 와도 한참 동안 앉아 있는 이가 없었다.

얌전네와 순환의 처가 와서 저녁을 지었다. 쌀도 없는 집에 와서 밥을 지어 주려는 이들을 볼 때 진심은 부끄러웠다. 상제라고 방 안에 앉아 있을 수도 없었다.

모뎅이를 뜨려고 빚을 내어 사다 둔 쌀을 전부 씻어 밥을 지었다.

저녁이 가까워 옴에 따라 우울이 방 안을 싸고 돈다. 먹을 것 없고 하는 일 없는 상갓집이니 참으로 상갓집다운 우울이 떠돌았다.

밤 깊은 때에야 진억이와 순환이가 거의 같이 들어왔다. 순환이는 병원으로 해서 면소로, 진억이는 이십 리 되는 장에 가서 옷감과 쌀을 사 가지고 돌아왔다. 두 사람이 땀을 흘리며 하루 종일 에쓰며 일을 해 주었으니 성순은 앉은 채 장례 준비는 끝낸 셈이다.

"자! 이제는 반찬 없는 밥이라두 한 술씩 먹게!"

"응, 먹지……. 먹어야지!"

성순의 마음을 조금이라도 상하게 하지 않으려는 그들은 주는 밥을 아무 말 없이 먹었다.

"참 수고했네. 오늘 같은 날 자네들이 아니었으면 누가 쌀 서 말씩 이십 리 장에 가서 사다 주겠나?"

"내가 힘이 세니까 그렇지!"

진억이가 웃었다. 잠깐 동안 방 안은 웃음이 돌았다.

"장례는 언제 하려노? 요즘같이 더운 때 하루바삐 해야 되지 않겠나? 냄새가 나면 장례하기가 여간 힘든 것이 아닐세!"

"그렇구 말구. 하루바삐 해야지."

그들은 삼일장이니 오일장이니 하는 격식도 생각지 못했다. 효도니 불효니 하는 것도 생각지 못했다.

"그럼 이제 뒷동네에 가서 새우[葬具]를 얻어 오지. 우리 동네 것이야 돈 안 낸 사람에게는 세두 주지 않으니까."

밥을 다 먹고 양치질을 한 진억이가 일어서며 말했다.

"이제 어떻게 가겠나? 어두운데 내일 가지!"

"아니, 가져다 둬야 돼! 내일은 될 수 있는 대루 일찍 나가야지. 더우면 새우를 멜 수 있나!"

그들은 컴컴한 밤에 상여를 세 내러 갔다.

사람의 발소리에 컹컹 짖는 개소리는 하늘을 울렸다. 언제나 사람이 보이면 짖을 줄 아는 개들이었지만 이 날 짖는 소리는 무서움을 주는 것 같았다. 개소리가 아니라 호랑이가 우는 소리같이 들렸다.

밤 사이에 산짐승에게 물려 갈 것 같은 불길한 생각이 들어 성순의 온 몸에는 소름이 돋았다. 그래서 개 짖는 소리가 몸서리를 치게 했다.

무엇이나 의지하고 살던 아버지가 없게 되니 험한 산 숲 속에서 길 잃은 애와 같았던 것이다.

다음날 새벽 밝기도 전에 경화, 순환, 진억이와 또 몇 사람이 괭이와 삽을 들고 동편 산 공동묘지로 갔다.

한편 밤새껏 얌전네와 순환이 처가 만들어 놓은 상복을 입은 성순이와 영순이는 아버지의 시체를 관 속에 넣었다.

입관할 때 그들은 산 사람을 죽으라고 숨막히는 곳에 넣는 것같이 느꼈다. 그리고 죽은 사람이지만 얼마나 답답할까 하는 생각도 했다.

시체를 입관한 다음에 관뚜껑을 장도리로 못을 막았다.

이제는 영 이별이다. 이제 영영 못 보리라 하니 그들의 가슴은 찢어지는 듯했다. 그들은 다시 울었다.

관 옆에 돌아앉은 그들은 관을 치면서 섧게 울었다. 한참 울다가는 잠시 그쳤다가 다시 울기를 시작하는 것이다. 그 우는 소리가 아버지 없이 어떻게 살아갈까 하는 것 같았다. 밥만 먹고 하는 일은 없었으나 그 아버지 때문에 일도 차례대로 했고 마음이 괴로울 때 책망도 고맙게 들었던 것이다. 그러나 앞으로는 농사철을 알려 줄 사람도, 일을 잘못한다고 책망해 줄 사람도 없게 되었다.

사 온 쌀 절반과 고기 절반으로 조반을 지어 상여를 멜 사람들을 먹이자 공동묘지로 갔던 이들이 돌아왔다.

상여가 들렸다. 관에 누운 아버지가 산으로 간다. 성순이와 영순이, 자신은 참대 지팡이를 짚고 상여 뒤를 따라간다. 상여가 좁은 길에서 흔들릴 때마다, 상여가 넘어지지나 않을까 초조한 마음으로 따라가는 성순은 상여만을 바라보며 걸었다. 붉은 해가 벌써 따갑게 내리쪼이며 아침에 불던 바람도 죽은 듯이 잔잔했다.

호미를 들고 밭으로 논으로 가던 남자들과 부인들은 우두커니 길가에 서서 상여가 나가는 것을 보고 속삭인다.

"죽을래면 왜 분주하고 더운 때 죽을꼬."

상여는 말없이 공동묘지까지 올라갔다.

"흙이 왜 이리 시꺼멓니?"

싱순이가 파 놓은 흙이 너무 꺼멓고 도역도 없을 것 같아서 밀했다.

"돈 안 주는 곳이니 그렇지!"

진억이가 대답했다.

동네 공동묘지라 누구나 다 같이 쓸 수 있는 것이지만 돈을 내는 대로 좋은 자리를 고르게 하여 돈을 내지 못한 사람은 남이 고른 나머지나 차지하게 돼 있는 것이다. 그래서 성순의 아버지도 물이 나고 햇빛이라고는 저녁 때 잠깐밖에 비치지 않는 곳에 묻게 되었다.

"썩은 뒤 명당을 알 것인가?"

성순은 이렇게 생각 아니할 수 없었다.

관이 무덤 속에 들어가 퍼 던지는 흙에 쿵쿵 소리를 냈다.

이제는 세상에서 마지막이다. 땅 속에서 썩겠구나 하는 생각을 하며 그들은 다시 울었다. 그러나 그 울음은 그다지 길지 못했고 남과 같은 곳에 묻을 수 없다는 분한 마음만이 머리에 찼다.

그들이 돌아올 때는 다 같이 뭉쳐 이야기를 나누며 내려왔다.

"참 수고들 많이 했네! 이 은혜는 죽어두 못 잊겠네. 자네들이 아니었더면 장례는 이렇게나마 할 수가 없었을 것일세!"

성순이 인사를 했다. 영순이와 진심은 오면서도 뒤만 돌아보며 고개를 들지 못했다.

"그런데 돈이 얼마나 모자랐는가? 이제야 그 생각이 나누만!"

"이제 새우[喪具] 삯이나 주면 되네. 모자랄 것이 있나?"

진억이가 대답했다.

"그러면 관은 얼마나 먹혔지? 다른 것들만 해두 십 원이 될 텐데."

"그거는 진억이가 자기 아버지의 것을 가져온 것이라네. 내가 목수한테 가서 말하구 오는데 진억이가 자기 집에 있는 것을 쓰자구 해서 가져왔지. 그러나 그런 말은 하지 말게. 진억이의 아버지두 모르게 가져왔으니까."

순환이가 말했다. 성순은 너무나 고맙고 감사해서 무엇이라고 말을 할지 몰랐다.

"그렇게 했어? 그럼 빨리 만들어 줘야겠군."

"그런 말은 하지두 말게. 그럴 것 같으면 왜 집의 것을 가져왔겠나."

그들은 집까지 내려왔다. 더위에 파리만이 윙윙거리는 방에서 그들은 옷을 벗고 앉았다.

"내일은 성복은 어떻게 하려나?"

진억이가 물었다.

"해 놓을 것두 없구 조상군두 없으니 어찌 해얄지!"

"글쎄, 했으면 좋겠지만 요새는 안 해두 괜찮은 모양이데."

성복제도 그만 두기로 했다.

"이제는 밀린 일이 걱정이네!"

사람들이 앉아 있는 자리에서 성순이가 걱정스러운 듯이 한 말이었다.

영순의 설움

"이왕 온 김에 며칠 있다가 가도 되겠지? 좀 놀다 가거라."

"며칠 동안이야 있어두 되겠지요. 일 년 만에 처음이니까요."

"일 년에 명절 때두 쉬지 못 하구 일을 했니?"

팥자루를 베고 누웠던 성순이가 말했다. 영순이는 쓸쓸한 얼굴로 대답했다.

"금년 오월 명절에두 남들은 동산에 오르며 잘들 노는데 나는 명절날인 줄두 모르구 지냈어요."

"그런 델 어떻게 있니? 촌에선 그래두 놀 때가 있구 씨름 구경두 다니구 그러는데……."

영순의 마음을 위로하는 마음에서 하는 성순의 말이었다.

"거기는 잘 노는 사람이 더 많지요. 나만 그렇지! 주인의 아들은 밤낮 자기 마누라하구 돌아만 다니는데."

"거기 말구 다른 데는 있을 데가 없니?"

"다른 데를 찾아보지두 못했지만 어디나 다 같지요."

이른 새벽에 일어난 성순 형제가 주고받는 말이었다.

"우린 오늘 팥씨를 뿌리고 밭을 살아야겠다. 너는 집에서 쉬기나 해라!"

성순이는 팥종자가 든 자루를 메고 대문을 나섰다. 영순이도 갑갑하게 집에 남아 있고 싶지 않아 그의 뒤를 따라나갔다.

소 먹이는 목동들이 소를 몰고 풀밭으로 나가며 졸음이 깨지 않은 듯이 소만을 때리고 있다. 쓰르럭이가 씨르륵 씨르륵 날개짓을 하며 날아갔다.

이슬은 빗방울같이 풀잎에 맺혔는데 검은 구름이 서쪽 하늘에 떠돌고 있었다.

보리를 벤 밭은 이어 근경을 해야 하는 것이지만 아버지 장례 때문에 며칠 늦은 성순은 조금이라도 잘못 하면 소작을 떼는 김 참봉이 무서워서 아버지를 묻은 다음날 새벽 팥종자를 뿌리러 나가는 것이었다.

전 같으면 성복제도 안 하고 팥밭을 간다면 목을 베어 죽일 불효라 할 것이나 성순은 전에 입던 옷 그대로 입고 팥종자를 뿌리러 나가는 것이다.

"너는 왜 나왔니? 좀 쉬지 않구, 얼마나 곤하겠니!"

"괜찮아요. 곤한 줄두 모르겠어요."

이렇게 대답을 했으나 실은 눈도 뜨기 싫을 만큼 피곤을 느끼는 영순이었다. 자기도 평소 일찍 일어나기는 했지만 이렇게 일찍 일어나 본 일은 없었다. 그러나 곤한 빛을 형에게 보이고 싶지 않았다. 그는 팥씨를 뿌리는 형의 뒤를 따라가며 길게 자란 풀을 두 손으로 뽑았다.

"그만둬라! 풀이 있어두 갈기만 잘하면 괜찮단다."

형이 말렸으나 그대로 있기가 심심해서 그냥 따라가며 풀을 뽑았다.

씨를 거의 뿌렸을 때 해가 동편에 솟아올랐다. 멀리 햇발 아래 뻘겋게 보이는 새 무덤이 그들의 눈에 보였다.

"며칠 전까지 살아 계시던 아버지가 이제는 땅 속에 묻혀 있구나. 아버지의 혼은 어디 있을까? 지금 팥밭을 하는 우리를 내려다보구 있을까? 주인이 말하듯이 예수를 안 믿었다구 지옥에 가 있을까? 아무 죄두 없는 아버지가 정말 그 지옥으루 갔을까?"

영순은 물끄러미 동편 산을 바라보고 서 있었다. 영순은 아버지의 무덤을 바라보며 평양서 말하던 주인의 말이 생각났으며, 그 말에 의심을 품어 보는 것이었다.

"남에게 거짓말을 해서 돈을 버는 예수 믿는 사람만이 천당 가고 거짓과 죄를 모르는 아버지는 예수를 안 믿었다고 지옥엘 보낸다면 하느님도 소경이 아닐까?"

본전이 십 전이면서도 십오 전이라고 속여 돈을 벌고 있으면서도 자기는 천당 자리를 잡아 놓은 것처럼 매일 기도를 하던 주인이 머리에 떠올랐다.

교회의 목사가 장로님, 장로님 하면서 늘 와서 친절히 말하는 것을 보면 그가 참으로 신앙이 있어 보였다. 그러나 주인이 착하다고 그를 천당에 보내는 하나님이 있다면 그는 그들이 만들어 낸 하나님에 지나지 않을 것 같았다.

"집에 가자! 조반이나 한술 먹구 밭을 갈아야지!"

성순은 팥밭 때문에 다른 생각이 없는 것 같았다.

"소는 어떡허나?"

"참봉네 소가 있지."

"그건 거저 쓸 수 있나요?"

"그럴 수야 있나. 한 몫은 내가 내야지. 소품 대신 내가 세 자루를 내야 하는 거야."

"요사이 창일이가 오지 않았나요? 전문학교는 전부 방학을 했는데."

"얼마 전에 나왔대나 부드라. 그러나 나는 보지두 못했다. 어떤 학생과 같이 나왔대는데 그 집이 점점 야단이드라. 참봉은 요사이 금광(金鑛)을 하느라구 집에는 붙어 있지두 않구!"

"돈 많은 사람들이야 그런 일두 있지요."

빈 자루를 들고 조반을 먹으러 올 때 소 먹이러 갔던 이들도 소를 몰고 돌아왔다.

성순은 소 두 필에 연장을 달고 거의 종일토록 채찍질을 하며 소를 몰았다. 얼마 동안 비가 오지 않아서 땅이 굳어 갈기가 퍽 힘들었으나 밭을 잘 갈고 빨리 갈기로 유명한 성순인만큼 해 지기 전에 다 갈았다.

밤. 샛별이 뜨고 신선한 바람이 불 때 마을 사람들이 몇몇 모였다. 영순이도 오고 싱가이기도 해서 전에는 오지 않던 사람까지 찾아왔다. 마당에 멍석을 깔고 앉아 떠오르는 작은 달을 보며 서로 이야기를 시작했다.

"요즘 꽤 곤하시지요?"

영순이가 먼저 인사말로 했다.

"우리야 그래야 먹구 사니까 아무렇지두 않지만 자네가 뻐근하겠네."

순환이가 말했다.

"그런데 영순이, 오늘은 평양 이야기나 좀 해 주지 그래. 촌놈이 언제 평양 구경을 해 보았겠나?"

경화가 길게 누우며 평양 이야기를 청했다.

"평양이래야 뭐 그렇지! 모란봉으루 꽃구경이나 다니는 사람들 외에 누가 편안한 사람이 있어야지요?"

"그렇겠지. 그런데 자네 있는 집은 얼마나 큰 상점인가? 월급두 이제는 꽤 되겠구만."

진억이가 하늘을 물끄러미 쳐다보며 물었다.

"상점이야 평양서 조선 사람의 것치고는 제일 크지만 그 집두 쓰는 것이 많으니까 몰리는 모양입데다. 월급 이야기는 말도 마소!"

"그래두 말이나 해 보게 그려."

영순이는 별이 총총히 떠서 반짝거리는 하늘을 쳐다보며 설움이 복받치는지 한참 동안 말을 못했다. 잠시 후 그는 오랜만에 고향에 온 그 우울한 마음과 심란한 마음으로 이야기를 길게 했다.

"내 이야기를 처음부터 하리다.

내가 평양에 들어가기는 삼 년 전 열아홉 살 때입니다. 평양엘 가면 돈벌이가 잘 되고 더구나 그런 집에는 신용이 있는 애라야 들어갈 수 있다는 말을 들었기 때문에 힘 안 들이고 일을 하게 되니 무엇보다도 그때의 기쁨은 말할 수 없었습니다. 처음에는 밥만 먹고 월급도 얼만지 모르구 반 년 동안이나 살았지요. 그 뒤로는 옷도 사 입어야겠기에 돈을 조금 달랬더니 옷을 사 주더군요. 나는 너무나 고마워서 물건을 판 돈은 일 전도 다치지 않고 잘 해 주었으며 그러니 신용이 있다는 말을 늘 들었습니다. 얼마 동안 있으니 서로 낯도 익고 말도 자유스럽게 되어 좋다고 생각했더니 웬걸 그때부터 내가 눈물을 흘리기 시작했습니다. 털채로 유리의 먼지를 털다가 유리를 깨면 피눈물이 날 욕을 하며 물건 사러 왔던 사람이 유리를 깨뜨려도 그것이 내 불찰이라고 내게 욕설을 하지요. 새벽에 일어나서 밤 열두 시까지 상점에 서 있으려면 다리가 아프고 곤해서 졸기라도 하면 그럴 때는 나가라고 야단을 칩니다. 그럴 때마다 나는 화가 나서 그놈의 집에 불이라도 지르고 싶은 생각이 듭디다. 그러나 차마 그렇게야 할 수가 있어야죠. 어떤 날 물건을 배달하려고 자전거에 물건을 싣고 나갔지요. 아직 서투른 자전거를 타고 조심스레 갔다고 물건을 배달하고 돌아오던 나는 그만 복잡한 골목에서 전신주를 받고 넘어졌습니다. 다른 사람을 다치지 않게 하려다 넘어진 나는 손가락을 심하게 다쳐 손에서 피가 줄줄 흘러내리고 옷은 전부 먼지투성이였지요. 자전거와 남은 물건이 상하지 않았는가 하고 그 손을 가지고 살펴보았더니 그다지 상한 것은 없고 자전거 바퀴가 조금 휘었습디다. 그것을 가지고 들어가기가 무섭게 주인 집 사람들이 뛰어나와 떠들었습니다. 그 많은 구경꾼들 앞에서 개, 돼지에게 욕하듯이 탈 줄도 모르는 자전거를 왜 탔느냐고 욕을 하지 않겠어요? 더구나 주인 아들은 나를 때리려고 합디다. 손에서 피는 그치지 않고 흐르는데 참으로 죽고 싶어 견딜 수가 없었답니다.

나는 그 날 밤 밤새도록 울었지요."

그는 울음이 나오려는 것을 참는지 한참 동안 입을 다물고 있다가 다시 말을 이었다.

"일 년이 지난 뒤 월급을 얼마나 주겠는가 물어 보았더니 일 년은 내가 일을 배우고 그래서 밥과 옷만을 해 주며 그 다음부터 얼마씩을 주겠다고 하더군. 너무나 분했습니다. 나는 물건을 사 들일 때의 값을 전부 압니다. 그리고 팔 때마다 그 물건에서 얼마나 남기는 것을 다 알며 어떤 때는 나 혼자서 종일토록 판 물건의 이익금이 얼마 되는 것까지 알 수 있지요. 그러나 나는 그 돈에서 한 푼도 못 가지고 받는 것이라고는 수모와 멸시뿐이었습니다. 참으로 그들은 도적놈들이야요. 그 집에서는 예수를 믿어 주일날에는 편안히 쉬니까 나도 쉴 줄 알았더니 그것은 천만의 말씀이야요. 주인은 장로고 아들은 유년 주일학교 선생이라나요. 그러나 나는 주일이면 더욱 분주하답니다. 한 주일 동안 파느라고 물건을 막 헤쳐 놓은 것을 그 날에 정돈하여야 하거든요. 그래서 그 날도 밤이 늦도록 다른 곳엔 가 보지도 못하고 먼지를 털고 유리를 닦지요. 그래서 교회당에는 한 번도 가 보지 못했습니다. 생각하면 자꾸 속는 것 같고 분해요. 그래서 집 생각이 나서 남몰래 눈물을 흘릴 때가 많았답니다. 작년부터는 밥 먹여 주고 한 달에 삼 원씩 주는데 그것을 준다고 옷은 도무지 안 주지요. 그래서 저금이 다 뭡니까? 이번에 나올 때도 근근이 모은 돈 오 원과 그 집에서 오 원을 취해 가지고 나왔지요. 공연히 들어가서 고생만 하고 있어요."

"아니 그런 집에서 어떻게 이때까지 아무 말 없이 있었니? 참, 용하다!"
성순은 불쌍하다는 듯이 영순이를 쳐다보았다. 영순은 분한 감정이 솟구치는지 얼굴이 굳어져 있었다.

"그러면서도 나보고 아들 같다니, 자기 아들보다 더 나를 생각한다느니 어르며 몇 해만 더 있으면 작은 상점을 하나 내어 준다고까지 하지요. 그러나 그 집에서 한 십 년 동안 일을 봐 주고 양아들이니 무어니 하던 사람이 따로 나갔는데 물건을 주기는커녕 외상으로도 주지 않겠다고 해서 울며 나가는 것을 본 적이 있어요. 자기 집에 오래 있게 하면서 일을 시켜 먹으려고 아들이니 무어니 개 같은 소리를 하는 것이 아니꼬워요. 만약 나도 자기의 아들이 된다면 저금을 해서 주겠다면서 현금으로는 한 닢도 주지 않을 것입니다. 아들로 있다가 나간 사람은 다른 이의 도움으로 지금은 상점을 여간 크게 차려 놓지 않았다는데 우리 주인은 그것을 시기하며 매일 그를 욕하고 있어요. 그런 것을 보면 더욱 기가 막혀요. 이젠 그만두고 말까 봐요!”

“나온 김에 그만둬라! 그런 집에 백 년 있어야 소용이 있겠니? 나하구 농사나 짓자! 그런 집엘 다시 네 발로 걸어가겠니?”

성순이도 흥분된 모양이었다.

모기 소리만 귀 밑에서 앵앵거리고 보이는 것은 하늘의 별들뿐이었다. 이따금씩 반짝반짝하고 사라지는 개똥벌레가 여기저기 별 장가가듯이 날고 있다. 모였던 사람들은,

“에!”

하는 감탄사만 남기고 설움이 북받친 영순이를 남겨 두고 자기 집으로 돌아갔다.

약혼과 파탄

“금년엔 아무래두 풍년이 질래나 부다. 비가 참 곱게 오는데. 요즘 비가 안 오면 팥싹이 나지 않을 텐데?”

성순이가 선선한 바람이 들어오는 들창을 열고 비가 내리는 것을 바라보며 말했다.

“아버지 무덤이 흘러내리지나 않는지.”

베개를 베고 누워 있던 진심도 고개를 쳐들고 근심스러운 얼굴로 비 오는 하늘을 쳐다보았다.

“정말 잔디두 덮지 못한 무덤이라 조금 큰 비만 와두 흘러나릴걸요? 내가 나가 보구 올까?”

영순이도 걱정스러운 듯이 말했다.

"내가 가 보지! 논에두 나가 봐야겠으니까 나가는 길에 거기까지 다녀오마!"

성순이가 호미를 꽁무니에 차고 삿갓을 쓴 뒤 발을 걷고 나갔다.

비가 오는 소리는 잔잔하나 처마에서 떨어지는 낙숫물 소리가 요란했다.

처마에서 떨어지는 물은 둥근 물방울을 만들고 이어서 떨어지는 물방울은 그것을 깨고 만든다.

영순은 거듭거듭 생기는 물방울을 바라보았다.

약한 몸이면서 잠시도 쉬지 못하고 김을 맨 진심은 졸음이 오는지 눈을 감을 듯 말 듯하며 이야기를 했다.

"며칠 있지두 못하는 걸 맛있는 것 하나 만들어 주지두 못해서 얼마나 섭섭한지……."

"무얼요! 먹은 것이나 나름없어요. 와서 만나 보면 그만이지요."

"그럴 수가 있나? 떡이라두 해서 먹었으면 하지만 살림살이가 이래놔서 한 해 두 해 갈수록 졸아들기만 하니 큰일났소. 남의집살이 하는 아우가 오랜만에 왔는데 먹일 것이 있어야 기쁘지. 나는 정말 마음이 여간 상하지 않어!"

"그런 생각하지두 말아요. 제 집에 와서 먹는 대루 먹다가 가는데……. 뭐, 남의집인가요?"

"그렇기는 그렇지만……."

진심은 가볍게 한숨을 내쉬었다.

서늘한 바람이 불어 들어 안개 같은 빗방울이 문 안에 앉은 영순이의 얼굴에 스쳤다.

"비가 썩 잘 오는데요."

"잘 오는군!

영순은 달리 하고 싶은 말이 있는 듯했으나 그 말이 잘 나오지 않는 모양이었다. 혼자서 고개를 들어 두리번거리며 안절부절이었다.

가장 다정한 형수 그리고 이야기하기 가장 좋은 기회인데도 왜 말을 꺼내지 못할까? 그러나 망설이고만 있을 수 없는 문제였다.

아주머니가 파리를 쫓으며 고개를 흔드는 순간을 타서 영순은 부끄러운 것을 참으며 웃음을 띠고 말을 꺼냈다.

"확실이는 잘 있나요?"

진심도 영순이를 무안케 하지 않으려고 웃는 얼굴로 영순이를 쳐다보았다.

"참! 확실이는 잘 있구 말구. 왜 한 번 가 보지 않구 확실이 아버지가 퍽 기다릴걸? 오구두 한 번 찾아오지 않는다구 서운해할 거야."

"아버지 장례 하는 날도 안 왔댔지요?"

이제는 부끄러움이 가신 얼굴로 진심을 쳐다보며 말했다.

"바빠서 못 오구 사람 편에 돈만 보냈습디다."

"어떻게 지내는지?"

"촌사람이 다 그렇지…… 그 집이라구 나아졌겠어요?"

"그렇겠지요?"

말은 꺼냈으나 그 이상 할 말이 생각나지 않아 하늘만 쳐다보고 있었다.

성순이가 낙숫물에 발을 씻고 방으로 들어왔다. 진심은 허리가 몹시 아픈 듯이 힘들여 천천히 일어나 앉는다.

"어떻습디까?"

"고만 비에 떠내려갈까 봐 도랑두 쳐 놓구 왔어."

비가 젖은 옷을 입은 채 성순이 말했다.

"참 비가 잘 오는군, 얼마만 더 안 왔으면 물을 푸느라 분주했겠는데."

새벽부터 한결같이 내린 비는 퍽으나 많이 왔다. 골창으로 흐르는 물소리가 쿵쿵거리며 흐르고 물이 넘쳐 마당이 물바다가 되었다.

"동편에 무지개가 뻗쳤네. 저것 봐!"

영순이는 지루하게 내린 비가 그쳐 기쁜 듯이 햇빛에 점점 윤택이 없어지는 무지개를 손가락질했다.

"이제는 비가 와두 넉넉하겠는데!"

진심도 반가운 듯이 일어나 앉으며 말했다.

비는 개었다. 어둡던 하늘이 벗어지며 비가 오던 날 같지 않게 푸른 하늘이 보였다. 산들산들 불어오는 바람은 땅을 말렸다.

"오늘은 김감이 못되지요? 김은 내일부터 매야 되겠군요."

"그럼, 밭고랑에 물이 펑하니 고였는데."

"길이 그다지 질지 않으면 되련님이 산너머 집에 갔다 왔으면 좋겠구먼요. 퍽 기다릴 텐데……."

진심이가 영순을 보며 말했다.

성순이도 그 일을 잊고 있었다는 듯이 큰소리로 말했다.

"참, 잊었댔군. 가 봐라! 벌써 가 봤어야 할 걸. 그래 오늘이 꼭 좋겠다. 다른 날 가면 집엔들 있겠니?"

"가기는 뭘 가요? 온 줄이나 알겠어요?"

영순은 그런 말을 왜 이제야 해 주느냐는 듯이 퉁명스럽게 말했다.

"모르다니? 그것두 모르겠니? 빨리 가 봐라!"

"가면 빈손으루 가기가 힘드니까 그러시는 게로구만."

"아니야요. 가구 싶지가 않아서 그러지……. 무엇 하러 가요?"

"왜 가기가 싫다는 말이냐? 지금 시대가 어떤 시대이게. 빨리 갔다 오너라! 가지고 가긴 없는 사람이 다 그렇지."

성순이가 영순이의 마음을 알고 재촉했다.

평양서 입고 온 학생용 하복에다 베로 만든 사표를 달고 영순은 떠났다.

그는 자기가 가지고 온 보따리에서 조그만 상자 한 개를 들고 재를 넘었다. 작은 재였지만 조금 더 가까웠으면 하는 마음으로 꼭대기까지 땀이 흐르는 줄도 모르고 달음박질로 올라갔다. 꼭대기에 올라 선 뒤에야 땀이 흐른 것을 알고 확실이가 땀을 흘리는 자기를 보면 민망해할 것 같아서 땀을 씻으며 잠시 쉬었다.

"확실이가 어떻게 있을까? 이제는 몰라보게 되었을걸. 만나면 뭐라고 말을 할까? 말도 못하고 웃기만 할까? 이것을 뭐라고 하며 줄까? 나를 알아보기나 할지……."

영순의 가슴은 두근거리기 시작했다.

확실네 집은 재 아래 동네에서두 남쪽에 있기 때문에 작은 집이라도 잘 보였다.

"저 집에 확실이가 있겠지. 지금은 무엇을 하고 있을까? 내가 여기서 땀을 씻으며 바라보고 있을지 알기나 할까?"

그는 일어나서 한 번 껑충 뛰었다. 집이 조금 멀리 있으면 가슴이 그다지 두근거리지 않으리라고 생각했다.

"해도 거의 졌는데 밥이라도 먹고 가라면 어찌할까, 아무래도 그냥 떠나야지."

어느 새 동네로 들어섰다.

양복을 입은 사람을 본 촌 개는 물어뜯을 듯이 달려들며 짖었다.

"모 검사 나온 면서기인가?"

마당에 섰던 사람들의 수군거리는 소리가 들렸다. 개가 짖고 사람들이 보는 것이 더욱 부끄럽고 가슴도 울렁거려 발걸음을 빨리했다.

"영순이 아니냐?"

발걸음을 빨리하고 있을 때 낯익은 여자가 길을 막으며 말했다.

"아주머니입니까? 안녕하셨어요."

그는 모자를 벗어 인사를 했다.

"그래, 이번에 아버지 큰일을 당해서 집에 왔군."

"그렇습니다."

"참 안됐다. 그래 왔던 김에 처가에 들려 보려구?"

길가에서 큰 소리로 말하는 아주머니가 민망스러웠다. 영순이는 이만 하고 갔으면 했으나 다시 말을 꺼냈다.

"아버지가 올해 몇이신데 돌아가셨나?"

쓸데없는 말까지 묻는 것이 싫어서 그는 대답도 하기 싫었으나 대답이나 해 줘야 놓아 줄 것 같아 빨리 대답을 해 주었다. 그러나 또 무슨 말을 하려고 주춤주춤하는 것을 본 영순이는 길에 오래 서서 이야기하면 자기가 확실네 집에 온 것을 동네 사람들이 다 알게 될 것이며 그러면 자기 입장은 둘째로 확실이가 곤란할 것 같아 조금이라도 빨리 가려고,

"다시 뵙겠습니다."

하고 인사를 했다.

"응, 빨리 가 보게!"

영순이는 고개를 숙이고 좁은 길을 바삐 걸었다. 그러나 한 발자국이 가까워질수록 가슴은 더욱 두근거렸다.

확실네 개가 낯선 사람을 보고 컹컹 짖을 때 영순은 몸이 녹아드는 것 같음을 느꼈다. 그는 개가 짖지 못하게 주먹으로 협박을 하고 바주로 만든 대문으로 들어섰다.

문틈으로 내다보던 확실이가 문을 열고 얼굴만 내놓았다. 영순은 무슨 말을 먼저 해야 할지 몰랐다. 확실이가 웃는 낯으로 먼저 인사를 해야 겨우 대답을 하던 그는 어떻게 해야 할지가 아득했다. 더구나 웃는 얼굴이 아니라 낯모를 총각을 만난 처녀같이 얼굴이 헬쑥해진 확실에게 먼저 말을 하기가 더욱 힘들었다. 그러나 겨우 입을 뗐다.

"아버지 어데 가셨소?"

"논에 붕어 잡으러 갔어요!"

한 마디 하고는 들어오라는 말도 안 하고 땅만 내려다보고 있다. 영순은 실망한 듯이 바자울타리로 몸을 돌리고 먼 하늘을 바라보았다.

"언제나 오실까요?"

"반찬이 없다구 나가셨으니까 한참 있어야 오실걸요. 들어오시지요."

들어오라는 말은 하나 힘과 열이 빠진 것 같았다.

"들어가서 무엇 하게요?"

"들어왔다가 만나 보고 가셔야지."

영순은 울고 싶었다. 작년에 만났을 때는 수줍어서 보고는 웃기만 하고 도망치던 확실이다. 그런데 이번에는 너무나 냉정하다. 웃는 낯을 볼 수가 없다. 말을 해 주기는 하나 서릿발처럼 싸늘해서 간장을 마르게 했다. 그래도 방 안에 들어가 앉은 영순은, 아랫목에 앉아 바느질을 하고 있는 확실을 똑바로 보지도 못하고 고개를 이리저리 돌리다 가끔 그의 몸을 살펴보곤 했다.

'내가 편지 한 장을 안 했다고 나무람이 간 것인가? 그렇지 않으면 무슨

슬픈 일이라도 생겼나?'

그는 숨이 막히는 듯이 가슴이 답답하여 긴 한숨을 내쉬며 가슴을 폈다.

영순이가 이 집에 올 때 확실의 아버지를 보려고 온 것이 아니었지만 확실이를 옆에 앉혀 두고도 확실의 아버지가 없다고 해서 우두커니 있는 것은 맥빠진 일이 아닐 수 없었다. 그렇다고 자기를 본 척도 않는 확실에게 먼저 이야기를 하기에는 영순이로서는 자존심이 허락지 않았다. 그는 그가 들고 온 상자도 줄 생각을 않고 벽만 바라보고 있었다.

영순이와 확실이가 약혼을 한 지는 벌써 사 년이나 되었다. 그의 아버지는 그때도 늦었다고 하며 확실이가 아직 철도 안 들었는데 그의 아버지와 약속을 했다. 영순이와 확실이는 그때 자기들이 약혼을 했는지 무엇을 했는지도 모르고 한 해를 지내다가 영순이 철이 조금 들고 또 영순이네는 잔치할 돈이 전혀 없어 영순이에게 돈벌이를 보낼 수밖에 없을 때 겨우 그런 사이라는 것을 알렸다. 동네는 다르나 얼마 멀지 않은 동네라 나물을 캐러 다닐 때도 늘 만나 놀던 그들이었지만 그 뒤부터는 만나면 부끄러워했고 서로 말을 못했다. 그러다가 영순이가 평양으로 들어가 돈벌이를 할 때 차츰 이성을 알게 된 그들은 편지는 못했으나 서로 그리워했고 동네에서 아름답기로 손꼽히는 확실인만큼 영순의 마음은 더욱 끌려갔다. 그래서 얼마 만에 만나면 입에 손을 대고 빙글빙글 웃으며 보던 그들이었다. 확실이도 남보다 못 생기지 않고 남과 달리 평양 가서 일한다는 영순에게 호감을 가졌고 부모가 정해 준 인연을 지켜야 한다는 것보다 자기도 모르게 정이 들었던 것이었다.

작년 여름만 해도 영순은 확실이가 김매러 다니는 길목으로 몇 번이나 나갔으며 확실이도 그런 영순을 기쁨으로 대해 주었다. 그러나 일 년 동안이나 헤어져 있던 그들이 비오는 날에 아무도 없는 방에 단둘이 마주 앉았는데도 어째서 침울한 기운이 감돌며 무덤 같은 침묵이 깔려 있는가? 영순은 멍하니 있었다. 확실이가 어떠한 마음을 먹고 있는지를 알려고도 하지 않았다.

그는 지금 누구와 마주 앉아 있는지조차도 모르는 듯 한 곳만을 뚫어지게 바라보고 있었다.

파리가 눈을 스치고 나는 바람에 눈을 끔벅하고 고개를 돌릴 때 석양이 붉은 빛을 문틈으로 던져 확실의 왼쪽 뺨을 물들이고 있는 것을 보았다. 고개도 까딱하지 않고 바느질을 하고 있는 그의 얼굴, 금시 눈물이 흐를 듯한 그 눈자위는 전에 보지 못한 것이었으나 조각해 놓은 것 같은 묘한 입술과 머리털이 덥수룩하게 덮인 적은 귀는 예전 그대로였다. 그러나 무엇 때문에 침울해 있는지 알 수가 없었다. 몸을 까딱도 하지 않고 침착하게 일을 계속하는 것으로 보아 수줍어서 그러는 것 같지는 않았다.

영순이가 꾸어 온 보릿자루같이 우두커니 앉아 있을 때 확실의 아버지가 들어왔다.

"아버지, 그새 안녕하셨어요?"

그의 아버지까지 상을 찡그리고 들어오는 것을 본 영순은 그래도 일어섰다.

"응, 너 왔니? 앉으렴!"

그도 인사를 받고 앉았으나 조금도 반가워하는 기색이 아니었다. 그러고서도 한참이나 아무 말이 없는 것을 볼 때 아무래도 이 집에 무슨 일이 생긴 것이라 생각되었다. 빨리 가지 않는다고 나무랄 것이라며 어서 가라고 하던 형의 말은 사정을 너무나 모르고 한 말이란 생각이 들었다.

그러나 무슨 말이라도 해야 말문이 터지리라는 생각으로 영순이가 먼저 말을 꺼냈다.

"고기를 잡으러 가셨다지요? 많이 잡혔습니까?"

"너무 반찬이 없어서 개울에 갔지만 소낙비가 내렸는데두 고기가 오르지 않데."

장인은 누구에게 하는 말인지 모르게 앞만을 보며 한 손으로는 담배를 담고 있다.

그 다음에는 할 말이 없었다. 더 말하고 싶지 않게 무심한 그들 부녀에게 화가 치밀었다. 그래도 자기의 사위가 될 사람이며 전에는 자기에게 아들이 없으니 아들같이 믿어진다고 하던 그가 일 년 만에 처음 온 자기에게 그렇게 냉정함은 설사 무슨 일이 생겼다 해도 그것은 사람을 무시하는 일 같았다.

"가 보겠습니다."

영순이는 모자를 들고 일어서면서도 무슨 말을 하려고 손을 잡아 앉힐 줄 알았다.

"가겠어? 서운하구만?"

담배를 빨며 일어서는 장인의 말이었다.

"가면 형님을 좀 오라고 하게! 의논할 일이 있다구."

문 밖으로 나서는 영순의 뒤를 따라오며 장인이 말했다. 그러나 확실이는 일어서지도 않았고 돌아가는 영순이를 보려고도 않았다.

영순은 눈물이 나오려고 해서 돌아서서 확실의 아버지에게 인사도 못했다. 그러나 가지고 갔던 종이에 싼 물건만 그냥 놓아 두었다.

영순은 힘없이 재를 넘었다. 넘어갈 때는 춤추고 싶던 그 재를 참담한 심정으로 넘어왔다.

"아마, 나하구는 결혼을 않기루 하구 다른 데 새로 말이 난 거지."

도주

확실이네 집에 갔던 성순이가 어두컴컴해서 돌아왔다.

말없이 밥상만 받고 있는 성순을 바라보며 진심은 일이 어그러지고야 말았구나 하는 염려와 초조한 마음으로 물었다.

"무슨 일이 생겼습니까?"

"에이, 그놈들 사람이 아니구 짐승들이야! 글쎄, 삼 년 동안이나 지내 온 혼사를 이제 물리구 다른 데 말하구 있다구!"

"건 또 누군가요?"

"그게 참봉의 아들 장난이래. 그놈과 같이 동네에 온 녀석 하나 있지 않아? 그에게 중매를 섰다나……. 그놈들두 꼭 같은 놈들이야! 한 칼에 베어 죽일 놈들이야! 개 같은 놈들!"

영순은 어안이 벙벙한 듯이 웃골에 혼자서 매를 본 꿩이 머리를 눈 속에 파묻듯이 고개를 숙이고 눈만 껌벅거리고 있었다.

그도 돈 없는 자기의 신세가 너무나 처량하다고 생각했다. 돈 없는 자기라고 들었던 정을 일시에 빼어 돌리는 확실이도 괘씸했지만 모든 것이 돈 없는 자기의 탓이라 생각할 때 결혼이고 뭐고 모두 집어치운 뒤 시베리아의 오로라가 있는 땅에서 방향도 없이 헤매다가 죽었으면 싶었다.

돈으로 색시를 빼어 가고 권력으로 애정을 채어 가는 이 세상을 불질러 놓고 싶을 정도로 그들이 미웠다.

달음질로 김 참봉네 집엘 가서 싸우고 싶기도 하고 확실이에게 가서 머리채라도 쥐고 분풀이라도 했으면 마음이 시원할 것 같았다.

다시 들어가려던 평양도 다 그만두고 싶었다.

남의집에서 그런 수모를 받고 있으면 무슨 소용이 있을 것이며 돈을 번다고 해도 그것으로 무엇을 할 것인가.

맹꽁이 소리가 요란한 밤을 뜬눈으로 보냈다.

그 이튿날 저녁에 확실이 아버지가 넘어왔다.

"자네 형은 어디 갔나?"

문 안에 들어서지도 않고 영순에게 물었다. 몇 오라기 나지도 않은 노랑 수염까지 보기 싫을 만큼 확실이 아버지가 미웠으나 대답은 아니할 수 없었다.

"일하러 갔어요."

"어디루 갔나?"

"나두 모르겠습니다. 들로 나갔겠지요."

확실이 아버지는 영순을 상대하지 않고 눈썹 하나 까딱도 않는 얼굴로 돌아갔다.

예전에 내 살붙이 같은 생각이 들던 확실이 아버지가 오늘은 악마와 같이 미워 보였다.

컴컴했을 때 장인이 성순이와 같이 다시 들어와 앉았다.

"성순이 생각을 해 보게! 영순의 마음이 더 상하기 전에 일을 끝내야 되지 않겠나? 자, 어서 받아 두라구……, 응?”

“난 모른다니까 그러네요!”

“자네두 김 참봉네 땅으루 사는 사람이 아닌가? 만약 이런 말이 그의 귀에 들어가면 자네두 좋을 일 없네!”

확실이 아버지는 지전장을 내어놓았다. 성순이도 분한 마음에 뻗대었으나 사실 김 참봉네 땅이 아니면 굶어 죽을 판에 사돈의 말을 아주 무시할 수가 없었다.

그러나 즉시 돈을 받을 수가 없어서 내일 다시 넘어오라고 한 뒤 보냈다. 문 밖에 나선 확실이 아버지는 베감투를 만지며 말했다.

“생각을 잘 해 주게! 사정이 딱하게 된 것을 어쩌겠나?”

“가 보시라구요. 내일까지 생각해 볼 테니까.”

쏘는 듯이 말을 했으나 한편 애걸하는 확실이 아버지도 퍽 불쌍해 보였다.

그도 돈닢이나 있고 점잖은 척하는 이라면 자기와 같은 이에게까지 와서 빌지는 않을 것이었다. 허락을 해 놓고도 뒷일을 감당치 못해 자기에게 와서 비는 것이 딱해 보였다. 그러나 지금 형편으로 성순이가 그를 동정할 처지인가?

확실이 아버지가 간 뒤 그들은 계약금 오십 원이라도 받았다가 다른 처녀와 성례를 할 수밖에 없다고 생각했다. 영순은 확실이를 죽어도 잊지 못하겠다고 생각했으나 이제는 틀려먹은 일이고 그러다가 오십 원도 못 받고 죽을 때까지 장가를 못 가면 결국 자기의 손해라는 것을 깨닫고 형의 의견에 찬성했다.

그러나 약혼했던 처녀를 빼앗기고도 밥을 못 먹을까 장가를 못 들까 걱정하며 계약금을 받으려는 것을 생각하니 기가 막혔다.

“할 수 있나? 이놈의 세상이 그런 것을! 곱고 좋은 것은 무엇이나 돈 있는 사람만이 차지할 수 있는 세상이니까. 너두 이제는 다른 데 갈 생각 말구 집에서 농사나 짓자!”

“나두 가구 싶지 않아요. 농사가 제일 편하지요.”

다음날 다시 오겠다던 확실이 아버지는 해가 지고 컴컴할 때까지 오지 않았다. 돈을 기다리던 마음에 오겠다던 그가 오지 않는 것이 그들을 불안하게 했다.

다음날도 또 아무 소식이 없었다. 사흘이 지나도 아무 소식이 없자 성순은 도리어 찾아가고 싶은 마음이었으나 큰소리를 하고 보낸 자기로서 그럴 수는 없었다.

궁금하게 기다리면서도 들에 나갔다가 돌아온 성순이 영순에게 온 편지를 봤다.

"영순아, 네게 편지가 왔다! 읽어 봐라, 응? 평양 네가 있던 그 집에서 빨리 오라는 것이 아닌지……."

영순은 촌에서는 편지라는 것을 처음 받아보는 것이기 때문에 기쁘기도 했으나 어디서 온 것인가가 궁금해서 우선 봉투를 뒤집어 보았다. 그러나 봉투 뒤에는 아무 글도 씨 있지 않있다. 봉투를 뜯었다.

형과 함께 들에서 일하다가 들어온 그는 방에도 들어가지 않고 토방 위에 앉아서 연필로 휘갈겨 쓴 편지를 읽었다. 성순이는 옆에 서서 무슨 소식이 씌어 있는지 궁금해하고 있었다.

"영순 씨

나는 할 수 없이 도망을 쳐 왔습니다. 여비는 김 참봉의 아들이 주고 간 오십 원에서 얼마를 가지고 아버지 몰래 나왔습니다. 신은 당신이 사다 준 흰 고무구두를 신고요. 나는 집에 있을 수가 없어서 동네의 말이 있을 줄도 알고 아버지도 혼자서 곤란해할 줄 알면서도 떠났습니다.

장가를 못 들어 나이 많도록 혼자서 지내는 아버지가 김 참봉의 힘으로 장가를 들게 되었으니 내가 아버지의 말을 거절할 수가 있겠습니까? 그렇다고 내가 당신을 뚝 잘라 버릴 수도 없으니 나는 내 몸을 두 개로 만들고도 싶었습니다. 물론 당신이 우리 집에 왔던 날까지는 나의 마음도 그리로 끌렸댔습니다만 당신이 왔다 가고 당신의 형님이 오시었다가 간 뒤 나는 그대로 그 마음을 가질 수가 없었습니다. 남자 되는 이가 공부를 잘 하는 학생으로 나를 좋아한다고는 하나 그런 사람이 소학교도 구경 못한 나와 같이 살 것입니까? 더구나 당신의 얼굴을 볼 때 나는 참으로 눈물을 흘렸습니다. 그리고 나의 잘못을 깨달았습니다. 당신이 뒤를 돌아보면서 재를 넘을 때 나는 집 모퉁이에서 당신을 보며 울었습니다. 용서하십시오. 그 날 나는 참으로 사람의 마음을 가지지 못하였었지요. 지금 생각하면 그때 당신의 마음이 얼마나 아팠을 것을 더 알 수 있습니다.

그래서 그곳에 있으면 결국 가고 싶지 않은 곳으로 끌려가게 될 것이 분명해서 그곳을 떠나는 것밖에 다른 도리가 없었습니다.

나는 지금 잘 데와 먹을 것이 없습니다. 그러나 어디를 가든지 먹을 것이야 생기겠지요. 당신도 집에 있고 싶지 않으면 평양 같은 데라도 다시 오십시오! 언제 만날 기회가 있겠지요."

이만

봉투를 몇 번씩 살펴보고 편지를 훑어보았으나 주소가 없었다. 분명히 확실에게서 온 편지였지만 주소가 없는 것이 답답했다.

"누구에게서 왔니! 응?"

"확실이가, 어디루 도망갔대요!"

"아니 어디루?"

"그걸 모르겠어요."

"도망을 가다니……."

영순은 편지를 다시 접으며 한숨을 푹 내쉬었다.

팥밭

식은 보리밥 덩어리에 고추장을 버무려 한술 떠먹고 나선 성순이는 풀이 길게 자란 곳을 골라 지게를 내려놓았다. 바로 옆에서 수심가를 부르던 순환이가 가까이 와서 앉는다. 썼던 밀짚모자로 바람을 내며 이야기를 꺼냈다.

"과연 덥군! 이렇게 더운 시절은 처음 보겠는데."

“매년 그러지. 지금 어떤 땐가? 논물이 절절 끓을 때가 아닌가?”

“이렇게 덥다가도 비가 와 주면 살겠는데…… 요새는 너무 더워 낮에는 물을 풀 수가 없어서 밤잠을 못 자며 밤에만 푸니 사람이 견딜 수가 있어야지.”

“글쎄, 내일이라두 비가 와 주었으면 좋겠는데…….”

“난 일찍 들어가서 논에 줄 비료를 가져와야겠네. 김 참봉이 자기의 돈으루 비료를 샀다고 하며 추수한 뒤 돈을 갚기루 하고 쓰라데. 안 해서 되겠나?”

“전에도 한 번 그런 말을 들었네만 자꾸 비료만 처넣으면 무엇 하나? 참 한심하지.”

“그야 그렇지. 그러니까 그런 것은 지주가 자기의 돈으루 내야 하지. 보세, 공장에서 일하는 노동사는 자기가 재료를 사서 하나? 전부 공장 수인이 주는 것같이 우리도 그렇게 해야 할 것일세. 어떤 데서는 그렇게 하는 데도 있다데.”

“그렇게 해야 농민들두 살 수 있지.”

“그렇기 때문에 누구나 정신을 차리구 눈을 똑바루 뜨고 살아야 할 세상일세.”

낮으로 풀을 베어 한 짐 해 지었을 때는 참새들이 들에서 분주히 떠들다가 동네로 몰려들고 있었다. 성순은 그때까지 기다리고 있던 순환이와 함께 동네로 들어갔다.

물 오른 풀을 한 짐 지고 가려니 땀 나는 것은 고사하고 어깨를 칼로 자르는 듯했다. 그래서 순환이와 맞받아 가며 소리를 했다.

그들에게 소리가 없으면 피곤을 잊을 길이 없을 것이다. 소리가 좋다거나 천하다거나 그것은 모르나 다만 그 소리 자체가 위안이었다. 소리를 하는 순간만은 짐이 무거운 줄도 어깨가 아픈 줄도 잠시 잊게 되는 것이다.

“들어갔다가 나오게!”

성순이가 풀짐을 승창에(거름을 썩히는 곳) 던지고 곧 김 참봉네 곳간으로 가서 암모니아를 두 포대 지고 순환이와 같이 다시 논으로 갔다.

"요즘은 돈만 있으면 농사두 쉽게 지을 수 있단 말이야! 암모니아는 무엇으루 만드는지 이놈만 뿌리면 모래땅이라두 낟알이 썩어지게 되니까."

성순이가 땀을 흘리면서 뒤에 오는 순환이에게 말했다.

"돈 없는 사람은 그런 것이 생겨서 더 못 살게만 되지. 그런 것이 없던 때야 이렇게 살림살이가 박했었나?"

"그것이 이상하단 말이야! 세상이 발달해 가는데 할아버지 때보다 지금이 더 살기가 힘이 드니……."

"응, 세상이 발달하는 것이 좋기는 하지만 그게 모두 돈 있는 사람 위주란 말이야. 그래서 돈 있는 사람은 조상 때보다 몇 배나 잘 살지 않나?"

"정말 그런 모양이야!"

끓던 물이 저녁 바람에 조금 식었을 때 그들은 논에 들어가서 소금 같은 암모니아를 골고루 뿌렸다.

"김이나 맸으면 일 년 먹을 것이 굴러들어 올 줄 알았더니 생각지두 않았던 것이 자꾸만 생겨 못 살겠는데."

"누구나 다 그런 거야. 자네만 그런가? 남의 땅으루 사는 사람이야 누구를 꼽을 것 있나?"

"글쎄, 그럴까……?"

잠자리를 찾느라고 그런지 뒷산에서 뻐꾸기가 뻐꾹 뻐꾹 울고 있다. 윗논에서는 물닭(뜸북새)이 물소리를 내고 아랫논에서는 물 푸는 소리가 철썩철썩 들렸다. 석양은 산 속으로 뻘건 빛을 감추고 하늘의 흰 구름은 높이 떠서 방향을 모르게 움직인다.

"한잠 자구 물 푸러나 나오세!"

"우리 집에 와서 나를 좀 깨워 주게."

"그러지."

그들은 어두운 뒤에야 집으로 돌아왔다.

"조밭의 느자지(병충 이름)가 얼마나 많습디까?"

성순은 내일 풀 베러 갈 낫을 숫돌에 갈면서 진심에게 물었다.

"시꺼먼 느자지가 여간 많지 않아요. 빗자루루 쓸기는 했지만 다 없애지는 못하겠습디다. 이런 시절은 처음 보았어요.”

“비가 오지 않아서 그래.”

“참 아까 편지가 왔습디다.”

진심은 안으로 들어가 이불 갈피에 넣어 두었던 편지를 들고 나왔다.

“어데서 왔나? 아마 영순이한테서 왔겠지. 그렇지만 어두워서 보여야
지…….”

성순이는 소나무 가지를 몇 개 갖다 놓고 불을 붙인 뒤 봉투를 찢었다.

　　형님 전 상서

　　집을 떠난 지가 벌써 한 달이나 거의 지났습니다.

　　곡식들은 잘 되었는지요? 아주머니 몸도 평안하신지 알고 싶습니다.
저는 그때 평양에 와서 얼마 안 되어 시양 사람이 주인인 맥분공장에서
일을 합니다. 전에 있던 그 상점에서는 여러 가지 말로 못 간다고 하며
나중에는 내가 쓴 돈 오 원을 갚으라고까지 했습니다. 그러나 돈도 없을
뿐 아니라 삼 년 동안이나 있으면서도 돈 한 번 쥐어 보지 못한 나로서
그것을 어찌 갚아 주겠습니까?

　　지금은 시간으로, 일을 하는 만큼 돈을 받습니다.

　　여기서도 밥을 사 먹고 그러니 돈이 남을 것은 없겠지만 그래도 시간대
로 돈을 받으니 퍽 마음이 편한 것 같습니다. 아버지 장례 때에 쓴 돈은
다른 생각을 마시고 안심하고 계십시오. 내내 평강하시기를 바라옵니다.

　　　　　　　　　　　　　　　　　　　　　　　　평양에서 사제

“뭐랬소?”

“지금은 공장에 가 있다구 했군…….”

“거긴 월급이 얼마나 되는지…….”

“그런 말은 없어. 상점에 있을 때보다는 좀 낫다구 그랬는데 어떤
지…….”

“밥을 먹어야지요.”

부엌으로 들어가며 진심이 말했다.

"여기서 한술 먹지. 방 안에 들어가두 덥기만 하구 더 어둡기만 한 걸……. 그런데 사람은 몇이나 얻었소?"

"사람이 얼마 있어야지…… 댓 사람 얻었지요."

"그만하면 넉넉하지…… 그런데 짐꾼에게 참외라두 사 먹여야겠는데 어떻게 하누……."

"아무렇게 해서라두 그거는 해야지…… 남들이 하는 것을 우리라구 안 해서야 되나요?"

"안 할 수야 있나? 돈이 없어서 그러지……."

"이런 때 땅이 있어 참외라도 심었댔으면 아무 걱정 없을 텐데……."

"거참! 땅이 있으면 그런 걱정을 왜 할까?"

성순은 진심의 말에 웃어 버렸다.

다음날 아침에는 팥밭 김을 매러 나갔다. 김 가운데서도 가장 더울 때 매는 팥밭 김은 어떤 김보다도 힘들었다.

"사내놈 못난 것은 칠월 팥밭 고랑에 있다지…… 참으루 힘들군."

같이 김을 매는 동네 사내가 말했다.

"못난 놈이 아니야…… 돈 없는 놈이란 말이지……."

"물론 옛적에는 돈 없는 놈을 못난 놈이라구 했으니까……."

차차 더워만 가는데 성순은 아직 참외를 한 개도 마련하지 못해 근심이 되었다.

"여보, 참외막에 가서 외상으루라두 가져오소, 예."

"그럽시다."

다른 사람들은 그럴 것 없다고 말렸으나 진심은 자루 한 개를 가지고 참외 원두막으로 갔다. 진심은 얼마 되지 않아 참외 이십 전어치를 사 가지고 왔다. 팥밭 두 벌을 매려면 사십 전은 없어져야겠다고 생각하니 성순은 더위를 이길 수 있는 시원한 참외가 목으로 넘어가지 않았다.

추수

"오늘은 다 자르구 내일은 두들기구 모레는 하루 말려서 글페야 찌겠구 만……."

"글쎄, 그렇게밖에 더 할 수가 있나……"

"어서 어서 햇좁쌀밥을 먹어 봤으면 좋겠다."

조 이삭을 자르며 진심이 말했다.

"먹조는(조의 한 종류) 맛이 좋지만 적게 나서 걱정이야……."

한 편에 앉아 칼로 조의 이삭을 잘라 마당 가운데로 던지던 성순은 제일 커 보이는 조 이삭 하나를 들고 말을 계속했다.

"다 이런 놈 같다면 몇 개 안 있어두 한 말이 되겠군. 참 잘 됐는 데……."

"아무래두 금년은 풍년이야요. 그만하면 안 됐달 것이 없으니까…… 보리 한 가지 빼놓구는……."

"잘 되구 말구. 벼두 결실이 잘 됐구 팥두 알이 많이 달리던데."

"조나 한 너덧 섬 났으면 좋겠다."

잘라 놓은 조 이삭이 높이 쌓여 가는 것을 쳐다보며 진심이 말했다.

"글쎄, 그만큼 날지? 전에두 두어 섬 반씩을 노났는데…… 그래두 그렇 게까지야 날 수 있을라구."

"하여튼 이번 추석에는 빚을 못 물어두 떡이나 한 번 해 먹읍시다."

"그렇게 합시다. 백 년 가야 꼭 같을 텐데 이런 때 안 해 먹구 언제 해 먹 어 보겠소? 먹어야 장수지 먹지 않는다구 내 것이 되나?"

"명절이래야 며칠 남았나…… 그새 비나 오지 말아야 쌀을 찌겠는 데……."

"비는 무슨 비가 와."

성순은 한 푼이라도 함부로 쓰지 않고 살림살이를 해 보려고 애를 썼으나 항상 몰려만 가고 마음 상하는 일만 생기기 때문에 이제는 절약하는 것이 도리어 쓸데없는 일 같았다. 보리를 찧어서 다 먹은 지 벌써 한 달째 남의 곡식으로 먹고 있으나 조를 낸대도 갚아 줄 것을 갚아 주면 남는 것이 없을지 몰랐다. 그러나 돈 때문에 언제나 편안치 않은 자기의 마음을 생각할 때 돈푼을 가지고 밤낮 떨기만 하고 싶지는 않았다.

돈에 염증이 났다. 돈이 없다는 것을 생각하기조차 싫었던 것이다. 돈 쓸 생각을 하면 끝이 없고 돈 생길 곳을 생각하면 손바닥같이 빤히 들여다보이니 돈 생각한다는 것 자체가 골치 아픈 노릇이었다.

"오늘이 칠월 스무 닷새니까 추석이 얼마두 남지 않았구만……."

"그럼…… 얼마 안 남았어요."

사산(死産)을 하고 난 지 얼마 안 되는 진심이 아직도 핼쑥한 얼굴로 성순을 쳐다보며 말했다.

"고기두 한 반 근 사다 먹지. 먹을 때 먹어야지 언제 또 그런 마음 낼 텐가."

"그렇게 자꾸 쓰면 어찌하게……."

"고기 한 근이래야 십오 전 아니면 이십 전일 걸."

이십 전이 적지 않은 것이었지만 곡식을 팔기 시작할 때라 그다지 큰돈 같지가 않았다.

"정월 명절에두 먹을 것을 생각해야지……."

"이제 먹으면 그때야 그만둬야지."

"조금씩 오래 먹어야잖아요."

"아끼다가는 띠루 가는걸…… 정월 명절까지 그 돈이 그대루 남아 있나?"

"그러기야 하지만……."

성순이는 마당 기슭에 있는 복숭아나무 아래로 가서 좀 큼직하고 싯누런 늦복숭아 몇 알을 따 가지고 와서 진심에게 주었다.

"아직 익지두 않았구만……."

한 알을 깨물어 씹던 성순이가 얼굴을 찡그리며 말했다.

"그래두 맛은 들었는데……."

진심도 복숭아를 치마에 문지르고 한 알을 깨물었다.

"내년에 이 나무에다 접을 부칠까 봐…… 유월도(六月桃)가 열린다는
데……."

"할 줄 압니까?"

"그까짓 것 하면 하는 거지……."

성순은 복숭아씨를 내던지며 말했다.

"가을이 좋기는 좋아. 그래두 과실두 먹구 햇곡식두 먹어 보구……."

"그러기에 농부는 가을을 믿구 사는 게지……."

그들은 다 자른 조 이삭을 마당 가운데 놓고 그 위에 멍석을 덮었다. 조
대는 가려 낫가리를 만들었다.

다음날 아침 이슬이 가신 뒤 성순은 마당 사방에 멍석과 삿뛰기를 돌려
펴고 조알이 튀어 나가지 않게 한 뒤 도리깨질을 시작했다.

두일배기 도리깨는 재빨리 돌아가 조알을 와삭와삭 떨어뜨렸다. 도리깨
가 땅에 떨어질 때마다 조알이 튀며 먼지가 나서 마당을 뽀얗게 만드는 동
시에 그의 머리를 누렇게 만들었다.

"그만 두구려…… 혼자선들 못할라구."

도리깨를 들고 나오는 진심을 본 성순이가 말했다.

"집안에 있으문 무엇 하게요?"

"그러다가 병이 들면 되나……."

"이걸 한다구 병이 들겠소?"

둘은 번갈아가며 도리깨를 쳤다. 힘없는 진심은 성순이만큼 힘있게 칠
수가 없었으나 성순이만큼 오래 견딜 수는 있었다. 마당으로 왔다갔다 하
며 아주 떨어지지 않은 것을 골라 쳐 나가는 그들은 땅만을 들여다보고 있
었다.

성순은 도리깨질을 하면서 진심을 힐끔 보았다. 팔이 아픈지 고개까지 숙
이고 있다. 도리깨를 올릴 때마다 허리를 폈다가 도리깨를 내려칠 때는 허
리를 굽히는 모양이 몹시 애처로웠다. 팔이 아프겠지만 그래도 말을 못하고
몸만 비꼬는 것이 우습기도 하고 불쌍하기도 했다.

"힘들면 좀 쉬었다가 하소! 내 혼자서 그냥 할 테니……."

“심상해요!”

숨까지 할딱할딱한다.

“정말이지 좀 쉬어 가며 해요.”

“그냥 해요. 누가 어떻대요?”

그냥 뛰어들었다. 몇 번 걷어 뒤집고 조 북데기만 얼마 남았을 때다.

“조금만 더 하면 되겠다.”

“이제는 그만 두구 키와 그릇이나 내 오소. 내 마자 할 테니…….”

진심이 한참 앉아 있는 동안 성순은 조를 다 쓸어모았다.

“이제는 디리웁시다.”

멍석을 깔고 부축(바람을 내는 것으로 돗자리 같은 것)을 다리 사이에 넣었다. 진심은 키로 조를 담아다가 부축 앞에서 조금씩 쏟았다. 성순은 부축을 치며 먼지와 껍질을 날렸다.

“에, 바람 잘 분다. 빨리 디리우소.”

바람을 타고 잘 날라 가는 먼지를 보며 성순이가 말했다.

“좀더 많았으면 좋겠다. 팔이 아파두 디리워 주게…….”

“정말 좀더 있었으면 좋겠는데…….”

“모래보다두 더 가벼운 이놈이 없어서 걱정들을 하누만…….”

“말박이나 가져오소. 되어 봅시다.”

진심이 나무로 만든 말을 들고 나와서 가마니를 벌렸다.

“석 섬은 되눈……. 이것 가지면 얼마 동안은 먹겠지…….”

“이것으루 겨울을 나야지요. 벼는 전부 빚을 물구. 그렇지만 꾸어다 먹은 쌀은 무엇으루 갚아 주지?”

입쌀로 갚아 주기로 하고 꾸어다 먹은 것을 조로 갚아 줄 수는 없는 일이므로 조는 그들이 먹을 유일한 양식이었다.

“찌면 좁쌀이 얼마나 날까요?”

“글쎄, 한 절반 남아날까…….”

조를 만져 보며 성순이 대답했다.

가을 달밤

"이제는 제법 추운데……."

"상강(霜降)이 언제 지났기에……."

"좋은 때다! 이제부터 큰 곡간을 가진 사람은 창고 문만 열어 두면 술술 들어갈 때로구만……."

"우리두 언제나 창고를 짓구 살아 볼까……."

"창고? 뱃속 창고나 말리우지 말게나."

성순네 벼를 베는 사람들의 말이었다.

"어떤 일보다도 가을 곡식 거둘 때는 힘든 줄 모르겠는데……. 무거운 벼이삭을 죄는 맛이 괜찮거든."

"그야 누구나 나 그렇시."

노랗게 익어 늘어진 벼를 한 움큼 두 움큼 낫으로 베어 가며 한 발자국씩 나아갔다.

"또 벼맛질 하는 재미두 무던하지. 한참 두르면 한 섬씩 나오는 것이 볼 만하단 말이야."

"벼맛질이야 주사(나)가 잘하지……너희들이 벼맛질 하면 나를 꼭 데려 가라구. 남의 볼반(한 배 반)이나 해 주마."

"아직 벼맛질 할 날 멀었다. 눈이 내려야 시작하는 거니까."

"아무때라두 할 때 말이야."

땅이 보이지 않던 논이 점점 논바닥이 드러나 시꺼멓게 보인다. 잘작 잘작하는 물에 벼 그루가 누렇게 남아 있는 것이 쌀쌀한 가을을 말해 주는 듯 했다.

하늘은 무한히 높고 남색 물감을 풀어놓은 듯 파랬으며 나뭇가지에 불어 오는 바람은 벌레들을 슬피 울게 했다.

"아니, 그런데 금년은 어찌 될까? 작년같이 곡식 시세가 낮아서야 살 수 없을 텐데……."

순환이가 화제를 돌렸다.

“좀 올랐으면 좋기야 하겠지만 갑자기 그렇게 될라구?”

성순이가 벼 그루를 자르며 순환을 쳐다봤다.

“왜 또 기미년(己未年) 같은 시절이 올려는지 알 수 있나? 전쟁두 일어났다는데…….”

“한 번 그렇게 되었으면 좋겠는데……. 좁쌀 한 말에 삼 원이나 했다면서?”

“아무리 풍년이 진대두 이제는 아무 소용이 없어. 암만 풍년이래두 전의 배는 나지 못할 것이니까.”

순환이가 맥기(볏단을 묶는 것)를 만들며 허리를 폈다.

“그래, 나는 금년두 작년 같은 시세라면 벼가 열 섬이래두 팔아서 빚을 다 물 것 같지 않으니 참 야단이지…….”

성순은 벼를 묶고 있었다.

“나는 입에 못 대보구 다 판대두 빚을 물고 나면 비료값두 남지 않을 것 같네. 농사는 나 먹으려구 하는 것이 아니라 돈 있는 사람 먹일려구 하는 노릇이지.”

“다 그렇지. 누구는 안 그런가? 꾸어 먹은 쌀, 빚 내어 쓴 돈 다 갚으면 먹을 것이 쥐빽다구나 있나. 다 남의 쌀이야…….”

성순이가 순환이의 말에 대꾸했다.

“그래 봄에는 빚을 내어다가 농사 짓고 가을에 거두어서는 그것 물어 주구…… 그것이 농부지.”

“그것뿐인가? 남은 바빠서 죽을 짬도 없는데 이것을 하시게 저것을 하시게 하는 것이 더 귀찮아 죽겠네. 이번에도 내게 돌 삼십 상자를 모으라구 고지서가 나왔데. 요즘이 어느 때라구 그런 것을 하고 있담……. 참 한심들 하지!”

“또 돌을 못 모아 보지, 한 상자에 오 전씩 벌금을 물라구 하겠지……. 이래두 죽구 저래두 죽을 팔자야! 할 수도 없구 그렇다구 안 할래니 벌금을 물 것이구……. 참 딱한 노릇이야!”

한편에서 벼를 베는 이들이 말했다.

"담배나 한 대씩 먹구 합세."

성순이가 큰 소리로 말했다.

"다들 나가서 조금 앉았다가 하세! 허리가 아파서 하겠나……."

순환이도 큰 소리로 말했다.

그들은 마른 잔디에다 불을 질러 놓고 동그랗게 모여 앉아서 담배를 피웠다.

"담배를 사 먹을래두 어디 돈이 들어 먹을 수가 있든가? 전처럼 내 땅에 내 담배를 심어 먹었으면 좋겠두만 그것은 왜 못 하게 하는지…… 남 담배두 못 먹게……."

"아니 그것두 몰라. 나라에서 세를 받아야겠는데 집집이 심으면 그것에 세를 받을 수 있겠나?"

순환이가 종이에나 희언을 말아 심으로 붙여 궐련같이 만들었다.

"이렇게 해서 먹으면 나두 삐지온(당시의 고급 담배 이름) 먹는 것 같지. 하하!"

"삐지온(비둘기)은 별맛 있나? 아무거나 먹으면 되지……."

곰방대를 문 사람이 말했다.

"담배를 배 부르두룩 먹어 봤으면……."

잔디 언덕에 누운 사람이 담뱃대를 쥐고 콧구멍으로 연기를 내보내며 말했다. 이 말에 모두 웃었다.

쌀쌀한 가을 바람이 종아리에 소름이 돋게 불어오는 어둑어둑한 저녁때야 그들은 집으로 돌아왔다.

파랗던 하늘이 노란빛으로 변하고 다시 흙색으로 변하는 늦은 가을 저녁 참새들도 들에서 마을로 날아오고 벌레도 제 구멍을 파고 들어가 들은 적막하기만 했다. 볏단이 어둠 속에서 귀신같이 보이며 잎이 떨어진 나무들이 시체같이 앙상하게 서 있었다.

서편 하늘의 낙조는 점점이 떠 있는 구름을 붉히다가 어둠에 자취를 잃고 동편과 서편 하늘에는 샛별이 몇 개 떠서 어두운 하늘에서 졸고 있었다.

저녁을 먹고 집으로 가서 옷을 껴입은 뒤 다시 성순네 마당에 모여 앉은 때는 하늘에 별이 무수히 반짝이고 가을 달이 동천에서 떠오르고 있을 때였다.

"이제는 밤이 퍽 길어졌는데? 오래 앉아 있다가 자두 그다지 곤한 줄을 모르겠어."

"그렇구 말구. 때가 구시월 아닌가?"

까래 위에 앉은 그들은 잡담을 시작했다.

어떤 때는 순환과 진억이가 종장에 가서 싸우던 이야기도 했고 어떤 날은 허튼 소리로 밤을 보내기도 했다. 하여튼 무슨 말을 듣고 싶거나 무슨 일을 알려면 여기로 와야 했다. 그들은 동네에서 생긴 일, 누구의 집에서 무엇을 해먹는 것까지 알았다.

벼맛질

"미노루식이 제일이야! 이놈은 하루에 열 섬씩 뽑아두 그만이로구만⋯⋯."

"그럼 그것이 제일이야. 사도식[佐藤式]두 무던하지만 오래 가지를 못해⋯⋯."

"그러기에 돈이 얼마나 비싼가?"

김 참봉네 마당에서 벼맛질을 하는 이들이 벼 기계 이야기를 하는 것이다.

"미노루식 기계를 한 개 사 두었으면 겨울엔 걱정이 없겠는데 돈이 있어야지."

"그럼, 그놈 하나만 있어두 하루에 세가 칠십 전이요, 사람의 일공이 삼십 전, 도합 일 원일세 그려⋯⋯. 매일 하게만 되면 큰 수 나지⋯⋯."

"그놈을 꼭 샀으면 좋기는 하겠는데⋯⋯."

벼 기계가 비행기 소리같이 웅웅 돌아가며 벼알을 떨어뜨렸다.

한 사람은 볏단을 날라 주고 한 사람은 성기어 주고 두 사람은 기계에 벼를 훑고 한 사람은 볏짚을 묶는다. 기계가 돌아가는 사이에는 사람이 기계같이 움직이며 누구나 쉴 새 없이 일을 한다. 그러면서도 그들은 쉴 새 없이 이야기를 한다.

"양닌네는 기계 하나루 겨울에는 잘 먹겠는데?"

"말 말게! 돈을 벌면 뭘 하나? 돈의 이자밖에 안 된다네……."

"그럴 리가 있나?"

"기계가 그 집에만 있나? 이 동네만 해두 몇이나 되는데……."

벼를 나르던 순환이가 벼낫가리에 올라가서 볏단을 내렸다. 얼마 동안 기계가 쉬었다.

눈이 한 번 내린 추운 겨울이었지만 그들은 쉬는 사이에 땀을 씻기가 바빴다. 솜옷을 입어야 할 때 그들은 여름옷을 그냥 입고 있지만…….

"조반이 되었는데요."

진심과 순환의 처가 와서 밥을 먹으라고 한다.

아직 햇발민 있었지 해가 뜨지도 않은 때였다.

"먹구 합시다!"

조반 전에 두어 섬을 빼고 난 그들은 배도 고팠다.

조반을 먹자 그들은 곧 마당으로 나왔다.

"배부른 김에 또 해 보자!"

서로 덤비면서 추운 것을 잊으려고 제각기 고함을 쳤다.

기계는 무한히 빨리 돌아가며 소리를 냈다.

"이 마당엣치를 다 빼려면 겨우내 해야겠구만……."

"우리만두 사오 일을 걸릴 테니까 그렇게 되겠지."

성순이가 한 발로 기계를 돌리고 두 손으로 벼를 훑으면서 말했다.

"이거야 얼마 되나? ××골 창고에 들어갈 벼를 보게…… 그 벼낫가리를 보면 한숨이 나올 정도라네! 우리 같은 이는 그런 것을 주어두 어찌할 줄을 몰라 기절할 걸세."

"참 끔찍해!"

기계 소리에 지지 않으려고 목청을 돋구어 이야기를 하니 마당은 장터 같았다.

"좀 조용히들 하래요! 주무시지를 못하시겠다구요!"

밥하는 여자가 나와서 하는 말이다.

"아직두 자는 게지?"

"자지 않구 할 것 있나?"

"어찌 금년엔 첩네 집으루 가지 않나? 매일 아우성치며 덤비는 것이 싫어서 겨울에는 다른 곳으루 가곤 하더니……."

"금광이니 뭐니 하더니 아주 녹았다던데?"

그들의 목소리는 작아졌다. 조금 떨어진 곳에서는 들리지도 않았다.

해가 지고도 어슬했을 때야 기계를 멈추고 벼를 한편에다 밀어 두고 멍석으로 서리를 안 맞게 덮어 두고 돌아왔다.

이렇게 나흘 동안을 벼 사십 석을 빼냈다. 그리고 이십 석은 김 참봉에게 열 섬씩은 순환이와 성순이가 가졌다. 그리고 김 참봉의 돈으로 사서 낸 비료대를 둘이서 한 섬씩 주고 나니 가져온 것은 아홉 섬씩밖에 되지 않았다. 그것을 가지고 갚을 것을 갚고 나면 도리어 모자랄 것 같았다.

"추수를 해두 또 근심이로군! 이것을 가지구 빚두 다 갚지 못할 테니 어찌한담. 한 해 농사를 지어서 하루두 감당하지 못하니……."

성순은 입맛을 쩝쩝 다셨다.

"여보, 몇 섬이나 쪄야 물어 줄 것 다 물어 주겠소? 나머지는 팔아 버려야지……."

"아마 석 섬은 쪄야 될 걸요. 석 섬을 찐대야 열댓 말이나 날까요?"

"그렇게나 되겠지……."

"그거면 되겠지요. 어서 쪄서 갚아 줄 것은 다 갚아 줍시다."

"누가 안 그러겠다우? 벼가 눅어지기 전에 빨리 팔아서 최 주사네 돈부터 물어야 시원하겠소……."

"좀더 있으면 벼가 오를지 알겠소? 두었다가 팔지……."

"두었다가 더 내리면 패가하게?…… 작년에두 제일 비쌀 때가 한 근에 오 전 삼 푼 했는데……."

"마음대루 하시오."

성순이가 한 해 동안 농사를 지어서 남에게 줄 것을 대개 주고 나니 좁

쌀 열 말과 팥 열아문 말이 남았을 뿐이며 그것으로 다음 해까지 살아가야
했다.

시월에서 섣달까지 벼맛질과 나무하러 다니기에 세월을 보내었다.

어떤 추운 날에는 밝기도 전에 가서 칼날 같은 바람이 부는 데서 맨손으
로 벼맛질을 하다가 손발이 얼어서 터지기도 하였고 그 손에서 물이 나기까
지 하였으며 어떤 때는 삯꾼으로 팔려 가서 한 삼십 전 받아 오느라고 밤이
깊어서야 돌아올 때도 있었다.

"여보, 문 좀 여소! 에, 빨리……."

어떤 날 눈보라가 문창을 두들기는 밤에 성순이가 문을 두드렸다.

"나는 자구 있다가 내일두 일하는 줄 알았지요!"

진심은 뛰어나가서 문을 열어 주었다.

"빨리 가서 짠지 국물 좀 퍼 오소! 손이 아려서 못 건디겠소."

"손은 왜요?"

"왜는 뭐가 왜야? 빨리 가져오라는데. 얼었어! 자, 보아!"

퉁퉁 부운 손을 내보였다. 진심은 김칫독에 가서 김칫국물을 퍼 왔다.

"어쩌다가 그렇게 됐소?"

"손이 얼어 오지만 장갑이 없어서 그냥 했더니 이 모양이 된 걸 어찌하
나?"

"장갑을 마련하지 않구……."

"장갑을 사서 끼다가 그것을 당해 낼 수가 있어? 매일 한 켤레는 사야 할
텐데……."

이렇게 손이 부어 며칠 동안 누워서 앓은 때도 있었다.

이것이 겨울

"눈이 흠뻑 내리는군……."

"눈이 많이 오면 내년에 풍년이 든다지요?"

“그럼. 그러나 나무가 있어야 불을 때지…….”

“정말 나무가 내일 땔 것두 없어요. 어찌하노…….”

“산에 가서 해 와야지 할 수 있나?”

“눈이 그냥 오는데…….”

“조금만 멎어 주면 나가서 소나무 가지라두 잘라 와야지…….”

문창에 달아 놓은 적은 유리알로 함박같이 내리는 눈송이를 내려보던 성순이가 진심과 하는 이야기였다.

“오늘 저녁에는 비지나 해 먹을까요?”

진심이 아랫목에서 물레질을 하며 말했다.

“좋지…… 쌀도 바튼데 그런 것으루라두 끼를 이어야지…….”

웃방 하나를 전부 차지하고 멍석을 만들던 성순이가 말했다.

“그럼 콩을 불쿠어 둬야겠군…….”

진심은 일어나서 콩을 물에 불리려 나갔다.

“눈이 좀 멎었어요. 해가 나는데…….”

밖에서 하늘을 쳐다보면서 진심이 소리를 쳤다.

“좀 멎었어?”

성순은 무명 수건으로 머리를 처매고 옷을 더 껴입고 뒷마당으로 나갔다. 마른 눈이 태양 빛에 반짝이었으며 들과 산에는 눈 이외에 보이는 것이 없었다. 그는 마당과 뜰의 눈을 다 쓸고 나서 지게를 지고 산으로 갔다. 추운 방에서는 그냥 잘 수가 없어서 언 소나무 가지라도 꺾어다가 때려는 것이다.

그는 다리가 쑥쑥 빠지는 산에 올랐다. 파랗게 살아 있는 소나무 가지를 낫으로 찍어서 한 지게 메고 내려왔다.

눈이 녹아 다른 풀이 드러나기 전에는 매일 이렇게 할 수밖에 없었다.

그것도 남의 산이라 주인 모르게 몰래 해 와야 했다.

어떤 날 양지쪽에만 눈이 녹았을 때다. 성순은 나무를 하러 매운 바람이 눈을 날리며 불어오는 산등성이로 가서 지게를 놓고 풀을 베었다. 산이 없는 사람은 남의 산에서 풀이나 벨 수밖에 없는 것이다. 소나무 아래 솔잎과

낫으로 베어 놓은 풀을 모아서 석 단으로 묶어 한 지게에 실었을 때다.

"이놈아, 누구냐?"

성순은 깜짝 놀랬으나 고개를 천천히 돌려 보았다.

"누구냐, 응? 왜 남의 풀을 베어?"

산 주인이다.

"………"

"왜 남의 산에서 나무를 하느냐 말이다?…… 전부터 여기서 나무를 해 갔지?

"빨리 가!"

산주는 지게를 쓰러뜨리려고 한다. 성순은 주먹이 불끈 쥐어졌으나 남의 풀을 벴다는 약점 때문에 참을 수밖에 없었다.

그 날 성순은 빈 지게로 집에 돌아왔다. 그러나 전날에 해 두었던 나무가 조금 남았으므로 그 날은 지냈다. 그렇다고 나무하러 가지 않을 수는 없었다. 얼어 죽고 굶어 죽을 수 없어 다시 나무를 하려고 남의 산으로 나서고야 말았다.

"오늘 저녁부터는 미녕(무명)을 할 테니까 밤 깊어서 들어오시소……."

"미녕은 사람을 얻어서까지 할 것 있나?"

"입던 솜옷을 다 꺼내서라두 해야지. 옷감이 전혀 없는 것을 어찌하겠소?"

"아니 솜이 있단 말이오?"

"몇 해 전부터 입던 옷에서 솜을 빼면 꽤 될 거예요. 한 칠십 자는 짤 것이요……."

"되면 해야지……. 나두 오늘은 순(목탁을 치며 경비하는 일) 돌 차례인데."

성순은 저녁을 먹은 뒤에 여자들이 물레를 들고 하나씩 들어올 때 나가 버렸다.

방 안에는 물레소리가 윙윙 나기 시작했다. 적은 방에 색시, 처녀들이 대여섯 명이 물레를 놓고 앉으니 방 안에는 손바닥만한 틈도 없었다.

“서너 목씩 헤어다오.”

솜을 한 뭉씩 나누어 준 진심이 말했다.

“암만이라두 헤지! 집에서 혼자 하면 갑갑해서…….”

맨 웃골에 앉은 처녀가 말했다.

“참으로 미녕은 혼자서 못 할 게드라. 하루에 한 목을 하려면 나중에는 졸음이 와서 견딜 수가 있어야지…….”

금년에 갓 시집 온 색시가 돌아가는 물레를 보며 말했다.

모이면 말이 많고 잔소리가 많은 시골 여자들은 미녕이나 하게 되면 못 하는 말이 없다.

“나는 미녕 안 하고 살아보면 좋겠드라! 갑갑해서 못하겠어.”

“삯 미녕 하는 이는 어찌하고! 한 목에 오 전씩 받는데…….”

“그것을 누가 한담? 저희 것이야 옷감을 짜려니까 할 수 없이 하지만 남의 것을 겨우 오 전 받구 누가 한담?”

“그래두 안 하는 것보담은 나으니까 어찌하노?”

물레 돌아가는 소리가 규칙적으로 들리는 방에서는 가느다란 색시네들의 말소리가 그치지 않았다.

“너희들 본가 생각나지 않던?”

전부가 자기보다 연하인 색시들에게 진심이 물었다.

“안 나다니요? 밤낮 본가 생각에 죽겠어요…….”

금년 새로 시집온 진심 옆 색시가 실을 뽑으며 무엇을 생각하는 것 같이 말했다.

“나도 색시 적에는 본가 생각이 퍽으나 나드라.”

“나는 시집 온 지 삼사 년이 되었어도 그렇드라. 왜 그런지 나두 모르겠어…….”

바로 문턱 아래 앉은 스물두어 살 나 보이는 색시의 말이다.

“새서방하구 좋아하면서두?”

진심이 웃으며 하는 말에 그 색시는 얼굴을 붉혔고 방에는 처녀들의 웃음이 터졌다.

"너희들은 왜 웃니? 얼마 안 있어 새서방의 사랑을 받겠는데……."

"망칙해라……."

조금 나이 적게 먹은 처녀가 입을 비죽거리며 말했다.

"너희들두 지내보아라. 그게 제일이란다."

"아주머니두……."

옆의 색시가 부끄러운 듯이 말했다.

"말 마소, 시집이고 무어고 본가에 가서 일생 살았으면 좋겠습디다. 시집 살이 같이 힘든 게 어데 있을까?"

나이 조금 든 색시가 말했다.

"글쎄, 시집살이란 힘든 거지! 시부모에게는 며느리 구실, 남편에게는 아 내 구실을 제대루 해 나가기가 그리 쉬운가. 일만 잘 해 줘야 좋다구 그러니 시집살이가 만만한가?"

그들은 미녕을 만들려면 이른 봄부터 서둘러야 한 백 자쯤 겨울 사이에 짜 놓는 것이다. 그 동안은 밤낮 물레와 싸우고 베틀 위에서 지내야 하는 것 이다.

그 날 밤도 순을 세 번씩 돌고 삼성별이 거의 졌을 때야 물레를 멈추고 헤어졌다.

그때 순 도는 이들이 집으로 돌아와 몸을 잠시 녹인 뒤 순꾼들이 모이는 곳으로 갔다. 성순이도 그랬다.

"꽤 추운 날이로군. 걸어서 다니는데, 두 발가락이 잘라지는 것 같은 데……."

성순이가 발가락을 주물렀다.

"졸음이 와 죽겠네……."

방바닥에 누운 이가 하품을 하였다.

"우리 집에는 도적놈이 오래두 가져갈 것이 없어 오지 않겠는데 누구를 위해서 밤잠두 못 자구 이 고생을 하고 있나."

"나도 그렇수다. 우리 집에는 색시 하나밖에 있는 것이 없는데……."

그때 누웠던 이가 일어나며 말했다.

“겨울에두 한 번 마음 놓구 놀아 보았으면 좋겠더라! 밤낮 이러구야 무엇
하러 산담…….”
“일꾼도 노나?”
이것은 성순이의 대답이었다.

농민의 각성

남산의 눈은 나날이 녹았으며 흰 눈으로 덮였던 만산에는 뿌연 아지랑이
가 흔들거리기 시작했다.
눈 녹은 물은 사이로 졸졸 흘렀으며 양지쪽에는 산새들이 활기 있게 날아
다녔다.
이른 봄이 다시 와서 논밭을 돌보러 들로 나가는 사람이 점점 많아졌다.
“금년에 농사두 다 지었다. 토지가 있어야지…….”
“왜?”
동네 사람들이 모여서 하는 말이다.
“김 참봉이 거덜이 났다네.”
“내 그럴 줄 알았어. 금광은 무슨 놈의 금광을 하다가 패가를 한담…….”
김 참봉의 땅으로 살아가는 소작인은 누구나 속이 끓어올라 창자가 마르
는 듯했다.
전에는 김 참봉이 비료 삼분의 일을 내 주고 반씩 나누던 것을 금년부터
는 비료를 반 분씩 내고 곡식을 삼 분으로 하겠다는 것이었다.
비료 준비까지 하려고 했던 농민들은 밤잠을 못 자며 생각했다.
아무래도 삼분의 일을 먹어 가지고는 농사를 지을 수가 없었다. 그러나
그렇지 않으면 소작권을 빼앗겠다는 데는 어떻게도 할 수가 없었다.
봄철이 됐는데 이제 어디로 갈 수도 없고 또 다른 땅을 부치려 해도 부근
의 땅은 전부가 참봉네 땅뿐이니 어떻게 할 것인가? 그렇다고 앉아서 굶어
죽을 수도 없는 딱한 사정에 이르렀다.

"그저 금광만 안 했어두 이렇게 안 되었을걸……."

"그놈의 산에서는 왜 금이 나지 않았노?"

그들은 이런 말밖에 할 줄을 몰랐다.

그들의 마음이야 김 참봉을 데려다가 두들겨래도 주고 싶었을 것이나 누가 나서서 말 한 마디 하는 이가 없었다.

이런 때에는 누구 말 잘 하는 이가 있어서 김 참봉과 타협이라도 해 보았으면 했으나 그런 이도 없었다.

금광으로 돈을 많이 버렸다 할지라도 그다지 크게 상관될 것이 없을 것이며 아직도 첩의 집에만 왔다갔다 하는 참봉이 소작료나 더 올린다고 해서 살찔 것이 아닐 것 같으나 갑자기 패가나 한 것처럼 말하는 그가 얄밉기 짝이 없다.

그렇다고 누가 가서 밀 한 마디를 하는 사림이 없는 깃이 그들의 가슴을 더욱 답답하게 하였다.

누가 가서 그런 말을 하면 자기가 먼저 땅을 뺏길 것 같아 참봉을 만나도 인사도 똑똑히 못하고 피해 다니는 그들이었다.

며칠이 지난 뒤의 일이다.

진억이 순환이 성순이가 모여 앉아서 서로 의논을 해서 밤중에 동네 사람들을 모으기로 했다. 그리고 서로 그 날 밤에 이야기할 것을 준비했다.

"자! 참봉이 말한 대로 소작료를 정한다면 누구나 살아가지 못할 것이 분명한 일이 아니야? 우리의 생명이라는 것이 몇 마지기 땅에 있는 것이니까 그들두 그것은 전부 알구 있다. 그리구 아직 한 사람두 김 참봉에게 대답한 이가 없지 않나? 그러니 우리는 단결만 하면 그만이다. 참봉도 이 부근 땅을 이 동네 사람들이 부치지 않는다면 줄 데도 그다지 없다. 지금 신경이 예민한 그들을 건드리지 않게 말을 해야 한다. 어디까지나 개인의 의사가 아니며 동네 사람 전체의 의사라는 것을 말하면 그인들 안 들어 주겠니?"

진억이가 머리를 맞대고 있는 성순과 순환에게 말했다.

그들은 며칠 동안이나 거듭해 가며 생각을 했다.

그 결과 진억이 순환이 성순이 그리고 얌전이 아버지는 동네 소작인들의 도장을 받아 진정서를 쓰기로 했다.

며칠 뒤 이십 여 명의 농부가 김 참봉네 집으로 갔다. 그런데 거기에는 타동네에서 온 농부들이 몇 명 김 참봉을 기다리고 있었다.

"여기가 김 참봉의 집이지요?"

그들은 꼭 같은 소작인들이었다.

"여기도 무슨 일이 일어났소?"

그들이 이 동네 사람들에게 물었다.

"아마 당신네들과 꼭 같은 일일 것 같소!"

성순이가 그들의 묻는 말에 대답했다.

"그럼 같이 들어갑시다."

하고 말했다.

"좋겠습니다."

타동네에서 온 사람들도 얼굴에 웃음을 띠었다.

성순이가 눈 녹아내리는 산길을 걸어 재 너머 최 주사의 집을 찾아간 것은 그 일이 있은 지 삼사 일 지난 뒤였다.

그 집에 가는 길에 확실네 집에도 들렸다.

"어제 영순이에게서 편지가 왔는데 사돈님두 보시는 것이 좋을 듯해서 가지고 왔습니다."

그는 확실이의 아버지에게 그 편지를 읽어 주었다.

형님!

오래간만에 붓을 들었습니다. 아주머님은 무슨 애기를 낳으셔서 기르는지요? 요사이는 봄이 되어서 농사 준비를 하시기에 퍽으나 분주하실 것입니다.

형님!

저는 아직 그 공장에서 일을 합니다. 웬일인지 공장에서 임금을 올려 주어 지금은 살기가 조금 나아졌습니다. 그새 노동자들이 무슨 일을 한 것 같습니다.

그런데 한 가지 알릴 것은 확실이의 일입니다. 얼마 전에 서로 만나서 지금은 한 집에서 살고 있습니다.

그는 고무공장에서 일을 하는데 우연히 만나서 같이 살게 되니 우리의 기쁨은 말할 수가 없습니다. 이런 말을 누구에게나 하지 마십시오. 장인에게도 말씀하지 마십시오. 잔치도 아니하고 같이 있다면 큰일이 날 터이니까요. 그러나 전부터 약혼해 두었던 사이니까 괜찮겠지요? 또 태은이도 지금은 같은 공장에 있는데 전에 내가 자기 집의 일을 이야기했더니 눈물을 흘립디다.

형님!

이 세상은 정신을 차릴 수가 없습니다.

너무 바빠서 오늘은 이만 합니다.

사제 상서

"그럼 우리 확실이가 영순이와 사누만……."

편지를 다 읽은 뒤 그는 어찌할 줄을 몰라했다.

"아마 그런가 보외다……."

"그런 말이라두 들으니 고맙네! 그년이 어데서 죽지나 않았을까 그것만이 걱정이었네."

"나도 퍽 기쁜데요."

그들은 옛날과 같이 사돈이 되었다.

(원)《신동아》 1934. 3∼10, (출) 박영준 당선 작품집　　일년　　연세대출판부, 1974.

쌍영

그녀의 과반생

이른 봄이었다. 언 풀이 파릇파릇 자라났고 나무 끝에 물이 한창 올라 무섭던 만주 바람이 자취를 감추었으나 아직까지 으스스한 기운이 남아 있어 넓은 들을 지나가는 기차가 창을 열어젖히지 못한다. 봉천을 지나 안동현에 가까워 가는 국제열차는 속도를 조금도 늦추지 않고 아직까지 멀리 가야 할 앞길을 바라보며 달음질하건만 공기가 텁텁한 기차간 안에는 의자에 앉은 길손들의 피곤한 몸이 나른하게 처지고 있다. 더구나 때가 아침이라 의자 한편에 모가지를 기대고 잠든 사람이라든가 세수도 못한 어릿한 얼굴로 얼른 지나가는 낯선 땅을 내다보는 사람들이 긴 여행에 지친 것같이만 보였다. 떠들기를 일삼는 중국인들도 해 돋는 아침이 신기로운지 조선 나가 살 일을 꿈꾸고 있는지 차창만을 물끄러미 내다보고 있다.

탁한 공기에 담배연기까지 자욱한 찻간 한 모퉁이에서 잠은 들지 않았으나 눈을 내려감고 차가 아무리 움직여도 몸 한 번 까딱하지 않는 여자가 오도카니 앉아 있다는 것은 삼등차실을 일층 음산하게 만들었다.

맞은편 의자에는 잠든 어린애를 혼자 눕히고 자기가 앉은 의자 한편에는 흰 보자기를 놓고 있으니 동행하는 사람도 있는 것 같지 않을 뿐 아니라 그 옆에 가서 말을 건네는 사람도 없으니 어디서 어디까지 가는 여자인지도 알 수 없다.

더구나 흰 옷을 아래위로 입고 구두까지 흰 것을 신었다. 사람 보는 데서 한숨을 쉬지 않으나 옷 모양이라든가 말없는 얼굴에 나타나는 근심이 상제 된 지 얼마 안 된 여자임에는 틀림없었다.

그 옆에 앉은 사람들이나 옆으로 왔다갔다 하는 사람들이 이상한 눈으로 그 여자를 보기는 하나 함부로 그 상심한 까닭을 묻는 이가 없었다. 아무리 얼굴에 비애가 그득하고 엄숙한 빛이 돈다 할지라도 교양이 없어 보이거나 직업이 천해 보이는 여자라면 긴 여행에 싫증이 나고 심심해 견디지 못하는 손님들이 그 여자를 혼자 내버려 두지 않았을 게다. 자리가 좁다는 핑계를 대고 보자기를 올려놓는 체하고라도 그 옆에 앉아 쑥덕거린다면 그를 몹쓸 놈이라고 주목해 볼 사람도 없는 게 국제열차의 습관이라고 말하여도 좋다.

그러나 이 여자는 봉천서부터 안동현까지 또는 그 이전도 그랬을 것이나 같이 가던 어린애 이외에 딴 사람과 한 마디의 말을 해 보지 않았다.

"연자(燕子)가 깼구나. 잘 잤니?"

안동현에 거의 왔을 때 그 여자는 맞은편 의자에 누웠던 어린애를 일으켜 안았다.

"우리 연자 용치. 울지 마라, 응."

여인은 안은 애를 가볍게 두드리며 달래었다. 그러나 어린애는 보는 게 전부 이상한지 찻간을 둘레둘레 둘러보며 울음을 그치지 않았다.

"울면 나쁜 애야! 우리 하루만 더 가면 서울 구경하구 또 하루만 가면 할머니한테 내린단다. 너 할머니한테 안 갈 테야! 옳지, 우리 연자 울지 않네. 용타."

어린애는 울음을 그치고,

"엄마! 과자 줘!"

하고 응석을 부렸다.

"과자 줄게!"

어머니는 과자봉지를 기차 선반에서 내려다가 비스킷을 꺼내 주며,

"조금만 더 있다가는 조반을 사 줄게! 울지 말어!"

하고 어린애 뺨에 자기 얼굴을 비비었다.

어린애는 과자를 먹느라 한참 동안 아무 말도 아니했으나 조금 지난 뒤에는 잊어버렸던 것이 갑자기 생각난 듯,

"아버지."

소리를 부르며 다시 울먹울먹했다.

그 말에는 대답할 수가 없는지 딱한 얼굴을 해 가지고 딴말을 돌려 댔다.

"연자야, 저 밖에 저것이 무언지 아니? 산이지. 또 푸른 건?"

"나무."

"저기 밖에서 무얼 끌구 가는 건?"

"말."

어린애의 말을 딴 데로 돌리려는 그 여자의 입이 얼마 전 깜짝도 아니하던 때와 판이하게 달랐다.

"이게 뭐지?"

그는 과자봉지를 쥐어 흔들었다.

"내 과자."

어린 연자는 어머니 농락에 넘어갔다. 그러나 변소엘 가는지 세수하러 가는 사람인지 양복 입은 이가 그 옆을 지나 뒷모양을 보이며 지나갈 때 그 애는 다시 다리를 동댕이질 하며,

"아버지."

하고 불렀다.

여인은 난처한 얼굴로 어린애를 껴안은 다음 다시 비스킷을 주었다. 다음에는 과일을 꺼내기도 했고 그림책을 펼쳐 그림 설명도 해 주었다.

네 살쯤이나 되어 보이는 그 어린애가 떼쓰기는 그만두고 가만히 있을 때 여인은 자기 옆에 있던 흰 보자기를 맞은편 의자에 옮겨 놓고 그 자리에 연자를 앉혔다. 그러고 나서는 가벼운 한숨을 내쉬고 흰 보자기를 물끄러미 바라보았다.

어린애도 말없는 어머니의 눈초리를 따라 보았는지 흰 보자기를 가리키며,

"엄마 저기 무어야?"

하고 물었다.

"아무것도 아니다."

그래도 어린애는 어머니의 말이 틀렸다는 듯이,

"아니야."

하고 재차 말했다.

어머니는 어린것이 재롱 피우는 것을 귀엽게 생각하기도 하나 얄밉게 안 물어 보아도 좋을 것을 자꾸 캐려고 하는데는 귀찮기도 한 모양이었다.

쓴웃음을 웃고는,

"엄마하구 연자하구 입을 옷이 그 속에 있어."

하고 대답해 주었다. 그러고 나서는 차창으로 손가락질을 하며 어린애의 눈을 흰 보자기에서 떠나게 했다.

그런데 낯 모를 신사 한 사람이 맞은편 의자에 앉으며 말을 꺼냈다.

"어데까지 가십니까?"

"청진까지 갑니다."

"어데서부터요?"

"상해서 떠났습니다."

"상해서는 무엇을 했습니까?"

물어 보는 것이 국경을 넘는 손님을 조사하는 것에 틀림없었다.

"여자가 할 게 있습니까? 남편 따라 갔다가 남편이 죽어 돌아오는 길입니다."

"남편 이름은?"

"김철식입니다."

"남편 되는 분은 무얼 했습니까?"

"별반 한 게 없었습니다."

이렇게 대답한 그 여자는 놀았다는 게 이상하게 생각들게 할까 두려워 말을 달리 돌렸다.

"무슨 장사를 해 볼까 하고 갔댔으나 얼마 안 되어 돌아가시고 말았으니 그저 논 셈이지요!"

"당신의 이름은 무엇이요?"

"최혜련입니다."

"가는 곳 주소는 어뎁니까?"

"청진부 포항동 팔번지입니다."

"이 애는 딸이요?"

신사는 연자를 보며 물었다.

"네, 그렇습니다!"

"너 몇 살이지?"

그 사람은 연자의 손목까지 만져 보았다.

"네 살!"

똑똑치는 못하나 연자는 그대로 대답을 했다.

신사는 몇 마디 너 물어 보고는 딴 사리로 가서 혜련에게와 거의 같은 말을 물어 보았다.

형사가 까다롭게 물은 일은 아니요 자기를 대수롭게 여긴 것도 짐작할 수 있는 일이었으나 혜련이는 그가 지나간 뒤 다시 무엇을 생각하며 수심 가득찬 얼굴을 만들었다.

그리 예쁘다고는 말할 수 없으나 흠잡을 곳이 없는 탐탁스런 얼굴에다 보라빛이 가볍게 도는 눈시울은 보통 때도 어떠한 비밀을 품고 있는 것처럼 가볍지가 않았다.

남보다 조금 들어간 눈과 흰자위까지 까마스름하게 보이는 눈동자가 그의 얼굴을 살리고 있다.

그 눈은 아무리 보아도 허술하거나 남에게 속을 것 같지가 않았다. 지체스럽고 총명함이 그 속에 그득 차 있는 것 같았다. 그러나 그 눈을 반쯤만을 힘없이 떴다 감았다 하며 자기 옆에 앉은 연자까지 잊어버리고 무엇을 생각할 때 그의 얼굴은 해결하기 힘든 문제를 풀려고 애써 생각하는 것도 같았으나 또 한편으로는 아무 생각도 없이 어찌할 수 없는 설음에 꽁꽁 묶인 것 같기도 했다.

살아 있는 사람이 죽은 시체같이 보였다. 어린애가 과자를 다 먹고 엄마를 불렀으나 먹을 것은 더 줄 생각도 없을 뿐 아니라 대답조차 아니했다.

어느 새 안동현이 지나갔고 신의주에 닿았는지도 몰랐다.

"짐 풀어요."

하는 세관원의 말에 신의주까지 온 것을 알고 얼굴을 들었다.

"이 속엔 무에 있소?"

트렁크와 잔 보자기들을 뒤져 본 세관은 혜련의 맞은편 의자를 보며 흰 보자기를 풀게 하였다.

"그건 풀지 않아도 관계치 않습니까?"

"안 돼요! 빨리 풀어요!"

"그렇다면 당신이 풀어 보시오!"

혜련은 흰 보자기를 풀고 나무 궤가 나올 때 아주 헤치지 말아 주기를 세관원에게 바라고 바랐으나 그들은 더욱 의심난다는 듯이 재가 쌓인 주머니가 나올 때까지 헤치고 말았다.

"흥!"

하고는 시체 태운 것이라고 한 혜련의 말이 옳다는 듯이 헤친 채 내버려 두고 딴 곳으로 가 버렸다.

혜련은 하릴없이 흩어진 것을 다시 전대로 손질하여 싸 놓았다.

그러고는 차창을 한 번 내다보고 사 년 전에 조선과 얼마나 다른가를 살폈다. 그리 높지 않은 산이나 낮고도 아늑하게 앉아 있는 조선의 집들이 눈앞에 나타날 때 자기 마음속에 새겨 있는 조선의 인상이 그대로 있음을 알고 가벼운 한숨을 내쉬었다.

옛과 다름이 없는 조선이었건만 조선을 떠날 때 가던 사람은 나무 궤 속에 가루로 넣고 자기는 소복을 한 다음 어린 연자를 남편 대신 끌고 오니 조선은 장차 자기에게 어떠한 운명을 던져 줄까 하는 근심과 공포가 겸한 생각을 아니할 수 없었다.

그런 생각을 해 보니 사 년 전 압록강을 건널 때 두 번 다시 조선에 발을 들여 놓지 않겠다고 생각했던 자기가 무엇 때문에 남편이 죽자 일주일도 못 되어 이곳을 찾아오냐 하는 마음이 불시에 떠올랐다. 조선의 산을 보기 전까지는 조선이 그립고 하루빨리 고향으로 가고 싶어 상해까지 왔던 자기를 꾸짖어 본 적이 한두 번이 아니었으나 내가 살고 내가 호흡할 낯익은 땅을 본 때는 반갑고 기쁜 마음이 일어나기도 전에 외롭고 쓸쓸한 생각이 들었다. 아는 사람이라고 별반 없을 뿐만 아니라 아는 사람이 있다 해도 자기를 참으로 생각해 줄 만한 사람은 아무리 따져 보아도 없다. 무엇을 믿고 오나 하고 자기를 살펴 볼 때 창 밖으로 지나가는 아름다운 산들도 자기를 기쁘게 맞이해 주는 것 같지가 않았다.

우선 세상의 비난을 받아야 할 자기를 생각했다. 남들이 반대하는 결혼을 해 가지고도 자기의 행동을 천하게 보이고 싶지 않아 굴하는 빛을 안 뵈고 조선을 떠났다. 그러나 다시 돌아올 때는 전보다 얼굴이 여위었고 몸이 쇠약했다. 남에게 버젓한 얼굴을 내놓을 만큼 자기가 행복스러운 것도 아니다. 그때처럼 의기가 있어 남들의 말을 들은 척 아니할 만하시도 못하나.

그래도 행복이 있겠지 하는 생각마저 가질 수 없는 혜련이라 자기를 비웃고 조롱할 여러 눈동자가 얼굴 앞에 나타날 때 무서운 생각까지 들었다.

그는 눈을 감았다. 눈을 뜨고 있으면 알지도 못하는 사람들이 손을 벌리고 자기를 잡아먹으러 오는 것이 얼른얼른 보였기 때문이다. 그리고는 옆에 앉은 연자를 끌어안아 무릎에 올려놓고 입을 맞추었다.

"겁내지 말고 살아보자!"

그는 자기의 손에 한 목숨이 달려 있고 자기가 있는 곳에 사랑스러운 딸이 있다는 것을 일부러 머리에 떠오르게 하고 혼자 중얼거렸다. 딴 생각을 아주 없애려고 어린애를 힘있게 껴안았다.

"연자야, 너 예쁘지?"

"응."

"너 누구 딸이지?"

"엄마 딸."

"참 예쁘네, 우리 연자."

"아파."

"응?"

혜련이는 아프다는 연자를 더 힘있게 안았다. 참마음으로 사랑할 수 있으며 또 참마음으로 자기를 믿어 줄 오직 하나밖에 없는 딸이 너무나 귀엽기 때문이었다.

"아퍼."

하고 연자가 팔다리를 뻗칠 때야 그는,

"우리 연자를 아프게 했나."

하고 혜련이는 팔의 힘을 늦추었다.

"엄마."

"왜?"

"기차 그만 타."

"응, 이제 얼마만 있으면 기차에서 내린다. 조금만 더 참어. 그러문 평양서 내려 연자 좋아하는 걸 사 줄게."

이런 말을 주고받는 동안도 기차는 쉬지 않고 달음질했다. 벌써 선천이 지났고 맹주리가 지났다.

기차가 서평양역을 지나 평양역으로 향하여 출발 기적을 울릴 때는 벌써 오후 두어 시를 지난 때였다.

만주리에서 보던 것과도 다르게 조선은 완전한 봄을 맞이하고 있었다. 넓은 보통벌에는 논일 보는 사람들이 군데군데 서 있었고 아직 물 없는 논두렁에는 나물 캐는 처녀들이 땅에서 기어다니듯 아물아물했다. 들엘 가나 산엘 가나 흰 옷 입은 사람을 한 번도 못 보고 사 년 동안이나 지냈으니 흰 옷 입은 사람을 멀리 바라보기만 해도 가슴이 울렁거릴 만큼 기뻐야 할 혜련이였다. 그러나 평양이 점점 가까워 오고 평양서 내릴 손님들이 자리를 떠나 짐을 수습할 때가 되어 갈수록 혜련이는 의자에 달라붙은 것처럼 곧게 앉아 봄 아지랑이가 가득 찬 보통벌을 내다보고 있었다. 무엇을 보기는 보는 것이나 기쁘다거나 좋다거나 하는 생각을 가지고 보는 것이 아님은 그의 정색한 표정이 조금도 변함없다는 것으로 알 수 있다.

새가 멀리서 날아간대도 그저 날아가나 보다 하는 표정이요 철로 옆에서 아이들이 손을 쳐들고 만세를 불러도 소리를 치나 보다 하는 생각밖에는 없는 모양이었다. 그렇게 보통벌도 절반이나 지나갔을 때 그는 정신을 돌리고 한 곳만을 바라보며 보는 한 곳이 점점 멀어져도 고개를 돌리며까지 그곳을 내다보았다.

무덤이 가득 찬 공동묘지.

한 무덤이 흰 비석 하나씩을 차지하고 있는 서장대의 공동묘지가 그의 눈에서 떠나지 않았다.

지금 자기와 같이 기차를 타고 평양까지 가는 남편의 재가 저 서장대에 묻힐 것이로구나 하는 생각이 들 때 혜련이는 궤 속에 든 재일망정 남편과는 영영 이별해 버려야 할 날이 가까웠다는 것을 새삼스럽게 느꼈다.

그리고는 자기가 하고 싶은 일이면 무엇이고 해 보고 말던 철식이가 이제는 말 한 마디 없이 땅 속에 들어가 눈이 오거나 바람이 불거나 그 속에서 나오지 못할 섯을 생각하니 금시 눈물이 떨어질라 했나.

혜련의 생활은 무엇 하나 모르는 것 없이 살던 그 사람이 이제부터는 혜련이가 어떤 생활을 하든 하나도 알 바가 없을 게며 또 어떤 일이 생겨도 말 한 마디 해 줄 수가 없게 되었다. 그러나 아내와 딸은 남아 있다. 그들이 남아 있어도 또는 남아 있는 그들이 얼마큼 귀여운 사람이라 할지라도 철식이는 그들을 보지 못하게 되었다.

혜련이는 흰 보자기를 바라보았다. 무덤 속으로 들어갈 보자기가 자기와 마주 앉아 있다는 것이 신기한 듯 묵묵히 보았다.

"엄마, 우리도 여기서 내려?"

남들이 수선하게 일어서는 것을 본 연자가 물었다.

"응."

혜련의 대답에는 힘이 조금도 없었다.

"여기가 우리 집이요?"

"아니야."

혜련이는 연자를 보지도 않으며 입만 놀렸다.

"여기는 너의 아버지집이란다."

"우린 아버지하구 함께 안 사나?"

"아버지가 어데 계시니?"

"그럼 어데 갔나?"

"응! 멀리 가셨단다."

"그럼 언제 와? 응, 언제 와?"

"오—래 있다가."

"오래 있다가 언제?"

혜련이는 더 대답을 못하고 눈물을 떨어뜨렸다. 거짓은 할 수 없고 그렇다고 해서 바른 소리도 할 수 없다. 그저 알아들을 수 없는 말로 아버지가 없다는 것을 가르쳐 주려니 꼼꼼한 어린애의 마음을 아주 풀어 주기 전에 어머니가 먼저 울어야 했다.

기차가 정거장 구내로 들어갈 때 혜련이는 눈물을 닦고 선반에 있는 트렁크를 내려 내릴 준비를 했다. 짐을 한 편에 몰아 놓고 연자의 옷을 바로 입힌 다음 모자까지 씌워 놓으니 기차는 피곤한 듯 슬그머니 멎었다.

전보를 쳤으니 시부모가 정거장까지는 나왔을 것이나 얼굴도 못 본 그들을 자기가 알아낼 수 있을까 하는 근심이 기차가 멎을 때에 일어났다. 그래도 사진으로는 보았으니 사람 찾는 태도와 얼굴 모습으로라도 알아낼 수는 있으려니 하고 짐을 아까보(짐꾼)에게 맡긴 다음 연자의 손목을 잡고 플랫폼에 내렸다. 그러나 만난다고 해도 그들이 자기를 어떻게 대해 줄까 하고 생각을 하니 가슴이 써늘해지는 것 같았다. 만일 자기가 시집으로 찾아갔다고 하면 돌같이 굳은 시아버지가 어떤 태도로 나올까 하는 겁이 들어 평양에 내리지 않았더라면 하는 생각조차 생겼다.

"내 자식이 아니다."

하고 혜련이를 집에 붙이지도 않는다면 사실 내리지 않았던 것만 못할는지도 모른다.

'그래두 제 자식의 시쳰데 아직까지도 그럴라구. 일부러 상해서 이까지 가져온 것을 감사해 하겠지.'

혜련이는 혼자 이런 생각을 해 가며 천천히 걸었다. 그럴 때 뒤에서,

"저 여자가 아닐까."

"글쎄, 처녀를 낳대더니 그런지 모르갔군."

"나이두 그쯤밖에 안 되디."

"건디 모르갔소. 소복까지 했구만."

"그년이래문 소복을 다 했을라구!"

이런 소리가 들리자 댓 걸음도 나가기 전에 어떤 장년이 옆으로 따라오며,

"최혜련이라는 사람이 아닌디요?"

하고 물었다. 나이가 한 오십 살이나 넘었을까 말았을까 해 보이는데 얼굴을 자세히 보니 사진에서 보던 시아버지와 근사하다. 이렇게 젊어 보이나 하는 생각을 하면서도 자기의 시아버지임에는 틀림없는 일이기 때문에,

"네, 제가 최혜련 옳습니다. 철식 씨의……."

하고는 밀꼬리를 끊었다. 시아버지십니까 하고 물어 보았어아 힐 일인데도, '그년이문 소복을 다 했을라구.' 하는 말이 아직 사라지지가 않아 철식 씨 아버지냐고 물으려 했다. 그러나 시아버지에게 그런 말을 차마 하기가 힘들어 어물어물하는 수밖에 없었다.

"응, 내가 철식이의 아버지야!"

"네, 그러하십니까?"

혜련이는 허리를 굽히며 인사를 했다.

"절은 무슨 절!"

시아버지는 받은 절을 돌려 주고 싶다는 듯이 받은 척도 아니하고 뒤를 돌아보았다. 그러자 육십이나 되어 보이는 늙은 부인과 삼십 가량 되어 보이는 젊은 부인이 나서면서,

"맞았쉣까?"

하고 땡기는 듯이 말했다

"그래 바루 이 애로군!"

시아버지가 이렇게 말을 할 때 늙은 부인이 시어머니라는 것을 눈치챈 혜련이가 그에게 절을 하려고 했다.

"야 그만둬라. 누가 절 받겠다던."

눈에 흰불을 세워 가지고 혜련에게 무안을 준 시어머니는,

"우리 철식이 어데 갔니?"

하며 금시 눈물을 흘렸다.

옆에 섰던 젊은 부인도 수건으로 눈을 가리고 있었다.

혜련이는 나무 궤를 그들에게 내맡기었다.

궤를 받아 옆에 끼고 묵묵히 걸어가는 시아버지를 따라 두 부인이 그 뒤로 가며 흐득흐득 느껴 우는 것을 볼 때 혜련이는 웬일인지 모르게 눈물을 흘렸다. 그 눈물이 무슨 까닭에 흘러내리는지는 혜련이 자신도 모르겠다.

그래도 시부모라고 만나 보았다는 기쁨이 그 속에 섞여 있을는지도 모를 일이며 그 반대로 처음 만나 보는 며느리에게 대해 주는 시부모의 박정을 나무람이 큰지도 모른다. 좌우간 혜련이의 뜨거운 눈물이 그저 울고 싶어서 우는 눈물임에도 틀림없었다. 안 울고 못 견딜 눈물이었다. 생각할 것도 없이 모든 게 비장한 일뿐이었다.

맨 뒤에서 연자의 손목을 붙들고 그들 뒤를 따라가는 혜련이의 눈물이 시부모네 집 커다란 대문을 들어설 때까지 그치지 않았다.

자기 집에 가자 시어머니 된 이는 울음소리를 높여 통곡하기를 시작했다.

"하나밖에 없는 내 아들이 중국에 가 죽었단 말이 정말이나!"

"아이고, 원통하구나. 내 아들을 누가 죽였단 말인가. 조선서 편안히 살게만 했으문 죽디 않을 걸."

시어머니의 울음은 장단을 맞추는 것 같이 올라갔다 내려왔다 했다.

젊은 부인도 말은 아니하나 울음소리를 크게 냈다. 거기에 따라 누구가 누구인지는 몰라도 대여섯 명이 대성통곡을 하며 철식이 태운 재를 빙 둘러쌌다.

"엄마는 울지 말어, 응!"

있는 목소리를 다해서 우는 그들이 연자에게는 무섭게 보였던지 어머니의 손가락을 잡아당기며 연자가 말했다.

"응, 안 울게."

너무 떠드는 소리에 혜련이는 도리어 울고 싶지가 않아진 것이 사실이다.

물론 서러운 눈물이야 서러운 눈물임에 틀림없겠지만 너무 야단스러운 것이 도리어 진실되지 못한 것 같았다. 한참 울다가,

"어머니 그만둡시다."

하는 소리가 나니,

"아이구 죽은 아들두 재밖에 못 보누나…… 아이구 원통해라."

하며 박자를 맞추어 더 큰 소리로 울어댄다. 일부러 우는 듯한 큰소리 같아도 어머니 된 이의 설움쯤은 짐작할 수 있음으로 혜련이는 자기 설움을 합친 눈물이 나오는 것을 억지로 참았다. 자기를 가장 미워하는 그 집안 속에서 눈에 걸리는 것을 조금만 해도 곧 말썽이 심할 게다.

눈물을 흘리면 무슨 말이 나오는지 모른다. 사람을 죽이고도 눈물이 나오는가? 하는 말이 시어머니 입에서 안 나오리라고 말할 수 없다.

그렇다고 해서 고개를 들 수도 없다. 사람이 죽었는데 울지도 않는다고 말썽을 부릴는지도 모른다. 하는 인사도 안 받는 시어머니가 대체 어떤 일까지 할는지 알 수 없다. 될 수 있는 대로 책 안 잡히도록 주의를 하는 수밖에 없으므로 혜련이는 고개를 푹 수그린 채 몸을 움직이지도 않았다.

"어머니, 좀 쉬었다 웁시다."

이런 소리가 나자,

"아이구."

하며 기운이 없어 말도 안 나온다는 듯이,

"글쎄, 그런 벼락맞을 년이 있단 말가. 남의 아들을 죽였으문 죽였지 그걸 왜 태운단 말가. 남의 돈 다 긁어 먹구선 시체 옮길 돈두 아까와 살을 태와 가지구 온단 말가."

하고 땅 위에 쓰러져 앉았다.

한편에 거기 가 있는 것을 번연히 알면서도 욕설을 함부로 할 때 혜련이는 올라오는 분을 참지 못하여 무엇이라고 한 마디 해 주고 싶었다. 그러나 들어야 며칠 들을 것도 아니고 이런 날 아옹다옹해서 덤비는 것도 일이 아니라 그저 꾹 참았다. 자기를 원수같이 미워하는 것은 처음부터 아는 일이다. 알기는 알았으나 사람을 조금도 사람으로 여기지 않는 그런 말씨를 처

음 듣는 만큼 꾹 참는다는 게 그리 쉽지가 않았다. 분하기도 하고 원통하기도 했다. 집을 내던지고 떠날 만큼 철식이는 부모보다 혜련이를 더 사랑했다. 혜련이 역시 세상의 비난을 아무것도 생각지 않을 만큼 철식이를 사랑했다. 그 뒤에야 어떻게 살았든 간에 부부로 끝끝내 지내다가 죽음으로 이별한 남편과 아내다……. 그러한 사이를 가지고 혜련이만을 고약하고 몹쓸 여자라 무작정으로 욕한다는 것은 사람으로서 참기 힘든 모욕이었다. 아무리 자기를 미워한다고 해도 자기를 사람이라고 생각해 준다면 그런 욕설은 삼가야 할 것이 옳을 게다.

이렇게 생각하면 사람 아닌 그들을 물어뜯어도 시원치 않으련만 그래도 초상난 집에서 떠드는 것이 옳은 일이 아닐 뿐만 아니라 그래야 자기에게 시원할 것도 없는 일이매 못 들은 척할 수밖에 없었다.

울음소리가 잠시 그쳤으나 얼마 안 있어 다시 터져 나왔다. 고개를 숙인 채 방에도 못 들어가고 마당에 서 있는 혜련이는 언제까지나 울음이 계속될까 하고 기실은 꼿꼿이 서 있기에 다리뼈가 쑤시는 것도 참아 가며 기다렸다. 그럴 때 사랑방에서 시아버지 되는 사람이 문을 열고 혜련이를 불렀다.

그의 눈도 불그스름해진 것이 분명 운 것 같았으나 그래도 부르는 목소리만은 양반집 늙은이의 위엄을 조금도 없애지 않았다.

"여기 좀 앉아라."

연자를 데리고 방에 들어선 혜련이를 채찍질이나 할 것처럼 앉혔다. 혜련이는 죄진 사람이 재판관에 나서듯 가리키는 자리에 앉았다.

"그래 남의 아들을 꾀어내다가 생몸뚱이를 재로 만들어 와야 옳단 말이냐?"

그는 잔기침을 두어 번 하고는 이런 말부터 꺼냈다. 그 말이 떨어지자 시어머니가 어느 새 알았는지 문을 열고 자기 남편 곁에 앉으며 무서운 눈을 휘둥그랬다.

"대답을 좀 해라. 철식이가 우리 집 외아들인 것두 잘 알고 또 철식이에게 조강지처가 있는 것두 너는 잘 알지. 그렇게 귀한 남의 아들을 꾀어내다가 만주니 북경이니 하며 돌아다니게 한 네 년이 얼마큼 고약하다는 거야 말해 무엇 하겠니? 그건 둘째구 남의 아들을 빼내다가 돈을 빨아 먹으문 그만이지 왜 내 아들을 죽이기까지 했니? 응!"

시아버지는 까딱도 하지 않고 으르렁댔다.

"제가 죽이다니요?"

혜련이는 될 수 있는 대로 마음을 가다듬어 대답했다

"네가 죽이지 않구 누가 죽였단 말인가? 네가 없었더면 그 애가 왜 죽갔니?"

"글쎄요. 그렇게 말씀하신다면 할 말이 없습니다마는 설혹 저하구 같이 살지 않았더라도 병에 걸렸다면 죽을 때 죽지 않을는지요."

"요망한 년 같으니. 그래두 잔수작이 웬 잔수작이야."

시어머니가 옆에서 당그랑 소리를 냈다.

"히히, 그래 내 아들이 이데 있었거나 지금쯤은 죽었을 거란 밀이다."

시아버지는 기가 막히는 듯이 입을 삐쭉했다.

'그럼요. 술 먹다 뇌출혈로 죽은 사람이 어데선 죽지 않아요. 자기가 좋아하는 여자하구 살면서도 그렇게 술을 먹었는데 당신 집에서 살아 있었더면 술을 더 먹고 더 일찍 죽었을는지 누가 알아요!'

이런 말이 입 밖으로 나가려고 했으나 차마 그 말은 할 수가 없었다.

"허허. 기가 막혀 죽겠군. 참말 사람을 잡아먹을 년인데."

시아버지는 어이가 없다는 듯이,

"그래 좌우간 무슨 병에 죽었니?"

하고 재차 물었다.

"네, 뇌출혈로 앓은 지 하루도 못 되어 죽었습니다."

"뇌출혈이라니 그게 무슨 병이냐?"

"피가 머리로 너무 몰려 그게 터지는 병이랍니다."

"그놈이 얼마나 속을 썩였기에 그런 병에 걸렸을까. 제 놈도 집을 떠나고 애를 안 쓰지 못했갔다."

이런 말을 하고 한탄하는 한숨을 내어 쉬니 옆에 앉았던 시어머니가 눈물을 똑똑 흘렸다.

“그런들 제 처자가 안 보구팠갔고. 피가 머리에 오르두룩 속을 썩였구 만…….”

“속썩인 때문이 아니라 술 먹은 때문입니다.”

라는 말도 혜련이는 차마 입에서 내지를 못했다. 다만 제 자식이라고 좋게 만 생각하려는 무지한 노인들을 한편 어리석게 또는 우습게 생각할 뿐이었 다. 그러나 저이들 생각대로 그냥 내버려 둔다면 자기가 더 나쁘게 생각될 것이고 철식이는 자기를 싫어했는데도 자기가 붙들고 놓지 않은 것처럼 알 것 같아,

“술을 너무 좋아해서 피가 우로 몰렸다구 의사가 말합디다.”

라는 말을 했다.

“쓸데없는 수작을 말어라.”

듣기 싫다는 듯이 시어머니가 톡 쏘는 말로 말했다.

“이제 긴소리를 한들 무엇 하겠소. 그만둡시다. 아들 잘못 둔 탓이니 더 할 말 있나.”

시아버지가 담뱃대를 툭툭 터니까 시어머니도 맞장구를 쳤다.

“말해두 쓸데없다. 그래두 원통하니깐…….”

이렇게 말을 하고는 다시 목청을 돋우어,

“말두 하기 싫구 꼴을 보기두 싫으니 어서 나가기나 해라.”

하고 말했다.

“가기야 가지요. 그래두 장례나 하는 걸 보구 가야겠습니다.”

“요망한 년 같으니. 남의 아들을 죽여 놓구두 장례를 보갔어. 썩 썩 나가 거라. 우리 집에선 너 같은 년을 잠시도 안 붙여 둔다.”

“그래두 같이 살은 부부가 아닙니까?”

“부부? 누가 그런 소리를 하던? 그런 걸 다 부부라구 하다가는 세상 망하 겠다.”

“그가 좋아했기에 저와 살았을 게며 부부이기에 이런 자식까지 낳지 않 았습니까?”

혜련이는 연자를 가리켜 보였다.

"우리는 그런 걸 모른다야. 썩썩 나가기나 해라."

"철식의 새끼를 낳다구 재세까지 하는 거루군. 나! 안 될 말이다. 안 될 말이야. 그놈의 새끼가 누구의 새낀디두 모를 뿐만 아니라 그런 자식을 집 안에 붙일 수가 있나."

그들 부부는 번갈아 가며 하고 싶은 말을 했다.

"그게 무슨 말씀입니까? 그래 이 애가 철식이의 자식이 아니란 말이지요."

혜련이도 이 말은 조금 큰 소리로 참을 수 없다는 듯이 말했다.

"모르겠다마는 좌우간 우리 집에 붙이지 않을 테야."

얼마쯤 지난 뒤 혜련이는 그 집을 나왔다. 있어야 안타깝기만 할 것이고 또 있으려야 있을 수도 없다. 차라리 딴 데 있다가 장례나 보고 청진으로 가는 편이 나을 듯했다.

그래도 시집이라고 할 만한 집에서 쫓겨난 혜련이는 어린 연자를 데리고 힘없는 발을 내디디며 거리를 걸었다.

교회당의 높은 종각이 곳곳에 보이고 아름다운 모란봉이 북쪽에 우뚝 솟아 이곳을 가리켜 평양이라 하건만 혜련이에게는 아름다운 것도 성스러운 것도 하나 느껴 볼 수가 없다.

자기가 남의 첩으로 들어섰던 것이 잘못은 잘못이나 그렇다고 해서 부부란 이름도 못 들은 생활을 했다는 것이 서러웠다. 정이 없어 살 수 없는 부부라면 아무리 완고한 도덕이라 해도 두 사람을 행복스럽게 하기 위하여 이혼을 시켜야 할 것이며, 그렇게 밉다고 하다면 먼저 아내 된 자가 아내라는 이름에만 애착심을 가지지 말고 자기의 새 길을 취해야 할 게다. 만약에 그럴 수도 없다면 정 없는 부부가 원수 같다는 것만은 이해를 해 주어야 할 것이다.

그 이해를 가지고 새 행복을 구하려 하는 노력을 저버리지 않는 것이 정 있는 인간의 마음일 게다. 말하자면 불행한 부부를 가진 것은 불쌍한 일이다. 그렇다면 불쌍한 사람, 언제나 그 불행을 느끼어야 할 사람을 행복스럽게 해 주는 사람이 있다면 그가 그리 악한 인간일까? 아무래도 불행한 부부를 가진 사람이라면 그 속에서 만족을 얻을 수 없을 것이며 따라서 만족 없는 곳보다 만족할 수 있는 것을 찾으려 할 것은 분명한 일이다. 철식이는 불행한 사람이었다. 부모가 시켜 준 결혼을 한 번도 만족해 본 적이 없다. 더구나 아무것도 모르고 집에 박혀서 부모 섬기는 데만 만족하려는 아내를 아내라고 부르기가 싫었다. 아내라는 것은 남편과 같은 자리에 있는 여자를 말하는 것이며 종이나 하녀를 말하는 것은 아니다. 그는 자기의 아내를 싫어했다. 싫어하는 것이 미워질 때 그는 괴로워했다. 그는 자기의 괴로움을 없애지 않고 살 수가 없었다. 그래서 혜련이를 사랑했다. 반드시 아내 있는 남자를 사랑한다는 것은 세상의 말썽을 끄는 것인 줄 알면서도 사랑을 했다. 물론 철식이에게 돈이 많다는 것을 생각지 않은 바 아니나 그래도 혜련이는 그를 사랑했기 때문에 그와 결혼까지 한 것이다.

무엇이 잘못인가? 만약 자기가 그를 사랑해 주지 않았다면 딴 여자가 다시 그를 사랑했을 것이며 그렇지 않았다면 그가 더욱 불행했을 게다. 그런데도 혜련이는 어째서 인간의 대우도 받지 못하는가?

혜련이는 시름없이 걸었다. 철식의 고향이지만 서울서 만나 서울서 지내다가 중국으로 바로 갔었기 때문에 평양을 와 보지 못했으므로 어디가 어딘지 모르는 길을 그냥 걸었다.

그렇다고 해서 누구에게 물어 볼 것도 없다. 아는 사람 하나 없는 평양, 아는 사람이 있다 해도 만나고 싶지 않은 마음이라 가다가 발 닿는 데 여관이 있으려니 하고 무턱 걸었다.

어떻게 걸었는지 얼마큼이나 걸었는지 한참 지난 뒤 앞을 내다보니 청청한 대동강 물이 흐르고 있었다.

대동강 물도 늠실늠실 흐르는 것이 어쩐지 가고 싶지 않은 데를 가는 것 같이 보였다. 놀이배가 물 위에 몇 척씩 떠 있기는 하나 거기에 흥이 있어 보이지가 않았다. 물 속에 들어가고 싶은데도 뱃사공이 노질을 해서 피곤한 몸을 할 수 없이 움직이는 것 같았다.

혜련이는 강변에 앉아 발 앞에 있는 작은 조약돌을 하나둘씩 쥐어 강물에 던졌다. 퐁당 하고 빠진 뒤에는 물결을 남기고 사라지는 돌.

‘사랑도 마음대로 할 수 없는 세상이로군.’

혜련이는 혼자 생각했다. 그리고는 시부모에게 받은 학대를 마음속에 새겨 둘 필요가 없는 것이라 생각하고 그것을 잊으려 했다. 그러나 잊으려 할수록 원통하고 분한 마음이 들어 눈물이 흐르려 했다.

“퐁당.”

자기가 던진 조약돌이 소리를 내고 강 속에 가라앉았다.

“죽어 버릴까.”

마음속에서 이러한 소리가 나왔다.

그러나 ‘왜 죽어?’ 하고 생각할 때 그 죽음에서 더 무의미한 것은 없는 것 같았다. 누구를 위해 죽는 것도 아니며 누구 때문에 죽는 것도 아니다. 한 번 받은 학대를 죽음보다 더 크게 생각한다는 것이 자기를 어리석은 사람이라고 가리켜 주는 것밖에 아무것도 없다. 더구나 옆에 있는 연자를 볼 때 ‘죽다니’ 하는 반문이 커졌다.

‘쓸데없는 생각을 말고 왔던 김이니 모란봉이나 구경하자.’

하고 그는 다시 일어섰다. 여관엘 가야 할 일도 없고 한 곳에 앉아 있으면 번거로운 생각만 일어나기 때문에 걷고 싶은 생각이 갑자기 일어났다. 일어나서 연자의 손목을 붙든 다음,

“저기 저 산이 모란봉이라는 거야.”

하고 잘 알아듣지도 못할 연자에게 말을 했다.

그때 얼마 전부터 그 뒤에 왔다갔다 하던 여자 하나가 혜련이에게 가까이 오며,

“혜련이 아니야?”

하고 물었다. 혜련이는 의아한 눈으로 몇 번이나 보고 생각한 뒤,

“성실이 아니야?”

하고 되레 물었다.

두 여자는 입을 벌린 채 한참 동안 말을 못했다. 정말 혜련이기는 혜련인가 하는 듯이 혜련이와 연자를 번갈아 보며 얼굴에 떠오르는 기쁨을 어찌할지 몰라 정신나간 사람처럼 ‘히—’ 하고 섰던 성실이는,

"이게 웬 일이야?"

하고 비로소 입을 열었다.

"글쎄, 나두 모르겠는데."

혜련이는 아무 일도 없다는 듯이 얼굴에 딴 빛을 조금도 나타내지 않고 그저 기쁜 말을 했다.

"정말 혜련이야?"

"글쎄, 나도 꿈만 같아 잘 모르겠는데."

혜련이는 자기와 동갑나이나 되어 보이는 성실이의 손을 꼭 잡았다.

"혜련이를 여기서 볼 생각은 꿈에도 하지 않았기 때문에 말이야. 아까 이리 지나가다가 얼핏 보구두 얼핏 말을 못 붙였어. 그래 중국서 나왔댔구만."

"내 이야기는 차차 하구. 졸업을 하구 내내 평양 내려와 있었어?"

"아니! 난 그 뒤 동경 가서 금년 봄까지 있었어. 나온 지가 한 달두 못 되는데 뭐."

"난 성실의 고향이 평양이라는 걸 알면서두 깜빡 잊어버렸어. 그래 무슨 공부를 했니?"

"고등사범학교를 나왔지. 내 이야기두 차차 하자야. 참 오늘은 신기해 죽겠네. 너를 어떻게 여기서 만날 줄 알았겠니?"

"그러기에 우연이라는 게 좋다지! 나두 평양에 온 지가 하루두 채 못 되었는데……."

"나두 평양 온 지는 며칠이 됐어두 여기는 오늘이 처음이야! 얼마 안 있어 평양두 떠날 것 같기에 한 번 보아 두자구 심심풀이루 나왔던 게 아주 잘 나왔거든. ……아까두 이 옆을 그냥 지나갔댔으면 어찌하니. 서루 만나구두 보지를 못할 뻔하지 않았어. 참 신기해 죽겠네."

성실이는 기뻐 죽겠다는 듯이 말문을 맺지 못했다.

뚱뚱한 얼굴과 투실투실한 체격이며 복스럽게 보이는 입술이 예와 다름이 없건만 어덴가 모르게 숨어 있는 덕이라든가 교양에서 오는 너그러운 빛이 성실이의 얼굴에 나타났다.

혜련이는 달라진 성실이의 모습에 잠깐 고개를 숙였다.

　“그새 공부를 해서 참 좋았겠구나…….”

하고 자기는 공부도 못하고 행복스러운 생활도 못해 부럽기 짝이 없다는 듯이 말했다.

　“그저 그렇지 뭐.”

하고 그리 나쁘지도 않다는 듯이 말을 해 놓고 성실이는 혜련의 옆에 섰는 연자를 보았다.

　“이 애가 너의 딸이가?”

　“응.”

　“아이 참 예뻐라. 어머니보다도 더 예쁘구나! 언제 결혼했기에 벌써 이렇게 컸나?”

　성실이는 연자를 집어 안았다.

　“햇수로 지면 벌써 오 닌 전이시.”

　혜련이는 헛말처럼 말했다.

　그 말을 들었는지 말았는지,

　“이름이 뭐지?”

하며 어린애만 만져 보는 성실이다. 확실히 혜련이에게 취했던 성실이가 다시 연자에게 취한 모양이었다.

　“나이는?”

　성실이가 혼자서 어린애의 머리를 쓸어 보다가는 뺨을 만져도 보는 것이 어떻게 해야 시원할지 몰라보이는 것 같았다. 토실토실한 살에 예쁜 얼굴은 말할 것도 없고 또록또록한 두 눈은 여간 영리해 보이지가 않았다. 혜련이는 돈에 유혹을 받아 부인 있는 남자와 결혼을 했다. 그때 혜련이가 돈을 얼마나 미워했고 저주했는지 또는 미워하던 돈을 사랑하게까지 된 혜련의 환경을 전부 잘 알기 때문에 이해는 하고 있었으나 성실이도 혜련이를 그리 옳다고까지는 못했다.

　그러나 연자는 아무런 유혹에 빠질 것 같지 않은 속마음이 굳고 무서워 보였다. 눈같이 흰 눈자위에 먹같이 까만 눈동자가 서로 경쟁을 하듯 반짝이는 것은 아무래도 허술히 볼 수 없다는 것을 말해 주었다. 어떠한 일이 있다 해도 능히 이겨 나갈 것 같고 어떠한 위험이 닥쳐온다 해도 제 몸을 상하지 않게 잘 처리할 것같이 어린 연자의 눈은 빛났다.

"중국에서 낳았겠군."

성실이는 연자 얼굴에서 손을 떼지 못하고 중얼거리듯 물었다.

"그럼 북경에서 낳았지. 그래 연자라고 이름까지 짓지 않았어."

"그래서 연자로구만."

한참 동안 어린애에게 정신이 팔려 사람들이 지나 다니는 강변인 것도 잊어버렸다.

"집에 가서 이야기를 하자야!"

"집에 가서 무엇 하니?"

"그럼 여기서 이야기를 다 하잔? 나두 할 말이 많은데! 참 지금 어데 있니? 바쁘니?"

"아니야, 그래두."

혜련이는 망설이었다.

반가운 친구라 해도 끌려 다니고 싶지 않았다. 그러나 너무 나꾸는 성실이에게 안 따라갈 수도 없는 혜련이었다.

성실이의 집은 과히 멀지 않았다. 만수대 밑 창전리였기 때문에 청류벽 밑에서 걸었으나 이십 분도 걸리지 않았다. 집도 조용한 데 있을 뿐만 아니라 집안 식구도 늙은 부모 두 분밖에 있지 않으므로 몹시 조용했다. 성실이는 혜련이가 중학교 때 제일 친하던 동무며 모란봉에 갔다 오던 길에 우연히 만났다는 이야기를 부모에게 말한 다음 혜련이를 인사하게 했다. 그의 부모도 사오 년 만에 처음 만났다는 혜련이를 전부터 잘 아는 것처럼 친절히 대하여 주었으며 때가 조금 늦기는 했으나 점심을 짓지 못하여 우선 냉면을 사 왔다.

혜련이와 성실이는 한 방에서 점심을 먹은 뒤 서로의 얼굴을 쳐다보았다. 그새 얼마큼 달라졌나 하는 것을 서로 보고 싶었던 모양이다.

"엄마 졸려."

엄마 무릎에 누웠던 연자가 하품을 했다.

성실이는 하고 싶은 말 묻고 싶은 이야기가 입에 가득 찼으나 우선 담요를 내려다 연자를 눕혔다. 연자는 자리에 눕자 금시 눈을 내리 감고 잠을 잤다. 연자가 잠이 들기 바쁘게 성실이는 말을 꺼냈다.

"그래 어떻게 지냈니?"

혜련이도 자기 이야기를 쏟아 놓고 싶었다. 울적한 가슴을 동무에게라도 풀고 싶었으며 따라서 학생 시대도 그랬지만 성실이가 믿음직스러운 것이 어떠한 위로를 줄 듯도 했다.

"너두 다 아는 이야긴 걸 길게 해서 무엇 하니! 공연히 돈 있는 남자를 취했던 것이 죄가 되어 그 뒤 불행한 생활만 계속했단다. 그래두 그때야 돈이 원쑤 같아 그 원쑤를 갚아 보려는 마음만이 컸으니까 할 수도 없었지. 내가 철식이를 사랑하기야 했지. 그래두 그에게 돈이 없었다면 사랑을 아니했을는지도 몰랐을 거야!"

"거야 그렇지. 그래두 나두 돈 보구 사랑하는 너를 욕했단다. 너 거 아니?"

"그래두 할 수 있었니? 돈 없이 공부를 하려는 게 틀렸지. 그 공부만 아니했더면 내가 돈을 그렇게 미워하지 않았을 게다."

"참, 지금도 생각난다. 가정교사 노릇을 하다가는 남의집 옷을 만들어 주기도 하고…… 참 고생했지!"

"그까짓 고생은 둘째로 하구 집안에 친척이라두 없었더면 그런 생각인들 했을 거야. 돈 버는 오빠가 둘씩이나 있으면서두 필묵 한 푼 돌보아 주지 않을 뿐만 아니라 하지 말라는 공부를 누가 하라더냐 하며 야단치는 게 제일 미웠거든! 그래서 고까운 마음에 철식이를 사랑했던 거지! 아무래도 어렸기 때문일 거야."

"참, 그 오빠들이 아직두 있니? 어쩌면 제 동생더러 그랬겠니! 중국 가서 욕이나 해 주었니?"

"있구 말구. 중국서는 가끔 나무람 하는 편지를 했지. 해야 쓸데 있나!"

"그래서 중국서는 어떻게 지냈니? 그리구 철식 씨두 지금은 조선 나와 있니?"

"들어 봐라, 중국서야 참으로 호사했지. 남부끄럽지 않게 잘 살았단다. 처음에야 그이도 친절하게 해 주었고 내 말이면 무엇 하나 거역하는 게 없었으니까 재미있게 살았지. 나두 그이 말이라문 무엇이든지 들었다. 그래서 중국옷을 입어 보았다가는 양장도 해 보았고 나중에는 단발해야 된다기에 머리까지 깎지 않았었니. 봐라, 지금 머리를 틀기는 했으나 붙은 머리가 아니가. 마작도 배워서 그의 편이 되었었구 딴스두 배워 그와 같이 딴스홀엘 다녔다. 골프를 못했겠니 승마를 못했겠니 다마쓰기를 못했겠니. 남 하는 노름이란 다 배웠단다. 내가 그런 걸 모르면 혼자 다니기가 심심하다나. 그래서 하라는 대로 했더니 한 이 년쯤 지난 뒤부터는 나를 안 데리구 다니기 시작하더라. 아마 싫증이 났던 모양이야. 더구나 그때 이 연자를 낳았을 때니까 귀찮기도 했겠지! 가만 눈치를 보니까 밖에는 딴 여자가 있는 것 같겠지! 그래 그때부터 나는 반벙어리가 되어 버렸단다. 내 잘못으로 돈 있는 남자를 골랐다면 돈 있는 사람 때문에 괴로움을 받아야 할 것 같아서 말한대야 쓸데가 있을 게 아니오, 내 맘이 더 편할 것도 아니니까 술을 먹고 오거나 밤을 새고 오거나 못 본 척했지. 그게 내 전술이었는지 몰라두 얼마 동안은 말 없는 게 싫다고 하며 되려 나무람을 하다가 내 맘을 알고 주의를 하더라. 그러나 돈 있는 사람이 왜 가만 있을라던. 밤낮 술 먹구 노름만 하러 다니더구만. 그때 썩힌 속은 무어라구 할 수가 없다. 몰래 조선으로 도망치구 싶고 그 자리에서 죽어 버리고 싶기도 하더라. 그러며 살려니 철식이가 곱겐?"

혜련이는 가쁜 숨을 돌리느라고 말을 잠깐 멈추었다.

성실이는 옛날 이야기나 듣는 것처럼 고개를 빼고 혜련이의 얼굴을 쳐다보았다. 숨을 돌린 뒤 혜련이는 다시 이야기를 계속했다.

"그래두 나는 철식이를 미워한 것보다두 나를 더 미워했어. 그야 미워하면 무엇 하니? 그래서 그가 어떤 짓을 하구 돌아와도 혼자 속을 썩였지. 남의 눈이 무서워 타국까지 온 여자가 무어 그리 행복스러울 거 있을까 하는 생각까지 나더라. 이러다가 하루빨리 죽었으면 하는 생각밖에 없더라. 저야 북경이 싫어졌으니 상해로 가자, 상해가 싫으니 남경으로 가자 해 가지고 무척 끌고 다니더라마는 나한테 무슨 재미가 있겠니? 삼 년 동안 누워만 살

왔단다. 저두 나중에는 나를 원망하더라. 어째 그리 냉정해지느냐구. 또는 말없는 게 제일 싫다구. 그러나 밖에서두 만족하구 안에서두 만족하자는 말이지 나를 기쁘게 해 주어야 말이지. 그러면서도 술, 노름, 난 남자들이 술과 노름을 좋아하는 걸 도무지 모르겠더라. 모른다는 것보다도 미워서 죽겠어. 무엇 때문에 똑똑한 제 정신을 마취제로 흥분시켜 병적 상태를 만들어 놓은 다음 좋다고 하는 거야. 저를 속이는 것밖에 다른 게 무어 있어! 철식이도 그렇지. 그렇게 좋다고 야단하던 제 처를 어데까지나 사랑하고 가족에서 만족하려 했더라면 아무 일도 없었을 게야. 방탕성이 있어 그랬겠지만 제가 일을 할 텐가 사회사업을 할 텐가, 왜 가정 하나도 변변히 못 가지는 게야. 그러다가 턱 죽어 놓았으니 좋을 게 무어겠니?"

"뭐? 죽어 나오다니?"

성실이는 놀래 펄쩍 뛰었다.

"뇌출혈로 죽은 것을 화장해 가지고 오늘 오후에 여기 도착했단다."

혜련이는 흥분되었던 가슴을 가라앉히려고 한숨을 내쉬었다.

성실이는 어찌해야 옳을지 몰라 말도 못하고 몸만을 이리저리 비비었다.

"저…정말이가?"

성실이는 혜련의 손을 잡고 평양 사투리대로 말했다.

"정말이라구. 철식이네 집엘 가 보렴. 지금 통곡을 하구 야단일 게야."

"그 집에서두 섧겠군. 외아들이라지."

"섧겠지. 그래도 지 외아들이라구 태운 재를 가져다 주었더니 나를 사람 죽인 년이라까지 하더라. 귀한 아들 죽은 것두 원통하겠지만."

"무어라구 그래?"

혜련이는 오후 철식이네 집에서 당한 이야기까지 말했다.

"사람이 어데 그럴 수야 있겠니?"

이야기를 듣고 난 성실이는 자기도 통분하다는 듯 말했다.

"사실이 그런 걸 어떻게 하겠니? 더구나 평양사람이구 철식이가 외아들이구 하니 그럴 수도 있겠지. 아내 있는 남자와 또는 돈이 있다는 남자와 결혼했다는 내 잘못이지. 더 할 말이 있니. 나는 그 교훈 하나를 배웠다."

혜련의 눈에는 비애가 숨어 있으나 말 못할 결심도 그 속에 있었다.

"그렇기야 하지만 그래두 장례나 끝난 뒤 곱게 보내지. 그럴 게 무어 있어! 무심한 사람들은 할 수가 없어!"

"난들 그 집에 더 있겠니? 있으라구 해 봐라 있나! 그래두 내 남편이 아니니, 남편의 장례나 보아야 하지."

"장례 하는 날을 알았다가 나하구 같이 가 보자꾸나. 그래두 것들 사람이 아니가."

"글쎄……."

혜련이는 얼굴을 움직이며 일부러 웃었다. 그리고는,

"그만하구 네 이야기나 듣자꾸나."

한 뒤 소리를 내어 웃었다.

성실이는 혜련이가 퍽 달라진 것처럼 생각했으나 지금 혜련의 이야기만 하기에는 가슴이 너무 답답해서 자기가 공부하던 이야기를 꺼냈다. 도쿄서 공부하던 이야기, 사내들이 따라다니던 이야기, 그러나 하던 공부를 마치고 사업을 해 보겠다는 결심에 연애도 아니했다는 이야기, 또는 금년 봄 졸업을 하고 나와서 서울 있는 보육학교 선생으로 취직되어 며칠간 있다가 서울로 간다는 이야기까지 말했다.

"어떤 보육학교?"

"성모보육학교라고 있지 않니 왜?"

"응, 있어, 있어, 광화문 옆에 있는 거 말이지."

혜련은 괄목상대하듯 성실이를 다시 한 번 쳐다보고,

"잘 됐구나."

하고 말했다.

며칠을 두고 이런 이야기 저런 이야기를 하는 새 혜련의 마음은 조금 안정되었다. 성실의 친절도 친절이려니와 학생 시대 추억이라든가 옛날의 아름다운 기억을 만들어 서로 이야기를 주고받고 나니 마음은 저절로 가벼워졌다. 될 수 있는 대로 철식이와 같이 산 생활이나 지금의 자기 환경을 말하지 않으려 했고 따라서 그것을 잊어버리려고 하는 혜련이었다. 그러나 철식

이의 장례식 날에는 또 다시 철식이에 대한 생각이 이 모퉁이 저 모퉁이에
서 떠올랐다.

"이렇게 죽을 줄 알았다면 내가 속는 줄 알면서라도 친절하게 해 주었을
것을 그랬나 봐."

성실이에게 이런 말도 했다.

"글쎄, 내가 알겠니?"

성실이는 웬만한 일만 되면 그것을 빨리 판단해 버리지 못하는 사람이다.

"아무래도 그랬던 편이 나을 것 같애."

죽은 철식이라고 생각하니 그가 불쌍하게도 보인 모양이다.

"그렇게 된 것을 어떻게 하니, 어서 나가 보기나 하자. 길에서 기다리다
가 따라가 봐야지."

"서장대는 분명히디던?"

"그럼."

그들은 장례식을 구경하러 옷을 갈아입은 다음 연자의 양 손을 하나씩 쥐
고 길거리에 나섰다. 서장대로 간다면 서문 밖을 지나 철로 길을 넘어야 한
다. 언제 지나갈지 모를 상여를 길가에서 기다릴 수도 없어 그들은 신양리
(新陽理)를 지나 숭실학교 강당을 보며 철로 길을 향했다.

철로 변으로 멀리 뵈는 토성랑에도 포플러나무가 우뚝우뚝 솟아 하늘을
찌를 듯하다.

경의선의 철로를 건너서니 북쪽에 있는 기자릉도 보였다. 물 오른 소나무
들이 엉키고 우거져 먼 데서 바라보기에는 산이 아니라 퍼런 페인트칠을 한
그림 같다.

혜련이는 길옆에 있는 풀 한 잎을 뜯어 오리오리 찢었다. 그리고는 혼자
생각했다.

"그래도 죽지만 않았다면 내 운명이 변하지는 않았을걸."

서장대까지 채 가지 않고 길에서 좀 떨어진 밭두덩에 앉아서 동쪽과 서쪽
으로 빤히 뵈는 평양성과 서장대를 바라보며 상여 떼가 빨리 지나가기를 기
다렸다. 무료하게 기다린 지 한 시간이 되었을까 말았을까 할 때 기다란 상

여의 행렬이 지나갔다. 혜련은 물끄러미 행렬을 바라보며 세상의 야릇함을 다시 한 번 느꼈다. 죽을 때까지 옆에 있었고 죽은 시체를 태워 조선까지 같이 나온 사람은 자기 하나밖에 없다. 그러나 지금은 상여에 한 축 끼이지도 못하고 그나마 사람의 눈에 보일까 하여 눈을 피해 있다. 상여 뒤 맨 처음으로 따라가는 젊은 여자가 고개를 숙이고 통곡을 하는 모양이다.

정거장에서부터 보던 그 여자는 필시 철식의 본부인임에 틀림없는 것 같다. 그 여자 뒤에는 십여 살 난 어린애들이 따라가고 있으니 그들은 철식의 자식들이겠지! 그러나 철식이가 낫게 사랑하던 자기와 자식 연자는 아내도 못 되고 자식 축에도 들지를 못한다.

매장이 끝나고 전부들 돌아갈 때까지 혜련이는 멀리 서장대만 바라보고 있었다. 저녁때가 될 무렵에야 아무도 남아 있지 않은 재무덤 앞으로 가서 고개를 숙이고 마지막 이별의 인사를 올렸다. 그리고는 죽어 이별을 했다는 설움보다는 별별 고행을 남겨 준 철식이를 생각하며 눈물을 떨어뜨렸다.

"철식이와도 이게 마지막이로구나."

혜련이는 돌아오는 길에 이런 말을 했다. 그는 한편 섭섭해하는 말도 되고 한편 자기 몸이 가벼워지는 것 같기도 해서 한 말이다.

성실이는 아무 말도 아니했다. 감개무량한 말에 무엇이라 대답할 수가 없었기 때문에.

길손 없는 저녁길도 잠잠했다.

서장대서 서문 밖까지 걷는 동안 아무도 말을 아니했고 서문 안까지 버스를 타고 와 거기서 창전리까지 전차를 타도록 말 꺼낸 사람이 없었다. 전차에서 내린 뒤에야 성실이는 무엇보다도 걱정이 되는 것처럼,

"너 오늘 저녁에 꼭 가야겠니?"
하고 말을 꺼냈다.

"가야지. 너무 오랬는데."

"가야 어머니는 기뻐하시겠지만 뭐 그리 반가워할 사람도 없는데 좀 더 놀다 가렴."

"그렇다구 안 가겠니……"

혜련이는 집에 들어가자 밤 열한 시 차로 떠날 생각에 짐을 꾸렸다. 아무
래도 더 있고 싶지 않은 평양이었다.

귀향

깊은 밤에는 아직도 선선했다. 전깃불이 밝고 사람들이 많기 때문에 추운
줄은 모르나 대합실로 들어오는 사람은 꽤 싸늘했다.
“뭐 잊어버린 건 없니?”
트렁크 옆에 앉은 성실이가 말했다.
“무엇 있을 게 있나.”
그래도 짐을 한 번 훑어본 혜련의 일이다.
“엄마.”
그때 두 사람 사이에 앉았던 연자가 잊어버린 것을 찾듯이 말했다.
“엄마 옷하구 내 옷이 없지 않아.”
“무슨 옷?”
성실이는 어떠한 옷인지 몰라 혹시 자기 집에 떨어뜨리지나 않았나 하고
물었다.
“아니야! 내가 거짓말을 했더니 저의 아버지 뼈가 들었던 상자를 가지구
그래.”
혜련이는 웃었다. 웃음이 쓴웃음도 아니었다. 소복을 벗고 검정치마를 입
고 있으니까 쾌활한 웃음을 웃어도 그리 부자연스럽지가 않았다.
“아이 애도 어쩌면 그래.”
성실이는 연자를 기특하다고 머리를 쓰다듬었다.
“글쎄, 말이야. 애가 벌써부터 너무 그래 걱정이라니까.”
혜련이는 딴 생각을 조금도 아니하는 것처럼 말에 웃고 말에 즐거워했다.
사실 그는 생각하는 것을 꺼려했다. 자기에게 이로운 것이 없고 즐겁지도
않은 생각을 꾹 붙잡고 있는 것이 어리석고 쓸데없는 짓이라 될 수 있는 대

로 생각하지 않았다. 언제나 그렇게 뜻대로 될는지는 몰라도 되도록 그렇게 하려 했다.

"그럼 너는 곧 서울로 가겠구나. 떠나는 대루 편지나 해 다고."

말이 끊어진 사이가 그리 길지 않건만 혜련이는 먼저 딴 말을 꺼냈다.

"그래 편지를 할게. 그럼 너는 청진 가서 내내 있겠니?

"거야 가 봐야 알 일이지. 갈 데가 없으면 그대로 있는 수밖에 딴 도리가 있니……."

"글쎄."

이런 말을 주고받은 사이에 봉천서 떠난 기차가 플랫폼으로 들어오게나 되었는지 사람들은 개찰구로 몰려들었다.

"우리도 나가 볼까."

플랫폼에 나섰을 때도 혜련이는 입을 다물지 않았다. 평양이 참으로 아름답다거니 평양에 내리자 성실이를 만나 큰 도움이 되었다거니 해 가지고 도리어 성실이보다도 지껄인 셈이다. 성실이는 아무리 숨기고 아무리 말이 많다 하나 혜련이가 불쌍해 보이며 가련해 보였다. 웃어 가며 혜련이가 말을 해도 저렇게 웃으려기에 얼마나 괴로울까 하는 생각이 들어 무엇이라도 말할 수가 없었다. 앞으로 어떻게 살까 하는 것도 걱정이 되고 집에 가면 자기 오빠들에게 얼마나 고생을 할까 하는 것 역시 성실이가 근심할 수 있는 일이었다. 더구나 꿈같이 만났다가 언제 만날지도 모르는 작별을 해야 된다는 것 역시 그리 기쁜 게 아니다.

"우리 다시 만날 수 있겠지."

혜련이는 적적해하는 성실이에게 대답을 기다리는 듯이 말을 붙였다.

"글쎄, 만나게 될까?"

"산 사람이 못 만날라구."

성실이는 차라리 말을 말았으면 하고 마음으로 빌었다. 그러다가 차가 들어와 혜련이를 태우고 떠나갈 임시에야,

"너무 걱정 말구 살아라. 생각하면 소용 있니?"

하고 속 깊이 생각한 말을 둥글게 했다

“내가 뭐 생각하는 것 같으니? 천만에.”

혜련이는 웃어 보였다. 차가 떠날 때도,

“연자야, 아주머니 빠이빠이 해.”

하고 천연스레 떠들었다.

기차가 기적을 울리고 대동강을 지날 때까지 혜련이는 연자를 상대로 성실에게와 같이 웃어 가며 이야기했다. 연자도 웃었다. 재롱도 피웠다. 한참 가다가는 ‘쎗쎗세’ 하며 손뼉치는 장난까지 했다. 그러다가 황주가 지난 다음 연자를 재워 놓은 뒤에야 혜련이는 몸까지 피곤해졌는지 팔다리에 힘을 못 주고 눈을 가볍게 떴다 감았다 했다. 성실이와 떠날 때나 연자와 놀 때에 보던 그 사람이 어디 갔나 할 만큼 그는 금시 달라졌다. 적적한 가슴은 왠지 모르게 울적했다. 지금 자기가 불행하다거나 외롭다거나 비참하다거나 하는 생각을 조금도 하지 않건만 그저 쓸쓸해지는 가슴이 그를 묵묵하게 만들었다.

그러다가 사리원을 지나 승객들이 왁작거리는 소리가 날 때 그는 다시 고개를 들었다.

“내가 왜 이럴까.”

하고 혼잣소리를 한 다음 보는 사람은 없어도 자기의 얼굴에서 울적한 빛을 빼 버리려고 애썼다.

아침 일곱 시쯤 해서 경성을 지났으나 사오 년 동안 변한 것도 많겠지 하는 생각을 가진 채 그대로 떠나 버렸다. 변함이 있을 경성도 그리 보고 싶지가 않았다.

조선 있을 때 철식이와 같이 해수욕 왔던 원산을 지나면서도 바다가 보이누나 하는 정도의 생각을 했을 뿐 그곳에서 무슨 기억을 자아내려 하지 않았다.

그러다가 청진을 지나 동해안의 맑은 바다를 볼 때는,

“연자야. 저 바다 봐라. 배가 있지. 저 바위 위에 앉은 색시들은 무얼 하냐.”

하며 날뛰듯 기뻐했다. 동해안을 지나 무산 깊은 산곡으로 들어갈 때는 산의 경치가 바다보다 그리 못하지도 않은 것 같건만 그는 울적해 했다.

주을을 지나 나남으로 달아날 때 거기에는 보잘 것이라고 별반 없으나 그는 연자의 손목을 잡고 어린애같이 놀았다.

혜련이는 어떠한 태도를 취해야 할는지 어떠한 생각을 하여야 할는지 자기도 알지 못하는 모양이었다. 남에게 쭈그런 얼굴을 보일 필요가 없을 뿐 아니라 자기 자신 역시 얼굴을 찌푸리고 살아서 안 될 것이라 마음속에 굳게 먹구 적막이 엿보일 때마다 채찍질을 하는 모양이나 때로는 자기도 모르게 채찍을 잊어버리는 모양이었다.

나남을 지나 이십 분 안쪽에 긴 여행을 끝맺게 되었을 때다.

'나를 어떻게들 대해 줄까. 남의집 첩으로 가더니 잘 되어 온다 하고 비웃지나 않을까?'

'비웃겠거든 비웃으라지.'

'그렇지 않아도 미워하던 오빠들이!'

혜련이는 이런 생각을 혼자서 해 보고 못 갈 데를 가는 것처럼 손맥을 놓았다.

'무서워 할 거야 뭐 있어!'

그는 다시 손에 힘을 주었다. 그러고 나서 자기가 자라난 고향, 아무때라도 변함없이 사랑해 주는 어머니, 그들이 그리워지며 한시바삐 그들을 보고 싶어했다.

"연자야! 이제는 다 왔다. 할머니 보고 싶지."

혜련이는 누구보다도 재빠르게 기차를 내려 개찰구로 갔다.

누가 마중 나왔을까 하는 생각으로 채 나서기 전부터 눈을 크게 뜨고 사람들이 서 있는 쪽을 돌아보았다.

"오빠."

사람 틈에서 오빠의 얼굴을 찾을 때 혜련은 기뻐 고함쳤다.

"혜련이가?"

오빠도 가까이 왔다.

"오빠."

혜련은 다시 한 번 오빠를 부르고 인사를 해야 할지 손목을 잡아야 할지 그저 허둥거렸다. 오 년 만에 돌아오는 고향.

비록 자기에게는 냉정한 편이었으나 잊을 만큼 떠나 있다 보는 오빠. 혜련은 기뻤다.

"이 애가 연자냐?"

오빠도 기쁜 듯이 연자를 안았다.

"어머니두 든든하세요?"

혜련은 무슨 말부터 꺼내야 할지 몰랐으나 우선 어머니가 궁금했다.

"어머니야 그저 그렇재. 그런데 넌 거 안됐구나. 무슨 병인데 갑자기 그렇게……."

"할 수 있나요. 그게 다 제 명인걸요."

"연자는 곧잘 생겼군."

오빠는 냉정하다고 할 수 없어도 남의 말을 들으려고 하지 않고 제 말만 띄엄띄엄 하는 것이 아무래도 스스러운 것 같았다. 해 주는 말도 그리 탐탁치가 못하다.

"버스 타고 가자!"

이런 말도 내던지듯 친절미가 없었다.

"짐들이나 보내구 걸어가요. 마제산에 올라가 바다부터 내다 봐야지요."

집에 가는 것도 급하기는 급했으나 마제산과 바다를 못 보고 집에 가기는 미미한 것 같았다.

"그럼 그러자!"

오빠도 버스가 그리 타고 싶지 않았던 모양이다. 그들은 철도로 온 화물과 손으로 들고 온 트렁크까지 짐꾼에 실린 뒤 마제산을 넘는 도로로 올라섰다.

바다와 산은 전과 다름없다. 시가도 조금 커진 듯하기는 하나 그리 변한 것 같지도 않다.

자기를 떠나 멀리 갈 때나 파란을 겪고 다시 돌아올 때나 똑같이 변함없는 바다요 변함없는 산이었다.

"오빠, 집에서 나를 욕하지 않으시우?"

혜련이는 범선이 멀리 뜬 바다에 눈을 두고 불시 이런 말을 했다.

"욕하긴 누가 욕하겠니. 네가 좋아 네가 한 일인데……."

오빠의 이 말은 욕한다는 이상의 뜻이었으나 비꼬는 말이 더욱 싫었다. 그러나 혜련은 못 들은 척하고 아랫길을 걸었다.

고향에 돌아온 혜련이는 넉넉한 큰오빠 집을 두고도 어머니가 있는 작은오빠네 집에 머물렀다. 큰오빠야 잡화상을 무던하게 차려 놓았으니까 자그마한 이발관이나 가진 둘째 오빠보다 낫게 산다. 그러나 몇 해만에 홀몸으로 돌아오는 누이동생을 마중도 안 해 주는 오빠다. 그뿐만 아니라 자기에게는 식구가 많다고 해서 하나밖에 없는 어머니를 동생에게 맡기고도 돈 한 푼 안 가져온다는 사람이다.

정거장에 나왔던 작은오빠 역시 자기 집에서 같이 살잔 말을 똑똑히 하지 않으나 거기도 있지 못한다면 있을 곳이라곤 없다. 거기에다 어머니는 자기와 같이만 있자고 하니 큰오빠네 집엔 갈 생각부터 안 먹었다. 이런 것은 미리부터도 짐작할 수 있는 것이기 때문에 신의주를 지날 때 형사가 듣는 말에도 혜련이는 포항동 작은오빠 집을 말했던 것이다.

작은 집에 두 식구가 새로 느니 집안은 들썩하는 것 같고 작은 사발에 큰 대접 놓인 듯 좁아터질 것 같다.

그러나 작은오빠도 맞대 놓고는 할 말을 잘 못하는 축이고 올케 역시 얌전한 편이어서 잔말이 없다. 작은오빠는 정거장에 나갈 때까지 혜련이가 자기 집에 오지 않을까 하는 생각으로 겁을 먹었던 것만은 사실이나 일이 이렇게 되고 보니 다시 말해 소용없을 것을 느꼈는지 얼굴을 찌푸릴 일만 생기면 되려 밖에 나가 늦도록 들어오질 않았다. 혜련이가 공부할 때 이 오빠 역시 무척 냉정하게 군 것 같으나 그는 자기 손에 돈이 없기 때문에 어쩔 수가 없는 일이었다는 것을 이제 알 수 있을 만했다.

혜련이는 살뜰하게 아는 사람도 없지만 얼마 동안은 집 밖을 나가지 않았다. 궁금해하는 어머니에게 지난 이야기를 들려 주었고 낯설어 하는 연자에게 말벗을 해 주었다. 꺼릴 만한 사람이 있어 겁을 먹는 것도 아니지만 내노라고 얼굴을 쳐들 만한 면목도 없었다. 잘난 것도 없고 자랑할 만한 것도 없다. 긴 여행을 했으니 여독도 풀 겸 떠나 있던 사람과 앞으로 같이 살게 되었으니 집에 있으면서 낯도 익혀야겠다.

"그렇게 잘 살다가 우리 집에서 이런 고생을 해 어찌하나요?"

어떤 날 올케가 걱정하는 말을 했으나 혜련이는,

"잘 산 건 무엇 있나요. 별말을 다 하시네."

하고 에이프런을 입은 뒤 부엌에까지 나갔다.

"그만두어요. 밥짓기가 바쁜가요. 모든 게 다 불편만 할 것 같아서 하는 말이지요."

"사람은 이렇게두 살구 저렇게두 사는 게지 이런 데서 사는 사람은 별다른가요."

혜련이는 부엌일까지 하는 것이 좀 별난 것 같기는 했으나 남의집에 있는 이상 조금이라도 눈 밖에 벗어날 필요가 없을 것 같아 노상 재미가 있는 것처럼 일을 했다.

"그런 데서는 무얼 먹나요?"

"거야 먹구 싶은 대루 먹는거지요. 우리는 조선음식하고 서양음식하고만 먹었어요."

"식모는 조선사람두 있댔나요?"

"중국사람 뭐 대여두 여기서 해 달라는 대로 잘 만드니까요."

"참 그 양반만 돌아가지 않았다면 오죽 좋겠어요."

"그 대신 딴 고생이 있으니까 마찬가지지요."

올케는 혜련이에게 일을 시키면서도 편하게 지내던 것을 생각하고 미안해하는 모양이었다. 그때,

"애, 혜련아, 너의 큰오빠가 왔다."

하는 어머니의 목소리가 안방에서 들려 나왔다. 자기가 와서 인사간 뒤 한번도 찾아오지 않았던 큰오빠다. 조금 찜찜해하면서도 그럴 수가 없어서 손을 에이프런에 닦고 들어갔다.

"동자를 다 하니?"

웃수염을 길러 사십이 훨씬 넘어 보이는 큰오빠 항규가 너털웃음을 웃으며 혜련이를 보았다.

"동자는 무슨 동자야요. 그저 심심해서……."

"거 기특하구나. 그래 사람이 다 닥치는 대루 살아야 하는 것이니까!"

잡화상을 해도 양복이나 입고 말을 점잖게 하면 그 풍채가 그럴 듯해 보였다.

"그 애가 고생을 많이 해 봐서 무얼 못하나!"

어머니는 남에게 자랑하듯 옆에서 말했다.

"그렇기는 해. 그래두 힘든 일이야 안 하면 어때. 아무래도 이 집에 있으면 네가 고생될 듯하다. 집도 협착하구 또 호화롭게 지내던 애가 갑자기 궁색해서야 쓰겠니? 나두 그리 넉넉지는 못하나 너 하나야 먹이지 못하겠니. 오늘부터라두 우리 집으로 오너라."

항규는 오로지 혜련이를 딱하게 생각해서 하는 말이었으나 혜련이는 무슨 뜻인지를 몰랐다.

"아무래두 여기 있으면 고생이야 되지 해두 난 어떻게 하겠니?"

어머니는 자기가 걱정되는 모양이었다.

"어머니야 여기 계시면 어떤가요. 별말씀 다 하시네."

항규는 다시 두 말 못하게 하였다.

혜련이는 아무 말도 못했다. 우선 갑자기 친절해진 오빠의 마음을 알 도리가 없었다. 분명 자기를 이용하여 오빠에게 이로운 일을 해 보려는 뜻인 것 같기도 하나 자기가 없는 새 돈도 좀 더 벌었다고 하니 마음도 달라지지 않았을까 하는 생각이 들어 어떻게 해석해야 옳을지를 몰랐다. 만약 달라진 마음이라면 자기가 오는 날부터 친절해야 할 것이나 생각하면 온 지 일주일도 지난 이제야 그런 말을 하는 게 또한 이상스러웠다.

"글쎄, 그건 네 마음대로 해라마는 나는 너를 생각해서 하는 말이다. 또 성규(작은오빠)가 가만만 있어두 모르겠다마는 며칠 전에 와서 내게 걱정을 하더라. 그 애두 딱하지. 얼마 안 들어오는 돈으루 많은 식구들 다 먹이기가 그리 쉽겠니!"

항규의 말은 그럴 듯하였다. 사실 작은오빠네 집에 있는 것이 큰오빠네 집에 있는 것보다 조금 편할 것이다. 그러나 작은오빠에게는 적은 수입밖에 없다.

그것을 뜯어먹고 산다는 것도 그리 편한 것 같지가 않다. 벌써 항규에게 그런 말을 하였다니 얼마나 작은오빠는 힘들어할까! 차라리 딴 고생이 있다고 해도 남에게 걱정을 주는 것보다는 나을 것 같아서,

"오빠가 말씀하시는 대로 하지요."

하고 혜련이는 다시 말을 이어 그래도 큰오빠의 마음을 섭섭지 않게 해 주려 했다.

"그런 말씀을 아니해서 그렇지 저야 될 수 있는 대로 큰오빠에게 가고 싶지요, 뭐."

"기야 그렇겠지. 그러니 네기 비쁘기 때문에 미처 생각을 못했군. 워낙 바빠야 말이지."

항규는 너털웃음을 웃었다.

이런 말을 하는 동안 어머니는 쪼그라진 얼굴을 오그리고 무릎에 앉은 연자만 어루만지고 있었다. 칠십이나 되어 보이나 희어진 머리와 늙은 호박같이 주름잡힌 얼굴과 꼬부라진 허리가 몹시 가빠 보였다. 혜련이는 오빠에게 간다는 말을 해 놓고도 오래간만에 만난 딸을 떨어지기 싫어하는 어머니가 안되어,

"어머니가 갑갑다 하시겠는데."

하고 머뭇거렸다.

"우리 집에 가 있으면 여기는 생전 오지 않겠니? 별 걱정을 다하누나. 네가 없는 때도 살았단다."

어느 것이 본성인지 모르나 말이 전과 달리 몹시 거칠고 깡스럽게 나왔다.

"내 걱정을 말아! 아무데선 못 살갔니! 밥이나 먹었으면 되지 뭐."

어머니는 자기가 화젯거리 됨을 즐기지 않는 모양이었다. 그러나 혜련이에게는 어머니의 말이 심심치 않게 들렸다. 자식을 두고도 그 자식에게 자기 소원을 말하지 못하는 가엾은 어머니로 보였다.

어머니가 아들들에게 대접을 못 받는 것은 전부터 알고 있는 일이나 몇 해 만에 눈으로 처음 보니 어머니가 불쌍하기 짝이 없었다. 성격이 괄괄하고 거세다면 어디를 가나 아들에게 업심을 받지 않을 수도 있을 것이다. 따라 이 아들, 저 아들 하고 밀리는 대로 옮아 다니지 않았을 게다. 그러한 어머니를 자기마저 떠난다면 늙은이의 적적함을 누구에게다 풀까. 항규는 자기 집으로 가도 늘 올 수가 있다고 하기는 하나 아무래도 떨어져 있으면 못 보는 시간이 보는 시간보다 길겠다.

그러나 어찌 하랴. 작은오빠가 자기 집에 있는 것을 즐기지 않는다면 오라는 곳으로 가야 할 수박에 없는 것이 또한 혜련이의 신세가 아닌가.

"그럼 아무때건 오너라."

항규는 일어섰다. 일어서는 연자를 보고는,

"그 놈 잘생겼다. 사내였더라면 더 날 뻔했군!"

하고 집을 나섰다.

큰오빠를 보내고 난 뒤 혜련이는 무슨 까닭인지를 몰라 한참 동안이나 벙벙한 가슴을 안고 있었다. 고향에 온 지 일주일이 지나는 동안 철식이에 대한 생각이라든가 평양서 당한 모욕들을 잊어버리고 있었으나 당치 않은 친절을 갑자기 당하고 보니 세상이 어떻게 되어 가는지 도대체 알 수가 없는 듯하였다.

"그래두 제 동생이 다른 모양이다. 너를 그만큼 생각해 준 사람이 어데 있겠니? 나두 너하구 함께 있는 것이 좋기는 하다만 이 집에서 고생을 하는 것을 보는 것보다는 거기 가는 게 더 편하겠다."

어머니는 어머니다운 말을 했으나 혜련이는 그래도 마음을 안정시키지 못했다. 참마음에서 나온 친절이라면 너무나 감사해서 눈물을 홀릴 만하고 그렇지 못한 딴 궁리로 그런다면 저와 같이 의리 없는 오빠를 깨물어 주고 싶을 만큼 미운 것 같았다.

우인(友人)

청진상사회사(淸津商事會社)의 타이피스트 이숙희는 예배당을 나서자 점심 먹을 생각도 아니하고 같은 회사 여사무원으로 다니는 명애와 같이 해수욕장 가는 길을 걸었다.

언제나 보는 바닷물이 여름 바다에 흔들리는 거센 물결은 그래도 한층 맑아 보인다. 잔잔한 시냇물처럼 가느다란 소리로 잔잔히 흐르는 것도 아니련만 출렁하고 바위를 친 뒤 다시 뒤돌아 쳐나가는 바다 물결이 숙희의 마음에 침묵을 주었다.

허연 무명필이 떠오듯 허옇게 보이던 물결이 멀리서 다가오다가 발 밑에 와서는 마시고 싶게 맑은 물이 된다. 끝없이 먼 곳에서 밀려온 그 물결도 한 번 깨지면 아무 말 없이 사라지고 만다.

숙희는 집들에서도 매일 내다볼 수 있는 바다련만 바다마저 안 보고 견딜 수 없는 그의 마음이라 지금 해안을 거닐면서도 바다에서 눈을 떼지 못했다.

푸른 바다라고 해도 좋고 끝없는 바다라 해도 좋다. 돛 단 작은 범선이 바다의 마음과 같이 한 자리를 움직이지 않음도 좋으나 좋아서 보는 것도 아니지만 보는 것이 좋다고도 말할까!

숙희는 한참 동안 걷다가야 자기 옆에서 명애가 걷고 있음을 보고,

"너 배고프겠구나."

하는 말을 비로소 꺼냈다.

"아니."

명애는 고개를 살랑살랑 흔들었으나 숙희를 쳐다보고는,

"그런데 오늘은 왜 말두 안 하니?"

하고 물었다.

"무슨 말을 하니?"

숙희는 할 말이 생각 안 난다는 듯 말했으나 그래도 웃음을 보였다.

얼굴 전체가 아니라 눈에만 웃음이 도는 그 얼굴이 몹시 정열적이었다. 그의 말도 음악적으로 높았다 낮았다 하는 것이 애교에 가득 찼다. 명애가 여자이면서도 숙희를 좋아하고 그를 밤낮 따라 다니는 것 역시 말 한 마디에나 얼굴 표정 한 번에나 싫증을 줄 만큼 평범한 것이 없고 남을 깔보는

빛이 없기 때문일는지 모른다. 다만 한 마디의 말에도 그는 정열을 모였고 남을 존경하였다.

"그래두 할 말이 그렇게 없을라구."

자기를 옆에 놓고 갑갑하게 해 준 적이 없는 숙희라 명애는 갑갑한 표정을 보였다.

"참 여기까지 오도록 말을 안 했지! 미안해. 그러면 명애가 먼저 이야기를 해 주지 왜? 내가 좀 듣게!"

"숙희가 오늘 좀 다른걸!"

"달리 봬?"

숙희는 웃음을 띠고 한 번 다시 보아달라는 듯이 얼굴을 들었다. 그리고는 참말 달리 뵈면 어떻게 하나 하는 듯이,

"왜 그럴까?"

하고 명애에게 물었다.

"오늘은 예배당에 가서부터 달랐어. 암만 숨길래두 나한테까지야 속이나!"

"내가 속인 게 머 있나?"

명애에게 물어 보는 게 아니라 자기에게 물어 보는 것처럼 숙희는 얼굴을 숙이고 생각했다. 쌍까풀이 지고도 동그란 눈, 우뚝 솟아 날씬한 코, 얇으면서도 발그스름한 입술 어디로 보나 어여쁜 얼굴이다.

하얗고 부드러운 살결이나 손질 안 했어도 그린 듯한 눈썹이며 어디나 흠잡을 데가 없다. 그런 얼굴을 가지고 무엇을 생각할 때 그 생각이 비록 작은 것이라도 해도 무척 큰 것이라 보인다.

"만수 씨한테서 편지라두 온 게지 뭐!"

명애는 어디까지나 추궁할 모양이다.

"아니."

숙희는 정말 그것은 아니라는 듯이 놀란 표정으로 대답했다.

"그럼 뭐야?"

"정말 알고 싶어? 그럼 좀 있다 저기 가서 이야기할게."

하고는 명애에게 다시 물어 볼 틈을 안 주려고 딴 말을 곧 꺼냈다.

"요새 예배당에 다니는 여자 하나 있지. 왜 명애는 그 여자를 어떻게 생각해?"

"모양을 내고 어린애와 같이 다니는 여자 말이야?"

"응, 그래."

"진흥상점 주인의 누이동생이라는데 과부라구 하더만. 시집도 남의집 첩으로 갔다데. 그래두 남편 죽은 지가 몇 달두 안 되었다는 게 어쩌면 그렇게 차리구 다닐까! 신통한 여자 같지 않아."

"나두 그런 소리를 들었는데 너무 모양을 내는 것 같아."

"연지칠에 눈썹밀이 하구 옷두 매 주일 갈아입구 다니지 않어! 또 시집을 가 볼려구 예배당에 다니지 않는지 몰라."

"글쎄."

숙희와 명애는 아직까지 해수욕장으로 걸으며 이야기를 했다.

청진시에서 십 리 길이나 거의 되는 먼 길이다. 날은 무던히 뜨거워졌으나 바닷물이 아직까지 차다고 수영을 나오는 이가 별반 없이 물결 소리밖에 들리는 소리가 없었다.

"그런 여자는 예배당에 댕기지 않았으면 좋겠더라."

명애가 말을 다시 꺼냈다.

"나두 그런 생각을 해 보았어."

숙희도 명애와 동감인 모양이었다. 그러나 앞에 내뵈는 수영장을 보며 그는 딴 말을 꺼냈다.

"우리 저기 뵈는 바위 우에까지 누가 먼저 가나 뛰어 보지 않을래?"

"그래 해 봐."

그들은 소학생들처럼 길 위에 금을 긋고 한 발씩을 그 금에 댔다.

숙희가 출발 신호를 부르려고,

"하나."

할 때 명애가 숙희를 막았다.

"지면 어떻게 할 테야?"

“명애가 지면 어떻게 할 테야?”

“글쎄, 숙희부터 말해 봐.”

“무얼 살까?”

“과자.”

“싫어.”

“그럼?”

“아까 하려던 이야기.”

“그래. 그럼 명애가 질 땐 무엇 할 테야?”

“노래할게.”

“오케이.”

숙희는 하나 둘 셋 하고 명애와 같이 달음질쳤다. 그러나 나이가 한 살 더 먹어 그런지 명애를 따르지 못하고 두어 걸음이나 떨어졌다.

“아, 좋아.”

먼저 바위 위에 앉은 명애가 가쁜 숨을 쌔근거리며 손뼉을 쳤다.

“내가 명애보다 나이를 더 먹었지?”

숙희도 가쁜 숨을 내쉬었다.

“아이구 그냥 졌단 말은 하기가 싫은가 보지.”

“늙어졌나 봐. 고거 뛰는데 숨이 다 차.”

“무척 늙으셨군! 춘추가 몇이시지요?”

“춘추가…… 아함.”

숙희는 늙은이같이 수염턱을 비비며 사내 목소리를 내다가 웃어 버렸다. 그리고는 명애 옆에 앉아서 먼 바다를 내다보았다.

“이제는 약속대로 이야기를 해야지.”

“조금만 참아요. 마음 준비를 해야지.”

숙희는 도망갈 생각을 찾는 모양인지 혼백상 앞에 앉은 사람 모양으로 얼굴이 갑작스레 달라지었다. 이때까지 웃던 얼굴과 목소리는 어디로 갔는지 웃던 사람 같지 않다!

“내가 수만 씨와 약혼한 뒤 성구 씨와 지내는 일을 한 번도 이야기하지 않았나?”

숨소리가 가라앉은 다음 숙희는 약속한 이야기를 꺼냈다.

“언제 했어? 그 뒤두 늘 편지가 있었구만! 그런 건 나한테 한 번두 말하지 않았어.”

“늘 온 건 아니구 이따금씩 왔지. 그래두 내가 명애를 속이느라고 말 아니한 건 아니야. 속일 게 뭐야. 다 아는 걸. 굳이 말하고 싶지가 않아 안 한 것이지.”

“그래, 알았어.”

“알았지.”

숙희는 다짐을 받고 이야기를 꺼냈다. 그것은 약속했기 때문에가 아니라 마음속에 준비했던 이야기인 것 같아 차근차근 했다.

“내기 권 선생괴 약혼을 아니하고 잘 알지도 못하는 수만 씨와 약혼한 것까지 명애는 잘 알지. 아무래도 내가 잘못한가 봐. 연애하고 결혼하고를 갈라세워 놓고 그것을 서로 다른 것이라고 생각한 내가 잘못인가 봐! 명애는 어떻게 생각해.”

“글쎄.”

명애는 대답을 못했다.

“내가 딴 남자와 약혼했다는 말을 권 선생(성구를 이렇게 부른다)에게 곧 편지했지. 그랬더니 얼마 동안 회답도 없다가 한 달이나 거의 되었을 때 간단한 편지가 왔더라. 아주 기쁘다구. 행복스러울 것을 예기하며 내 약혼한 날을 영원히 기억해 둔다고. 그 뒤 나두 편지를 아니했어. 편지할 면목두 없구. 또 무엇이라 쓸 말인들 있나. 그랬더니 오늘 아침 편지가 왔는데 간도까지 갈 일이 있어 여기를 지나간대. 그 동안 어떤 신문사에 취직도 됐나 봐…….”

“언제쯤 간대?”

명애는 좋은 소식을 들은 것처럼 그저 기뻐했다.

“다음 일요일쯤이라는데 내 편지가 있어야 들린대.”

숙희는 발 앞에 철썩이는 흰 물결을 보며 자기에게 이야기하듯 혼자 말했다.

"그래 숙희는 어떻게 편지할래?"

명애도 조금 걱정스러운 표정으로 얕은 물 속의 모래를 들여다보며 물었다.

"글쎄, 청진을 지나간다는데 들리지 말라고 할 수도 없지 않아. 그렇다고 해서 만나면 무슨 이야기를 할 수 있어?"

"숙희는 아직 권 선생을 아주 잊지 못했지?"

"글쎄……."

"권 선생두 숙희를 나쁘게 생각만 안 한다면 만나 주어야지. 그냥 지나가게 해서야 돼?"

"그래두 이제는 내가 딴 남자와 약혼한 사람이 아니야?"

"아무래두 그렇지. 말하자면 숙희가 권 선생에게는 잘못한 사람이니까 만나는 주어야지. 권 선생두 그렇지 이제 만난다고 숙희를 욕하거나 나쁘게 말할 게야?"

"나두 그렇게는 생각했어. 그러나 권 선생이 나를 만나면 말은 못 해두 괴로워하는 얼굴만은 보여 줄 게 아니야."

"좌우간 숙희는 권 선생이 지나간다는데 만나지 않아두 속히 편지 안 하겠어? 또 만나고 싶은 생각이 조금도 없어?"

"난 몰라. 그래두 괴로운 걸 어떻게 해."

숙희는 한숨까지 쉬었다.

명애가 이삼 년 동안 같은 회사에서 일을 보고 친하게 지내 왔으나 이때까지 한 번도 보지 못한 긴 한숨이었다. 어떠한 일이 있어도 숙희는 한숨을 사람 앞에 보여 준 적이 없다. 괴로운 일이라면 혼자 괴로워했고 또한 그 괴로움을 될 수 있는 대로 적게 만들었다. 명애는 숙희의 태도로 그의 그 괴로움이 어떠하다는 것쯤은 짐작되었다. 숙희는 서울서 공부할 때부터 권 선생을 사랑했다. 사오 년이나 계속한 그 사랑을 명애가 잘 안다. 그 사랑이 성구의 공부로 이때까지 그대로 계속하여 오다가 이번 봄에야 깨지고 말았다. 깨졌다는 것은 형식뿐이요 아직까지도 속마음으로는 사랑하는 것이 분명하다. 숙희가 딴 남자와 약혼을 한 것은 성구를 싫어하기 때문이 아니라 성구를 남편으로 생각할 수가 없었기 때문이었다. 사랑한다는 말을 한 번도 주고받지 못한 그들의 사이가 너무나 정신적이어서 성스럽게만 느껴진 때문이다. 사랑하는 사람을, 자기가 세상에서 제일 좋아하는 사람을 평범한 부부로 끌어내려 한 여자의 남편이라 보기는 숙희의 마음이 허락되지 않았다. 그렇다고 해서 숙희와 성구가 결혼이라는 것을 조금도 생각지 않고 일생을 지낼 수 없을 것이다. 성구가 학교를 마치고 자기의 생활을 자기의 손으로 하게 시작만 된다면 자연히 결혼 말이 나올 게다. 그뿐만 아니라 숙희는 남녀를 불문하고 결혼 없이 살지는 못하는 것이라 생각한다. 그렇다고 해서 성구를 남편으로 생각할 수도 없다. 누구의 가정을 보거나 부부라는 것은 너무나 평범하다. 평범하면서도 야수적인 것 같다. 성구로 하여금 평범한 이야기와 평범한 행동을 하게 하고 또한 야수적인 평범 이하의 인간으로 만들기는 숙희의 자존심이 허락지 않았다. 남의 부부를 볼 때마다 성구를 생각하기는 했으나 구지지한 그 자리에 앉히고 싶은 생각은 조금도 없었다. 세상의 부부라는 것은 때로 행복스럽기도 하나 생활이라는 것을 중심으로 삼을 때 너무나 평범하게 보인 것은 예수교 가정에서 자라난 기독교적 교육 때문일는지 모른다.

따라 성구를 성스럽게만 보는 것은 적극적이 아니라 소극적인 성격에 온순하고 따라서 취미를 예술세계에 두었다는 것일 게다. 이러한 성구에게 더욱이 생활 능력이 없다. 재산도 없을 뿐만 아니라 부모도 없다. 전문학교를 다닌다 해도 고학을 해서 근근이 지낸다. 졸업을 한다 해도 문과를 공부하였으니만큼 신통할 수가 없다. 결국 성구와 결혼한다는 것은 파멸과 불행밖에 있을 것이 없다. 그러므로 성구가 졸업을 하기 바로 얼마 전 부모네가 시키는 대로 수만이와 약혼을 하였다. 그렇다고 해서 성구를 사랑치 않는 것이 아니다.

아직이 아니라 점점 더 사랑하는 것 같다.

숙희가 서울을 떠나던 해부터 이 년 동안이나 보지 못한 성구다. 그렇다고 해서 만나고 싶다는 말을 함부로 할 수 없는 몸이다.

"명애는 어떻게 생각해? 만나야 할 것 같아?"

"글쎄."

명애도 그런 질문을 들으니 확실한 말을 할 수가 없었다.

"만나서 안 될 일은 없지 않을까?"

"그럼 만날까? 만나서 모든 것을 고백하구 용서를 빌면 도리어 죄진 듯한 마음은 없겠지."

그들은 한참 동안이나 하늘과 바다가 맞붙은 곳을 멀리 바라보다가 저녁때 무렵 해서야 집으로 돌아왔다.

저녁때가 되니 바닷새들이 어디선지 몰려왔다. 집도 없는 물새라 물 속에 들어가서 고기를 잡아먹고는 혼자서 난다. 날 때 울고 앉을 때 우는 물새들은 동무를 만들지도 않는지 떼를 짓는 법이 없다. 물새같이 외로운 숙희가 외로운 물새를 보며 같은 길을 걸어 한참이나 오고 있을 때다.

"저기 앉아 있는 이가 예배당에 오던 그 여자가 아니야?"

하고 명애가 손가락질을 했다.

숙희도 이삼십 보 앞에 어떤 여자가 오그리고 앉아 있는 것을 보고 대답했다.

"그런 것 같군."

"체."

명애는 혀를 찼다.

"어린애두 데리구 나오지 않았어?"

숙희는 자기의 눈이 똑똑히 보았는가 하는 것만을 물어 보는 것 같았다.

"그렇구만! 아마 죽은 서방이 생각나는가 부지."

명애는 어디까지나 비웃는 태도였다.

"그 사람이라구 제 남편 생각 안 날라구……."

"첩 노릇 하는 여자두 그럴까?"

"아무거라두 애정이야 없을라구. 글쎄 모르기야 하지만……."

그들은 앉아 있는 여자 옆을 지날 때 낯선 사내가 피하듯 곁눈으로만 보며 멀찍하니 걸었다. 그를 지나쳤을 때도 그들은 술주정꾼을 보듯 뒤로 힐

끔힐끔 돌아보았다. 이쪽은 보려 하지도 않을 뿐만 아니라 까딱 움직일 줄
도 모르는 그 여자가 이상스러워 한참 동안은 자기들 뒤로 어린애가 따라오
는 것까지 보지 못할 만큼 그 여자에게만 정신을 뺏겼다.

무엇을 생각할까 하는 궁금증이 그 여자를 해변 한적한 데서 볼 때 갑자
기 일어난 모양이다.

더구나 앉아 있는 태도라든가 무엇을 생각하기에 제 옆을 떠난 어린애도
알아보지 못하는 얼굴이 심상치 않아 보였다. 숙회와 명애가 고개를 돌리고
꼭 같은 생각으로 그 여자를 보며 걸을 때 갑자기 어린애 우는 소리가 났다.
그때야 정신을 차리고 울음소리 나는 곳을 보니 어린애가 길에 넘어져 아직
일어나지도 못하고 있었다.

"악."

소리를 지르고 두 여자는 생각할 새도 없이 어린애에게로 달려가 일으켜
주었다.

그때 애어머니도 달려와 어린애를 안으려 했으나 코에서 흐르는 피를 보
고는 자기가 앉았던 자리로 다시 뛰어갔다. 붉은 피가 어린애 코에서 금방
흐르고 있음을 본 숙회는 애어머니를 기다릴 것 없이 자기 핸드백 속에서
지리가미(휴지)를 꺼내 한편 틀어막고 한편 피를 닦았다. 애어머니가 여나문
걸음쯤 되는 곳으로 갔다가 허둥지둥 돌아왔을 때 숙회는 애를 붙안고 바닷
물로 뛰어가 찬물로 뒤통수를 씻어 주고 있었다. 그곳까지 쫓아간 애어머니
는 애를 뺏듯이 받아 가지고 적신 수건으로 뒷머리를 그냥 씻어 주었으나
얼마 안 있어 코피는 멎은 모양이었다. 어린애는 그대로 울고 있었으나 애
어머니는 얼굴까지 씻어 놓고 우선 애를 꾸지람했다.

"어떻게 하다가 넘어졌니?"

마음이 좋지 않은 것은 분명했으나 철없는 애를 보고 꾸중부터 하는 것은
조금 심하게 들렸다.

아직까지 걸음도 토들토들 위험하게 걷는 애이기는 하지만 자기네들을
따라오다가 넘어진 애를 꾸지람하는 것은 결국 숙회와 명애를 나무람 하는
것같이도 들렸다. 그래서 숙회는 먼저,

"우리를 따라오다가 넘어졌지요? 참 미안합니다."
라고 사죄 비슷한 말을 했다. 그때서야 그 여자도 정신을 차렸는지 숙희와
명애의 얼굴을 쳐다보며,

"제가 미안합니다. 애가 너무 오돼서 장난이 웬간해야지요! 여러 가지로
수고를 끼쳐서 미안합니다."
하고 경박해 보이던 얼굴을 감추었다.

"천만의 말씀입니다. 예쁜 애기가 아팠겠군!"
숙희는 애의 머리까지 만져 주었다.

"연자야, 고맙습니다 하고 인사를 해야지."
여인은 어린애를 시켜 고개를 숙이게 했다. 애도 이제는 울음을 그치고
새로 보는 여자들 틈에서 이야기를 듣던 길이라 어머니가 시키는 대로,

"고맙습니다."
라는 인사를 받아 했다.

"누가 그런 소리를 다 하나……."
하고 숙희는 다시 여인에게,

"애 좀 안아도 괜치않을까요?"
라는 말을 한 뒤 애를 붙안았다.

"안으세요."
하고도 여인은 더 할 말이 있는데 그 말이 생각나지 않는 듯 입술을 아물거
리다가,

"참, 예배당에서 여러 번 뵙구두 인사를 드리지 못했습니다."
하고 웃었다.

"참, 그랬어요. 제 이름은 이숙희예요. 지금 청진상사회사에 다니고 있습
니다. 이 분도 같이 있는 이입니다."
숙희는 명애까지 소개했다.

"저는 최혜련이라고 합니다. 앞으로 많이 사랑해 주십시오."
여인은 두 사람에게 꼭같이 인사를 했으나 명애는 아직까지 못마땅한 무
엇이 있는 듯 마지막에서야,

"김명애라고 합니다."

라는 말을 간신히 했다. 다음 일요일이다. 아침 차에 도착한다는 성구를 맞으러 숙희는 일찍부터 일어나 서둘렀다. 방을 깨끗하게 치우고 몸단장을 하는데 그리 긴 시간이 걸리지 않았으나 무엇을 하는지 숙희는 바삐 몸을 움직이었다. 책상에 꽂아 놓은 책도 몇 번씩이나 끄집어냈다가는 다시 곱게 꽂아 놓았으며 벽에 걸린 가꾸부찌(액자)도 그대로 보기 좋은 것을 이리 만졌다 저리 만졌다 하며 바로잡아 놓기에 애썼다.

조반도 어떻게 먹었는지 모른다. 그러나 남이 볼 때에는 조금도 자기가 조급해하는 것을 보이지 않았다. 아는 사람이 아침 차로 온다고 집 주인에게 말하여 두었기 때문에 그는 시간을 대서 나가도록 했으며 남보기에도 이른 시간이라 할 때는 떠나지 않았다. 옷도 전에 입던 것으로 조금 난 것을 입었을 뿐 고리 속에서 새것을 꺼내지도 않았다. 그만큼 숙희는 정열적이면서도 이지적인 여자였다. 마음에 있는 것이라고 그대로 발표하지를 않으며 마음에 없는 것이라고 곧 싫어하지도 않는 것이 그의 특점이다. 그렇기 때문에 지난 일주일 동안 혜련이가 몇 번씩이나 찾아왔고 또 온 뒤에는 언제부터나 사귀었는지 두터운 사이인 것처럼 이야기를 쑥스럽지 않게 하였다.

혜련이를 그리 좋게 보지 않으면서도 그가 올 때는 싫어하는 빛을 조금도 나타내지 않았다. 도리어 숨길 필요 없는 이야기 같으면 자기의 신변을 말해 가면서까지 친숙미를 보여 준 것이 숙희였다. 그래서 혜련이도 자기의 외로운 이야기를 하게 되었고 자기의 과거까지 쭉 설명했다.

"세상 사람들이 나를 나쁜 여자라고 할 것은 나두 잘 알지요. 그러나 그때 그렇게 했다는 것은 나로서두 할 수 없었으니까요. 그래서 지금 그 벌을 받는 것만은 사실이지만은 세상은 너무 심한 것 같습니다. 내가 예배당에 다니는 것은 어머니가 너무 조르고 나 역시 신성한 분위기 속에서 좀더 지혜 있게 살려고 한 때문이나 세상은 그것인들 알아 주어야지요. 다시 시집 가려구 서방 고르러 다닌다나요. 세상이야 아무러나 무관하게 내 살대로 살고 싶기는 하나 그런 말이 내 귀에 들어올 때마다는 그래도 좋지가 않아요.

이 선생, 어떻게 했으면 좋을 것 같아요?"

혜련이는 자기의 결혼 생활을 말한 다음 숙희의 의견까지 물었다.

"글쎄요. 세상이란 말 많은 것이니까. 그것을 전부 듣고 머리를 써서야 사나요. 한 번 실수를 하여 자기의 생활을 불행하게 만든 것두 서러운데. 세상은 너무나 심한 모양이지요."

숙희는 해로운 것이 없는 한 혜련이를 동정해서 말했다. 그래서 그런지 혜련이는 이야기할 동무라고 하나도 없는 청진서 숙희를 만났다는 것이 가장 기쁘다는 말까지 했다. 그러한 숙희인만큼 정거장 플랫폼에서 성구를 기다리면서도 시계를 자주 보거나 소리를 내면서도 빨리 닿지 않는 기차를 갑갑해 못 기다리는 것처럼 조급해하거나 하지를 않았다.

마음속으로야 만나면 무슨 이야기부터 할까 또는 성구가 어떤 말을 할까 하고 갈래를 잡지 못한 것이 사실이나 얼굴에만은 될 수 있는 대로 제 속을 보이지 않았다. 차가 도착했을 때도 숙희는 눈을 바쁘게 돌리지 않았다. 차 끝이 닿을 만한 곳에 섰기 때문에 첫차부터 마지막 차까지 한 자리에서 볼 수 있을 뿐만 아니라 차창으로 고개를 내민 성구가 첫눈에도 보였기 때문이다. 누가 볼 사람도 그리 있지 않고 본다고 그래도 말할 사람조차 없건만 두근거리는 가슴을 안고 성구가 탄 찻간으로 남보기에는 그리 급하지 않게 걸었다. 성구는 트렁크 하나를 들고 가볍게 내려 숙희 있는 곳에 왔다.

"안녕하셨어요."

숙희는 반가우면서도 대범한 얼굴로 고개를 약간 숙이었다.

"안녕하셨습니까?"

되레 성구의 목소리가 떨려 나왔다.

"전 들리시지 않구 그대로 가시기나 했으면 어떻게 하나 하구 여간 궁금하지 않았어요."

개찰구로 나와 버스 있는 데로 걸을 때도 말없이 성구 대신 숙희가 먼저 말을 꺼냈다.

"네?!"

묻는 말인지 감탄하는 말인지 성구는 상기한 듯한 얼굴로 힘없이 대답을 했다. 웃으려고도 하지 않고 시원한 말을 하려 하지도 않는 그가 마치 무엇 때문에 여기까지 왔는가 하는 생각을 가슴 속으로 혼자 하는 듯이 보였다.

"제가 들지요."

버스정류소까지 거의 왔을 때 숙희는 또다시 말했다.

"괜치않습니다."

성구는 트렁크를 쥔 채 그대로 걸었다.

버스로 집에까지 와서 조반을 사다 대접할 때까지 성구는 아무 말을 아니했다. 트렁크를 숙희의 하숙에다 맡기고 산보 나갈 때야 비로소,

"청진이 참 좋구만요."

바다를 멀리 보며 말했다.

"좋아 보이세요?"

숙희는 말을 기볍게 하어 성구의 마음을 침울한 데로 끌지 않으려 했다.

"어데로 보나 좋습니다. 바다 볼 수 없는 도회에서 살기 때문에 그런지는 몰라도 이 선생이 편지로 말해 주던 그 청진보다도 아름다운 것 같습니다……. 도시가 골짜기에 있는 것 같이 들어갔다 나왔다 한 것 역시 신기한 것 같습니다."

성구와 숙희는 거리를 지나 서편 산에 있는 신사까지 올라섰다. 거기서 청진 시내를 내려다보면 마제산 뒤 정거장이 안 뵐 뿐 그 밖에는 대부분이 한눈에 들어왔다. 성구는 산 위에서 꿈 속에 그리던 청진을 눈으로 보는 것이 하도 신기한 것처럼 한참 동안이나 굽어보았다.

"제가 사는 곳이기 때문에 아름다운지 모르지요."

숙희는 미리부터 기를 죽이지 않고 될 수 있는 데까지 공기를 명랑하게 하려 했다.

"그럴지도 모르지요."

성구의 대답은 의외로 무겁게 나왔다. 그래서 숙희는 다시,

"이제는 아주 신사가 되었습니다. 참 신문사에 취직까지 되셨다지요? 축하합니다."

하고는 학생복에서 신사복으로 바뀐 성구의 옷을 보고 허리를 굽혔다.

"왜 이러십니까."

성구도 숙희가 일부러 그러는 것을 알았지만 말과 태도가 너무 자연스럽기 때문에 할 수 없이 웃어 버렸다.

"선생님."

숙희는 웃음이 끝나기 전에 또다시 딴 말을 꺼냈다.

"우리 하루 종일 걸어 보실까요. 청진서 등대를 못 보시면 어디 청진 구경 하신 게 되나요."

"그렇게 멉니까?"

"그렇게 멀지는 않아도 한 십 리는 되지요. 멀면 못 가겠어요?"

"밤차로 떠나야지요."

"그렇게 바쁘신가요? 무슨 일루 가시는데……."

"큰일은 아니지만 그저 볼일이 있어서……."

"어데까지 가세요?"

"간도까지나 갈까 합니다."

이런 말을 주고받으며 그들은 등대로 향해 걷고 있다. 이때는 아직까지 큰길이 생기지 않아 소나무 숲 속 작은 길만이 등대로 갈 수 있기 때문에 보조를 맞추어 걷는 그들은 꼭 붙어서 가는 것 같이 보였다.

노송 애송 할 것 없이 나무가 울창한 산길이 딴 사람이라고는 흔적도 없다. 산새가 지저귈 뿐 사방은 고요하며 나무 때문에 먼 곳은 보이지도 않는다. 산 하나를 넘어 내리막길을 걸을 때 숙희는 참고 참았던 말을 꺼냈다. 아무 곳에서나 언제나 꺼낼 수 없는 말을 이때까지 딴 말로 막아 오고 있었다. 처음부터 침울한 얼굴을 보여준다면 성구가 견뎌내지도 못할 뿐 아니라 그래도 자기를 찾아온 손님에게 대접이 아니다. 숙희는 고개를 숙이고 우선,

"선생님"

을 불렀다.

"네."

성구는 속마음을 딴 데 두었다가 부르는 소리에 힘없는 대답을 했다.

"저를 많이 욕하셨지요?"

"왜요?"

숙희는 다음에 하려던 말을 한참 동안 꺼내지 못하다가 부끄러운 웃음을 웃으며,

"아무 의논도 없이 딴 사람과 약혼을 했어요."
하고는 고개를 막 숙여 버렸다.

"천만의 말씀입니다. 도리어 기뻐했지요."

성구도 웃기는 했으나 일부러 웃는 것이 분명했다.

"그러시지 말구 참말 해 주세요. 참말을 들어야 저는 편하겠어요."

"어떻게 참말을 하랍니까? 내가 이 선생을 덜 사랑했기 때문에 그랬을 것이니까 나로서 할 말이 어데 있나요."

"아니에요. 저는 조금도 그렇게 생각지 않아요. 선생님은 저를 너무 사랑했기 때문에 서는 감히 그런 말을 꺼내지 못했을 뿐이야요."

"글쎄요. 그렇다면 결혼이라는 것은 사랑 없는 사람하고만 해야 하는 것이 되게요. 나는 약혼한 남자와 더 큰 사랑을 할 수 있었으리라 믿고 행복을 축하하였습니다마는 그렇지 못하신 모양인가요?"

성구는 나란히 걷고 있는 숙희의 얼굴을 한 번 보았다. 홍분이 되어 그런지 불그스름해진 얼굴과 무엇을 생각하노라고 꼭 오므린 입술이 젖 달라고 울다가 기진해서 잠든 어린애 같이 불쌍해 보였다. 숙희의 대답을 준비하듯이 한참 뒤에야,

"제가 행복스러울지 불행할지는 모르겠어요. 사랑에는 결혼할 수 있는 사랑과 결혼할 수 없는 사랑이 따로 있는 것 같아요. 정신적으로만 생각하던 사랑을 육체적으로 끌어내려다 놓고 생각하기는 참으로 싫어요."
하고 말을 맺었다.

"정신적인 사랑은 육체를 거부한다는 말씀이지요? 그러면 지금 하신 약혼은 정신적인 것을 떠나 육체적으로만 생각한 사랑입니까?"

"아니지요. 그런 것은 아닙니다."

"알겠습니다. 그러나 지금 세상에서 사랑이라고 할 때 더욱이 그것이 동년배의 남녀가 말하는 사랑이라고 할 때 육체적인 것을 완전히 떠나서 있을

수 있다고 말할 수 있을는지요. 육체적은 아닐망정 육체 있기 때문에 사랑할 수 있는 것이 아닙니까?"

숙희는 그래도 자기의 본심을 알리려고 변명을 쉬지 않았다.

세상에서는 긍정 아니해 줄지 모르나 자기는 정신적 사랑을 했으며 자기는 그것을 아직까지도 거룩하게 생각한다는 말까지 했다. 그러나 성구는 끝까지 그 말을 긍정치 않았다. 육체적으로 보아 무엇이 부족하기 때문에 육체적인 것을 내어 버리고 그렇다고 해서 사랑까지 버리기는 너무나 아까우니까 그 대신 정신적인 사랑을 과대평가하는 것이 숙희의 마음이라는 것을 노골적은 아니나 둘러대서 말했다.

그리고는 이런 말까지 했다.

"물론 결혼 못할 사람이 있을 것입니다. 우상으로 생각하는 사람을 사람으로 놓고 또 남편이나 아내로 보려 할 때 환멸을 느끼는 수가 많으니까요. 말하자면 남편이 남편 될 자격이 없다거나 생활을 화려하게 해 나갈 능력이 없다거나 할 때 사랑이라는 것은 있을 수 없는 것이지요."

"선생님."

숙희는 눈물을 흘렸다.

"선생님마저 제 마음을 몰라 주세요?"

"몰라 드리는 게 아닙니다."

"아직까지도 끊을 수 없는 마음을 이길 수 없어서 그러는 게지요. 그렇다고 해서 이 선생을 원망하는 것도 아닙니다. 원망을 하게 된다면 내 마음이 절정에 올라야 할 것이고 절정에 오르기만 한다면 마음의 결정을 내려야 할 것입니다. 이런 마음이나마 곱게 끝까지 가지려 합니다. 이 선생은 나 아닌 사람과 결혼하시는 것이 행복스러우리라 생각해요. 이것은 진심입니다. 그러나 마지막 한 마디만 하고 싶은 말은 언제까지……."

그는 말을 채 마치지 못했다. 조금 가빠진 숨소리를 몇 분 동안 진정시킨 뒤,

"말을 해도 괜치않을까요?"

하고 물었다.

"하세요. 무슨 말이래도 오늘은 전부 해 주세요."

"그럼 하겠습니다."

하고도 성구는 말을 꺼내지 못했다.

"하세요."

하고 독촉을 두서너 번이나 받고 나서야 고개를 수그리고 말했다.

"이 마음을 죽을 때까지 가지고 있어도 용서하시겠어요?"

숙희는 대답을 못했다. 자기 역시 성구를 죽을 때까지 잊을 것 같지 못하나 그렇다고 해서 성구의 말을 긍정해 줄 수가 없었다. 차라리 성립된 약혼을 버린다면 몰라도 그렇게 못하는 한 성구는 자기와 거리를 두어야 할 남자다. 숙희는 약혼에 대해서 생각했다. 약혼한 수만이를 사랑하는 마음과 성구를 사랑하는 마음을 저울질해 볼 때 물론 성구의 편이 무거운 것 같다. 그러면 약혼을 이제라도 부정해 버릴 수가 없을까? 그럴 수는 없다. 또 한 남자에게 괴로움을 준다는 것은 둘째로 한 번 결정했던 것을 그만두어 버린다는 것이 자기로서 도저히 할 만한 일이 아니다. 그렇다면 성구를 덜 생각하는 때문이 아닌가 하고도 생각해 보았으나 그런 말을 입에 내고 싶지 않은 것이 또한 그의 미련인 모양이었다. 아무래도 우상으로만 생각하던 성구를 남편으로 생각하기는 싫은 모양이었다. 그러나 그렇다고 해서 성구를 섭섭하게 해 줄 수도 없어서,

"고맙습니다."

하고 얼결에 말했다.

그 뒤 성구와 숙희는 아무 말도 없이 등대까지 걸었다. 성구는 하고 싶은 말이 얼마든지 있는 것 같으나 그것을 억누르기에 애썼고 숙희는 자기의 운명이 결정된 것처럼 생각했으되 미련과 미래의 생활을 두고 혼자 마음의 갈피를 잡지 못하여 애쓰는 모양이었다.

한 자의 거리도 못 두고 걷는 그들의 마음이 만 리의 사이를 두고 있는 것처럼 생각을 달리 걷고만 있을 때 높게 솟은 등대와 그 뒤를 비추는 푸른 바다가 눈으로 들어왔다.

무인절도에 온 것 같이 보이는 것이란 바다밖에 없다. 그러나 등대수의

정원에도 찔레꽃이며 다알리아 할 것 없이 향기로운 꽃을 울긋불긋하게 심었다. 사람이 있는 곳이다. 사람이 아니라 사람보다도 일층 아름다운 사람이 사는 곳 같다.

밤이면 지나다니는 배들을 향하여 구호의 불빛을 끊임없이 비추어 주다가 낮이 되면 꽃을 사랑하고 불새를 사랑하는 그 등대수의 생활이 몹시 거룩하게 보이기도 했다.

성구는 바위 위에 올라서서 바다를 삥 둘러보았다. 어디를 보나 바다다. 청진이 육지에 붙은 것으로 알았으나 여기서 보니 섬인 것 같다.

웅기로 가는 객선인지 손님을 실은 작은 배가 까만 연기를 뿜으며 북쪽으로 지나간다.

아름다운 항구다. 그러나 이런 경치를 보기 위하여 청진까지 왔던가 하는 생각을 하니 경치가 미워지는 것은 아니지만 마음이 허전해진다. 간도까지 간다는 것도 거짓말이다. 졸업을 하고 취직이 결정되었으니 청진까지 놀러 온 셈이다. 올 때도 약혼한 숙희에게 딴 희망을 가지거나 특별히 할 말이 있어 온 것은 아니지만 그래도 만난 뒤의 마음이 이렇게 무거울 바에는 오지 않았던 편이 낫지 않을까 하는 생각이 저절로 들었다.

숙희가 무엇이라고 말하나 딴 남자와 결혼하게 된 것은 결국 자기를 덜 사랑하고 또 생활의식에서 오는 결과라고밖에 해석되지 않기 때문에 하려야 할 말도 없다. 만일 숙희가 냉정한 태도를 보이거나 불순한 태도로 딴 남자와 약혼을 했다면 무슨 말이거나 좋지 않은 말을 할 수 있을 것이다. 그러나 숙희는 아직까지 자기를 나쁘게 생각지 않으며 자기를 기피하지도 않는다. 그렇다고 해서 딴 것을 요구할 만큼 용기가 있는 것도 아니다. 자기가 잘 알지도 못하는 사내와 약혼을 하게끔 될 때 숙희의 마음도 적지 않게 괴로웠으리라는 것을 생각하니 더욱이 말이 안 나왔다.

그들은 바위 위에 앉았다. 발 밑은 바위로 생긴 절벽이요 절벽 밑에는 물결이 넘실거린다.

"이 선생님."

점점 작아져 가는 기선을 바라보며 성구는 입을 열었다.

"여기까지 찾아와 마음을 편치 않게 해 드려 미안합니다."

"천만의 말씀입니다."

숙희의 음성은 도리어 똑똑했다. 아마 자기의 현실을 단념하려고 애쓰던 결과 한 꼬리를 붙잡은 모양이다.

"내가 앞으로도 소설을 쓴다면 그것만은 끝까지 읽어 주십시오. 아마 예술에다 나의 생명을 바쳐야 할 것 같습니다."

성구는 숙희의 태도가 어떻든 자기가 하고 싶은 말 한 마디만 하면 그뿐이라는 듯이 말을 끝맺고는 일어서서 휘파람을 불었다.

숙희도 일어섰다.

"읽고 말구요. 많이 써 주십시오. 이때까지도 하나 빼지 않고 읽었는데요."

성구의 몸에 향해 있는 쪽을 따라 자기의 몸도 움직이며 숙희는 말했다.

"참 요전 달에 발표하신 「그림자」는 잘 읽었습니다."

숙희는 괴로운 것을 생각하는 사람 같지가 않았다. 아무래도 약혼을 깨뜨릴 수 없는 것. 그렇다면 성구를 친한 동무같이 때로는 옛날을 생각할 수 있는 사람으로 유쾌하게 만나고 재미있게 지내는 수밖에 없다는 생각을 스스로 가슴 속에 넣은 모양이다. 그래도 성구에게는 그런 말을 차마 꺼낼 수가 없고 또 괴로워하는 성구에게 무성의한 태도를 보여도 안 될 것 같아,

"자세한 것은 다음에 편지로 말씀하지요."

하고 남은 것을 딴 기회로 미루었다. 그러는 수밖에 딴 길도 없다. 성구를 더 괴롭게 하거나 그를 기쁘게 해 주는 것이 말의 끝일 것이다.

지금에 그런 말을 할 순들 있는가.

"고맙습니다."

성구도 단념하려고 애쓰는 모양이었다. 구겨진 얼굴에도 웃음을 보이려 하며 대범한 기색을 나타내려 했다.

자기도 괴로워할 것이 분명하나 상냥하게도 천연스러운 얼굴 그 태도를 보이는 숙희를 볼 때 성구는 의지의 힘으로 자기 마음을 누르는 것이 얼마큼 힘든 것을 알았다. 어디로 보나 예쁜 얼굴이다. 예쁠 뿐만 아니라 웬만하

게 생긴 여자다. 그러한 숙희를 알지도 못하는 남자에게 맡기나 하고 생각할 때 그는 숙희의 몸을 바라보고 싶지 않아졌다.

징그러운 광경이 눈앞에 나타난다. 그래도 숙희는 부끄러워하거나 싫어하는 기색을 나타내지 않을까 하고 생각할 때 그에게는 온 세상까지 더러워 보였다.

그 날 밤으로 성구는 돌아갔다. 청진에. 있는 시간이 조금이라도 길수록 괴로움이 컸던지 하룻밤 여관에서라도 쉬며 더 놀다 가라고 했으나 부득부득 가 버리고야 말았다. 정거장에서 이별을 하고 하숙으로 돌아온 숙희는 아직 밤이 이르건만 이부자리를 꺼내어 깔았다. 산길을 걸은 탓도 있겠지만 앉아 배길 수 없게 몸이 찌뿌드드했다. 그리고 자리에 눕기 전에 잠옷을 입고 체경 앞엘 앉아 자기의 얼굴을 보았다.

"내가 어떻게 생겼기에 이런 운명을 타고났나."

하고 말을 혼자 해 보는 눈치다.

"박명."

하고 다시 제 얼굴을 들여다보았으나 그렇게 요염해 보이지 않는데 조금 안심을 했다. 그리고는 혜련이의 얼굴과 비교해 보았다. 혜련이의 눈은 본시부터 비극적으로 생긴 것 같으나 자기의 눈은 그래 보이지가 않았다.

"모르겠다."

하고 몸을 돌이켜 자리에 누웠다. 그랬더니 눈앞에 기차가 나타나며 그 기차 속에서 얼굴을 내려뜨리고 얼빠진 사람처럼 앉은 성구가 보인다.

숙희는 양 손으로 눈을 가렸다. 악 하고 소리를 지를 뻔했다.

눈을 꽉 감으니 아무것도 보이지 않기는 않으나,

"이런 마음을 죽을 때까지 가져도……."

하던 성구의 음성이 들린다. 운명을 단념한 듯한 그도 또한 일어나는 생각을 어찌할 수 없는 모양이다. 그럴 때 문을 노크하는 소리가 나더니,

"이 선생 계세요."

하고 혜련이가 들어왔다.

"벌써 주무시네. 어데 아프세요?"

하고 혜련이가 들어오던 발을 멈칫할 때,

"아니야요. 어서 들어오세요."

숙희는 일어나서 자리를 한쪽으로 개어 밀었다.

"낮에 예배당엘 아니 오셨기에 어데 편치 않으신 줄 알구."

"앓진 않았어요. 공연히 가고 싶지 않아서 안 갔지요, 뭐."

하고 숙희는 잠옷을 입은 대로 쪼그려 앉아 말했다.

"나두 다니고 싶지가 않지만 어머니가 너무 걱정해서 또 갔댔어요. 그래두 어데가 편찮으신 것 같은데 누워 계시지 않구."

"아니요. 얼굴이 달라 보여요?"

"달라 보이구 말구요. 빨리 누워 계세요. 안 누우시면 가겠습니다."

"글쎄, 괜치않아요. 앓지는 않았으니까 만일 제 말을 안 들으시려거든 가십시오."

숙희는 혜련의 말을 본떠서 말한 뒤 웃었다.

"그럼 가만 있지요."

하고 혜련이도 웃었다. 한참 동안 방 안은 조용했으나 남의집에 찾아와서 묵묵히 앉아만 있는 것이 안 됐을 뿐만 아니라 아무래도 피곤한 얼굴에 무엇을 생각하는 듯한 숙희가 이상스러워 혜련이는 말을 꺼냈다.

"무슨 일이 있었어요?"

"아니요."

고개를 번쩍 들고 아무 생각도 없다는 얼굴을 보였으나 그래도 풀 없는 몸이 천연스럽지가 못했다.

"너무 물어두 실례가 되겠지요? 이 선생두 아직까지 나를 이상하게 생각하시는 것 같아요. 더구나 공연히 자주 찾아다니구 그러니 귀치않게 생각하실 것 같기두 하구. 실없는 여자라고 생각하지 않으세요?"

혜련이는 자기를 대해 주는 숙희의 태도가 너무나 스스럽고 대견스럽지가 못한 것 같아 고까운 이야기를 꺼냈다.

"내가 부잣집 첩으로 들어갔던 것은 뉘우칠 수 없는 잘못이야요. 그러나 때로는 조선의 가정 제도를 불만히 여기고 현대적 도덕을 좋게 생각할 수가 없겠습니까. 사랑만 있으면 된다 하고 했던 것이 결과로 보아 내 자신까지 불행하게 된 것입니다. 나는 확실히 돈을 보고 사람을 사랑한 것이 사실입니다마는 그만한 허명을 만들어 준 사회가 끝까지 나를 모욕하고 학대할 수가 있을까요. 만약 내가 넉넉한 집안에 태어났고 순조로운 가정에서 자랐다면 그런 일을 아니했을는지도 모르지요. 이 선생은 어떻게 생각할는지 몰라두 나는 그렇게 나쁜 여자인 것 같지 않아요. 한 번 발을 잘못 디디었다고 동무도 가질 수 없다면…….”

혜련이는 눈물을 흘리며 말을 채 못했다.

“별말씀 다 하시네.”

자기가 별로 반갑게 해 주지 않은 것을 뉘우치듯 숙희가 위로했다. 첫눈에 잘 들지 않았으나 몇 번씩 찾아들 때마다 달라지는 인상이라든가 여러 가지 괴로움이 차 있는 여자라는 생각을 할 때라든가 혜련이를 과소평가해 버릴 수 없다는 것을 느껴 오던 터라 자기의 괴로움으로 혜련이를 친절히 대접 아니했고 또 평생 사귀지 않을 사람 같이 대해 준 것을 스스로 섭섭히 여겼다. 사귀어도 괜치않을 만큼 의지도 있는 여자다. 그러한 혜련이를 섭섭하게 해 준 숙희는 어떻게 해서든지 그를 위로해 주려 했다.

“오늘은 무슨 사정이 좀 있어서 제 마음이 좋지 않아 그렇습니다. 처음에야 그리 반가웁지 않게 생각했을는지 몰랐어두 아무때까지나 그렇다구요. 참말이지 저는 요새 최 선생을 어떤 여잔가 하구 궁금히 생각하여 보통사람과는 조금 다른 것 같이 여겨요. 한 번 실수한 것을 뼈아프게 뉘우칠 줄 아는 여자가 세상에 얼마나 있어요.”

숙희는 변명도 할 겸 또 혜련이를 취올림으로 혜련의 마음을 돌이키게 하려 했다.

“저는 과거를 뉘우치는 것보다도 심술궂은 세상을 원망하고 싶어요. 앞으로는 다시 과거를 반복하지 않으리라고 생각하니까 그것이야 그리 큰 문제될 것이 없지만 어데를 가나 나를 만나거나 덮어놓고 경멸부터 받아야 한다는 게 가장 원통해요. 제가 이 선생을 우연히 알았지만 친숙해 보이고 이해력이 있어 믿음직해 보이기 때문에 찾아오기도 하고 될 수 있는 대로 제 사정 이야기까지 하려 한 것입니다. 세상에서 자기를 이해해 줄 사람이 하나도 없다는 설움이 어떻겠어요? 이런 말을 이 선생께 해도 좋을지 모르겠습니다만은 이 선생까지 나를 모욕한다고 하면 한 걸음도 거리에 나오지 않겠습니다."

혜련이는 나어린 사람이 어른에게 하소하듯 어조를 낮추어 황망히 말했다.

"최 선생."

하고 숙희는 그의 옆으로 다가앉으며 불렀다.

"단연 최 선생은 마음에 들었어. 이제부터 저하구 듣기 싫은 말은 쓰지 말아요. 오늘부터 친한 동무로 무엇이나 숨김 없이 지냅시다."

숙희는 가느다란 목소리나마 자유스럽게 내며 웃는다. 솔직하기도 하고 본바탕이 나쁘시 않을 뿐만 아니라 동무될 만한 지식도 넉넉히 가지고 있다. 도리어 경험 적은 자기가 교양으로 보아서는 혜련의 밑으로 갈 만한 것 같다. 그래서 숙희는 기쁜 마음으로 동무가 되어 주기를 혜련에게 바랐다.

"고맙습니다."

혜련이는 더 할 말이 없다는 듯이 고개를 떨어뜨렸다.

"싫어요. 뭐 동문데두 고맙습니다 하구 인사를 하나……."

숙희는 나무람 하듯이 얼굴을 조금 삐쭉했다가도 다시 생긋하고 웃었다.

"나는 동무라구 없어요. 있다면 사오 년 전에 알던 사람들인데 지금은 어데 있는지도 알지를 못 하구 있지 않아요. 많이 지도해 주어요."

혜련이는 동무 없는 고적이 더욱 컸었다. 중국서 오다가 성실이를 평양서 만나기는 했으나 서로 떠나 있으니 때때로 일어나는 가슴을 말할 수도 없고 보고 싶을 때 볼 수도 없다. 자기를 이해해 주는 이가 있다면 오직 어머니 하나뿐이다. 그의 이해란 너무나 맹목적이다. 딸이기 때문에 그저 덮어 주는 것이지 이해를 해서 옳고 그른 것을 밝혀 주거나 또는 울적한 자기 마음을 전부 풀어 주지도 못한다. 그런 때 숙희를 만나 믿음직한 마음씨를 보고 그는 참으로 반가워했으며 친한 동무가 되어 주기를 바랐다.

"아이, 지도가 뭐예요. 내가 나이 어릴 것 같은데…… 참 지금 몇 살이지……."

"스물다섯."

혜련의 말도 이제는 동무에게 대하듯 쑥 폈다.

"나두 스물다섯인데. 생일은?"

"사월 열이튿날."

"그럼 나보다 우이게. 언니로구만…… 나는 팔월이에요."

"하하……."

혜련이는 웃었다.

숙희는 오시레(벽장)를 열고 과일과 과자를 꺼냈다. 혜련이에게 주는 첫 대접이다.

"내가 무섭지요. 몇 번씩 와두 이제야 이런 것을 꺼내 놓으니까……."

숙희는 과자 오봉(쟁반)을 혜련 앞에 내밀려 오봉에 담긴 과자를 보다가 무슨 생각이 났는지 다시 말을 이었다.

"그래두 아나타(당신) 주려구 사다 놓았던 것은 아니니까 염려 말구 먹어요."

"그럼 더 미안해서 못 먹게…… 난 안 먹을 테야."

"아니 괜치않아요. 먹을 사람이 아주 없어졌으니까."

"응, 알았어. 그렇다면 나 같은 사람이 먹어서 되나……."

혜련이는 숙희의 사정을 모르기 때문에 좋은 사람이 왔다 간 것으로만 짐작을 했다.

"아니야. 그 사람두 아니야."

숙희는 웃는 얼굴을 지으면서도 무엇을 생각하는 게 분명했다.

"그럼 누구?"

혜련이는 궁금해 물었다.

"다음에 전부 이야기할게요. 내일 밤에 오면 내가 마음을 꼭 진정시켜 가지구 이야기하지. 내일 밤에 오겠어요?"

"오지. 뭐 할 것 있겠나."

낙엽일기

　가을 바람은 좁쌀 같은 물결을 내밀어 주고 바다에서부터 육지로 올라왔다. 푸른 하늘에 점점이 있는 흰 구름덩이는 정열이 마음을 잃었는지 갈 데를 몰라 한 자리에 있어 움직이지를 않는다.

　하늘과 바다는 풀로 붙여 놨는지 먼 수평선은 가느다란 금을 사이로 끝없이 뻗쳤다. 이따금씩 들어왔다 떠나가는 기선의 뽀―소리가 청진 항구의 바람을 흔들어 놀 뿐 마루에 앉아 바느질을 하고 있는 혜련이는 무심히 높아진 하늘을 쳐다보았다.

　"벌써 가을이로군."

　그는 가을된 것을 느끼고 한탄 아니할 수 없다. 청진 온 지가 벌써 반 년이 넘었으며 한 것이라고는 아무것도 없나. 그것노 일이라넌 숙희를 알고 친했다는 일이 있는 것이나 자기 자신을 돌아볼 때 해 놓은 것이란 하나도 없다.

　남의집에서 밥은 얻어먹고는 그 대신 일을 해 주는 것이 혜련의 생활 전부였다. 지금 하는 바느질도 올케의 애기 겹저고리다. 어렸을 때 배워 두었던 솜씨요, 중학교 다닐 때부터는 자기가 옷을 지어 입었기에 서투른 것은 아니지만 언제나 남의 일만을 해 주고 살아야 할까 하는 생각이 들 때 손의 기운이 탁 풀렸다.

　사람이란 것은 잘하건 못하건 간에 자기의 생활은 자기의 손으로 하는데 사는 맛이 있다.

　변화가 없고 신통한 일이라 할 수 없는 일상생활에 있어도 자기의 생활을 자기가 창조해 나간다는 데 취미라든가 재미라든가 있는 것이다. 남의 밥 먹고 남의 일 해 주고 남의집에서 잠을 자는 생활을 반 년 이상 해 나가고 보니 혜련이도 자기의 생활에 권태를 느꼈다. 더구나 그것이 좋았건 나빴든 간에 그는 남의 간섭을 안 받고 사오 년 동안이나 살았다. 도리어 남을 시켜 가며 자기의 생활을 표준으로 살았다. 그러나 지금에 와서는 자기의 생활이 어디로 갔는지 자취를 알 수 없게 되었고 남의집 생활을 중심으로 움직여질 뿐이다. 그는 피곤을 잊을 만큼 재미가 있다거나 가정미가 있다면 몰라도 오빠라는 사람이나 올케라고 하는 사람이 자기에게 그리 정답지도 않다. 무엇 때문에 자기 집으로 오란 말을 했는지 아직까지도 잘 알지 못하나 데려다 놓고는 먹여 살리는 행세를 한다. 어린 연자를 기르는 데도 속이 탈 뿐이다.

생활이 없는 생활, 이것을 얼마나 계속하여야 할까 하는 것이 날이 갈수록 혜련이의 머리에 떠나지 않는 생각이다.

"점심이나 먹고 하지요."

벌써 점심때가 되었는지 안방에서 부엌으로 나가던 올케가 혜련이를 보고 말했다.

"점심 먹을 때가 됐나요?"

혜련이도 일어섰다. 그 집에 온 뒤 올케가 하는 일에 간섭을 아니할 수가 없어서 끼니때면 부엌으로 나가야 했다.

"오빠는 점심 안 잡숫나요?"

먼저 오빠의 밥상부터 차려야 하는 습관에서 혜련이는 올케에게 물었다.

"바빠서 몬 온다닌까 우리끼리만 먹지요."

올케는 찬장에서 음식그릇을 꺼냈다. 혜련이는 항아리에서 김치를 담아다가 상에 놓았고 올케가 꺼낸 음식을 받아 수저 놓인 데를 따라 올케와 자기 먹을 것을 갈라 놓았다.

"애들은 어데 갔을까?"

다 차린 상을 보고는 어린애를 불러야겠다는 모양이다.

얼른 알아들은 혜련이는,

"참."

하고 밖에 뛰어나가 같이 놀고 있는 애들을 데려왔다.

애들을 방 안으로 들여보낸 뒤 밥상을 들고 자기도 방 안으로 들어갔다. 맞은편에 올케가 그 집 애들을 앉히고 혜련이는 연자와 앉아 같이 그릇에 밥을 먹기 시작했다. 작은 숟가락으로 상 위에 있는 밥을 먹기가 좀체 쉽지 않은지 연자는 한 번 입에 넣을 밥을 적어도 두서너 번씩 폈다 떨어뜨렸다 했다.

그래도 제 손으로 먹느라고 열심히 숟가락질하는 연자가 애처롭게 보였던지 혜련이는 몇 번씩이나 수저질을 안 하고 내려다보았다. 밥을 넣고는 반찬을 먹으려고 반쯤 일어서서 상을 노려본다. 그러다가 마음에 드는 것이 있으면 손가락으로 집어다 입에 넣는다. 아무 불평도 없이 있는 것을 먹으면 그뿐이라는 듯 고개를 갸우뚱해 가며 그나마 맛있게 먹는 연자를 또 한 번 들여다보았다.

혜련이는 우두커니 앉아서 치마주름 잡는 숙희를 바라보고 있었다. 결혼 준비하기에 온 정신을 집중시키고 있는 숙희가 행복스러워 보일 때 그는 자기에게만 그런 행복을 느낄 수 없는 것 같이 가느다란 한숨을 내뿜었다. 지금 스물다섯밖에 안 된 자기다. 앞으로 육십까지만 산다 해도 삼십 년이 남아 있다. 이때까지 살아온 것보다 얼마건 디 남았다. 과기야 철없는 때를 빼면 행복과 불행을 느낄 수 있는 시절이 불과 몇 해가 안 된다. 그러나 앞으로 살 삼십 년이란 쓴 것과 단 것을 느끼고 그것을 괴로워하거나 즐거워하거나 어쨌든 생각과 뜻을 가지고야 살 시절이다. 그 긴 시절을 혼자서 살아야만 한다는 막연한 단념이 이 자리에서는 한 공포로 느껴졌다.

"숙희는 좋겠소."

"무에?"

"이제야 행복이 시작되었고 그 행복은 죽을 때까지 계속될 것이니까……."

"글쎄."

하고 말을 멈추었다가 숙희는 참말 행복스럽다는 듯이 더 계속했다.

"그러야지 뭐. 나는 어떻게서든지 행복스럽게 살래. 행복이란 자기가 만들고 또 행복스럽다 느끼는 데 있는 것이니까."

"느낄 수 있는 것이 문제지. 느끼지 못할 것두 어떻게 느끼나?"

"못 느낄 것이 어데 있어. 괴로운 것을 잊어버리고 행복을 만들겠다 노래하면 되지 뭐."

"그래 숙희는 성구도 아주 잊어버리겠다는 것이야? 좀 안 될걸."

"잊어버려야지 어떻게 해? 생각날 때야 할 수 없지만 그것을 괴롭게 생각지는 않을래. 그래서 내게 이로울 것이 있어야지."

"흐흥."

혜련이는 상당한 결심이라 생각하면서도 쉽지가 않은 일이라는 듯이 콧소리를 했다.

"그래두 혜련이, 나는 무엇이 행복인지를 모르지 않우? 혜련이는 행복을 어떻게 생각해?"

숙희는 바늘을 쉬지 않으며 말했다.

"글쎄, 나두 잘 알 수 있나."

"그저 재미있게 살고 재미있게 날을 보내는 것이 행복일까?"

"그것도 그렇겠지. 그래두 재미란 자기를 속여 가면서두 느낄 수 있는 것이니까…… 나는 참으로 만족하고 속임 없는 기쁨을 느끼는 게 행복인 것 같아."

"그럴까? 그러면 속임 없는 기쁨이 누구에게나 있을까?"

"그렇기에 행복이 구하기 힘든 것이라구 하는 게 아닐까?"

한참 동안 말이 중단되었다. 행복을 구하고 그것을 구하여야만 할 두 여자다. 그러나 구하는 행복이 어떠한 것인가를 서로 생각할 때 그들은 입을 열 수가 없었다. 어떤 것이 행복인지 참된 행복이 있기나 한지 그것도 확실히 모르는 그들이다……. 그저 좋은 것이라니까 구해 보는지 모른다. 행복스럽다는 사람을 시시콜콜 캐어 보아도 그렇게 행복스러울 것 같지가 않다. 지금 숙희가 행복스럽다 해도 한 사내를 불행하게 한 괴로움이 그의 가슴속에 떠날 수 없어 보였다. 그러나 그렇다고 해서 행복이라는 희망을 버리고 살 수는 없는 일이니까…….

혜련이는 한참 동안이나 숙희의 움직이는 손가락과 옷감 속으로 들락날락하는 바늘을 바라보고 있었다. 주름잡은 허리가 그렇게 커서는 숙희 허리에 안 맞을 것이 눈짐작으로 알 수가 있어,

"내가 해 줄 테니 놀기나 해요."

하고 옷감을 뺏었다.

"얼마나 잘 한다구 그래."

아무 생각도 아니했다는 듯이 두 사람은 똑같이 웃었다. 그러다가 먼저 하던 생각의 꼬리를 다시 밟았는지 그들은 혜련이의 손가락으로 눈을 집중시키고 말을 아니했다. 한참 있다가야 혜련이가,

"참 숙희는 성구를 버리고 수만 씨와 결혼하게 된 것을 할 수 없는 일이라고 하지만 그것을 옳은 길이라 생각해?"

"난 몰라요. 그런 말을 자꾸 묻지 말래니까. 이제 옳구 그른 것을 가려서 어떻게 할 테야. 그런 것을 생각하는 것이 틀린 일이거든."

"그래두 옳구 그른 것이야 하지 않아?"

"그렇기는 그래."

혜련이도 더 따지려 하지 않았다. 그러나 숙희가 자기의 현명한 성격으로 현재를 좋도록 만늘어 가고 있는 것이 언제까지나 계속되지 못할 것 같은 예감을 주는 것이 섭섭했다.

왠지 모르게 숙희의 결혼이 불행해 보여 혜련이는 나무람 하듯 질문했다.

"수만 씨의 어떤 점이 좋아 보였어?"

"좋다는 것보다도 나쁘지가 않았어. 아무래도 딴 남자와 약혼을 한다면 그때가 적당한 것 같은데 수만이가 과히 나쁘지 않으니까 한 것이지. 그래두 동경서 대학을 마쳤다 하구 생활에도 근심 없을 만큼 먹을 것도 있다는 게 나쁘지 않더군. 또 첫번으로 만났을 때 보니까 몸도 튼튼하고 성격두 남자답게 쾌활해."

"좋기는 하구만."

"결혼이란 것은 생활에 구비할 조건만 좋으면 되는 것이 아닐까 하구 생각해. 그 나머지야 살아가며 만들면 되지 않어. 혜련이는 어떻게 생각해?"

혜련이는 대답을 못했다. 자기도 철식이와 결혼을 할 때 꼭 그런 생각을 가졌었다. 그러나 자기에게도 남 다른 조건도 있기야 했지만 불행으로 끝맺고만 결혼이다.

생각대로는 되지 않는 것이 현실이야 하고 대답해 주고 싶었으나 수만이라는 남자를 보지도 못했고 또 숙희의 성격으로는 아무런 환경도 잘 뚫어나

갈 것 같이 입을 막아 버렸다.

더구나 숙희는 자기의 괴로움이 어떠리라는 것을 예측하면서도 성구와의 사이를 끊을 만큼 의지가 강한 여자다. 그러한 여자에게 불행이 있다 해도 그리 고통스러운 것은 아닐 것 같다. 그러나 숙희의 마음이 너무나 참되고 거룩해서 성구와 결혼을 못했다고 믿기는 하나 그래도 수만이라는 사람이 성구보다 못한 사내라면 도저히 결혼까지 하지 않으리라는 생각이 들어 숙희 역시 행복을 가진 듯했다. 혜련이 집에 놀러 온 뒤 전에 입던 그대로 치하게 입었으나 그것은 세상이 나를 욕할 대로 욕해라 하는 뜻으로 또는 그 밖에 입을 옷이라고 달리 없기도 해서 입었던 것이나 숙희는 화려해 보이는 것이 마음에 안 맞았다고 언젠가 말했다. 허영을 싫어하면서도 허영을 자기 모르게 즐기는 숙희다.

그렇다고 해서 전부를 허영이라 해치울 수는 없다. 생활에 필요한 것은 생각 아니할 수 없으니까.

그러나 딴 것을 희생시킬 만큼 커다란 순정이 혜련이에게는 좋아 보였다. 숙희가 결혼할 수 없다는 그러한 순정은 알 수가 없으나…….

어느 새 혜련이는 치마주름을 다 잡고 허리를 달기 시작했다.

"참 잘 해. 그런 줄 알았더면 전부 해 달랄 걸. 다음에 우리 집 침모를 안 할 테야?"

빠르게 하고도 곱게 한 솜씨를 들여다본 숙희의 농담이다.

"그럴까?"

농담인 줄 뻔히 알고 자기 역시 농담으로 돌려 버린 혜련이지만 그래도 자기와 침모라는 말을 입에서 되쳐 보았다. 희망 없는 자기다. 늙어지면 침모가 안 되리라고 누가 장담할까?

바람 없고 보잘 것 없는 여생이로구나 하고 생각하니 한숨이 저절로 나왔다.

"나 청첩이나 쓰겠다."

숙희는 혜련이의 한숨을 듣지 못했는지 서랍 속에서 결혼청장과 흰 봉투를 꺼냈다.

“누구 이름부터 먼저 쓸까?”

“성구 씨 이름부터 먼저 써야지.”

“보내두 좋을까?”

“글쎄.”

“가서 편지한다더니 아직껏 소식이 없는 걸 보아 아무래두 원망하는 거야.”

“그래두 결혼 일자는 알려야 하지 않아?”

“알면 더 괴로워하지 않을까?”

“괴로워한대두 그만큼 생각하는 사람을 속일 수야 있나?”

“모르겠다.”

숙희는 사각봉투에 권성구라는 글자와 서울 그의 주소까지 쓴 다음 아직 잉크가 마르기도 전에 얼굴을 봉투에 떨어뜨렸다.

“그렇겠지!”

혜련이는 놀려대느라고 웃었다.

“아니야. 밤이 늦어 졸려 그래.”

하고 숙희는 얼굴을 바짝 들어 정말 졸린다는 듯이 눈을 양 손으로 비볐다.

“아니긴 무에 아니야. 또 생각이 났지 뭐?”

“글쎄, 내가 무얼 생각했나?”

숙희는 천연한 빛을 보이려고 변명을 굳이 아니하였다.

“좋겠다.”

하고 방금 끝난 치마를 들고 혜련이는 일어섰다. 너무나 행복에 겨운 숙희처럼 보였다. 마음으로 사랑하는 남자를 두고 다시 행복스러운 가정생활로 들어가는 숙희야말로 행복에 넘친 사람이다.

“입어 봐.”

하고 숙희를 일으키며 우선 몸에 대 보았다. 나이는 비록 자기와 같지만 옥색 치마와 어울리는 곱다란 얼굴이 상상할 수도 없는 희망과 행복에 어글어글 타오르는 것 같았다. 같은 나이지만 자기는 시들었고 희망도 가질 수 없는 떨어진 잎이다.

뜰에 서 있는 복숭아나무 잎이 가을비에 매맞는 소리를 낸다. 쫙 하고 문창을 두드리고 달아나는 빗살이 바람에 안긴 모양이다. 혜련이는 병든 어머니 옆에 앉아 유리영창을 바라보았다. 한편에 썩어져 누렇게 이지러진 나뭇잎이 소리 없이 떨어져 빗발에 재주를 넘는다.

가을도 이미 깊었다.

"혜련아! 너는 웃집에 가서 일이나 보아 주렴. 나야 다 늙은 거 죽으면 그만이지 볼 거 있니! 산 네나 남의 말 듣지 않고 살아야 하지 않겠니."

자리에 누운 어머니가 시름없는 혜련이를 보고 걱정했다.

"가만 계세요. 죽기는, 감기에도 죽나요. 그런 소리는 하시지 말라니까."

혜련이는 조금만 편치 않아도 곧 죽을 것 같이 말하는 어머니가 싫었다. 늙어지면 그렇기도 하겠지만 작은 것을 크게 이야기하여 걱정을 만드는 것이 괴로웠다.

"그런 말은 그만두라 해도 웃집에서 또 무어라구 말 안 하겠니? 난 잔소리 듣는 게 제일 싫더라. 앉아 있기나 하면 무엇 하니."

"글쎄, 그만두시라니까 그러네. 날 걱정은 말아요."

혜련이는 지나치게 생각해 주는 어머니가 도리어 귀찮았다. 어린애처럼 타이르는 것도 싫었지만 말 많은 것이 무엇보다 견디기 힘들었다.

"그래두 내가 보기 딱한 걸 어떡하니? 어제께두 너의 올케가 와서 심상치 않은 병에 밤낮 내려와 있다고 너를 좋지 않게 이야기하더라. 손 몰리는 데 네가 와 있으니 안 그렇겠니?"

어머니는 자기 때문에 좋지 않은 일이 생길까 싶어 두려운 모양이다. 혜련이뿐만 아니라 맏아들과 둘째 아들 사이도 자기로 하여 좋지 않은 때가 많다. 먹을 것이 없으니 어머니 몫이라도 달라면 너는 어머니 자식이 아니냐 하고 큰 소리를 지르는 것을 몇 번이나 들었다. 그 밖에도 자기 때문에 형제가 싸우는 것을 볼 때마다 다 늙은 게 빨리 죽기나 했으면 하고 차라리 그런 꼴을 보지 않으려 했다. 혜련이는 이러한 어머니 마음을 알면서도 자꾸 걱정하는 것이 듣기 싫어,

"일 시켜 먹을라구 저의 집에 데려갔던 게로군! 내가 달게 해 주면 몰라

두 일꾼처럼 부려먹지는 못할 걸."

하고 큰 소리로 화를 터뜨렸다.

"너두 그만두어라. 틈 있으면 일도 해 주는 게지 어떻게 하겠. 제발 좀 싸우지들 말구 지내라. 너두 고생이야 고생이지. 고운 밥 먹구 편히 살다가 일을 할려니 힘들지 않겠나마는 어떻게 하니."

어머니는 잔기침을 하면서도 일 없이 말 만들고 싶었다.

"그만두어요. 다 알았으니까."

혜련이는 딴 말을 꺼내기 위하여 방을 둘러보고,

"작은형님은 어데 갔어요?"

하고 물었다.

"글쎄, 나두 모르겠다."

이때 비바림으로 아랫도리를 직신 싱규의 서가 들어왔다.

"어데 갔댔어요?"

혜련이가 어머니보다 먼저 물었다.

"웃집에……."

작은 올케는 옷을 벗으면서도 힘없이 대답을 하다 끝도 못 맺었다.

"무엇 하려?"

어머니와 혜련이는 꼭같이 물었다.

"아무리 감기래두 가을감기를 고쳐야 하지 않아요. 안개 끼구 선선한 때 감기가 쇠면 어떻게 해요. 약을 지을래두 돈이 없어서 큰집엘 갔더니 늙은이 감기에 약을 무슨 약이냐구 코만 떼구 왔답니다."

그는 한심해하면서도 확실히 큰집을 경멸하는 빛이었다.

"무엇 하러 거길 또 갔댔니? 약 먹겠다구 누가 그러던?"

어머니는 그릇을 깨고 난 뒤 난처해하는 표정이다. 대답은 하지 않고,

"내 부모만 되나."

하고 내던지는 올케의 말이 심상치 않다.

혜련이는 울화가 벌컥 뒤집혔다. 동생은 일 시켜 먹으려고 데려다 놓았고 늙은 어머니는 귀찮고 돈 없어지니 안 모시는 오빠다. 아무리 이욕에 밝다

해도 어머니는 어머니가 아닌가? 어머니 없이 어디서 나왔단 말이냐. 그런 것은 고사하고 병들어 약값 달라는데도 늙은이 병이니 하는 말을 차마 할 수가 있을까! 참으로 인중지말이다. 어머니의 병이 급해서 약이 필요하다는 것보다도 오빠네들의 심보가 너무나 고약했다. 그러나 어찌하랴. 입을 가졌으되 말 못할 자기고 자식이 되었으되 어머니 하나 공양할 수 없는 자기다.

그러나 자식들을 기르기에 일생을 바친 어머니가 이제 늙은 몸으로 자식의 학대를 받으며 죽을 때까지 마음 한 번 편히 가져 보지 못할 것을 생각할 때 여자로 태어난 자기가 원통했다.

그렇다고 해서 웃집엘 안 갈 수도 없다. 저녁때가 되었을 때쯤 해서는 도리어 저녁밥 지을 걱정이 난다. 만약 저녁밥도 안 짓고 어머니 옆에 있다면 항규와 올케가 가만 있지 않을 게다. 저이들이 무엇이라 먼저 말을 할 것이 분명하다. 혜련이는 그런 것이 싫었다. 아무리 마음에 안 드는 사람이라고 해도 남에게 말 듣는 것만은 피하고 싶었다.

그는 우산을 받고 시장거리를 지나 얼마 멀지 않은 큰집으로 걸었다.

빗발이 종이우산을 쫙 하고 내리친다.

도로 설비가 불완전하여 비만 오면 질고 미끄러운 길이 걷기가 힘들다. 그러나 혜련이는 좁고 미끄러운 길을 걸으면서도 온 신경을 머리에만 두고 무엇을 생각했다.

'지금쯤 숙희는 결혼을 하고 금강산으로 신혼여행을 떠났겠지.'

'나에게도 남만 못하지 않은 때가 있었건만.'

그러나 지금 자기는 너무나 구질구질한 살림을 하고 있다. 자그마한 일에 사람을 미워도 하고 속도 쓴다. 꼭 갇힌 자그만 세계에서 활동을 하고 있다. 자기는 활동이 아니라 움직이고 있을 뿐이다. 그저 살았다고나 할까.

웬만만 해도 숙희의 결혼을 보러 함흥까지 나가야 했을 것이다. 그러나 거기 갔다 올 여비조차 없어 숙희를 혼자 보냈다.

어머니의 병을 눈앞에 보고도 약을 지어 드리지 못한다. 이것이 그래도 살았다는 사람의 짓일까?

자기를 산 사람이라고 보기도 힘들었다. 목숨이 있으니 살았다고야 하겠지만 사람이 사람 된 일을 하여야 사람다운 사람이 아닐까! 혜련이는 술 취한 사람도 제 집만은 찾아가는 것처럼 생각에 여념이 없으면서도 집에까지 갔다.

대문에 들어서려니 애 우는 소리가 들리는데 분명 연자의 목소리다. 혜련이는 정신을 차리고 귀를 기울였다.

"쌍년의 계집애. 무에 될라구 장난이 그리 심하니. 이거 왜 깨뜨렸니 응."

이런 소리가 나자 어디를 맞는 소리가 난다. 연자는 죽는 소리를 한다.

혜련이의 머리털은 금시 하늘로 솟아올랐으며 파래진 얼굴에는 소름이 쪽 돋았다. 그는 몸을 바로 세우고 입을 깨물었다.

애가 무엇을 깨뜨렸다고 해도 아버지 없는 애다. 어머니도 같이 있지 않을 때 철없는 고것을 두들겨 주는 것이 사람의 할 짓일까?

혜련이는 안방으로 뛰어가 연자를 붙안고 한바탕 싸움을 한 뒤 그 집을 영영 나와 버리고 싶은 생각이 물밀 듯 올라왔다.

그러나 가면 어디를 갈까? 혜련이는 다 그만두고 자기 방으로 소리 없이 들어갔다. 고함소리와 연자의 울음소리가 멎기를 기다렸다. 당장 제 자식이 남에게 매맞는 소리를 들으면서도 아무 일도 없을 때야 들어가 아무것도 모르는 척하고 연자를 끌어낼 수가 있다.

"그만 울어라. 네 어미가 올라."

분명 이러한 소리도 들렸다.

혜련이는 분하기도 하고 섧기도 해서 눈물을 흘렸다. 눈물이 뺨을 흐를 때 뜨끈뜨끈한 감촉을 주고 방바닥에 떨어졌다.

좀더 애를 때려다고! 좀더 심하게 욕을 해 다고 하고 혜련이는 빌었다.

좀더 좀더 울고 싶었기 때문에.

얼마 뒤 안방은 조용해졌으나 자기의 울음을 그치어야 할 것을 생각하니 안방의 소동이 부족한 듯했다. 혜련이는 눈물을 닦고도 붉어진 눈을 그들에게 보여주고 싶지가 않아 연자 있는 데를 가지 않았다. 그랬더니 다시 말소리가 들리는데 이때는 오빠의 목소리도 흘러나왔다.

"그래 언제 가실 테요?"

"글쎄, 될 수 있는 대루 빨리 가야지."

"갈 테면 하루라도 빨리 가야 하지 않아요? 이것들이 온 지 벌써 얼만데."

"그놈두 엔간한 놈이야. 편지루 타협이 되면 저이두 좋구 우리두 편하지 않어. 평양까지 갔다 올래면 왕복 차비가 얼마야."

"그래두 오늘 온 편지를 보아서야 어데 말로 들을 것 같다구. 그런 놈은 윽박을 쳐야 알어요. 제 새끼가 난 것을 제가 모르면 누가 안단 말이야. 돈은 쓸 때 써두 빨리 가 보시우."

혜련이는 무슨 뜻인지 확실히 알 수가 없었으나 하여튼 자기네 모녀에 관한 이야기인 것은 틀림없다고 생각했다.

오빠와 올케가 무슨 흉계를 꾸미는 것이라고 생각하기는 했으나 댓바람에 들어가서 무슨 일이냐고 물을 수는 없었다.

평양 간다는 말과 제 새끼가 난 것을 제가 모르면 누가 알어 하고 하던 말이 연자를 끼고 돈을 뺏으려는 눈치임을 짐작 못한 바가 아니지만 사건의 전말이 어떻게 되었는지가 몰라 궁금했다.

그러나 그들이 자기와 의논 없이 몰래 하는 일을 여기서 먼저 아는 척하여 일을 악화시킨다면 차라리 모른 척하는 것이 나을 것 같아 혜련이는 어떤 수단을 써서 확실히 내용을 알려 했다.

그러나 갑자기 떠오르는 생각도 있지 않을 뿐더러 오빠의 친구라고 아는 사람이 하나도 없다. 아는 사람이 많다면 사람을 시켜서 책략을 쓰는 것이 가장 쉽고 빠를 것이다.

어찌할까? 그는 곰곰이 생각했다. 그러나 시원히 알 길이 없다.

혜련이는 다시 소리를 내지 않고 문 밖을 나섰다. 오빠네 가게로 가는 것이었다.

가게로 가서 점원들에게 항규가 어디 갔느냐 또는 요즘 평양 간다 하더니 언제 가느냐 하고 물었다.

어디 간다는 말조차 못 들었다는 점원이 있었으나 평양까지 간다는 말은 있더라고 하는 점원도 있었다.

혜련이는 중대한 일이 아닌 듯이 귀넘어들은 척하고 저녁반찬감을 사러 왔댔는데 오빠가 없어서 그냥 돌아간다 하고 와 버렸다.

돌아와서는 곧 부엌으로 들어가 혹시 무슨 말이 나오지 않나 하고 귀를 기울였다.

들리는 말은 없었다. 그러나 오빠의 기척이 있는 것을 알고 곧 안방으로 뛰어들어갔다.

"오빠, 평양 가신다지? 가시거든 말이야. 서장대라는 공동묘지가 있는데 전에 말했지요 왜? 거기 가서 이 애 아버지 무덤이나 찾아봐 주세요. 그새 잔디나 자랐는지."

풍설에 평양 간다는 말만은 들은 것처럼 보이려고 뚱딴지같은 말을 했다.

"아니 누가 평양 간다는 말을 하던?"

항규는 당황해 했다.

"이제 아랫집에서 오다가 반찬거리를 살려고 오빠한테 갔더니 점원들이 그런 말을 수군거리더만요. 물건 사러 가세요?"

"응, 고무신을 좀 사러 간다."

"그럼 매우 바쁘시겠네? 될 수만 있으면 그 집에두 들려 주었으면 좋겠는데. 아무리 밉다고 해두 제 집 피를 받은 애를 생 모른 척할 수가 있어요. 나두 바보야요. 이 애 아버지가 죽기 전에 재산이라두 좀 갈라 놓게 할 걸. 이런 때 돈이라두 가지구 왔다면 얼마나 좋겠어요."

혜련이는 우선 덧거리를 쳤다.

"참 네 말이 그럴 듯하다. 제법 똑똑한 소리를 하누나. 그래 이 애 애비가 살았을 때 네 이름으루 재산이나 좀 달래 볼 거지."

"글쎄나 말이야요. 그때 그런 말을 했더면 쉽게 될걸. 그건 그렇다구 해두 나올 때 달란 말까지 못했으니까요."

"똑똑해 뵈두 그런 건 어수룩한 모양이지. 거 왜 말을 못했니?"

항규는 종시까지의 흉계를 말하려 하지 않았다.

"오빠, 나는 애까지 데리구 와서 오빠네 신세지는 게 여간 미안하지 않아요. 그래서 요새는 그 집에다 돈을 보내 달라구 해서 양식이라두 보태 드리구 싶은데 오빠 생각은 어떠세요. 그 집에는 부잣집인데다가 우리는 부양료를 청할 권리가 있지 않아요. 이왕이면 부잣집 돈을 뜯어 쓰는 것이 좋지 않습니까?"

혜련이는 조금도 거짓이 없는 것같이 말을 꾸며댔다.

그랬더니 옆에서 올케가 엉켰던 속이 풀리는 것처럼 연신 기뻐했다.

"나는 연자 어머니가 올 때부터 그런 생각을 했어두 말하기가 어려워서 아직 참구 있었지. 우리 집 신세야 그걸 동생지간에 신세라구 할 게 있나요. 해두 받을 건 받아야지. 그런 걸 못 받으면 되려 흉물이라구 말한다우. 그래서 이번에 오빠가 평양에 볼일두 있구 해서 어차피 가는 길이니 좀 들려 보라구 말해 오던 길인데. 연자 어머니가 먼저 그런 말을 꺼낼 줄 알았댔으면 좀더 일찍 알아봤을걸."

"무슨 말씀입니까?"

"아니야 그것 말이야."

올케는 대답을 못하고 어물어물했다.

"내라고 하면 잔소리 없이 내겠지요. 안 낸다면 재판이라두 하지 겁날 것 있나요."

혜련이는 속으로 웃으면서도 뒤에 나올 말을 기다렸다.

올케는 어떻게 말해야 좋을지 몰라 우물쭈물하다가 혜련이의 얼굴이 하도 천연스럽고 평양 시집을 미워하는 기색이 뚜렷이 보이므로,

"글쎄나 말이에요. 연자 어머니두 그런 생각을 가졌을 줄 알구 먼저 편지를 해 봤지요. 연자 어머니야 지금 그런 생각을 가졌대두 말할 수가 있겠어요. 그랬더니 그것들이 그런 아이는 모른다구 돈 같은 것은 줄 생각두 안 하겠지. 그런 것들두 원, 사람인지 쯔쯔."

올케는 혀를 차 가며 혜련의 동정을 사려했다.

"원체 인간들이 아니요. 상종해야 도리어 욕보는 수가 많을 것 같아요."

혜련이도 이까지 올케의 편이 된 것처럼 말을 하고는 낯색을 조금 달리하고 오빠에게로 향했다.

"그래서 오빠는 담판을 하러 가시는군요?"

"아니다. 볼일두 있구 한데 또 네 생각두 그러하니 들려 보려는 거지. 이왕 가는 길이면 만나서 이야기를 해 보구 정 안 들으면 담판을 짓기라두 해야지. 너두 생각해 봐라. 이 애가 커서 공부시킬 것두 생각해야 한다. 또 너의 모녀간 평생 아무 일 없이 무관히 지낼는지 또는 갑자기 무슨 탈이나 생길지 누가 알겠니. 아무래두 네 앞으로 돈을 끌어다 놓는 게 수니라. 나한테 맡겨 둬라. 네한테 이롭게 해 주지 않으리."

오빠는 대범하게 혜련의 일을 혜련이 위해 해 주는 것같이 말했다. 그러나 돈을 가져온대도 그 돈을 혜련이에게 주지 않고 어떻게 해서든지 자기네들의 소유로 할 것은 뻔한 일이다. 그러기에 자기 몰래 그런 흉계를 꾸미게까지 한 게 아닐까.

"오빠 잘 알았습니다. 저를 생각해 주시는 마음이 고맙습니다. 그러나 이제 다시 그 집 문 안에 들어가서 내 이름을 팔지 않도록 해 주십시오. 저도 이 애 아버지가 살아 있을 때부터 재산에 대한 것을 생각해 보았어요. 그러나 처음 결혼할 때는 돈을 보고 했다 해도 나중에는 그런 말을 듣기가 싫었어요. 재산 문제를 꺼내면 정말 돈과 결혼했다는 것이 빤해질 것입니다. 그래서 아예 그런 말은 입 밖에 내보지도 못했어요. 오빠, 아무리 돈 있는 집과 결혼했다 해두 이제 그런 말을 꺼낸다 하면 제 꼴은 무에 됩니까? 정말 돈밖에 모르는 년이라구 단방 욕할 게 아니에요. 어떻게든지 저도 돈을 벌겠습니다. 오빠네 신세두 갚구 애두 공부를 시킬 테니 제발 그 집엔 가지 말아 주세요."

혜련이는 애원했다. 어떠한 일이 있다 해도 철식이네 집에서 자기 말이 나오는 것만은 싫었다. 부인 있는 부잣집 사내와 살았다는 것은 숨길 수 없는 사실이나 이제 와서 과거가 그랬고 또 아직까지 앙칼스럽고 나쁜 계집이라는 인상을 남에게 주고 싶지 않았다. 만약 이제 그런 말이 난다면 세상 사람들이 무엇이라고 비방할 것인가? 혜련이라는 자기를 다시 일어나지도 못하게 눌러 버릴 것이다. 본시부터 그런 여자가 별수 있나 하는 비웃음도 나오리라.

"이 애가 환장을 했나? 아까 하던 말은 무슨 말인고."

오빠는 터무니가 없다는 듯이 혜련이를 꾸지람했다.

"아까까지는 그렇게 생각했지만 미운 것만 보구 제 체면은 못 생각했었어요."

"아이구 별소리 다 있네. 버젓하게 찾을 돈을 거기에 무슨 체면이 있단 말이요. 못 찾는 게 도리어 부끄럽지."

올케도 철없는 애 대하듯 혜련이가 아무것도 모르는 것이라고 말했다.

"형님, 아무렇게 해서라도 형님네 신세는 갚을 테니 걱정 마세요. 그 집 돈은 그저 준대도 싫으니."

"누가 우리 집 신세를 갚으라구 하니? 애두 그리 철이 없단 말인가. 제 할 것을 제가 해야지. 그걸 못해두 반편이 아닌가. 그래서 그러는 거지. 쓸데없는 소리는 하지두 말아."

그러나 혜련이는 말이 귀로 들어오지 않았다. 오빠의 속속 들이 숨은 흉계는 고사하고 자기의 이름을 파는 것이 가장 싫었다. 죽을 때까지 남의 손가락질을 받으며 떳떳한 생활을 한 번도 못해 볼 자기 운명이 서글프다. 비난받을 짓을 그냥 계속하며 무슨 면목으로 얼굴을 들 수가 있으며 남에게 동정인들 받을 수가 있을까.

"정말 그러신다면 저는 죽어 버리겠어요."

"못난 수작두 하네. 아무래두 나이 먹은 내가 너보다는 나을 테니 나한테 맡겨 둬라. 잘 처리하지 않으리."

혜련이는 죽는다고 해도 듣지 않는 오빠에게 더 할 말이 없었다. 잘못 타고난 자기의 운명을 서러워할 뿐이다. 더구나 자기 집으로 데려올 때부터 그런 흉계가 있었다는 것을 이제야 겨우 알아낸 것이 너무나 세상에 무도했다는 것을 느끼었다.

재출발

청진역에서 떠나는 기동차가 나남 가는 손님을 맞아들이기 시작했다. 이

십 리도 못 되는 단거리를 왔다갔다 하는 기동차가 되어 그런지 손님이라고
는 손가락으로 셀 만큼 그 수가 적었다. 가는 사람도 당일로 갔다 당일로 돌
아오는 손님들인지 보내느라고 이별을 서러워하는 송별객이 그리 없다.

한편에서 '엄마' '아니 정말 가네' 하며 떠들썩하게 구는 한 패가 기동차
를 사기라도 한 것처럼 정거장 구내의 눈을 집중시켰다.

가는 사람은 하나, 보내는 사람은 넷 가운데서도 두 사람은 말이 없건만
어린애와 젊은 신식 여자 둘이서가 그 중 떠들었다.

"숙희두 가구 혜련이두 가구 나는 누구하구 있으란 말이야."

보내는 한 여자가 차창으로 얼굴 내민 여자에게 말했다.

"그 동안 좋은 사람이나 하나 만들지 그래."

찻간에 앉은 여자도 거리낌없이 마구 웃어댔다.

"건 쉬울까? 쳇. 이럴 줄 알았댔으면 나 알시 말 걸 그랬어. 그래두 숙희
가 결혼한 뒤는 혜련이가 있어 좋더니……."

"명애 뭘 그래? 몇 살 났다구. 나야 이제 가면 방학마다 올 텐데…… 그
동안 우리 연자나 잘 돌보아 주어."

혜련이와 명애는 일 년이나 거의 되는 동안 트고 놀 만큼 친해졌다. 얼마
동안 명애가 혜련이를 못마땅하게 보았지만 숙희와 친한 것을 보았고 그 뒤
자주 만나게도 되어 숙희 없는 청진을 서로 갑갑하지 않게 지냈다.

"참 연자가 혼자서 어떻게 지낼까? 똑똑하기는 해두……."

명애는 가슴에 안은 연자의 뺨을 만져 가며 이야기했다.

"그래두 어떻게 하나…… 얼마 동안 고생해야지……."

혜련이는 차창으로 손을 내밀고 연자를 만져 보았다.

"엄마!"

연자는 얼마 전부터 안 떨어지겠다고 울었으나 다시 엄마를 찾으며 울기
시작했다.

"연자야, 용치 울지 마라. 엄마가 서울 가서 무얼 사다 줄 테니 울지 말구
잘 놀아야 해……."

연자의 울음을 멎게 하려고 짐짓 웃음을 섞어 말했으나 혜련이 역시 가슴

속에서는 눈물을 흘리는 모양이다. 이따금씩 말이 가운데서 머뭇거린다.

조금 떨어진 데서 이런 경우에는 어떻게 해야 하는가 하는 듯이 먼 바다만 바라보던 두 여자는 그리 서러워하는 것 같지도 않지만 이별장에서 무슨 이야기나마 하려는 것 같지 않았다. 남들이 서러워하는데 짐값을 못 받아 엉거주춤히 서 있는 짐꾼 같기도 했다.

그들은 큰올케와 작은올케다. 어머니는 늙은 몸이니 나올 수 없고 큰오빠와 작은오빠는 바빠서 나오지를 못했다. 그래도 서울로 떠난다는 혜련이를 안 보낼 수가 없어서 집안 일동을 대표하여 조금 한가한 그들이 나온 셈이다.

혜련이도 그들과 떨어지는 것은 그리 대수로운 일이 아니라는 듯 무료하게 말이 없이 서 있는 그들을 본 척도 아니했다.

"연자야, 이제부터는 이 아주머니 말을 잘 들어라, 응."

혜련이는 연자에게 손을 떼지 못하고 이야기를 했으나 연자는 그대로 울기만 했다.

"연자, 용타 용타."

명애는 말 탄 것 같이 연자를 까불까불 해 주었다.

"매일 연자한테 가서 놀아 줄게. 울지 말어. 응, 연자 참 착하지."

"참, 좀 그래줘 응."

"연자 생각이 나서 견딜 수 있을까?"

명애는 연자만을 들여다보며 연자의 편을 드는 것처럼 말했다.

혜련은 그 말에 얼굴을 딴 데로 돌렸다. 터져 나오는 눈물을 참는 모양이다. 눈을 서먹거리며 딴 데를 볼 때 기동차 떠날 신호 소리가 났다.

"가다가 숙회를 만나거든 문안이나 잘 해. 편지두 좀 하라구 그래."

"응, 다 말할게."

그들은 말을 조금이라도 더 하려고 어조를 빠르게 했다. 그때 올케들이 오며,

"잘 가요."

하고 비로소 인사를 했다.

"연자 때문에 또 욕보시겠군요."

혜련이는 큰올케에게 사례 겸 부탁의 말을 했다.

"걱정말아요. 공부나 잘 하시오."

기동차는 움직이기 시작했다.

"안녕히들 계십시오."

혜련이는 손수건을 꺼내 점점 멀어지는 명애와 연자에게 흔들었다. 멀어질수록 발버둥을 치며 명애 품에서 떨어질 듯이 악을 쓰는 연자가 눈에 사라지지가 않았다. 그림자가 점점 작아지고 기차가 회모두리를 돌아설 때까지 혜련이는 청진역 플랫폼을 바라보며 흰 수건을 흔들었다.

나남서 경성행 열차를 바꾸어 탄 혜련이는 그 다음날 새벽 함홍역에 내렸다.

새벽 공기라고 해도 추운 겨울은 북쪽에서 지난 혜련이기 때문에 그리 찬 줄을 몰랐다. 조금 선뜩하기는 하나 아무래도 봄바람이다. 아직까지 전등불이 켜진 채로 새벽과 싸우는 것으로 보아 해가 뜨려면 몇 시간이나 더 있어야 할 모양이다. 졸고 있는 역을 기차가 고함소리로 깨우기는 했어도 설잔잠이 채 깨지지가 않는지 역구내는 나른해 있어 내리는 사람이나 타는 사람이 기운을 못 차렸다.

차에서 플랫폼으로 내려서자마자 숙희가 보고 뛰어왔다.

"혜련이."

"숙희."

하고 혜련이도 뛰어오는 편을 향하여 바삐 갔다.

그들은 부딪치듯이 만나 손목을 잡았다.

숙희가 결혼하느라고 청진을 떠난 때부터 석 달 남짓 지난 지금에야 처음으로 만나 보는 그들이기 때문에 그 반가움이란 어떻게 표현할지를 몰랐다.

"혜련이."

"응."

"얼마만이야?"

"그래두 만나기는 했지?"

그들은 먼저 해야 할 인사말도 잊었다.

"그새 달라진 것 같아."

"숙희가 달라진 것 같아. 결혼을 하더니 재미가 막 쏟아진 모양이지……
하…하…….."

"애개개 달라지긴 무에 달라져. 호호."

그들은 한바탕 웃었다. 웃고서야 흥분했던 마음을 조금 가라앉혔다.

"참!"

숙희는 그때야 자기 옆에 서 있는 수만이를 생각하고 혜련이에게 소개했
다.

"이이가……."

수만이를 가리킨 다음,

"이이는 혜련 씨."

수만이와 혜련이는 서로 인사를 주고받았다.

"숙희에게서 말씀 많이 들었습니다. 서울 가시는 길이시라구요?"

"네, 이렇게 이른데두 나와 주시어 고맙습니다."

그때 숙희가 옆에 서 있다가,

"그런 인사는 아니하는 거야. 새벽에 나오지는 못하나……."

"그래두."

"새벽 산보 겸 좋습니다."

세 사람은 개찰구로 나가 자동차를 타고는 곧 수만이네 집으로 갔다.

집은 조선식 그대로나 커다란 대문을 들어서자 넓은 뜰이 훤하게 보였고
깨끗한 문창이 아담스럽게 보였다. 기둥이나 서까래까지 니스 칠을 하였는
지 노란 나무들이 집을 더욱 윤택케 했다.

평양 철식이네 집을 연상시킬 만큼 큰 집이다.

더욱이 조용하고 보니 집이 더욱 훌륭해 보이며 평화스러워 보인다.

'이런 집에서 숙희가 마음껏 재미를 보겠구나. 숙희의 행복을 위해 지어
진 집이로군.'

하는 생각이 저절로 들었다.

이것이 객실로 꾸며진 방인지 벽에는 가꾸부찌(액자)가 사방으로 걸려 있고 가운데는 둥근 테이블이 대여섯 개의 의자가 서 있다. 널따란 방으로 들어설 때 혜련이는,

"집이 참 좋구만."

하고 숙희를 돌아보았다.

"꽤 좋지?"

숙희는 숨김없이 자기의 행복을 나타냈다.

"여기 잠깐만 앉아요…… 안방을 아직 덜 치웠나 봐."

숙희는 혜련이에게 의자를 권했다.

"무얼 먼저 시켜야지. 시장할 텐데."

뒤로 따라오던 수만이가 걱정되는 모양이다.

"지금 시킬 게 무어 있을까요. 아직 가게도 열지 않았을 텐데…… 일부러 집에까지 온 사람을 매식으로 대접하면 또 인사가 되나요. 그렇지? 혜련이."

숙희는 애교를 피워 가며 말했다. 애교라도 애교로 보이지 않을 만큼 말과 행동이 능란했다. 말마디마다 정이 뚝뚝 떨어지는 것 같았다.

"제 걱정은 마십시오. 배고픈 줄 알지도 못하는데요. 숙희가 배고프겠구만. 새벽부터 일어나서……."

"우리 그런 이야기는 차차 해요. 그런데 참 잘 있었어."

숙희는 비로소 인사말을 꺼냈다.

"잘 있었어. 숙희는 얼마나 재미를 보았어?"

"이 양반 덕택으루…… 호호 또 명애두 잘 있고 연자두 잘 자라?"

"다 잘 있어. 어제 명애가 정거장까지 나왔댔는데 문안해 달래. 그리구 편지나 종종 해 달라나……."

"참 내가 편지두 못 해줬지. 좀 보세요. 이런 말을 듣는다구 회답만은 꼭꼭 해야 한다구 안 그럽디까……."

숙희는 수만이를 바라보며 편지 못 쓴 탓을 하는 모양이나 그것은 나무람이 아니라 너무 행복스러웠던 것을 혜련에게 보이려 하는 것 같았다.

조반을 먹고 안방에 앉아 있을 때 수만이가 바쁜 일로 잠깐 다녀온다고
일어섰다.

"손님이 오셨는데 일을 좀 물리시지 않구?"

숙희는 이런 말을 해도 자기의 의견을 말하고 상대방의 의사를 물어 보는
형식으로 했다.

이렇게 해라 저렇게 해라 하고 명령적인 어투를 쓰는 것보다는 훨씬 듣기
가 좋았다.

"그랬으면 좋겠는데 약속을 해 놓아서요. 참 미안합니다. 그러나 두 분이
더 친하시니까 제가 있으면 오히려 이야기에 방해가 될는지도 모르지 않아
요. 잠깐 다녀올 테니까 재미있는 이야기나 하십시오. 제가 와서 좋은 데를
안내해 드리겠습니다."

"그럼 빨리 다녀오세요. 우리 재미있는 이야기 하구 있을게. 참 칼라를
갈아야 하지 않아요. 풀이 죽은 것 같구만요."

"글쎄, 벌써 못 쓰게 되었나…….."

숙희는 의롱서랍 속에서 칼라뭉텅이를 꺼내어 새것을 골라 수만이 와이
셔츠에 끼어까지 주었다.

남이 본다고 부끄러워하지도 않으며 그렇다고 해서 아양을 떠는 것처럼
천해 보이지도 않았다. 제 할 일을 자연스럽게 하는 것으로만 보였다.

"너무 늦게 계시지는 않지요?"

"그럼."

수만이는 혜련이에게 인사를 하고 나가 버렸다.

혜련이는 부럽다는 것보다도 숙희의 손으로 한 가정의 행복을 운전해 나
간다는 것이 갸륵하고도 신기로웠다. 그러한 태도만 가진다면 권태기라는
것도 있을 성싶지 않고 가정불화라는 것 역시 있을 수 없을 것 같다. 과연
숙희는 재미있는 사람이다. 만약 딴 사람이 숙희만큼 예쁘기만 하다면 자기
의 행복을 당연한 것으로 알고 그를 길게 살릴 생각은 못할 것이다.

"송 선생두 참 좋구만."

혜련의 입에서는 이런 말이 나왔다.

"세상에 나쁜 사람이 어디 있나, 안 그래? 물론 그이두 좋은 사람이지만……."

그 뒤 혜련이는 무슨 말을 물어야 할지 몰랐다. 무슨 말을 할까 하고 생각하노라니까 불쑥 뚱딴지같은,

"송 선생이 권 선생을 아나?"

하는 말이 나왔다.

"알지. 언젠가 과거를 서루 이야기하자구 그래서 이야기한 적이 있어. 자기두 한 번 연애를 해 보았다나. 그래서 평생 살 사람에게 그것을 숨기구야 께름해서 살 수가 있을 것 같아야지. 권 선생하구 지내 온 이야기를 쭉 하구 이제는 잊어버렸다구 했지. 그랬더니 조금 안되었는지 며칠 동안은 좋지 않은 얼굴을 해 가지구 그러더니만 정말 잊어버린 듯 대해 주었더니 이제는 그런 말 이니헤."

"그래 정말 잊어버렸어?"

"또 묻는다. 그런 말은 안 묻는 거라니까……."

숙희와 혜련이는 가느다랗게 웃었다. 행여나 누구에게 들킬까 하는 조바심이 웃음 속에 섞여 있었다.

첫사랑을 잊을 수가 있나 하고 혜련이는 혼자 생각했으나 그러한 마음을 가지고도 남편을 기껍게 또는 원만하게 대해 주는 숙희를 다시 한 번 우러러 볼 뿐이었다.

"그런데 공부하겠다는 결심은 어떻게 생겼어?"

숙희가 한참 뒤 혜련이를 보고 궁금했던 생각이 불끈 솟아오르는 것처럼 물었다.

"내 이야기를 또 할까. 그래두 숙희하구는 대조가 나빠서 재미가 없을 것 같아."

"대조가 심할수록 흥미가 큰 거야. 알지두 못하며 어서 이야기나 해요."

"숙희가 결혼한 뒤에도 여러 가지 일을 겪었어."

혜련이는 자리를 바로잡으며 이야기를 시작했다.

"다 이야기할 수는 없어두 첫째 오빠네 집에 있을 수 없었어. 돈만 알구

부모나 형제를 모르는 그 사람들이 아니야. 밥을 얻어먹구 일을 해 주고 있으려니까 평생 남의집 심부름이나 해 주고 살 것 같은 기막힌 생각이 들겠지. 게다가 오빠네 집에두 있을 수가 없게 되었어. 글쎄 연자를 가지고 철식이네 집에다 부양료를 청구했구만. 아무리 돈에 눈이 어두웠다기로 내 얼굴에 똥칠하는 그런 짓을 어떻게 하는 거야. 굳이 굳이 그것만을 말아 달라니까 아니 한다구 하면서두 평양까지 가서 야단을 치구 몇천 원 얻어 온 모양이야. 그런 돈을 내가 뭐 하러 써. 죽으면 죽었지 그런 누명을 또 쓸 수가 있나. 돈에 기겁을 내는 년이라구 세상이 얼마나 욕할 테야. 그래두 돈을 찾아왔으니 더러운 욕을 또 먹지 않았어. 속상하는 것을 보아서는 큰 싸움이라도 하구 오고 싶었으나 그래두 젊은 내가 아니야 아직까지 희망을 가질 수 있는 사람이 그래서 소용이 있어야지. 그래 공부나 해 볼까 하구 생각했지."

"참 혜련이는 너무 기구해."

숙희가 말을 듣다가 기막힌 듯이 혜련이를 한번 쳐다봤다.

혜련이는 침을 삼켜 가며 말을 계속했다.

"곰곰이 생각해 봐두 공부하는 것만한 게 도무지 없겠어. 내가 지금 당장에 시집을 갈 텐가, 아무 기술도 없으니 어데 취직을 할 수가 있나, 그렇다구 해서 구박과 학대를 받으면서까지 그 집에서 늙을 수는 없구. 나에게는 아무런 희망도 욕망도 없는 것 같이 생각되었으나 그래두 사람답게 살기는 해야 될 것 같아. 자식이 있으니 자식을 기르고 교육을 시켜야지. 늙은 어머니가 고생을 하시니 얼마간이라도 봉양을 해야지. 적어두 이것만은 해야 할 것 같다. 그래서 자립하는 생활을 만들기에 적당한 공부가 없나 하고 생각할 때 서울서 보육학교 선생으로 있는 동창생에게서 편지가 왔겠지. 그래 고학두 할 수 있느냐고 편지를 했더니 자기가 어떻게서든지 주선해 준다고 올라만 오래. 그래서 지금 입학하러 가는 길이야."

"몇 살인데 지금 공부야……."

"암만 살이면 공부야 못해? 공부를 해서 돈을 벌어야 하겠어. 우선 연자가 불쌍해 못 견디겠어……."

"참 연자를 떼 놓고 어떻게 오래 있을 수 있을까?"

숙희는 그만한 결심으로 고학하겠다는 혜련이의 말을 들을 때 가슴이 찔리는 듯했다. 자기는 넉넉한 집에서 생활과 돈에 대한 걱정을 아니하고 산다. 내년이나 내후년도 생각할 새 없이 현재를 만족하고 있다. 그러나 혜련이는 일평생 살아갈 길을 닦기 위해서 고학까지를 한다고 한다. 자기 마음대로 한다면, '학비는 내가 낼게.' 하고 선뜻 말해 주고 싶었으나 자기는 남의 집 사람이다. 수만이가 아무리 돈을 아끼지 않고 쓴다 해도 남을 위해서는 한 푼도 쓰기를 즐기지 않는다. 즐기지 않는 것을 청한다 해도 못할 짓을 한 것처럼 떵해할 것이다. 그러기는 싫다. 싫어하는 것을 청하고 싶지는 않다……. 그렇다면 자기가 남편에게 약점을 보이는 것도 된다.

그러자니 혜련이에게 기쁜 말을 못 해 주고 섭섭한 딴 이야기나 할 수밖에…….

"할 수 있나. 떠날 때 우는 꼴을 보니 내가 못된 여자 같아 죽고까지 싶더라. 게다가 밤낮 구박만 받고 개밥에 도토리처럼 외따루 나는 것을 생각하면야 잠시두 떠날 수 없지. 그럼 어떻게 해. 일평생 살아나기 위해 한 이 년쯤 고생을 해야지. 죽는 줄 알면서라도 살아야 하지 않어."

"그러자니 고생은 얼마나 돼."

말을 들을수록 딱해 보였다. 나이 스물여섯이나 된 여자로 이제 공부하겠다는 것만도 보통 일이 아니다. 게다가 어린 딸을 믿지 못할 집에 맡겨 두고 저는 고생대로 고생을 한다는 것이 그냥 듣고 넘길 수 없는 일이었다. 그래서 나온 말이,

"다시 결혼 아니하고는 살 것 같지 않은 생각이 들기는 해. 숙희가 청진을 떠난 뒤 추운 겨울에 우두커니 앉아 이런 생각 저런 생각을 할려면 혼자가 너무 외로운 것 같아. 의지할 데가 있어야 할 것 같아. 그러나 지금 내가 결혼을 한다면 상대해 줄 남자가 있기는 할는지 모르지만 대체 어떤 남자와 결혼해야 할지두 모르겠어. 좌우간 이년간 공부를 하니까 그 동안 생각할 틈이 있겠지!"

"나는 아무래두 결혼하는 게 날 것 같아. 공부를 한대야 늙을 때까지 돈

벌이를 할 수 있나, 안 그래?”

“글쎄.”

혜련이는 그 문제를 가지고 그리 깊은 생각을 못했다. 딱한 일만 연거푸 생기고 외로움이 몸을 움직이지 못하게 할 때마다 혼자 몸으로 늙을 수 없다는 느낌을 느껴 보았으나 공부와 결혼을 비교해 본 적이 없다.

“잘 생각해 봐. 나두 생각해 볼게. 서울 가서두 늘 편지를 해 줘. 그새 좋은 사람이 있거든 골라 보기라두 할게.”

“글쎄.”

혜련이는 그저 막연한 대답을 했다.

“옹색한 때가 있거든 편지를 해요. 조금씩이야 나두 도울 수 있으니까.”

숙희는 그래도 자기와 같은 입장에 있으면서 이런 말을 아니해서는 안 될 것을 느꼈다. 그러나 자신 없고 시원치 않은 말에 제가 부끄러워 얼굴색을 붉혔다. 혜련이가 고맙다는 말을 하기도 전에 자기의 얼굴빛을 돌이키려고,

“권 선생에게두 편지를 해 줄 테니 종종 만나 봐.”

“참 서울 가거든 권 선생을 꼭 볼래. 어떻게 생긴 사람인지 보고 싶겠지.”

“좋은 동무가 될걸.”

“쉬!”

무슨 발소리가 나는 것 같아 혜련이가 입을 가리고 목소리를 낮추었다.

혹시 수만이의 발소리가 아닌가 하고 겁을 먹었던 혜련이가 그것이 왔다 갔다 하는 식모의 발자국 소리라는 것을 안 뒤에야 안심을 했다. 아무리 숙희가 수만이를 원만하게 대해 준다고 해도 자기 없는 성구 이야기하는 것을 안다면 좋지 않아 할 것이 분명했다. 그래서 될 수 있는 대로 그 집에서는 성구에 대한 이야기를 주의하려 했다. 그러나 숙희가 아무 겁 없이 성구 이야기를 되레 꺼냈다.

“아직까지 신문사에 있나 봐. 요전에 있던 잡지를 보았더니 그대로 근무한다구 그랬더군. 내가 제일 좋아하는 동무라고 그러면 무척 반가워할걸. 그래두 내 이야기는 될 수 있는 대로 말어 응. 내 마음은 나 혼자만이 느끼고 있어야 할 의무가 있는 것과 마찬가지로 비록 권 선생에게나마 내 마음을

알려 줄 권리가 없어. 알았지."

"아직두 못 잊었어."

혜련이는 야유하듯이 웃어 가며 농담같이 이야기했으나 남에게는 알지도 못할 그 마음을 그대로 곱게 가지고 있는데 감복을 했다. 그리고는 꿈과 현실을 양 손에 쥐고 그들을 꼭같이 향락하는 숙희가 참으로 행복스러웠다. 현실이 나빠서 꿈이 너무 비참해서 현실에 목을 매단 것도 아니다. 버릴 수 없는 꿈과 행복스러운 현실이 그의 운명이며 따라 그가 가져야 할 양식이다.

그러나 자기는? 자기에게는 아무것도 없다. 꿈이라는 것도 있지 못하며 현실이라는 것 역시 비참하기만 할 따름이다. 나이 스물여섯이나 되어 공부를 해 보겠다는 자기에게 화려한 꿈이 있다면 그것이 대체 무엇이 될 것인가? 돈을 벌어 연자를 공부시키고 늙은 어머니를 모시겠다는 것도 꿈이라고 할 수 있다면 그러한 꿈은 아직까지 젊은 혜련이에게 있어서 너무나 딱딱한 꿈이다.

공부를 더 한다고 해서 자기가 영예로울 것도 없다. 무엇을 좀더 안다고 해도 그것이 자기 자신을 만족시켜 주지 못할 것이다. 공부하는 것은 결국 자기의 현실을 떠나 새로운 현실을 만들어 보겠다는 욕망으로밖에 볼 수 없다. 그 밖에 아무 딴 것이 없다. 새로운 현실 역시 얼마든지 짐작할 수 있는 좁다란 세계라는 것을 잘 알기 때문에 공부에 대한 애착과 호기심을 가질 수가 없다. 될 수만 있으면 이 년이란 긴 세월을 준비 시대로 보내지 않고 현실을 바꾸고 싶지만 그럴 길이 전혀 없기 때문에 지금 떠나야 하는 혜련이다.

만약에 보육을 마치고 어떠한 유치원에든지 가서 사업적으로 일을 하며 일생을 양육사업에 바친다는 그러한 꿈을 가질 수 있다면 공부하러 가는 길이 얼마나 기쁘고 희망에 찼을 것인가? 그러나 혜련이는 그러한 생각조차 마음속에 가질 수 없다. 공부는 돈벌이를 위함이라는 생각이 그의 길을 닫아 놓았으니까. 그 외의 딴 생각은 그에게 있어서 허영이다. 그의 생활은 생활을 벗어난 허영을 조금도 허락해 주지 않았다.

이런 생각 저런 생각을 하고 있노라니 숙희는 자기와 너무나 차이나는 세계에서 살고 있는 사람 같이 같은 자리에 앉아 있기가 어색한 것 같았다. 있으면 있을수록 생각하면 생각할수록 자기가 서글퍼졌다. 옛날에는 자기에게도 남부럽지 않은 꿈이 있었지만 이제는 주워 담을 수도 없이 깨지고 말았다.

"몇 시 차가 있는지요?"

"그렇게 빨리 가서 무엇해. 좀 놀다 가지."

"곧 가 봐야겠어. 그이도 기다릴 테니까."

"그이라니?"

"나보구 오라구 한 동무 말이야."

"하루쯤 놀겠다구 전보를 치지 뭐. 이렇게 왔다 그래 오늘루 갈 테야?"

숙희는 자꾸 말렸다. 그는 혜련이를 붙잡고 하룻밤이나마 더 지내기를 참으로 바라는 모양이다. 그러나 혜련이는 서울 일도 궁금했고 숙희네 집도 그리 탐탁치가 못했다. 있지 못할 집에 있는 것 같이 사지가 피곤해진다. 그렇게 그리고 반가워하던 동무이지만 말할 이야기 주머니가 꼭 막힌 것도 같다. 따라 앞으로 전개될 자기의 생활을 한시바삐 제 눈으로 바라보고 싶은 충동이 일어났다. 대수롭지는 못한 일이지만 어떠한 집에서 자게 되고 어떠한 선생에게서 배우게 되고 이러한 생각까지 머리에 떠올랐다.

수만이가 돌아올 때까지 혜련이와 숙희는 이야기를 끌었다. 청진 이야기며 서울 이야기며 또는 숙희네 결혼생활담까지 시간껏 소곤거렸다. 혜련이는 저녁차로 떠날 마음을 가졌기 때문에 그 동안 많이 재미있게 지내다 가려고 했기 때문이다. 그러나 수만이가 돌아와 어디로 산보 가자고 할 때 혜련이는 그를 거절했다. 남보기에 한가한 산보를 거닐고 싶지가 않을 뿐만 아니라 나갔다 오면 저녁차를 탈 수가 없다.

그 집에서 밤을 지내고 싶은 생각은 도무지 들지가 않았다.

"아이구, 함흥 구경을 좀 하면 어떤가. 하기야 서울서 사실 양반이니까."

숙희는 그래도 자기 남편의 의견을 따르고 싶은 모양이었다.

"다음에 들려서 구경하지. 오늘은 아무래도 가야겠어."

혜련이는 굳이 자기 고집을 세웠다.

"그럼 이번 여름방학에는 꼭 들릴 테야? 그때는 우리가 하자는 대루 해야 돼?"

숙희는 아쉬우나마 이러한 약속을 제기했다.

"그래!"

혜련이는 숙희가 자기 말을 들어 주는 것이 기뻐,

"그럼 오늘은 내 말대루 해야 돼."

하고 나머지 몇 시간을 집에서 장난하자고 청했다.

"무슨 장난을 할까?"

"트럼프나 할까."

수만이가 말참례를 했다. 키가 큼직하면서 체통이 굵어 사내답다.

게다가 줄 있는 곤색 세루양복을 입어 늘씬해 보이는 체격이란 어떤 사내에게나 질 것 같지가 않다. 혜련이는 트럼프를 꺼내러 개실로 나가는 수만이를 물끄러미 바라보며 철식이를 생각했다. 그도 남 못지않은 체격에 누구에게 빠지지 않을 남성적인 얼굴을 가지었다.

혜련이는 고개를 흔들었다. 철식이의 생각을 그만두고 싶어서.

트럼프가 시작되었을 때 혜련이는 그래도 수만이를 주의해 보았다. 자꾸 보여졌다.

그것은 혜련이게도 할 수가 없는 일이다.

수만이를 보고 철식이를 생각하려는 마음이 없지만 철식을 떠난 뒤 일 년이 넘도록 이성이라고 처음 대하는 사람이다. 비록 가장 친한 숙희 남편이지만 수만이가 사내라는 점에서 혜련이의 눈을 끌었다.

"허허 이거 문제가 안 되는 모양이로군요."

첫번에 이기고 수만이가 너털웃음을 웃었다. 그때 혜련이는 숙희의 얼굴을 쳐다보았다. 수만이의 호걸스러운 웃음이 철식이의 웃음을 연상시켰기 때문이다. 언젠가 하룻밤을 밖에서 새우고 들어왔을 때 혜련이가 질투에 가까운 눈으로 좋은 여자가 있느냐는 말을 하니까 댓바람에 큰웃음을 쳤다. 혜련이를 경멸하는 것 같으면서도 자기를 위엄 있게 보이려는 간교한 남자의 웃음이었다.

그러한 남자의 아내로구나 하는 듯이 숙희의 얼굴을 보기는 했으나 쓸데없는 착각으로 행복스러운 숙희를 모독했고 그렇지도 않은 수만이를 나쁘게 평가한 자기가 방정맞은 듯해서 곧 고개를 돌려 버렸다.

"언제 서울로 놀러 가시지 않으세요."

다문 순간이었을망정 자기 자신을 꾸짖어야 할 느낌이었기 때문에 혜련이는 거북스런 마음을 돌이키려고 딴 말을 꺼냈다.

"왜 가지요. 같이 한 번 가겠습니다."

수만이가 곧 대답했다.

"송 선생은 그러지 않아두 가끔 서울 가요. 얼마 전에두 가셨던걸. 경영하는 일 때문에. 그래두 바삐 다녀오시군 하니까."

"시간만 계시거든 한 번 찾아 주십시오. 잘 맞이할 수 있을는지는 모르겠습니다마는."

"천만의 말씀입니다. 시간만 있으면야 꼭 찾아가 뵙지요. 그런데 가시면 어데쯤 계시겠습니까?"

"글쎄요. 아직 어데 있을지 결정을 못했어요. 기숙사에 있게 되거나 그렇지 않으면 제 동무와 같이 있게 되겠지요. 가서 곧 편지하겠습니다."

"참 그 동무는 어떤 동무야?"

숙희는 자기만이 말 없음을 느꼈는지 가운데 튀어나왔다.

"내 중학교 동창생인데 동경 가서 고등사범을 마치고 작년 봄에 나왔대. 작년 봄 내가 평양 들렀을 때 우연히 만났는데 여간 반가워하지 않았어."

"무슨 고등사범이래요?"

수만이가 아는 사람의 일같이 물었다.

"그것은 확실히 모르겠어요. 그때 그런 것까지 물어 볼 여유가 있어야지요."

"지금 있다는 보육학교는요?"

수만이는 다시 물었다. 몹시 궁금해하는 표정이었다.

"성신보육학교예요."

이 말을 들은 수만이는 갑자기 낯색이 변했다. 그러다가 혜련이와 숙희가

이상한 눈으로 바라보는 것을 안 뒤,

"누가 선이지요?"

하고 흩어져 있는 트럼프를 성급히 주워 모았다.

떠나려고 생각했던 오후차에 혜련이는 떠나고야 말았다. 친절하게 대해 주던 수만이가 정거장에 나오지 않은 것은 조금 의아한 일이었으나 기차를 타고 숙희와 이별을 하자니 그런 생각은 머리에 들어올 틈도 없었다. 만났던 것은 기쁘나 이별을 하게 되니 만나지 않았던 것보다 섭섭한 생각이 더 들었다.

그나 그뿐인가 떠나는 기차간에서 수건을 흔들며 숙희와의 이별을 아끼려고 할 때 청진서 떠나던 생각까지 치밀어 올랐다.

발버둥질을 하며 혼자 가는 자기를 원망하던 연자, 울음소리를 함부로 내던 그 연자의 얼굴이 웃음으로 기쁘게 보내려는 숙희 일굴에 떠올랐다.

이별하는 장면이 다르건만 그것이 이별이라고 해서 그런지 연자의 울음소리가 빤히 들리는 것 같고 숙희가 아니라 연자와 떠나는 것처럼 느껴졌다.

기차가 어디까지 갔는지도 모르건만 혜련이는 사라지지 않는 연자의 그림자를 보며 수건 든 손을 차창에서 끌어들이지 못했다.

"연자가 지금도 우는가 부지."

필시 연자가 청진서 울고 있는 것 같이 생각됐다. 핏줄에 의해 연자의 울음소리를 듣는 것이라면 혜련이는 가슴이 아팠다.

연자가 울지 않으리라고 보장해 줄 사람도 없다. 애들과 싸우다가도 울 수 있는 것이고 조금만 잘못하면 올케에게 매를 맞아 울 수도 있는 것이다.

다섯 살밖에 안 된 어린것을 혼자 내버려 두고 공부를 해서는 무엇 하나 하는 생각이 불현듯 들었다.

공부하는 동안 한 사람을 괴롭게 하고야 말 이 공부가 얼마나 귀한 것인가.

그러나 그는 자기가 가는 길이 나쁘다고는 생각지 않았다. 자기의 생활을 변동시키지 않는다면 연자뿐이 아니라 자기 역시 죽을 때까지 괴로움 속에 있어야 한다. 그렇게 완고하고 무지한 철식이의 아버지까지 후려 돈을 빼앗아 오고야만 오빠다.

돈에 대한 애착심이 클 뿐만 아니라 돈을 뺏는 데는 수단이 능란한 이다. 더구나 쓰기 위해 돈을 모으는 게 아니라 쌓아 놓기 위해 돈을 모으는 사람이라 자기의 자식인들, 그 밑에 있는 사람이 불행 아니할 수 있는 것인가? 그러한 오빠네 집에다 일평생토록 몸을 맡기는 것보다는 이년쯤 지독한 고생을 한다 해도 그 집을 나오는 게 지혜 있는 일일 것이다.

혜련이가 이러한 생각을 하니 연자의 울음을 생각할 때보다 마음이 가벼워졌다.

"아무것도 잊어버려라. 남을 원망도 아니하리라."

그는 이러한 결심까지 하고 싶었다. 공부하는 동안 연자라든가 늙은 어머니의 생각이 없지 않을 게다. 생각이 날 때마다 가슴 쓰려 마음이 약해질게다. 그렇다면 공부가 안 되기 쉽다. 그렇기 때문에 공부하는 동안만은 무엇이나 잊어버리자. 또 공부가 힘들다고 해서 자기보다 나은 사람을 원망해서도 안 될 것 같았다. 남을 원망한다는 것은 자기의 마음 약하게 먹고 낙망할 때에 일어나는 생각이다. 남을 너무 의지할 필요도 없다. 더구나 아무리 힘든 때가 있더라도 오빠를 믿지 말아야 한다. 철식이네 집에서 돈을 가져왔다 해도 그 돈을 쉽게 내 줄 오빠가 아니오, 또 그 돈을 받아 쓸 자기도 못된다.

공부 하나만을 하기 위하여 그는 여러 가지로 굳은 마음을 먹었다.

그새 자기를 괴롭힐 여러 가지 장애물도 생각해 보았다. 장애물이나 자기를 유혹할 것들을 모조리 생각해 보고는 다시 자기가 그것들을 물리칠 도리에 대해서 곰곰이 생각했다.

무슨 일이 있다 해도 능히 이어나갈 수가 있는 듯 마음이 든든해지며 자신이 생겼다. 나어린 처녀와도 달리 쓴맛 단맛을 다 겪어 본 여자라는 데에 자기가 자기를 믿을 수도 있었다.

원산을 지나 안변, 석왕사를 거듭 지날 때까지 혜련이는 딴 생각을 못했다. 어느 새 해가 졌는지 지금은 어디를 지나가고 있는지 그것도 알지 못했다.

그저 서울이 가까워진다는 생각과 빨리 서울 가서 부딪쳐 보겠다는 마음만이 그의 가슴을 두근거리게 했다.

기차는 쉬지 않고 밤길을 달음질했다. 혜련이의 운명을 싣고 가기가 힘들다는 듯이 푹푹 피곤한 소리를 내면서.

하숙

"동환아."

성구가 대문을 들어서며 자기 방을 향해 큰 소리를 쳤다.

"응."

방 안에서 나오는 소리는 성구의 음성에 비해서 기운차지가 못했다.

"응이 뭐야?"

성구는 유리로 된 밀문을 열고 모자를 벗어 동댕이를 친 다음 구두끈을 풀었다. 숨이 가쁘게 바삐 왔는데도 동환이는 아랫방에 누운 채 그대로 있는 것이 나무람 간다는 말인 모양이다.

"지금 몇 분이지?"

그때야 동환이는 아랫방에 통하는 문으로 웃방에 올라왔다.

"네 시 이십 분."

"그래 더 할 말이 있나?"

"오 분쯤 늦은 거야 보통이지. 사에서 조금 늦게야 떠난 걸 할 수 있나."

"알았어. 그만둬. 좌우간 나는 시간에서 오 분을 기다렸으니까."

성구는 구두끈을 푼 다음 다다미로 된 웃방으로 들어가 등의자에 앉았다.

"자—식."

하고 동환이의 어깨를 툭 치고는 삐죤 담배갑에 든 마코를 끄집어내어 성냥을 그었다.

동환이도 마주 앉아 담배를 피웠으나 그는 말을 아니하고 벌씬벌씬 웃기만 했다. 기다리기는 기다렸으나 그리 나쁘게 생각하거나 나무람 하지는 않는 모양이다.

"그래, 넌 언제 왔니?"

성구가 물었다

"나야 꼭 제 시간에 들어섰지."

동환이가 대답했다.

"너야 돈 내구 다니는 곳이니 마음대루 나올 수도 있지만 나야 돈 타 먹
는 데니 할 수 있나."

"잔소리는 말구 오늘은 어데루 갈까."

"아무데나 가지 그래."

"명치좌? 부민관?"

"부민관엔 싫어. 조선명창대회지. 그건 암만 들어야 재미를 알겠어야지."

"하여튼 나가세."

"벌써 나가서 뭣 하나?"

그들은 서로 만나기로 약속을 했어도 만난 뒤에 어떻게 할 계획을 세우지
않았었다. 한 집에서 같이 먹고 같이 잠을 자며 살아가는 그들이지만 별일
만 없는 한 성구의 회사 시간을 중심으로 네 시 십오 분이면 집에 돌아와야
하는 것이 매일 되풀이하는 약속이었다.

그런 만큼 아침 서로 떠나 각각 다른 데로 갈 때마다 저녁에 어떻게 할
것까지 번번이 생각해내지를 못한다. 헤어졌다 만나는 동안 서로 보고 들은
것 가운데서 좋은 데가 있으면 놀러 가기도 하고 갈 만한 곳이 없다든가 집
에서 해야 할 일이 있다면 그대로 집에 앉아 있는 것이 그들의 습관이었다.
그러나 성구의 월급날이거나 동환이에게 서류가 온 날이면 빼지 않고 구경
가야 하는 것이 또한 두 사람 사이에 묵묵히 성립된 도덕이다.

이 날은 동환이에게 서류가 왔다.

"이것 좀 볼래?"

동환이는 주머니에서 서류깍지를 꺼내 둥근 테이블 위에 탁 내놓았다. 성
구가 집어삼켜도 겁이 안 난다는 대범한 표정이었다.

"이번엔 일찍 왔구나!"

　성구는 아무것도 아닌 종이쪼박을 보듯 오십 원짜리 깍지를 얼핏 들여다
보고 말했다. 그이 역시 돈에 대한 호기심이 그리 있는 것 같지 않았다.
　“아니야. 이건 월급이 아니구 따로 청구한 돈이야.”
　“뭐 하게? 양복두 사구 다 했는데!”
　“응, 그래! 그럼 나가 볼까!”
　성구는 먼저 일어섰다.
　돈이 왔으니 좌우간 나가야 하는 모양이다. 그럴 때 동환이가,
　“아, 참.”
하고 성구의 어깨를 힘껏 치였다.
　“놀랬다. 자식.”
하고 성구는 그저 아무 일도 아니라는 듯이 웃었다.
　“이놈아 한턱 내! 너 한턱 안 냈다가는 큰일난다.”
　“왜?”
　“글쎄, 한턱 내야 내가 편하게 해 주지. 그렇지 않으면 참 큰일이다.”
　“무슨 일?”
　“글쎄, 낼 테야 안 낼 테야? 그것부터 말해 봐.”
　“자식 한턱 내기는 무얼 내? 말이나 해 봐. 무슨 일인데　”
　“이놈 너 아직까지 숙희하구 편지질하더구나. 남편 있는 색시하구 그러다
가 큰일날라구. 너 한턱 안 내문 내가 숙희 남편한테 편지한다.”
　“하렴!”
하고도 성구는 성급히,
　“아니 오늘 편지가 왔다?”
하고 동환이에게 가까이 다가섰다.
　동환이는 자기 양복주머니에서 이중봉투의 편지를 꺼내어 성구 눈앞에
댔다.
　성구가 재빠르게 편지를 뺏으려니까 동환이는 편지 쥔 손을 움칠하며,
　“굉장한데…….”
　“무에 굉장해?”

"시집에서 시집 주소로 편지를 하는 것이 말이야?"

성구는 기다리지도 않았던 편지다. 벌써 몇 달째 보내지도 않았으며 받지도 못하던 숙희의 편지가 우연히도 오늘 다시 왔다는 것은 성구로서도 이상히 생각 안 할 수 없는 일이었다.

결혼 청첩을 받고 결혼하는 날 축전을 보낸 것이 마지막이며 그 뒤 편지할 사유도 없다.

사유가 없다는 것보다 편지 같은 것을 주고받을 환경이 아님을 이미 생각해 오던 바다.

"글쎄."

성구는 의아하다는 듯이 고개를 외로 틀었으나 그래도 숙희의 편지라 가슴을 두근거리며,

"빨리 내라. 어디 읽어 보자."

하고 동환이에게 빌붙었다.

동환이도 그쯤 애먹였으면 주어도 좋다는 듯이 선뜻 책상 위에 놓고 손바닥으로 탁 쳤다.

"어쨌든 행복스럽다. 사랑하던 여자가 못 잊어 하니."

성구는 편지를 뜯었다. 혹시 속편지가 찢어질까 책상에 탁탁 피고 가장 엷어 보이는 쪽으로 봉투를 뜯은 것이다.

편지를 읽는 동안 동환이는 변해 가는 성구의 얼굴을 바라보고 있었다. 다 읽은 뒤 편지를 동환이에게 맡겨 읽어 보라는 뜻으로 웃을 때,

"아무래도 못 잊겠다고 했니?"

"자―식, 읽어 보렴."

하고 성구는 긴장되어 있던 가슴을 한숨으로 풀었다.

동환이는 두 칸에 석 줄씩 쓴 편지지 다섯 장을 한참 동안이나 읽었다.

평범한 듯하면서도 친숙한 맛이 있을 뿐만 아니라 가장 믿는 사람에게 이야기하 듯한 다정스런 편지다. 자기의 생활과 지금의 환경은 한 마디도 안 썼으나 그런 것을 알고 싶은 마음이 일어나지도 않게 편지가 능란했다. 얼마나 친할지는 몰라도 서울 온다는 여자를 소개한 말은 소설 이상의 흥미를

끌었다.

그 여자의 과거라든가 지금의 환경이라든가 또는 나많은 여자가 공부를 하려는 것은 아무래도 고적이 크기 때문일 것이라는 말을 쓴 것 같은 것은 보통 사람으로 그려낼 수 없을 만큼 실감과 감격을 주었다.

"이래서 네가 숙희를 좋아한 거로구나."

동환이는 편지를 다 읽은 다음 그 내용은 둘째로 그 글에 감탄되어 버렸다.

"편지는 참 잘 써. 그러기에 몇 해 동안을 편지로만 이야기하는데도 꼭 만나고 싶은 생각이 없었지……."

성구는 다시 한숨지었다. 무엇 때문이지 자기도 모르는 한숨이다. 설레는 가슴에서 저 혼자 나온 것일 게다.

"책을 좀디 읽히고 지도민 잘 해 주면 문학적 소질이 상당히겠다야."

"원체 재간이 있으니까. 그래두 문학으로 나갈 생각은 도무지 안 하거든. 이상해. 내 소설이 나면 꼭 읽고 독후감을 그럴 듯이 써 보내지 않았어. 그러면서두 자기가 해 볼 생각은 안 해……."

"차라리 잘 됐지. 만약 숙희두 문학을 한다면 비극이 더 커질는지 아니……."

"비극이 전혀 없었을는지는 누가 아니?"

"이놈 그래두 못 잊어서……."

성구는 머리를 긁으며 웃었다. 숙희와 떠난 뒤 아직까지 혼자서 지내는 성구다. 편지 쓸 자유조차 없어지기는 했으나 그래도 숙희를 아주 잊어버릴 수는 없는 그였다.

될 수 있는 대로 잊어버리려고 노력한다. 생각하여 쓸데없는 기억을 해방시키려고 하나 그것은 자기의 뜻대로 되는 일이 아니었다.

숙희를 연상시킬 건덕지만 있으면 아름다운 꿈을 다시 끄집어내고야 마는 것이 성구의 습성이었다.

"혜련이?"

동환이가 편지 내용을 생각하며 숙희가 말한 여자의 이름을 외워 봤다.

성구에게 자기의 기억이 옳은가를 물어 보는 듯이.

"응, 최혜련이. 처음 듣는 여자야."

성구도 자기의 기억력을 시험해 보듯 되풀이한다.

"네가 뚜쟁이 노릇을 해 줘야겠구나. 애까지 있는 여자가 공부 온다는 것이 별다른 뜻이겠니……."

"그렇겠지. 그래두 내가 왜 그런 뚜쟁이 노릇을 해."

"누구의 부탁인데……."

그들은 다 같이 웃었다. 그러나 동환이의 웃음은 성구의 웃음보다 쾌활했고 컸다.

혜련이라는 여자에 대해서 그 이상 더 이야기를 아니했다. 서울서 공부를 할 수 있겠구나 하는 생각을 제각기 했을 뿐이다.

성구와 동환이는 하숙집을 나와 약속한 길처럼 종로로 걷고 있었다.

저녁때가 되어 그런지 지나다니는 사람이 길에 가득 찼다.

어디를 가잔 말이 없었고 어디 들어가잔 말도 아니했으나 사람들 틈에 끼어 화신 앞까지 걸었다.

성구가 말 없는 것으로 보아 아직까지 편지에 대한 생각이 없어지지 않은 모양이다. 동환이 역시 남의 감정을 어지러 놓고 싶지가 않아 그냥 내버려 두었다.

동환이는 앞장 서서 화신 안으로 들어섰다. 물론 성구는 그 뒤를 따라 5층 식당까지 갔다.

말은 없으나 저녁을 먹어야 할 것은 확정한 사실이다.

식탁에 앉은 뒤 성구는 사람 많은 곳에서도 유달리 무엇을 생각하듯이 묵묵히 있는 것은 그리 아름다운 일이 아니라 생각하여,

"무얼 먹을까?"

"런치 먹을까?"

"너무 고급 아니야?"

"한 번쯤이야."

동환이는 종을 울려 여급을 부른 다음 일 원짜리 지폐를 내놓고 런치를

주문했다.

성구도 월급을 받고 동환이도 매달 사오십 원의 돈을 쓰기 때문에 돈을 함부로 쓰지 못한다. 다 같이 문학을 하는 사람이고 취미가 같기 때문에 책도 사야 하며 생활을 재미있게 하는 오락도 있어야 한다. 저녁을 먹고 산보를 갔다가는 찻집에도 가야 한다.

이런 돈 저런 돈을 —— 그런 것을 반드시 해야 할 것으로 여기지만 —— 빼고 나면 식당에 다니며 비싼 음식을 먹을 수는 없는 그들이다.

그러나 돈 온 날만은 돈 아낄 줄 모르는 동환이다. 돈이 떨어지면 전당을 내 가면서 담배를 사 먹는다 할지라도 돈만 오면 하고 싶은 일, 사고 싶은 물건을 사야 했다. 더구나 이번에는 주머니에 잔돈이 남아 있을 때 온 돈이다.

동환이는 돈에 대한 생각은 조금도 없이 성구의 얼굴을 빤히 들여다보았다.

"왜 보니? 처음 보는 얼굴인가?"

무미한 듯 성구가 말했다.

"참 이상한 여자야. 딴 여자 같으면 편지할 생각을 꿈에도 못할 텐데……."

"그렇기 때문에 좋다는 거거든. 한 번 좋아하다가 딴 남자와 결혼한 뒤 그 남자를 칼로 자른 듯이 끊어 버린다면 생각할 것두 없이 평범한 여자지 무어야."

"그래 생각을 하면 무엇 해. 평범 아니해서 좋은 게 있나."

"좋은 게 있는지 없는지 몰라두 생각나는 것을 어떻게 해."

"서루 손해야."

"난 모르겠다. 그래두 연애 한 번 못하여 본 네 놈이 무엇을 안다구 그러니."

"못해 보았으면 알지도 못하나……."

이런 이야기를 할 때 저녁이 왔다.

성구는 밥 먹고 싶은 생각도 없는지 포크를 들고 끄적끄적 할 뿐 시원하게 집어삼키지를 않았다.

"못났다야. 평범한 편지를 받구 무얼 그리 오래 생각하니."

동환이는 보기가 조금 민망스러웠으나 분위기를 가볍게 하려고 야유에 가까운 웃음을 웃었다.

"응, 내가 참 못났어. 이때까지 잘 있어 오다가 또 그래지거든. 이제부터는 생각지 않을게……."

성구는 사죄나 하듯이 고개를 끄덕이며 말했으나 너도 이런 경우를 당해 보면 덜 할 것이 없다는 듯이,

"너두 연애를 한 번 해 보아야 해."

했다.

"글쎄, 해 보았으면 좋기는 하겠다마는 나는 연애 같은 것을 할 것 같지두 않다. 아니 삼십이나 거의 되어서 너같이 센티멘털한 연애를 할 수가 있니."

"건방진 수작두 하네…… 그래두 내가 우이지 네가 우이냐?"

"허허 내가 우이지 어째 네가 우이냐?"

"내가 한 달 먼저 나왔으니 내가 우지."

그들은 꼭 같이 스물일곱이다. 달도 차이가 나기는 하지만 무슨 일만 생기면 서로 어른이라고 농담 삼아 이야기하는 것이 또한 그들의 버릇이다. 그러다 이런 이야기가 나오면 그칠 줄을 모르고 자기가 어른이라는 것을 증명하려 한다.

"내가 장가를 먼저 갔으니 너 같은 총각이야 나보구 어른이라구 해야 해."

동환이의 말이었다.

"내 수염을 보아라. 너보다 어른인가 아닌가."

성구와 동환이는 나이가 같고 키가 같고 무엇이든지 비등비등하다. 그래서 고집을 세우고 어른이라는 말을 내세우려면 누구든지 자기가 할 말이 있다.

성구는 아래턱과 위턱에 수염이 많다. 그 반대로 동환이는 그리 많은 수염이 못 되어 며칠만 기르면 몇 오리씩 뾰족하니 나오는 것이 보기 싫었다.

그러나 동환이는 일찍 장가를 들어 지금은 어린애의 아버지다.

그렇다고 해서 성구는 쉽사리 지지를 않는다. 갈람한 동환이와 달리 걸망해 보이는 성구는 일찍부터 고생을 해서 그런지 이마에 주름살이 몇 개 있다. 그는 그것으로 또 자기가 나이 먹은 것을 증명했다.

그러나 동환이는 성구보다 일찍 시작한 것이 있다. 전문학교야 작년 봄에 같이 졸업한 것이니까 공부도 같이 시작한 것이지만 소설은 성구보다 먼저 쓰기 시작했다. 동환이란 이름이 문단에 알려진 뒤 일 년 만에야 성구는 창작을 발표했다.

그러나 지금은 거의 같이 평가를 받고 있을 뿐만 아니라 네 것 내 것 할 것 없이 지내는 그들 사이에서도 문학만은 자기의 것을 더 사랑하고 있는 것이다. 그래서 그 이야기만은 아직까지 입 밖에 내 보지를 못했다.

"자, 이세는 가 보사."

어른을 결정짓지 못한 채 동환이가 일어섰다.

"가 볼까."

성구도 따라 일어섰다.

그들은 구리개를 지나 명치정에 있는 명치좌로 갔다.

영화 <프라하의 대학생>의 브로마이드가 입장권 파는 옆에 붙어 있기 때문에 그들은 먼저 장면 장면을 봄으로써 그 사진의 내용을 알려 했다.

한참 동안 들여다보고는 예고에서 본 기대와 그리 차이가 없을 것을 느끼고 입장권을 샀다. 그래도 같은 값이면 하고 2층으로 올라가 겨우 자리를 얻어 앉았다.

사진의 내용은 대학에 다니는 빈한한 학생이 우연한 기회에 유명한 여배우를 알고 사랑하게 된다. 그러나 돈 없는 사람이고 더구나 학생이라는 데서 그의 사랑은 꿈 가까운 것으로 된다. 현실적으로 생각하면 그러한 여자를 사랑하지 않아야 하는 것이지만 감상적인 몽상이 그의 속에 숨어 있어 어떻게든지 그 여자를 사랑하려 한다. 그래서 현실과 몽상이 서로 마음속에서 싸우다가 나중에는 죽어 버린다는 것이 사진의 이야기다.

성구와 동환이는 사진을 다 보고 밖으로 나왔으나 서로 아무 말을 아니했

다. 문학을 하는 사람들인만큼 감정이 예민하며 감수성이 빠르다. 한 젊은
이의 고민을 활동사진으로 보았다 하나 그 젊은 사람을 배우로만 보지 않
고 현실에 있는 한 사람의 생활로 보기 때문에 둘은 제각기 활동사진이 준
영향을 몸에 받고 있기 때문이다. 그래서 지금 활동사진이 눈앞에 보이지
는 않으나 그들의 눈에는 사진의 주인공이 사라지지를 않았다. 명치정 골
목을 지나 본정통으로 나갈 때까지도 그들은 프라하의 대학생을 생각하고
있었다.

　“어느 것이 더 위대할까? 꿈과 현실이⋯⋯.”

　성구가 말을 꺼냈다.

　“위대하다기보다도 어느 것이 더 필요한가가 문제지.”

　그들의 얼굴은 중대한 것을 의논할 때 같이 엄숙했다.

　“어떻게 말하나 거의 같은 뜻이지만 하여튼 꿈과 현실 가운데서 어느 것
은 긍정하고 어느 것은 부정할 것이 못 되지 않아?”

　“어느 것이나 부정할 수야 없지. 꿈 없는 현실은 너무 건조하고 현실 없
는 꿈은 너무나 허령하니까 그게 문제지.”

　“그것들을 다 가지고 살자면 결국 그 대학생처럼 죽어야 하지 않을까?
사실 그 중 어느 하나를 내버릴 수는 없는 것이니까⋯⋯.”

　“글쎄, 죽을 수도 있겠지. 그러나 죽는다는 게 그리 쉬운 문제가 아니지
않아?”

　“그렇지만 꿈과 현실이 서로 싸우고 서로 분열이 되어 어느 것이 참으로
자기인지를 모를 때는 죽어야 하는 것이 아니야?”

　“왜? 죽고 싶어?”

　동환이는 그때야 웃는 얼굴을 지으며 성구를 바라보았다.

　“자식 내가 그리 죽을 것 같으니?”

　“너두 꿈과 현실의 갈등을 가지고 있으니 죽을라면 죽는 게 아니야?”

　“난 이때까지 죽음에 대해선 생각해 본 적이 없다. 첫째 겁이 나고 또 죽
은 뒤의 쓸쓸할 것을 생각하면 차마 어떻게 죽니?”

　그들은 조선은행 앞을 지나 부청 앞으로 가는 길가 찻집으로 들어가면서

까지 이야기를 그치지 않았다.

찻집은 그들의 둘째 하숙과 마찬가지다. 우울할 때나 흥분되었을 때나 동무를 만나 이야기하고 싶을 때나 할 것 없이 그들이 즐겨 가는 곳은 찻집이다. 사진관에서 얻은 흥분을 가라앉히기 위해서도 그들은 찻집에 갔다.

비록 여러 사람이 한 곳에 모이기는 하나 그래도 조용한데다가 음악이 있으며 차가 있고 다방다운 분위기가 있다. 좁은 하숙방에서 무미한 벽만을 바라보다가 푸른 상록수들이 방 안에 그득 찼고 뿌연 전등이 피곤하게 빛나는 다방에만 오면 없던 생각도 솟아오르는 것 같고 숨었던 생각도 다시 떠오른 것 같았다.

사각진 나무테이블을 가운데 놓고 마주 앉은 그들은 커피를 주문한 뒤 다시 이야기를 계속했다.

"너두 죽을 각오를 한 뒤 숙희를 한 번 더 사랑해 보렴."

"그래. 네가 죽거든 얼마든지 쓸 테니 재료를 공급해라."

"네가 소설 쓰기 위해 날더러 죽으란 말이지? 나쁜 놈 같으니……."

"그런 게 아니야. 우리가 예술을 한다고 하지만 예술적인 생활을 해 보아야 하는 게 아니야. 예술적 생활이란 죽음을 바치고라도 자기가 하고 싶은 일을 조금이나마 해 보아야 하는 거거든. 물론 그런 생활이 소설 재료가 될 수 있는 것두 사실이야 사실이지……."

"그럼 네가 한번 그렇게 해 보렴. 거리에 나다니는 여자 가운데 한 사람도 마음에 드는 이가 없겠니? 마음에 드는 여자를 따라다니며 목숨을 바쳐 보지. 혼자만 앓지 말고."

말이 이까지 왔을 때 커피가 왔고 레코드가 갈렸다.

엘레지(戀歌)가 조용한 밤 공기를 살며시 울리며 애조를 그득 담아 왔다.

"엘레지다. 응, 성구야."

동환이가 노래가 시작하자 발길로 성구를 툭 찼다. 발길질을 한 동환이나 발길로 채이고 동환이를 쳐다본 성구나 일 분 뒤에는 꼭 같이 머리를 숙였다.

성구는 성구대로 동환이는 동환이대로 생각을 따로 하는 것이었다.

성구야 숙희에 대해 다시 생각할 것이 분명하다. 지금 노래하고 있는 엘레지가 숙희와 같이 처음 들은 음악이 아니라 해도 숙희에게서 온 편지와 구경한 활동사진으로 숙희를 생각할 수가 넉넉히 있다. 그런데다가 엘리지는 숙희의 레코드에서 처음 듣고 인상 깊이 한 음악이다.

동환이 역시 자기의 생각을 아니할 수 없다…… 어렸을 때 장가가고 어린애까지 있기는 했으나 사오 년째 본 척 아니하고 지내는 아내가 그에게는 적지 않은 고통이다. 아무것도 모를 때 부모의 맏아들이 되었다는 죄로 멋모르는 장가를 들었으나 ㄱ자 하나 알지 못하는 아내를 아내라는 자리에 앉히고 자기를 그의 남편이라는 운명 속에서 썩는다는 것이 그의 현실 가운데서는 가장 쓰라린 일이며 가장 무서운 꿈이었다.

높았다 낮았다 하면서도 부드럽고 컸다 작았다 하면서도 은근한 맛이 있는 엘레지는 슬프게 들으면 얼마든지 슬프게 들을 수 있다. 그들은 음악 속에서 각각 자기의 꿈을 풀고 있었다.

축음기 소리가 끝나고 딴 음악이 시작되려 할 때 성구는 자리에서 일어나며 집으로 가기를 청했다. 동환이도 가려고 생각했었던지 성큼 일어서서 찻값을 내놓고는 밖으로 나왔다.

아무리 꿈이 좋다 할지라도 성구에게는 너무나 괴로운 것이었다. 동환이 역시 생각으로 풀 수 없는 기막힌 현실이다.

아무래도 단념해야 할 꿈이었으며 아무래도 해결지어야 할 현실이었으며 축음기 소리에 발을 맞출 수 없는 것이 그들의 공통된 감정이었다.

도렴정이 하숙인 그들은 부청을 지나 광화문까지 왔다.

밤은 이미 깊어 전차 정류장이 쓸쓸하다.

밤술에 취한 손님을 실어 나르는 자동차만이 헤드라이트를 돌리며 넓은 길을 함부로 달음박질한다. 큰 거리를 지나 작은 골목으로 들어서 얼마 남지 않은 집을 찾아갈 때,

"매화나 보고 갈까."

하고 동환이가 선술집 앞에서 우뚝 섰다.

"난 옥도나 볼까."

성구도 찬성인 모양이다.

선술집에도 밤이 깊었는지 손님이 없고 안주가 얼마 남지 않았다.

성구와 동환이가 대문 안으로 들어서자 주모로 앉은 옥도가,

"곤상."

하고 성구를 불렀으며 손님이 방금 왔다 갔는지 김치 그릇을 옮겨가는 매화가 동환이를 보구 웃었다.

몹시 반갑고 가까운 손님인지 어서 오십시오 하고 누구에게나 하는 인사를 아니한다.

싱글싱글 웃는 성구와 동환이를 보고 옥도가 말했다.

"오늘은 아부나이구즈(뽀족구두)한테 갔던 모양이지?"

"왜?"

성구기 옆으로 기머 물었디.

"늦게야 들어오는 모양이 아니요?"

"늦게 오면 아부나이구즈한테 갔다 오는 법인가?"

아부나이구즈란 높은 구두를 신은 신식 여자를 말함이다. 즉 카페나 바에 갔다 오느냐는 말이다.

"복상이 아부나이구즈한테 가는 거야 보통이지. 안 그래?"

그때 동환이 편을 들듯이 매화가 가까이 왔다.

"암 못 갈게 어데야?"

동환이는 신이 나서 대답을 했다.

"그럼 누군데. 적어두 매화 서방이야."

하고 옥도에게 빈죽질을 하듯 말하고는 슬그머니 동환이의 볼기를 꼬집었다.

"아이구."

동환이는 움칠하고 한 걸음 뒷걸음쳤다.

"왜들 이래? 집안 싸움인가?"

주모로 앉아 있으려기에 뜰로 내려올 수 없고 하니 옥도는 성구를 보며 웃을 뿐이다. 성구도 바라보며 웃었다. 제법 제 아내나 대하듯이.

그들은 하숙 가까운데 있는 이 술집엘 자주 다니었다. 한 잔이나 두 잔이

면 빨개지는 주량이 꼭 같다. 그러나 밤늦도록 앉아 책을 읽거나 소설을 쓰다가 찻집에도 갈 수가 없을 때는 안주도 먹을 겸 소풍도 할 겸 이 집엘 자주 다녔다. 그들이 술집에 다닌 것은 여자도 있기 때문이나 무엇보다도 안주를 먹기 위한 때문이었다. 밤늦게 앉아 있으면 늘 배가 출출했다. 하숙 생활을 해서 그런지 늦은 밤에 고기조각이라도 먹고 자야 그 다음날 아침이 심상했다. 그래서 때로는 매일같이 다니기도 해서 서로 잘 알게 되었고 지금에는 네 서방 내 서방 할 만큼 친하기도 했다. 물론 한 잔 술에도 안주만은 대여섯 잔 술의 안주를 먹어도 괜찮을 만큼 그들의 사이는 가깝다.

성구와 동환이는 그러는 게 심상치 않아 내버려 두지만 옥도와 매화는 친한 손님이라고만 생각해서 말을 함부로 하거나 안주 값을 안 받는 게 아닌지도 모른다. 어떤 때는 우스운 일에 샘을 내기도 하며 때로는 술집 색시 아닌 듯이 색시가 없느냐고 진정 말을 물어 보기도 했다.

"안주나 구워."

성구가 안주장에서 남은 안주를 함부로 집어다 적쇠에 올려놓았다.

매화가 안주를 차근차근히 놓고 소금을 뿌릴 때 동환이가,

"두 분 손님 약주 놓으시오."

하고 옥도 앞으로 갔다.

"술 자시었수?"

그때 옥도는 술항아리에서 술을 꺼내며 물었다.

"술은 무슨 술이야? 활동사진 구경 갔다 오는 길인데……."

그러니 매화가 뛰어오며 동환이 팔을 잡고,

"그래 구경은 밤낮 둘이서만 다니시우?"

"그럼 너희들이 나갈 수 있니?"

"왜? 가자면 못 나갈 게 어데 있어 작년 봄에는 요사쿠라(밤벗꽃) 구경두 했는데……."

"그래? 한 번 같이 가자."

동환이는 이렇게 대답을 했으나 슬며시 켕겼다.

정말 데리고 다녀 달라고 하면 그도 걱정이니까.

그들은 약주 한 잔에 안주를 들면서 먹고 그 집을 나섰다.

"그것들이 정말루 그러지 않지?"

집으로 걸으며 동환이가 물었다.

"까짓 것들 그러겠으면 그러라지. 넌 겁이 나니? 별 걱정을 다하네. 그저 그래 보는 거야."

"아니 언젠가 한 번 시골서 혼난 일이 있어서 그래. 멋모르구 덤볐다가 나중에 살자구 그러는데 큰일 날 뻔했어."

그들은 열두 시가 훨씬 넘어서야 하숙으로 돌아왔다.

으슥한 골목길로 와서 어두컴컴한 하숙집 대문을 두들기려니 쓸쓸한 방 안이 생각나 자기네들이 잠자고 밥 먹는 곳이지만 들어가고 싶은 생각이 그리 크지가 않았다.

이런 생각은 두 사람이 시로 말은 아니하나 꼭 같이 느끼는 감정이다.

비록 공부를 늦게 하여 학생이란 이름을 겨우 일 년 전에야 벗어났지만 나이는 삼십 가까워 오는 그들이다.

더구나 좋든 나쁘든 간에 부부의 생활을 경험해 본 동환이에게는 때론 공방의 적적을 혼자 느끼곤 했다. 지금 술집 색시들과 쓸데없는 이야기를 하고 왔지만 언젠가 시골서 봉변당한 일까지 머리에 떠올라 잠자고 싶은 생각이 더욱 없다.

벌써 삼사 년 전 일이지만 여름방학이 되어 시골엘 갔다. 여전히 보고 싶지 않은 아내가 그래도 자기를 기다리고 있다. 여기서 냉정한 태도를 보이면 보일수록 추근추근 달라붙는 아내에 부아가 치밀어 마을서 십 리나 떨어져 있는 산골 술집으로 갔다. 술이 먹고 싶어 간 것이 아니지만 집을 떠나 멀리 걷고 싶은 생각에 혼자 갔던 것이다.

거기서 먹지 못하는 술을 색시의 권유로 양 이상 마셨다. 그는 거기서 정신을 차리지 못했으며 피곤한 몸을 움직이지도 못했다.

서울 가서 전문학교까지 다니는 학생이란 것을 안 술집 색시는 그를 자기 방에 누이고 별의 별 유혹까지 했다. 여자라고 아내 이외에 알지 못하던 동환이인만큼 취중에도 겁을 먹었으나 자기가 능동이 아니라 피동이라는데 하는 대로 맡겨 두었다.

생각하면 무서운 밤이었다. 그 뒤 집으로까지 찾아와서 여러 가지 창피를 주었다. 지금은 완전히 나았지만 병까지 얻었었다.

그런 것을 생각하니 말할 수 없는 전율이 온몸을 떨리게 했다. 오늘 저녁에 만났던 매화나 옥도 역시 주의해 사귈 사람들이라는 것을 느끼자 주책없이 덤빈 자기의 입을 씻고 싶었다.

"자야지."

성구는 잠은 아니 오지만 들어가야겠다는 듯이 열린 문턱을 힘없이 넘었다. 그때 대문 열러 나왔던 주인 집 할머니가,

"아버지가 와서 주무시나 봅니다."

라고 동환이를 쳐다보았다.

"오늘 아침에 돈을 부쳤는데 무슨 일로 오셨나!"

하고 혼자 생각했지만 장사일로 늘 오르내리는 터라 그리 궁금하게도 생각지 않았다.

웃방 미닫이를 열 때 아랫방에서 기침소리가 났으나 그들은 기척을 아니하고 웃방으로 들어갔다.

방이 웃방과 아랫방으로 되었으나 조그만 문 하나만을 닫으면 아래위가 아주 막혀 버린다. 아랫방은 잠자고 식사하는 데요, 웃다다미 방은 공부하고 글 쓰는 말하자면 서재라 할 수 있다.

서재에 들어서서 먼저 얼굴을 서로 쳐다본 뒤 조금씩 붉어진 것을 어떻게 하느냐는 듯이 눈을 써먹써먹 했다.

괜치않다는 듯이 실죽 웃어 본 동환이는 아랫방과 통하는 사잇문을 열고 인사를 했다.

"아버지 오셨어요."

"응, 비료를 주문한 게 도무지 오지 않아 갑자기 왔다. 어데를 갔댔니?"

오십이 되었을까 말았을까 해 뵈는 아버지가 그렇게 무서운 눈은 아니지만 어쨌든 재미없다는 듯이 동환이를 쳐다보았다.

성구는 부자의 인사가 있은 뒤 아랫방으로 내려가 절을 했다.

“잘 있었나? 연애두 재미를 보구?”

집에 돈냥이나 있으면서도 서울 오기만 하면 여관엘 들지 않고 동환이에게로 오기 때문에 그는 성구도 잘 안다. 또 동환이와 제일 친한 동무라는 것까지 잘 안다. 그러나 밤 깊게 붉어진 얼굴로 들어오는 것이 못마땅한지 인사도 그리 반갑지 않게 했다.

“부친 돈은 받았니?”

동환이에게 연달아 물었다.

“네, 오늘 아침에 왔습니다.”

동환이는 아직 찾지도 못했다 하고 깍지를 그대로 뵈이고 싶었으나 지금 못마땅해 하는 것이 술을 먹고 돈을 함부로 썼을까 해서 그러는 것이 아니라고 짐작했기 때문에 묵묵히 있었다. 이때까지 돈을 함부로 써서 걱정을 듣거나 나쁜 소문으로 책망을 받은 석이 없다.

그래서 그런지 아버지도 더 할 말이 있는 것 같이 보였으나,

“그만 자자.”

하고는 먼저 누워 버렸다.

동환이 아버지가 그리 엄하게 생기지는 않았어도 성구는 행동거지를 주의했다. 전같이 농담도 아니했고 하고 싶은 말도 긴하지 않은 말이면 그만두었다. 어른을 대접하는 데는 젊지 않아야 한다는 것을 느꼈기 때문이다. 동환이는 아버지가 아랫방에 있는데도 담배를 피웠으나 성구는 도리어 동환이를 눈짓하고 자기는 밖에 나가 피웠다. 나이 든 아들이기는 하지만 어떤 때는 한 자리에서 성냥을 같이 쓰며 담배 피우는 때도 있을 만큼 부자간이 지켜 오는 도덕이 다르다. 하지만 그래도 성구는 그럴 수가 없었다.

다음날 아침 조반을 먹은 뒤,

“며칠 더 유하시다 가시겠습니까?”

하고 물은 뒤,

“저는 신문사에 가 보겠습니다.”

하고 인사를 했다.

“오늘루라두 내려가겠네. 가서 일이나 잘 보게.”

동환이 아버지는 아침까지도 기분이 좋지 못한 모양이다. 동무같이 어울려 이야기를 재미있게 해 본 적은 없어도 서울 올 때마다 반가운 얼굴로 아들 대하듯 기뻐하며 친절히 해 주던 그 태도가 조금도 없었다. 성구는 모자를 벗어 인사를 했다. 기분 나빠하는 동환이 아버지를 피하듯이 인사를 한 뒤는 절반은 달음박질로 대문간까지 나왔다. 자기가 지은 죄도 없고 욕먹을 짓도 한 일이 없다. 어젯밤 동환이와 같이 밤늦게 나가 논 것은 잘못이라 할 수 있어도 그렇게 꾸지람 받을 만큼 나쁜 짓은 아니했다. 그저 따분하고 명랑치 못한 분위기 속에 조금이라도 오래 있고 싶지 않았을 뿐이었다.

"성구."

대문 밖에 나설 때 동환이가 불렀다.

"왜 그래?"

"오늘두 별일은 없지?"

"없겠지."

"그럼 기다릴게."

"글쎄, 봐서."

동환이는 전과 같이 신문사가 필하는 대로 집에 오라는 말이다. 그러나 동환이 아버지 앞에서 무슨 큰일이나 있는 것처럼 시간 약속까지 하는 것을 보여주고 싶지가 않아 성구는 어물어물하고 길거리로 나왔다. 하숙에서 신문사가 그리 멀지 않았으나 동환이와 같이 웃으며 헤어질 때와 달리 그의 걸음에는 어딘가 기분 나쁜 표적이 드러났다.

유쾌하지 못한 마음으로 나온 것도 사실이나 심상치 않은 얼굴을 가지고 온 동환이 아버지가 어떠한 근심을 동환이에게 주려 하는 것일까 하는 생각을 할 때 그 역시 기분이 좋지가 않았다.

언제나 돈을 보내 달라고 하면 두말 없이 돈을 부쳐 주었고 아들이 무엇을 하겠다고 하면 우선 아들의 의견을 잘 들어 그것을 이해하려고 하는 말 하자면 어진 아버지였다.

서울만 오면 자그마한 것이라도 아들을 위해 무엇을 사 주었으며 시간만 있으면 서울 이야기나 시세에 대한 이야기를 끊임없이 물었다. 그것이 전문학교까지 마친 아들을 서울에 두고 그 아들을 자랑하며 자기의 위치를 조금이라도 높게 놓으려고 하는 시골 아버지의 떳떳한 마음이었다.

그러나 이번은 그와 전혀 다르다는 것이 성구에게까지 의심을 주게 한 것이다.

성구는 신문사에 들어가서 출근부에 도장을 찍은 다음 편집실로 올라갔다.

먼저 온 사람이 몇 있기는 했으나 아직 대부분이 출근하지 않았다. 그는 조간신문을 뒤적거리다가 극광신보에 난 자기 소설을 읽어 보았다.

며칠 전 극광신보에 있는 동무가 단편소설이 있거든 하나 달라고 해서 써 두었던 것을 준 것이 이 날 조간부터 게재된 것이었다.

성구는 우선 소설 가운데에 있는 삽화를 들여다보고 곧잘 그린 이로군 하는 생각에 마음이 듬직했다. 그래서 처음부터 오자(誤字)를 고쳐 가며 읽어 보았다.

그리 잘 된 것이라고는 생각되지 않은 작품이나 그래도 자기 것이 발표되었고 따라서 얼마 안 되는 고료나마 돈이 생길 것을 생각하니 기뻤다.

무엇을 할까?

그는 돈 쓸 궁리를 했다. 돈 원이나 될 것을 가지고 큰 것은 살 생각도 못하나 그래도 사고 싶은 책권을 산 나머지로 무엇을 할까 하고 생각하는 것이 여간 재미있는 일이 아니었다.

일요일 날 어떤 온천에나 갔다 올까?

이렇게 생각하고는 일요일을 이용하여 동환이와 같이 기차 타고 어디로 재미있게 갈 것을 꿈꾸었다.

한참 뒤 다음날 학예란에 실을 원고를 교정하고 있을 때다. 옆에 앉았던 친구가 그의 어깨를 가볍게 두들기며 눈짓을 하고는 먼저 밖으로 나갔다.

아마 자기를 부르는 뜻인가 보다 하고 아무 생각 없이 따라 나왔다.

조용한 응접실까지 말없이 따라나간 성구는 무표정한 그 사람의 얼굴을 보고 심상치 않게 생각했으나 아침부터 무슨 일이 있나 하는 마음만 가지었을 뿐 그 사람의 이야기를 꺼낼 때까지 아무 말도 아니했다.

“저, 편집국장의 일을 아시오?”

큰일난 것처럼 은근히 물어 보는 말에 성구는 얼핏 짐작이 되었으나 확실한 말은 듣지를 못했기 때문에,

“자세히 모르겠는데요. 무슨 일 말입니까?”

하고 되레 물었다.

“주필과의 새가 노골화하는 모양인데 불일간 무슨 사령이 있을는지도 모르겠습니다. 그래서 조금 의논을 하려고 하는데…….”

성구는 벌써 알아차렸다. 주필과 편집국장과는 오래 전부터 서로 갈등을 하며 의견이 충돌되었다. 주필은 주필의 권리를 행세하려 하고 편집국장은 자기의 연조로 보아 의견을 꺾지 않으려 했다. 아무때라도 무슨 일이 일어나고야 말 사이라는 것은 신문사 사원이 모두 짐작하는 바다.

“무슨 의논이요?”

“지금 편집국장을 내보내면 신문사는 말이 아니 될 게요. 주필의 마음대로 될 것이니까. 사실 아무것도 모르는 주필이 세력을 쥐고 마음대로 한다면 신문사야 망하는 게지. 그러니까 편집국장 유임의 진정서를 만들어 두며 한편으로는 여기서 우리가 기세를 돋우어야 할 것입니다.”

성구는 아무 말도 아니했다. 주필이 인격자 못 되는 것도 알기는 알지만 그렇다고 해서 자기가 편집국장의 편이 되어 나서고 싶지가 않다. 성구는 신문사에 들어와 그리 친한 사람도 없으며 특히 누구의 귀염을 받지도 않는다.

일에 충실하고 월급이나 받았으면 그뿐이라는 것이 그의 생각이었다. 원체 누구에게 아첨을 할 줄 모르고 사교 생활에 남보다 떨어지기 때문에 편집국장 역시 그를 개인적으로 좋아하지 않았다.

더구나 지금 말하는 사람이 편집국장의 소개로 들어온 사람이라는 것을 생각하니 사원 채용시험으로 안면 아는 사람 없이 입사한 자기가 그 말을 듣고 싶지 않았다.

자기는 어떠한 편에 치우칠 아무것이 없다.

만약 잘못되어 다수의 도태가 생긴다면 친척도 없는 자기만이 큰 타격을

받을 것 같다.

그것도 지금의 편집국장이 아니면 신문사를 똑똑히 해 나갈 수가 없다든가 인간적으로나마 존경하고 숭배하는 사람이 되어 그의 편이 되어야 할 생각이 있다면 모른다. 그리 명망 높은 편집국장도 아니다. 그런 것을 알면서도 같이 일하는 사원의 말이라고 시원시원히 가담을 한다면 자기가 어리석은 사람이 된다.

그 사람은 주머니에서 종이를 꺼내며 성구의 이름 있는 데다가 도장 찍기를 청했다.

"좀 생각해 보아야 하겠습니다."

성구는 거절을 했다.

"그럼 남들이 다 찍었는데 당신만 안 찍겠다는 말입니까?"

도장을 찍은 사람이 불과 서넛밖에 안 되는 것을 보았으나 그래도 성구는 그런 말까지 하는 것이 심한 것 같아,

"안 찍겠다는 것이 아니라 조금 생각해 보겠다는 것입니다."

"생각할 것이 무엇이요. 다 아는 사실인데. 또 그럴 시간도 없을 만큼 급하지가 않습니까?"

"그래도 생각을 해 봐야겠는데요."

성구는 종시 도장을 안 찍었다.

자기를 생각지 않고 남의 바람에 넘어간다는 것이 성구에게는 가장 싫었던 때문이다.

편집실에 올라와서 다시 일을 할 때 딴 사람들이 자기를 주의해 보는 것 같았으나 그는 못 본 척하고 펜만을 움직였다.

원고 교정을 끝맺고 점심을 먹으러 밖에 나갈 때다. 전화를 받고 있던 아까 그 친구가 성구를 불렀다.

"전화요."

하는 말도 퉁명스러웠지만 어디 보자 하는 듯이 심술궂게 훑어보는 눈이 심상치 않았다.

"네, 권성구올시다."

성구는 전화를 받았다. 수화기를 받은 지 일 분도 못 되어 전화를 끊었으나 그의 얼굴빛이 제대로 되기는 했지만 성구는 점심 먹으러 가던 길을 돌려 편집국장실로 향해 걸었다.

뚱뚱하게 생긴 편집국장은 처음부터 좋지 않은 얼굴로 대했다. 하기야 여러 가지 근심이 있을 것이지만 그렇다고 해서 자기 밑 사람에게까지 그런 얼굴로 보여주는 것이 어떨까 하고 생각했다. 그러나 아까 그 친구가 도장 안 찍은 것을 보고하지나 않았나 하는 겁이 들었지만 자기가 내쫓길 때 사원을 충동시켜 유임 운동을 시킬 만한 사람이라면 겁먹을 일도 못될 것 같아 성구는 될 수 있는 대로 천연스런 얼굴을 만들었다.

그러면서도 대체 무슨 말을 하려는가 하는 생각이 궁금했다.

이때까지 일 년 동안이나 일을 보면서도 개인의 일로는 한 번도 편집국장실에 가 본 적이 없다.

"권 군."

그리 나이가 많은 사람도 아니지만 풍채를 돋우며 위엄 있게 성구를 불렀다.

전화로 부를 때부터 이상한 육감이 들었지만 성구는 아무 일도 없는 듯이,

"네."

대답하고 한 걸음 나섰다.

"극광신보에 무어 쓴 일이 있소?"

"네."

난데없는 질문이었다. 그러나 그 말이 나올 때 성구는 무슨 소리가 있으리라는 것을 짐작했고 따라서 자기는 대답할 변명까지 있기 때문에 있는 대로 말을 하려 했다.

"우리 신문사 사람으로 그 신문사에 기고(寄稿) 아니하는 것쯤은 알겠지?"

"네, 압니다. 그러나 그런 것을 변경시킨 지가 오래지 않습니까?"

"그 신문에 기고하는 사람의 글을 우리 신문에 실려도 괜찮겠다고 결정한 것이지 어데 사원이 그 신문에 기고해도 좋다는 말인가?"

이렇게 말하는 데는 무엇이라 대답할 수가 없었다. 극광신보에 쓰는 사람은 그의 글을 이 편에서 실리지 않는다고 해 오다가 몇 달 전부터 그럴 필요가 없다는 말에 필자의 제한을 없애 버렸다. 그래서 성구는 아무 생각도 없이 달라는 바람에 주었던 것인데 이제 와서 그것을 다시 문제삼는다는 것은 아무래도 극광신보를 꺼려하는 모양이다. 그렇다고 해서 변명이나 자기 변호를 할 수도 없다. 말하는 태도와 음성으로 보아 자기를 나쁘게 보는 것만이 확실하기 때문에,

"그런 줄은 모르고 달라고 하기에 주었습니다. 앞으로는 주의하겠습니다."

하고 사과를 했다.

"앞으로 주의할 것은 둘째로 한 신문사 사람이 딴 신문사에 글을 못 쓴다는 것쯤은 심삭하겠지?"

편집국장은 더욱 날카롭게 말했다.

"네, 알겠습니다."

성구는 될 수 있는 대로 과실을 깨달은 것 같이 보였다.

"나가 있어."

성구는 힘없이 나왔다. 자기가 잘못한 것 같기도 했으나 크지 않은 일을 자기편이 안 됐다는 사감으로 크게 만드는 편집국장 역시 그리 잘 하는 일 같지가 않았다. 그러나 자기는 아랫사람이다. 시키는 대로 해야 하며 말하는 대로 들어야 한다.

점심 먹을 생각은 아주 없어졌다. 편집실에 들어가 시름없이 앉아 있으려 하니 장차 어찌될까 하는 겁만이 머릿속에 그득했다.

실직. 생각만 해도 무섭다.

이제라도 도장을 찍을까 하고 생각해 보았다. 만약 여기서 이기기만 하면 도장 안 찍은 사람이 도태를 당할 것이 분명하다. 더구나 국장이 미워한 자기다.

만약 지금 국장이 내쫓긴다 해도 오늘 내일의 문제가 아닐 것이니까 그 사이에 미운 사람을 먼저 내쫓을는지도 모른다. 그렇다면 아무래도 내쫓기

고야 말 자기 같았다. 차라리 눈을 감고라도 도장을 찍어 국장의 눈에 다시 들지 않는 것이 나을 것 같았다.

그러나 자기 옆에서 고자질해서 매를 맞게 한 뒤 고소해서 웃는 어린애처럼 일을 하면서도 빙글빙글 웃는 그 사람을 볼 때 성구는 그러한 생각이 쑥 들어갔다.

추한 인간들 같았다. 자기의 지위를 뺏기지 않으려는 국장도 더러워 보였으며 그 수하에서 자기 체면을 유지해 나가려는 사람 역시 가증스러웠다. 그런 사람들에게 마음 없는 동의를 한다는 것이 자기로서 도저히 할 수 있는 것 같지 않으며 만약 직업이 무서워 그런 행동을 한다면 자기는 도리어 그 이상 더러운 인간이 될 것 같았다.

그는 종일 자기 혼자서 싸웠다. 아닌 게 아니라 직업이라는 것도 자기에게 있어서는 귀중한 것이었으니까. 그 직업을 더 크게 생각해 나가는 그러한 자기를 욕해 보기도 했다. 그러나 도장 찍고 싶은 생각이 클 때도 그는 그 사람에게 가서 그런 이야기할 용기가 없으므로 퇴사할 때까지 혼자 지내다가 나왔다.

대면

퇴근 시간이 되자 일 분도 지체하지 않고 하숙으로 돌아왔다. 심산한 마음을 동환이게나 풀어 보고 싶은 생각이 컸기 때문이다. 그러나 하숙방에는 기다린다고 하던 동환이가 있지를 않았다. 물론 동환이 아버지도 없었다.

쓸쓸한 방이었다. 홀아비 냄새가 코를 찌르는 방에 들어가 서재라고 하는 방에 앉아 있으려고 하니 너저분한 책들도 산란해 보였다.

한 권 한 권의 저술가의 머리를 어지럽게 했을 것 같으며 그 많은 책들이 자기를 향해 무엇을 가르쳐 주려고 기다리는 것 같기도 해서 책을 바라보는 것조차 싫증이 났다.

이러지도 못하고 저리지도 못하는 말하자면 갈래길에서 헤매는 성구다.

마음의 해결을 좀더 쉽게 하고 싶으며 해결은 못 짓는다 해도 설레는 가슴을 안정시키기라도 했으면 하고 바라게 되었다.

테이블에 이마를 대고 눈을 감았다. 그러나 생각하는 것이 싫어졌다. 생각할수록 좋지 않은 것만이 머리에 떠올라 불쾌했다.

그는 아랫방으로 내려가 누었다. 누워서 바람벽을 보았을 때 죽어 늘어진 사람처럼 거꾸로 매달린 양복이 또한 마음에 들지 않았다.

'어데를 갔을까?'

그는 동환이를 생각했으나 자기가 그렇게 외로울 때 자기를 기다려 주지 않고 어디로 나간 동환이가 원망스러웠다.

그는 일어났다.

방 안에 혼자 박혀 있을 수가 없어서 하숙을 나서려 했다.

그러나 길 데를 생각하니 아무데도 없다. 동환이와 같이 나서기만 하면 갈 곳 없어 헤맨 적이 없지만 혼자서 나가려고 하니 찻집도 쓸쓸해 보이고 본정통도 무미해 보였다. 어슬어슬 걷고 싶지도 않다.

어디를 갈까 하고 무심히 주머니에 손을 넣을 때 그는 숙희의 편지를 만졌다.

무심히 꺼내어 무심히 읽고 나니 숙희가 소개한 혜련이가 생각났다. 어떤 여자일까? 어떻게 생겼을까?

한 번 찾아가 볼까 하고 숙희가 알려 준 그의 주소를 보기까지 했다. 그러나 보지도 못한 여자를 찾아갈 수가 없다. 더구나 지금 울적한 마음을 가지고 첫번 보는 여자를 대할 수가 있는가?

만난대도 별 이야기가 없을 것이고 위안 받을 재료도 없다.

숙희의 이야기만 듣고 그의 결혼 생활이나 안다면 몰라도 지금의 자기로서 숙희까지 생각해서 괴로움을 늘리기가 싫다.

성구는 나갈 것도 단념하고 다시 의자에 앉았다.

맞은편에 걸린 가꾸부찌(액자) 속의 <잠자는 아리안의 상(像)>이 눈앞에 보인다. 피곤하고 그러나 갖은 생각을 다 가슴에 품은 채 잠들어 버린 반나체의 색시를 오랫동안 볼 수가 없다.

사진틀을 떼어 보이지 않게 뒤집어 매달고 싶었으나 그럴 수도 없어서 눈을 딴 데로 돌렸다

"이렇게도 서울이 좁은가."

생각하고 갈 수 있을 만한 집을 다 꼽아 보았다.

'인걸이한테나 갈까.'

생각을 해 보니 한 집이 갈 만했다.

그러면서도,

'이 애는 어데 갔을까.'

하고 동환이를 다시 기다려 보았다.

자기 마음을 붙잡지 못하고 판단력을 잃었기 때문에 자기의 몸 역시 어디다 둘지를 몰라 몇 번이나 앉았다 일어났다 하다가 끝끝내 동환이가 오지 않아 그는 하숙방을 나섰다.

성구는 신교정으로 발을 옮겼다. 무슨 말이나 시원히 해 주고 따라서 이야기를 잘 받아 주는 동무 인걸이를 찾아가는 것이었다. 동환이의 고향사람이기 때문에 자주 만나기도 했고 같이 놀아서 이제는 동환이의 동문지 성구의 동문지 확실히 모를 만큼 세 사람이 다 친해 버렸다.

언제나 쾌활한 얼굴을 가지고 있을 뿐 아니라 대학까지 마친 지식에다가 지혜 있는 머리까지 가지고 있기 때문에 싫증날 줄 모르는 동무였다.

그러나 옥인정을 지나 개천길을 따라 가려고 하니 갑자기 싫은 생각이 났다.

인걸이는 말이 많다. 남의 기분이 어떠한 것을 깊이 생각지 않고 자기의 의견부터 말해 놓고야 만다. 하고 싶은 말을 다 한 뒤에야 상대자의 감정을 이해하려는 것이 성구에게는 싫었다. 지금의 자기 감정을 말하고 싶지도 않다.

어떻게 할까 하고 길가에서 망설일 때 성구를 부르는 소리가 뒤에서 났다.

"권 선생님 아니세요?"

들리는 말이 여자의 목소리였다.

"네."

하고 성구가 뒤를 돌아보았을 때 부끄러운 듯이 고개를 반쯤 숙인 여자가 자리를 부른 그 자리에 그대로 서 있었다.

자기를 부른 여자라고 생각하니 알 듯도 하고 어디서 본 듯도 하나 누굴까 하고 속으로 따져 보니 도무지 기억이 나지 않았다.

"전데요."

그 여자는 성구를 확실히 아는 모양이었다. 그러나 기억나지 않는 여자가,

"전데요."

하고 말한다 해도 생각날 수가 없는 일이다.

성구는 기억을 더듬으며 고개를 기웃기웃하고 혼자 생각했다. 인사를 하고 지내는 여자가 있다면 문학을 하는 여자들뿐이다. 그들의 얼굴을 모를 리는 없다.

"전 모르겠는데요."

성구는 일찍이 무딘 기억을 사죄해야 하겠다는 듯이 웃어 가며 자기소개가 있기를 기다렸다.

"명심인데 모르시겠어요?"

여자는 자기 이름을 남자 앞에서 부르는 것이 부끄러운지 고개를 더 숙였다.

"아, 김명심."

성구는 이름을 듣고야 알아냈다. 그 알아냄이 얼마나 반가운지 으슥하지 않은 길에서 고함을 칠 정도였다.

"명심이가 이렇게 컸어? 난 모르겠는데……."

"아이 선생님도……."

이렇게 말하며 부끄러워하는 모양을 보니 옛날의 명심이가 아니다. 늘어 뜨렸던 머리가 틀에머리로 되었고 까마특특 하던 얼굴이 훤해져 이제는 제법 어른이다. 비록 앞치마를 입고 고무신을 신었을망정 현대적 여성의 체격이 몸맵시에 그득 차 있었다.

성구는 전같이 '해라'라거나 반말을 하는 것이 안 될 줄 생각했다. 그새

누구의 귀부인이 되었을지도 모른다. 옛날에 명심이가 어렸을 때 자기가 글을 가르쳐 주었다 해도 죽을 때까지 선생과 생도는 아니니까…….

"그래 댁이 여기 어데시오?"

"네, 바로 이 골목으로 들어가요. 어데 가시던 길인가요?"

"네, 좀 놀러 가던 길인데……."

"왜 말씀을 그렇게 하세요. 전같이 하시지……."

"어른보구 그래야지요."

성구는 자기도 어색했으나 그럴 수밖에 없었다.

"제가 무슨 어른이에요."

명심이는 다시 부끄러운 얼굴을 했다. 그러나 조금 뒤,

"바쁘시지 않거든 좀 놀다 가시지요."

하고 자기 집으로 들어가기를 청했다.

"아니, 좋습니다."

가도 괜치는 않을 것이나 그래도 자기 남편과 같이 있다면 재미없으리라는 생각에 머뭇거렸다.

"별일 없으시거든 잠깐 놀다 가세요."

명심이는 따라올 사람이라는 듯이 먼저 걸었다.

성구는 가야 할지 안 가야 할지를 몰라 따라가기는 하면서도 마음은 망설였다.

별 기색 없이 인도하는 것으로 보아 가도 상관없을 것 같기는 하나 그래도 무미해서,

"언제 이리 이사 왔어요."

하고 물었다.

성구가 전문학교 일학년 때 명심이네 집에서 가정교사로 있었다. 그때 옥인정이 아니라 서대문 쪽에 살고 있었다.

"벌써 삼사 년 되었어요."

"네."

하고 그저 따라가기만 할 때,

명심이는,

"여기가 저의 집이에요."

하고 기다리란 말도 없이 안으로 들어가 버렸다.

조금 있으려니까 앞치마를 벗은 명심이가 뛰어나오며 어서 들어오라는 말을 했으며 뒤이어 명심이의 어머니가 나와,

"이게 얼마 만이오!"

하며 떠들썩했다.

성구는 간단한 인사를 치르고 방으로 들어갔다. 옛날 집보다는 몹시 작은 것이 첫눈에 보였다. 방 안이래야 안방 하나와 건넛방이 있을 뿐 그도 그리 커 보이지가 않았다.

방 안에는 딴 사람도 있는 것 같지도 않게 조용했다.

"아버시는 어네 가셨나요?"

방에 들어앉아 성구는 무섭게 생겼던 명심이 아버지 생각이 나서 물어 보았다.

"벌써 사 년 전에 돌아가셨는데요."

명심이는 그 동안 이상한 일도 많았다는 듯이 웃었다.

성구는 그 말에 생각이 났다. 자기가 가정교사로 있을 때부터 가운이 기울어져 자기를 내내 두지를 못하였다. 그러한 집안이 호주의 사망으로 아주 몰락되어 버렸으며 이제는 자그마한 집에서 두 식구만이 사는 것을 넉넉히 짐작할 수 있었다.

"그래 넌 어떻게 권 선생을 만났니?"

어머니도 몹시 반가운 모양이었다.

"반찬거리를 사러 나가다가 만났지요. 그랬더니 절 모르시겠지!"

"참 저는 몰라봤습니다. 아주 달라졌어요."

"반갑소. 우리 집엘 다 오게 되었으니……."

"바로 이웃에 동무가 있어 늘 이리로 다녔는데 어째서 한 번두 못 봤을까요?"

"저는 몇 번 봤어요. 그래두 혹시 저를 모르면 어떻게 하실까 하구 말을

못 드렸지."

"그래 넌 뵙구두 인사를 안 했단 말이냐. 계집애두…… 그러구는 봤단 말두 아니하구……."

명심이는 부끄러워 말 한 마디 할 적마다 고개를 숙이는 것이 옛날의 명심이를 연상시키지 않고 새로 만나 보는 여자 같은 느낌을 주었다.

그때는 수줍어는 하면서도 어린애였다.

잘 알지 못하는 공부를 몇 번씩 되풀이해 가르치다가 끝끝내 깨닫지를 못하면 정신을 차리라고 꾸중을 한다. 그러면 부끄러운 끝에 골을 내고 뛰어나가는 것이 일쑤였다.

어디로 산보를 가자고 귀여워하면 도리어 아니꼽게 생각하는 때도 있었다. 말하자면 신경질이 든 명심이가 몇 해를 지나고 난 뒤 이제 처음으로 보니 아주 딴 사람이 되어 버렸다.

"애, 넌 가서 빨리 저녁이나 지어 올려라."

"네."

명심이는 조금도 불만 없이 공손히 대답하고는 치맛자락을 감싸며 나갔다.

"저는 곧 가겠습니다."

"별소리 다하눈. 그래 이렇게 오래간만에 오셨다 그냥 돌아가신단 말이요."

그래두 성구는 미안한 마음에 몇 번이나 사양을 했다. 어떻게 지내는지도 모르는 집에서 더구나 많은 변동이 있는 집에서 밥을 먹으며까지 오래 앉아 있을 것 같지가 않았다.

"이왕 오셨으니 이야기라두 하시다 가셔야지."

명심이 어머니는 나이가 그리 먹지 않았기 때문에 때로는 깍듯한 경어를 썼다. 그러나 자기 딸을 생각하고 늙은이라는 것을 생각할 때는 이도 아니고 저도 아닌 말투를 섞어 가며 썼다.

"그렇기는 합니다마는……."

성구는 그들의 친절을 물리치기도 안됐다.

“그새 명심이한테서 종종 소식은 들었지. 그 애가 권 선생의 소설을 읽었
단 말두 하구 어데서 무얼 하신단 말두 하구 그럴 때마다 한 번 보았으면
하는 생각을 했어요. 그래 요새는 신문사에서 일 보신다던가?”

“네, 저두 주소나 알았으면 한 번 찾아뵐걸. 알 수가 있어서야지요.”

“그렇겠지. 말만이라두 고맙소. 그래두 우리 집 같은데 무엇 하러 찾아오
시겠소. 이런 꼴을 하고 사는데…….”

“천만의 말씀입니다. 누구는 별다르게 사나요.”

명심이 어머니는 갑자기 무슨 생각을 했는지 말을 못하며 훌쩍거렸다.

“옛날이 생각나우. 우리 집 사랑양반이 권 선생한테 듣기 싫은 소리두 많
이 했지. 성질이 그렇게 생긴 걸 어찌하겠소.”

“별말씀을 다 하십니다.”

성구는 될 수 있는 대로 그를 위로해 주고 싶었으니 무엇이라고 할 말이
생각나지 않았다. 그이는 성구를 보자 갑자기 옛날이 생각나며 자기네가 비
참하게 된 것을 재삼 서러워하는 모양이었다. 그 뒤 재산이 없어지고 사람
이 없어진 것하며 이야기를 하나 빼지 않고 이야기했다.

명심이도 중학밖에 졸업을 시키지 못하였으며 지금은 명심이 때문에 두
생명이 살아간다는 말까지 하나 꺼리지 않고 말했다.

성구가 그 집에 있은 것이 일 년밖에 안 되었으나 식구 적은 집에서 집안
처럼 친해졌고 또 성구를 내보낼 때도 달래서가 아니라 자기네 살림이 점점
줄어지기 때문에 아깝게 생각하면서도 할 수 없이 나가 달라고 했다. 그만
큼 정도 들었을 뿐 아니라 과거를 잘 알고 있는 사람이니 자기의 하소를 능
히 풀 수 있을 만한 사람이었다.

이야기를 다 듣구 성구는 위로의 말을 했다.

“세상이 어데 잘 되기만 하나요. 그렇지만 명심이가 커서 이제는 밥벌이
까지 하니 그걸 기뻐하셔야지요.”

“계집애란 것은 커서 시집이나 가야 하는 게지. 글쎄 그것을 돈벌이로 내
보내는 내 마음이 좋겠나 생각해 보게. 그 애 아버지만 살아계시다면야 도
무지 될 말인가…….”

성구는 잠잠했다. 이런 경우에는 이야기하는 사람의 말을 끊어지지 않게 해 주는 것이 예의에 맞는 일이다.

이야기를 듣고 있는 사이에 한 번도 방 안에는 들어오지 않고 부엌일만 하고 있던 명심이는 진지를 지어 밥상을 들고 들어왔다.

"찬이 있어야지요."

있는 힘 다해서 반찬을 만들었건만 그래도 성구 앞에 상을 내놓을 때는 부끄러운 모양이었다.

"별말씀을 다 하십니다. 공연히 폐만 끼쳐 미안합니다."

성구는 너무나 갑자기 와서 수선을 피운 것만도 미안했다. 더구나 상을 살펴보니 하숙에서는 보지도 못한 음식이 쭉 늘어 있었다. 한 가지에 마다 정성을 들여 몇 번씩 손질한 것이 분명하다. 하숙에서 주는 김치는 항아리에서 꺼내다 그대로 놓아 주는 것이 분명하게 열무대가리가 빼죽빼죽 숫아오른다. 그러나 명심이가 손질한 김치그릇은 보기만 해도 얌전하고 먹음직했다.

"변변치 못해두 좀 자시게."

명심이 어머니는 상 옆으로 다가앉으며 권하기를 시작했다. 그리고는 자기가 말에 실수를 너무하면서도 할 수가 없으니 용서하라는 듯이,

"말이 이렇게 나와 안됐네."

"천만의 말씀입니다. 낮추어 말씀하십시오. 그래서야 저두 말씀드리기가 좋지 않습니까……."

"글쎄, 그래두 그럴 수가 있나?"

"온 별말을 다 하십니다. 자꾸 그러시면 제가 가지요."

"그럼 권 선생 말대로 하세. 아닌 게 아니라 권 선생을 생각만 해두 집안 식구 같아서 못 견디겠어……."

성구는 반가웠다. 진심으로 자기를 그만큼 생각해 주는 사람이 다시 있을 것 같지 않았다. 명심의 어머니가 과히 늙은이는 아니로되 그에게 반말을 받는다고 해서 조금도 불쾌하지가 않았다. 부모 없이 자라난 몸이니 그러한 명심의 어머니를 자기 어머니로 생각해 보고 싶은 마음이 도리어 가슴 한

모퉁이에 일어났다. 세 살 적에 어머니가 죽었고 열두 살 적에 아버지가 죽어 외로운 생활을 친척집에서 끼겨 온 성구라 지금은 나이 근 삼십이 되었을지라도 안락하고 평화스런 가정이 그립지 않을 바가 아니다.

"잡수세요."

"자시게."

밥상 옆에 앉은 모녀가 꼭같이 권했다.

"네, 먹겠습니다."

성구는 숟가락을 들었다. 혼자 먹기가 안되었으나 여자들이라 같이 들자는 말도 할 수 없다. 성구는 밥 한 숟가락을 먹고 반찬을 여러 가지 맛보았다. 배는 부르면서도 처음 보는 요리가 안 먹기 아까운 것처럼 한 가지 빼놓지 않고 맛을 전부 보았다. 십여 년 하숙 생활만 해 온 그의 입이 되어서 그런지 그릇을 채우기 위하여 건덕지보다 국물만 그득하게 남아 논 하숙집 음식보다 그 맛이란 별다른 것 같았었다. 별로 돈을 들이고 회귀한 음식을 만든 것은 아니었으나 그래도 음식의 속알만이 상에 놓인 듯했다.

성구는 명심이를 한 번 다시 쳐다보았다.

취직을 해서 어머니를 봉양한다는 말도 듣기는 했지만 얌전하고 조밀한 그가 갑자기 믿음직스러웠다.

"언제 음식 하는 걸 다 배웠소?"

"뭐 할 줄 아나요."

"상당한 솜씨 같은데."

"………"

명심이는 아무 말도 못하고 고개를 숙였다. 오래간만에 만난 사람이라고 해서 그런지 직업여성답지 않게 수줍어했다.

성구는 아무것도 잊어버리고 만족한 마음에서 배껏 음식을 먹었다. 부끄러울 정도로 명심이 어머니의 친절이 고마웠고 명심이 역시 말 못 하는 친절과 기뻐함이 그를 즐겁게 했다.

전깃불이 들어올 때까지 세 사람이 들어앉아 시간 가는 줄을 모르며 이야기했다.

상구도 그 자리를 떠나고 싶은 생각이 없을 만큼 마음이 편했다.

그러나 첫번에 너무 오래 있는 것도 안되었지만 어디 나가 들어오지 않는 동환이도 걱정되고 해서 그는 좀더 앉아 있다 가라는 말을 뿌리치고 나왔다.

그는 인걸이에게로 갈 생각은 조금도 아니하고 도리어 거기 갔던 것보다 몇 배나 더 재미를 보았다는 듯이 바로 하숙엘 왔다.

길을 걸으면서도 그의 머리에는 명심이가 떠올랐지만 시름없이 앉은 동환이를 볼 때 역시 명심의 그림자가 눈앞에 나타나는 것 같았다.

"어데 갔댔니?"

"응, 좀 놀러."

"재미 많이 본 모양이로구나."

"재미는 무슨 재미."

이런 말을 하는데도 동환이는 어딘가 사색에 잠긴 것 같았고 성구는 만족한 가운데,

"넌 어데 갔댔니?"

성구는 웃어 가며 말했다.

동환이는 대답 대신에 턱을 들며 테이블 위를 가리켰다. 성구도 보기는 했지만 꽃병과 꽃이 새로 놓여 있었다.

"꽃을 다 사 올 줄 알구."

"흥."

동환이는 쓴웃음을 웃었다. 말없는 쓴웃음이니 성구에게는 심상치 않게 보였다.

"아버지는 가셨니?"

하고 말의 순서를 생각했다.

"응, 갔어."

"왜 올라오셨다던?"

"말 마라."

이 말을 내던지듯 하고는 동환이가 아랫방으로 내려가 누었다. 성구는 오란 말도 없으나 따라 내려가 그의 옆에 누워 무슨 말이 나오기를 기다렸다.

“내 여편네가 저의 집에 가 있지 않았니?”

“그래 다시 왔다던?”

“이번엔 장인하구 같이 와서 서울로 보내달라구 야단친다나!”

“다문 몇 달이라두 같이 살다 내려보내라구 그래. 아무리 같이 살지 못할 사람이래도 결혼한 뒤 칠팔 년이 되도록 딴 살림 한 번 못해 보았으니 그 소원이나 풀어 주라구 그러겠지. 다들 바보야! 한 달 아니 하룬들 미운 사람과 같이 사는 것이 쉬운 일이야? 같이 있으면 도리어 더 괴로울 게 아니야?”

“애정 없는 걸 뻔히 알면서도 같이 살아나 보겠다는 건 무엔가? 부부가 동물과 같이 보이는 모양이지?”

“글쎄나 말이야!”

동환이는 한숨을 내쉬었다.

“그렇게 해 주기만 하면 그 뒤에는 여기서 해 달라는 대로 해 주겠다나?”

“그걸 누가 아니…….”

그들은 한참 동안 말없이 컴컴한 천장만을 쳐다보았다.

“어쨌든 네 아내두 불쌍한 여자다!”

“그야 말할 것두 없지. 그와 이혼을 한대두 나는 아주 잊어버리지 못할 거야. 죽을 때까지 원망할 혼이 내게 붙어 있을 것이니까. 그렇지만 어떻게 하니. 그 사람이 불쌍하다고 나를 희생시킬 수가 있나? 희생도 의지로 할 수 있는 것이라면 해도 괜찮겠지만 감정이 허락해야지.”

“그래 무어라구 말했니?”

“절대루 못하겠다구 그랬지. 하루빨리 이혼이나 시켜달라구 했다!”

“너두 일평생 불쌍한 사내로구나!”

성구는 동환이의 마음을 잘 안다. 애정 없는 마누라를 미워하면서도 한 번 맺은 운명을 깨끗이 씻지 못할 만큼 마음이 약하다. 그러나 그렇다고 해서 운명을 만족할 수도 없는 안타까움이었다.

“아버지는 무어라구 그러시던?”

“무어라구 그러면 할 수 있나? 모르겠다구 그러더군.”

동환이는 숨쉬기도 답답한지 몸을 들쳐 모로 누웠다.

성구는 더 물어 보지도 않았다. 물어 보지 않아도 다 안다. 동환의 부모 역시 그 부부가 오래 계속되지 못할 것쯤은 짐작하여 동환의 편이 되고 있었다. 자기들도 괴롭고 어찌할지를 몰라 서울에 왔던 것뿐이었을 게다. 그런 것들을 알 뿐 아니라 동환이의 괴로움까지 아는 성구로서 딴 말을 한다면 결국 동환이를 더 괴롭히는 것밖에 안 된다. 아버지를 보내고 꽃을 더구나 한 봉오리씩만 피는 튤립을 사 온 동환이의 마음을 더 건드릴 수가 없었다. 자기가 명심이를 보고 왔다고 재미있는 이야기를 해 주어 동환이의 마음을 풀어 주고 싶기는 했으나 분위기가 허락지 않았다. 자기가 그 날 신문사에서 당한 이야기로 방 안 공기를 바꾸어 보고 싶은 생각도 없지는 않았으나 그것은 동환이의 감정을 존중하지 못하는 것이다.

결국 이 말도 저 말도 꺼낼 수 없는 것이 성구의 입장이었다.

그 날 밤 성구와 동환이는 밤늦게까지 찻집으로 돌아다녔다.

때로는 웃기도 했고 농담도 했으나 두 사람을 따르는 공기는 언제나 침울한 것이었기 때문에 성구는 종시 명심이에 대한 이야기를 못했다.

다음날 아침까지도 그 분위기가 그대로 남아 있었다.

"별수 있니. 될 수만 있거든 이제라두 편집국장에게 곱게 뵈라."

전 날 밤에 신문사 이야기를 들었기 때문에 가기 싫어하는 성구에게 동환이가 말을 꺼냈다. 암만 생각해야 끊어지지 않을 생각이며 더구나 그런 것으로 성구에게까지 침울하게 만드는 것이 그리 옳은 것 같지 않다고 생각하였다.

"글쎄, 그러기는 해야 되겠는데 그럴 수가 있어야지."

"못 그럴 게 어데 있니! 도장 찍으라고 하던 놈을 한잔 먹이렴. 세상에서 정직하게 살아야 밥 먹여 주나!"

"그래두 얼른 얼른 해 두어야 돼. 오늘부터라도 일을 못하게 되면 어떻게 하니?"

성구는 어찌해야 될지를 몰랐다. 결국 자기 자신을 이롭게 하자고 하는 일이나 그것마저 마음대로 할 수가 없다. 반대한 것을 이제 찬성해서 그편에 가담한다는 것이 말로는 쉬울지 모르나 막상 하자고 하면 그리 쉽지가 않을 것 같다.

동환이 역시 자기가 그런 말을 해도 막다른 골목에 닥쳐 놓으면 어찌할지 모를 게다. 그렇다고 자기의 위신만을 보다가는 생명이 위험하지 않은가?

"봐서 하겠다."

이런 말을 하며 성구은 동환이와 같이 하숙을 나왔다.

동환이는 졸업한 학교 연구생으로 매일 나가기 때문에 하숙을 떠나는 시간이 늘 같았다.

"지 아무리 훌륭하다는 사람들이라두 봐라. 저한테 이롭기만 하면 고개를 넘실넘실 숙이지 않나! 그렇지 않구는 안 되는걸, 뭐! 잘 생각해서 해."

동환이는 광화문에서 헤어질 때부터 당부했다.

성구도 그리리라 생각했다. 그러나 신문사 정문을 들이설 때부디 신문사가 싫어지며 모든 게 귀찮았다.

'무엇 하자고 사는 것인가? 먹자고 사는 것이라면 생각이라는 것은 무엇 때문에 있나? 다른 것은 다 못한다 해도 옳다는 것을 해 보려 하고 옳지 않다는 것을 그만두려는 그러한 노력만이라도 있어야 하지 않을까?'

이런 생각이 일어나는 한편,

'무슨 큰일이냐? 대수롭지 않은 일을 크게 생각할 것 없이 좋도록 하자.' 하는 생각은 들었다.

그래서 책상에 앉았을 때는 기회만 있는 대로 자기 마음이 달라졌다는 것을 보여 주려 했다. 그러나 결정되었다면 벌써 결정되었을 일이오, 뿐만 아니라 쓴 오이 보듯 하는 어제 그 사람에게 자기가 먼저 무엇이라 말을 꺼낼 수가 없었다.

"내가 잘못했소."
하고 사죄하기는 차마 못할 것 같았다. 그렇다고 해서 다른 사고적 수단이 자기에게는 있지 않다.

종일토록 그럴까 말까 하면서도 혹시 오늘로 사직 명령이 내린다면 어찌하나 하는 겁을 먹었다. 그 뒤를 이어 설마 그들도 사람인데 하는 생각과 그렇다 해도 딴 데 취직할 수가 없을라고 하는 안심이 곧 들어왔지만.

하여튼 퇴사할 때까지 별일도 없지만 아무 말도 못한 채 망설이며 묵묵히 지냈다. 그것을 도리어 다행으로 알고 앞으로도 무사했으면 하는 마음에 퇴사 시간이 되자마자 모자를 쓰고 문 밖을 나서려 했다.

아주 나서기 전에 빈 테이블 위에서 전화가 울었다. 자기한테 오는 것은 아니겠지만 그래두 혹시나 하는 마음에 뒤로 가서 전화를 받았다. 이따금씩 글 쓰는 사람한테서 전화가 오기는 하지만 원고를 실어 줄 수가 없느냐, 또는 게재된 원고의 원고료를 빨리 줄 수가 없느냐는 등 대답하기에 유쾌한 전화란 별반 없었다. 그러면서도 어디서 전화가 오기만 해도 자기에게 온 것이 아닌가 하고 기다려지는 것은 자기 역시 알 수 없는 야릇한 마음이었다.

"네."

하고 수화기를 들 때,

"학예붑니까?"

하는 여자 목소리가 났다.

"네, 그렇습니다."

하고 대답하니

"미안하지만 권성구 씨 좀 대 주세요."

하고 잠시 말을 그쳤다.

'누굴까? 아, 명심이로군.'

하고 그는 자기의 추측이 확실한 듯,

"제가 성구올시다. 명심 씨입니까?"

하고 물었다. 그러나 명심이는 아니었다.

숙희가 소개한 혜련이라는 여자다.

전화를 받고 난 성구는 썼던 모자를 다시 벗고 의자에 앉았다.

혜련이가 곧 신문사로 온다고 했기 때문이었다.

오래 있고 싶지 않은 불안한 자리에 더구나 보지도 못한 여자를 기다리고 있으려니 마음이 조급했다. 공연히 오래 있다가 편집국장을 만나 오늘로 사를 그만두라고 하면 어찌하나 하는 불안까지 생겼지만 그보다도 자기가 찾아가기 전에 여자가 먼저 찾아오는 것은 무엇 때문일까 하는 이상한 생각까지 들었다.

숙희가 소개해 주려고 한 것은 결국 자기를 두고 한 말이 아닌가 하고도 생각했다. 그렇다면 숙희가 적적해할 자기 마음을 알고 위안받을 길을 가르쳐 줌이 고맙기도 했으나 아직까지 결혼 못한 남자에게 한 번 시집갔던 여자를 소개한다는 것은 재미있지 않는 일 같아 나중에는 불쾌까지 했다.

그것도 서로 알고 애정이 끊을 수 없게 깊다면 별 문제다.

성구는 혼자서 별 생각을 다했다. 그러다가는 알지도 못하는 일을 가지고 쓸데없는 생각을 하는 자기 자신이 우스워져 슬그머니 웃기도 했다.

그럴 때 수부(안내대)에서 손님이 기다린다는 전화를 받고 성구는 아래층으로 내려갔다.

내려가 보니 생각보다 젊어 보이는 여자가 기다리고 있었다.

"저분이 권성구 씨입니다."

서로 보기는 하면서도 말을 못하고 있을 때 수부에서 일 보는 사람이 성구를 가리키며 말했다. 그 말에,

"제가 권성구입니다. 최 선생님이십니까?"

하고 성구가 인사를 했다.

"네, 최혜련입니다. 바쁘신데 미안합니다."

"방금 나가려고 하던 길입니다. 나가시지요."

하고 성구는 혜련이와 같이 신문사를 나왔다.

"이 선생(숙희)에게서 말씀을 들었습니다마는 좀 바빠 찾아가 뵙지를 못했습니다."

"저두 곧 전화라도 할려고 했지만 그렇게 되지 못해서 오늘에야 틈을 내서 나왔습니다."

성구는 처음 보는 여자라 할지라도 그 여자가 수줍어하거니 부끄러워하는 기색이 없음을 대번에 알았다.

알지 못하는 남자에게 전화를 걸고 찾아오는 것이라든가 찾아와서 인사

를 서슴지 않고 대담하게 하는 것들 하며 더욱이 길거리에서도 자기에 지지 않을 만큼 목소리를 높여 이야기하는 것은 명심이 따위에 비하여 많은 경험을 쌓은 것이 분명했다.

전찻길까지 온 성구는,

"어데로 가서 이야기나 좀 할까요?"

하고 발을 멈추었다. 그래도 정처 없이 걸을 수도 없는 일이며 처음 만난 여자를 자기 하숙으로 끌고 갈 수도 없어서 딴 데로 갈 생각을 했다.

"글쎄요."

혜련이도 곧 헤어질 생각은 없는 모양이었다.

"찻집에나 가실까요?"

"사람 많은 데는 그만두겠습니다."

처음 만나서도 혜련이는 자기의 의사를 뚜렷하게 표시했다. 성구도 그러한 태도에는,

"조용합니다. 음악도 있고 좋지요."

하고 자기 말을 세워 보려 했다.

"미안하지만 딴 데로 가시지요."

혜련이가 이렇게까지 말할 때 성구는 고집을 세우려 하지 않았다.

성구는 그를 데리고 조용한 식당으로 갔다.

숙희의 이야기도 듣고 또 혜련이의 마음도 알 겸 시외로 나갔으면 더욱 좋았을 것이나 벌써 네 시가 지나 얼마 안 있어 어두워질 것이다. 할 수 없이 식당에나 가서 저녁이나 먹으며 이야기를 하려 했지만 혜련이는 사람이 많은 곳을 싫어하기 때문에 식당 가운데도 이름 없는 작은 식당으로 갔다.

식탁을 가운데 놓고 마주 앉은 두 사람은 한참 동안 말이 없었다. 혜련이는 할 말이 있으면서도 할지 말지를 생각하는 것처럼 고개를 들었다 숙였다 했으나 성구는 할 말이 없어서 무례하게 앉은자리를 너무 갑갑하게 만들지 않나 하고 근심을 하는 것 같았다. 한참 뒤에야 성구가 말을 꺼냈다.

"이 선생에게서 편지를 받고는 퍽 뵙구 싶었어요. 굉장히 좋아하는 분이 어떠신가 하구 궁금했지요."

“저두 이 선생이 좋다구 밤낮 말하는 분이 어떤 분일까 하구 여기 오던 날부터 생각했습니다.”

이런 말을 필두로 해서 그들은 이야기를 계속했다. 이야기라는 것은 결국 숙희를 중심으로 숙희의 생활이라든가 숙희와 혜련의 친분이 얼마만하다는 것들이었다.

간단한 저녁을 마치고는 두 사람이 헤어졌다. 밤늦게까지 앉아 있을 만한 사이도 못 되지마는 한 사람이 가겠다고 말할 때 붙잡을 처지도 못 된다. 일찍 들어가야 하겠다고 혜련이가 말했지만 성구는 네 그렇습니까 하고 일찍 헤어지는 것을 섭섭히 여기지도 않았다.

다만 뒤에 만날 기회를 만들기 위하여 서로 주소만을 알렸다.

성구가 집에 돌아오니 동환이는 벌써부터 기다리고 있었다.

“저녁 먹었니?”

이틀째나 늦게 들어가는 것이 미안했으나 미안하다는 평범한 말을 하기가 싫어 혹시 자기를 기다리기에 저녁도 못 먹지 않았나 하고 성구가 물었다.

“아직 안 먹었겠니?”

동환이는 밉다는 듯이 성구를 흘겨보았으나 남의 마음을 알려 하지 않는 태도를 뉘우치듯,

“무슨 일이 있었니?”

하고 신문사의 일을 물어 보았다.

“별일은 없었어.”

우선 이런 대답을 하고 나서 동환이의 흥미를 끌도록 말을 꺼내기 시작했다.

“오늘 말이야. 어떤 여자를 만났다.”

“응, 그래서 저녁두 안 먹구 돌아다니는 게로구나. 나는 공연히 딴 걱정만 했지.”

“참 좋은 여자야. 난 그런 여자두 있나 하구 여간 놀라지를 않았어. 상당하던데.”

“어떤 여자를 보구 와서 그러니?”

"숙희가 편지루 소개한 여자가 있지 않니. 최혜련이라던가 그 여자 말이야. 오늘 신문사로 찾아왔더라. 그런데 기막히겠지."

"예쁘단 말이냐?"

"응, 못 생기지는 않았어. 그래두 얼굴보다도 내가 말하는 것은 그의 성격이야."

"소설 재료가 되던?"

"자—식."

동환이는 끝까지 큰 흥미를 못 가지는 것 같았다. 그러나 성구는 혜련이를 본 대로 그 인상을 말했다. 인상이라는 것은 그리 좋지도 못한 것이나 나쁜 것도 아니었다. 그렇다고 해서 좋지 못하게 생각한 것까지 이야기를 하지는 않았다. 될 수 있는 데까지 그 여자의 성격이 보통 여자와 다르다는 것 즉 첫번 만나는 남자에게도 대담스럽게 말을 건네나 그것이 절대로 천해 보이거나 야비스러워 보이지가 않아 날래 사귈 수 있을 것 같다는 이야기를 들려 주었다.

"한 번 결혼했던 여자니까 그럴 수가 있겠지."

동환이는 그래도 호기심이 끌리지가 않는 것 같았다.

"아니야. 사교술도 있는 것 같지만 그렇지두 않아. 퍽 솔직한 맛이 있던데."

"홀딱 반한 모양이로구나."

동환이는 도리어 놀리려 했다.

"그렇지는 않다. 네가 내 마음을 모르니까 그런 소리를 하누나."

"그렇게 좋은 여자에게 반하기로니 나쁠 게 무어냐?"

"그런 게 아니야! 나한테는 딴 여자가 있어."

"이놈 요새 막 좋은 모양이로구나. 그래 그런 걸 숨기려 하니?"

"바로 어제부터 생긴 일이니까 이야기할 새가 없었던 탓이지."

성구는 어제 저녁 우연하게 명심이를 만났고 또 그에 대한 인상이 조금도 잊어지지 않았다는 것을 말했다.

"가정교사 노릇두 해 볼 만한데…… 나두 어디 가정교사루나 소개해 주렴.”

“너 같은 놈은 그런 것두 못해.”

“왜?”

“네 성질에 아니꼬운 것을 보구두 참을 수 있을 것 같으니? 수가 틀리면 아버지보구두 야단치는 놈이…….”

동환이는 할 말이 없다는 듯이 픽 웃었다.

“아닌 게 아니라 연구실두 그만두고 싶어 죽겠어. 연구실이 아니라 조수실에 있는 셈이야. 과장 심부름두 하지 연구실 정리두 하지. 어떤 놈이 그 놀음을 하니. 연구실에 오는 신문을 펼쳐 놓은 대루 집에 오면 다음날은 그 말라꽁이 과장이 야단을 치지. 골치가 아파 죽지…….”

“그래두 그런 버릇은 고쳐야지. 네가 아침 일어나서 이부자리를 똑똑히 개어 본 직이 있니? 방을 쓸어 본 직은 아마 네 평생 없을라. 그 대신 팔자야 좋지.”

“그러기에 네가 다 해 주지 않니…….”
하고 동환이는 성구를 탁 치며 웃어 버렸다.

“사람 구실을 좀 해.”

성구는 농담에서 시작한 말을 농담으로 돌리고 말았으나 루즈한 동환이의 성격은 조금 고칠 필요가 있다고 생각했다.

성구를 만나 보고 가회정 하숙으로 돌아온 혜련이는 책상 앞에 앉아 책보를 풀었으나 책을 읽기 전에 손으로 이마를 받친 다음 무엇을 생각했다.

“무엇 때문에 찾아갔댔나?”

그는 성구를 왜 만났는가 하는 이유를 자기에게 물었다. 그러고 나서는 자기에게 대답할 말을 여러 가지로 생각해 보았으나 친한 동무 숙희의 연인이었다는 것과 또 그 사람이 좋은 사람이라고 하기에 찾아보았다는 이유밖에 딴 것이 없는 것을 느끼고 마음을 떳떳이 가졌다.

혜련이가 환경에서 벗어나 다시 학생 생활로 들어설 때 그는 일체의 공상을 버리고 달콤한 생활을 잊어버리자는 결심을 했다. 지금 보육학교 선생인 성실이의 소개로 보육학교에 입학했다. 그의 운동으로 월사금을 면제받았을 뿐 아니라 성실이와 같이 한 방에서 기침을 더불어 한다. 성실이와는 중학 때부터 너나 하지 않을 만큼 친하여 왔지만 그래도 지금은 선생과 생도다. 집에서는 아직까지 동무로서 지내고 있으나 아무래도 성실이를 동무로만 여길 수가 없다. 선생이다. 그렇다면 생도로서의 의리 지켜 주는 것이 또한 성실이의 면목을 보아주는 것이다.

월사금을 면제받을 때도 다음 학기부터 성적이 팔십 점 이상이 되어야 한다는 교장의 말이 있었을 뿐 아니라 성실이가 소개했다는 사람으로 성적이 남보다 떨어져서도 안 될 일이다. 더구나 입학한 지 한 달도 못 되어 남자를 찾아다니는 것을 안다면 말은 아니한다 해도 성실이가 좋게 생각할 것은 아니리라고 느껴진다.

그렇기 때문에 숙희가 만나 보라 했고 자기 역시 별뜻 없이 만나 보고 싶은 성구라 할지라도 그는 자기를 변명시켜야만 자기 마음이 편했던 것이다.

그 다음으로 혜련이는 성구가 생각던 때와 꼭 같이 좋은 사람이라는 것은 생각했다. 자기가 괴로워하면서도 숙희를 원망하거나 또는 숙희를 괴롭히려고 하지 않는 성구의 마음을 그의 얼굴을 보고는 잘 알 수 있었다.

숙희가 행복스러운 가정을 가지고 잘 산다는 말을 할 때 조금 섭섭해하는 기색이 있었으나,

"숙희 씨는 누구에게나 행복스럽게 해 줄 것입니다. 참말 리꼬(영리)하니깐요."

하고 아직까지 숙희를 칭찬하던 말은 성구의 마음을 뚫어 볼 수 있는 것이었다.

"좋은 사람도 있군."

혜련이는 혼자 감탄을 하고 나서 책을 뒤적거렸다. 그러나 자기의 마음을 채 정리하지 못했는지 손을 움직이지 않고,

"내가 너무 떠들지 않았나?"

하는 생각을 다시 해보았다.

자기가 생각하기에도 말이 많은 것 같았고 또 행동이 너무나 자유스러운 것 같았다.

그러나 다시 생각해 볼 때 자기에게 잘못이 있은 것 같지 않았다.

이제 만나는 남자를 처녀 때처럼 순정으로 대할 수도 없는 자기이지만 앉은자리를 거북스럽게 그럴 필요도 없다. 어떠한 남자이건 자유스럽게 대하지 않는 곳에 의혹이라는 것이 있으며 또한 부자연스러운 것이 우습다.

자기가 남자를 부끄러워할 때도 아닌 듯했다.

남자건 여자건 마음놓고 노는데 동무와 같은 친숙미가 있어 도리어 딴 사람의 의심을 안 사게 될 것 같다. 더구나 무엇을 숨기고 부끄러운 척하는 데에 결점이 발견되며 거기에서 남자의 호기심을 사게도 된다. 누구에게나 다 좋게 마치 숙희가 사람을 대하듯 해로운 점이 없는 한 꼭같이 대해 주는 것이 또한 처세술이 아닐까 하는 생각이 들었다.

성구를 성구로 생각하는 한 그에게 자유스러운 행동을 취했다는 것은 더욱 사기로서 해야 할 태도인 듯했나.

이렇게 자기를 변명해 놓고 보니 마음이 가벼워지는 것 같으며 공부를 해도 머리를 들어올 것 같았다.

혜련이는 그 날에 배운 것을 우선 복습하기로 했다.

아동심리를 꺼내어 뒤적거렸으나 생각하려 하지도 않는 별별 생각이 머리에 들어왔다는 나가곤 했다.

'성실이는 어데로 갔을까?'

'연자는 어떻게 지낼까?'

아무 연락도 없을 뿐 아니라 아니해도 좋은 생각들이 함부로 뛰어나왔다. 그렇기 때문에 한 페이지의 글을 읽는데 남의 몇 배의 힘이 자기도 모르게 들었다.

제복한 학생

밤이 깊을 때까지 혜련이는 책과 마주 앉아 공부를 계속했다. 끊임없이 잡념이 들어오는 것은 나먹은 학생에게 반드시 있을 것이나 잡념을 내쫓

으면서라도 해야 할 공부를 하고야 마는 것은 혜련이의 결심이 굳은 탓일
게다.

말하자면 스물여섯에 난 중년과부다. 남이 하는 것은 무엇이나 해 보았
다. 자식까지 나서 길러 보았다. 그러한 사람이 책상에 앉아 배운 것을 복습
하거나 내일 배울 것을 예습하는 것이란 그리 쉬운 일이 아니다. 자기가 공
부만을 전념으로 할 만큼 환경이 좋은 것도 아니다. 세속으로 본다면 어머
니 노릇이나 잘 해야 할 여자다.

그러나 자기 앞에 닥쳐올 미래를 생각 아니할 수는 없는 혜련이가 한 달
도 못 된 공부를 힘들다고 말할 순들 있을 것인가? 도리어 졸업을 생각하면
자기에게도 희망이 있는 것 같고 죽을 때까지의 일이 있는 것 같아 공부를
조금이라도 열심히 하고 싶어졌다.

열두 시가 고요한 공기를 진동시키며 혜련이 귀에 들려 왔다.

안방에서도 집 주인들이 잠든 모양이다. 전찻길에서도 먼 가회정이기 때
문에 마지막 차가 커브를 도는 소리도 들리지 않는다.

혜련이는 자기 시계를 들여다보고 자정이 된 것을 새삼스럽게 느꼈다. 공
부도 대강 다 했으니 잠이나 잘까 하고 방 안을 둘러보았다. 서울의 두 칸
방이 과히 넓지는 않으나 파리 한 마리 없는 방이 무척 넓어 보였다.

'이 애는 어데를 갔을까?'

적적한 방에 혼자 앉은 자기를 보니 갑자기 겁이 나며 성실이가 생각났다.

저녁도 안 먹고 학교서 바로 나간 채 자정이 넘도록 안 들어오는 것이 슬
그머니 걱정도 된다. 구경을 갔다고 해도 벌써 들어왔어야 할 것이며 누구
를 찾아갔다 해도 이렇게 늦게까지 있을 수는 없다.

혜련이는 성실이가 갔을 만한 데를 생각해 보았다. 그러나 혜련이가 알
만한 집은 보육학교 선생네 집이 있을 뿐 그 밖에 성실이가 친하다는 사
람을 알지 못한다. 알지 못하는 것이 아니라 그 밖에는 갈 곳이 없는 성실
이다.

아무리 사제지간이라고 해도 사생활을 숨기며 살지는 않는다. 선생과 생
도라는 관념을 없애기 위하여 도리어 성실이가 자기 말을 먼저 한다. 학교

에서 일어난 일들 —— 말하자면 생도들에게 비밀로 붙일 것도 성실이는 서슴지 않고 말하는 때가 있다.

"참 이상하네!"

혜련이는 혼자서 궁금하였다. 전부를 다 아는 사람의 일이 알 수 없다고 생각될 때 궁금한 마음은 더욱 크다.

"무슨 일이 생겼나!"

혜련이는 그래도 들어오겠지 하고 방을 쓴 다음 자리를 깔았다.

자리를 자기 것까지 가지런히 깔고 먼저 자려고 하니 혼자서 눕기가 싫다.

공부는 더 하기가 싫고 해서 자리 옆에 앉아 있으려니 옛날 생각이 저절로 났다.

자리를 깔고 들어오기를 기다리나 밤이 밝아 올 때까지도 들어오지 않던 철식이.

하루도 아니요 이틀도 아닌 그러한 생활을 더욱이 이역에서 맛보던 쓸쓸함이 지금 자기 몸에 덮씌운 것 같기도 했다. 그러나 죽은 지 일 년이나 지난 철식이를 생각하니 그 사람도 가엾어 보였다. 아무리 방탕한 생활을 했다 해도 이제는 한 덩어리의 흙에서 지나는 것이었다.

"쓸데없는 생각을 또 하눈."

하고 그는 머리를 흔들었다. 철식이의 생각은 될 수 있는 대로 아니하겠다는 것이 혜련이의 마음이다.

"잠이나 자자."

생각을 없애기 위하여 그는 잠옷을 갈아입고 이불 속에 들어갔다. 그러나 잠은 오지 않고 옆에서 쌔근거리는 소리만이 들리는 것 같았다.

"연자는 지금 누구와 같이 잘까?"

사랑해 주는 사람도 없는 고장에서 어린것이 어떻게 지내고 있을까! 얼마나 엄마를 찾다가 잠이 들었을까?

그러나 할머니한테 가 있다니 큰오빠네 집에 있을 때보다는 낫겠지.

이런 생각을 하면서도 그리운 연자를 그대로 생각하기에 잠을 못 이루었다.

‘내가 공부하는 학생인데…….’

그는 마지막으로 이 생각을 해서 잡념을 내쫓으려 했다.

성실이는 새벽녘에야 들어왔다.

그러나 늦게 들어와서도 잠을 못 자는 것이 분명했다.

이리 뒤치고 저리 뒤치고 때로는 한숨을 무겁게 쉬기까지 하는 것을 혜련이가 들었다.

한숨 소리를 들을 때마다 왜 그럴까 생각했을 뿐 혜련이는 한숨 소리를 들은 척도 안 했다.

아직까지 혜련이에게는 괴로운 일이 있다는 것을 말하지 않았다. 말하지 못할 비밀이 있다면 그편에서 말할 때까지 내버려 두는 것이 성실이를 위한 생각이다. 함부로 건드렸다가 괴로움을 더 크게 하거나 부끄러운 마음을 주게 한다면 두 사람의 우정이 깨질 뿐이며 하등 이익이 없을 것이 분명하였다.

궁금한 마음은 컸으나 혜련이는 잠자는 척하고 새벽까지 말을 아니했다.

다섯 시쯤 해서 혜련이가 옷을 갈아입고 일어나니 그때야 비로소 성실이는 잠이 든 모양이었다.

입을 반쯤 열고 숨소리를 힘들게 냈다. 잠도 괴로운 잠인 모양이다.

혜련이는 부엌으로 나가 손을 씻고 쌀을 씻었다. 될 수 있는 대로 성실이의 잠을 깨우지 않으려고 발소리를 죽여 가며 부엌일을 했다.

성실이가 힘들게 잠을 이룬 것도 사실이지만 보통 때라도 잠잘 시간까지는 깨우지 않는 것이 혜련이가 지켜야 할 의리였다.

같은 동무로 같이 잠자는 두 사람이지만 성실이는 돈벌이하는 사람이요, 혜련이는 혜련이대로 자기가 할 일을 해야 한다.

성실이가 없다면 공부할 꿈도 못 꿀 자기다. 그렇기 때문에 성실이와 같이 자취를 하고 있으나 식사와 세탁 같은 것은 혜련이가 혼자 맡아 하며 아무리 바쁜 때라 할지라도 성실이의 손을 빌지 않았다.

성실이가 도와준다고 해도 많지 않으니 괜찮다고 굳이 혼자 했다.

혜련이는 그만큼 성실이를 위했다. 또한 그것이 혜련이의 의무였다.

쌀을 씻어 냄비에 안친 다음 혜련이는 반찬 만들 걱정을 했다.

사다 놓은 고기는 있지만 국을 끓인다든가 구워 놓는다든지 하는 것은 그리 구미를 돋우지 못할 것 같다. 밤늦게 들어왔고 잠도 이제야 들었으나 종일 가르치려면 무척 곤하기도 할 것이다.

더구나 괴로운 일이 있는 것이니까 몸도 축쟀을 것이요 밥맛도 없을 게다. 좀더 구미를 당길 것으로 해야겠는데 사다 놓은 것으로는 특별한 것이 없다.

혜련이는 할 수 없이 지갑을 가지고 밖으로 나갔다.

신철외라고 비싸기는 하지만 외 반찬을 해 주는 것이 그 중 나을 것 같았기 때문이다.

십 전에 세 개밖에 안 주는 오이를 가게에서 사 가지고 가만히 부엌으로 들어갔다.

어느 새 깨었는지 성실이가 문을 열면서,

"오늘 아침은 네가 일어나는 걸 못 보았구나……."

하고 아무 일도 없는 듯이 웃음을 지었다.

"밤늦게 들어왔니? 나는 네가 오는 줄도 모르구 잤단다."

혜련이도 천연스럽게 쳐다보며 말했다.

"어떤 동무네 집에 가서 장난을 하다가 밤이 늦는 줄도 몰랐구나."

다른 때 같으면 어떤 동무네 집에서 누구누구하고 어떤 장난을 했다고 말했을 게다. 혜련이는 조금도 의심하는 기색을 보이지 않고,

"왜 더 자지."

하며 성실이 말을 가장 믿는 듯이 말하였다.

"그렇게 졸음이 안 오누나. 그래두 좀더 누워 볼까. 아직 시간은 멀었지."

한 마디씩 빼어 말하고는 문을 닫고 자리 속으로 들어갔다. 한편에서 김이 오르는 밥 냄비를 보며 반찬을 만들고 있던 혜련이가,

"내가 깨울 때까지 마음놓고 자라우."

했다.

"응."

소리가 나기는 했으나 매우 희미하게 들렸다.

'무슨 일이기에 잠도 못 자구 괴로워할까?'

'무엇 때문에 속일려구 말을 꾸며댈까?'

혜련이는 혼자 생각을 해 보았으나 도무지 알 도리가 없다.

아직까지 약혼 말도 없을 뿐만 아니라 연애하는 남자가 있다는 말도 못 들었다.

학교에 무슨 일이 있나 하고 생각해 보았으나 그것은 더욱 알 수 없는 일이다.

"성실이 일어나 세수하라우."

밥을 다 지어 놓은 뒤 혜련이가 깨웠다.

"응."

성실이는 첫마디에 대답을 하고 일어났다.

혜련이는 자리를 개며 그래도 걱정스러운 듯이,

"오늘은 곤해서 어떻게 가르치니?"

"못 가르치면 너희들 더 좋아하지 뭘 그래."

"그렇기는 하긴 해두."

"괜찮아."

두 사람은 웃었다.

그러나 혜련이는 몹시 불쾌했다. 딴 생각을 가지고도 아닌 척하는 것과 눈치를 채고도 모른 척하는 둘 사이가 무척 비긋나 있는 것 같이 느꼈기 때문이었다. 뿐만 아니라 만약에 자기가 성실이의 돈으로 밥을 먹지 않고 그의 은혜를 지고 있지 않는다면 어려워할 것 없이 무슨 일이 생겼느냐고 묻기라도 했을 게다. 그러나 말하지 않는 것을 물을 수도 없다.

할 수 있나 생각하고 자리를 다 갠 다음 방을 쓸고 걸레질까지 했다.

성실이가 세수를 하고 머리를 빗을 때까지 혜련이는 밥상을 들여다 놓았다.

"밥이나 많이 먹어."

"오늘은 별나게 구누나."

"왜?"

"많이 먹으라구 그러지 않으면 밥 안 먹던?"

"………"

혜련이는 웃어넘겼다. 도리어 딴 말을 못하게 입을 막는 성실이에게 할 말이 없었다.

성실이는 밥도 적게 먹었다. 그러면서도,

"너 반찬 만드는 것을 어데서 배웠니?"

하고 말을 딴 데로만 돌리고 자기 이야기를 용하게 피했다.

"배워야 만들 줄 아나."

"시집살이두 안 해 보구 그런 걸 어떻게 아니?"

"그러기에 내가 용치."

"참."

성실이는 숟가락을 놓자 곧 학교로 갔다. 같이 갈 수도 있는 것이지만 그래도 선생과 학생이 밤낮 같이 다니는 것은 딴 학생들에게도 좋지 않게 보일 것 같아 그들은 서로 따로 다니기로 했다.

성실이를 보낸 뒤 설거지를 하고 나서야 혜련이는 화장을 했다.

화장을 하노라니 체경을 마주 앉아 성실이가 쓰는 크림과 분을 바를 때 서글픈 생각이 가슴을 치밀었다.

성실이가 무슨 일을 감추고 이야기하지 않는 것은 자기를 가깝게 대해 주지 않는 것이라고 생각했다.

돈 없이 덕을 보고 있는 사람이라 해서 덜 생각하며 동무로 여기지 않는 것 같기도 했다.

고까운 마음은 점점 더 서글픈 생각을 주었다.

"공부도 쉬운 것도 아니로구나."

하고 생각하게 되니 공연히 집을 떠나 멋없이 날뛴 생각도 났다.

그러나 이 년, 이 년만 참으면 어떻게든지 되겠지 하는 생각이 들 때 혜련이는 조금 기운을 얻었다.

"연자를 생각하고 참자."

자기 마음이 약해질 때마다 부르짖는 말을 이 날 또다시 외었다.

"성실이도 나쁜 사람은 아니다. 말할 수 없는 괴로움이 있는 게지."
하고 관대한 마음을 가지게 되었다.

아무리 고깝게 생각해도 별수가 없다. 그런 마음을 가지는 것이 자기의 손해며 따라서 낙망의 시초다.

혜련이는 딴 생각을 아니하고 책보를 쌌다.

나이 든 것이 책보를 끼고 학교에 다니는 것이 남부끄럽기도 하나 그래도 학교에만 가면 자기와 같이 동무가 있을 뿐만 아니라 명랑한 기분이 돈다. 아직 나어린 학생들이 방금 중학을 마치고 올라와 천진스럽게 논다. 때로는 음악실에서 피아노 소리도 나며 때로는 학교 유치원 애들의 곱다란 노래도 들을 수 있다.

여러 학생이 책상에 앉아 선생의 말을 열심히 듣는 것도 학교라는 곳이 아니면 볼 수 없는 일이다. 그래서 그런지 혜련이는 매일 아침 학교로 가는 것이 또한 낙이 아닐 수 없다. 학교서 만나는 동무들이란 각각 자기의 쓰라린 사정이 있겠지만 그래도 웃음과 재미있는 이야기를 주고받기만 한다. 모든 것을 잊을 수 있는 낙원이다. 더구나 글을 배우면 배우는 것마다 유치원에서 필요한 것이라 생각되기 때문에 공부에도 재미가 있다.

그는 발에 힘을 주고 제복을 휘날리며 학교로 걸었다.

아침의 학교는 더구나 명랑하다. 밤새 헤어졌던 동무들이 만나 모퉁이에서마다 소곤거린다. 한 마당을 쓰는 유치원 애들이 저희들끼리 뛰어다니기도 했으나 선생감인 큰 학생들과 술래잡기하는 것은 학교 뜰 아니고는 볼 수 없는 천진 그대로였다.

혜련이도 나이가 비슷하고 과부인 점에서도 같이 인선이를 만나 운동장 한 편을 차지하고 있었다.

이 학교는 다른 보육학교와 달리 결혼한 여자도 입학시킨다는 것이 특색이다. 혜련이와 한 반에도 기혼자가 대여섯 명 되었으나 그 중에서도 정인선이라는 여자가 혜련이를 좋아했다. 인선이뿐만 아니라 혜련이도 그를 좋아했다. 입학하던 때부터 우연히 한 자리에 앉게 되기도 했지만 혜련이는 보통 여자보다도 좀더 특색이 있는 성격을 좋아하기 때문에 인선이를 곧 동무로 사귀었다.

인선이는 첫눈에도 냉정해 보였다. 냉정하면서도 감성이 빠르고 지혜가 있어 보이는 것이 그 뾰족한 얼굴에 나타났다. 자기의 감정을 쉽게 나타내지 않으면서도 속에는 수많은 감정을 품고 있는 것같이도 보였다.

"우리도 좀 저렇게 놀아 볼까?"

인선이가 운동장에서 손뼉을 치며 노는 학생들을 보고 말했다.

"우리는 늙어서."

혜련이는 노는 것을 좋기는 하나 나설 수가 없는 듯이 대답했다.

"늙기는 무에 늙어. 한 번 뛰어 봐."

인선이는 혜련이의 손목을 잡아끌었다.

"그만둬. 선생들이 보면 어떻게 해."

"운동장에서 노는데 무에라구 그래."

"오늘은 구경이나 하구 다음부터 우리두 장난해."

그들은 그대로 서서 남들이 노는 것만 바라보고 있었다. 한참 동안 뛰어다니는 학생들을 보다가 인선이가 한 사람을 가리키며,

"저애 보라우. 화초 밖에 앉아 있는 애가 있지 않아?"

"응, 혼자 돌아앉아 있는 이 말이야?"

"그래, 그 애가 말이야 혜련이를 사랑한대."

"나를 사랑해?"

혜련이가 터무니가 없다는 듯이 그러나 재미있다는 듯이 웃었다.

"정말이야. 언니라구 부르구 싶어 죽겠대. 나 부럽던데."

"나를 사랑하는 사람이 다 있구. 참 나두 행복스러운데!"

"행복스럽구말구. 그 애가 또 여간 천진해야지. 이제 열아홉 살이래."

"그만두어. 나 같은 게 동성연애가 다 뭐야. 것두 한참 때는 해 볼 만한 것이긴 해두."

"아주 열심이라던데……."

"인선이나 하지 열적어서두 난 못하겠어. 그저 동무로 지나면 몰라두!"

"혜련이두 그래? 딴 애들은 벌써부터 야단들이야. 나한테두 편지가 왔대. 조그만 것들이 대담하거든. 차라리 심심하면 낮잠을 자지 계집애들끼리 그게 무슨 짓이야. 그렇게 사랑이 그립거든 진짜 연인을 만들게지! 난 학교에 다닐래두 그게 제일 싫어 죽겠어."

"저두 싫으면서 왜 남 보구는 하라구 야단했어?"

"마음을 알려구 그랬지."

"아주 깍쟁인데……."

혜련이는 인선이를 꼬집으려고 했다. 인선이는 아야 하고 조금 도망질을 갔다 다시 와서는,

"우리 언제 놀러 가지 않을래?"

"틈이 있어야지."

"일요일 날."

"그 날은 빨래해야지."

"오라. 조 선생(성실) 빨래까지 하니까……."

"그럼 학교에서 원족 가는 날 같이 갈까?"

"언제쯤 가기에?"

"교내 음악회가 끝난 뒤에야 간다구 그러나 보던데."

"응, 그래? 혜련이는 참 좋겠어. 선생하구 같이 있어서 그런 것두 남보다 먼저 알아서."

인선이는 부러워서 그런 말을 한 것도 아니었지만 그 말을 듣고 나니 혜련이는 실수한 것을 생각했다.

선생과 같이 있다는 것을 딴 학생에게 알려주는 것만 해도 좋지 않은 일이다. 거기에다 선생 입에서 나오는 말을 전체에게 발표하기 전에 미리 말하는 것은 그것이 어떤 말이건 재미 없는 일이었다.

그러나 함부로 말하는 사람과 달라 딴 학생과는 잘 어울리지도 않을 만큼 말이 없는 인선이라는 데에 조금 안심을 했다.

상학종이 울렸다.

혜련이는 인선이와 같이 밀려드는 학생들 틈에 끼여 강당으로 들어갔다.

선생들은 벌써 앞에 열을 지어 앉아 있다. 혜련이는 자리에 앉기 전에 우선 성실이를 선생들 틈에서 찾아보려 했다.

성실이는 교무선생 옆에 앉아 있었다. 여전히 무엇을 생각하는 표정이었다. 누구와 같이 이야기하려 하지도 않으며 떠드는 학생들을 살펴보려 하지도 않는다.

아무래도 무슨 일이 있는 모양이로군 하는 생각이 들어 기운 없는 그 얼굴이 불쌍하게도 보였다.

"조 선생이 왜 풀이 죽었니?"

인선이도 전과 달리 힘없는 성실이가 이상하게 보인 모양이다.

"글쎄, 나두 모르겠어."

"너야 알겠지 뭐?"

"내가 어떻게 아니?"

"한 집에 같이 있으면서두 몰라?"

"같이 있으면 다 아나?"

혜련이는 그런 말을 듣는 것이 그리 좋지가 않았다. 인선이가 자기를 질투하거나 부러워서 그러는 것은 아니지만 그래도 성실이와 자기를 동무로 취급하는 그 태도가 덜 좋았다. 물론 성실이는 친한 친구다. 그러나 학생들이 성실이의 일이나 학교의 일을 자기에게 물어 보는 것은 마치 자기가 학생의 스파이로 있기나 하는 불쾌를 주곤 했다.

얼마 전에 임시 시험을 한 번 치렀다.

임시 시험이라는 것도 책에서 배운 것이 아니라 학생들의 실력을 알기 위하여 작문 비슷한 것을 썼다. 그 과목이 마침 성실이가 배워 주는 것이었다.

상식 시험인 만큼 혜련이는 과히 힘들지 않게 누구보다도 빨리 써서 먼저 내놓았다. 그때만 하더라도 좀더 생각을 해서 남보다 먼저 쓰기는 했지만 조금 나중에 바쳐야 했을 것이다. 아무 생각 없이 첫째로 바친 것이 말썽이 되어 학생들 간에는 선생이 미리 문제를 가르쳐 준 것이라고 수군거렸다.

그 뒤부터는 누구가 묻던 간에 성실이나 학교 일을 말하자고 하면 혜련이는 피했다. 피할 때마다 그래도 마음속으로는 불쾌함이 컸다.

그러나 한 번 모른다는 것을 캐서 묻는 것은 인선이 역시 자기에 대하여 딴 생각을 가지고 있는 것이 아닐까 하고 생각할 수도 있었다. 그러고 보니 먼저 운동장에서 한 이야기도 새삼스럽게 후회가 났다.

학생들이 전부 착석을 하자 교장선생이 강단에 나서서 조회를 지도했다.

어떤 여선생이 나와서 무엇이라고 훈화를 했다.

그러나 혜련이의 귀에는 아무것도 들어가지가 않았다. 집에서는 자기대로 괴로움을 받으면서도 학교에 오면 또 그 반대의 괴로움을 받아야 하는 것이 자기다.

자기에게는 흐린 점이 없다. 그러나 자기는 청백함을 말할 도리도 없다.

혜련이는 백여 명의 학생들을 한 번 둘러보았다. 흰 저고리에 깜장 치마, 가슴 한 옆에는 푸르스름한 교표, 이러한 제복이 가지런히 앉아 있다. 그러나 아무리 살펴보아야 자기 같이 불운한 사람은 없는 것 같았다.

선생의 이야기를 솔곳이 듣는 열성 있는 수많은 얼굴들이 모두 희망과 정열에 불타오르는 것 같다. 현실에 만족하고 오로지 오늘의 하루를 뜻있게 보내려는 것 같다.

옆에 앉은 인선이도 불행한 과거를 가졌다.

그러나 지금에는 아무런 책임이 없다. 자기 한 몸만을 위해 살면 그뿐이다. 어린 자식도 없고 늙은 부모도 없다. 있다 해도 자기가 책임을 지지 않을 게다.

다만 자기 혼자만이 죽은 달이다. 열도 없고 빛도 없다.

그러면서도 남에게는 학생이란 아름다운 이름을 듣고 있다.

그럴 때 혜련이는 그러한 자기를 어머니라고 부르는 연자가 불쌍해 보였다.

"연자."

그는 입 속에서 딸의 이름을 불렀다. 그러나 그때 그의 마음은 다시 달라졌다.

"나는 나만을 위해 공부를 하는 사람이 아니다."

혜련이는 고개를 번쩍 들었다. 무슨 말을 하던 끝인지,

"사람은 몹시 작고 몹시 약한 물건이지만 뜻과 열과 힘을 합할 때 여기에
서 더 강한 것은 없습니다."
라고 이야기하는 선생의 말이 들렸었다. 혜련이도 그 말을 이어 혼자 부르
짖었다.

"생각을 말자. 나에게는 현실이 있을 뿐이다. 현실에서 충실 아니할 수
없는 나다."

쓸데없는 생각으로 자기를 약하게 해서는 안 되겠다는 마음이 그의 가슴
에 굳게 박혔다. 괴로움이라는 것은 느낀 것을 크게 생각하는데 있다. 괴로
움이란 생각할수록 더 커지는 것이다. 그러한 괴로움을 자기 손으로 만든다
는 것은 자기 마음을 약하게 하는 것이오, 따라 자기 앞에 놓인 현실을 곤
란한 길로 만드는 것밖에 없다.

누가 무엇이라고 하년 간에 자기는 그 길을 걸어살 사람이나.

공상도 버리고 추억도 잊고 잡념도 내쫓은 뒤 현실적인 현재를 걸어가는
것이 자기의 운명이다.

혜련이는 가벼워진 마음으로 그 날 공부를 마쳤다.

어느 교실엘 가거나 자기가 앉을 책상이 정해 있다.

어느 선생이나 자기를 학생으로 대하여 준다.

세상과 다르다. 앉을 자리도 없는 세상, 모두가 자기를 경원하여 주려는
사회.

그러나 자기의 존재를 어느 교실에 가나 뚜렷이 나타낼 수 있고 따뜻한
음성으로 '혜련이'를 불러 주는 곳은 학교밖에 없다. 그는 학교가 무한히 아
름답고 따뜻함을 느꼈다.

유희실에 가서는 선생의 피아노에 맞추어 작은 새와 같이 춤도 추었다.
옛날 상해나 북경서 추던 사교댄스와 비교하면 유치하고 춤 같지도 않으나
그는 남보다도 날씬하게 몸을 움직이며 뛰어다녔다. 춤이 아니래도 좋다. 어
린애들만이 하는 유희래도 좋다. 학교에서 배워 주는 것이요 또한 앞으로
써먹을 공부다. 공부인 한 열심을 다했다.

오후에는 오르간 연습도 했다. 아직까지 만져 보지도 못했던 풍금을 도레

미파솔라시도부터 시작하는 것이니까 재미가 있을 리도 없으며 쉬울 리도 없다. 그러나 그것을 못하면 보모의 자격이 없다. 누구나 다 처음부터 배워 음악가가 되었겠지 하는 마음으로 그것 역시 열심히 했다.

마지막으로 음악회 연습까지 구경했다. 며칠 남지 않는 교내 음악대회다. 상급학생들만이 출연하는 것이지만 그래도 그들이 연습하는 것까지 보고 싶은 것은 한 해를 먼저 배운 상급생들의 실력과 또 그들이 어울리는 분위기가 알고 싶었기 때문이었을 게다. 자기도 일 년만 지나면 그들과 같이 될 수 있을까 하는 생각도 필시 가슴 한편에는 있었을 것이다. 구경하는 학생이라곤 몇 사람이 없었다. 코러스 하는 것을 보며 한편 옆에 서 있으려니까 누가 등을 두드리는 사람이 있었다.

"혜련이?"

혜련이는 곧 뒤를 돌아보았더니 거기에는 성실이가 서 있었다.

"왜?"

얼핏 대답한 것이 집에서 하던 말투였다. 성실이도 '혜련아' 하고 부르지를 않고 '혜련이' 하고 불렀는데 자기는 '왜?' 하고 물은 것이 딴 학생들에게 들리지나 않았나 하여 혜련이는 얼굴을 붉혔다.

"오늘두 저녁을 못 먹겠어. 내 저녁은 그만둬."

"그래요?"

"응."

성실이는 곧 강당을 나갔다. 어디를 가느냐고라도 물어 보고 싶었으나 갑자기 '네'를 하며 말하기도 거북스러워 걸어가는 뒷모양만을 바라보았다.

학교에 취직된 지가 일 년 남짓밖에 안 된다. 그 사이도 학생들은 대부분이 그리 좋아하지를 않는다. 나이가 어려서 그런지 아직 경험이 없어 말을 재미있게 하지 못해 그런지 어쨌든 성실이를 좋아하지 않는 것이 분명하다.

그런데다가 자기의 괴로움까지 있어 집에도 잘 들어오지 않으니 어찌 되려고 그러는가 하는 야릇한 생각이 들었다. 학교에 오래 있을 생각이라면 좀더 열심히 학교 일을 보며 교수도 잘 해야 할 것이다. 교장과 학생 마음에 맞도록 해야 할 것이나 성실이는 그런 것을 생각하는 것 같지도 않다. 더구나 자기와 가장 친하다는 것을 생각할 때 딴 선생 일보다 더 걱정이 되었다.

혜련이는 집으로 돌아왔다.

우선 복습을 해 보려고 책상 앞에 앉았으나 글자가 머리에 들어가지를 않았다. 성실이가 걱정스러운 것도 걱정스럽거니와 성실이가 잘못되는 날에는 자기 역시 학교마저 못 다니지 않을까 하는 불길한 생각이 들었다.

그런 생각을 하니 몸에서 뼈를 앗아낸 듯이 힘이 없었다.

"최 선생님 계십니까?"

혜련이는 이마를 책상에 대고 있다가 자기를 부르는 소리에 깜짝 놀라 정신을 가다듬었다.

쓸데없는 생각을 또 하느냐는 듯이 혜련이는 머리를 흔들고 문을 열었다.

뜻하지 않았던 성구가 찾아왔다.

"바쁘십니까?"

"아니에요. 이제 방금 학교에서 와서 그냥 앉아 있었습니다. 어서 들어오시지요."

성구는 방으로 들어왔다.

"같이 계신다는 선생은 어데 가셨습니까?"

성구는 주인 없는 방에나 들어온 것 같이 앉기를 주저했다.

"네, 볼일이 조금 있어 나갔어요."

혜련이는 방석을 밀며 앉으라고 권했다.

성구는 권하는 대로 앉았으나 친하지 않은 사람이요 낯설은 집이라 방 안을 한참 돌아보고 나서야,

"어제는 실례했습니다."

"제가 실례했지요. 가서서 욕을 많이 하셨으리라고 생각했습니다."

성구는 도리어 혜련이보다 수줍어 보이는 편이었으나 혜련이의 거침없는 말에는 마음을 감출 수가 없었다. 없는 말이라도 만들어 가며 이야기해야 했다.

"천만의 말씀입니다. 아주 놀랠 만큼 칭찬했습니다."

"숙희한테 들을 때는 몹시 정직한 줄 알았는데 거짓말을 곧잘 하시누만

요.”

“거짓말이 아닙니다. 있는 대루 말씀드리는 것입니다.”

“그러시다면 고맙지마는 그럴 만한 사람이 못 되는 것이 걱정입니다.”

혜련이는 숙희에게서 귀에 차도록 성구의 이야기를 들었다. 만나기 전부터도 이미 알아 친한 사람 같은 느낌이 있었기 때문에 자연히 말을 유창하게 하였다.

“퍽 겸손하시군요?”

성구도 혜련이 못지않게 친숙한 맛을 보여주었다. 대담한 성격이 비위에 잘 맞지는 않았으나 그리 나빠 보이지는 않는다. 더구나 숙희가 좋다고 소개했을 뿐만 아니라 처음부터 이성이라는 호기심을 안 가졌기 때문에 꺼릴 것이 없었다. 만약 혜련이를 만나기 전에 명심이를 보지 않았다면 혜련이에 대한 관심이 좀더 달랐을는지 모르며 따라서 자기의 말도 주의를 거듭하였을 것이다.

혜련이는 친한 동무에게 하듯이 그러나 여자라는 것을 잊지 않고,

“제 인상이 어떠세요? 솔직하게 말씀해 주시면 좋겠는데요.”

하고 물었다

사실 혜련이는 처음 보는 남자에게 자기 인상을 알고 싶었다. 옛날에 호화롭게 살던 그 사치스러운 점이 아직까지 첫눈에도 띄는가, 그렇지 않으면 보통 여자같이 평범하게 보이는가 이런 것들이 알고 싶다.

만약에 아직도 그런 티가 있다면 될 수 있는 대로 고쳐 버리겠다는 마음도 있지만 자기가 새사람이 되었다는 것을 남에게 듣고 싶어하는 마음도 있었을 것이다.

“아직 모르겠습니다. 그렇게 사귀어 보고야 알 수가 있나요?”

성구는 대답할 수가 없다. 좋다거나 나쁘다거나를 당자 앞에서 말할 수도 없는 것이 부드러운 그의 성격이지만 좋은 것도 낮이 간지러워 말 못 하는 것이 그의 약질이다.

“보기는 했겠지요? 보신 대로 말씀해 달라는데 그걸 안 해 주세요.”

“차차 말씀해 드리겠습니다. 그런데 오늘 숙희 씨한테서 편지가 왔어요.”

성구는 딴 말로 돌렸다. 말하기가 힘든 것을 가지고 끄느니보다는 자기가 알려는 일부터 아는 것이 또한 현명했다.

"무엇이라구 그랬어요? 참 숙희처럼 마음이 고운 이는 없을 것 같아요. 한 번도 권 선생을 나쁘게 말하지 않으며 아직까지 편지도 하시니까요."

혜련이는 숙희가 성구에게 무엇이라고 편지한 줄을 모른다. 자기도 편지할 테니 찾아보라고 한 말은 있지만 숙희가 성구에게 어떤 교섭을 하고 있는 것은 꿈에도 알지 못한다.

"별말은 없었습니다마는……."

성구는 심호흡을 하듯 한숨을 죽여 가며 후 했다.

"왜 갑자기 한숨까지 쉬세요. 참 덜 좋으시군……."

혜련이는 아직까지도 서로 생각하는 그들을 탄복하면서도 놀리는 어투로 말했다.

"최 선생은 문학을 어떻게 생각하십니까?"

"좋지요. 권 선생님이 하시는데 나쁘겠습니까. 더구나 사람이 세상을 살아가면서 한 가지 취미도 없으면 안 될 것 같아요. 취미 가운데도 마음을 위로해 주고 또 생활을 기름지게 할 것이 반드시 있어야 할 것 같아요. 저도 앞으로는 문학을 좀 읽어 보고 싶은 생각이 있습니다."

혜련이는 그런 문제를 아직까지 생각해 보지 못했다. 그러나 당장에 질문을 받으니 대답할 만한 생각은 떠올랐다.

"네, 잘 알았습니다. 제가 문학을 한대서가 아니라 사람에게 취미라는 것을 빼서 버리면 참으로 무미건조할 것 같아요. 자기를 자위(自慰)하지 않고야 어데서 낙을 구할 수가 있겠습니까? 생각하면 모두가 무의미한 것이지만 자기를 즐겁게 하는 무엇이 있기 때문에 사람은 사는 것 같아요. 자기의 생활을 낱낱이 생각해 보면 의미 있는 것이 하나두 없지요. 자기를 위해 참된 생활하는 것이 어데 있습니까. 먹기를 위해 사는지 살기를 위해 먹는지도 잘 알기가 힘든 세상에서 자기를 기쁘게 할 취미까지 없이 한다면 무엇 때문에 사는가 하는 생각을 할래기에 밥도 못 먹을 것 같습니다."

성구는 무슨 이야기를 하려고 했는지 기다란 말을 두서없이 했다.

“저는 그렇게까지 크게는 생각지 못해요. 취미라는 것이 있으면 좋겠다는 것뿐이며 취미 가운데는 문학이 좋으리라는 생각을 가졌다는 것입니다. 사람이 취미로만이야 살 수가 있나요?”

“글쎄올시다. 취미라는 것은 해석하는 데에 따라 다르겠지만 자기가 하는 사업에라도 취미를 못 느낀다면 거기에 불만이라는 것이 따르지 않을까요. 한 가지의 불만이 클 때는 생에 대한 불만도 생기는 것이니까 취미 없는 생활을 그대로 영위하여야 할 때는 딴 취미라도 가져야 하지 않겠습니까?”

“그렇기는 하겠지요.”

혜련이는 대답을 못했다. 옳은지 그른지도 확실히 모르지만 그르다고 한대야 성구를 이길 만한 말이 생각나지 않았다.

“좌우간 앞으로 문학을 보시겠다면 있는 책을 가져다 드리지요. 틈 있는 대로 읽어 보십시오.”

성구는 이론을 말하러 온 것이 아니다. 숙희 편지에 혜련이를 걱정하며 학생 생활을 다시 한다는 것은 아무래도 남자를 구하겠다는 마음일 것이니까 좋은 사람에게 소개하라는 말이 있었다. 더구나 혜련이의 환경을 자세히 써 가며 지금 불행하기 마지않다는 말이 있는 것을 볼 때 성구는 일종의 책임감 같은 것을 느꼈다.

집이 있으되 의지할 데가 없어서 쫓겨나다시피 서울로 온 혜련이다. 환경이야 다르지만 부모 없이 길러낸 자기 마음에 찔리는 것이 있었다. 불행 가운데서 산 것이 자기다. 지금은 취직이 되어 밥벌이를 하고 있지만 돈 한 푼 없이 맨주먹으로 전문학교까지 졸업하던 옛날이 옛날로 보이지가 않았다.

그 동안에 맞·본 쓰라린 경험을 다시 생각지 않아도 여자의 몸으로 고학한다는 것이 쓰라리리라는 것은 넉넉히 짐작된다.

모든 각오를 세우고 공부를 하겠다는 혜련이의 마음이 또한 어떠리라는 것을 알 수 있다. 숙희가 혜련에게 어린애 있다는 것을 알렸다면 성구는 더욱 동정했을 것이다.

그것을 몰라도 자기의 정성을 다할 만큼 혜련이에게는 가치가 있다.

더구나 소개한 사람이 숙희다. 그래서 그는 자기의 친한 친구들을 꼽아 보았다.

　첫째 장가를 안 들었고 또 나이가 동갑쯤 될 사람을 한참 동안 생각해 보았으나 그런 이가 별반 없었다. 장가를 들었다 해도 상처를 한 사람이면 괜찮겠지 하고 다시 꼽아 보았으나 그럴 만한 사람도 없다. 있기두 한두 사람 있지만 너무 생활이 곤란하거나 그렇지 않으면 자기가 그리 좋아하지 않은 사람들이다.

　동정해서 소개해 주는 사람에게 생활도 변변치 못한 사람을 말할 수 없다. 자기 역시 빈곤하기는 하지만 빈곤으로 오는 고민이 어떤 것이라는 것을 또한 잘 알기 때문에 혜련이를 그런 불행 속에 넣고 싶지가 않았다.

　성구는 그만큼 현실을 생각한다. 그이 역시 시달리며 살아온 사람이기 때문에 현실을 무시하지 못한다.

　그렇다면 소개할 사람이 도무지 없나 하고 동환이에게 의논 겸 물었다.

　"내한테 소개하렴."

　농담 비슷하였으나 동환이의 말에 성구는 무릎을 쳤다.

　등하불명이라고 동환이를 생각지 못했던 것이 부끄럽기도 했다. 비록 결혼은 했으나 아무래도 이혼해야 할 아내다. 그것뿐만 아니라 성구와 가장 친한 동환이가 무한히 괴로워하고 있다. 그를 위로시키기 위해서라도 어떤 여자를 소개해야 할 경우다. 그래서 성구는 당장 혜련이를 찾아왔고 또 문학에 대한 취미를 물었다. 그것을 알면 그뿐이다. 그 다음에는 만나서 인상을 보아야 하는 것이니까. 성구는 일어서며 바빠서 가야겠다는 인사를 하고는,

　"다음 일요일 아침 열 시쯤 해서 동대문에서 만날 수 없을까요?"

하고 물었다.

　"왜요?"

　"산보하게."

　"오늘이 수요일이지요."

　혜련이는 날짜를 꼽아 보고는 승낙을 했다. 성구를 보내고 난 뒤 혜련이는 혼자 앉아 성구를 생각했다.

　성실이가 들어오지 않는다고 하니 혼자 먹을 저녁을 부지런히 짓고도 싶

지 않다.

무료한 저녁때이기 때문에 같이 앉았던 사람을 생각하고 이야기한 것을 되풀이해 보는 것은 혜련이에게 있어서 급할 수 없는 일이었다.

'무엇 때문에 왔댔을까?'

하루 전에 자기가 성구를 찾아갔다. 그때도 신통한 이야기가 없었지만 오늘도 그리 시원한 말이 없었다.

딴 말을 하고 싶었는데 수줍은 성격에 입을 열지 못하고 돌아가지나 않았을까?

왔던 이유를 도무지 알 수가 없다.

숙희에게서 편지가 왔다고 하나 대체 그 편지에는 무슨 말이 있었는가?

자기가 사랑하던 사람을 외롭게 두기가 안되어 자기를 소개하지나 않았나?

이런 생각을 하니 숙희의 편지는 필시 자기를 동정할 만큼 썼을 것이요 성구는 자기를 또한 다르게 생각하려는 마음이 갑자기 생긴 것이라고 믿어졌다. 그러기 때문에 저녁도 먹기 전에 자기를 찾아왔던 것이며 와서도 둘 사이에는 아무 관계가 없는 말만을 했다. 그러나 떠나갈 때야 다음 일요일 만나자는 약속을 주었다.

아마 성구가 찾아온 목적은 그 말 한 마디를 하고 싶은 데 있는 것이겠지.

만일 일요일에 만난다고 하면 그때는 무슨 말을 할까.

혜련이는 갑자기 고개를 흔들었다.

내가 무슨 생각을 하나 하고 자기를 꾸짖었다. 그런 눈치를 알았다면 그 즉시로 시간이 없는 것을 말해야 할 것이 아닌가 하고 다시 자기가 너무 가볍게 한 약속을 뉘우쳤다.

지금의 자기로 남자를 교제하며 거기에서 향락을 구할 수가 있는가.

망상 가운데서도 가장 큰 망상이다. 학생 생활을 무난히 계속 하기만 하는데도 너무나 힘이 든다. 시간이 없다. 따라서 그 밖에 쓸 정력이라고는 조금도 없었다.

상대가 아무리 훌륭한 사람이라 할지라도 지금만은 허락할 수가 없다. 더구나 남편이 죽은 지 일 년나마밖에 되지 않는 몸이다. 벌써부터 남의 입에 곱지 않은 말을 퍼지게 한다면 자기의 면목이 어떻게 될 것인가.

혜련이는 엽서에라도 편지를 쓸까 했다.

일요일은 사실 보통날보다도 바쁘다. 밀린 두 사람의 빨래를 해야 하며 목욕도 그날에야 한다. 공부도 해 두어야 보통날 바쁘지가 않다.

이러한 사연을 써 볼까 하고 엽서를 서랍 속에서 꺼내기까지 했으나 다시,

'성구 씨가 그런 마음을 먹었을까?'

하고 고쳐 생각했다.

어쩐지 그런 마음을 가졌다면 나쁜 사람일 것 같다. 웬일인지 모르나 사랑 못할 사람을 사랑하는 것이 나쁜 짓인 것 같기도 했다.

그러나 큼직하면서도 날카로운 맛이 없는 코, 새까마면서도 독기와 아첨이 없는 눈, 사내답게 크기는 하지만 거짓과 과장이 없는 말소리 무엇 하나 흠잡고 싶은 데가 없다.

대체 어떤 사람일까 하고 깊이 생각지 않아도 확실히 알 수 있을 만큼 부드러운 성격이 그 얼굴에 나타나 있다.

믿을 만한 사람이다. 의심을 아니해도 좋을 것 같다. 의심을 한다는 것은 결국 자기를 좀생이로 만드는 것 같기도 했다.

'외로운 사람이라고 하니 위로해 주려고 그러는 것이지.'

이러한 생각을 하니 서울 온 지 몇 달 동안에 산보라고 아직껏 한 번 못 나가 본 자기에게 좋은 기회 같기도 했다.

"토요일에 전부 해 두지."

혜련이는 혼잣말을 하고 일어섰다.

부엌에 나가 밥을 지으면서도 성구와 같이 산보 갈 것을 생각하니 왠지 모르게 마음이 기쁘둥했다.

성실이도 없어 그렇겠지만 식사를 아주 간단하게 필하고 싶은 생각만이 들었다.

한 시간도 못 되어 저녁을 먹기까지 했으나 설거지를 하고 책상 앞에 앉

으니 할 것이 무엇인가 하는 생각이 들었다. 할 일이 없는 것만 같다. 있기야 숙제도 있고 복습, 예습이 그대로 남아 있으나 그것들이 손에 걸리지가 않았다. 내가 왜 이럴까 하고 생각하면 낯이 조금 붉어지고 다음 일요일에 시간이 있느냐고 묻던 성구의 얼굴이 떠올랐다.

혜련이는 주먹으로 자기 이마를 쳤다. 쓸데없는 생각을 내쫓으려고.

그러나 밤이 깊어 성실이가 들어올 때까지 그는 하나도 공부를 똑똑히 못했다.

다음날 아침 성실이는 학교 갈 생각을 통 아니했다. 혜련이보다도 이삼십 분 먼저 떠나던 그가 화장을 하고 책보를 싼 혜련이에게 잘 갔다 오란 듯이 자기는 세수도 아니했다.

"왜 그러니? 말 좀 해라."

성실의 태도가 심상치 않기 때문에 혜련이는 걱정이 되어 물었다. 세수도 아니했을 뿐만 아니라 헤친 머리를 빗지도 않았다. 보기에도 무시무시했다. 성실이에게 처음 보는 일이었다. 보통 때면 일어나서 세수를 하고 머리를 빗은 다음에야 조반을 먹는다. 그러나 이 날은 조반을 먹은 뒤까지 병든 사람 같은 얼굴을 하고 있었다.

"내 다음에 말할게. 전부 다 말하마. 오늘은 어서 학교에나 갔다 오라우."

성실이는 말까지 달라졌다. 자기가 숨기는 일이면 감쪽같이 속이는 것이 성실이의 능란한 일이었다. 괴로우면 도리어 쾌활한 말로 듣는 사람을 기쁘게 해 주려 했다. 그러나 지금에는 풀죽은 말이 자기 속을 나타내고 있다.

"아무 일이래두 학교는 가야 하지 않니."

혜련이는 성실이를 혼자 남겨 두고 가는 것 역시 불안했다.

"오늘은 암만 해두 못 가겠어. 몸이 피곤해서 좀 쉬어야지. 내 걱정 말구 빨리 가서 공부나 잘 하라우."

"말 못 하는 내 마음이 더 안타깝단다. 나를 괴롭히지 말구 어서 갔다 오기나 해라. 내가 너한테 속일 게 뭐 있겠니. 아무때라두 이야기하기는 하지만 지금은 용서해다고."

"그럼 나두 고만두겠다."

두 사람은 다 같이 울려고 하는 표정이었다.

"혜련아, 너까지 나를 괴롭게 해 줄려구 그러니?"

드디어 성실이가 울었다.

"글쎄 말을 좀 해 주려마. 속상해서 살겠니? 대체 무슨 일이 생겼니? 응?"

성실이는 터지는 가슴을 그대로 내 쏟으려고 말을 시작하려 했다. 그러나 말을 하면 자기가 더욱 괴롭고 괴로울 뿐이 아니라 자기가 못났다는 것을 알려 주는 것이 싫어 입을 오므렸다. 언제부터라도 혜련이에게만은 이야기를 해 주고 싶었다. 툭 털어놓고 의논을 한다면 서로 시원할는지도 모르나 이때까지 안 한 말을 이제서야 꺼내 놓고 눈물을 서로 쥐어짠대도 부질없는 짓이다. 그보다도 말 못하는 가장 큰 원인은 혜련이의 괴로움을 져주어야 한다는 것이다.

성실이는 어떤 남자를 사랑해 왔다. 동경 있을 때부터 사랑해 왔고 결혼까지 약속한 남자다. 자기의 사랑을 믿었고 남자의 마음을 믿는 가운데서 자기 몸까지 바쳤다. 그러나 아무 말도 없던 그 사내가 요사이에 와서는 결혼한 여자가 있음을 고백했다.

알고 보니 자기와 사랑을 계속하던 작년 가을에 결혼을 했고 그 뒤도 역시 자기를 사랑하는 척했다.

만일에 그 남자가 서울서 살기만 한다면 남자의 입에서 아니라도 그런 것을 벌써 알았을 것이다. 이때까지 아무것도 모르고 행복스러운 꿈을 꾸다가 그 남자에게 그런 말을 듣고 보니 기막히기 짝이 없다. 무엇보다도 남자에게 속았다는 것이 원통했다. 속인 남자가 미운 것도 사실이지만 남보다 많이 배우고 좀더 안다는 자기로서 누구보다도 잘 속아 넘어갔다는 것이 죽고 싶게 아팠다.

그래서 요즈음 며칠 동안은 시골서 올라온 그 사내를 공박이나 해 주고 욕이나 해 주려 나가 있었다. 그것도 시원한 것이 아님을 알고 있으나 공부를 한 남자요 괴로움도 가질 수 있을 것이니까 말로나마 복수를 해 보겠다는 것이 그의 뜻이었다. 그러나 그 이상 딴 길을 위하여 사내를 망신시킨다는 것은 우선 자기부터 망신을 해야 한다.

성실이는 단념하기로 했다. 그러자면 서울을 떠날 수밖에 없다. 자기와 같은 여자로서 교단에 설 수도 없는 일이지만 모두가 자기를 경멸할 것이 싫다.

혜련이도 사실 전부 안다면 좋아하지 않을 것이다. 기껏해야 동정을 할 것이다. 그런 것도 사실은 귀찮았다. 아무래도 서울을 떠나야겠다. 그러자면 혜련의 공부가 문제였다. 공부시켜 준다고 올라오래 놓고는 한 학기가 못 되어 그를 돌려 보내는 것은 혜련이를 괴롭게 하는 것도 자기의 마음이 또 한 적지 않게 괴롭다.

자기의 사정 이야기를 하려면 이런저런 것 다해야 하기 때문에 혜련이와 말하는 것도 이를 물어 가며 참아 온 것이다.

혜련이는 그런 것도 모르고 학교에 갔다. 물론 괴로움이 있으리라는 것은 짐작하지만 어떤 것이라고 깊이 따질 수는 없었다. 그렇게까지 말 못 할 일 이라면 학교에서 학생들이 환영치 않는 것이나 아닐까 하고 생각했다. 그러 나 성실이는 자기에게 학생들의 의견을 조금도 들으려 하지 않았다. 도리어 자기보다도 학생들의 태도를 모르는 것 같았다.

어쨌든 말 못 할 것을 더 캐묻는 것이 성실이를 괴롭히는 것 같아서 학교 에 가기는 했다.

학생들은 성실이가 아니 왔다고 좋아했다.

한 시간이라도 노는 것을 좋기는 하겠지만 결석한 선생을 걱정하는 학생 이 매우 드물었다.

"애들아, 선생님이 결석한 게 그리 좋으냐?"

손뼉을 치고 책상을 두들기는 것이 안되어 인선이가 떠들었다.

"참 혜련 언니가 있는데……."

인선이와 혜련이는 반에서 나이가 그 중 많다. 부를 때도 언니를 붙여 말 하는 것이지만 성실이와 혜련이가 한 집에 있는 것도 몰랐다는 듯이 히히거 리는 소리는 차마 듣기 싫었다. 혜련이 역시 자기가 선생과 같이 있는 학생 이란 것을 가슴 속에 새겨 두기 때문에 반 동무들이 꾸짖는 것 같아 그 역 시 좋지 않았다.

왜 결석하셨느냐고 자기에게 물어 보는 동무들도 있었으나 혜련이는 모른다는 말도 아니했으며 그저 묵묵히 있다가 학교를 나왔다. 조금이라도 빨리 가서 성실이를 위로해 주고 싶었다.

불편해서 결석했다는데도 함부로 기뻐하는 것은 확실히 성실이를 모욕하는 것이다. 모욕 받는 사람, 환경이 불리한 사람 그것만으로도 혜련이는 성실이를 안무해 주어야 했다.

발걸음을 빨리 해서 집엘 갔다. 될 수 있는 대로 안전한 마음으로 성실이를 만날 생각에 기척 없이 문을 열었다.

무엇을 하고 있을까, 누워서 자지나 않을까 하고 마음속으로 생각했다. 그의 태도에 따라 쾌활한 말로 혹은 가라앉은 말로 이야기를 꺼내겠다 하며 걸어오던 그는 문을 여는 순간 끔찍했다.

성실이가 빙 인에 있지 않다. 그는 빙 인을 둘리보았으나 사람이 있을 깃 같지 않게 조용했다. 툇마루를 보았으나 그의 구두도 없다.

몸이 불편해서 학교까지 결석한 사람이 어디를 갔을까 하고 적이 놀랐으나 그래도 한숨짓는 얼굴을 보는 것보다는 안 보는 것이 낫다.

혜련이는 방으로 들어가 아무래도 이상하다는 듯이 방 안을 휙 둘러보았다. 마치 냄새로 성실이를 알아보겠다는 것처럼.

그러나 아무 흔적도 없었다. 언제까지 있다가 언제 나갔는지 또는 어디로 갔는지 도시 알 도리가 없었다. 도리어 방 안이 허전하면서도 번듯한 느낌이 있을 뿐이었다. 무엇이 없어졌다 하고 말할 수는 없으나 매일 보던 무엇이 보이지 않는 것 같다.

도리어 자기의 외로움으로 어제 가신 성구나 왔으면 하는 외진 생각이 들었다.

그러나 얼마 안 되어 책상 위에 놓여 있는 봉투를 볼 때 혜련이의 가슴은 서늘했다.

'최혜련 전'이라고 썼고 조성실이라는 글자를 또박또박 박아 쓴 것이 분명히 성실이의 글씨다.

"가 버렸구나."

하는 직감이 머리를 휭하니 했다.

다만 하나밖에 믿는 사람이라고 없는 그 사람이 자기를 모르게 떠나 버렸다는 것은 높은 데서 자기를 떨어뜨리는 것 이상의 타격을 주었다.

앉았던 자리가 패어져 앉을 곳이 없는 것 같은 망막한 생각이 들었다.

내용을 뜯어보기도 전에 성실이가 원망스러웠다. 아무리 괴로운 일이 있다 하더라도 빈집에다 자기를 두고 넓은 서울에다 혼자 내버린 채 어디를 갈 수가 있을까 하는 생각이 들었다.

컴컴한 밤 넓은 집 속에서 무서워 우는 어린애 같이 길 수도 움직일 수도 없는 혜련이었다. 깊은 골짜기 속의 어린 풀은 그래도 서 있는 뿌리를 믿고 바람에 함부로 나부낀다. 혜련이는 무엇을 믿고 서울 살림을 해야 할까.

그는 벙벙한 가슴을 가지고도 성실이의 편지를 뜯기는 했다. 뜯는 손이 못 쓸 종이를 찢어 버리는 것 같이 힘이 없었지만.

혜련이는 성실이가 놓고 간 편지를 읽기 시작했다.

"혜련아, 내가 이렇게도 일찍이 비참한 운명 속에 빠질 줄은 몰랐다. 너에게 비참하다는 말을 할 수 있을는지 모르겠다마는 아마 너보다도 내가 비참한지 알 수 없다. 너는 너를 사랑하는 남자와 사랑을 했지. 그러나 나는 전혀 사랑 없는 사람을 사랑했다. 그것을 알고 사랑했다면 그야 별 문제이겠지만 속아 사랑했다는 것이 얼마나 어리석은 일이야? 무엇보다도 세상이 부끄러워 못 살겠다. 한 사내에게 그것이 다문 한 달 동안이라도 모르겠다마는 몇 해를 두고 속아 온 나로서 무엇을 안다구 할 수가 있겠니? 너에게·이런 말을 직접 못하는 내 마음을 알아다고. 너는 무척 섭섭히 생각했을 줄 안다마는 차마 부끄러워 말할 수가 없었다. 나는 너에게 할 말이 없다.

내 자신이 학교선생 생활을 할 수가 없다. 너를 위해서라도 나를 속여 가며 몇 해 동안 더 있고 싶다마는 내 양심이 괴로워 그럴 수가 없다. 윤리니 심리니 나에게는 너무나 괴로운 학과다. 그래서 이때까지 누구에게 지리라고는 생각하지 않았던 내가 사회에 투족한 지 얼마가 안 되어 참패

하고 말았다. 여자라는 것은 약한 것이라고 재삼 느껴질 뿐이다.

혜련아. 너만은 굳세어다고.

나는 너를 언제나 뇌리에 새기고 있다. 그만큼 비참한 현실을 가지고도 또한 현실을 잘 요리해 가는 네가 무척 존경스럽다. 나도 어디 굳센 마음으로 살아보겠다. 어떤 방법으로 살지는 모르겠다마는 남에게 속지 않고만은 살아보겠다. 자기의 이익을 위하여 남을 속이는 것은 보통인가 보더라. 그렇기에 내가 속았고 또 속은 뒤에도 아무 말을 못한다.

너도 속지 말고 살아라. 앞으로 전개될 네 생활에는 더욱 거짓이 많으리라고 생각한다. 손톱만큼이라도 속지 말고 살아라. 어디를 가느냐고는 묻지 마라. 어디를 갈지는 나도 모르겠다. 이 꼴을 하고 집에야 갈 수 있니. 내가 안식할 땅이 어디 있겠지. 그러나 언제나 너를 잊지 않으마. 내가 떠난 뒤 너는 당장에 곤란을 느끼리리. 그러니 굳센 마음으로 참아다고. 어떻게든지 해 나갈 수 있겠지.

나도 힘써 보기는 하겠다. 혜련아, 용서해 주겠니? 너를 붙잡고 이야기를 한다면 내가 눈물을 흘려야 한다. 너는 괴로워해야 한다. 나는 너를 보아야 하며 그래도 떠나기는 해야 하지 않겠니.

한 사내에게 속고도 뻔뻔하게 울어서는 무엇 하니? 왜 너까지 또 괴로워해야 하니…… 용서해라.

언제나 만날 기회가 있으리라는 것과 네가 굳세게 살아 나갈 것을 믿으며 이만 쓴다. 건강해라."

성실 씀

다 읽고 나서 성실이의 마음을 앎직하다. 어딘가 남보다도 강한 자존심을 가지고 있는 그다. 그가 괴로워함이 보통 볼 수 있는 감상적인 것이 아니라 무엇보다도 자존심이 허락지 않는 분노에서 오는 것임을 알 수 있었다.

괴로워함이 당연하다.

학교를 그만두는 것도 당연하다. 서울을 떠나서 어디로든지 굳세게 살러 가는 것 역시 당연하다.

약하게 울고만 있는 것보다 몇 배 낫다. 자기만이 당하는 일이 아닌 것을 가지고 비판한다면 어리석은 가운데도 가장 어리석은 일이다.

생각했던 것보다도 강한 성실이에게 감탄했다.

그러나 어떻게 살아 나갈까. 과연 굳센 생활이 있을까가 의문인 동시에 자기는 어떻게 될까 하는 공포가 적이 컸다.

성실이를 무척 원망할 수야 없지만 서울에 혼자 남은 것만은 사실이다. 당장에 집세도 주어야 하며 쌀도 사야 산다. 어떻게 공부를 계속할까.

혜련이는 절망하지 않을 수 없다. 아는 사람이라고 없을 뿐만 아니라 있다 해도 도와줄 사람이 없다.

혜련이는 울지도 못했다. 너무나 답답한 가슴이 한숨 쉴 틈도 없다.

공부도 꿈이었나 하고 머리를 떨어뜨릴 뿐이었다.

그 다음날도 또 그 다음 다음날도 혜련이는 학교에 갔다. 성실이가 나갈 때 사 놓은 쌀과 나무로 얼마 동안은 살 수 있었기 때문이다.

성실이는 쌀과 나무뿐이 아니라 집세까지 한 달 치를 내주고 갔다.

사는 날까지 살며 공부하는 날까지 해 보겠다는 것이 혜련이의 마음이었다. 정 하다가 못할 때는 집으로 돌아간다 해도 살 수 있는 것도 밀어내 버리고 떠난다는 것은 자기의 결심이 적었다는 것을 말해 주는 것 같아 쌀이 떨어지는 날까지 살기로 했다. 그 동안 누구에게나 살 길을 물어 보려 했다. 체면도 아무것도 보잘 것 없다. 살기 위하여 남의 힘을 구하는 것은 당연한 일이다. 남의 힘을 함부로 구한다면 모르지만 그렇지는 않을 자기다. 일을 해 주고 보수를 받도록만 해 주면 그뿐이다. 무턱 빌 수도 없으면 줄 사람도 없다.

그 사이에도 벌써 인선이와 딴 동무들에게까지 가정교사를 구해 달라고 부탁했다. 구하면 있겠지 하는 안심이 저절로 생기기도 했다. 더구나 인선이는 서울 태생일 뿐만 아니라 집안이 많고 상당한 집들을 잘 안다. 그만 애써 준다면 그런 자리쯤은 쉽사리 구할 수 있을 것 같았다. 그만큼 말을 넣어 놨기 때문에 그는 전과 다름없이 학교에 다니었다.

교내 음악대회에도 구경을 갔다. 교장 선생이 혜련이에게 손님 안내역

을 맡겨서 명령을 어길 수도 없는 일이지만 떠드는 데라고 해서 꺼리지도
않았다.

남들은 노래에 열중할 수 있을 만큼 여유가 있는데 내 운명은 어찌 될까
하는 근심과 딴 선생들은 바쁘게 왔다갔다 할 뿐만 아니라 학교를 위하여
애써 일을 하는데 성실이는 어디를 갔을까 하는 궁금증과 걱정이 이따금씩
일어났을 뿐이었다.

교복을 입고 손에는 프로그램을 쥔 다음 들어오는 손님을 안내하며 빈자
리로 인도할 때는 그러한 생각도 없어졌다. 많은 사람들이 자기를 쳐다본다.
그 눈들을 받아들이기에도 바빴다. 그러나 안내받는 사람이 좋은 옷을 입고
점잖게 따라올 때는 간혹 부러운 생각이 들었다.

"이리로 오십시오."

하면서도 옛날에 자기가 안내받던 생각이 났다. 철식이와 같이 어디를 가나
귀부인의 대접을 받았다. 극장엘 가거나 댄스 하러 가거나 보이들이 줄줄
따라다녔다. 하지만 이제는 자기와 하등 상관없는 손님을 그도 공손하게 안
내하려 했다.

기막힌 웃음을 혼자 웃으면서도 그 일을 끝까지 아니할 수가 있는가. 자
리가 거의 찼고 막이 열리게 되었을 때까지도 새 손님을 인도했다.

맨 앞에는 빈자리가 있어 강당 가운데로 손님을 인도할 때다. 젊어 보이
는 여자인데 아래위로 혜련이를 살펴보다가는 무슨 말을 할까 말까 하듯이
입을 벌렸다가 닫혀 버린다.

"저기 앉으십시오."

혜련이도 그 여자가 수상하고 또 본 기억도 있어 몇 번 쳐다보았으나 갑
자기 생각이 안 나 자리에 앉히고 말았다.

뒤로 돌아와서도 그의 뒷모양을 보며 기억을 뒤졌으나 잘 떠오르지 않았
다. 금비녀에 긴치마를 끌게 입었다. 분명 부잣집 색시다.

그렇게 생각하니 더욱 모를 것 같다.

혹시 옛날 동무 가운데서 그런 집에 시집간 이가 있을지 아나 하고 옛날
동창들을 그려보았다.

한참 동안이나 생각을 하니 비슷한 사람의 얼굴이 눈앞에 보였다.

"아무래도 경옥이 같애."

이렇게 생각을 하니 아까 보던 그 색시가 틀림없는 동창생 같았다.

"얌전하더니 시집도 잘 간 게로구나."

하고 혜련이는 그 여자의 뒷모양을 바라보았다.

막이 열리고 개회사를 비롯하여 음악 순서가 시작될 때까지 동창생을 생각했다. 반가운 마음도 컸지만 어떤 살림을 할까 하는 호기심도 났다. 만나볼까 하는 생각도 하다가는 이 꼴을 뵈어 무엇 하게 하는 부끄러움도 가졌다. 자기 결혼을 알았다면 분명 욕부터 했을 여자다. 아씨란 별명을 들을 만큼 얌전했던 여자라 함부로 만나 자기의 운명을 보여주고 싶지도 않았다. 그러나 돈 있는 집 며느리라면 아는 사람도 상당하겠지.

가정교사를 부탁해 볼까 하는 생각이 들자 부쩍 만나고 싶었으며 그 여자가 반가워 보였다.

그는 음악이 빨리 끝나기를 기다렸다.

밤 열 시쯤 지나서야 음악대회는 끝났다. 그렇게 호평을 받던 것도 못 되나 보육학교 학생으로만 열린 음악대회니만큼 악평을 하는 이도 없었다. 강당을 나서는 청중들이 음악회에 대해서 이러니 저러니 하고 말이 많지 않은 것으로 보아도 그저 무난히 지난 모양이다.

그 가운데는 독창을 무던히 한 학생도 있고 피아노 독주를 쓸쓸히 한 이도 있다. 그러나 역시 그만한 기술이라도 가져 보았으면 하는 부러움을 안 가졌다.

전문가들이 아닌 만큼 특출하게 잘 하지도 못할 뿐만 아니라 혜련이는 구경 온 손님 가운데서 동창생을 만나 보겠다는 마음이 컸기 때문이다.

많지 않는 손님들도 한시에 일어서서 제각기 먼저 가려고 하니 들어올 때보다 혼잡하기 짝이 없었다. 혜련이는 경옥이를 놓치지 않으려고 사람들 틈에서 움직이는 그를 주의해 보고만 있었다. 그도 자기를 찾으려고 하는지 사람을 밀면서도 눈을 두리번거렸다.

오 분쯤 지나니 경옥이는 문 옆까지 왔다. 혜련이는 사람들 틈을 피해서 그의 옆에까지 갔다.

"저 경옥이 아니요?"

"혜련이지?"

경옥이는 손을 내밀었다.

혜련이는 경옥이 손을 잡고 문 밖으로 나가 교정에서 말을 꺼냈다.

"얼마만이야?"

"글쎄 말이야. 혜련이는 나를 곧 알아보았어? 난 한참 생각하구 나서야 알았는데 구경하면서두 자꾸 뒤를 돌아보았지 왜."

"나두 처음에는 몰랐어. 이렇게 구식부인으로 차렸으니 알 수 있나……."

"난 혜련이가 이제 학교에 다닐 줄은 몰랐거든……."

"참 잘 만났어. 같이 서울 살면서두 경옥이가 여기 안 왔더면 만나지두 못할 뻔했지……."

"글쎄 말이야. 난 성실이가 이 학교에서 선생 노릇 한다기에 성실이를 만날까 했더니 성실이는 못 보구 혜련이를 만났구만. 참 반가운데……."

혜련이는 그 말에 대답을 못했다.

경옥이를 만난 것은 반갑지만 성실에 대한 이야기를 제 입으로 꺼낼 수가 없기 때문이었다.

"혜련이는 성실이를 매일 만나 보겠구만?"

경옥이는 종시 묻고야 말았다. 차라리 듣지 않아 주었으면 좋으련만 경옥이로서는 당연히 물을 말이었다.

혜련이는 그 자리에서 긴말을 아니하려고,

"그럼 매일 만났지."

하고 거짓말을 했다.

"그래두 우리 동창생 가운데서 성실이가 상당하게 됐어."

경옥이는 할 말이 태산 같은데도 무엇을 먼저 말해야 좋을지 모르는 모양이었다.

"그래 동창생이 선생 됐는데 거기서 배우는 것이 어때?"

"좀 안되기는 했어두 뭐 어떤가 더 좋지……."

혜련이는 이 말을 하고 사방을 돌아보았다. 아직까지 남아 있는 사람이라고는 자기네 둘밖에 없다.

"우리두 나가 보지."

하고 경옥이와 학교 문을 나섰다. 그리고는 딴 말보다도 경옥이의 이야기를 듣고 싶어,

"그래 어린애는 몇이나 돼?"

하고 길에서 물었다.

"둘이야. 혜련이는 결혼 아니했나?"

경옥이는 혜련의 일을 잘 모르는 모양이다.

"응."

혜련이는 시작만 하면 길어질 말을 꺼내기가 싫었다.

"별수 있나. 아무래두 여자란 결혼하구 살림을 해야지. 그래 결혼두 안 하구 이때까지 뭘 했어?"

"그저 놀았지. 그런데 애들은 뭐 사낸가?"

"사내 하나 딸 하나야."

"바깥어른은 뭘 하시구?"

"별루 하는 게 없어. 집안 살림두 바쁘니까…… 오죽 일이 많아야지. 시골두 왔다갔다 해야지. 또 집안에 있어두 한시나 가만 있게 되나. 그래 혜련이는 아직두 시집을 안 가려구 학교엘 또 다녀?"

"가게 되면 가는 게지……."

혜련이는 경옥이가 달라진 데 놀랐다. 말이 많아졌다. 또한 사람을 대하는 태도가 늙은이처럼 능란했다. 부잣집에서 시달렸으니 주인 마누라 행세를 잘 배워 그렇기는 하겠지만 어쩐지 덜 좋아 보였다.

"내 중매해 줄까?"

경옥이는 신이 나는 모양이나 혜련이는,

"글쎄."

하고 힘없는 대답을 했다.

어느 새 안국정까지 왔다.

"집이 어디지? 한 번 놀러 가서 이야기나 할게."

"우리 집은 소격정이야. 의전병원 위로 첫 골목인데 댓집 지나면 그 동리 서 제일 큰 집이나까 찾기 쉬워. 한 번 꼭 오라우. 오늘은 섭섭하게 헤어지는데……."

혜련이는 그와 작별을 하고 자기 집으로 혼자 걸었다.

거리(距離)

동대문 앞에 내리니 정한 시간이 아직 십 분이나 남았다. 그래도 성구가 오지 않을까 하고 사면을 둘러보았으나 아직 보이지가 않았다.

혼자 서서 오는 전차마다 눈을 들어 내리는 사람을 살피기에 분주했으나 아직 시간이 남아 있기 때문에 그리 초조한 빛은 없었다.

시계를 거듭 보며 전차에 눈을 떼지 않을 때는 오 분쯤 지난 뒤였다. 혹시 오지나 않나? 하는 생각이 들기 시작하자 공연히 시계만 들여다보게 되었다.

사 분, 삼 분 앞으로 이 분이 남았지만 성구는 보이지가 않았다.

"잊어버리지나 않았나?"

하고 생각을 하니 가슴이 허전해졌다.

사람을 오라고 해 놓고 자기는 안 온다면 어떻게 할 셈인가. 약속시간이 일 분쯤 지났을 때는 자기가 속은 것 같은 야릇한 생각까지 들었다.

혜련이는 숫제 울고 싶었다.

자기를 위하여 약속시간을 지켜 줄 만큼 성의 있는 사람도 없나 하는 생각이 들어 쓸쓸함이 여간 크지 않았기 때문이다.

그러나 성구는 그럴 사람 같지 않았다. 무슨 일이 있거나 그렇지 않으면 전차가 늦거나 해서 아직 못 온 것이지 기다릴 사람을 잊어버릴 만큼 등한 한 사람은 아닌 것 같았다. 그래서 이왕 기다리는 것이니 십 분만은 더 기다려 보려고 했다.

그렇게 생각을 해서 그런지 성구가 지금 전차를 타고 허둥지둥하며 빠르지 못한 전차를 탓하고 있는 얼굴이 눈앞에 보이는 것 같다.

혜련이는 다시 시계를 보았다.

오 분이 지났다.

그는 멀리서부터 오는 전차를 바라보았다.

거의 거의 가까워 올 때 운전수대에 선 남자가 보인다.

성구 비슷하다.

빨리 달려와서 그 사람의 몸이 완전히 보일 수 있게 되기를 바랐다.

또한 그 사람이 성구이기를 바랐다.

만약 그 사람도 성구가 아니라면 어떻게 하나 하는 겁이 커질 때 전차는 정류장에 멎었으며 그 사내는 껑충 내리뛰었다.

성구였다. 이쪽 저쪽을 살펴보는 것이 자기를 찾는 모양이었다. 한참 떨어진 곳에 섰던 혜련이는 그가 찾아볼 때까지 가만 내버려 두기로 했다. 성구는 자기 시계를 꺼내 보고는 고개를 흔들었으나 혜련이는 그것이 보기 좋았다. 자기를 찾는 사람, 그러면서도 시계를 의심하듯이 연방 시계를 꺼내 보는 얼굴. 혜련이는 그 얼굴이 듬직해 보였을 뿐만 아니라 좀더 애태웠다. 만나 보고 싶은 마음에 그냥 그 자리에 서서 외면을 했다.

오기는 왔을 텐데 하고 연방 둘러보던 성구는 동대문 북쪽 부리에 돌아서 있는 혜련이를 그때야 발견하고 뛰어왔다.

"여기 와 계셨어요?"

"권 선생님이십니까? 일찍 오셨나요?"

"지금 막 왔습니다마는 어데 계신가 하구 한참 두리번거렸지요."

성구는 조금 헐떡였다. 뛰어오기에 숨이 차던 모양이다.

"아이 참 미안합니다. 그럴 일이 있어서 조금 늦었습니다. 그래도 과히 늦지는 않았지요?"

"한 십 분 지났을까요? 그것쯤이야 보통이겠지만……."

"그러지 마십시오. 너무 기다리시게 해서 미안합니다."

혜련이는 웃어 보였다. 기다린 것만은 사실이지만 온 것을 보니 아무렇지도 안다는 듯이…….

"조금만 더 있었다면 제가 선생님을 나쁘게 생각할 뻔했습니다. 마침 잘 오셨기에 다행이지."

"욕을 하십시오. 얼마든지 사양치 않겠습니다."

성구도 긴장 풀린 웃음을 웃었다. 그리고는,

"이왕 나왔으니 청량리로 산보 나가시지요."

하고 청량리행 전차정류장까지 걸었다.

혜련이는 말이 조금 이상스러웠으나 그대로 따라갔다.

며칠 전부터 약속해 놓은 산보인데 이왕 왔으니 가자는 말이 무엇인가 하고 이해하기가 힘들었다.

그러나 사람 많은 전찻간에서 물을 수도 없고 해서 그냥 가기는 하지만 그 대신 성구의 얼굴에서 눈을 떼지 않았다.

성구의 눈치에서 그의 기분을 알고 마음을 살펴보겠다는 것이었다.

성구가 약속을 어긴 데는 자기의 이유가 있었다.

혜련이와 약속을 하고 난 이 날까지 동환이에게는 아무 말도 아니했다. 동환이를 소개해 주기 위하여 만든 약속이지만 두 사람에게 전혀 자기 마음을 알리지 않으려 했기 때문이었다. 두 사람이 보고 인상이 좋아 교제를 하게 되면 자연히 자기 마음이 알려질 것이다. 만약 그렇지가 못해 교제가 성립이 안 된다면 차라리 이야기를 아니한 채 인사 시키는 것이 두 사람에게 다 좋은 일이다. 더구나 만나게 할 때부터 그런 의미로 소개를 한다면 부자연한 데가 있을 뿐만 아니라 한편에서 반대할는지도 모른다. 그래서 일요일마다 학교에도 안 나가고 또 특별한 일도 없는 것을 잘 알기 때문에 이 날 아침에야 비로소 어디 산보 가자는 말을 꺼냈다. 그 말을 하면서도 혜련이와 만나게 해 준다는 말을 아니했다.

동환이는 학교에 나갔다. 학교에 있는 문과 선생들과 함께 산보 가기로 결정해 놓았기 때문이었다. 성구는 웬만만 하면 거기를 그만두고 자기와 같이 가자고 끌었다. 동환이는 과장의 말도 있고 해서 안 갈 수가 없다고 자기대로 가 버렸다.

그렇기 때문에 성구는 시간도 늦었으며 혜련이를 만나,

"이왕 왔으니 가 보자."

는 말도 했다.

자기 혼자서 혜련이와 산보하는 것은 무의미했다. 무의미하다는 것보다도 자기의 계획이 깨졌기 때문에 힘이 없었다. 자기의 뜻대로 안 되었을 뿐만 아니라 말할 수 없는 제 속을 혜련이가 알아 주지 못한 것도 안타까웠다.

성구에게 있어서 이 날은 불쾌했다.

이러는 성구의 마음을 모르는 혜련이인만큼 청량리에서 내려 임업시험장으로 걸어갈 때까지 얼굴을 숙이고 말도 잘 하지 않은 성구에게 의심을 품을 것은 사실이다.

전찻간에서도 성구는 말을 즐겨 하지 않았다. 여기서 무슨 말을 하면 하관이 상관에게 대하듯 네 그렇습니까 하고 놀라는 표정을 지을 뿐이었다.

약속을 먼저 청했고 또 그 약속대로 두 사람이 만났으면 유쾌하게 이야기를 해야 할 것이다.

'무엇 때문에 무뚝뚝한 얼굴을 가지고 그럴까?'

하고 혜련이는 혼자 생각했다.

한참 동안 걸으면서도 말이 없다가 자기의 머리 뒤를 주먹으로 치는 것을 본 혜련이는 하도 보기가 딱해,

"기분 나쁘신 일이 있어요?"

하고 물었다.

"미안합니다. 아무 일도 없어요."

성구는 웃음을 지어가며 말하니 혜련이는 미안하다는 뜻도 알 수 없었다.

"말씀하세요. 무슨 일이 계신다면 저는 가겠습니다."

성구는 대답할 말이 없다. 만약 자기의 계획했던 것을 말한다면 다음에 소개할 때 재미가 없다. 그대로 지나다가 다음 기회를 기다릴 수밖에 없다. 그러나 혜련이에게는 미안했다. 그래서,

"오늘은 긴 이야기를 하려고 했는데 다음에 하겠습니다."

하고 무슨 뜻이 있었다는 것만을 알렸다.

"무슨 말씀이에요? 말씀하세요. 어떻습니까."

혜련이는 성구가 이상했다. 할 말이 있다면 못할 것이 무엇이며 못할 말이란 대체 무엇일까?

"글쎄, 앞으로 이야기할 기회가 있지요. 오늘은 용서하십시오."

성구의 말을 깨달을 수가 없다. 말할 때마다 괴로워함이 완연히 보인다.

무슨 말일까? 하는 궁금증이 속을 안타깝게 했다. 그러나 끝까지 캐물을 수도 없다. 하기는 해야 할 말이면서도 입으로 꺼내기가 힘든 말이 얼마든지 있다. 더구나 성구와 같은 사람으로서는 용기 있게 말을 꺼내지 못할 것도 사실이다.

숙희와 그렇게 지내면서도 헤어지기 전까지는 사랑한다는 말을 못해 보았다는 성구다.

그렇게 말하기가 힘든 이야기라면 더 물을 수도 없고 듣자고 할 수도 없다. 자기가 성구를 나쁘게 생각지 않을 뿐만 아니라 도리어 끌리는 데가 있지마는 사랑한다는 말을 듣거나 말하거나 할 자기가 못된다.

"봄이 다 됐습니다."

혜련이는 분위기가 너무 따분했다. 깨뜨리고 유쾌하게 놀기나 하는 수밖에 딴 도리가 없는 것을 곰곰이 생각하고 이런 말을 꺼냈다.

넓으면서도 깨끗한 모랫길을 두 사람은 말없이 걸었다.

길 옆 논두덩에는 푸른 풀이 먹음직하게 싹 돋았으며 작은 내로 흐르는 물소리는 마시고 싶게 맑았다.

함부로 섰으나 힘있게 솟은 소나무 잎도 퍼렇게 살아 있었다.

"저것이 앉은뱅이꽃이지요."

혜련이는 소나무 밑에 자그맣게 핀 앉은뱅이꽃으로 가서 한 떨기를 뜯었다.

"선생님 양복에 꽂으십시오."

하고는 성구에게 주었다.

혜련이는 말없는 분위기처럼 싫은 것이 없었다. 어떠한 생각을 가지고 있더라도 놀 때는 놀아야 했다. 자기도 생각하려면 얼마든지 생각할 것이 있다. 그러나 남에게 보이는 것이 싫다. 따라서 성구가 괴로워하는 것 역시 딱해서 보기가 힘들다.

확실히 모르나 성구의 침울이 자기에게 있다는 것을 알 때 더욱 심했다.

"고맙습니다."

성구는 꽃을 받았다. 그러면서도 가슴은 펴지 못하는지 말이 어색했다.

"그러시면 전 가겠어요."

혜련이는 화를 내는 것 같이 말했다.

"왜 그러십니까?"

성구는 놀라는 표정이었다.

"산보 왔으면 재미있게 놀다가지요. 왜 침울하게만 계세요?"

"미안합니다. 안 그러도록 노력하겠습니다."

"말씀두 딱딱하게는 하시네."

성구는 아무래도 자유스러운 말을 할 수가 없었다.

불쾌한 생각이 아직까지 남아 있기는 하지마는 첫번 보인 기분을 갑자기 변할 수도 없었다. 그러나 앞으로 언제라도 기회가 올 것이라는 생각과 딱해하는 혜련이의 마음에 미안하다는 생각에 그는 이제라도 기분을 전환시키려고 애썼다.

시험장을 지나 동편으로 올라가는 좁은 길을 걸을 때 외딴 산 속에 문득 무덤 하나가 보였다.

성구는 좋은 찬스라 생각하고 말을 꺼냈다.

"남편 되시는 분이 생각되시겠군요?"

"왜요?"

얼토당토않은 말에 혜련이는 눈을 번쩍 떴다.

"저 무덤을 보십시오. 그이도 저 속에……."

혜련이는 가리키는 무덤을 보고,

"참 그렇군요. 이제는 살도 뼈도 흙으로 되어 버렸을 겝니다. 그러나 생각하면 무엇 합니까."

"그래두 사람의 미련이라는 것이야 그런 것입니까."

"참 저는 너무나 생각을 아니하는가 봐요. 나쁘건 좋건 미련이라는 것은 있을 텐데……."

남이 듣기에는 조금도 여자답지 않은 말씨였다. 죽은 지 일 넌나마밖에 안 된 남편을 벌써 잊어버렸다는 게 될 말이 아니다. 그러나 혜련이는 말뿐 마음까지는 그렇지가 못했다.

무덤을 볼 때 남편이 그리웠다. 그와 같이 살던 때가 추억되었다. 아무 부자유 없이 산 때다.

그러나 얼마 아니 되어 원망하는 마음이 일어났다. 그로 말미암아 오늘의 운명이 있지 않는가!

"속으론 굉장히 생각하시면서도 그러시지 않으세요."

성구는 야유 비슷이 말했다.

"글쎄요. 그럴시두 모르시요."

혜련이는 그 무덤으로 갔다. 그 앞에 핀 꽃들을 뜯어 무덤 앞에 꽂아 놓으며,

"제 남편 무덤이라 생각하구 꽃을 꽂았으니 절을 하십시오."
하고 농담하듯이 웃었다.

"망령의 말씀을 하십니다."

"어떻습니까? 아무라고 해도 죽은 사람은 불쌍하니까 절을 해두 괜치않지 않아요."

혜련이는 사실 죽은 사람이 불쌍했다.

죽은 사람이라는 것보다도 철식이가 불쌍했다. 죽으면 그뿐이다. 아무것도 없다.

자기 아내라고 하던 사람까지 일 년도 못 되어 잊어버린다.

자기 역시 이러다가 죽으면 아무것 하나 남을 것이 없을 것이다.

갑자기 혜련이는 쓸쓸해졌다. 자기가 지금 고생하는 것도 결국에는 아무것도 아니고 말 것을 그러는 것이 아닐까.

하염없는 인생. 혜련이는 외로운 마음을 걷잡을 수 없다.

"선생님."

혜련은 성구를 불렀다. 장마 물에 뚝 터지듯 가슴을 헤치고 견딜 것 같은 그는 성구를 불렀건만 자기의 현재를 차마 말할 수는 없다. 결국 말한다면 동정을 구하는 것밖에 안 된다. 동정을 구할 만큼 비굴해지고 싶지도 않았으나 더욱이 성구에게 고리타분한 이야기를 들려 주고 싶지가 않았다.

무덤에서 길가를 나와 다시 걷기 시작할 때까지 이번에 혜련이 쪽에서 숙인 얼굴을 들지 않았다.

두 사람은 작은 산을 몇 개나 넘었다.

나중에는 길을 걷는지 길도 없는 풀밭을 걷는지 방향 없이 함부로 걸었다.

사람 사는 작은 동리가 보이고 원산 가는 기차가 멀리 바라보일 때까지 걷다가,

"여기서 좀 쉬어 갈까요?"

하고 성구가 먼저 섰다.

"그럴까요?"

혜련이도 자기가 온 길을 돌아보며 성구 옆에 섰다.

"오늘은 퍽 우울하신 모양이로군요?"

성구는 동행하는 사람의 우울을 보기가 안됐는지 위안 비슷한 말을 꺼냈다.

"공연히 그랬지요. 저두 모르게……."

"공연히 그럴 수도 있기는 하겠지만 무덤을 보시고 생각난 것이 있어 그랬겠지요."

"글쎄요. 그렇기라도 했으면 좋겠습니다."

혜련이는 무덤에서 어떤 생각을 얻은 것만은 사실이다. 그러나 지금 우울해하는 것은 죽은 철식이가 불쌍하거나 그가 생각난다는 데서 오는 것이 아니라 하염없는 인생이라는 것과 자기의 생활을 느끼는 데서 온 것이었다.

이대로 계속만 된다면 자기는 학생 생활도 그만해야 한다. 그렇게 된다면 희망 없는 불행 속에서 보글보글 끓다가 그대로 죽어야 한다.

죽으면 아무것도 없다. 그러나 산다고 해도 그리 시원할 것도 없다. 산 사람 가운데 행복스러운 이가 얼마나 되는가.

성실이와 같이 커다란 희망과 포부를 가졌을 사람도 일생의 낙인을 찍어 놨다.

"선생님, 행복이라는 것이 없으리라고 생각될 때는 어떻게 해야 할까요?"

혜련이는 성구의 말을 듣고 싶었다. 자기의 마음을 알리고도 싶었다.

"글쎄요."

성구는 혜련이가 어떤 것을 생각하고 있는지 약간 짐작이 되어 말을 계속했다.

"완전한 행복이 어떤 것일지는 모르나 불행만을 크게 생각할 때는 모두가 불행으로만 해석될 것 같아요. 결국 행, 불행은 마음의 상태 여하에_달려 있는 것이니까요. 그렇기 때문에 사람의 일생에는 행복이라는 것이 한 번이라도 있을 줄 압니다. 다만 한 순간이나마 자기가 행복이라고 느낄 수 있는 그때를 기다려야지요."

"저에게도 그런 순간이 있을 것 같습니까?"

"글쎄요. 없으리라고야 말할 수 없겠지요. 아직 젊으시니까……."

"젊은 사람에게는 그런 희망이 전부 있을까요?"

"없다면 젊은 사람이 아니겠지요. 무엇보다도 희망을 가질 수 있는 것이 젊은이의 특권이며 따라 가져야 할 요소이지요."

"없으리라고 생각되는 것도 있으리라고 믿어야 할까요?"

"말하자면 그렇지요. 누구나 다 딱한 사정에서 마음이 약해질 때는 비관을 하게 되는 것입니다마는 타락한 생활에서 진실된 인간을 발견할 수 있겠습니까."

"그렇지만 생각과 마음이 또한 다른 때는 어떻게 합니까?"

"그것이 말하자면 고민이지요. 모순이 있어야 발전이 있는 것과 마찬가지로 고민이 있어야 노력이라는 것이 또한 있겠지요. 마음의 균형, 그것이야 물론 힘든 것입니다마는……."

성구의 말은 전부가 그럴 듯했다. 그러나 말이 옳다고 해서 그대로 실행될 수 있는 것은 아니다.

"아이구, 모르겠습니다."

혜련이는 풀밭에 앉아 버렸다. 모든 생각과 희망을 내던져 버리는 듯한 태도였다.

성구도 따라 앉으며,

"실례지만 요새는 어떻게 지내십니까?"

하고 물었다.

그의 과거는 숙희에게서 대개 알았지만 반드시 궁핍하고 요즘 생활을 조금도 물어 보지 못한 것이 혜련이에게 미안했다. 가장 큰 것을 알려고 하지 않는 것은 거리를 멀리하고 있는 표시다.

그러나 혜련이는 그 말에 대답을 어찌해야 할지 몰랐다.

조리 있게 사물을 비판하는 성구다. 이야기를 하면 반드시 마음자리를 잡아 주려고 이야기 해 줄 게다. 그러나 비애를 가져오고야 말 구지지한 이야기뿐이다. 그것을 말해서 덜 좋은 인상을 주고 싶지 않다. 말하지 않아도 대강은 짐작할지 모른다. 그러나 자기 입으로 그런 이야기를 말하고 싶지가 않다. 자존심도 숨어 있기는 하겠지만 곱게 보이려는 사람에게 쓸데없는 지식을 넣어 주고 싶지 않은 그런 심리도 있어 종시 자기의 현재를 말하지 않았다.

성구는 저녁때까지 혜련이와 산에서 지내다가 돌아왔다.

말을 채 하지 않았지만 혜련이의 말에서 혜련이가 얼마큼 고민하는 사람이라는 것만은 알았다. 그러리라고 짐작도 했었다.

어떻게 살아가고 있는지 확실한 것은 알지 못하나 여자 몸으로 고학을 한다는 것만 보아서도 여러 가지 생각이 있을 것은 분명하다.

그러나 산에서 꺾은 진달래를 절반 갈라 주며 집에 갖다 꽂아 두라고 하던 혜련이의 얼굴은 아무래도 이지(理知)를 많이 가진 것이 또한 확실했다.

고민을 가지고도 고민을 그대로 발표치 않고 상대자의 감정을 알아 주려는 것이 세련된 여자의 행동이었다.

그러나 자기 감정을 숨기려고 꽃을 나누어 주며 웃던 그 얼굴은 성구에게 더욱 비극으로 보였다.

집에 돌아와 언젠가 동환이가 사 온 꽃병에 진달래를 꽂아 놓고도 성구는 한참 동안이나 혜련이를 생각했다.

불행할수록 고결해 보이는 감정이 솟아올라 혜련이를 더욱 존경하고 싶어지기도 했다.

꽃병을 바라보며 의자에 앉아 있을 때 하숙 주인이 문 밖에까지 와서,

"오늘 어떤 여자가 찾아왔습니다."

하고 그가 없었던 사이에 생긴 일을 보고했다.

"어떤 여자요?"

"요전에 한번 왔댔지요, 왜?"

성구는 명심이가 왔던 것이라고 생각했다.

자기를 찾아왔던 여자라면 명심이밖에 딴 사람이 없다.

"하."

하고 싱구는 하루를 잘못 보냈구나 하는 후회를 그 순간 했다.

명심이가 왔다가 그냥 돌아갈 때 얼마나 실망을 했을까?

일요일밖에 노는 날이 없다. 어디로 산보를 가려면 한 주일 동안에 하루밖에 없는 날이다.

그것도 그러려니와 종일토록 얼마나 쓸쓸히 지냈을까 하는 생각이 들어 명심이가 애처로웠다.

어떻게 지내겠다는 계획을 다 꾸며 가지고 왔다가 자기가 없을 때 몹시 쓸쓸했을 게다.

공연히 청량리엘 갔댔군 하는 생각이 재삼 들었다. 그러나 혜련이와 만났던 것이 그렇게도 무의미했던가 하고 마음의 한편에서 쑥 올라오자 후회할 것도 아니라는 생각이 일어났다.

명심이는 오늘밤에라도 다시 만날 수 있는 사람이다. 혜련이는 언제나 위로하고 언제나 같이 할 사람이 아니다.

될 수 있는 대로 있는 힘을 나누어 주어야 할 귀한 동무다.

명심이를 섭섭하게 해 준 반대로 혜련이와 같이 하루를 지냈다는 것이 그리 잘못한 일이라고 생각해서는 안 될 것을 느꼈다.

더구나 혜련이는 이성으로 생각되는 점이 적었다. 만약 성구가 이성이라

는데 흥미를 가지고 혜련이를 사귀었다면 이 날에 반드시 괴로워해야 했다. 그러나 첫번부터도 혜련이가 성구의 눈에는 이성이라는 흥미를 끌지 못한 것이 다행이었다.

아직까지 나쁘게 생각지는 않지만 숙희와의 사이가 끊어지게 된 뒤로 성구는 남자에게 능란한 여자를 그리 즐기지 않게 되었다. 나쁘게 말하면 요부 같은 느낌이 있어 도리어 진실된 맛이 없는 것을 느꼈다.

혜련이가 진실되지 못하다는 말을 성구로서 할 수 없으나 그래도 여자다운 맛이 없다는 생각은 얼마든지 할 수 있다.

모든 것을 다 하는 혜련이, 그러나 불행 속에 있는 여자, 아무것도 모르며 순진 속에서 희망을 차지하고 있는 명심이, 성구는 이 두 여자를 물끄러미 생각했다.

하나는 여자 동무, 하나는 사랑하는 여자.

두 사람 가운데 어느 하나를 내버릴 수도 없다. 거리만을 잘 맞추어 간격 있게 설 수만 있다면 누구에게나 만족을 가질 수 있다.

성구는 저녁을 먹었다. 그때까지도 동환이는 돌아오지 않았다.

왜 이렇게 늦을까 하고 걱정은 하면서도 명심이를 찾아가야 할 생각에 옷을 입었다.

빨리 가서 만나 주지 못한 잘못을 사과해야 할 마음이 조급했다. 그는 종이 위에,

"너를 주기 위해 진달래를 꺾어 왔다. 명심이에게 가니 올 때까지 꽃과 마주 앉아 이야기나 하고 있거라."
라고 말을 써서 테이블 위에 놓고 하숙을 나섰다.

혜련이는 며칠 동안 앓았다. 학교에도 못 나갈 만큼 누워서 앓은 것은 아니지만 성구와 같이 산보 갔던 그 여독이 가슴 속에서 떠나지 않아 괴로워했다.

성구는 평생에 두 번째 사귀는 남자다.

첫번은 철식이요 그 다음이 성구다.

두 남자의 성격은 천양지판이다.

첫 남자는 호걸답게 큰소리를 하나 방탕하다. 생각이라는 것보다도 순간을 향락하기 위해 사는 사람이다. 따라서 인간적인 신뢰가 적다.

그러나 성구는 그와 반대다. 생각하고 또 생각한 것을 함부로 발표치도 못하는 말하자면 온건한 사내다.

정열이 있을 뿐만 아니라 인간미가 두터운 예술 같다.

철식이와는 비교할 수도 없을 만큼 고결한 사람 같다.

숙회가 사랑했다는 것이 거짓이 아니다.

그러나 이러한 생각들이 나서 성구를 높은 자리에 올려놓을 때마다 혜련이는 무엇 때문에 성구를 그렇게까지 생각하나 하고 자책했다. 자책한다고 해서 생각이 끊긴다면 거야 별 문제이겠지만 그렇지 못한 데에 혜련이의 괴로움이 있었다.

혜련이는 자기 자신을 가상 외로운 때에 있기 때문이라고 해석했다. 무엇을 구하고 싶고 누구를 의지하고 싶은 가장 약한 때이기 때문에 성구를 못 잊어 하는 것이라 생각했으나 그런 생각이 자기 마을 가볍게 해 주지는 못했다.

밥도 매끼 지어 먹기가 싫었다. 아침밥이 남았으면 그것이 적더라도 저녁까지 먹었다.

공부도 탐탁하게 못했다. 글이 머리에 들어가지 않는 것을 어떻게 하랴.

학교에 가서도 정신이 없어 앉아 있었다.

마지막 시간에 오르간 연습을 하고 있을 때는 공연히 비곡(悲曲)을 읊어 보고 싶어졌다.

그러나 이제 처음 배우는 솜씨라 하고 싶은 것도 마음대로 할 수 없으니까 옆에서 연습하고 있는 인선이에게,

"풍금은 왜 일찍 못 배웠을까."

하고 탄식했다.

"누가 이럴 줄 알았댔나."

인선이는 풍금 하기가 싫어 그러는 줄 안 모양이었다.

혜련이는 자기의 우울을 아직까지 인선이에게 말하지 않았으니 그의 마

음을 알 리도 없을 것이다.

아무도 알지 못하는 외로운 마음.

<트라이메라>나 <에레지>를 읊으며 실컷 울고 싶었다.

"인선이."

그는 인선이를 부르고는,

"오늘 우리 집에 가서 놀지 않을래?"

하고 청했다.

"왜?"

인선이도 건반에서 손을 떼고 혜련이를 보았다.

"내 이야기를 좀 할게!"

"무슨 이야기 말이야?"

"하고 싶은 이야기를 할게. 들어 주지 않을래?"

"들어 주지. 그래두 울지는 말아야 돼."

"응."

혜련이는 시간이 될 때까지 풍금을 쳤다. 악보를 보고 겨우 다음이나 치는 혜련이만큼 자기가 내는 소리도 자기가 듣기 싫었다. 좀더 빨리 종이 울리기를 기다렸으나 기다리는 시간은 빨리 가지도 않았다.

인선이는 열심히 악보를 보아 가면서 손가락을 놀렸다. 익숙하지 못한 곡조이면서도 딴 생각을 하면서 치는 것같이 처량히 들렸다. 그렇게 보아서 그런지 인선이도 자기만큼이나 무엇을 생각하는 것 같다.

얼마 뒤 종이 울렸다.

"우리 집에 갈래?"

혜련이는 음악실에서 나오며 다시 한 번 따지었다. 아무래도 자기의 마음을 누구에게나마 이야기하고야 견딜 것 같을 때 인선이면 괜찮겠지 하는 마음이 들어 그를 놓치고 싶지가 않았다.

"내가 간다구 그랬나 안 간다구 그랬나?"

인선이는 자기가 한 말을 자기에게 다시 물어 보는 듯이 말했다.

"그럼 빨리 가."

혜련이는 앞장을 서서 학교를 나섰다.

인선이도 혜련이의 감정을 흐트러뜨리지 않으려고 묵묵히 뒤를 따랐다.

"조 선생 소식은 있니?"

길을 걸으면서도 원수끼리 가는 것 같은 기분을 없애기 위하여 인선이가 말을 꺼냈다.

"없어. 어데 있는지두 알 수가 없어."

"참 이상한 선생이지?"

"글쎄 말이야. 나두 그럴 줄은 몰랐어."

혜련이는 평범한 얼굴을 만들었다. 그러나 그러한 화제에는 흥미가 없는 것 같이 긴말로 대답을 하지 않았다.

다만 집에까지 빨리 가고 싶었을 뿐이었다.

큰길을 지나 가회정 막바지 길을 걸을 때 혜련이는 입을 다물었다. 앞으로 이야기할 말을 준비하는 모양이었다. 그러나 준비라는 것도 여유가 있을 때 하는 말이다. 혜련이에게는 이야기하겠다는 생각이 일어날수록 가슴이 두근거릴 뿐이었다.

말없이 따라가던 인선이는 혹시 자기 사정 이야기를 하고 가정교사를 성의 있게 구해 달라는 말이나 하지 않을까 하는 생각에 미리 자기 할 말을 해 두려 했다.

"것두 구할라니까 왜 그리 힘들던! 어제두 어떤 집에서 구한다구 하기에 가 보았더니 여자는 싫다나…… 그래두 얼마만 두구 보면 나서기야 하겠지……."

아직까지도 그것이 안 있다는 말을 들을 때 혜련이는 안 들은 것만 못하게 섭섭하기는 했으나 그래도 자기는 그 이상 중대하고 힘든 문제를 생각하고 있는 터라 그리 놀라지는 않았다.

"있겠지! 자꾸 알아나 보라구."

"있기야 있겠지. 해두 빨리 안 돼 참 미안해 죽겠어."

"힘 써두 안 되는 걸 어떻게 해. 기다려야지."

이렇게 말하는 것을 보니 혜련이가 하겠다는 이야기가 가정교사에 대한 것이 아님을 알았다.

인선이는 무슨 말이 나오려나 하고 궁금하면서도 재미있게 기다리며 혜련이의 집까지 갔다.

혜련이는 방 안에 들어가서 책상 앞에 앉아서 한참 있다가야 말을 꺼냈다. 매우 정중한 목소리였다.

"인선이 남편이 돌아가신 지는 몇 해나 됐어?"

"왜 그래?"

심상치 않은 말에 인선이는 웃으며 반문했다.

"글쎄 말이야."

"삼사 년 됐지."

"그 동안 딴 남자를 생각해 본 적은 없어?"

"별걸 다 묻네. 빨리 이야기나 하라우."

"아니야. 대답을 해야 이야기를 할 테야."

"전혀 생각이 없을 수야 있나. 해두 생각할 수가 없지."

"왜 못해?"

"못할 이유야 없지. 그래두 그 사람이 미안하지 않아? 딴 사람 보기에도 안됐지만 그 사람이 아직 잊어지고 내가 서울을 떠난다면 나두 다시 결혼을 하겠지만 아직까지는 그럴 수가 없어."

"그럼 딴 데 가서야 결혼을 하래?"

"거야 두구 보아야 알지. 왜 그러는 거야? 글쎄 제 말은 아니하구."

혜련이는 그만큼 듣고 나서야 자기 말을 꺼냈다.

"나는 어떻게 해야 할지 모르겠어. 남편 죽은 지가 그리 오래지는 않았어두 그를 못 잊어 딴 남자를 생각하지 못할 만큼 정이 깊었던 것은 아니야. 그래두 나는 어린애가 있거든. 어린것을 생각하구 지금 공부두 하는 것인데 이제 사랑을 할 수가 있을까?"

"마음만이 허락한다면야 할 수 있는 것이지. 또 그 사람이 잘 이해만 해 준다면 도리어 낫게 될 수도 있지 않아?"

"그 사람이 애가 있는 것을 아는지 모르는지 그것도 나는 몰라. 그래두 그런 것을 이해할 만하기는 한 사람이야."

"어떤 사람인데? 퍽 좋겠구만. 그런 걸 이해해 주는 사람이 쉬운가?"

"나는 그 사람이 문제가 되는 게 아니라 내가 사랑을 해도 괜치않을까 하는 것이 알 수 없어서 그러는 거야. 내가 서울로 올라올 때까지 그런 것은 생각지두 않았거든. 내 처지로 연애는 할 수가 있을 것 같아? 어린애를 기르고 늙은 어머니나 모셔야 하는 것이 나의 운명인데 말이야."

혜련이는 한숨을 쉬었다.

"왜 못해? 성립할 수만 있는 사람이라면 해두 괜찮지 않아?"

"아니야. 나는 그런 걸 못할 사람이야. 어린애에게 면목이 없어. 집안사람들에게는 무슨 낯으로 대하니? 일찍부터 단념을 해야 해. 연애라는 것은 마음의 여유가 있고 꿈이라는 것을 가질 수 있어야 하거든. 나 같은 사람에게는 도리어 괴로움민이 클 뿐이야. 나는 그새도 얼마나 괴로워했는지 몰라. 아직까지 그 사람이 나를 사랑하는지 확실히두 모르면서. 이럴 때야 앞으로 어떻겠니?"

혜련이는 더 말을 못했다. 연필을 가지고 종이조각 위에 아무 뜻도 없는 글자를 한참 동안이나 썼다.

한참 있다가야 혜련이는 성구에 대한 이야기를 꺼냈다. 어떻게 알게 되었으며 몇 번이나 만났는데 성격이 어떻다는 것까지 될 수 있는 대로 자세하게 말했다. 그리고는 지난 일요일 만났던 이야기까지를 하고,

"그도 생각이 있는 것만은 사실이야. 그렇지 않아. 더구나 사랑하던 사람을 잃은 때지. 활발치 못한 성격에 생각을 발표치 못하니까 괴로울 것도 사실이지. 그 날 참 딱해서 못 보겠더라. 언제 이야기할 날이 있겠다고만 말하며 아주 답답해하겠지. 나두 그 사람만은 어떤지 미더워진단 말이야. 그렇다구 해서 내가 어떻게 그를 사랑할 수가 있어? 너두 생각해 봐라."

"난 모르겠다. 왜 사랑을 못하니? 그런 사람이면 사랑할 수가 넉넉히 있지 않아. 혼자서 기르는 것보다 두 사람이 기르면 더 잘 기를 수가 있지 않아."

인선이는 혜련이의 마음을 선동했다. 나이 아직 젊었고 따라서 여자 몸으

로 혼자 살기가 매우 힘든 세상이다.

환경이 나쁘기 때문에 사랑해 줄 사람이 없어 걱정이지 사랑해 주는 사람만 있다면 빨리 그 사랑을 받아야 한다. 만약 그 남자가 못 믿을 남자라면 도리어 믿음까지 올 것이지만 그만큼 믿음직한 사내라면 주저할 것이 없다.

"너는 내 마음을 몰라서 그래. 아무래두 난 못할 것 같아."

혜련이는 자꾸 자기를 부정했다. 부정하려고 노력하는 것은 결국 자기 마음이 너무 갈래가 지기 때문이다.

자기가 공부하러 온 것이 아니라 좀더 충실한 어머니로서 일생을 바치려고 한 것이다. 그러나 성구를 믿을 수 있는 마음은 자기의 결심을 앗아 먹는다. 그럴 때는 자기가 무조건하고 고약한 여자로 생각된다. 성구가 먼저 사랑한다는 말을 해도 거절해야 할 처지이면서 혼자 괴로워하는 것은 필시 자기가 나쁜 여자이기 때문인 것 같다.

그러나 성구를 사랑하는 여자라는 것을 생각할 때만은 나쁜 것 같지도 않다. 행복스러워 보인다. 성구 역시 행복스럽게 해 줄 것 같다.

무엇이 나쁜가?

그러나 안 될 말이다.

연자에게 죄를 짓는 일이다. 연자에게까지 죄를 짓고야 어떻게 살 것인가?

단 한 사람에게만 바쳐야 할 정열을 딴 사람에게 바친다는 것은 구할 수 없는 죄를 짓는 것이다. 그렇기 때문에 혜련이는 말로라도 자기의 마음을 부정 아니할 수 없다.

"생각해 봐라. 유치원 보모 생활을 하며 혼자서 산다고 하면 월급은 얼마나 되구 또 몇 해나 해 먹을 것 같으니. 기껏해야 서른까지나 할까. 그 뒤는 어떻게 지내니?"

인선이는 인선으로서의 의견을 말하지 않을 수 없다.

아무리 현재의 마음이 굳다고 하나 장래의 일도 생각지 않을 수 없는 것이 사람이다.

그러나 혜련이는,

"앞으로야 어떻게 되든 그때 가서 보아야 할 것이지. 그렇다고 해서 미리 부터 겁을 먹으면 어떻게 해."

하고 인선이 말에 반대를 했다.

자기 역시 인선이 말에 찔리는 곳이 없지는 않다. 아무리 유치원이 많다 해도 늙은 보모를 그대로 쓰지는 않을 것이다. 그렇다면 차라리 일찍부터 각오를 하는 것이 상책일 것 같기도 하지만 그렇다고 해서 인선의 말을 옳다고 긍정하고 싶지는 않았다.

"그럼 네 생각대로 하려무나."

인선이는 강경한 의지에 더 할 말이 없는 모양.

"어떻게 할까?"

혜련이는 이때까지 무슨 말을 했는지 전부 잊어버린 것처럼 다시 물었다. 말로는 큰소리를 했지만 마음속에서는 결밀을 못 진 모양이다.

"어떻게 하다니. 사랑을 할 수 없으면 못 하는 게 아니야."

인선이는 자기 의견이 조금도 통하지 못한데 불쾌한 것처럼 톡 쏘았다.

"그럼 단념해야겠지?"

사실 혜련이의 마음이 어떤 사람이 명령적으로 아니하면 안 된다는 말을 해 주었으면 하고 바랐다. 자기가 결정할 수 없는 일을 피동적으로나마 해 보겠다는 약한 마음일 것이다.

"내가 아나……."

혜련이는 무성의한 인선의 말을 나무람 했다. 어쩔 줄 몰라하는 동무에게 '내가 아나…….' 하는 따위의 대답은 참으로 비위에 맞지 않았다. 그만큼 혜련이는 자기 본위로만 생각을 하게 되었다. 동무가 충고해 주던 말은 다 잊고 마지막 한 마디에 나무람을 할 만큼 자기 생각에 몰두했다.

"고맙다. 되는 대루 하지,"

말과는 아주 반대의 외진 마음을 가지고 다시 자기 이야기를 아니하려 하는 혜련이의 말이었다.

"오늘두 혼자 계십니까?"

성구는 이 날의 공기를 움직여야 할 책임이 있기 때문에 화제를 연달아 꺼내야 했다. 청량리 가는 날 자기의 계획이 깨진 뒤 처음으로 동환이를 소개시키는 날이다. 두 사람을 자연스럽게 교제시켜 주어야 하는 것이 그의 의무였다.

"제가 말씀드리지 않았댔나요?"

"무엇 말씀입니까?"

"벌써부터 혼자 있습니다. 같이 있던 선생은 사정으로 딴 데를 갔어요."

"그렇습니까? 함부로 놀러 와도 괜치않겠군요."

"언제두 오실 수 없었나요?"

"그래두…….”

"혼자 있기 때문에 여간 쓸쓸하지 않아요. 한 번쯤 놀러 오실 줄 알았지요. 얼마나 기다렸는지 아십니까?"

혜련이는 말을 툭툭 함부로 했다. 그편이 자기에게는 낫기 때문이었다. 꽁하니 앉아서 할 말 아니할 말을 가린다면 도리어 생각이 깊어지고 자기속이 또한 얼굴에라도 나타날 것이다. 더구나 낯선 사람 앞에서 그런 얼굴을 만들고 싶지가 않았다.

"미안합니다. 올려는 생각은 벌써부터 있었지만 자연히 그렇게 되었습니다. 다음부터는 자주 놀러 오겠습니다. 아마 자주 오면 성가시다구 하실 걸요?"

"좀 자주 오세요. 참 어떤 때는 쓸쓸해 죽겠어요. 동무라고 하나 있나요."

성구는 받아 줄 말이 생각나지 않았다. 이야기는 혜련이를 따를 수가 없었다. 그렇다고 해서 그대로 있기도 안 되어 한참 뒤에는 동환이에게 후원을 청하듯 말했다.

"자네두 이야기 좀 하게."

"할 말이 없다."

동환이는 수줍은 처녀가 첫번 보는 남자를 대하듯 말도 변변히 못했다.

"재미있는 이야기를 좀 해 주십시오."

혜련이는 첫번 찾아온 사람을 무미하게 대접할 수가 없어서 자기도 말을 붙였다.

"할 줄 모릅니다."

동환이는 겨우 혜련이의 얼굴을 보며 대답했으나 여간 어색해 보이지가 않았다.

그 동안 그는 혜련이의 얼굴을 혼자 쳐다보기는 했다. 그러나 떳떳이 아주 쳐다보기는 이것이 처음이었기 때문에 사교에 익숙한 혜련이를 당할 수가 없었다. 더구나 성구가 혜련이에게 소개해 주는 뜻을 짐작하기 때문에 가슴은 떨렸다. 성구가 직접 어떤 의미로 소개한다는 말을 아니했어도 숙희의 편지를 보면 잘 알 수 있다. 아직까지 연애라고 못 해 보았고 여자의 교제가 없는 만큼 그는 이러한 경우에 어떻게 해야 할지를 몰랐다.

말을 해야 할지 아니해야 할지도 모른다. 갑갑해서 말을 해 볼까 하는 생각이 들어도 무슨 말을 할까 하는 것이 또한 큰 문제였다. 쓸데없는 말은 될 수 있는 대로 끊고 싶고 이론같이 힘든 말은 건방져 보여 하기가 싫다. 처음 보는 사람의 사생활을 물을 수도 없고 자기의 생활을 말할 수도 없다.

그렇기 때문에 자기가 말하여야 할 차례가 오면 목이 떨리고 할 말이 없어진다.

떨리는 말소리를 가지고 이야기에 참여한다는 것도 우스워 숫제 말을 피했다.

"차차 보시면 아시겠지만 좋은 사람입니다. 소설은 아주 촉망을 받고 있습니다."

성구는 어색한 동환이의 표정을 가려 주려고 말을 꺼냈다.

"네, 그렇습니까? 틈만 있으면 저도 읽어보겠습니다."

혜련이는 아주 평범하게 대꾸를 났다. 동환이에는 조금도 흥미가 없다는 듯이. 혜련이는 성구에게만 정신 있을 뿐만 아니라 첫눈에 든 동환이의 표정이 그리 신통치 못했다.

문학하는 사람이 되어 그럴는지도 모르지만 몸이 너무나 약해 보였다. 살 없는 얼굴에는 뼈만이 앙상하게 남은 것 같다. 수염은 언제나 깎았는지 얼마 되지도 않는 노란 털이 깨끗지 않는 인상까지 주었다.

무슨 뜻으로 데리고 왔는지는 모르나 대수롭게 보이지가 않는 것만은 사실이다. 더구나 너무나 부자유스럽게 앉아 있는 것은 보기에도 송구스러울 만큼 어색했다.

그만침 인상이 좋지 못한 만큼 호기심도 없을 것이며 동환이에 대한 이야기도 똑똑 끊어졌다.

성구는 노골적으로 나타나지는 않지마는 혜련이의 태도가 짐작되므로 은근히 걱정했다. 언제나 그러한 동환이를 타일러 줄 수 없는 자기다. 혜련이를 찾아볼 때도 될 수만 있으면 면도라도 하기를 바랐다. 자기는 몸에 대한 것을 무관심한다고 옷이나 얼굴을 함부로 가지지만 그것을 좋아할 사람은 별반 없을 것이다. 그러니 혜련이 마음에 나쁜 인상을 주지 않도록 하기 위해서 그는 다시 말을 꺼냈다.

"언제가 저더러 최 선생의 이상을 말하라구 하셨지요."

"네, 오늘 말씀해 주시겠어요?"

"글쎄요. 조금도 숨김없이 말씀해서 드릴 테야요."

"함부로 꾸며 말하는 것처럼 싫은 것 없습니다."

"그럼요. 이왕 말할 바에야 무엇 때문에 거짓말을 합니까?"

"어땠어요?"

혜련이는 아무렇지도 않게 듣는 것처럼 얼굴에 웃음을 띠었다. 그러나 자기를 어떻게 보았는가 하는 것으로 성구의 마음을 끌 수 있는 것이기 때문에 속으로만은 잠시 긴장했다.

"저는 최 선생을 보기 전까지 여간 사치하지 않을 줄 알았어요."

"왜요?"

"그렇게 생각되두만요."

"그래 보시니까 어떻습니까?"

"아주 달랐어요. 교복이 돼서 그런지 여간 검소해 보이지가 않았지요. 바른 대로 말이지 모양이나 내고 단장이나 열심히 하는 여자라면 도무지 상종두 아니하려 했어요. 옷에나 몸에 지배를 받아서 치장하기에 시간과 정력을 들이는 것을 보면 참 구역질이 나요. 있는 그대로 수수하게 사는 것이 좋지 않아요."

성구는 혜련이의 인상을 말하면서 동환이를 덮어 주려 했다.

혜련이는 좌우간 자기를 좋게 보았다는 것이 좋았다.

"얼마 전까지는 참으로 화려했지요. 그런 생활도 환경이 그럴 때 하는 것이지 아무때나 하나요. 생활이 그러면 사치스럽게 꾸미는 것도 당연하지요. 인간의 초보를 걸을 때 한 번 그래 보는 것이지요."

동환이는 그들의 말을 들으면서도 아무렇지 않게 생각했다. 그것이 혜련이에 대한 인상일 뿐만 아니라 혜련이가 그런 것을 잘 이해한다는 데 이상스런 생각을 가질 필요도 없다. 자기가 루즈하게 몸을 가지고 있지만 자기가 불쾌하게 여긴다면 그러지 않을는지도 모른다. 그만큼 그는 무관심할 뿐만 아니라 딴 사람이 자기에 대한 인상이 그리 나쁘리라고 생각지도 않는다.

"그 다음에는요?"

혜련이는 그 이상 딴 이야기를 듣고 싶었다.

"글쎄요."

성구는 한참 동안 무엇을 생각하다가,

"퍽 칭찬했습니다."

"무엇을요?"

"그만큼 복잡한 과거를 가지고도 공부를 열심히 하시니까요."

"네…… 그 다음에는?"

"그 다음에는 모르겠습니다."

혜련이는 섭섭했다. 아무나 해 줄 수 있는 이야기다. 칭찬도 평범한 것이지만 칭찬하는 말도 너무나 평범하다. 자세한 관찰을 아니했고 따라서 성구만이 말해 줄 이야기가 전혀 없다.

좀더 친밀한 맛이 있고 좀더 호기심으로 본 이야기가 듣고 싶었다.

"칭찬해 주셔서 고맙습니다."

혜련이는 그만두라는 듯이 인사를 했다.

“천만의 말씀입니다.”

하고 성구는 실없는 말을 했다는 것처럼 웃었으나 말을 똑 자르기가 안
되어,

“박 선생 인상은 어떻습니까?”

하고 물었다.

혜련이와 동환이는 그 말에 똑같이 성구를 바라보았다. 어떻게 하는 말이
냐는 듯이…….

성구는 쳐다보는 얼굴에 무안했다. 동환이를 데리고 온 뜻이 너무나 노골
적으로 나타난 데 얼굴을 붉히었다.

그는 자기의 표정과 두 사람의 낯색을 돌이키기 위하여 곧 딴 말을 집어
냈다.

“최 선생님, 들러리 서 주시지 못하겠습니까? 제가 이제 결혼할 텐
데…….”

“네?”

혜련이는 고함에 가까운 소리로 외치는지 물어 보는지 좌우간 아주 놀라
는 표정을 했다.

“얼마 안 있다가 결혼을 할 것 같습니다. 들러리감을 지금부터 골라 놓는
데요. 조금 수고해 주시겠어요?”

“정말이에요?”

이 말까지 혜련이는 놀라서 했다. 그러나 성구의 말이 거짓이 아니라는
생각이 들었을 때,

“언제하세요? 서 드리구말구요.”

하고 조금 힘없는 어조를 꺼냈다.

“아직 날짜는 결정 아니했습니다. 쉬 되겠지요.”

“어떤 분이십니까?”

“전에 가정교사로 있을 때 가르치던 학생인데 학생하구 결혼을 하게 되
지요.”

“그이는 행복스러울 것입니다.”

혜련이는 사람 앞에서 자기의 속을 나타내지 않으려고 한 결심을 잊어버렸다. 성구의 얼굴을 빤히 쳐다보면서도 까마스리한 눈에 힘을 잃었다.

탄식

혜련이의 집을 나와서 하숙으로 돌아오니 밤 열한 시가 지났다.

"술집에나 갔다 오자."

하숙에 들어서자 동환이가 성구를 끌었다.

"늦었는데 자지. 일찍 자야 내일 무엇을 또 하지 않아."

성구는 내일 일을 생각했다. 잠을 못 자면 그 다음날 일도 잘 못 할 뿐만 아니라 글도 쓰지를 못한다. 어띤 잡지사에서 수필 써 딜라는 부딱을 빋아 내일까지는 써야 하게 됐다.

"하루쯤 늦으면 어떠냐? 나두 쓸 게 막 밀렸다. 가서 한 잔만 먹고 오자."

사실은 동환이가 더 바빴다. 성구는 수필을 써야 하지만 동환이는 딴 잡지사의 소설을 부탁받았다. 아직 초고도 못해 놓았는데 기일은 거의 됐다. 그러나 그대로 잠을 자기가 싫은 것을 어찌할 도리가 없다.

"왜 못 견디겠니?"

성구는 웃으며 할 수 없이 동환이를 따라섰다.

"홍."

동환이는 의미 깊게 콧소리를 냈다.

"어떻든?"

성구는 혜련이의 인상을 물으니까,

"그이가 널 좋아한 것 같더구나."

"무슨 소린지 모르겠네."

"그럼 네 결혼 말을 듣고 왜 놀라니?"

"벌써 질튼가?"

성구는 놀랐다. 혜련이가 놀라하던 표정이 새삼스럽게 떠오르기도 했지만 벌써부터 자기를 의심할 만큼 동환이의 마음이 움직여졌다는 것이 놀랄 만했다.

"아니야. 널 좋아하던 여자를 내가 어떻게 사귀니?"

"쓸데없는 소리는 그만둬라. 그가 날 좋아했을 까닭도 없지만 난 벌써 명심이와 결혼하게까지 되지 않았니?"

성구는 그새도 명심이를 몇 번이나 만났다. 성구가 첫번부터 명심이를 좋아한 것과 마찬가지로 명심이 역시 그러했으며 간촐한 식구에 외로움을 느낀 명심이 어머니가 더 심했다. 만약 성구가 싫다 했더라도 떠다 맡길 정도로 성구를 좋아했다. 그래서 얼마 안 있다가 결혼식까지로 된 것이다.

"사람은 좋은데."

동환이는 혼잣말 비슷이 수군거렸다.

"좋으면 되었지 뭘 그러냐?"

"눈이 좋은데다가 성격이 되었거든. 너두 내 성격과 비슷하기는 하지만 나는 그런 성격이 마음에 들어. 남자를 끌고 나갈 수 있을 만한 여자."

동환이는 성구와 마찬가지로 성격이 소극적이다. 말하자면 선량한 편이다. 그러면서도 동환이는 성구와 달리 쾌활하고 용단력 있는 여자를 즐겨 한다. 왜냐하면 그의 본마누라가 너무나 무기력하기 때문에. 딸리는 것이 많으니까 그렇기는 하겠지만 동환이의 본처는 막대기와 같이 자기 의견을 가지지도 못하며 의견이 있다 해도 말을 못한다. 만약 정 없는 처가 재노라 하고 떠들기나 했다면 싫증이 덜 했을는지도 모르지만 그대로 동환이는 그것을 속으로 싫어했다.

아무리 남편과 아내라 할지라도 아내는 남편을 조력해 주어야 한다. 예술적인 의미는 둘째로 하고라도 약한 자기를 북돋워 줄 만한 아량이 있어야 했다.

동환이는 언제나 그것을 바랐다. 평생 살아가는 동안 자기를 북돋워 주고 부축해 주며 때로는 끌고 나갈 만큼 친절한 사람이 있기를 바랐다. 그러나 그 바람이란 동무에서도 구할 수 없는 것이요, 부모에게서도 구할 수 없다. 다만 구할 수 있는 곳은 자기와 같이 일생을 살아 줄 이성에서뿐이었다. 말하자면 본마누라에게서 얻은 반발심이 같은 여자에게로 떨어진 것이다. 성구도 그러한 동환이의 마음을 대강 안다. 알기는 알았으나 혜련이를 소개해 줄 때 그런 것을 생각지 못했었다. 못 생각했던 것이라도 바로 맞아 들어간 것이 기뻐,

"더구나 과거 경험이 많은 사람이 돼서 상당할걸."
하고 일층 더 자랑했다.

"그래도 나한텐 조금도 열심이 없던 것 같은데……."
동환이는 그것을 아무래도 잊을 수 없는 모양이었다.

"쓸데없는 말을 또 하네."
성구는 덮어놓고 그럴 리 없으리라는 말을 했다. 생각하면 자기가 결혼한다는 말을 할 때 깜짝 놀라던 혜련이의 표정과 모든 화제를 자기에게만 향해 하고 동환이를 돌려 보지도 않던 태도가 이상하지 않는 것은 아니지만…….

동환이와 성구는 선술집으로 들어섰다.

매화와 옥도가,

"어서 오십시오."
하고 합창하듯 인사를 했다. 동환이는 들어서자마자,

"두 분 손님 약주 놓으세요."
하고는 매화가 가져올 소독저를 기다릴 것도 없이 자기가 집어 두 가지로 씻었다.

술은 안 먹었으되 입이 취한 것 같이 보였다.

"복상[나]이 오늘은 취하신 게다."
매화가 옆으로 오며 농을 붙이려 한다.

"그래 취했다. 취했어."
동환이는 매화가 귀찮았다. 순간적으로나마 만나면 웃고 이야기하던 재미를 전부 잊어버린 모양이었다. 그의 가슴은 혜련이를 보고 온 뒤로 긴장과 흥분에 사로잡혔다. 참뜻으로 여자를 사귀어 보지 못한 무경험자가 되어 그런지 수선한 마음이 설레기만 했다.

“공연히 딱딱거리시네.”

핀잔을 맞은 매화는 힐쭉 했다. 동환이 말고도 딴 손님이 와 있다. 허나 일부러 동환이에게 와서 친절하게 하는 것은 좀더 친숙하고 달리 보는 데가 있기 때문이다. 매화는 딴 손님에게 가서 동환이에게 대하는 이상의 애교를 부리며 함부로 지껄이었다.

동환이는 아니꼽기는 했으나 못 본 척하고 술 한 잔을 들이켰다.

“가세.”

그는 성구를 다시 끌었다.

끌고 왔다 끌고 가는 것이 마치 제 동생에게 하는 것 같았다.

“가세.”

성구는 아무 반대 없이 따라나왔다. 함부로 건드릴 수도 없는 것이 동환이의 심경임을 잘 알기 때문이었다. 한 곳으로 정신이 뺏겼을 때 그것은 대부분이 감정을 상하게 하기 쉬우니까.

집까지 왔을 때도 성구는 먼저 말을 꺼내지 않았다.

자리에 누워서 담배를 피울 때 동환이가 말을 하지 않았다면 집안 싸움이 있는 부부처럼 말도 없이 잠잤을 게다.

“네가 내 이야기두 했니?”

“아니했어. 아마 만나기 전까지는 내가 누구하고 같이 있는지도 몰랐을 걸.”

“왜 말하지 않았니?”

“그럴 기회도 없었지만 너를 소개하겠다는 생각이 들 때는 그런 말을 할 수가 없더구나…….”

“그럼 나에 대한 예비지식이 조금도 없는 사람을 만나는 것이 좋단 말인가?”

동환이는 혜련이가 자기를 얼마나 알고 있는지가 궁금해서 말을 꺼냈다. 자기는 혜련이를 그 사람됨을 모르되 과거 경험은 성구만큼 안다. 그렇기 때문에 그에 대한 홍미가 더 있다. 그러나 혜련이가 자기를 아는가 모르는가도 알아야 할 것 같았다. 그러다가 성구가 아무 말도 아니했다는 말을 들으니 어쩐지 나무람 하고 싶은 생각까지 들며 이날 자기에게 불친절한 것도 자기를 전혀 모르는데 있지 않는가 하는 생각이 솟아올랐다.

"나는 도리어 그 편이 좋을 것 같아서. 너는 이왕 아는 것이니까 할 수 없지만 혜련 씨만이라도 아무것도 모르는 미지수 속에서 보다 더 큰 만족을 얻게 하고 싶었거든. 사실은 너도 모르게 그를 소개하려 했다. 얼마 전 일요일에 말이야 내가 같이 산보 가자고 하지 않던. 그 날 혜련이와 만나기로 했기 때문에 너를 데리고 가려 했던 거야."

성구는 자기로서 가진 진실을 변명했다. 그러나 동환이는,

"흥."

하고 고맙다는 말도 쓰다는 말도 아니하고 담배연기만 천장을 향해 뿜었다.

성구는 자기 잘못했나 하고,

"그럼 내가 한 번 말해 볼까?"

하고 물었다.

동환이가 그리 쉽게 자기를 오해하거나 나쁘게 생각할 사람은 아니지만 그래도 이런 경우는 어루만져 줄 수 있는 데까지 위무해 주어야 하는 것이 성구의 의무 같았다.

"그만두어. 언제 한번 만나거든 내가 전부 이야기하겠다. 아직까지 이혼을 못한 아내가 있다는 것까지 말을 해 두어야 해, 응. 너두 기회 있는 껏 잘 말해 두렴."

"그래 말을 하지. 아무때라도 말을 해야 할 것이니까……."

"그럼 언제 만나겠니?"

"내일루라도 가 보지."

"그럼 모레 저녁때쯤 나두 만나게 해 줘."

"혼자서 만나게 해 줄까?"

"글쎄, 너무 이르지 않아……."

"이를 게 어데 있니? 지금 나이가 몇 살씩 먹은 사람들이라구."

"글쎄."

혼자서 만난다고 하니 동환이는 가슴이 자못 떨렸다.

성구와 동환이가 왔다 간 뒤 혜련이는 잠을 못 이루었다.

허전한 가슴에 서글픈 생각이 치밀며 거기에다 자기 자신을 꾸지람하는 마음까지 일어나 어쩔 줄을 몰랐다.

뜻도 안 둔 사람을 가지고 자기를 사랑한다는 생각을 하게 되어 사랑이라는 것을 아직 생각지 않아야 할 자기로서 가슴을 두근거리게 했다.

생각하면 부끄럽기도 하나 자기가 가벼웠던 때문인 듯도 싶었다. 그뿐만 아니라 이미 연자에게 지은 죄는 숨길 수가 없이 되고 말았다. 자기의 감정을 숨김없이 말한 인선이는 무슨 낯으로 볼 것인가?

혜련이는 안타까웠다.

어떻게 해서든지 자기 마음을 풀어 볼 도리가 없다. 잘못인 줄 알면서도 가졌던 감정이고 보니 자기로서도 변명할 말이 없다.

그는 이불 속에서 몸을 뒤집으며 부질없는 자기와 자기의 운명을 탓했으나 시원한 생각이라곤 조금도 떠오르지 않았다.

"죽어 버릴까?"

이런 생각도 안 드는 것이 아니었다. 해결 지을 수 없는 운명을 가지고 죽을 때까지 빠닥빠닥 애만 쓴다고 한다면 지금 죽는 것이 그리 어리석은 짓일 것 같지도 않다. 더욱이 자신을 속이고 감정세계에서 살려던 자기를 책망하기 위해서는 죽음이 깨끗하게 보이기가지 했다.

그러나 죽는다는 것은 노력이 아니다. 삶이 어떠한 것이든 간에 사람이란 노력을 가져야 한다. 노력이라는 것이 즉 사람이다. 노력을 반역하는 죽음이 신통치는 않을 뿐만 아니라 자기의 운명을 아주 해결하는 것도 못 된다. 비록 자기는 죽으나 자기의 피로 된 연자는 그대로 남아 있다. 자기의 연장인 연자의 운명이 계속되는 한 자기는 자기 운명을 내버리지 못하는 사람이다.

"살자."

하고 혜련이는 이불을 뒤척이고 몸을 꿈틀거렸다.

비록 어떠한 생각을 가져 보았다 하더라도 그것이 생각으로 그쳤을 때 죄가 될 것은 없다.

성구도 자기가 품었던 마음을 모를 것이며 연자 역시 꿈에도 생각 못할 일이다. 그것을 가지고 괴로워한다는 것은 자기를 퇴보하게 하는 것밖에 될 것이 없다.

그러나 성구의 얼굴이 그의 눈에서 사라지지 않는 것만은 자기 뜻으로도 어찌기가 힘들었다. 딴 여자와 결혼까지 하게 되었고 자기를 다른 의미로 생각해 줄 염려도 없는 그이지만 그래도 성구를 나쁘다고 원망할 수가 없다.

어떻게 보나 믿음직해 보이기만 했다.

어진 음성이라든가 듬직해 보이는 웃음이라든가 무엇이든지 못마땅한 것이 없다. 일평생 몸을 바치어도 부족함이 없을 사내다. 그 사내를 자기가 사랑할 수 없다는 것이 자연히 서글펐다. 만약 숙희가 좀더 일찍 자기를 소개했다면 하는 생각도 났다.

이런 생각이 자기도 모르게 새어들었을 때 어디선지 한 시 치는 소리가 귀에 들려 왔다.

'자자.' 하는 생각과 '또 쓸데없는 생각을 했구나.' 하는 생각이 동시에 들어 이불로 얼굴을 가렸다.

'다시는 사랑도 아니해야 한다.'

하고 속으로 생각하여 잠을 청했으나 이불 속이 답답할 뿐 좀처럼 잠이 오지 않았다.

이불을 들치고 일어나 전등불을 껐다. 컴컴하면 밤이 올 성싶었기 때문에,

"하나, 둘, 셋."

하고 정신을 통일시키기 위하여 숫자를 외워 보았다. 그는 오십 이상을 셀 수 없어 눈을 힘주어 감고 낮에 보던 하늘과 구름을 생각했다.

그러나 순식간에 구름이 사라지고 하늘도 없어진다. 그 대신 온갖 생각이 경쟁을 하듯 눈앞에 벌어진다.

연자, 어머니, 오빠들, 성실이, 경옥이, 성구, 동환이.

"참 동환이란 사람은 무엇 때문에 왔댔을까?"

하는 생각도 들었다.

말도 못하고 얼굴을 붉히고 있던 것으로 보아 친한 동무를 무심히 따라왔던 것만 같지는 않았다. 어떠한 생각을 가진 사람이라 해도 자기가 두 번 다

시는 연애에 빠지지 않으리라는 생각을 하고 난 뒤니까 겁나는 것이 없지만 그래도 그의 속을 알고 싶은 호기심이 없지는 않았다. 그래서 동환이가 집에 들어올 때부터 문 밖을 나설 때까지 가지던 태도를 돌이켜 보았다.

그러나 생각도 부질없는 것이었다. 끝도 없는 생각, 끝을 마감지으려 하지도 않는 생각들이니까. 그 대신 부질없는 생각 때문에 잠만을 잘 수 없었다.

잠을 못 잔 탓인지 아침에 일어나 밥을 지으러 부엌엘 나가니 정신이 휑하고 무엇을 먼저 해야 할지를 몰랐다. 아침과 저녁마다 매일 하는 일이지만 손이 잘 가 닿지 않으며 서툴어진 것 같았다.

혜련이는 먼저 숯불부터 피워야 하는 것이 밥짓는 순서인 것을 잊어버리고 쌀항아리부터 열어 보았다. 쌀이 있는가 없는가 살펴보기 위해서 그런 것도 아니다. 바가지를 들고 쌀부터 씻어 놓아야 할 것처럼 생각했기 때문이었다. 그때 혜련이는 놀랐다. 누가 도적질해 간 것도 아니고 또 며칠 만에 처음 보는 쌀항아리도 아니지만 밑바닥에 붙은 쌀이 너무나 적다는 것을 새삼스레 느꼈기 때문이다. 그는 손을 항아리 속에 넣어 쌀 깊이가 얼마나 되는가를 살펴보았다.

두 끼나 세 끼밖에 더 못 먹겠다. 아무리 조금씩 먹는다 해도 이틀 이상 도저히 먹을 수가 없다.

그는 연달아 부엌 전부를 조사했다. 숯도 돈으로 치면 십 전 어치나 남았을까 말까 하고 간장도 정종병의 반 이상이 곯았다. 반찬감이라고는 별반 남은 것이 없다.

혜련이는 우두커니 서서 부엌까지 동전 일 푼어치도 들여다 주지 못한 부엌에 낯을 대할 면목이 없는 듯했으나 그래도 먹을 것이라고 요것밖에 없나 하는 생각을 하니 밥짓는 부엌이 너무나 쓸쓸하게 보였다.

빈약한 부엌이다. 그릇이래야 두 사람만이 사용할 수 있는 공기 두 개와 접시 몇 개가 덩그렇게 있을 뿐 아무것도 없다.

여자의 자랑은 부엌이라고 하지만 혜련이는 그러한 부엌마저 부지해 나갈 수가 없는 처지다.

혜련이는 시름없이 방 안으로 들어갔다.

밥 지을 생각도 없다. 고것밖에 안 남는 쌀을 배 속에 집어넣을 용기가 없었지만 그 쌀이 다 없어질 때까지 자기는 어찌될까 하는 생각이 더욱 컸다.

"정말 학교를 그만두어야 하는가?"

맨 먼저 생각나는 것이 학교 못 다닐 걱정이었다. 이때까지 자기의 유일한 희망으로 삼았고 괴로운 가운데서도 낙으로 삼던 공부가 자기와는 상관이 없어진다는 것이 가장 서럽다. 자기 아닌 딴 생도들은 그대로 매일 통학할 것이며 재미있게 공부를 하리라고 생각하니 공부 못할 자기가 원통도 하고 기막히기도 했다.

만약 공부를 그만두게 된다면 다시 청진으로 가야 한다. 지옥과 같은 청진이다.

그곳으로 간다면 지기기 평생을 괴로움에서 썩을 것이며 따리 언지기 예측할 수 없는 불행에 빠지게 될 것이 분명하다.

죽어도 청진으로 가고 싶지 않다.

사람이 사는 동안 자유라는 것이 있고 자기 활동이 있어야 한다는 말을 할 수가 있다. 이런 일에나 저런 일에나 말 한 마디들 못하며 산다는 것은 사는 것이 아니라 썩는 것이다. 사람의 짓을 못하는 것은 둘째로 아무 희망이 없고 광명이 없는 청진 살림을 다시 맛보겠다는 것은 살아 있는 혜련이로서 도저히 할 수 없는 일이었다.

"돈이나 좀 보내 달랄까?"

혜련이는 연자 양육비 얻어 온 돈을 생각했다. 다른 돈이야 달랠 염도 못할 것이지만 그 돈만은 얼마큼 달랠 수가 있을 것 같다. 우선 당분간이라도 호구를 해가며 공부할 궁리를 해야 할 것 같은 마음이 간절했기 때문이다.

그러나 그 생각은 오 분도 못 되어 끊어 버렸다.

차라리 공부를 그만두는 한이 있더라도 그 돈을 보내란 말을 자기 입으로 할 수 없었다. 큰오빠가 그 돈을 받으려고 평양으로 왔다갔다 할 때 기를 쓰고 반대한 이가 자기다. 어떤 일이 있다 하더라도 철식이 부모에게 달려 살거나 또는 좋지 않은 인상을 다시 주고 싶지가 않았다. 그렇던 자기와 이제 와서 큰오빠에게 그 돈을 부쳐 달란 말을 차마 할 수가 있는가. 그 이상 더 비굴하고 더러운 짓은 없을 것이다. 딴 곳에 가서 비럭질을 해먹는다 해도 그 돈은 쓸 수가 없다.

'그러면 어떻게 할까?'

혜련이는 혼자 생각했다. 갈 데도 없고 말할 데도 없다.

성실이만 그래도 있었다면 하는 부질없는 생각이 드니 성실이를 그렇게 만든 남자가 원망스럽다. 여자의 운명을 맡아 가지고 있으면서도 그를 불행하게 만들어 주는 짓궂은 남자가 미워졌다. 남을 미워하고 저주한들 자기에게 이로운 것이 무엇인가.

혜련이는 방 안을 휙 돌아보았다. 혹시나 갈 데가 없나 또는 아는 사람이 없나 하고 무엇을 찾듯이.

어쨌든 학교에는 가야 했다. 집에 앉아 애를 쓴다 했자 될 일이 아니고 해결지을 수 있는 일이 못 된다.

조반을 먹지 못한 채 기운 없는 몸이나 책보를 끼고 학교엘 갔다.

교실에 가서도 책상에 앉아 멍하니 무엇을 생각하고 있었으나 그는 마음을 돌이켜 인선이를 찾았다.

인선이는 교정 한 모퉁이에 서서 책을 읽고 있었다.

"인선아."

하고 우선 인사를 주고받은 다음 혜련이는 말을 꺼냈다.

"거 희망이 없니?"

"글쎄 말이야. 것두 전에는 퍽 많은 것 같더니 구할라구 나서니 좀체 없거든. 참 야단났구나. 딴 데두 없던?"

인선이는 혜련이의 사정을 대강 알기 때문에 딱한 얼굴을 했다.

"딴 데야 있을 데가 있니. 학교를 그만두어야 할까 봐."

"그만두면 어떻게 하니?"

"그럼 어떻게 할 도리가 있니? 나 같은 것이 공부 자격이 되나."

혜련이는 기운이 없었다. 그렇다고 해서 인선이로서도 힘을 돋우어 줄 말이 없었다. 자기 역시 아는 것을 찾아보려 했으나 가정교사 하나도 마음대로 넣어 줄 수 없는 자기다.

"그래도 좀더 기다려 보아야 하지 않니. 아무때라도 생기기는 하겠지."

이러한 막연한 말밖에 인선이도 책임질 말을 못했다.

학교에 가면 혹시나 인선이한테서 시원한 말을 들을까 하여 왔던 것이 이제는 그 역시 희망 없는 일이 되었다. 무슨 말을 더 하랴. 그렇다고 해서 아침도 안 먹고 온 자기의 사정을 말하기도 싫다. 만약 이삼 일 내로라도 무슨 일이 있을는지 모르겠다는 말을 해 준다면 그 시일을 축소시키기 위해서라도 자기의 사정을 간곡히 말할 수 있다. 그러나 이제 그런 말을 한댔자 하등의 소용이 없을 뿐 아니라 동정이나 구하는 것 같이 보일 것뿐이다.

종을 쳤다. 조회 시간에도 들어가기는 했다.

교수 시간에도 교실에 앉기는 했으나 혜련이는 고개도 들지 않았다.

내일로라도 쫓거 나가야 할 자기다. 지금끼지 지기 지리리고 앉았던 책상도 내일부터는 딴 사람이 앉아야 한다. 세상에도 학교에도 자기가 앉을 자리는 없다.

다른 학생들은 자기 자리를 잡고 그 자리의 뿌리를 깊게 박기 위하여 공부를 열심히 한다.

장난하는 학생도 있으나 그들은 남은 정력을 내버리지 못해 그러는 것일 게다.

혜련이는 선생의 이야기도 못 들었다. 쏴 하고 물 밀리는 듯한 소리가 귀를 어지럽게까지 했다. 종소리가 나고 선생이 나가니 그도 책을 덮었으나 어디까지 배웠는지도 모른다.

남들은 운동장으로 나가나 그는 혼자서 책상에 앉은 채 머리를 책상에 대고 묵상하는 사람 같이 묵묵히 있었다.

그때 학교 급사가 와서 혜련이를 찾으며 교장실로 오란 말을 했다.

무엇 때문에 교장이 자기를 부를까 하고 혜련이는 여러 가지로 생각했다. 성실이와 같이 있는 것도 알고 또 자기 사정이 빈궁하다는 것까지 잘 아는 교장이다. 성실이가 간 뒤 혼자서 힘들게 지날 것을 짐작하고 무슨 좋은 말이나 해 주려는가. 그렇지 않으면 아무래도 못 다닐 학교를 하루빨리 그만

두라고 하려는가. 성실이에 대한 이야기를 묻지는 않으려나. 이런 생각 저런 생각을 하면서 교장실로 걷고 있으려니 자기가 일찌감치 교장을 찾고 모든 이야기를 아니한 것이 **후회나기도** 했다.

교장선생인 만큼 사회적으로도 아는 사람이 많을 것이니까 말만 했다면 자기를 위하여 힘써 주었을는지도 모른다.

그러나 이미 늦었다. 늦은 것을 한탄해도 소용이 없다.

교장실까지 온 혜련이는 가슴을 떨었다. 무슨 일인지 궁금도 했으나 교장실에 불린다는 것만도 이상하게 느껴졌다. 문을 두드리기가 매우 힘들었다.

그래서 자기만이 겨우 들을 수 있을 만큼 조그마한 소리를 냈다.

안에서 들어오라는 말이 있을 리 없다. 그는 조금 힘을 주어 크게 두들기고는 조그만 스위치를 움직이어 큰 기계를 움직이게 할 때와 같은 긴장을 온몸에 가졌다.

"네."

하고 안에서는 교장선생의 목소리가 들려 나왔다.

혜련이는 문을 열고 '아무렇게나 되렴.' 하는 생각으로 얼굴도 그리 붉히지 않고 교장 앞에 걸어갔다.

그 앞에 가서 절을 한 다음에는 될 수 있는 대로 정신을 차리려 했다. 처음 들어와 보는 교장실이 어마어마하기는 했다. 과히 좁지도 않은 방에 교장선생이 혼자 앉아 있고 또 그 앞에 혼자 서 있는 여학생이 그리 자연스럽지가 못한 태도 같았다.

무슨 일이 그리 바쁜지 손을 쉬지 못하고 서류를 이리저리 뒤채는 교장이 심상한 말을 할 것 같지도 않다.

그러나 가슴을 떨 필요도 없고 자기가 학교에 지은 죄가 없어 숨길 일도 없다.

대범한 얼굴을 가지고 말이 있기를 기다리고 있으려니,

"조 선생(성실) 소식을 알어?"

하고 교장이 혜련이를 한 번 쳐다보고는 다시 서류도 눈을 옮기며 물었다.

"도무지 모릅니다."

혜련이는 정확하게 대답을 했다. 성실이가 좋지 못한 일로 학교를 그만둔 이상 그에 대한 것은 어물어물 대답하는 것이 누구에게나 좋지 못할 것 같았기 때문이었다.

교장은 그 말을 듣고야 손을 쉬고 혜련이를 정면으로 보며 말했다.

"그럼 요새는 어떻게 지내나? 조 선생에게서 들으니 집안이 학비를 대줄 만하지가 않다던데……."

혜련이는 교장이 자기를 부른 것이 거기에 있는 줄을 알고 이 기회에 자기 사정을 이야기하려 했다.

"네, 조 선생이 어데로 가신 뒤 이때까지 혼자서 지냈습니다. 그 동안 동무들을 통해서 가정교사로라도 들어가려고 했으나 뜻대로 되지가 않아 아직 그대로 지내고 있습니다. 그냥 이렇게 지내다가는 학교에도 못 다닐 것 같아요. 선생님께서 좀 힘써 주실 수 없으실까요?"

"글쎄, 내가 무슨 힘이 있어야지. 거 참 안됐구만."

교장은 말을 끊고 한참 동안 있더니 잔기침을 두어 번 한 뒤에 다시 계속했다.

"사정이 그렇다면 공부를 계속할 수 없겠구만. 더구나 여자의 몸으로 어찌 고학인들 마음대로 할 수 있나."

"참 속상해 죽겠어요. 어떻게 해야 할지 알 수가 없습니다. 교장선생님께서 좋은데 하나 구해 주실 수 없을까요?"

"내가 그런 걸 아나. 구하기두 힘들지만 내 생각 같아서는 혜련이가 그대로 계속할 것 같지가 못한데. 것두 자기 집이라든가 자기 친척이 서울에 있다면 몰라. 왼몸으로 아직두 이 년이나 남은 공부를 할 수 있을 것 같아? 우리 학교에서두 될 수만 있으면 그런 학생을 받지 않으려구 해. 물론 혜련이야 안 그렇겠지만 학교서 문제만 일어난다면 그것은 고학한다는 학생들에게서 꼭 일어나거든. 학교 이름을 더럽히는 것두 그들이구. 거야 사정이 딱하니까 유혹도 받게 되고 낙망도 하게 되니까 자연 그렇지만 좌우간 귀찮아. 혜련이야 안 그럴 줄 알지만 이 년 동안에 무슨 일이 생길지 누가 아나. 차라리 공부를 그만 두구 집에 가 있는 것이 어때?"

교장이 혜련이를 생각해서 말해 준 것처럼 미소를 약간 띠었다.

혜련이를 내보낸 뒤 혜련이가 어떤 남자와 같이 다니는 것을 보았다는 선생에게 좀더 자세하게 물었다. 그러나 혜련이의 품행이 어떤지를 자세히 모르는 한 그 남자에 대한 것을 더 조사하기 전에는 혜련이를 불량학생으로만 취급하기는 곤란하다. 만약 혜련이가 이학년쯤만 된다면 그의 소행을 대부분 짐작할 수도 있는 것이며 풍설도 있을 것이나 그렇지 못한 한 당사자를 조사하는 길밖에 딴 도리가 없다. 확실하게 알지는 못하기 때문에 교장도 혜련이를 불러다가 그 사건을 먼저 묻지 못했다. 차라리 학비 곤란으로 계속할 가능성이 없다면 자원해서 퇴학을 시키는 편이 나을 것 같기 때문에 딴 남자와 산보 다닌다는 일을 처음부터 들추어내질 않았던 것이다.

교장은 머리를 흔들며 처치에 곤란함을 느꼈다.

혜련이도 딴 남자와 산보 갔던 것을 시인하였으니 보고한 선생의 말은 의심 없다. 그러나 두 사람의 관계를 확실히 아는 이가 없는 동안 혜련이를 퇴학시킬 수는 없다. 그렇다고 해서 그냥 내버려 둘 수는 없고.

그는 일학년 담임선생을 불렀다. 담임선생에게 혜련이의 품행을 조사하라는 수밖에 딴 길이 없기 때문이었다.

"나한테 대답하는 것을 보니 여간 대담한 여자 아닙니다. 좀 자세하게 조사를 해 보십시오."

부정한 학생을 발견하려는 교장실이 약간 어수선할 때 혜련이는 학교를 나왔다.

아침부터 공부할 기분이 나지 않았지만 교장에게 그런 말을 듣고 나니 세상이 어찌 생겼는지를 알 수 없을 만큼 정신이 아찔했다.

교장선생이라고 하면 학생을 동정해 줄 것이라고 믿었던 마음이 갑자기 무너지는 동시 성구와 같이 다닌 것까지 오해를 해서 퇴학을 시키려는 것은 혜련이로서 견딜 수 없는 괴로움이었다.

자기가 생각하고 행동하는 것은 자기 생의 건설을 위하여 참뜻에서 나오는 것이다. 삶을 장난으로 여기지를 않는다. 그러한 자기도 남에게 오해를 샀다는 것은 자기의 자신에게 부끄러운 치욕이었다.

이왕 학교에는 못 다니게 된 것이지만 어떻게서든지 학교의 오해만은 풀어 놓고 싶었다.

먼저 성구를 신문사로 찾아가 자세한 이야기를 한 다음 학교까지 같이 와 교장에게 변명해 달랄까 하고 생각했다. 그러나 그것은 너무나 철없는 일 같다. 남의 일을 하고 있는 사람에게 떠들썩한 이야기를 해 주고 또 그에게 괴로움을 끼치는 것은 자기만을 생각하는 일이다.

'밤에 하숙으로 찾아가 어떻게 해야 좋을까를 의논하지.'

하고 혜련이는 딴 길을 걸었다.

'어데를 갈까?'

서울이 넓은 곳이지만 가려고 하니 갈 곳이 하나도 없다. 거리로부터 헤맬 수도 없고 그렇다고 해서 자기 집으로 가 혼자 앉아 있을 수도 없다.

답답한 가슴을 풀지는 못해도 잠시 잊을 수 있는 곳이라도 있으면 했다.

엉키고 엉킨 가슴은 무엇 때문에 답답한지도 모르겠다. 무엇이 더 복잡하고 무엇이 더 괴로운지도 따질 수 없다. 숨쉬기가 답답한 가슴 속에는 무엇이 걸린 것만 같았다.

"나 같은 사람도 또 있을까?"

이런 생각을 하며 거리에 지나다니는 사람들을 보니 모두가 활기 있고 화색이 도는 얼굴들 같이 보였다.

'만약 세상 사람들이 전부 나 같다면 무엇 때문에 살려고들 할까?'

'나같이 안 살 수도 없으니까 사는 것일까?'

혜련이는 지향 없는 길을 걸으며 생각을 그치지 않았다. 그러나 생각이라는 것도 완전한 정신 상태에서 기억력을 갖추어야 나중에 무엇을 생각는지를 알 수 있다. 무엇을 생각한다고 하고 그냥 걸어가다가 대체 무엇을 생각했나 하고 자기를 돌아볼 때 혜련이는 무엇을 생각했는지 하나도 몰랐다.

눈물도 나오지 않았다. 차라리 울 수라도 있다면 마음이 시원해질는지 모른다.

어떻게 또는 얼마나 걸었는지 안국동 거리에까지 왔다.

동쪽으로 가면 자기 집으로 가는 길이요 서편으로 가면 총독부를 지나 효자정으로 가는 길이다. 남쪽 길은 자기가 걸어온 종로통까지 가는 데요, 북쪽 길은 화동으로 올라가는 가장 작은 길이다.

"어느 길로 갈까?"

어디로도 가고 싶지 않다. 더욱이 집에는 가고 싶지가 않다. 화동 길은 너무 좁고 종로로 가는 길은 이미 지나왔고 갈 길이라고는 총독부로 통한 길뿐이다. 그는 그리고 걸었다.

한참 동안 걸으려니 의전병원 옆에 경옥이가 산다는 것이 생각났다. 어떤 집이요 누구든 간에 얼마 동안 휴식할 곳만 있다면 가고 싶은 혜련이의 마음이었다.

혜련이는 그때 가리켜 준 길을 생각하며 경옥이네 집을 찾았다.

경옥이 말과 같이 그 부근에서는 제일 큰 집이었다.

대문 안을 들어서서,

"여보세요."

하고 부르니까 젊은 여자가 나오며,

"누구를 찾으세요?"

하고 물었다.

"경옥 씨 계세요?"

혜련이는 무엇이라고 물어야 할지가 생각나지 않아 이름을 댔다.

"누구요?"

식몬지 침몬지 젊은 여자는 처음 듣는 말인 것처럼 되물었다.

혜련이는 잘못 찾아오지나 않았나 하고 문패의 번지를 다시 살펴본 뒤

"이 댁 부인 안 계세요?"

하고 물었다.

"네, 아씨 말씀이세요?"

그때야 알아들었는지 식모는 안으로 뛰어들어갔다.

얼마 동안 밖에서 혼자 기다리고 있으려니 경옥이가 반갑게 나오며,

"이게 웬일이야."

하고 혜련이의 손목을 잡았다.

“잘 있었어? 애들은 잘 자라구?”

혜련이는 될 수 있는 대로 안정한 마음을 가지려 했다.

“그럼, 잘 있구 말구. 자, 어서 들어와. 그렇지 않아두 한 번 찾아올 텐데 안 온다구 궁금히 생각했지. 집은 추해두 어서 들어가.”

경옥이는 혜련이를 끌었다. 혜련이는 수다스런 말에 다시 불쾌를 느꼈지만 그래도 크게 생각할 필요가 없는 것이다. 끄는 대로 따라 들어갔다.

집은 훌륭했다. 대궐 같은 마루라든가 널따란 뜰이 서울서 보기 드문 집이다.

대여섯 간이 넘을 안방을 들어가니 진주 박힌 의롱이며 전기축음기 등 할 것 없이 방 안이 휜해 보였다.

“참 잘 사누먼?”

혜련이는 처음부터 자기와 관계없는 이야기만을 꺼내려 했다. 생활과 생각이 다른 사람에게 자기의 마음을 말한다는 것은 결국 자기가 어리석은 사람밖에 될 것이 없다. 뿐만 아니라 자기 속에 들어 있는 괴로움을 너무나 가볍게 취급하는 것이다. 그래서 경옥이의 살림에 대한 이야기를 꺼냈다.

“무어 그렇지. 어데 애들을 둘씩이나 데리구 살림이나 할 수 있어야지. 그저 되는 대루 살어. 너무 흉이나 보지 말어.”

경옥이는 온갖 꿈을 다 쓰지 않고도 이만하게 산다는 듯이 얼굴에 웃음을 띠었다.

“별소릴 다하네. 여기서 더 잘 차려 놓구 살 사람이 얼마나 돼? 참 재미 있겠는데…….”

“재미래야 별거 있나. 그저 그렇지. 그래두 나는 이렇게 사는 것이 좋을 것 같아. 공연히 어쩌구저쩌구 떠든대두 결국 저 혼자 고생하며 먹을 거 먹지두 못하구 살지 않아. 아무래두 여자란 남자를 모시구 살아야 하는 것인데. 일찍부터 좋은 남자를 골라 재미있게 사는 것이 좋지 않아. 혜련이두 빨리 시집이나 가라구. 이제 공부를 시작해서는 무엇 하는 거야. 정말 그새 결혼을 아니했어?”

“아니했기에 아니했다지. 그럼 산 남편을 어째 없다구 그럴까?”

혜련이는 거짓말을 했다. 바른말을 해 주고 싶은 생각도 있지마는 그 말을 꺼내자면 자기 이야기가 너무 길어질 것 같다.

"그럼 그새 무엇했어?"

"그저 놀았지."

"그럴 리가 있나. 사람이 어떻게 몇 해 동안이나 그저 놀구 있어. 어데 취직하고 있었어? 정말이야 좀 똑똑히 이야기해 줘."

경옥이는 큰일을 의논할 때처럼 치맛자락을 감싸며 혜련이에게 바루 앉았다.

"정말이야 집에서 놀구 있었어."

"그래? 그럼 내가 좋은데 하나 소개해 줄게. 소용 있나, 학교는 다녀서 무엇해. 혜련이두 한시바삐 결혼이나 하구 재미를 보며 살라구. 사내 없이 무슨 재미가 있니? 요전에 혜련이를 보구 온 뒤 우리 바깥양반한테 혜련이 이야기를 했더니 말이야 참 좋은 사람이 하나 있대. 돈이 오륙십만 원은 되구 거기다 본처가 얼마 전에 죽었대. 과부라두 좋다구 그런다니 혜련이야 얼마나 좋아할 거야."

경옥이는 신이 나서 이야기를 했다.

얼마 전 학교에서 교내 음악대회 때 경옥이를 몇 해만에 처음 보았다. 그때의 인상이 그리 좋지가 못했지만 그러한 사람을 만나는 것이 도리어 자기에게는 좋은 듯싶었다. 자기가 존경할 수 있고 믿을 수 있는 사람이라면 지금의 심경을 말하지 않고는 견딜 수가 없을 것 같다. 결국 자기의 괴로움이 터져 나올 뿐 흥분한 신경에 소득이 없을 것이 분명하다.

혜련이는 경옥이의 말을 전부 귀 너머로 들었다. 자기는 돈을 바라고 두 번 다시 결혼할 사람도 아니지만 이제 결혼이라는 것을 생각할 여유도 없다. 아무리 궁하게 지낸다고 할지라도 자기라는 것이 조금도 없는 경옥이와 같은 살림은 싫기도 하다. 한 번 경험한 바도 있지만 지금 눈앞에 경옥이를 다시 보고 있다. 그의 즐거움이라든가 그의 생활이라든가 하나도 마음에 들지가 않았다. 현실에 만족할 뿐 아니라 사람의 행복 전부가 아닐 것을 가지고 자기만이 가장 잘 사는 것처럼 갖은 수단을 써 가며 자랑하는 그 생활이

구역질날 만한 정도였다. 그러나 그렇다고 해서 경옥이를 조금이라도 섭섭하게 해 줄 수가 없어서,

"내가 그런 팔자를 가지고 났나. 결혼은 조금 더 있다가 할 테야."
하고 듣기 좋게 말했다.

"팔자가 어데 있어. 좋은 자리를 놓치지 않는 게 상수지. 뒤에 결혼하면 그보다 난 데가 있을 것 같아. 아직 나이두 그리 많지 않대. 그리구 본처가 난 애두 둘밖에 없다나. 나두 처음에는 총각 아니문 결혼 안 한다구 뻗댔지만 별수 없더라. 지금 나만큼 재미있게 사는 사람인들 얼마나 있던. 나이 좀 든 사람하구 결혼하는 게 귀염받구 도리어 좋아요."

"글쎄, 결혼하는 데야 아무 사람이나 거의 마찬가지겠지. 그래두 하는 공부나 마쳐야지."

혜련이는 공부도 그만두게 되었으되 거절할 말이 그것밖에 없었다.

"참 모르겠네. 공부라는 것은 무엇 때문에 하는 거야. 잘 살자구 하는 거지. 여자 잘 살려문 좋은 남자를 구하는 것밖에 딴 길이 무어야? 그러지 말구 잘 생각해서 말하라우. 나두 힘을 다해서 해 볼 테니……."

"고마워. 그럼 내가 좀더 생각해서 말할게……."

경옥이는 자기 말이 이긴 것을 느끼고 그 말을 길게 하지 않았다.

식모를 불러 먹을 것을 좀 가져오라고 시킨 다음 축음기를 틀었다.

"이런 것 들어 봤어?"

경옥이는 레코드를 걸며 자기의 취미가 어떤 것인가 보라는 듯이 웃었다.

레코드는 단가(短歌)였다. 혜련이가 이때까지 한 번도 재미있게 들어보지 못한 조선음악이다. 조선음악에 대한 교양이 없고 취미를 못 가져 그런지 혜련이는 경옥이가 몹시 저열해 보였다.

아마 남편이 좋아하는 소리겠지. 그렇다고 음악까지도 그를 따라 좋아한다는 것은 너무나 비현대적이다. 경옥이의 태도는 둘째로 상갓집에서 떠드는 여편네 말소리 같은 혜련이는 그 음악이 듣기 싫었다. 좀더 조용하고 마음을 가라앉게 할 음악이 아닌 다음 음악도 싫어졌다.

"경옥이, 우리 음악은 그만두고 이야기나 해."

혜련이는 레코드를 그만두게 했다.

"왜? 소리나 좀 듣다가 또 이야기를 하지."

"난 곧 가야겠으니까 말이야."

"빨리 가서 무엇 할 테야. 오늘은 우리 집 바깥양반두 나가시구 마음대루 놀 수 있는데 뭐."

"그래두 가야지."

경옥이는 할 수 없이 축음기를 멈추었다.

그러나 혜련이는 그 대신 할 이야기를 생각해야 했다.

"결혼은 언제 했어?"

"졸업하던 그 다음 해 했어."

"딴 동무들은 어떻게들 됐는지?"

"글쎄, 나는 서울서 내내 살면서두 잘 몰라. 시집살림을 하게 되니 어데 마음대루 나갈 순들 있어야지."

그럴 때 식모가 차에다 과자쟁반을 들고 들어왔다.

차고뿌를 들어 혜련이 앞과 자기 앞에 놓던 경옥이는 차를 들여다보고 갑자기 얼굴을 붉히며 식모에게 큰소리를 했다.

"이게 무슨 차야?"

"보리차입니다."

"눈깔 봐라. 누가 보리차 끓여 오랬어? 빨리 가서 코히차 가져와. 이제 언제나 좀 눈치가 생길려는지. 참 속상해 죽겠군."

식모는 찻그릇을 들고 부엌으로 갔다.

혜련이는 식모를 보기가 무안했으나 그것보다도 함부로 사람을 욕하는 경옥이가 덜 좋았다. 남의 아내가 되었다는 점에서만 행복을 느끼는 사람으로서 자기 밑에 있는 사람을 그렇게 모질게 굴어야 하는가?

한편으로 종이면서도 딴 편으로 사람을 종으로 만드는데 만족을 해야 하는가. 혜련이는 경옥이네 집을 나설 때까지 무엇이나 유쾌하다고 본 것이 없을 만큼 내내 불쾌하게 지냈다.

혜련이는 끝끝내 자기의 이야기를 한 마디도 입 밖에 내지 않고 경옥이네 집을 나왔다.

도리어 불쌍한 여자로구나 하는 생각을 갖고 자기를 위로했다.

무엇을 비판하거나 무엇을 정당하게 생각하려는 마음이 없이 그저 자기 생활만을 표준삼아 살아 나가는 말하자면 무지한 생활보다는 괴롭고 힘든 점이 있다 할지라도 자기의 생활이 가치 있어 보였다.

어쩐지 경옥이를 경멸하고 싶은 마음이 생겼다.

사람은 볼 것도 없이 돈 있는 남자와 결혼하여야 한다는 말도 싫었지만 모든 것을 비열해 보이기만 하며 공부했다는 여자로서의 면목을 조금도 찾아볼 길이 없는 것이 또한 분하기도 했다.

공부를 하고 싶어하는 마음은 조선여자가 전부 가지고 있을 것이다. 공부해 가지고 결국 자기의 인생관을 그렇게 만드는데 끝맺는다면 공부하는 여자늘이 얼마나 값이 없는 일인가. 자기도 중학교를 졸업할 때 경옥이와 비슷한 생각을 가졌다. 그러다가 이제는 정신을 차린 셈이다.

만약 조선여자가 전부 자기와 같은 경험을 받고야 정신을 가다듬는다면 어찌될까?

혜련이는 집으로 갔다.

갈 데도 없지만 어수선한 마음을 가지고 더 돌아다니기가 싫었다.

집에 들어서니 청진 명애에게서 편지가 왔다.

엽서에 간단한 말로 연자의 병을 썼다.

넘어져 다친 발이 삐었는지 아직 새큰거리다고 해서 고약을 붙인다는 말이었다. 그러나 곧 나을 것 같다는 말이 뒤에 씌어 있었다.

혜련이는 엽서를 책상 함에 넣고 곧 낫겠지 하는 안심을 가졌다.

지금의 자기로서 연자의 작은 병까지 근심할 처지가 못 된다. 만약 죽을 병에나 걸렸다면 그것은 모를 일이다.

"어떻게 하나?"

혜련이는 자기의 생각을 정리하려 했다. 지금 함부로 고민이나 하고 괴로워한댔자 아무 쓸데가 없다. 생각할수록 마음이 번거로워지며 혼란해진다. 하루를 살았지만 또한 시원한 것도 없으니 빨리 마음을 잡고 가야 할 길을 걷는 것이 상책이다. 누구에게 말할 데도 없고 말을 들어 줄 만큼 넉넉한 사람도 없다.

경옥이네 집에서 차와 과자를 좀 먹었지만 아침과 점심을 못 먹은 배가 무던히 출출하다. 얼마 안 있어서 배꼽은 경기가 죽을 데까지 이를 것이다. 굶어죽기 전에 무슨 일을 해야 할 것이다. 그러나 자기가 걸을 길은 하나도 보이지 않는다. 갈 길도 없지마는 갈 만한 길은 전부 막혀 버렸다.

학교는 이미 단념해야 할 것이니 더 생각할 필요도 없지마는 연자가 있고 밥술이나 얻어먹을 수 있는 청진 역시 갈 수가 없다. 그리로 가서 일생을 썩힐 바에는 경옥이가 권하는 결혼을 하는 것이 나을 것이다.

뜻없이 불행하게 살 바에는 경제적으로 자유스러운 곳엘 가는 것이 편할 것이다.

그러나 혜련이는 그러한 결혼을 도저히 할 수 없다. 만약에 경옥이같이 자기를 잊어버리고 그 생활에 만족할 수 있다면 차라리 행복을 느끼면서 살 수 있을 것이다. 그러나 혜련이는 자기를 속이고 남자의 비위를 맞출 만큼 어리석지가 못하다. 돈에 애정이 생길 수도 없지마는 애정 없는 이중생활을 꾸밀 수가 없다. 그런 결혼을 한대도 결국은 남자도 불행하게 될 것이고 자기도 불행할 뿐이다.

경험이 없다면 몰라도 보다 이상의 쓰라린 맛을 본 혜련이로서 그런 생활 속에 들어간다고 해도 비극만 크게 만들 것이다.

그렇게 생각을 하니 어떤 환경 속에서도 만족할 수 있는 말하자면 순진스런 마음이 그리웠다. 경옥이가 밉지마는 그가 부럽다.

경옥이는 본래부터 나쁜 여자가 아니다. 자기의 행복을 쌓아 놓을 데가 그곳뿐이라고 생각했을 뿐이다. 그러나 혜련이는 자기의 행복을 쌓아 놓을 자리가 도무지 없는 것이라고 생각되었다. 경옥이 이상의 노력으로 그 자리를 구했다.

많이 찾아보았고 힘써 찾아보았으나 결국에는 남이 설 수 있는 곳에도 서지를 못했다.

"좀 타락해 볼까?"

혜련이는 술집 여급을 생각해 보았다. 그것만은 자기로서 할 수 있는 것 같이 생각되었다. 노래 같은 것이야 유행가이니 들으면 알 수 있는 것이고.

그것도 웬만큼만 이름이 난다면 수입이 상당해진다고 한다.

직업이 신성하다고들 떠드는 세상에도 그것이라도 해 볼까? 아무리 그런 사회에서라도 몸만 잘 가지고 있으면 완전히 타락하지는 않을 것이겠지.

아무데로도 갈 수 없는 혜련에게 오직 하나 남은 길은 화류계로 들어가는 것밖에 없었다. 아무리 생각해야 있을 만한 곳이 없다. 뭇 사내에게 갖은 교태를 부려가면서도 자기 체신을 잘 가지고 돈만 번다면 자기를 속이고 불행 속에서 우는 것보다 나을 것 같다.

번 돈을 가지고 연자를 기르고 공부를 시키면 그뿐이 아닌가!

그러나 그 돈!

아무리 연자의 교육이 필요하다고 한다 해도 불손하게 얻은 것으로 교육을 시킬 수가 있는가?

그 돈으로 시킨 교육이 그다지 아름다울 것이 어디 있는가.

교육을 더럽히고 연자를 불결하게 하는 돈이다.

차라리 무지한 연자를 만들어 자기 이상의 고통을 남기는 한이 있더라도 그 돈으로 교육을 시킬 수는 없다.

혜련이는 고개를 흔들어 봤다.

그러나 그에게 부정이라는 것밖에 긍정이라는 것이 없다.

긍정할 것 없이 사는 생활처럼 비극이 다시 어디 있을 것인가.

그렇다고 해서 죽을 수도 없다. 즉 그는 연자를 생각하는 한 죽음까지도 긍정할 수가 없었다.

그는 갑자기 아버지를 생각했다. 아버지가 그리워졌다. 아버지만 살아 있다면 자기가 이런 경우를 당하고 있을 때 원조를 구할 수 있을 것이다. 살아만 있다면 무슨 장사든 돈벌이를 했을 것이요, 따라 불쌍한 딸을 구해 줄 것이나 이미 죽은 지 오래다.

"어찌하나?"

할 수 없을 때마다 이런 부르짖음을 연발 아니할 수 없다. 그렇게 부르짖을 때마다 또한 배가 고프다.

"왜 먹어야 사는가? 먹지 않고 살게 되었다면 사람이 얼마나 아름답게 살까?"

아무리 탄식하여도 그는 자기의 현실을 움직일 수가 없었다.

"혜련이."

누가 불렀다. 혜련이는 몸을 움직이지 않고 물었다.

"누구요?"

"나야."

하고 방 안으로 들어오는 이는 인선이었다.

"왜 일찍 왔어?"

혜련이는 될 수 있는 대로 대답을 피하려 했으나 불의에,

"난 학교 그만둘래."

하고 말해 버렸다.

"글쎄, 왜 그런 생각을 해. 나두 이상하게 생각하구 학교에서 바로 왔지만 참을 수 있을 때까지 참아야 하지 않아."

인선이는 혜련이에게 타이르듯이 말했다.

"먹지두 못하구야 학교에는 어찌 다녀."

혜련이는 자기 사정을 어느 정도까지 말하면서도 완전히 몰라 주는 인선이가 원망스러웠다.

참고 기다리고 싶은 생각이야 인선이 이상이다. 그러나 참을 수 없는 딱한 사정을 어찌하랴. 혜련이는 머리를 책상에 대고 울었다. 터지려는 가슴이 인선이 말에 터지고야 말았다.

"그래? 그럼 일찍 말하지. 그런 줄이야 알았나."

인선이는 혜련이를 위로하려 하지 않고 부엌으로 나갔다.

아무것도 없이 텅텅 빈 부엌을 제 눈으로 보고 들어와서야,

"혜련이."

하고 눈물을 흐렸다.

먹을 것도 없이 학교에 다니는 혜련이의 마음이 어떠했을까 하고 생각하

니 눈물이 저절로 흘렀다.

그들은 말없이 한참 동안이나 울었다. 울다가 먼저 고개를 든 혜련이가,

"걱정 말어. 학교에 안 다녀도 살 길이 있겠지. 인선이까지 괴롭게 해서 미안해."

하고 눈물을 씻었다.

"혜련이."

인선이도 눈물을 닦으며,

"용서해. 내가 좀더 성의 있게 힘썼다면 혜련이를 이렇게까지 만들지 않았을는지도 모를 거야. 학교 그만둘 생각은 말구 내 하라는 대루만 해. 되겠지."

하고 다시 울먹울먹했다.

"아니야, 아무래도 학교에는 못 다니겠어. 학교 못 다닌다구 해서 죽으란 법은 없을 테니까 걱정은 말어."

"글쎄, 그런 말은 말라니까. 내가 혜련이의 마음을 알어."

인선이는 얼마쯤 혜련이를 위로하고 격려시키다가 나가 버렸다. 우선 혜련이에게 먹을 것을 주어야 했기 때문이다.

집에 가는 길에서 중국요리를 시켜 보냈고 집에 가서는 쌀 한 말을 사람 시켜 보냈다.

어떤 일이 있든 간에 낙망을 아니해야 할 것이라고 생각을 하니 우선 교장의 오해를 풀어야 할 것이 급했다.

학교야 다니든 말든 사람의 오해를 사서 손가락질 받는 것만은 한시바삐 고쳐 놓아야 했다.

"성구 씨한테 가 볼까."

하고 밖을 내다봤다. 벌써 저녁때가 지나 어둑어둑하다.

신문사에서 돌아왔을 때가 오랠 게다. 가서 자세한 말을 하고 일을 잘 처리하도록 이야기 하자 하고 문 밖에 나서려 할 때,

"최 선생 계십니까?"

하고 성구가 나타났다. 혜련이는 때마침 잘 왔다고 생각한 뒤,

"그러지 않아도 선생님을 찾아가려 했댔는데 잘 오셨습니다. 빨리 들어오십시오."

하고 들어오기를 청했다.

"그러세요?"

하고 성구는 우선 들어와 앉은 다음,

"무슨 일 때문예요?"

하고 물었다.

"꼭 무슨 일이 있어야 선생님을 찾아가나요? 선생님은 무슨 일 때문에 오셨습니까?"

혜련이는 농담같이 말을 꺼내며 얼굴에 웃음까지 띄었다.

"저야, 그저 놀러 왔습니다마는……."

성구도 딴 의미가 없다는 듯이 웃어 버렸다.

"선생님은 저한테 놀러 오시구 저는 선생님한테 놀러 가지 못한단 말씀이지요? 좀 심하신 것 같은데요."

"천만의 말씀입니다. 앞으로는 종종 놀러 오시기를 바랍니다."

"엎질러 절 받기지요. 안 가겠습니다."

"별말씀을 다 하시네. 제가 잘못한가 봅니다마는 정말 좀 놀러 오시지요."

"안 가요."

"그럼 저도 아니 오겠습니다."

물론 말이 농조이나 그래도,

"선생님은 아마 사내가 아니신가 보지요?"

하고 빈정댔다.

"어째서요?"

성구는 농담을 그대로 계속 할 셈이다.

"그만둡시다. 어린애들 싸움 같은데요."

혜련이는 쾌활한 웃음을 웃고 나서 표정을 고친 다음 화제를 돌이켰다. 즉 교장에게서 받은 오해를 이야기하기 시작했던 것이다. 한참 동안 사실 그대로 설명하다가,

"그게 바로 오늘이었답니다. 기가 막힐 일이 아니에요?"
하고 원통하다는 듯이 말을 막았다.

"참, 귀신 몰래 죽지두 못한다더니 그걸 누가 보았을까요?"

성구는 무엇보다도 자기네가 산보 갔던 것을 선생이 보았다는 것이 이상
스러웠다.

"글쎄 말이에요. 어데서 보았는지 모르겠어요."

"보았다 하기로니 젊은 남녀가 같이 다니는 것을 전부 연애라고 말할 수
야 있어요? 상식이 없어도 분수가 있지."

성구는 의심 산 일도 있지만 이 기회에 자기와 혜련이의 관계를 혜련이의
입으로 듣고 싶었기 때문이다.

"그렇기에 저두 흥분했어요. 그래서 어떻게 해서든지 그 오해만을 풀어
놓도록 하려고 오늘밤에 선생님을 찾아가려던 것입니다."

성구는 이 말을 확실히 들었다. 그리고 혜련이 역시 딴 마음을 먹고 있지
않음을 분명히 알았다.

오해라는 것이 불명예스러울 뿐 학생이 교장에게 그런 의심을 받는 것은
직접으로 손해를 받는다.

그러나 상대자가 좋아하는 사람일 경우에는 그런 의심을 심상히 여기고
의심하는 사람을 경멸하려는 태도를 가지게 된다. 그런데 혜련이는 오해받
은 것만을 중대시한다.

"그럼 제가 교장을 찾아가 변명해 드릴까요?"

상구는 혜련이를 위하여 열심인 것처럼 말했다.

"글쎄요. 어떻게 하는 것이 좋을지 모르겠어요. 권 선생님이 교장을 찾아
간다면 또 교장이 저를 어떻게 생각하는지도 모르겠고."

"어떻게 하여야 할지 말씀하세요. 최 선생이 말씀하는 대로 해 드릴게요.
청천백일 같은 사이인데 주저할 게 있습니까?"

"선생님은 어떻게 하는 것이 좋을 것 같아요?"

"제가 압니까."

"아이 속상해 죽겠네."

혜련이는 성구를 원망하든 듯이 약간 흘겨보았다.

"내 일도 아닌데 제가 어떻게 알아요? 참 기막히는 일이로군."

성구는 속상해하는 것이 보기 좋은지 놀려먹으려 했다.

"그럼 내일이라두 교장한테 가서 자세하게 설명해 주세요."

"그럼 그러지요. 거야 힘들겠어요. 그런데 그 대신 내 청을 하나 들어 주셔야 합니다."

성구는 빙그레 웃는 것이 힘든 문제를 꺼내려는 듯했다.

"무슨 말씀이야요?"

"언제 한 번 다시 산보를 가십시다."

"한 번 갔던 산보가 말썽인데 다시 갈 수가 있어요?"

"그게 무슨 문제입니까? 그래 학생은 남자와 사귀지도 말라는 법이 어데 있어요. 내일 교장을 만나거든 설교를 좀 해 주어야겠군요."

"그래도 저는 딴 학생과 다르지 않아요?"

"아, 벌써 위험한 학생이라고 주목을 받으시는 모양이로군요."

"글쎄, 차라리 그랬으면 좋기는 하겠는데……."

"그만두십시오. 벌써 이게 생기신 게로군."

성구는 새끼손가락을 내밀었다.

"선생님은 저를 그렇게 아세요?"

이 말에는 성구도 할 말이 없었다. 농담 비슷하게 나온 말이 혜련이에게 참으로 들어간 모양이다. 그러므로,

"그렇는지도 모르겠지요. 사람의 일을 알 수 있나요."

하고 끝까지 농담으로 돌리려 했다.

"한강으로 나가야겠군요. 권 선생님만은 사람을 잘 보실 줄 알았는데……."

"전찻값 드릴까요?"

혜련이는 그 이상 더 농담을 계속하지 않았다. 만약 성구를 믿을 만한 사람으로 사귀려 한다면 아무때라도 자기의 사정을 이야기하여야 할 것이다. 각기의 환경을 모르고 만난다면 그 만남이란 하등의 의미가 없다. 위로를

받거나 격려를 받으려면 아무렇게도 서로의 사정을 잘 알아야 한다. 더욱이
나 성구는 동무라는 선을 넘어 참마음으로 의지하려 하는 사람이다.

"선생님."

혜련이는 목소리를 가다듬어,

"제가 그렇게 나쁜 여자로 보여요?"

하고 물었다.

"무슨 말씀을 갑자기 그렇게 하십니까?"

갑자기 정색한 혜련이의 말에 성구는 당황해 했다.

"제가 남과 다르다는 것은 제가 남같이 공부를 여유 있게 하지 못한다는
것입니다. 여유 없는 여학생은 유혹에 빠지기가 쉽다고 해서 저를 주의해
보는 것이며 이번 사건도 그런 점에서 생겨난 것이라고 생각합니다. 제가
어떻게 지내는지 혹시 아실지도 모르겠습니다마는……."

혜련이는 이렇게 말을 꺼내 가지고 요사이 지낸 경험까지 쭉 설명했다.

한참 동안이나 이야기를 한 혜련이는,

"그러한 저로서 연애가 다 무엇입니까? 남이 부끄러워서도 못할 일이지
요."

하고 말을 막았다.

"네, 미안합니다. 저도 대강 짐작을 했습니다마는 사정이 그러신 줄을 몰
랐지요."

"그렇지만 꼭 일이 펴질 것 같으니까 염려는 말아 주십시오."

"네, 염려까지 할 수는 없습니다. 사실은 저도 실업자이니까요."

"네? 그게 무슨 말씀입니까?"

혜련이는 처음 듣는 말임에 놀랐다.

"오늘부터 실직입니다. 신문사를 그만두었어요."

"왜요?"

"놀구 싶어서요."

성구는 쓴웃음을 웃었다. 자기로 보아 적지 않게 큰일이지만 자세한 것을
설명할 만큼 마음이 가볍지가 않았기 때문이다. 성구는 그런 말을 혜련이에

게 아니하려 했다. 전부터 해고될 예감이 있어 왔던 것이나 그 사이 주필과 편집국장의 화해로 얼마 동안 잠잠하기에 무사할 줄만 알았던 것이다. 그러다가 마침내 편집국장의 마음이 좋게 돌지 못하여 면직을 당하고 보니 어쩐 셈인지를 모를 뿐 아니라 탐탁지 않은 말을 누구에게나 하고 싶지 않았다. 실상은 울적한 마음을 풀기 위하여 명심이한테쯤 가야 할 것이나 초조한 얼굴을 보이기가 싫을 뿐 아니라 지저분한 이야기에 과분한 동정을 받기가 싫어 동환이의 부탁도 있고 해서 겸사 겸사로 혜련이를 찾아왔던 것이다.

혜련이는 부모도 없고 아무것도 없는 성구가 갑자기 신문사를 그만두었다는 것이 아무래도 무슨 곡절을 가진 것이라 생각하여

"자세히 알으켜 주실 수는 없을까요?"

하고 간곡히 물었다.

"자세하게 말하자면 면직을 당했습니다. 그 이상 더 말해 무엇 합니까?"

혜련이는 차마 그 이상 더 묻지를 못하고 성구의 얼굴만을 살펴보았다.

성구는 그 말만을 하고 그만두는 것이 너무 무책임한 것 같이 느꼈는지

"세상에서는 자기를 보위하기 위하여 쓰는 수단을 전부 정당하다고 보는 것 같습니다. 비굴하고 잔인한 행동이지만 그것이 자기의 감정이라도 즐겁게 하는 한 사람들은 자기의 지위를 함부로 내혼들어 보아야 하는 모양이야요. 사회가 주는 지위가 너무 적어 거기서 한 걸음도 떠날 수 없는 나 같은 인간들은 또한 할 수 없는 일이지만……."

"무슨 일입니까? 똑똑히 말씀해 주세요."

혜련이는 답답한 마음이 생겼다. 자기 역시 굶을 걱정을 해야 할 사람이지만 딱한 사정에 있는 성구를 겉으로만 알고 싶지가 않았다.

"자기편이 안 됐다구 편집국장이 내쫓았답니다."

성구는 다리를 길게 뻗치고 괴로운 몸을 펴는 듯이 다리를 툭툭 쳤다.

"자, 그 이야기는 그만둡시다."

"그럼 어떻게 하세요?"

혜련이는 그 뒤가 걱정되었다.

"어떻게서든지 살 도리가 있겠지요. 내가 약하지 않고 그렇게 못나지 않았다면 무슨 일이 생기지 않겠습니까?"

"그렇기는 하지요. 선생님만 가지고 살지 못해 걱정되겠습니까."

"천만의 말씀입니다. 그 이야기는 그만두자니까요. 그런데 아까 말하던 산보는 가실 테요? 안 가실 테요?"

"글쎄, 생각해 보세요. 갈 수가 있을 것 같습니까?"

"아니 가실 생각이 없단 말씀입니까? 그렇지 않으면 가실 생각은 있는데 남의눈이 무섭단 말씀입니까?"

성구는 자기 누이동생이나 대하듯 얼려 댔다.

"가고 싶지 않을 리야 없어요. 그렇지만…….."

"네, 알겠습니다. 그렇게 마음이 약하실 줄은 이제야 알았습니다. 그러시다면 더 긴말을 아니하겠습니다만 남의눈을 꺼려하고 싶은 일을 못 할 만큼 어리석어서야 어찌합니까?"

혜련이는 조금 안타까웠다. 자기가 비굴하게 살지 않으려 하고 겁을 집어먹어 하고 싶은 일도 못하게 자유를 잃고 싶지 않지만 근신해야 할 처지다. 물론 연애쯤 하는 것으로 퇴학을 시킬 만큼 중등 정도의 학교도 아니다. 연애를 해도 괜치않다. 그러나 딴 학생과 구별되어 주의를 받은 만큼 근신할 필요가 있다. 더구나 성구를 만난다면 산보 아니라도 집에서 얼마든지 만날 수 있다.

"어리석다고 보아도 할 수 없습니다마는 저를 이해하려고 하시는 태도가 안 보이는 것이 섭섭한데요."

환멸

"이해를 아니하려는 것은 아닙니다. 저는 성의와 정열을 중요시하기 때문에 조그마한 장애를 무서워하는 것을 무턱대고 싫어하기 때문이지요."

"글쎄요. 자기를 잊어버리면서까지 정열을 살릴 수가 있을까요?"

“거야 힘들지요. 그렇지만 그것을 바랄 수도 없어서야 어찌 살겠어요?”

혜련이는 성구가 자기와 얼마나 다른 사람인가 하는 것을 생각했다. 자기 역시 정열을 못 가지거나 미워하는 사람이 아니다. 그러나 그것을 살릴 수 없이 살아가야 하는 사람이다. 그에게는 정열이라는 것보다도 산다는 것이 더 중요하다. 쓰라리기는 하지만.

살기를 위하여서는 정열을 희생시키어야 한다. 혜련이가 성구를 못 잊고 밤낮 그리워한다면 혜련이는 결국 부질없는 사람이 된다. 사랑해서 안 될 자기 환경을 둘째로 하고라도 결과 없을 사랑을 혼자 계속하는 것이 무슨 의미가 있을 것인가? 정열을 사랑하려야 사랑할 수도 없는 세상이 아닌가.

“안 될 것을 바라서 무엇 합니까? 도리어 정력이나 소비되지…….”

혜련이는 성구의 생각이 너무나 꿈에 가까운 것 같아서 반대를 했다.

“그래 최 선생은 안 되리라는 것을 조금도 바라지 않습니까? 또 되고 안 되는 것을 무엇으로 결론지을 수가 있습니까?”

성구는 큰일은 아니라는 듯이 벙글벙글 웃어 가며 말했다.

혜련이는 대답하기가 곤란했다. 정도의 문제가 붙을는지는 모르지만 혜련이 역시 안 될 일을 아주 잊어버리지를 못한다. 성구를 단념하려고 했다. 그러나 그를 아주 내버리기가 싫어 친한 동무라는 태도에는 아직도 남아 있다. 딴 여자와 약혼까지 한 남자를 생각하여 얻을 것이 아무것도 없지만 그래도 때로 생각남을 어쩌랴.

‘선생님은 너무 꿈 속에서 사는 것 같으니까 하는 말이지요.’

혜련이는 이런 말로 들릴 수밖에 없었다.

“그래 최 선생은 꿈 속에서 살지 않는다는 말이지요?”

“그래요.”

혜련이는 냉큼 대답했다.

“어데까지가 꿈이고 어데까지가 현실이라는 것을 좀 가르쳐 주셨으면 좋겠는데요.”

“그것은 자기가 세상을 살아가는 태도에 달려지는 것이며 자기 생활을 믿고 못 믿는 데 따를 것이니까 선생님이 혼자 생각해 보십시오.”

혜련이는 용감하게도 성구를 꾸지람하듯이 말했다. 말을 해 놓고 보니 조금 미안한 생각도 들어 다시,

"집으로 놀러 와 주세요. 앞으로는 산보 가자는 말을 아니하기로 약속합시다."

하고 거의 잊을 만하게 된 말을 꺼냈다.

"네, 알겠습니다. 그러나 한 번만 내 말을 들어 주십시오. 다시는 청하지 않을 테니까."

성구는 끝끝내 고집을 세웠다.

"왜 그러세요?"

과히 필요 없는 일을 부디 하고야 말려는 성구의 뜻이 수상해서 혜련이가 물으니까,

"동환 씨 인상이 어떻습니까?"

하고 성구는 뚱딴지같은 말을 꺼냈다. 혜련이는 직감했다. 성구가 산보 가자는 뜻도 거기에 있는 것을 알고,

"그리 좋은 줄 모르겠어요. 퍽 다라시(단정함)가 없는 것 같이 보입디다."

하고 솔직한 말로 일축해 버렸다.

"글쎄요. 좀 그런 점은 있지만 사람을 외모로만 보아서야 됩니까?"

"참 미안합니다. 권 선생님과 친한 동무시라는데…… 그래두 인상이라는 것은 첫눈에 본 느낌이 아니야요. 한 번 보고 마음이야 알 수 있습니까?"

"누구든지 첫번 보고 좋다는 이는 없습니다. 그러나 여러 번 사귀어 보고 나쁘다는 이도 없지요."

"권 선생의 동무니까 물론 좋은 사람이겠지요."

동환이의 인상은 나빠도 그리 나쁜 사람은 아닐 것을 혜련이도 짐작했다. 그러나 자기의 입으로 동환이를 좋게 말하고 싶은 생각이 전혀 없었다.

"그러지 말고 동환이에 대한 것을 잘 말씀해 보십시오. 저도 할 말이 있으니까요."

성구는 혜련이를 찾아온 목적이 동환이와 교제시켜 주기 위한 데 있었다. 그만큼 그는 신중한 태도로 이야기를 꺼냈다.

“먼저 말씀하세요. 그러면 저두 말씀드릴게…….”

혜련이는 책임질 말을 하고 싶지 않아 먼저 말하기를 피했다.

“그럼 제가 말하지요.”

성구는 먼저 말하는 것이 유리할 것 같았다. 만약 혜련이가 좋지 않게만 말한다면 이야기를 꺼내지도 못할는지 모르겠으니까.

“동환 씨는 나와 가장 친한 동무인데 물론 사람이 좋을 뿐 아니라 재간도 있습니다. 그의 소설은 예지가 있고 아주 아름답게 흘러나가지요. 무척 촉망을 받고 있습니다. 그런데 퍽 고적한 사람이에요

아내라고 있기는 하지만 그의 부모들까지 싫어하기 때문에 결국은 살 수가 없는 형편입니다. 그래서 최 선생두 외로운 사람이고 하니까 사귀면 서로 위로하고 위로받을 줄 아는데요.”

“네, 고맙습니다.”

이 말밖에 혜련이는 딴 말을 못했다. 그만큼 성구가 하는 말을 딱 자를 수도 없을 뿐 아니라 좋다 그르단 말을 할 수가 없다. 아직까지 동환이를 잘 알지도 못하지만 결혼을 전제로 한 교제를 할 수 있을는지도 모른다.

“그러시지 말고 교제를 해 보십시오. 나는 이렇게 해라 저렇게 해라 하고 말하지 않습니다. 사귀어 보고 그 뒤 어떻게든지 하는 것이 좋지 않습니까?”

“그래두 저는 결혼을 생각지 못해 봤는데요.”

혜련이는 될 수 있는 대로 거절하려 했다.

동환이의 첫인상이 나쁠 뿐 아니라 자기가 결혼할 처지도 못 된다.

“누가 결혼을 하라고 말했어요. 사회에서는 될 수 있는 대로 여러 사람을 알아 두는 것이 좋지 않습니까? 그런 의미라도 사귀어 두시라는 게지요.”

“네, 그러지요.”

혜련이는 성구의 열성을 저버릴 수가 없었다. 결국 혜련이 자신을 위해 생각해 주는 말인데 그것을 그 자리에서 거절한다는 것은 너무나 몰인정한 일이다. 동환이를 사귄다고 해서 꼭 결혼을 해야 된다는 법도 없을 것이니까 성구를 섭섭하게만은 하고 싶지가 않았다.

"그럼 모레 밤 일곱 시에 화신 앞에서 기다리겠습니다."

성구는 좀 시원한 모양인지 성공한 것 같은 웃음을 웃었다.

"참 그것만은 말아 주셔야 하겠는데……."

"밤인데 어때요."

"그래두……."

"그럼 나두 학교에 찾아가지 않겠습니다."

"그것은 마음대로 하세요."

이런 말을 주고받고 할 때다. 문 밖에서 여자의 기침 소리가 나며,

"혜련이 있어?"

하고 불렀다.

혜련이는 깜짝 놀라 성구의 얼굴을 보고는 할 수 없는 일이지 하고 단념한 듯이 문을 열었나.

"선생님이세요? 들어오세요."

하고 어색한 인사를 하자,

"손님이 계신가?"

하고 툇마루까지 올라선 여선생이 방 안을 기웃하고 들여다보았다.

성구는 입장이 곤란해진 것을 느끼고 어색하게 앉아 있으려니,

"실례합니다."

하고 여자선생이 들어왔다.

혜련이는 자기 반 담임선생이 밤늦게 자기를 찾아온 것이 이상스러워 곰곰이 생각했다. 그러나 교장선생이 말한 그 사건밖에 찾아올 까닭이 없으리라고 생각을 했다. 선생을 성구를 이상하게 바라보며 방에 앉자 단도직입적으로 이야기를 꺼냈다.

"선생님, 오늘 교장선생님에게 말씀 들으셨어요. 저를 여간 의심하는 것 같지가 않아요."

"의심하는 것은 아니겠지. 어떤 선생이 그런 말을 하니까 아마 혜련이에게 이야기를 했겠지."

선생은 자기도 그런 일을 알고 있다는 것을 숨김없이 더듬지 않고 자기

의견을 말했다.

"그래서 저는 오해를 풀려고 그 날 같이 산보 갔던 분을 오라고 그랬어요. 저분이 그이인데 내일 교장선생님께 가시기로 했습니다."

혜련이는 성구를 가리켰다.

성구는 그때 선생이라는 여자에게 인사를 하고 자기가 할 수 있는 변명을 전부 다했다.

"그렇게 학생들을 잘 오해한다면 학생들이 마음놓고 공부나 할 수 있을까요? 내일 가서 교장선생께 말하겠습니다마는 혜련 씨 같은 굳고 착실한 학생도 없을 겝니다."

성구는 꺼릴 것이 없기 때문에 하고 싶은 말을 다했다.

"그렇게 생각하신다면 이 편의 오해입니다. 교장선생님께 가실 것도 없지요. 제가 자세한 것을 말씀드리겠습니다. 제가 온 것은 그 일이 있은 뒤 혜련이가 조퇴를 했으니까 그게 걱정스러워 어데 갔다 오던 길에 잠깐 들렸지요. 혜련이도 딴 생각 말로 공부를 잘 해."

"네, 그러겠습니다."

혜련이는 도리어 간단하게 된 것을 속으로 기뻐했다. 그러나 선생과 성구가 같이 나갈 때 '모레' 하고 선생 못 듣게 속삭인 성구의 말을 반대할 수가 없어 고개를 끄덕해 준 것이 밤새껏 께름하게 남았다.

만약 산보를 나갔다가 또 발견되면 어찌할까 하는 불길한 생각이 돌았기 때문이었다.

성구는 혜련이를 만나 보고 온 즉시로 동환이에게 다녀온 보고를 했다.

혜련이가 당하고 있는 환경이 말할 수 없이 비참한 것 그리고는 자기와 같이 청량리 산보 갔던 것이 학교에서 문제되었다는 이야기를 자세히 설명했다. 그 날 밤에 때마침 혜련이의 담임선생이 찾아와 즉석에서 오해를 풀게 했다는 것까지 하나 빼놓지 않았다.

그뿐 아니라 혜련이가 자기를 꿈 속에서 산다고 비난하며 꿈과 현실의 구별을 말하던 이야기까지 그대로 전했다. 그러나 혜련이의 동환이에 대한 인상만은 숨겼다. 들어야 불쾌할 것을 말하여 소용이 없을 것 같기 때문에 다만 모레 저녁에 화신 앞에서 만나기로 약속했다는 것으로 동환이의 호감이 어떻다는 것을 알리려 했다.

"일곱 시에 만나기로 했으니까 시간을 잘 지켜."

혜련이와 약속하기로 동환이와 둘이서만 만나라는 것이 아니었다. 말을 따지지 않았지만 셋이서 만날 것 같이 약속을 했다. 그러나 동환이에게는 둘이서 만나기로 약속한 것처럼 말하는 것이 더욱 효과적일 것 같아 그렇게 말했다.

동환이가 혜련이를 생각하는 것은 혜련이로서 상상할 수도 없는 정도다. 생각하는 것으로 전부 말하지 않지만 열심히 글을 쓰고 있는 이라 생각할 때도 동환이는 혜련이의 말을 성구에게 물었다.

그러한 동환이인만큼 혜련이가 동환이를 대하는 태도가 냉정하다고 하는 것을 알 때 동환이의 실망은 무척 클 것이나. 성구는 그것이 보기 싫었다. 자기의 입에서 나온 말로 동환이가 괴로워해야 한다는 것은 차마 못할 짓이다. 그만큼 성구의 성격은 약하다. 그렇기 때문에 약속도 혜련이가 찬성해서 한 것처럼 말을 해 준 것이다.

동환이는 약속한 날 학교를 그만두었다. 학교를 가야 일도 못할 것이며 책도 읽을 수가 없다. 더구나 연구생이란 것은 매일 나가지 않아도 구속이 별반 없다.

그래서 할 일 없이 성구와 같이 거리로 얼마쯤 돌아다녔다. 성구 역시 신문사를 그만둔 뒤로 마음이 산란하여 앞으로 어떻게 살까 하는 걱정이 크므로 집안에 붙어 있지 싶지가 않아 동환이를 따라다녔다.

같이 걷기는 걸으면서도 두 사람은 서로 침울해 했다. 성구는 성구대로 말하고 싶지 않은 마음의 피로를 느꼈다. 직업을 잃었다는 데서 모든 생각을 처음부터 새로 시작해야 될 듯한 막연한 실망이 가슴에서 사라지지가 않았다.

그렇다고 해서 기운 없는 소리를 동환이에게 들려 주고 싶지가 않았다. 다시 취직이 되겠지 하는 안심을 혼자 가지면서도 말만 나오면 편집국장에 대한 불평이 쏟아지는 그러한 재미없는 이야기를 피했다.

동환이는 그 가슴이 혜련이로 듬뿍 찼다.

혜련이에 대한 이야기로 말하고 싶으면 자기보다 더 잘 아는 성구에게 그에 대한 것을 아는 대로 하나 빼지 않고 듣고 싶었으나 나이 삼십이나 거의 된 사람으로 염치 없이 그러는 것이 주책없어 보이기 때문에 하고 싶은 말도 아니했다.

길을 걷는 동안 두 사람은 서로 상관없는 딴 속계에서 헤매었다. 서로 헤매는 딴 속계를 서로 알고 서로 방해하지 않는 곳에 또한 두 사람의 우정이 있는 것이다. 서로 이해를 하고 서로의 감정을 존경할 줄 모른다면 우정이란 것은 성립할 수 없다.

그들은 종로까지 나와 거기서 다시 남대문통을 향해 걸었다.

초여름의 패이브먼트(步道)는 정갈해 보이며 가벼워 보였다. 눈을 패이브먼트에 두고 무의식적으로 발을 맞추어 걷는 두 사람의 다리는 기계적으로 움직이는 것 같았으나 그래도 산뜻한 기운이 있어 보였다. 동환이와 성구가 서로 깊은 생각에 잠겨 있다 할지라도 그들에게는 절망이 없다. 성구의 생각이 조금 침울하기는 하나 그이 역시 속마음에는 자기를 사랑해 주는 명심이가 있다는 생각에 든든한 마음을 가지고 있다. 동환이야 물론 깊은 생각 속에 달콤한 꿈이 그득 차 있는 것이지만.

성구와 동환이는 황금정 입구에서 명치정으로 들어가는 좁은 골목길을 걸었다.

서울 안에서 안락한 의자와 시간의 자유를 주는 곳은 오직 찻집뿐이다.

차방 '스페시알룸'(special room)에 앉은 두 사람은 우선 담배를 피워 물었다. 담배와 이야기하는 것 같이 그들은 제각기 뿜은 연기를 바라보고 있었다. 한참 있다가야 성구가,

"언제나 취직이 될까?"

하고 자기의 걱정을 꺼냈다. 무엇보다도 실직해 있는 동안 먹을 것이 문제이기 때문에 그것이 마음에서 떠나지를 않았기 때문이다.

"딴 신문사에 운동을 해 보렴. 되겠지 아무때라도."

얼른 들으면 성의 없는 말 같게 동환이가 대답했다.

“그새는 어떻게 지내니?”

물론 자기가 실업하고 있는 동안 동환이가 생활비를 대 줄 것은 짐작하고 있지만 그래도 성구로서 걱정 아니할 수 없는 일이다.

“별 걱정을 다하고 있네. 우리 집이 파산 당한다면 몰라도…….”

“그래두…….”

“쓸데없는 소리는 그만두고 내일부터라두 찾아갈 사람들이나 생각해 둬.”

동환이는 미안해하는 성구를 도리어 나무람 하는 빛이었다.

성구는 동환이가 그렇게까지 말하는 이상 더 이야기한다면 그를 적게 생각하는 것 같이 보일까 두려워,

“누구를 만나 보는 것이 나을까?”

하고 딴 말을 꺼냈다.

“딴 사람이야 아는 이가 없으니까 우선 학예부장을 찾아보아야지. ×신문사의 김원필, ×신문사의 리형만이 같은 이들을 찾아보렴.”

“그럼 내일부터 운동을 해 보야겠군…….”

성구는 동환이의 심경을 생각하고 자기만의 이야기를 이 이상 더 할 수 없다. 그 밖에는 자연 혜련이의 이야기를 하여야 할 것이나 자기가 먼저 그 이야기를 꺼내기는 또한 거부했다. 그래서 한참 동안은 다시 침묵 속에서 울려 나오는 축음기 소리나 듣고 있었다.

“학비가 곤란하다면 어떻게 공부를 하니?”

동환이는 가슴 속에서 뱅뱅 돌던 생각을 꺼내지 않고 못 견딜 지경인 모양이었다. 대사를 의논하듯이 신중한 얼굴로 물었다.

“걱정을 말라고 그러는 것을 보니 무슨 수가 생기기는 하는 모양이지. 내가 도울 수 없는 처지니까 더 물어 보지도 않았거든!”

“그만큼 생활력이 강한 모양이지. 나이가 그렇게 들고도 혼자서 공부를 해 나갈려는 생각이 들까?”

동환이는 자기가 성구 이상으로 잘 아는 듯이 감탄하며 말했다.

“그래두 밥을 굶을 지경까지 당해 봤나 보더라. 고생이 심한가 봐. 오늘 저녁 만나거든 자세한 이야기를 하구 좀 도와줘라.”

“돈으로 마음 사려는 그런 수단을 쓸 수가 있단 말인가? 만약 두 사람의 사이가 친밀해져 서로 돕는 생각에서 그런 일을 한다면 모르지만 잘 알지도 못하는 사이에 돈을 준다거나 그런 일을 해 봐라. 그것은 책임 관념을 가지게 하여 교제를 더욱 구속시키는 것이 되고 말게다.”

“거야 그렇기는 하지만……”

“그렇구 말구, 돈같이 사람의 관계를 좁게 만들고 더럽게 운전하는 것은 없어. 내가 생각하는 것은 그의 굳은 의지야. 굳은 마음을 감탄하는 것이지 동정한 데서 나오는 말도 아니다. 너두 그에게 말할 때 나의 경제적 조건을 말하지 말아. 말한대도 그리 부자가 못 되니까. 걱정은 없지만……”

동환이는 사실 혜련이를 생각한다. 생각할 뿐 아니라 모든 일을 알려고 한다. 그러나 그의 곤궁한 환경을 이용하여 될 수 있는 대로 속히 마음을 끌기 위한 야비한 수단을 쓰려는 생각이 추호도 없다.

그는 사랑이라는 것을 진심에서 나오는 정열이 아니면 안 된다고 생각하고 있기 때문이다.

성구도 그 말에는 동감이기 때문에 딴 말을 아니했다. 혜련이가 먼저 동정을 구하지 않으며 또 혼자서도 처리해 나갈 수 있는 동안 여기서 동정하는 것 같이 보인다면 반드시 오해 살 것이 분명했다.

한 가지 말이 끝나면 준비했던 것이 끊어진 듯 말은 그 이상 더 나가지 못했다.

말없이 너무 오래 있기도 안되어 성구가,

“어데 갈 데 있니?”

하고 먼저 일어섰다.

“글쎄, 너는 어데루 가겠니?”

동환이도 일어섰다.

“집에 가서 이력서나 쓸까……”

“그럼 난 딴 데 좀 가겠다.”

“오늘밤에 재미 많이 봐라.”

동환이는 대답 대신에 웃었다. 자기도 밤에 일어날 일을 궁금하게 기대하는 표정이 노골적으로 나타냈다.

"참 수염이나 좀 깎고 가려마."

성구는 어떤 방식으로 표현할지 모르던 말을 웃음으로 이야기하여 조금 주의해 주기를 바랐다.

찻집에서 서로 헤어진 뒤 동환이는 전차를 타고 효자정으로 갔다. 어수선한 마음을 가지고 한 곳에 오래 있을 수도 없기 때문에 동무를 찾아가 시간이나 보내고 싶은 생각이 있었기 때문이었다.

효자정 종점에서 내리어 신교정으로 한참이나 들어가며 그는 혼자 생각했다.

"이야기해도 괜찮을까?"

"참고될 이야기를 해 줄지도 아나……."

동환이는 맹아학교를 지나가 수양버들이 바로 내문 밖에 선 집까시 가서

"인걸이."

하고 불렀다.

크지는 않으나 아늑한 이층집이 조용하다.

"인걸 씨 계십니까?"

동환이는 존경사를 붙여 다시 불렀다.

그때야 삼십이 좀 넘어 보이는 중년신사가 대문을 열고 나와,

"동환인가?"

하고 맞아들였다.

어쩐지 맞이하는 태도가 전과 달리 그리 반가운 줄을 모르는 것 같았으나 이왕 온 길이니 동환이는 그저 따라 들어갔다.

이층 인걸이 방으로 들어가니 어린애들이 왔다갔다 하고 있을 뿐 아니라 한편 옆에는 그의 부인과 젖먹이 어린애까지 있다.

"안녕하십니까?"

하고 인걸이 부인에게 인사를 했을 때 그도,

"박 선생님 오세요."

하고 적이 반가운 표정을 했으나 어딘지 숨어 있는 노기는 동환이에 어떤

직감을 주었다.

"부부싸움을 한 모양이로군."

동환이는 잘못 온 것 같은 느낌을 가졌다.

감정이 나쁠 때 사람이 오면 반가운 줄을 모를 뿐 아니라 찾아간 사람도 불유쾌하게 지낸다.

그러나 그 대신 그들의 속마음을 모르는 것 같이 있다가 가는 것이 현명한 짓일 것 같아.

"오늘은 참 날이 좋은데요. 푸른 하늘에 뒹굴고 싶구만. 어데 산보들이나 안 가세요."

"참 좋은 말인데 그래두 너무 날이 좋으면 도리어 산보가 무의미해지는 거야. 산보 갔다가 비라도 맞아야 재미가 있지."

인걸이는 아무 일도 없었다는 듯이 가물가물 말을 했다.

"또 야만적 취미가 나오눈."

동환이가 웃으며 말했다.

"야만? 사람이 문화해 갈수록 야만을 그리워하는 줄 모르는 게구나! 소박하고 자연미 있는 야만이 좋은 게야. 야만적 취미가 점점 커지는 것을 두고 보아라."

"그래두 이 같은 야만은 너무 원시적에 가까워 현대미가 없어 틀렸다."

그들은 다 같이 웃어 버렸다.

인걸이는 말이 끝난 다음 겨우 기어다니는 어린애를 붙잡고 볼기를 쓸어 주며,

"이 자식 무얼 먹어?"

하고 어린애 입에서 종이조각을 집어낸다. 기는 애를 방바닥에 놓고는 다시 토들토들 걸어 가장문에서 문을 못 열어 하는 맏아들께로 갔다.

"이 자식 무엇을 하려구 그래!"

"아빠."

어린애는 말을 못하고 손과 몸으로 문 열어 달라는 시늉을 했다.

인걸이는 문을 위로 열어 주었다. 그러니까 애는 다시 닫으려고 팔을 뽑

고 애를 쓴다. 청대로 닫아 주니 또다시 열어 달라고 한다.

인걸이는 애 심부름을 조금도 쓰게 여기지 않고 잘 받아 준다. 그도 하도 끝이 없으니까 한참 있다가는,

"이 자식 심술쟁이."

하고 어린애 뺨을 가볍게 두들기고는 방 안에 매달아 놓은 그네에 앉혔다.

애들을 무척 사랑한다. 젊은 사람이 무얼 그러나 할 만큼 애를 귀여워하는 것같이 보였다.

"난 가겠네."

동환이는 그만큼 자유스런 분위기에 있는 것을 다행으로 여겼다. 인걸이의 성격이 남 앞에서 자기의 감정을 그대로 나타내지 않는 것이나 그래도 오래 있으면 감추고 있는 감정이 폭발되는지도 모른다. 무사할 때 가는 것이 나을 것 같았다.

"그렇게 가실 걸을 무엇 하러 오셨댔습니까?"

인걸이 부인은 노골적으로 나무람 하는 것으로 친숙미를 보여주었다. 그이 역시 대학을 졸업한 여자로 남의 감정을 잘 알 뿐 아니라 제 속만을 생각할 만큼 경박하지가 않다. 도리어 진중미가 있으며 거기에다 어진 맛이 있다.

동환이는 대답이 궁했다. 그렇게 빨리 가려고 온 것도 아니었기 때문에 변명할 수도 없다.

가야겠다는 이유를 따져 말할 수는 없지만 들어올 때의 눈치로 보아 인걸이 부부가 서로 좋지 않았던 것이 분명하며 따라 자기를 중심 삼아 각기 이야기를 했다 할지라도 그들의 정신의 전부가 자기에게 기울어지지 않았다는 것을 그들의 태도로 느낄 수 있는 동환이는,

"가 보지요."

하고 일어섰다.

지금의 자기는 무엇보다도 자기를 크게 생각해 줄 사람이 필요했다. 몇 시간 뒤에 만날 혜련이로 말미암아 물거품처럼 떠오르는 마음을 어떻게 해서나 가라앉혀 줄 사람이 필요했다.

"급하기는 하네."

영순(인걸이의 아내)이는 급히 가려는 동환이를 미심하게 생각하며 말했으나 그래도 어딘가 자기가 가는 것을 그리 대수롭게 생각지 않는 것이 분명히 보였다.

"어데루 갈래?"

인걸이는 가지 말라는 말을 아니하고 가는 것을 임의로 하라는 듯이 갈 곳만을 물었다.

"종로까지 가 보겠다."

어디로든지 가야 할 것 같은 동환이는 인걸이의 말을 반갑게 생각하고 서슴지 않는 대답을 주었다.

"저놈 과자를 사 와야지."

인걸이는 영순이를 향해 방바닥에서 장난하는 어린애를 가리키며 말했다. 그리고는 옷을 갈아입고 동환이보다도 앞서서 문 밖을 나섰다.

"그럼 또 오세요."

영순이는 어린애를 안고 대문에까지 나와서 친절한 말로 인사를 했으나 자기 남편에게는 이렇다는 말 한 마디가 없었다.

무슨 일로 의견이 충돌되면 세상없어도 먼저 말을 안 꺼내는 것이 영순이의 성격이었다. 손님이 왔을 때 손님과는 이야기를 주고받아야 하는 것이 그의 교양 있는 탓이지만 첫번 온 손님으로는 느낄 수 없을 만큼 자유스럽게 이야기를 하면서도 자기 남편과는 말을 하지 않는 것이 그의 신경질일는지도 모른다.

"다른 데 좀 들릴지도 모르겠소."

그 대신 인걸이는 자기네의 감정을 될 수 있는 대로 동환이에게 안 뵈려고 영순이에게 말을 건네었다.

영순이는 눈초리를 날카롭게 해 가지고 인걸이를 바라보았다. 아마 보는 것이 그의 항의이며 또한 필요 없는 말을 한다는 경멸인지도 모른다.

동환이는 영순이에게,

"안녕히 계십시오."

하는 인사를 하고는 도망질치듯 한참 걸어 인걸이네 집이 보이지 않을 때까지 인걸이와 말도 아니했다.

부부가 짝을 지어 살림하는 집안에 의견 충돌이 없을 바 아니며 인걸이네 부부가 가끔 싸우는 것을 동환이가 모르는 바 아니나 그래도 이 날의 동환이는 그러한 흐린 분위기가 몹시 싫었다. 자기의 마음이 명랑할 것을 바라며 어디서든지 자기의 심경을 토로하고 싶기만 해서 그런지 인걸이네 살림이 너무나 우울해 보였다.

다 같이 대학을 나온 사람들인 만큼 서로 이해성이 깊고 따라 오랫동안 연애를 하다가 결혼한 사이라 애정도 비할 데 없이 크리라는 것이 동환이의 관찰이었다.

무엇보다도 자기의 부부가 너무나 이해성 없는 데서 결렬이 생긴 것이라 믿는 만큼 인걸이네 같은 집안에는 소금의 불화도 없어야 할 것이 동환이의 경험이 준 직감적 결론이었을는지도 모른다. 불화가 있다 해도 그것이 영구적이거나 또는 그리 대수로운 것이어서는 안 되리라 생각해졌다.

어쨌든 인걸이의 집을 나와 탁한 공기에 사로잡히지가 않고 말없는 거리, 말없는 자연을 자기의 대상으로 삼을 수 있는 것이 자유스러웠다.

"무슨 일이 생겼니? 또 소설을 구상하느라고 학교에도 안 나가고 초조해서 다니는 게로구나."

전찻길로 걸어 나올 때 인걸이가 먼저 말을 꺼냈다. 말이 좀 많다고 할까 또는 남의 눈치를 잘 챈다고 할까 인걸이는 동환이의 태도를 보고 그냥 두지를 않았던 것이다.

속으로야 동환이가 자기네 부부 사이를 눈치채고 거기에 대한 생각을 계속하는 것 같은 말하자면 켕기는 듯한 느낌이 있어 그러한 분위기를 없애려고 한 것이겠지만 동환이는,

"어떻게 그리 용하게 아니?"

하고 인걸이의 뒤집어엎는 말을 그대로 받아 주었다.

자기가 소설을 쓰려고 할 때 그 구상이 힘들어 학교엘 안 나가고 인걸이를 찾아갔던 때도 사실 있었으니까······

“내 눈이야 속일 수 있나. 벌써 얼굴에 빤히 나타난 것을……."

인걸이는 동환이의 어깨를 툭 치며 호걸다운 웃음을 웃었다.

“그렇게 뵈어?"

동환이는 인걸이의 말을 긍정해 주었다. 지금의 자기로서 인걸이에게 자세한 감정을 말하고 싶지가 않았기 때문이었다.

그들은 전찻길까지 나오도록 서로 이야기를 했으나 각기 자기네의 감정을 한 마디도 실토하지 않았다.

만약 인걸이가 좀더 진실되게 이야기를 해 주었다면 동환이는 길거리에서나마 자기의 마음을 비쳤을는지 모른다. 허나 인걸이는 빤히 뵈는 자기 속을 감추려고 하는 것이 어디까지나 분명했다. 자기가 집을 나와 동환이를 따라오는 것도 특별히 볼일이 있어서가 아니라 우울한 마음을 돌려 보기 위한 것이었다. 인걸이는 조금도 그런 빛을 보이려 하지 않았다.

동환이는 자기에게 진실을 아까워하는 인걸이에게 자기 역시 진실로써 대하기가 싫어 종로 어떤 다과점(茶菓店)에 들어갈 때 끊임없이 이야기하는 인걸이의 말을 귀넘겨 듣기만 했다.

“성구는 요새 어떻게 지내는가."

“요새 문단은 모방을 해도 분수가 없이 하두만. 한 권쯤 읽은 사람의 글을 따라가려고들 하두만……."

인걸이는 쉴 새 없이 말을 꺼냈다. 그 말들이 동환이로서 대답해 줄 가치가 넉넉히 있는 것들이었다.

성구만 하더라도 약혼했다는 사실과 실직되었다는 일을 겹쳐 가지고 있으며 줏대가 없이 어제 쓰던 필치를 오늘에 버리고 새것을 써 보겠다는 쓸데없는 유희가 유행되는 문단 역시 동환이로서 이야기하고 싶은 화제다. 그러나 그 말하는 주인공이 무엇보다도 참된 마음을 보여주지 않는 한 그 대화에 성의가 나지 않았다.

동환이는 그만큼 참된 마음을 숨기려고 하는 교제를 싫어했다.

이야기를 줄이어 끊임없이 한댔자 그것이 인걸이 자신에 대한 것이 아닌 이상 동환이는 그의 말이 듣기 싫었다. 속에는 딴 걱정이 있으면서도 없는 척하려는 것이 미워지기까지 했다.

"이 집은 길거리가 되어서 너무 산만한데⋯⋯."

인걸이는 자기가 끌고 들어온 캔디룸에 대해서 다시 말을 꺼냈다.

"누가 여길 오자고 그랬니?"

동환이는 밉살스러운 감정을 감출 수가 없어서 한 마디 튕기었다.

"그래두 산만한 데서 고적을 찾아야 그 고적이 순수한 것이야."

"얘, 너두 고적을 좋아하니?"

외면으로 경쾌한 듯한 사람에게 고적이 생기면 그것이 평상 우울한 사람의 몇 배나 무거운 것임을 동환이가 알고 있지만 한 번 히니꾸를 해 본 것이다.

"고적이란 너 같은 문학청년에게나 있는 것이지 나 같은 어른에게두 있는 줄 아니? 있나면 감상을 떠난 말하사면 철학적인 사색이지."

"그래 철학적 사색을 하려고 싸움한 아내를 떠나 거리로 나왔구나."

동환이는 그런 기회를 기다렸던 것처럼 황급히 반문했다.

"누가 싸웠대? 자식."

하고 인걸이는 어울리지 않는 웃음을 웃었다.

"그럼 과자를 사 가지고 빨리 돌아가렴."

동환이는 옆에 앉은 사람들을 돌아보며 자기 말이 딴 사람들에게는 안 들리리라고 주의해 가며 말을 했다.

"이따금 싸움두 해야 하리아이[張り合い]가 있지."

인걸이는 쓸데없는 변명을 해야 별 필요가 없을 뿐 아니라 더 속일 수도 없는 것을 알았는지 실토를 하기 시작했다.

"누가 싸운 것이 나쁘다구나 하니? 공연히 자기를 속여 가며 잔소리를 하니까 하는 말이지⋯⋯."

"그러나 우리 싸움은 보통 싸움과 다르다. 너무나 순정을 가지고 서로를 너무 아끼기 때문에 자기가 자기 자신을 덜 사랑할 때 딴 편에서 항의를 하게 되는 거야. 그렇기 때문에 싸움이 아니라 서로 반성할 기회를 만들어 주는 것이지⋯⋯."

　동환이는 이 말까지 반박해 주고 싶지 않았다. 나쁘게 말한다면 그런 것이 결국 부부 싸움이다. 허나 인걸이네 부부로 볼 때 그의 표현이 적당할는지도 모른다. 인걸이가 부정한 행동을 아니하고 따라 경제적 고통을 받는 것도 아니니 저속한 불화라 할 수도 없는 것이며 인걸이 처 역시 교양 있고 온후한 사람이라 무지한 앙탈을 쓸 여자도 아니다. 그래서,

　"그게 너희들의 좋은 점이지……."

하고는 인걸이의 이야기를 더 들으려 하지 않았다. 그만큼 만들었으면 얄밉다고 할 만한 감정이 풀렸을 뿐 아니라 자기의 마음을 딴 것에 뺏기고 싶지가 않았다. 좀더 혜련이에 대한 생각에 충실하고 싶으며 설레는 가슴을 함부로 방임해 두고 싶지 않았다.

　주문했던 커피가 테이블 위에 놓였고 어느 새 그 고뿌(컵)가 슬픈 소리를 내며 동환이의 손장난감이 되었을 때 그는 드디어 자기 말을 꺼냈다.

　"내가 연애를 할 수 있겠니?"

　인걸이는 재빠르게 그 말을 받아,

　"응, 네가 연애를 하느라고 우리 집에도 아니 온 게구나…… 그런 냄새가 나기는 하더라."

　"벌써 한다고는 말할 수 없는데 해 볼 생각이 있어서 하는 말이야."

　"어데 말을 해 봐라. 상대는 어떤 여잔데…… 너 같은 감상가야 아직두 연애를 넉넉히 하지 왜 못하니……. 우리 같은 사람이야 그런 감정을 가질 수가 없으니까 못하지만."

　"그런 쓸데없는 소리는 말어. 나는 유희 감정을 가지구 하는 말이 아니다."

　"글쎄 말해 보라니까. 역시 문학소녀가?"

　"내가 어린 여학생하구 연애할 수 있는 듯하니? 문학하구는 거리가 먼 나많은 보육학교 생도다."

　"좋구나, 잘생겼니? 대체 누가 소개한 것이냐?"

　동환이는 그 말에만은 대답치 않았다. 누구나 보고 잘생겼다고 칭찬할 만한 미인이 아닌 것도 사실이지만 혜련이를 두고 밉다 곱다 평가하기가

싫었다.

"좌우간 내가 연애를 할 수가 있겠는가를 말해 보아!"

"글쎄, 너는 감정에 너무나 치우치는 사람이니까 어떨지 모르겠다. 지금의 너 같은 나이를 가지구 연애를 하려면 반 이상이 유희적이어야 하고 반이상이 야수적이어야 하는 게야."

"그게 무슨 연애야? 여자를 존중치 않는데 참사랑이 있을 수 있니? 연애는 맹목적인 정열을 가져야 한다는 말이 가장 적중해."

"네가 맹목적인 정열을 가질 성싶으냐? 현실을 알고 따라 현실에서 사는 사람이 맹목적 정열을 가지려고 하는데 고통이 오고 못 가질 것을 구하려다 못 구하는데 파란과 고민이 오는 것이거든…… 그래 여자는 성격이 어떠하냐?"

"아주 이지적이야. 현실적이면서도 퍽 용단적 성격을 가졌어. 말하자면 나하고 반대의 성격이지."

"재미있구나. 좌우간 한 번 해 봐라."

동환이는 어떻게 알았고 몇 번 만났다는 이야기까지 했다. 처음 인걸이에게 말을 꺼낼 때는 무슨 의견이나 들으려고 한 것이나 인걸이가 해 주는 말은 한 마디도 그럴 듯하게 듣지 않았다. 자기의 생각 그대로 혜련이를 그려보았으며 자기가 하고 싶던 말만을 인걸이에게 들려 주었다. 냉정하게 생각하면 인걸이의 말도 그럴 듯한 것이겠지만 불순한 말이 혜련이를 더럽히고 자기 마음을 용납지 않았다.

즉 그는 넘치는 감정을 인걸이라는 상대에게 그저 소모해 본 것밖에 지나지 않았다.

인걸이는 화제가 재미있을 뿐 아니라 대수롭지는 않은 일이지만 마누라와 재미롭지 못한 일이 있은 뒤라 동환이의 상대가 잘 되어 주었다.

그들은 저녁까지 같이 먹으면서 전깃불이 올 때까지 동환이의 이야기와 나아가서는 성구의 약혼한 이야기, 그의 실직에 대한 것 또는 혜련이의 과거까지도 아는 범위까지 말했다. 본정(本町) M백화점 식당에서 저녁을 먹은 뒤 동환이는 시계를 보고 인걸이와 헤어졌으나 밤에 혜련이를 만난다는 것만은 말하지 않았다.

인걸이가 자기를 방해할 것도 아니고 만나기도 전에 미리 말한댔자 그것이 흉조가 되어 못 만날 것도 아니지만 그래도 그것만은 숨기고 싶었다.

성구가 아는 것은 할 수 없는 일이지만 세상 아무에게도 알리지 않고 혜련이를 만나고 싶은 야릇한 생각이 그에게는 남몰래 자랑하고 싶은 소극적 성격에서 오는 것이었을는지도 모른다.

아직까지 약속한 시간이 되자면 이십 분이나 남았다. 인걸이를 떠날 때는 너무 늦은 듯하여 다음에 다시 만나자는 말도 똑똑히 못했지만 아무리 천천히 걸어야 본정에서 종로까지 십 분 이상이 걸리지 않을 것이다. 나머지 시간을 어찌하나? 사람 많이 다니는 길거리에서 기다린다는 것이 얼마나 힘든 것인가! 만약 혜련이가 조금 늦기라도 하면 어찌하나.

그는 발을 느리게 옮겼다. 그러나 혜련이가 먼저 와서 기다린다면……하는 생각이 자기도 모르게 그의 발을 빠르게 했다.

동환이가 화신 앞까지 와서 백화점 정면에 걸린 전기시계를 바라보니 아직 십삼 분이 남았다. 천천히 걸었다 빨리 걸었다 하면서 왔지만 그래도 칠 분밖에 안 걸린 모양이었다.

그는 시간이 멀었다는 생각을 하면서도 그래도 젊은 여자가 보이면 그가 혜련이나 아닌가 하고 자세히 바라보았다.

기다린 전차가 지나갈 때마다 맞은편 길이 가려지면 그는 그 전차가 너무나 느리다고 또는 웬 전차가 그리 자주 다니는가 하고 전차를 나무라기도 했다. 만약 전차에 가려 찾지를 못하고 그대로 돌아가면 어떻게 하나 하는 겁이 들었기 때문이었다.

그는 조급한 마음을 가진 채 몸을 한 곳에 두지 못하고 십 분 동안이나 전차 정류장에서 왔다갔다 했다.

혹시 온 사람을 자기의 부주의로 해서 못 만나지나 않을까 하고 젊은 여자만 지나가면 그리고 눈초리를 보내 혜련이가 아님을 밝힌 다음에야 딴 데로 눈을 옮기곤 했다. 약속 시간이 거의 다 되었을 때도 혜련이의 얼굴이 나타나지 않음에 벌써 속으로는 그가 아니 오는 사람이나 아닌가 하는 낙망과 함께 성구가 의심스럽기도 했다. 한편에는 말도 아니하고 자기만 기다리게 하지 않았나 하는 그러한 온당치 않은 생각이 없을 수도 없는 일이었다.

그런데 안국동에서 혜련이 비슷한 여자 걸어오는 것을 보고 그는 정신을 그리고 집중하여 점점 가까워 오는 그 여자의 모습을 의심나지 않을 정도까지 바라보고야 겨우 한숨을 내쉬었다.

쫓아가서 인사를 해야 하나? 그렇지 않으면 천연스럽게 서 있다가 그가 먼저 인사할 때까지 기다려야 하나……. 그는 혼자 망설였다. 성구를 의심하던 생각도 아무것도 없어지고 혜련이가 참으로 왔다는 기쁨과 그를 어떻게 하여야 하는가 하는 자기의 태도 결정이 그의 가슴을 꽉 차게 했다.

그는 혜련이를 눈으로 지키면서도 그에게 가서 먼저 인사를 아니하기로 했다.

너무니 성급한 자기를 보여 주는 것이 도리어 부끄러운 노릇이있기 때문이다.

혜련이는 화신 앞에까지 와서 자기 사방을 주의 깊게 둘러보고는 전차 정류장으로 시선을 보내어 사람을 찾는 눈치가 분명했다.

동환이는 그러한 혜련이를 보자 도리어 눈을 다른 데로 향하고 혜련이를 못 본 척했다. 그렇게 조금 있노라니 혜련이가 옆에 와서,

"박 선생님 아니세요?"

하고 조금도 서슴지 않고 물었다.

"네, 최 선생이십니까?"

동환이도 넌지시 인사를 하니 혜련이는 대답 대신에,

"권 선생님 못 보셨어요?"

하고 마치 성구만을 만나려고 온 것 같이 물었다.

동환이는 가슴이 철렁 내려앉았다. 이때까지 혜련이만을 기다리던 마음이 너무나 섭섭했기 때문이었다. 그 말 한 마디가 즉 혜련이가 자기만을 만나려고 온 것이 아니라는 것을 넉넉히 알 수 있지 않는가. 그래도,

"네, 못 보았습니다."

하고 갈 테면 가라는 듯이 무기력한 표정을 지었다.

“그럼 안 오시는가…….”

혜련이는 일이 어떻게 된 것이라는 것을 눈치채고 경솔한 태도를 버리려고 혼잣말 비슷이 중얼거리고는,

“저는 권 선생님과 같이 오실 줄 알았어요.”

하고 말을 돌렸다.

바른 대로 말하면 성구가 아니 왔다는 것을 알자 동환이와는 인사말도 할 필요가 없이 그냥 돌아가고 싶은 것이 혜련이의 마음이었다. 그리 오고 싶지도 않은 길, 학교 교장이 어물어물하면서 다음부터는 그런 소문도 없게 공부나 잘 하라고 한 말이 결국 혜련이에게 죄가 없다는 것을 말해 준 것이다. 그래도 그런 말을 한 번 들은 이상 참으로 두 번 다시 교장에게 불려가거나 딴 선생에게 의심받을 일을 아니하고 싶은 마음에 성구와 같이나마 남자와 더불어 길을 걷고 싶지가 않았다. 집을 떠나 거리로 나올 때도 그 날 교장실에 다시 들어갔던 일이 생각났으며 이 날 밤 역시 어떤 선생에게 발각되지나 않을까 하는 겁이 컸던 것이었다. 그러나 성구와 약속한 것을 어찌하랴.

그 약속이 자기가 기쁘게 승낙한 것이 아니지만 그래도 성구가 떠나갈 때 약속한 것처럼 말하고 갔으니 반드시 그가 나왔을 것이요 또 나왔다 하면 공연히 기다리다가 헛물 키고 돌아갈 것이 마음에 안되어 그 자리에서 헤어지는 한이 있다 해도 나오기는 나와야 했다.

“미안합니다.”

동환이는 더 할 말이 없어서 이 한 마디로 자기 마음의 전부를 표현했다. 하기야 그 말이 자기에게는 가장 섭섭하다는 표현이었을 것이니까. 혜련이의 귀에도 비할 데 없는 실망에서 나오는 말이라고 들릴 수밖에 없었다. 참으로 동환이의 미안하다는 말 가운데는 자기가 말할 수 없이 가엾게 되었다는 탄식이 숨어 있었다. 비록 성구와 어떠한 약속을 했든 간에 그래도 서로 인사를 주고받을 만한 사이에 성구가 아니 왔느냐는 것을 듣고 낯빛을 고치는 것은 동환이로서 모욕을 당한 것처럼 느끼지 않을 수가 없었다. 그러나 자기의 고행을 다른 말로는 표시할 수가 없었던 것이다.

혜련이는 그 말을 듣자 조금 낯색을 붉혔다. 자기의 감정을 있는 그대로
발표한 것이었지만 비장한 어조로 말을 하고는 어찌할지를 몰라 고개를 숙
인 채 구둣발로 디딘 땅을 뜻 없이 밟으며 묵묵히 내려보는 동환이의 태도
가 몹시 측은해 보였다. 자기의 부주의를 스스로 책하게도 되며 따라서 그
의 기분을 어루만져 주어야 할 책임감도 드는 듯했다. 아무리 동환이 혼자
서만이 나오리라는 생각을 아니했다 하더라도 동환이에게는 그런 낯을 보이
지 않았어야 했을 것이 옳은 것이라고 생각됐다. 더구나 약속한 성구가 아
니 오고 동환이만을 보냈을 때 그들의 생각이 어떠한 것이었을까!
　“미안합니다. 권 선생을 만나 할 말이 있었기 때문에…….”
　“천만에 말씀입니다. 저는 아무렇지도 않습니다.”
　동환이는 될 수 있는 대로 나무람 하는 빛을 안 보이려 했다. 나무람이
아니라 자기 마음의 농요를 보이지 않으려 했다. 그러나 숨길 수 없는 우울
은 감출 수가 없었다.
　“어데루 걸을까요?”
　혜련이는 딱한 자리를 그대로 오래 끌고 싶지 않아 이런 말을 했다.
　“네.”
　동환이는 그 말도 반가운 줄은 모르겠다는 듯이 코 꿰운 소처럼 그러나
첫발에 혜련이의 뒤를 따랐다.
　어디를 가는지도 모른다. 그렇다고 어디를 가자느냐고 물어 볼 기력조차
없었다. 그저 자기가 불쌍만 해 보였다.
　될 수 있는 대로 사람의 눈을 피하기 위하여 종로 뒷골목으로 걸어가던
혜련이는 너무나 기운 없는 사나이의 발이 보기가 안되어,
　“어데로 갈까요?”
하고 먼저 물었다. 가기야 어디를 가랴? 될 수만 있으면 당장에 자기 집으
로 돌아가고 싶을 뿐이었다.
　“글쎄요.”
　동환이는 자기에게 아무런 의사가 없다는 듯이 혜련이와 거리를 멀찍이
두고 대답 아닌 말을 건네었다.

"기분 나쁘세요?"

혜련이는 관계가 깊지 않은 사람이지만 성구의 가장 친한 동무라는 생각과 또는 자기가 침울하게 산다 할지라도 자기 때문에 남까지 침울하게 만드는 것이 옳지 않다는 마음에서 동환이의 마음만은 풀어 주고야 돌아가려고 말을 시작했다.

"저는 원체 성격이 못되어서 속에 있는 것을 조금도 숨기지 못합니다. 거야 생판 모르는 사람이라면 저도 그만한 주의를 하는 것이지만 박 선생님은 만나기 전부터 권 선생님에게 많은 이야기를 들었고 또 권 선생님과 제일 친하시다는 말에 벌써부터 친한 듯한 느낌이 있어서 그런 것입니다. 너무 노엽게 생각하시면 제가 면목이 있습니까?"

동환이는 이 말을 듣자 조금 마음이 풀렸다. 풀렸다기보다도 그만큼 생각해 줌에도 불구하고 그대로 고깝게 여기고만 있는 것이 도리어 안되어 자기도 자기 마음을 풀어 보려 애썼다.

"괜찮습니다. 다르게 생각지 마십시오."

그러나 이 이상 더 길게 말을 할 수가 없었다. 너무 빨리 마음을 다르게 보일 수가 없었다.

"저는 요새 너무 생각을 많이 하고 있기 때문에 말하자면 신경질에 걸리지 않았는지도 모르겠어요. 용서하십시오."

"천만의 말씀입니다."

동환이의 마음은 점점 펴졌다. 혜련의 말이 무던히 참되었다. 자기의 사정을 고백하며 자기 마음을 풀어 주려는 것이 몹시 고마웠다. 그뿐 아니라 짐작할 수 있는 혜련이의 환경이 가슴 속에 떠오르기까지 했다.

"나쁜 줄 알면서도 누구에게나 좋지 않은 말만은 해 주고 싶어요."

혜련이는 필요 없는 말까지도 털어놓았다. 그러나 그래야 동환이가 자기에 대한 감정을 도로 가질 수 있으리라는 것을 잊어버리지 않았다.

그들은 얼마 동안 걸었다. 어느 새 수표교 다리를 지났고 예지정(禮智町)까지 왔다.

동환이는 혜련이에게만 말을 하게 하고 자기는 무뚝뚝한 태도를 가진 채 듣고만 있는 것이 안되어 자기 역시 무슨 말이건 이야기를 하고 싶어졌다. 하루 종일 연구실에도 안 나가며 혜련이를 만난 뒤 할 이야기를 생각해 본 자기였다.

그러나 장소를 변경시키지 않고는 말을 꺼낼 수가 없었다. 혜련이에 대해서 말할 수 없는 고적을 가졌던 것이 길거리에서였다. 조금 걸었다고 할지라도 같은 별을 바라볼 수 있는 거의 같은 길거리에서 달라진 표정을 보이고 싶은 기분이 도무지 나지 않았다.

"어데루 가 좀 앉을까요?"

그는 미리부터 생각해 두었던 가장 조용하고 가장 외따로 떨어진 찻집을 연상하며 말했다. 아는 사람들이 안 다니는 찻집에 가서 커피나 놓고 레코드를 듣는다면 자유스럽게 이야기할 수 있을 것 같았기 때문이었다.

"글쎄요. 어데두 갈까요?"

아는 데로 간다는 데는 극히 반대다. 그러나 장소를 말한 뒤에야 조건을 들어 반대할 수가 있을 것 같이 우선 동환이의 의견을 물었다.

"조용한 찻집으로 가지요."

"그런 곳엔 그만두십시다. 사람 있는 데는 좀 가고 싶지가 않아요."

혜련이는 그러한데서 아는 사람을 만난다면 덫 속에 쥐같이 옴짝 못할 것이 싫었다.

"그럼 어데루 갈까요?"

동환이가 되려 물었다.

"그냥 걷지요, 뭐."

동환이는 말을 꺼내기 위해서라도 방 안에 들어가고 싶었다. 그래서 혜련이가 어떠한 점으로든지 반대할 수 없는 장소를 한참 생각했다. 찻집이 아니면 음식점, 그러나 그곳 역시 적당치가 않다. 고급요릿집으로 가면 아주 조용할 것이다. 그런 곳에는 더욱 반대할 것이다. 돈이 많이 드는 것도 그리 달가워할 것 같지가 않았다.

"중국요릿집으로 갈까요?"

이 의견이 가장 적당한 것 같았다. 그런 곳에서야 아는 사람을 만날 리가 없을 것이며 또한 그리 천한 곳도 아니다.

혜련이는,

"앉아서 무엇 해요. 그냥 걸으며 이야기하시는 게 좋지 않습니까?"

하고 반대해 보았으나,

"무엇 때문에 안 가시겠다고 그러십니까? 음식을 먹기 위해서 가는 것두 아닌데……."

라고 하는 말에,

"그래두……."

라는 말로 고집을 한 번 더 세워 보다가,

"미안합니다."

하고 자기 집으로 달음질하듯 무턱 걸어가는 바람에,

"깨끗한 중국요릿집도 있나요?"

하고 동환이의 의견을 승낙해 버렸다. 만약 동환이가 자기 때문에 울적해하는 것을 목전에만 보지 않았대도 이렇게 자기 의사를 죽일 필요가 없었다. 성구가 동환이에게 아내가 있으나 아무래도 헤어질 부부라는 말을 하며 사귀어 보라는 이야기를 했으니 동환이가 자기에 대한 마음을 어떻게 가지고 있는지도 모를 뿐 아니라 첫인상이 그리 탐탁치 못했기 때문에 그와 빤히 마주 앉는 것이 그리 달갑지 않았다.

그러나 이 날만은 어쩔 수가 없었다. 동환이가 안내하는 대로 황금정 길옆 으슥한 중국요릿집으로까지 들어갔다.

들어가서 식탁을 대하고 마주 얼굴을 바라보니 공연히 들어왔다는 생각이 근거 없이 일어났다.

깨끗지도 못한 고뿌(컵)를 들고 와서 부시지도 않은 채 차를 부어 주는 급사도 그렇거니와 인적 없는 방에서 남자와 단 둘이 앉아 있다는 것이 마음에 꺼림칙했다.

누가 들어와 이런 곳에 왜 왔느냐고 꾸지람할 것 같은 초조가 또한 생겼다.

이렇게 애시 마음부터 들지 않는 곳에 할 수 없이 앉아 있는데도 동환이는 그 반대로 전과 달리 대담한 태도를 취한다. 급사에게도 무엇이 맛있느냐 또는 어느 것이 날래 되느냐는 등 아주 능란한 태도를 보였다.

동환이가 울적해 할 때는 자기가 잘못했다는 생각이 있어서 그랬는지 그에 대한 딴 생각이 별반 없었지만 이제 그 반대로 자기가 침울해지고 보니 동환이의 태도가 하나 하나씩 비위에 맞지 않는 것 같았다.

자기가 친절을 보여 줄 때는 아무런 생각이 없었지만 거꾸로 동환이가 자기에게 친절을 보여 주려 할 때는 그 친절의 의미를 밝히려는 생각도 들었다.

'무엇 때문에 나를 끌고 이곳에 왔을까?'

'어째서 성구 씨와 같이 오지를 않았을까?'

'성구 씨가 안 온 것을 놀라할 때 갑자기 섭섭한 표정을 보인 것은 무슨 때문일까?'

이런 생각을 하니 동환이를 시비하려는 것은 아니지만 그래도 그의 속마음을 확실히 느낄 수가 있었다.

혜련이는 그것이 싫었다.

상대자 의견을 물어 보지도 않고 혼자 궁리를 해 가지고는 이런 계획을 꾸몄다는 것이.

자기는 남자를 이성으로 사귈 수 없는 형편이다. 형편이라기보다도 자기 마음이 그런 것을 도저히 허락지 않는다. 이성에게서 행복을 찾겠다는 것은 하잘것없는 꿈일 뿐 아니라 자기에게는 죄악 같은 무서운 것이다. 세상에서 다만 하나뿐이 남은 딸 연자에 대한 면목과 의리가 없어지고 마는 그러한 죄악을 어찌 자기 손으로 지을 수 있을 것인가. 그러나 동환이는 아무도 없는 방에 한 여자와 마주 앉아 같은 공기를 마시고 있다는 것이 몹시 만족한 모양이었다.

"공부하시는 재미가 어떠하십니까?"

하고 나쁘게 말하면 주제넘은 태도로 말을 했다.

"그저 그렇지요."

혜련이는 달게 대답을 아니했다.

"저는 퍽 감사했습니다. 지금 공부를 다시 시작하신다는 것이 퍽 힘든 일 같아요."

"아무때라도 자기가 필요를 느껴 하는 데야 감사하실 게 있습니까?"

"그럴까요?"

동환이는 이 말을 조금도 딴 의미를 가지고 하지 않았다. 다시 더 물어 볼 말이 없었기 때문에 그렇게 해 둔 것이었다. 그러나 혜련이는 아주 다른 뜻으로 해석해 버리고 말았다. 즉 자기의 말을 의심하거나 조롱하는 것으로 들었다.

나이 든 여자로 더욱이 시집갔던 과부로 이제 공부를 시작한 것이 도대체 어떠한 필요에서 나온 것이냐고 반문하는 것 같을 뿐 아니라 아무리 네 말이 그럴 듯하다 해도 다 알고 있다는 것 같이 들렸다.

숙희도 자기가 공부할 때 서울 가서 마땅한 남자를 만나 재혼하라는 뜻의 말을 했다. 그때는 자기도 그 말을 나무람 아니할 만큼 거기에 대한 마음도 없지 않았지만 지금에 그와 같은 말을 듣는 것은 자기를 모욕하는 것이라고 밖에 더 해석이 되지 않았다. 그 말이 딴 사람의 입에서 나왔다 해도 조금 나을지 모른다. 딴 생각을 둔 동환이가 그런 말을 했다는 데는 참을 수 없는 분노가 솟아올랐다.

"몰라 주는 사람에게야 할 수 없지요."

하기야 좀더 시원한 말을 하고 싶었으나 그래도 자기 체면도 보아 이렇게 말을 하고 말았다.

동환이는 뚱딴지같은 말에 대체 무슨 말을 하는가 하고 의심을 했으나 자기가 혜련이의 사정을 조금도 모른다는 뜻으로 해석하여,

"성구 군에게 들어 저도 대강은 짐작합니다."

하고 부언을 붙였다.

혜련이는 그 말이 더욱 싫었다. 무엇이든 간에 자기에 대한 것을 안다는 것이 불쾌했다.

자기의 일을 무엇 때문에 알았으며 알았으면 왜 안다는 말을 하는 것인가.

혜련이는 동환이의 얼굴을 쳐다보았다. 미운 사람을 눈으로 힐난하는 의

미였다.

동환이의 얼굴에 그리 악의가 있는 것은 아니었지만 생기가 없는 살색이며 빈약해 보이는 모습이 어딘가 부족한 점을 느끼게 했다. 더구나 많지 않은 수염을 깎지 않아 좀먹은 머리같이 징그러운 맛을 주었고 부러진 안경다리를 세비로 양복에 어울리지 않게 실오리로 매어진 것은 너무나 미관을 무시하는 것 같은 말하자면 자기 몸 하나도 거두지 못하는 불쾌를 주었다.

좋지 않게 보아서 그런지 무엇 하나 마땅해 보이는 것이 없었다. 그러나 자기가 앉은 자리가 점점 싫어질 뿐 아니라 자기의 감정까지 침침해지는 것이 자연한 노릇이었을 게다.

혜련이는 갑자기 우울해졌다.

무엇 때문에 동환이 희망을 거역치 못하고 이러한 곳까지 따라왔으며 무엇이 겁나 이때까지 쓸데없는 말을 주워섬기어 동환이의 미음을 기라앉히려 애썼던가?

자기가 너무나 약하여 부질없는 일을 했다 하고 생각하니 동환이보다도 자기가 미워지었다. 아무래도 자기는 여자다. 여자의 몸으로 항상 자기 신변을 삼가야 하는 것이 가장 큰 직책이다. 주책없이 남의 감정을 안무해 주려다가 도리어 자기가 괴로움을 당해 보는 것은 마땅한 보수이리라. 이렇게도 생각하니 동환이의 말을 들어 주고 그가 하자는 대로 요릿집까지 와서 앉은 것이 앞으로 어떠한 일을 일으키게 할는지 또는 그로서 동환이가 자기를 어떻게 생각할는지가 몹시 의심스러웠으며 겁이 났다.

그는 겨우 공부를 계속 하게끔 가정교사 자리가 났다는 인선의 말을 연상했다. 다른 사람의 힘을 얻어 가면서까지 공부를 해 보겠다는 자기가 비록 마음에는 없지만 사내와 같이 마주 앉아서 이런 생각 저런 생각한다는 것부터 마땅치가 않아 보였다.

혜련이는 울고 싶었다. 자책에서 나오는 괴로움이 그의 머리를 어지러 놓게 했으며 하소할 수 없는 분노가 안타까이 몸을 소슬케 했다.

음식이 들어왔을 때 혜련이는 소독저를 찢어 놓았을 뿐 그도 동환이의 권에 못 이기어 찢었지만 젓가락질은 한 번도 아니했다. 동환이도 식욕이 나지 않는지 께적거릴 뿐 그리 음식을 입에 넣는 것 같지 않았지만 그래도 혜련이에게는 끊임없이 권했다.

"못 먹겠습니다."

라는 단 한 마디 말을 서너 번 되풀이하며 종시 젓가락을 들지 않은 혜련이는 때로 동환이의 얼굴을 쳐다볼 뿐이었다.

자기를 미워하는 동시 세상 사람이면 누구나를 물론하고 미워하고 싶은 충동이 컸기 때문에 뚫어져라 하고 보았다.

어떤 때문인지도 모르고 자기를 정시해 보는 혜련이의 눈초리와 부딪치기가 안되었는지 말없이 또는 무리한 자기가 적적해서 그런지 동환이는 얼굴을 숙이고 담배만 피우고 있었다.

종시 입에서 그칠 줄 모르는 연기가 푹푹 하고 소리를 내듯이 뭉게뭉게 방 안으로 올라 흩어지는 것을 보자 혜련이는 그도 미워졌다.

무슨 돈이 많아 돈을 연기로 날려보낼까! 남는 것도 없고 신통한 맛도 없는 그 연기를!

혜련이는 담배를 빼서 문 밖으로 내던지고도 싶었으나 묵묵히 앉아 눈을 점벅점벅 하는 동환이의 태도가 그런 용기를 도리어 죽이게 했다.

성구와 같이 악의가 없는 사람이다. 거기에다 수줍음까지 있는 사람이다.

아무리 인상이 나쁘다고 하더라도 그 사람을 모욕하고 그 사람을 괴롭게 한다는 것은 결국 자기가 경박하다는 것을 보여 주는 것밖에 아무것도 없을 것이며 따라서 그렇게 함으로 하여 자기에게 돌아올 이익이란 조금도 없을 것이다.

혜란이는 동환이를 아니 보기로 했다.

안 보고 안 미워하는 것이 도리어 자기 마음을 안정시킬 방편일 것 같아서.

그때 동한이가 다시 말을 꺼냈다.

"왜 안 잡수십니까?"

물어 보는 말이 먹으라는 말보다도 은근했다. 안 먹는 것도 자기의 책임인 것 같이 미안해하는 얼굴이라든가 제발 방 안 분위기를 달리 만들어 달라는 듯한 어리어리한 태도가 새빨간 진심을 가진 어질고 온순한 사람 같이 보였다.

혜련이는,

"네."

하고 이때까지 입에 대보지 않은 덴뿌라를 한 젓가락 집어먹었다. 자기가 동환이에 대해서 너무 무심했다는 것이 죄스럽게 생각된 때문이었다.

따지고 본다면 더 냉정해야 할 것이며 죄스럽게까지 생각할 필요가 없을 것이지만 자기가 먼저 말을 꺼내지 않는 한 말 한 마디 자유스럽게 못하는 동환이가 측은해 보였다. 그것이 아마도 혜련이 자신이 못 가질 것으로 여기는 감정의 세계일는지도 모른다.

도리어 동환이가 젓가락질을 아니하는데도 혜련이가 요리를 일심으로 먹고 있다는 것은 동환이의 마음의 어떤 부분과 자기 마음이 합치되는 점에서 동환이의 외로움을 동정하는 뜻일지도 모른다.

웬일인지 모르게 고적해 보이는 동환이와 세상에서 외톨나게 외로운 자기가 외롭다는 그 점에서 공통되는 것 같이 느꼈다면 그것은 동환이를 동정하는 것보다 자기 자신을 좀더 불쌍히 여기는 것일지도 모르지만…….

"박 선생님, 가십시다."

얼마쯤 음식을 먹다가 혜련이는 동환이를 쳐다보며 말했다. 그 자리가 괴로운 모양이었다.

"네, 가십시다."

동환이는 명령이 내릴 것을 기다리고 있던 하졸처럼 그러나 규칙적인 용기만은 얼핏 대답을 하고는 먼저 일어섰다.

그들은 황금정 전찻길까지 말없이 걸었다.

"어데루 갈까요?"

"집으로 가지요."

혜련이는 집으로 돌아가야 하겠다고 했으나 그래도 꼭 가야 할 일은 없는 것 같이 느꼈다.

동환이는 다시 어디로 가자고 꼬이지를 못했으나 말없이 창공의 둥근 달을 바라보는 얼굴에는 아무래도 어디로 걷고 싶다는 의사가 나타났다.

혜련이도 동환이의 고개를 따라 거의 반사적으로 밤하늘을 쳐다보았다. 서울 온 뒤로 달을 보지 못했고 달이 밝으리라는 생각도 못했던 그가 반짝이는 작은 별을 비추어 더욱 윤택케 하는 둥근 달을 쳐다볼 때 비로소 자기에게도 과거와 기억이 있는 사람이 된 듯한 말할 수 없는 정서가 떠올랐다. 쓸쓸해 보이는 달은 자기와 같이 과거만을 가지고 이제는 밤하늘만을 어린 별들과 같이 걸어가야 하는 자기의 비감함을 말하는 것 같았다.

"남산에나 올라갈까요?

"늦지 않았을까요?"

혜련이는 동환이의 말이 반가웠다. 어디로든지 걸으면서 달을 좀더 가까이하고 싶었던 까닭이었다.

혜련이는 남산에 오를 때까지 누구를 만나면 어찌하나 하는 겁도 덜 가졌으며 동환이에 대해서는 어떠한 주의를 해야 되겠다는 생각도 없어져 버리고 자기의 과거 생활을 쭉 늘어놓았다. 어떤 편으로 보아 그런 이야기가 동환이에게 환멸을 줄 것이라는 생각도 없지는 않았지만 무엇보다도 자기의 과거를 회상해 보고 싶다는 달의 충동이 더욱 컸을 게다. 그래서 자기의 옛날이 물질적으로 보아 지금과 극반대의 호화로운 생활이었다는 것과 지금의 학교생활을 그때는 꿈도 못 꾸었다는 말하자면 자기의 역사를 대충 말했다. 그러나 어느 생활이 더 행복스럽다는 것과 어느 생활이 더 불행하다는 것은 말하지 않았다. 언제부터 언제까지 불행 속에서 사는 것 같다는 주관을 가지고 이야기를 계속했다.

동환이도 그 뒤를 이어 자기의 과거를 말했다. 중학을 졸업한 뒤 얼마 동안 사상운동을 하다가 몇 해만에 집에 돌아가서 너무나 아들에 대한 기대와 걱정을 크게 가지고 있는 부모네에게 얼굴들 면목이 없어서 무엇이나 그들의 의견을 좇기로 하여 얼굴도 못 본 여자와 결혼을 했고 따라 남의 자식에 비하여 아버지로의 우월감을 가지려는 그들의 소원을 풀어 주기 위해 전문학교까지 졸업했다는 것을 말했다.

혜련이는 동환이의 말에도 흥미를 느꼈다.

그 역시 수난 속에서 살았다. 더구나 그의 비극은 유약한 성격과 부모에 대한 의리를 지켰다는 아름다운 마음에서 나온 것들이다.

그러나 듣는 것보다 무엇이나 들려 주고 싶은 것이 혜련이의 마음이었다.

전남편에게 자기의 정성을 다 못했다는 말이며 그렇기 때문에 그가 불쌍했다는 말하자면 자기의 기억 가운데서만 이해할 수 있는 말까지 했다.

"저는 다시 결혼한다 해도 남자를 행복스럽게 못할 것 같아요. 남자가 아내를 위하여서만 살 수 없다는 것을 알면서도 저는 결혼이라는 그 둘레에서 벗어나지 않을 정도까지 아내를 떠난 개인행동을 함부로 해서 괜찮다는 특권을 남자들이 자랑하는 것을 반대하지 아니할 수 없거든요. 그것이 저의 불행인 줄 압니다마는 알면서도 그런 생각을 버리지 못했기 때문에 그이(남편)나 제가 꼭 같이 불행했지요."

이런 말을 자기가 전남편 철식이에 대한 미련에서 나온 것일 것이나 그런 말을 할 때는 자기가 그만큼 재혼을 못할 여자라는 것을 동환이에게 알리려고 했다.

숲 사이를 달빛에 생전 처음 소나무 그림자를 밟으며 혜련이는 몇 해 전의 세계에서 헤매고 있었다.

동환이는 묵묵히 듣기만 하며 걸었으나 그는 혜련이의 이야기를 두 번 세 번 씹어 그 뜻을 뇌리에 새겨 둘 만큼 명심했다. 소설 쓰는 사람인지라 말하는 여주인공의 심리까지를 해부해 보았다.

자기의 결혼생활을 아름답게 여기지 않으나 남편에 대한 미안함을 가지는 것은 그래도 그 결혼에 미련을 가지는 것이며 과거 결혼생활에 비추어 앞으로는 다시 결혼을 못하겠다고 하는 말은 결국 좀더 행복스러운 가정을 꿈꾸는 내적 요구에서 나오는 것이라 해석했다.

그래서 그런지 두 사람이 각기 하는 말과 듣는 말에 도취가 되어 서울 장안의 전깃불을 한눈으로 바라볼 수 있을 곳까지 이르러서도 이야기를 중단시키지 않았다.

"어이."

그때 어디선가 누구를 부르는 소리가 났다. 허나 혜련이는 그 소리도 못

듣고,

"그래도 죽은 시체를 가지고 조선으로 돌아올 때만은 너무 심하게 해 주었다는 생각이 듭디다."

하고 이야기를 계속할 즈음 구둣발 소리가 들릴 만큼 가까운 데서,

"어이."

하는 소리가 그들을 향해서 들려 왔다.

혜련이와 동환이는 꼭같이 발걸음을 멈추고 뒤를 돌아다보았다.

확실히 뒤에서는 사람의 그림자가 보이며 그 그림자는 자기들을 바라보고 오는 것이 분명했다.

"기다리고 있어."

하는 말이 자기들에게 하는 말이 분명했다. 구두 소리와 칼 소리, 그것은 남산을 순시하는 경관이었다.

그들은 잘못 왔구나 하는 생각을 가지자 얼굴에 소름이 끼치는 것을 느꼈다.

"파출소로 가요."

옆에까지 와서 두 사람의 얼굴을 둘러보던 경관은 딴 말 할 필요가 없다는 듯이 앞을 서서 걸었다.

파출소까지 들어간 뒤 혜련이가 학생이고 동환이가 전문학교 연구생이라는 것을 알자 경관은 날카로운 눈으로 힐책하기를 시작했다.

"여기가 연애하라고 만들어 논 곳인 줄 알아? 나이가 엔만큼 들었으니 연애도 할 때라는 것은 짐작하나 집에서 보내 주는 돈으로 공부를 합네 하고 이런 데를 돌아다니기만 한다면 그래 부모에 대해서 부끄럽지가 않나 말이야. 또 연애를 하려거든 집에서 할 것이지 밤을 타서 이런 데루 여자를 끌고 다녀."

하고는 혜련이와 동환이를 번갈아 가며 책망을 했다. 옆에 둘러선 딴 경관들은 구경감을 바라보는 것 같은 태도와 고소하게 여기는 표정으로 싱글싱글 웃었다.

혜련이는 말할 수 없이 부끄러웠다. 더구나 두 사람은 꼭 연애를 하는 것

이라고 단정한 뒤 타일러 주는 말이 억울하기도 했다.

"나이 들어 공부를 시작했으니 아무리 여자라 해도 자기가 학생이라는 것은 알겠지."

누구보다도 여자의 잘못이라 듯이 경관은 혜련이를 일층 더 책했다.

"요새 여학생들은 공부보다 연앨 더 하는 모양이지. 그래 몇 번이나 남산엘 같이 산보했어?"

혜련이는 대답을 못했다. 너무나 기막혀 가슴이 답답해 숨도 가빴다. 연애를 하는 것도 아니며 연애를 하기 위하여 산보를 하는 것도 아니다. 생각하면 동환이가 원망스러울 뿐이었다.

"생각해 봐. 학생의 신분으로 연애하느라고 산보를 다니다가 경관에 붙들려 이런 책망을 듣는 것이 그래 유쾌할 일이야?"

혜련이는 대답 대신에 눈물을 흘렸다. 사람들이 자기에게 시선을 집중시키고 있는 것을 알지만 저 혼자 쏟아지는 눈물을 걷잡을 수가 없었다. 학생, 자기와 같이 남다른 학생으로 공부를 안 하고 남자와 산보를 다니며 따라 과거의 쓸데없는 생각을 센티멘털하게 생각하던 자기가 몹시도 후회 났기 때문이었다.

못할 짓을 했다. 경관에게 충고를 받을 만한 자기다. 남에게 경고와 책망을 받아야 할 만큼 되었던가 하는 생각과 안 받아도 괜찮을 일을 당하는구나 하는 착잡한 생각까지도 걷잡을 수 없이 가슴을 어지럽게 했다. 더욱이 경관의 말이 함부로 하는 것이 아니라 어딘가 부드러운 맛이 있어 반성을 하게 하므로 혜련이는 괴로웠다.

"울기까지 할 필요는 없어. 물론 말 듣는 것이 싫겠지. 말하는 나도 남이 좋아하는 것을 나쁘다고 말하는 것이 싫어. 하지만 여학생들이나 남학생이 전부 연애나 하고 다니게 된다면 어쩌겠느냐 말이야."

경관은 다시 발견되면 학교에 보고해서 퇴학시키도록 하겠다는 말과 또는 동환이에게 공부나 해야 될 여학생들을 꼬여 산보나 다니면 못쓴다는 설유를 하여 그들을 그대로 내보내 주었다.

혜련이는 눈물을 끊고 밖으로 나왔으나 머리를 들지 못했다. 하늘에 뜬

달과 별이나 길 옆에 선 소나무에게까지도 얼굴들 면목이 없으며 부끄러웠다.

동환이 역시 봉변을 당한 것이니 전부 자기의 책임같이 느껴,

"미안합니다."

라는 말 한 마디 외에는 아무 말도 못했다.

누구를 탓할 것이야 없지만 자기의 운이 너무나 불길한 것 같을 뿐 아니라 다시 두 번 입 밖에 내고도 싶지 않은 일이 죽고 싶게 분하기도 했다. 앞으로 혜련이와의 관계가 어떻게 되리라는 것을 예상할 여유도 없이 억울하고 분하고 안타까운 생각만이 가슴에 그득 찼다.

"무슨 일이람."

동환이는 혼자 중얼거리며 자기의 머리털을 뜯었다. 혜련이와 같이 울 수는 없지만 어디로 쑥 들어갔으면 좋을 성싶었다.

너무나 비참하고 불쌍한 자기의 존재가 두 번 다시 혜련이에게 연상될까 두렵기까지 했다.

차라리 혜련이를 두 번 다시 만나지 않는 것이 자기의 위신으로 보아 나을 것 같이 느껴졌다.

혜련이 역시 동환이와 두 번 다시 마주 앉지 않아지기를 바랐다.

동환이 때문이었다는 작은 생각은 전혀 없어졌지만 그래도 동환이에 대해 좋은 인상은 조금도 가질 수가 없었다.

영원히 만나지 않아야 할 사람이라고 생각하였다.

철이 예전보다 늦어 그런지 못 견디게까지 덥지는 않건만 각 학교에서는 방학식을 했고 시골에 고향을 둔 학생들은 집에 돌아가기에 바빴다.

혜련이 여학교에서도 방학식을 거행했으며 다른 학생들에게 지지 않을 만큼 바쁘게 혜련이도 방학하는 날로 짐을 꾸렸다.

짐이래야 별로 많은 것도 아니지만 방학 동안에 빨아서 지어 놓을 옷가지와 책들을 싸는 데도 마음이 바빠서 그런지 혜련이는 혼자서 서둘렀다.

사실 그는 마음이 바빴다. 성구도 만나기로 약속을 했으며 가정교사로 매

일 다니던 집에도 인사쯤은 가려 했다.

벌써 오정이 훨씬 지났으니 짐을 다 싸고 그들을 만난 뒤 저녁 아홉 시 차로 떠나기도 바쁘려니와 그 사이에 거리로 나가서 연자의 선물도 조금 사야 했다. 그뿐 아니라 서울을 떠나 고향까지 가는 도중 만나 볼 사람이 많으며 그들이 모두 보고 싶은 동무라는 데에 한시빨리 떠나고 싶은 생각도 들었다. 그들이 만나고 싶은 것도 얼마 전부터 기다리던 일이지만 몇 달 전부터 발병을 앓는다는 연자가 더욱 보고 싶어 마음이 급했다.

이런 일 저런 일 할 것 없이 짐을 싸는 그의 손은 감옥에서 출옥하는 사람이 자기 옷을 받아 꾸리는 때 이상으로 떨었다.

큼직한 가죽가방에 그득 차도록 짐을 집어넣고 난 뒤에도 그는 무엇을 잊은 듯한 생각에 자기 방 안을 둘러보았다. 혼자 있는 방 안에 걸어 놓았던 외복을 하나 빼지 않고 전부 걷이치운 뒤라 니무나 허진하게 보였다.

인선이가 가정교사 자리를 얻어 준 뒤로 몇 달 동안이나 사귀어 논 방이기 때문에 그 방을 비워 두고 한 달 넘어나 떠나 있을 생각을 하니 그 동안 하숙 주인이 방을 어떻게 쓸까 하는 궁금증도 생기기는 했지만 주인이 들어와 보고 방을 어지럽게 썼다고 비방이나 하지 않을까 하는 생각에 종이 한 조각도 남아 있지 않게 방을 쓸었지만 방을 쓸면서도 방학 동안 필요한 것이 더 없나 하고 생각했다.

그러나 연자 줄 장남감이나 사서 넣으면 그뿐이라는 생각밖에 별다른 생각이 안 날 때 혜련이는 시계를 들여다보았다.

벌써 한 시였다. 성구가 올 때가 거의 되었다. 땀을 씻기 위해서 찬물에 세수를 했다.

수건에 물을 챙겨 가지고 방으로 들어와서는 입었던 적삼을 벗고 팔과 겨드랑이까지 닦았다.

덥기도 더우려니와 몸에서 나는 땀내를 없애려고 하는 때문이었다. 자기가 비록 빈곤한 생활을 하지만 남에게 추하게 보이지 않을 만큼 몸 간수만은 하고야 견디는 성질이다.

아무리 자기 집을 찾아올 만큼 친한 사람이거나 동성 동무와 같이 허물 없게 지내는 성구일망정 자기가 보기 싫은 꼴을 그에게 보여 주고 싶지 않았다.

혹시 옷을 벗고 있는 사이에 성구가 오지 않을까 하고 바삐 수건질을 했으나 그새 성구는 보이지가 않았다. 그는 새 적삼을 입고 양말까지 신은 뒤에는 다시 자그마한 거울을 마주 앉아 화장을 시작했다.

몇 달 만에 고향 가는 여학생이니만큼 좀더 모양을 내고 싶은 생각도 없지는 않았을 것이나 그는 그런 생각보다는 화장 아니한 늙은 얼굴이 보기 싫지 않을 정도로 크림 위에 분을 발랐고 따라 눈에 보이지 않을 만큼 구지베니를 칠했다.

아닌 게 아니라 분칠 아니한 그의 얼굴은 자기 눈으로 보기에도 늙었다. 스물여섯밖에 안 된 여자의 얼굴이 삼십도 넘어 보인다. 원체 스물 안팎인 처녀 틈에 끼어 학교엘 다니기 때문이어서 그런지 늙어 보이는 얼굴이 남부끄럽기도 하며 또 그런 얼굴을 연상할 때마다 자기가 나이 들었다는 것을 새삼스럽게 느끼게 되는 것이 싫어 그는 아무리 바쁜 일이 있다 할지라도 화장만은 정성으로 해 왔다.

아직 분갑도 치우지 못하고 거울을 보고 머리에 빗질을 할 때,

"최 선생 계십니까?"

하는 성구의 말이 들렸다.

혜련이는 번연히 알면서도,

"누구십니까?"

하고 빗질을 하며 물어 보니,

"알 만한 사람입니다."

하고 성구가 툇마루 위로 올라왔다.

"모양을 상당히 내시누만."

"그래야 이뻐지지요."

"시집도 못 갈 색시가 이뻐서는 무엇 하노."

성구는 반말 짓거리로 농담을 하며 들어오라는 말도 하기 전에 선뜻 방에 들어앉았다.

“권 선생님 부인은 화장도 아니합니까?”

혜련이는 지지 않겠다는 듯이 대꾸를 하며 빗질하던 손을 멈추지 않았다.

“왜 안 해요. 남편 있는 색시야 조금이라도 곱게 보이려 하니까 화장하는 것이 당연하지요.”

성구는 거짓말을 했다.

비록 지나가는 농담이지만 숙회를 통해서 알게 된 동기가 혜련이의 결혼 중심이었기 때문에 아주 단념한 듯이 결혼을 반대해 오는 혜련이를 만날 때마다 그 점에 대해 빈정거리는 말이 자연히 나왔다.

한 달 전에 명심이와 결혼까지도 했으니 이제는 마누라라고 해도 괜찮으나 그의 마누라는 화장을 즐기지 않는 여자다. 몰락한 집안에서 아낄 줄만 알며 자라난 여자가 되어 그런지 돈을 몹시 아끼며 서울 태생이라고 할지라도 결혼 뒤에는 크림쯤은 바른다 할지라도 분도 바르기를 싫어할 만큼 질소하다.

그러니 결혼을 반대하는 여자에게는 어떠한 이야기로든지 결혼에 대한 흥미를 끌도록 해야 된다는 선입견이 있기 때문에 그런 것까지도 속였다.

“곱게 보일 데가 없는데도 화장은 해야 하는 것이 여자의 운명이니까 나야 할 수 없이 하지요.”

혜련이는 조금도 딴 사람을 부러워하지 않고 아주 단념하고 달관한 태도로 말했다.

“그 운명이라는 게 최 선생에게만 한 한 것이 아닐는지요?”

성구는 어디까지든지 자기의 태도를 버리지 않았다.

“그렇다고 해서 할 수 없지요.”

“그야 할 수 없는 노릇이지요. 자기가 자기의 운명을 그렇게 만들어 놓는 데 대해서야 누구를 탓할 수도 없는 것이니까. 그러나 나는 암만 해두 최 선생의 마음을 모르겠습니다. 아무리 어린애에 대한 책임이 있다 할지라도 그런 것까지 이해하고 또 이해할 수 있는 남자가 있다면 구태여 쓸데없는 관념에 빠져 자기를 불행하게 할 필요가 어데 있는가? 물론 그런 사람도 만나기가 힘든 노릇이고 모성애를 가진 어머니로서 자식에 대한 그만한 의리를 가지는 것 역시 당연한 일이지만 그렇다고 해서 자기의 환경도 생각은 해야 하지 않아요?”

성구는 혜련이를 만날 때마다 동환이에 대한 미안한 생각도 들었지만 혜련이가 마음을 달리 가지게 된 것이 학교에 입학한 뒤의 일인 것을 알기 때문에 기회만 있는 대로 이러한 말을 몇 번이고 되풀이한 바 있었다. 언젠가 혜련이와 남산공원엘 갔다가 봉변을 당한 뒤 아직까지 동환이는 혜련이를 찾아가지 않았으나 그래도 말없는 동환이의 혜련이를 생각하는 마음은 성구로선 잘 알고 있다. 이따금씩 하는 말이 잊어버린 사람을 무엇 때문에 생각하는지 모르겠다고 한탄 비슷한 한숨을 내쉬기도 할 뿐 아니라 오늘은 성모 보육 학생들을 길에서 보았는데 혜련 씨도 잘 있는지 하며 은근히 혜련이의 말을 물어 보는 기미가 아직까지 혜련이를 상당히 생각하고 있음이 분명했다. 지금 동환이와 같이 있지 않고 명심이네 기거를 하기 때문에 매일 같이 그의 감정을 알 수 없으나 성구는 동환이를 만날 때마다 다시 혜련이에 대한 말이 나오지나 않나 하고 미안한 마음에 도리어 겁을 집어먹는 때도 있었다. 그러나 혜련이는 벌써 그런 말이 나오기만 하면 동환이의 이야기를 가슴에 품고 하는 말이라는 것을 알고 있다.

“고맙습니다. 그러나 감정과 의지가 다 같이 허락지 않는 것을 어찌합니까? 나도 때로 자신도 모를 고적을 느끼고 울적해할 때는 알지 못하는 무엇을 그리워하는 것 같기도 하나 대체 무엇을 그리는가 하고 생각하게 될 때는 그런 생각이 도망가니까요. 참으로 내가 불쌍한 줄을 알면서도 할 수 없어요.”

“네에, 잘 알았습니다. 그만두십시다.”

성구는 더 이야기할 필요가 없는 듯이 말을 막고는 지나가는 이야기로 해 둔다는 듯이 한 마디 덧붙였다.

“동환이가 문안합디다.”

그러나 이 말은 동환이에게 부탁 받은 것도 아니요 그의 입에서 들은 것도 아니다. 한 번 혜련이의 반응을 다시 들어보겠다는 뜻이었다. 혜련이를 만나러 오기 전에 동환이를 만나 혜련이가 방학하고 청진으로 간다는 말까지 해 주기는 했으나 동환이는 그저 들을 뿐 아무 말도 없었던 것이다.

"참, 나두 문안한다구 전해 주십시오. 그이한테는 미안한 생각이 여간 크지 않아요."

"미안한 생각이 있거든 직접 말하세요. 내가 무슨 배달분 줄 아시는 모양이지……."

"싫거든 그만두세요. 누가 뭐 그리 안타깝게 부탁이나 하나요. 말은 자기가 먼저 꺼내구선……."

성구는 종시 말로 해서 못 건지고 말았다.

동환이에 대해서 자기가 가지는 의리만으로써는 혜련이를 설복시킬 수가 도저히 없었다.

남산 사건 이래로 동환이를 절대 안 만나겠다는 혜련이를 꾸중하고 동환이를 좀더 추켜 주고 싶기는 했으나 이미 돌아올 수 없게 기울어신 마음에 그런 말이 도리어 악과를 낼 것 같기도 하며 또 자기 위신을 보아서도 싫다고 언명한 것을 되풀이할 수가 없었다.

그뿐 아니라 생각할 여유도 없이 마음을 함부로 내쫓는 사람에게 말이 그리 필요치 않을 것 같았다. 그래서,

"밤차가 아홉 시 몇 분이지요?"

하고 말을 딴 데로 돌리고 말았다.

"아홉 시 이십 분이던가요. 그러나 정거장에는 안 나오셔도 좋습니다. 신혼살림에 자꾸 나다니시어서 되나요."

"천만의 말씀입니다."

성구는 자기도 모르게 이런 대답을 했으나 말을 하고 생각해 보니 너무 점잖은 것 같아서,

"참 오늘밤엔 마누라하구 물건 사러 가기로 했기 때문에 못 나갈지도 모르겠습니다."

하고 시치미를 뗐다.

"참이에요. 나오시지 말으세요. 저 때문에 두 분이 재미를 못 보시면 됩니까?"

혜련이는 화장도구를 거두어 트렁크에 넣으면서 몹시 점잖게 말했다.

사양이라든가 필요 없는 체면 같은 것은 두 사람에게서 없어질 만큼 친해졌다. 그런 사이가 되어 그런지 혜련이의 말은 도리어 어색하게 들려,

"그렇게까지 염려를 안 하시면 어떠세요?"

하고 성구가 물었다.

"염려가 아니라 참말입니다."

혜련이의 얼굴에는 엄숙한 표정이 돌았다. 엄숙이라기보다 침울한 기색이었다. 자기가 가장 친하다고 믿는 성구가 자기 이외의 여자와 결혼을 하였고 그 여자를 자기보다 더 생각할 것이 분명하다는 생각이 떠올랐기 때문이다.

지금의 자기의 성구에게서 자기만이 느낄 수 있는 체취를 받겠다는 마음을 가질 수 없고 그가 딴 여자와 결혼했다고 해서 원망할 만큼 그렇게 실면한 것도 아니지만 그래도 마음으로 믿을 수 있는 오직 하나인 성구를 딴 여자의 남편으로만 생각하기는 가슴 한편 섭섭한 것이 있었던 것이다. 자기 스스로 생각해도 부질없는 일이요. 부끄러운 것이나 아직까지 그런 생각을 완전히 내버릴 수 없는 것은 자기로서도 어쩔 수 없는 일이었다.

마음의 전부를 바치는 사람이 상대자에게서 받는 것이 그의 일부분밖에 안 된다는 것을 느낄 때 자연히 일어나는 불복일는지도 모른다.

아무리 성구가 믿음직하고 그가 자기에게 진실을 다 해 준다 해도 그것이 자기의 아내를 위해 주는 것과 도저히 비교할 바가 못 될 것이다. 그래서 그런지,

"선생들이 나올는지도 모르니까 그만두세요."

하고 다시 성구의 전송을 거절하는 그의 마음은 몹시 적적했다.

"참 그렇기는 하겠구만요. 만약 최 선생에게 불리하다면 도리어 안 나가는 것이 좋을 테니까……."

성구는 혜련이의 말이 자기의 전송을 참으로 거절하는 것 같은 태도에 정거장까지 나가려던 마음을 약간 돌렸다.

자기가 마누라와 약속한 일이 있다는 것도 빈정거려 보자는 말에 지나지

않을 뿐이며 그리 대수롭지는 않은 일이지만 혼자 떠나는 혜련이를 정거장
까지 바래다 주겠다는 것이 그의 첫뜻이었다. 그러나 정말 나오는 것을 꺼
린다면 안 나가는 것이 혜련이를 위하는 것 같기도 했다.

허나 혜련이로서는 그렇게 쉽사리 자기의 말을 들어 주는 것이 자기의 마
음을 더 아프게 했다. 그러리라는 생각이 들어맞을 뿐 아니라 성구의 마음
이 미리부터 정거장에까지 나와 줄 성의가 없었다는 것처럼 생각들었다.

"미안합니다. 너무 비웃지는 마세요."

그래도 혜련이는 자기의 섭섭한 마음을 그대로 표시하고 싶지가 않아 성
구를 거절한 말에 대해서 도리어 용서를 청했다.

"천만의 말씀입니다."

"편지나 종종 해 주세요. 것두 바쁘시거든 그만두시고."

히고 난 뒤에 생각하니 잘못한 것 같으나 혜련이의 입에서는 이런 말이 지
절로 나왔다.

"네, 하지요."

조금 이상한 말이 귀에 거슬렸으나 성구는 조금도 딴 의미로 해석하지 않
으려 했다. 그러나 마음에 없는 말을 하는 혜련이는 성구의 몸을 쥐어흔들
며 어째 사람의 눈치를 모르느냐고 고함을 질러 주고 싶은 충동을 받고 있
었다.

성구를 보내고 난 뒤 혜련이는 아무데도 움직거리기가 싫었다. 비할 데
없는 고적과 마음의 공허가 그렇기도 했지만 생각을 하니 자기 감정이 너무
나 무질서한 것이었다. 쓸데없는 생각과 무리한 희망이 자기를 철없는 어린
애로 만든 것 같기도 하며 안 가져야 될 마음을 또 한 번 가진 것이 죄를 진
것 같았다.

사림이 가진 성의를 전부 바란다는 것은 분명 무리한 일이다. 자기 역시
성구를 대할 때 자기의 자존심을 잃는 것을 언제나 경계하고 있다. 말의 실
수가 있어 자기만이 때로 생각하는 마음을 나타내지 않으려는 노력이 즉 그
것이다. 지금 혜련이가 성구를 사랑한다는 말로 표현할 만큼 그렇게 생각하
는 것은 아니지만 얼마 전까지 그에 가까운 감정을 가졌고 아직까지 때로는

그와 비슷한 충동을 받는 것이 사실이라고 할 수 있지만 그는 이때까지 그러한 눈치를 조금도 보이지 않았다. 성구 역시 그러할 것이 분명하다. 상대자에게 따라 성의라는 것이 달라질 뿐 아니라 성의의 표현이 또한 다르다.

성구는 자기 아내에게 주는 성의와 동무인 자기에게 주는 성의를 구별하고 있을 것이 분명하다. 그것은 성구가 나빠서 그런 것이 아니라 성구의 의리가 옳기 때문일 것이다. 만약 성의의 남용이라든가 탈선이 생길 때 세상의 질서는 어지러워질 것이 아닌가?

그러나 혜련이는 아내면 아내, 동무면 동무 하고 이렇게 선을 긋고 구별지어야 한다는 것이 아무래도 섭섭했던 것이다.

"가 보자."

그는 끝없는 생각을 버리기 위하여 일어섰다.

아무래도 가서 인사는 해야 할 데를 빨리 다녀오고 싶었다. 하루에 두 시간씩 어린이들을 가르쳐 주고 밥값을 받아 오는 것이 자기에게 없어서는 안 될 것이건만 그래도 시골 간다는 인사를 가는 것은 마지못해 억지로 가는 것이었다.

하숙집인 계동에서 재동으로 가는 길이 멀지는 않지만 방 안에서 금방 자기를 도마 위에 올려놓고 이리 치고 저리 치며 괴로워하던 차라 가면 간다고 오면 온다고 인사를 다녀야 하는 자기의 신세가 더욱 고달픈 것 같았다. 자기의 환경을 비관하지 않고 지내려는 그였고 가정교사나마 얻을 수 있어 공부를 계속하는 것이 자기로서 천만 번 감사해야 할 것으로 생각해 왔지만 지금의 마음에는 감정의 세계로 찼기 때문이었다.

"그저 오늘밤 차로 떠나가 보겠어요."

혜련이는 매일 가르치는 어린애 어머니를 만난 뒤 방 안에 들어가지도 않고 마루에 걸터앉은 채 말했다.

"좀더 놀다 가시지 않구."

벌써 얼마 전부터 떠난다는 말은 들었지만 주인 마누라는 인사 차림으로 한 마디 권유를 했다.

"어머니가 빨리 오라구 하시니까 갔다 빨리 와도 곧 가야 할 것 같아요."

혜련이는 이 집에서 자기에게 어린애가 있다는 것을 말하지 않았다. 쓸데 없는 것을 알리지 않으려고 자기가 결혼했다는 말까지 숨기고 있다. 그렇기 때문에 고향 간다는 이유도 어머니에게 핑계댈 수밖에 없는 것이었다.

"그래두 애들하구 피서라두 갔다 갔으면 좋을걸요."

"오다가 들려 같이 오지요."

그들의 피서지가 원산에 있다는 말을 들었고 이번 여름에도 그리로 간다 는 말을 몇 번이나 들었기 때문에 혜련이는 자기의 출발을 지연시키지 않게 하기 위하여 예방선을 막은 것이다.

"갔다가 얼마 안 있어 돌아올 것이니까 오실 때는 들리실 게 없을 겝니다."

주인 집 마누라는 또한 자기의 예방을 막았다. 이때까지 여자 가정교사를 둔 집안에서 문제가 일어나지 않았다는 말을 그리 듣지 못힌지라 언제나 자기의 남편과 혜련이의 교제를 경계하고 감시하려는 마누라다. 돈은 조금 더 드는지 모르지만 혜련이를 자기 집에 두지 않고 가르칠 때만 보게 하는 것도 실은 그런 마음에서 계획한 일이었으며 그런 덕분인지는 몰라도 아직까지 그의 눈앞에서 자기 남편과 혜련이가 교제를 하는 것 같지는 않았다.

이번 역시 어린애들이 피서지로 간다면 자기 남편이 데리고 갈 것이다. 거기에서 젊은 여자와 만날 수 있는 기회를 만들어 준다는 것은 자기로서 허락할 수 없는 일이다.

"언제쯤 돌아오는데요?"

혜련이는 '그렇습니까.' 하고 대답하기가 안되어 물어 볼 때 밖에 나갔던 집 주인이 기침을 하며 들어왔다.

몇 번 인사를 했지만 인상이 나쁠 만큼 돈 냄새를 안 피우는 중년신사다.

"오늘 가신다지요?"

주인은 들어오자마자 혜련이를 보고 말을 꺼냈다.

"네."

혜련이는 인사를 표하기 위하여 일어서서 대답을 했다.

"애들을 데리구 더우신데 고생하셨습니다. 별일만 없다면 변변치는 않지

만 우리 별장으로 가서 한여름 지내시지요. 애들 하구 괴로우시기는 하겠지
만……."
　인사말로 그저 해 두는 말 같기는 하지만 혜련이가 이 말에,
　"어머니가 자꾸 빨리 오라고만 하셔서 우선 가 보기는 해야 할 것 같습니
다."
하고 사양을 하자마자 주인 마누라가 그 말이 떨어지기도 전에,
　"그럼요. 늙은 부모의 마음을 기쁘게 해 드려야지 우리 욕심만 차려서야
되나요. 얼마나 기다리실라구……."
하고 아주 혜련이의 편을 들어 주는 것 같은 이상한 느낌을 주었다.
　"한여름의 무더위에 피로할 텐데 가서 바람이나 쏘여 보는 것도 좋지 않
아요?"
　주인 사내가 한 번 다시 이런 말을 하자,
　"남의 마음도 모르시고 왜 자꾸 그러십니까?"
하고 마누라가 자기 남편을 못마땅히 여겼다.
　혜련이는 도리어 주인 마누라 말이 고마웠다. 주인이 고집을 세워 가지고
꼭 피서지에 가야만 할 것 같이 말한다면 다음 학기에도 될 수 있으면 졸업
할 때까지라도 그 집에 있으며 학비를 보태 써야 할 자기로 거절하기가 곤
란할 게다.
　의심받을 일을 한 것도 없고 아직까지는 그리 의심하는 표정도 없으나 어
느 정도까지 자기를 경계하여 주인 사내와 교제할 기회를 안 주려 하는 것
은 혜련이에게 유리한 일이다.
　설사 주인이 자기를 유혹하려 한대도 넘어갈 자기가 아닐 뿐 아니라 그가
어떤 마음을 가지고 있는지도 모르는 일이라 미리 걱정할 것까지는 없지만
주인 마누라의 의심을 조금이라도 사고 싶지 않은 것만은 사실이었다.
　무엇 무엇보다도 주인 마누라의 말로 자기가 피서지에 안 가도 괜찮을 것
같은 생각이 들어,
　"몇 달 전부터 어머니가 방학만을 기다리신 것 같으니까 가 봐야겠어요."
하고는 주인 마누라의 조언(助言)을 기다렸다.

"그러시겠지요. 늙은 부모가 타향에 자식 보내구 안심이 되지 않겠지요."

주인 마누라는 혜련이의 마음을 잘 안다는 듯이 극력 편이 되어 주었다.

"그러시다면 할 수 없는 일이지만 어린애들도 선생님하구 같이 갔으면 하구 바라던데요."

"미안합니다. 언제까지나 계실지 올 때나 들려 같이 놀지요."

혜련이는 거절하는 의미로 이렇게 말했다.

"애들이 개학할 때까지는 있을 테니까 그럼 오시다가나 들려 주십시오. 애들에게 너무 고맙게 해 주시어 그놈들이 선생님하고 같이 가자고들 야단 하는 성화에 못 견디겠어요."

피서 이야기를 그럭저럭 끝내고 나니 쓸데없는 일에 속을 쓴 듯한 생각이 나서 한시바삐 그 집을 떠나고 싶었다. 이제 백화점에 가서 연자에게 줄 물 건이나 사면 할 일이라곤 없다.

네 시가 겨우 지났으니 아홉 시까지 지날 일도 걱정이지만 공연히 마음이 바빠져,

"이제는 가 보겠습니다."

하고 떠나려 하니,

"무어 좀 잡숫기라도 하고 가셔야지."

하고 주인이 자기 마누라에게,

"아무것이라도 좀 내 오구려."

한다

"무어 변변한 게 있어야지."

하고 마누라가 방 안으로 들어갈 때,

"이제는 흠 없이 지내는 분인데 아무것이면 어때."

하고 인사성 없는 마누라를 꾸중하는 듯 말한 주인은 자기도 무엇을 사러 가는지 밖으로 나간다.

음식을 먹게 되면 자연히 오래 앉아 있어야 할 것이 싫어 나가는 것을 만 류했으나 주인은 어쩐지 천천히 대접해야 될 것처럼 혜련이의 말을 마구 막 아 버렸다.

혜련이는 자기의 위치가 무서운 것 같았다. 눈치를 보아도 주인이 자기에게 친절히 해 주는 것을 싫어하는 것이 분명한데도 그렇다고 해서 친절을 안 받을 수도 없는 일이다. 그러고 보니 그 부부네 사이에서 자기가 싸움을 맺어 주는 사람 같기도 하며 또 앞으로도 둘 사이에 끼어 어떤 문제를 일으킬 것 같은 예감이 들었던 것이다.

밖에 나갔던 남자 주인이 과일이며 중국요리까지 듬뿍 주문시켜 온 것을 먹다 남은 것 같은 과자접시를 들고 나온 안주인이 입으로는 아무 말도 아니하였으나 쭈빗한 얼굴이 마땅치 못해 하는 것이 확실했다.

혜련이의 집에서 나온 성구는 집에 들어가기 싫어 거리를 헤맸다. 집에 간다 해도 명심이가 일하러 가고 없을 뿐 아니라 마누라가 돈벌이 나간 뒤 방 안에 우두커니 앉아 있는 꼴을 장모에게 보이기가 싫어 될 수만 있으면 집에 붙어 있지 않는 버릇을 가지고 있다.

신문사에서 나온 뒤 얼마 되지 않아 결혼했기 때문에 처음에는 미안한 생각도 그리 없었고 딴은 자기에게도 희망이 있었기 때문에 마누라가 번 돈으로 밥을 얻어먹는 것이 그리 멋쩍어 보이지가 않았으나 날이 지날수록 취직하려 애쓰면서도 뜻대로 안 되는 자기가 장모에게 너무나 무능해 보이리라는 것이 느껴져 요사이는 취직 운동을 구변으로 늘 비껴서 지냈다.

남보다 기능이 없는 것도 아니오, 신문사에 대해서는 무경험자도 아니지만 신문사 취직이 도무지 뜻대로 안 될 뿐 아니라 딴 회사에도 가능이 전혀 보이지 않았다. 처음에는 자기의 취미에 맞추어 신문사로만 들어가려고 했으나 그것이 쉽게 되지 않을 때 그는 어떤 곳에라도 들어가려고 이력서를 수없이 썼다.

될 듯하다가도 문과 출신이라 해서 안 써 주는 회사도 있으며 아무것도 가리지 않으나 자리가 없어서 못 써 준다는 회사도 있어 말하자면 성구에게 실망만을 주는 이야기뿐이 매일매일 귀에 들어왔다.

결혼 초부터 마누라를 고생시키고 무직으로 노는 것이 말할 수 없게 미안해서 마음으로 초조하게 지내기 때문인지 자기의 운명을 탓하게도 되고 자기만이 불운에 빠진 것 같은 생각도 가지게 되었다. 마누라인 명심이는 그러한 성구를 위로하고 그리 걱정을 안 시키도록 친절을 더해 주나 성구에게는 그것이 비할 데 없이 고마우면서도 한편 부끄러웠다.

그래서 하루 종일 돌아다니다가 집에 들어가서 명심이를 만난다치면 우선 자기가 이력서 내 논 것을 말하고 따라 희망이 몇 퍼센트쯤 있다는 것까지 이야기하여 마누라의 마음을 어루만져 주는 것이다.

이 날도 여전히 아침밥을 먹고 일하러 가는 명심이와 같이 집을 나왔으나 오전에는 어떤 잡지사에 가서 시간을 보내다가 오후에는 혜련이를 만나고 말았으니 오늘 지난 일을 보고할 도리가 없다. 다만 한 마디라도 취직에 대한 이야기를 말한 곳이 있다면 그것이 보고감이 넉넉히 되었고 또 얼마 안 되는 것이지만 원고료 받을 수 있는 원고를 조금 썼다면 그 역시 이야깃거리가 되어 왔으나 이 날만은 그야말로 소득 없는 생각을 해 버린 것 같이 누구를 만나거나 자기의 걱정을 말하고 싶었다.

허나 혜련이를 만난 뒤라 그의 인간적 고독을 다시 한 번 보고 어딘지 모르게 불행한 것만 같은 것을 느낄 때 자기의 고통을 생각하고 싶은 생각이 적어지었다.

혜련이만큼 고통을 느끼는 사람도 없을 것 같다. 자기가 결혼을 권하고 있기는 하지만 기실 당자가 되어 본다면 그것이 쉽지가 않을 일이다. 어린애에 대한 의리가 잠복하여 어디까지나 그의 감정을 억누르고 있다. 자기 개인에 대한 행복을 갖추려는 이상도 없지는 않은 것이나 어린애가 그 이상을 지워 준다. 뻔히 자기의 불행이 죽을 때까지 계속할 줄 알면서도 새로운 생활을 못 가지는 혜련이가 불쌍해 보이기 마지않았다. 그러한 혜련이에 비하면 취직 못해 고통받는 자기 마음쯤은 아무것도 아닌 것 같다. 하기야 그렇기 때문에 혜련이에게는 자기의 이야기를 될수록 피해 오기도 하는 것이지만…….

혜련이에 대한 생각으로 가슴이 그득한 성구는 자기도 모르게 동환이의 하숙을 찾아갔다. 동환이를 만난대야 혜련이의 이야기를 차마 할 수도 없는 것이지만 그래도 동환이만이 혜련이를 알아 줄 것 같은 마음에서 그저 가고 싶었다.

동환이는 집에 있었다. 톨스토이 전집을 펼치고 노트까지 해 가며 책읽기에 정신을 잃고 있었으나 성구가 들어오자 잘 왔다는 듯이 책을 덮고 담배를 피워 물었다.

"더운데 무슨 공부를 그렇게 하나?"

"할 게 있나, 갈 데두 없구."

"할 게 없거든 시골루라두 가서 마누라하구나 지내렴."

"쓸데없는 소릴랑 그만두어. 그러지 않아두 서울을 떠나 시원한 바람을 쏘이고 싶기는 한데 어데 갈 데가 있어야지."

"해수욕이라도 가렴."

"사람 많은 곳은 싫어."

"그럼 갈 데가 있나."

"네 말과 같이 오늘 저녁차로 집에나 갔다 올까 하구. 담판두 할 겸."

이 말은 들은 성구의 마음은 덜컥 주저앉았다.

이상한 우연이지만 혜련이가 떠나는 차에 동환이도 같이 타게 되었다는 것이다. 남산 사건 이래 한 번도 만나지 않았고 아직까지도 만나기를 기피하는 두 사람이 정거장에서 만나면 어찌할까 하는 겁이 얼핏 들었기 때문이었다.

그러나 할 수 없는 일이었다. 서울에 염증 났을 것도 사실이고 또 무엇을 생각한 뒤는 그 당장에 해치우고야마는 동환이니 가지 말랄 수도 없고 또 혜련이가 그 차에 집으로 가니까 너는 다음 차로 가라고 말할 수도 없는 형편이다. 그렇다고 해서 다른 말을 꾸며 그 차에 못 가게 할 만큼 성구는 교활하지도 못하다.

혜련이의 일은 조금도 모르고 자기의 감정이 서울에 있을 수가 없어서 떠난다는 동환이에게 혜련이와 만날 것이라는 말을 해서 가슴을 두근거리게 할 수도 없었다. 하기야 아무 말도 아니했다가 정거장에서 두 사람이 만나게 될 때 그때의 동환이는 지금 그 사실을 아는 것보다 몇 배나 더 당황해 할 것이나 다문 몇 시간이나마 그것은 뒷일이라 무엇보다도 당장에 동환이를 동요시키기가 힘들었던 것이다.

그래서 성구는 동환이가 하는 대로 내버려 둘 뿐 아니라 언제나 벗어 놓았는지 습기까지 도는 듯한 내복들을 주어 동환이가 싸는 짐을 손도개까지 해 주었다. (언제부터 생각했는지 시골 간다는 말을 하자 동환이는 짐을 싸기 시작했다.)

돈이 없어서 세탁을 아니한 것도 아니런만 무엇에나 등한시하는 동환이라 옷들을 넣은 트렁크가 코푼 지리가미를 그득 집어넣은 것처럼 지저분하다. 그것을 본 성구는 폭풍을 눈앞에 본 선부(船夫)같이 초초한 마음을 가라앉히기 위해서,

"너는 아무래두 차근차근한 색시를 얻어서 네 뒤를 따라다니며 무엇이든지 손질해 주도록 하여야겠다."

하고 농담을 붙였다.

"흥, 다음 학기부터 색시를 데리고 와서 살림을 해 볼까."

"참 다음 학기부터라도 그래라. 그러면 얼마나 좋겠니? 아무래도 괴로움 없이 못 사는 세상이라면 한 사람을 행복스럽게 해 주기 위한 그러한 괴로움을 받는다는 것이 조금이나마 의의가 있을 게다."

성구는 아내를 가지고 있는 동환이에게 독신자를 대하는 듯한 태도를 가졌다. 동환이에게 아내가 있는 것을 전제를 하고 말한다면 그는 괴로워했으니까……. 그러나 그 말이 비록 어떻게 할 수 없는 괴로움 속에서 농담 비슷이 뱉어 나온 말이지만 동환이 입에서 그의 마누라 이야기가 나왔을 때 성구는 그의 아내에 대한 미안한 생각이 갑자기 들었으며 따라 동환이의 고민을 자기가 만들어 준 듯한 생각에서 하루바삐 그 수단이 비록 동환이 자신에게는 괴로운 것이라 할지라도 체념 비슷한 인정이 동환이에게 오기를 바라졌던 것이다.

동환이는 픽 하고 한 번 웃었다.

"무엇 때문에 한 사람을 행복스럽게 해 주려고 내 일생이 불행해져야 할까?"

동환이의 반문하는 태도에는 조롱과 허무적 기분이 숨어 있는 듯했다.

"무엇 때문이라기보다도 특히 무엇을 생각하고 무엇을 바라는 그러한 사람에게는 괴로움이라는 게 있지 않을 수 없지 않니? 만약 네나 내가 괴로움을 피하고 살 수 없는 사람이라면 그것이 자기 자신을 위한 괴로움을 조금 떠나서 다문 한 사람일망정 남을 위하여 괴로워한다는 것이 얼마나 좋은 것이냐 말이다."

성구는 될 수 있는 대로 진실한 충고를 들려 주려 했다.

"그럼 너에게도 괴로움이 있는 줄은 안다마는 나와 같은 환경이 있을 때도 그런 말을 할 수 있을 것 같으냐? 나와 관계가 멀고 또 멀어야 할 사람을 위해 말하자면 희생이라는 것을 할 수 있느냐 말이다. 그러한 인간을 다문 일 분 동안이나마 생각해 보는 것도 불쾌한데……."

"그야 그렇기도 하겠지만 마음에 없는 위대한 일을 하려고 하는데 인간의 가치가 있지 않을까?"

"쓸데없는 소리를 마라. 세상에 자기 마음 없는 일을 하는 사람이 어데 있니? 예수도 못 박혀 죽을 때는 그래도 자기의 명예를 생각하고 유쾌해 했을 게다."

"유쾌했겠지. 죽는 것이 무척 괴로웠지만 자기의 일이 크고 옳은 줄 알았기 때문에 죽음도 유쾌히 생각했을 게야. 무엇이나 남을 위해 하는 일에도 그래도 자기를 만족시킬 수가 있지 않을까 생각되더라. 봐라, 지금 우리가 무엇을 바랐겠니? 또는 무엇을 해 보겠다 하겠니? 자기를 만족시킬 수는 도무지 없을 게 아니냐? 행동으로나 말로나……. 그런데서 자기 혼자만이 고민을 하고 애써야 무슨 수가 나느냐 말이다. 차라리 자기와 같이 불쌍한 다문 한 사람의 인간을 위해서라도 자기 자신을 생각하는 만큼 한 번 생각해 봄이 사람의 가장 아름다운 본능 즉 역사가 있은 뒤로부터 역사가 끊어질 때까지 계속할 인간애의 발로가 아닐까? 그리고 한 가지만이라도 남을 위해 일을 할 때는 자기 만족을 느낄 수가 있으니까……."

성구는 이 말이 참으로 자기 마음에서 나오는 말인 동시에 동환이와 혜련이의 사이가 이대로 끊기는 한 동환이를 위해서도 그 길밖에 없다고 생각했지만 동환이는 조금도 움직이는 빛이 보이지 않았다.

식당에서 나와 본정을 조금 걸은 뒤 동환이와 성구는 정거장으로 나왔다.

성구는 혜련이와 만날 장면이 딱해서 역까지는 안 나가고 싶었으나 같이 저녁까지 먹고 그럴 수가 없어서 그대로 나왔다.

나오고 나니 혜련이가 참으로 이 차에 가는가 하는 것을 확실히 알고 싶은 마음이 일어나 대합실을 찾아보고 싶었으나 동환이에게 한 마디도 말하지 않은 일을 눈치 채일까 두려워 아무 일도 없다는 듯이 그저 동환이를 따라 이등대합실로 들어갔다.

그러나 거기서 그렇게 만나리라는 생각만은 좀체 못하였을 게다. 문으로 들어서자 혜련이를 딱 만났고 또 혀를 뺄 만큼 놀란 성구는 어쩔 줄 모르게 당황했다.

사람이 많아 앉을 자리가 없기 때문에 거기에 서 있는 것이겠지만 어쩌면 일이 이렇게 되는가 하고 누구를 원망이라도 하고 싶었다. 허나 할 수 없는 일이다.

자기도 나왔다는 인사로 고개를 끄떡하고 무의미한 웃음을 웃지 않을 수 없다.

그러고 나서는 동환이의 태도에 대해서 주의를 해 보았다. 동환이는 어쩔 줄 모르는 모양이었다. 인사를 해야 할지 아니해야 할지를 모른다는 것보다도 너무나 우연한 일에 당황해 할 뿐이라는 듯이 얼굴을 붉혔다. 몇 보도 안 되는 곳에 서 있는 혜련이를 안 본 척할 수도 없는지 모자를 벗어 인사를 한다.

만약 혜련이의 손에 트렁크만이 없었다면 자기를 전송하러 나온 것처럼 생각했을지도 모르나 어디를 간다면 하필 자기와 같이 기차를 타게 되었는가 하는 생각까지만은 동환이도 했다.

혜련이도 고개를 숙이고 인사를 했다. 그의 얼굴에도 엄격한 선생을 만난 듯한 어리어리한 표정이 나타났다.

그러나 두 사람은 누가 먼저 이야기를 꺼낼 것 같지가 않았다.

"오늘 집으로 가십니까?"

성구는 팽창한 공기가 너무나 무거운 것 같아 혜련이에게 말을 건네었으

나 그것은 동환이에게 이상한 생각을 주지 않기 위해 거짓을 꾸몄다. 만약
혜련이가 이 차에 간다는 것을 알고 동환이를 만났다면 간단하게나마 그것
을 알려야만 했을 것이 우정이기 때문이다.

"네, 이 차로 집에 가겠습니다."

혜련이도 눈치를 챘는지 그 전에 아무 말도 없었던 것처럼 대답을 했다.

"박 선생두 이 차로 고향 가시는데 그럼 같이 가시지요."

성구는 될 수 있는 대로 두 사람의 사이가 완화되기를 바랐다. 아무 말도
없이 싸움하려는 수탉같이 맞서고 있는 것이 민망스러웠던 것이다.

"참 잘 되었군요. 그럼 같이 가십시다."

혜련이는 이것이 성구의 꾸민 연극이라고 생각해 보았으나 다른 기색 없
이 동환이에게 말했다.

"네."

동환이는 극히 간단하게 대답을 했을 뿐 자기의 의사를 조금도 발표 못
했다.

"어데까지 가시지요?"

하고 혜련이가 묻는 말에도,

"철원입니다."

하는 말을 겨우 했을 뿐이다.

혜련이를 보자 문득 남산에서 당한 일이 생각되어 차마 고개를 들 수 없
을 만큼 부끄러웠다. 그 부끄럼과 그래도 싫지만은 않은 묘한 감정에서 동
환이는 자기 정신을 차리려고 애썼을 게다.

"얼마 멀지는 않으시군요?"

혜련이는 조금도 다른 빛을 안 보였다. 딴 느낌이 없다는 것을 보이려 하
는 때문일 게다.

"네."

동환이는 사람 많은 곳에서 말을 건네는 것이 한편 기쁘기도 했으나 대답
하는 것이 거북스러워 차라리 찻간으로나 빨리 들어갔으면 하고 바랐다.

이왕 이렇게 되었으니 같은 차에 같이 앉아 갈 것은 뻔한 일이다. 두 사

람이 같이 앉게만 된다면 할 수 없이 이야기가 나올 것이니까 그때는 무엇이나 생각해 오던 것을 말하리라고 마음먹었다. 그렇기 때문에 미리부터 혜련이가 쓸데없는 말을 자꾸 꺼낸다면 그때에 자기가 할 말이 없어지지 않을까 하는 생각도 들었다. 이런 생각 저런 생각을 하면서도 일이 너무나 우연하고 생기였고 그 우연 때문에 아주 만날 수 없을 듯하던 혜련이를 만나 다소간이나마 자기의 뜻을 말할 수 있다는 것을 생각할 때 우연에 대한 감사를 힘껏 하고 싶었다. 더구나 성구의 꾸민 일이라면 그 우정에 머리를 숙이어야 할 것 같았다.

동환이가 이런 생각을 하는 동안 성구는 혜련이와 숙희에게 문안해 달라는 말이며 청진 바다에게도 인사를 전한다고 웃어 가며 말했다.

마음이 어떤지는 몰라도 혜련이는,

"아직은 못 잊어서…….”

하며 웃음으로 성구의 말을 대해 준다.

이럴 때 청진행 열차가 떠나게 되었다는 아나운서의 말이 대합실에 울려 나왔다.

청진행 열차가 경성역을 떠날 때까지 혜련이는 대부분 성구와 이야기를 주고받았다.

더구나 혜련이가 가정교사로 있는 집 주인이라는 자까지 듣기 싫은 말을 털어놓았다.

동환이는 묵묵히 그들의 이야기를 듣기만 해야 하는 것이 그들에게 제외된 듯한 느낌이 있어 기적소리 나는 것을 힘들게 기다리고 있었지만 기차가 움직이기 시작할 때 성구를 이별하는 느낌은 조금도 없고 두 사람만이 앉을 수 있다는 것이 기뻐 이런 기회도 올 수 있었던가 하는 듯이 가슴이 설렜다.

더구나 혜련이가 사람 많은 곳에서도 남자처럼 수줍음 없이 성구 옛이야기를 하며 웃음이 나올 때는 함부로 웃기도 하고 숙희의 말이 나올 때는 막 놀려도 주는 것이 왜 그런지 보기에 면구스러워 성구와 빨리 헤어지기를 속으로 바라기까지 했으나…….

용산을 지나 한강을 끼고 청량리까지 다다르니 찻간에 아무리 많은 사람이 있다 할지라도 혜련이를 아는 사람이라고는 자기밖에 없다는 생각이 들며 한편 무슨 말이라도 건네야 할 의무감이 일어나 가슴은 더욱 울렁거렸다. 그러나 인사는 정식으로 해야 될 것 같아 우선,

　"참 전 번에는 너무나 실례를 해서 면목이 없습니다."
하고 말하며 용서를 청했다.

　"천만의 말씀입니다. 선생님의 책임만 되는가요."
　혜련이는 천연스럽게 대답을 했다.

　물론 그때 동환이에 대한 인상을 더 나쁘게 가졌던 것만은 사실이나 그렇다고 해서 그것을 동환이를 만나지도 않는 원인의 전부는 아니었다.

　즉 첫번부터 인상이 좋지 못하고 마음이 끌리지 않던 구실이 붙이기 좋은 그 사실에 표면화했을 따름이었지 혜련이가 동환이를 만나지 않는 이유는 못 된다.

　"우연이 좋은 때도 있지만 너무 잔인한 때도 있는 것 같아요."
　동환이의 말에,
　"그럼요. 하지만 우연이라는 게 없으면 사람에게 긴장도 없을 것 같아요."
하고 혜련이가 대답을 했다.

　"좌우간 우연은 좋은 것 같습니다. 오늘의 우연이 없었다면 그때의 이야기를 다시 말해 볼 기회가 전혀 없었을는지도 모르지요."
　"그렇지요."
　이 말에는 혜련이도 힘이 없었다.

　그 이야기를 한 계단으로 해서 동환이와의 사이가 새롭게 될 것 같은 두려움이 숨어 있기 때문이다. 따지고 본다면 그리 두려워할 것 없다. 사람으로서 그리 나쁘지가 않을 뿐 아니라 자기로서는 능히 존경할 수 있을 만한 사람이다. 학력도 기능도 훌륭하다. 그러나 마음이 쏠리지 않는 것만은 자기의 생각으로 어쩔 수가 없는 일이었다.

　동환이는 거기에 대한 이야기를 더해서 나쁜 인상을 거듭하고 싶지가 않아 양해를 얻은 정도로 그만 그치고 딴 말을 꺼내려 했다.

무슨 말을 해야 할까 하고 한참 동안 생각을 하였으나 사람들이 보고 듣는 곳이라 그 동안 자기가 생각하고 있던 마음은 말할 수 없고 두 사람이 다 아는 사실 즉 성구에 대한 이야기가 아니면 딴 말이 없을 것처럼 느끼어,

"이번 가시면 숙희 씨도 만나 보시겠군요?"

하고 말을 꺼냈다.

"네, 가다가 원산에 들려 어떤 동무를 만나 보고는 함흥에 내려 숙희를 만나려고 합니다."

필요는 없지만 자기가 얼마 전부터 생각해 오던 일이기 때문에 혜련이는 원산에 옛날 동무 성실이가 있다는 것까지 말했다.

"숙희 씨는 잘 계신가요?"

"언제 만나 보셨나요?"

"아직 보지는 못했습니다마는 성구를 통해 잘 알고 있습니다."

"참 그러시겠군요. 살림을 참 잘 한다나 봐요."

"성구 결혼식 때 축전까지 했더군요. 저는 퍽 감탄했습니다."

"그런 점을 저는 퍽 존경합니다. 딴 남자와 결혼을 했다고 해서 좋아하는 남자를 아주 잊어버린다는 것은 너무나 평범하지 않아요?"

"같이 결합하지 못하고도 서로 존경하는 두 사람의 마음을 저는 꼭같이 존경합니다. 그런 사람이 있다면 구태여 결혼이라는 것을 바라지 않아도 좋을 것 같아요. 자기를 이해하고 자기를 존경해 주며 자기를 북돋워 줄 만한 사람을 구한다는 것이 여간 힘들지 않아야지요."

동환이는 그러한 사람이 자기에게도 필요하다는 뜻으로 말했다.

"그러나 결혼이 아닌 다음에는 선생님이 말씀한 그러한 조건을 영구히 가질 수는 없지 않을까요?"

혜련이는 이런 말로 동환이의 공상을 부정하려 했다. 그것은 동환이가 자기를 두고 어떤 생각을 한다면 그 생각을 없애 주려는 방비선이었다.

"물론 그렇기도 하겠지요."

이런 말을 주고받는 동안 기차는 어둠 속을 뚫고 기적 소리와 함께 모질게 달아나고 있었다.

경성역에서 철원까지 두어 시간 넘어를 혜련이와 같이 이야기함으로써 긴장된 마음을 가진 채 왔지만 동환이는 혜련이의 마음을 눈치챈 다음부터 될 수 있는 대로 자기의 마음을 보이려 하지 않았다. 만약 그런 말을 했다가 마음에 들지 않는 말을 듣는다면 그 뒤에 올 괴로움이 견딜 수 없을 것 같기 때문이었다.

두려웠다. 혜련이를 만날 수 없던 몇 달 동안의 괴로움도 컸지만 그 이상 큰 타격을 혜련이 입에서 나오는 말 한 마디로 받는다는 것은 참으로 무서운 일이었다.

그래서 철원역을 내릴 때 두 사람의 이별은 남의눈으로 보기에 아주 평범했다.

잘 아는 사람이 잠깐 헤어지는 것처럼 그들의 인사는 간단했다.

그러나 차에서 내려 읍으로 들어갈 때 동환이는 멀리 사라지는 기차 소리를 들으며 혼자 깊은 생각에 빠졌다.

혜련이가 떠나는 고적이 온몸을 엄습하는 한편 앞으로 혜련이와 전개될 관계가 몹시 안타까웠다.

앞으로 만날 수 있는 기회는 이번의 우연으로 만들어 논 것 같기는 하나 거리낌없이 이야기하면서도 자기의 마음이 조금도 변하지 않았다는 것을 언제나 암시하려는 혜련이가 용이하게 자기를 가깝게 해 줄 것 같지가 않다.

그렇게 생각되기는 하면서도 때로는 자기를 나쁘지 않게 생각할 뿐 아니라 칭찬하던 말까지 하던 것이 기억나 혜련이에 대한 미련은 버릴 수가 없다. 혜련이가 하던 말을 한 마디 한 마디 생각하며 심상하게 한 말에도 어떤 의미를 붙여 자기가 좋을 대로 해석하려는 것은 아무래도 혜련이를 못 잊은 마음이리라 하였다.

동환이가 혜련이가 가는 곳까지 언제나 따라가고 싶은 생각이 들었다. 자기가 가는 곳은 외로운 곳 누구 하나 자기를 기쁘게 해 주지 못하는 곳이다.

어떻게 해서든지 가까이하지 못하도록 머리를 써야만 할 아내가 그래도 아내라고 자기를 맞이해 준 것이나 그것은 가장 괴로운 일에 지나지 않으며 어머니나 아버지가 진심으로 자기를 생각해 준다 할지라도 그 역시 어린애처럼 만족해할 수 없는 사랑이다. 만약 혜련이가 기쁘게만 해 준다면 그와 같이 어딜 가서 고생을 한다 해도 그것이 얼마나 행복스러운 일이랴?

동환이는 무엇 때문에 고향이라고 찾아가는지가 모를 일이었다.

안 가면 안 될 일이 있는가?

생각하면 발을 돌리고 싶다. 어디를 가든 마음의 자유나마 가져야 살 것 같다. 집에 가면 아내를 미워해야 하고 뿐만 아니라 미워하는 것을 나타냄으로써 자기에 대한 애착을 없애도록 하기 위하여 한시라도 마음을 놓을 수가 없다.

없어도 좋을 일이다. 남보다 한 가지 더 괴로워해야 할 일이 어디 있는가.

그러나 안 갈 수도 없다. 서울에는 염증이 났고 딴 데는 발 들여놓을 데가 없다.

기서 미워할 사람을 힘껏 미워해 보자.

미움을 받으려고 나온 사람이나 미워해야 할 운명을 가진 사람이나 그 불운함이 꼭 같은 것이나 그렇다고 해서 타협 못할 운명을 비판할 필요가 없다. 꼭같이 싸워 승부를 결정하여야 할 것이 사랑을 구하는 아내나 사랑을 거부하는 자기의 책임이며 또한 의무이다.

사랑을 끝까지 구하는 것이나 그것을 거절하는 것이 어떤 점에서 다르다고 할 수 없으며 더욱이 사랑이 아니라 아내라는 법률적 권리를 가지려는 절름발이 같은 부부를 유지하려는 데서 만족하려는 너무나 봉건적인 사랑에서 반기를 드는 것이 무에 그리 죄악인들 될 것인가.

끝까지 아내를 미워한다면 그가 비참한 운명에서 불행해질 것만은 사실이나 그렇다고 해서 그대로 지낸다고 하면 두 사람이 꼭같이 불행해질 게다. 차라리 한 사람만이 불행해진다면 한 사람이 행복스러울지도 모르는 것이니까 한 사람만이라도 구할 수 있는 길을 취한다는 것이 현명하다고 자처하는 인간의 자연스런 행동일 게다.

동환이는 언제나 고향 갈 때마다 들리는 여관에 들려 갔다. 읍에서도 이삼십 리 들어가야 하는 시골집에 가려면 자동차를 타야 하는 것인데 아침 한 번밖에 안 가는 그 자동차를 타기 위해서는 언제나 밤차에 내려 하룻밤을 묵어야 했던 것이다.

여관에 들려 세수를 하고 난 뒤 곧 자리에 누웠다. 그러나 좀체 잠이 아니올 뿐 아니라 아직까지 기차간에 앉아 있을 혜련이가 생각나며 그가 지금 무엇을 생각하고 있을까 하는 것까지 생각나서 눈을 껌벅거릴 뿐이었다.

다음날 아침 동환이는 자동차로 고향집에까지 이르렀다.

동리 앞을 지나가는 자동차이기 때문에 거의 집 앞에까지 가서 내릴 수가 있으므로 자기가 자동차에서 내리는 것을 바로 보기만 하는 날에는 뛰어나와 마중해 줄 수가 넉넉히 있게끔 되었다. 이 날도 어디서 보았는지 신을 거꾸로다시피 신은 어머니가 바삐 뛰어나오며 동환이가 든 짐을 받아들였다.

"어쩌면 편지도 없이 오니?"

"………"

"너의 아버지는 농장에 나가셨나 부다. 부디 오늘 볼일이 있다구 나가더니 네가 오는 것을 못 볼려구 그랬구나."

"………"

동환이는 처음에 모자를 벗고 묵례를 한 뒤 아무 말도 아니했다.

아버지가 있고 없는 게 자기의 마음을 조금도 움직이지 않았으며 어머니가 기뻐하는 기쁨이 자기와 아무 상관도 없는 것 같았다.

어머니는 제 자식이라고 만나는 것을 기뻐할지 모르나 자기는 내 어머니라고 해서 기뻐해야 할 것이 아무것도 없는 것 같다. 그는 어머니를 따라 마당에까지 들어섰다. 그때까지 어머니는 잠시도 입을 쉬지 않고 동환이가 지낸 일을 물었다.

언제 방학을 했느냐, 돈이 모자라지나 않았냐, 빨래할 것은 전부 가져왔느냐 하는 대답하기도 시끄러운 것을 자꾸 물어댔다.

평안도에서 자라난 성격이라 괄괄하기 짝이 없으며 따라 자기가 먹은 생각을 그리 못 감추는 어머니다.

절반 이상은 대답 없이 듣기만 하고 걸어올 때 마당 한구석에서 손가락을 물고 있는 은희가 보인다. 서울서 아버지가 온다는 말을 듣고 뛰어나오기는 했으나 언제나 손님같이 왔다 손님같이 가 버리는 아버지가 부끄러운지 말을 못 꺼내고 수줍어한다.

다섯 살 났지만 일여덟 살 난 계집애만큼 큰 것이 남의집에 오는 손님 바라보듯 자기를 대하는 것이 벌써부터 자기 어머니의 우울한 성격을 본받은 것이 아니가 하는 생각에 죄 없는 것이 불쌍해지며 손목이라도 잡으려 할 때,

"계집애야, 아버지보고 인사도 아니하니?"

하고 동환이 어머니가 때릴 듯이 은희를 욕한다. 그래도 몸을 움직이지 못하는 것이 측은해 보여,

"은희 잘 있었니?"

하고 동환이는 어린애 머리를 만져 주었다.

이때까지 귀엽다는 말을 못해 보았지만 저것도 제 어머니처럼 지각이 없고 불행해질 것인가 하는 생각에 측은해 보였던 것이다.

그래도 은희는 입에서 손가락을 못 떼고 동환이의 얼굴을 바라볼 뿐이었다.

말뚱말뚱한 은희의 눈을 보자 동환이는 갑자기 자기를 미워하는 생각을 일으켰다. 즉 똑똑하게 살아 있는 생명이 자기와 자기의 아내 사이에서 생겨났다는 이유로 해서 사랑 아니하려고 했다는 것은 그리 옳은 일이라 느껴지지 않았기 때문이다.

그는 딴 말을 한 마디도 아니하고 그냥 집 안엘 들어갔다.

"애, 가서 세숫물이나 길어 오너라."

대문 안엘 들어서자 어머니가 며느리에게 대령하는 말이었다.

그 말이 무척 거세긴 했으나 그 말을 듣고 재빠르게 마누라가 밖으로 나오면 어찌하나 하는 겁을 먹고 빨리 방으로 들어가려니 어머니가 다시,

"애, 안에 없니? 갑자기 죽었나."

하고 고함을 지른다. 그때에야,

"네."

하는 대답이 있었으나 며느리는 자기 남편이 방 안에 들어가기를 기다리고 있었는지 동환이가 방에 들어간 뒤에야 부엌에서 물동이를 끼고 나왔다.

그래도 남편이 왔다고 적삼을 갈아입었는지 밖으로 나가는 아내의 옷이 깨끗했다.

객지에 나가 있으면서도 평생 편지 한 번 아니해 주고 몇 달 만에 만났다 해도 들려 주는 말이 보기 싫다는 것뿐이니 남편이 온다고 해서 마중 나가 인사도 할 수 없는 것이지만 남편을 피하듯 밖으로 뛰어나가는 꼴이 마누라 같은 느낌이 일어나게 하지 않았다.

집에 오자마자 불쾌한 것만을 본 동환이가 방 안에 들어가 옷을 벗고 있을 때 그의 어머니가 옆에 와서,

"이번 내려온 김에 무슨 끝판을 내자. 네가 서울엘 데리구 가든지 저것을 아주 보내든지 무슨 수를 내야지 저 꼴을 못 보겠다. 한시라도 마음이 편안해야지 밤낮 눈 거슬려 올라 견디겠니."

하며 마누라에 대한 트집을 꺼내기 시작했다.

며느리

저녁밥을 먹을 때는 동환이 아버지도 밥상을 받고 있었다. 그 사이에 농장에서 돌아왔던 것이다.

어버지, 어머니 그리고는 동생 하나와 동환이 자기만이 한 방에서 밥을 먹고 그의 처와 은희는 건넌방에서 따로 먹는 모양이었다.

시골 지주의 집이라 넓은 집터에 집을 지어 안방과 건넌방 사이에는 상당한 거리가 있어 각 방에서 하는 말이 딴 방에 잘 들리지도 않지만 어머니는 건넌방에서도 좀 들으라는 듯이 일부러 큰소리를 내어가면서,

"여보세요, 아까 동환이에게도 이야기를 했지만 이럴 것이 아니라 어떻게든지 결말을 내야 하지 않겠소?"

동환이 어머니는 조금도 자기 생각을 숨기지 않았다. 날이 지날수록 마음에 맞지 않고 미워만 보이는 며느리가 하루빨리 사라지기를 바라는 것이 그의 마음이었다.

자기는 여자라고 하지만 무슨 일에나 주장해서 나서는 성질이라 어느 정도까지 차분해서 활달치 못한 며느리의 성격과는 극반대였다. 더구나 남편에게서 받던 학대로 밤낮 찡그린 얼굴을 해 가지고 있는 것이 미운 눈으로 볼 때 더욱 미워졌다. 뿐만 아니라 자기 집은 하루하루 홍해 나가고 있다. 몇천 석을 하는 것이야 못 되지만 맏아들 하나를 공부시키면서도 해마다 땅을 조금씩 사들인다. 그러나 며느리의 본가 집으로 말하자면 해마다 빚만 들어가 먹을 것이 없어 쩔쩔맨다는 말이 언제나 들려 온다. 그러나 쌀 한 톨도 오는 것은 없이 주게 되고 자기네가 감자알이라도 보내고 보니 사돈에 대한 염증까지 생기는데다가 자기 아들은 전문학교 졸업생이요 또 소설을 잘 써서 그 이름을 모르는 이가 별반 없다고 한다. 이런 여러 가지 이유로 어머니는 며느리를 눈의 티처럼 생각하게 되었고 미워하는 마음을 가지게 되니 무엇 하나 마땅해 보이지 않았던 것이다.

그러나 아버지는 진중한 어조로,

"꼭 같은 말을 매일 하기가 면구스럽지 않소? 집안에 있는 개에게도 그렇게 괄세는 못할 것 같구만. 동환이가 집에 온 날루 그런 말을 꺼내서 집안을 또 야단스럽게 만들게 어데 있담."

하고 혀를 몇 번 찼다. 아버지도 동환이가 싫어하는 것쯤은 잘 안다. 끝내 부부가 잘 살 것이라고 꼭 믿고 아들을 억누르려고 대들지도 않지만 며느리 사랑 시아버지란 말이 있어 그런지 며느리의 정면 공격을 즐겨하지 않았다.

"무슨 말씀인지 모르겠네. 집안에 원쑤가 들어 있는데도 가만있어요."

어머니는 자기 남편에게 해 보자는 듯이 큰소리로 떠들었다.

"누가 가만 있으래. 말을 해두 좀 천천히 하란 말이야. 밥을 먹으면서 이게 웬 일일까……."

이 말에 며느리에 대한 이야기는 중단해 버렸다.

그러나 듣기만 하고 있던 동환이는 적극적으로 며느리를 미워하는 어머니의 마음을 생각했다.

결혼할 때는 어머니가 주장해서 맞아들인 며느리라 동환이는 얼굴도 못 보았다. 어머니가 혼자 사돈집엘 왔다갔다 하며 연방 얌전한 색시라는 말을 해서 아버지의 마음을 샀으며 아들의 허락을 받았던 것이다. 그때의 동환이야 새로운 생활 즉 사회와 떠나 혼자서 살 수 있는 생활을 만들고 될 수 있으면 부모의 말을 들어 그들을 안심시키겠다는 생각이었으니까 결혼의 상대자가 그리 문제되지 않았다. 아무런 여자와라도 인연을 맺고 부부라는 이름을 가진다면 살리라 했던 것이다.

그러나 오늘에 와서는 두 사람이 다 한 여자를 미워한다. 자기야 피동적으로 얻은 마누라니 미워한다 해도 무리가 없다 할 수 있을는지 모르나 주장해서 얻어다 맡긴 어머니가 극력 싫어한다는 것은 우스운 일이다.

하기야 아들이 싫어한다는 것을 믿고 한층 더 할지는 모르지만 그렇다 해도 어머니는 며느리를 학대할 권리가 없다.

"어머니가 얻어 준 마누라니 어머니가 마음대로 하시구려."

이런 말이 동환이 입에서 어물거렸으나 입 밖에는 내지 않았다. 자기가 싫어한다 할지라도 앞뒤가 맞지 않는 어머니가 마땅치 않았던 까닭이다. 밥상을 내가고 무미하게 앉아 서울서 온 아들의 이야기를 들어보고 싶어할 때도 동환이는 아무 말도 아니했다.

집이라고 찾아오면서도 먹을 것 하나 사 오지 않은 동환이인만큼 부모와 주고받는 말에 취미를 못 느낄 것이 분명하다.

그는 딴 방에 가서 책이라도 읽으며 혼자 생각할 시간을 가지려 했다. 그러나 딴 방이라 결국 자기 마누라가 있는 방이다. 그 방에는 벌써부터 들어가고 싶은 생각이 없지만 아직까지 부부라는 명칭을 가졌으니 안 들어갈 수도 없는 방이다.

마누라 방에 들어간 동환이는 우선 옷을 벗고 방바닥에 누웠다.

마누라는 설거지를 하려고 부엌에 나갔고 방 안에는 딸 은희만이 아랫목에 앉아서 동환이의 동정을 살피고 있다.

동환이는 한참 동안 은희를 바라보다가,

"은희야, 이러 오너라."

하고 손을 내밀었다. 혹시 자기를 불러 주지나 않나 하고 기다리던 것처럼 은희는 부끄러워하면서도 자기 아버지에게 걸어온다.

"내가 누구냐?"

동환이는 이런 말을 먼저 물었다.

동환이 옆까지 와서 무서운 선생 앞에 앉듯 꿇어앉은 은희는 부끄럽기도 하지만 그것쯤은 안다는 듯이 대답을 아니했다.

"너 어머니가 고우니 미우니?"

"………"

"할머니가 곱던 밉던?"

"………"

"아버지가 보구 싶던?"

"………"

동환이는 자기 어머니의 적극적인 태도에 반발을 느껴 그런지 아주 어진 태도로 물었다. 그러나 겁을 먹은 은희는 대답을 못했다.

"은희야 대답을 아니하겠니?"

대답 없는 딸에게 조금 큰소리로 말했다.

그때야 은희는 겁을 먹어 몸을 옴직거리며 입을 열었다.

"아버지두 날 때리겠소?"

동환이는 대답 대신에 은희의 얼굴을 묵묵히 바라보았다.

동네서 똑똑하다고 칭찬이 있는 계집애다. 무엇이나 한 번만 가르쳐 주면 잊어버리지 않으며 눈치가 빠르고 어른같이 경우가 밝은 애다.

말하자면 부모를 잘 만나지 못해 그렇지 몹시 귀염을 받을 것이나 며느리 미워하는 할머니 밑에서 할머니의 미움과 남편이 싫어하는 어머니 품에서 어머니의 미움을 독차지하고 있는 작은 것이 불쌍해 보였다.

자기 역시 귀여워하지 않았지만 만나는 즉시로 때리지 않겠느냐고 묻는 어린것이 얼마나 매를 맞았기에 그럴 것일까? 아버지를 만나서도 재롱을 못 부리고 매맞은 설음을 하소도 못하는 계집애다.

동환이는 어린 은희의 얼굴에서 관상쟁이처럼 그의 일생에 일어날 비극을 눈으로 보았다.

아무래도 비극적인 존재다.

동환이는 은희를 뚫어져라 하고 본다.

진정으로 의지할 사람이 없고 인정이라는 것을 받지 못하며 자라는 것이 일생을 인생에 대한 원한으로 지닐 것 같다. 정당한 길을 못 걷는 사람처럼 불쌍한 게 어디 있을 것이며 아버지와 어머니를 따라 그러한 길을 걷는 것이 그들의 피로 된 자식에게 항용 있을 일이나 까마득한 눈동자와 어디를 보나 멀컹한 데가 없이 딴딴하게 생긴 은희의 똑똑한 얼굴이 벌써부터 불행을 감추고 있다는 것이 동환이의 눈으로 차마 보기가 안됐다.

"은희야, 어머니가 너를 막 때려 주던?"

동환이는 은희를 달래 주고 싶어졌다.

그러나 은희는 대답이 없다. 대답을 해야 아버지가 어머니를 욕해 줄 것 같은 겁이 든 모양이다.

"아버지두 무서우니?"

자기는 무섭지 않다는 것을 보여 주려고 이런 말을 했으나 은희는 그 말이 옳다는 것처럼 대답했다.

"자꾸 때리지만 말아요. 동리 사람들두 내가 불쌍하다구 그러던데……."

"응, 아버지는 널 때리지 않으마. 예쁜 은희를 왜 때려. 오늘밤은 아버지하구 자자."

동환이는 은희를 끌어 자기 옆에 눕혔다.

"아버지."

은희는 동환이의 태도가 겁을 안 먹어도 괜치않은 것이라고 보고 안심을 하였는지 아버지를 부른 다음,

"할머니두 자꾸 때리기만 해요."

하고 애원을 했다. 그 말에는 동환이가 대답을 못했다.

어린것에게 누가 나쁘고 누가 옳다고 판단을 넣어 줄 수도 없는 것이지만 은희의 말로 자기 어머니가 며느리에 대한 학대를 얼마나 심하게 하다는 것을 새삼스럽게 느꼈다. 자기가 미워한다는 것과 남이 미워한다는 것이 별반 다를 것이 없지만 그래도 남이 자기 마누라를 학대한다는 것은 이상한 감정을 일으키게 했다. 대답은 없으나 무서운 얼굴이 아니기 때문인지 은희는

다시 말을 했다.

"아버지, 난 내일부터 아버지하구 다닐 테야, 우리 강에 나가 목욕두 해요 응."

어린것이 몹시 사람을 그리워하는 모양이다.

"그래라."

하고 동환이가 대답을 할 때 설거지를 마친 아내가 방 안으로 들어왔다.

얼굴을 숙이고 들어온 마누라는 동환이의 눈치를 살피기만 하면서 오래간만에 만나는 인사도 못했다.

"잘 있었소?"

동환이는 한 방에 있는 사람과 말도 아니할 수 없어 먼저 말을 꺼내기는 했으나 조금도 반가워하는 어투는 아니었다.

사실은 목전에 나타난 아내의 얼굴을 보지 지긋지긋한 생각이 들었던 것이다. 염치도 없고 자존심도 없는 마누라가 인간으로 모자라 보일 뿐 아니라 저것이 몇 사람을 불행하게 하고 있지 하는 악심이 들었다.

그러나 아내는 동환이를 무서워하면서 기가 죽은 목소리로,

"네."

하고 대답을 하고는 아랫목으로 가서 허리를 굽혀 방바닥을 바라보며 앉았다.

동환이는 딴 말은 아니했다. 말을 한다면 결국 미워하는 뜻이 나올 것이며 그렇게 하자면 시초부터 싸움조로 나와야 한다. 아무리 밉다 할지라도 그러기가 싫었다. 첫째 자기 마음을 어지럽게 하고 싶지 않았고 둘째로는 마누라를 눈앞에서 괴롭게 하고 싶지 않았다.

이때까지 혜련이로 말미암아 받은 마음의 타격을 진정시키지 못해 오다가 이번 우연하게도 같은 차를 타고 오며 다시 마음의 흥분을 얻었다.

말하자면 마음이 몹시 피곤한 때다. 피곤한 마음을 더욱 괴롭히기가 싫을 뿐 아니라 마누라 역시 그만큼 경멸과 학대를 받았으면 무던하다.

그만큼 못 받을 대우를 받으면서도 자존심을 못 가지는 사람에게 꼭 같은 말을 되풀이한댔자 그것은 결국 말하는 자기의 손해다. 뿐만 아니라 며느리

노룻, 아내 노룻도 못하게 될 것이 분명한 노룻이라면 긴말을 하는 것이 도리어 잔말이 되며 말하는 사람의 권위를 없애는 것이 될 것이다.

아내는 그래도 무슨 말이나마 반가운 말이 있기를 기다리는지 몸을 움직이지 않고 옷에 붙은 실밥을 집어 이리저리 꼬고 있다.

동환이는 은희하고도 말을 아니했다.

아내가 없을 때는 은희의 마음과 자기의 기분이 맞는 것 같아 은희의 말을 듣기만 하는 것도 불쾌하지는 않았지만 아내가 들어온 뒤는 은희도 간을 움츠렸는지 고양이 앞의 쥐처럼 몸을 작게 하고 이야기를 아니했을 뿐 아니라 동환이 역시 마누라 앞에서 이야기할 생각이 나지 않았다.

무슨 죄를 지은 것 같다. 기가 펴지지 않는 것이 불쾌할 뿐 아니라 몸도 피곤함을 느꼈다. 차라리 잠을 자고 싶었다.

그러나 그 방에서는 잘 수 없었다. 거리를 두고 떨어져 앉아 있으면서도 호흡이 안 맞고 기분이 상하는 판에 살 기운을 맡으며 한 이불 속에서 그 얼굴을 바라볼 수 있을 것인가?

"은희야. 오늘은 아버지하고 저 방에 가서 자자."

이런 말을 아니하고라도 은희를 데리고 나갈 수 있는 것이지만 저녁을 먹자 건넌방으로 들어온 자기를 행여나 그 방에서 잘 것이라 생각했을 것 같아 동환이는 아내에게 들어 보라는 뜻으로 말을 하고 일어섰다.

은희는 어찌해야 좋을는지 모르는 듯이 엄마와 아버지의 얼굴을 번갈아 보다가 손목 끄는 아버지에게 딸려 일어섰다.

"이년아, 넌 어델 가니?"

동환이에게는 아무 말도 못하고 끌려가는 은희에게만 독기 있는 말을 쏘는 아내의 얼굴이 썩은 달걀색으로 파래졌다.

동환이는 아내의 얼굴을 보고는 어떤 마음을 가졌으리라는 것쯤은 생각했으나 아무리 기막히다 할지라도 그것은 할 수 없는 일이 아니냐 하는 듯이 은희의 손목을 잡고 그대로 문 밖을 나서려 했다.

"이년아!"

어느 샌가 아내가 달려와 은희를 끌어당겨다가 볼기를 소리나게 때린다.

남편에 대한 원한을 딸에게 풀어 보는 것일 게다.

"동환아 좀 생각을 해 봐라. 은희 엄마도 사람이고 너도 사람이지, 사람이 사람을 그러는 게 뭐 그리 죄가 되겠니? 몇 달 만에 만난 사람을 이야기 한 마디도 아니해 주고 이렇게 딴 방에 온다면 그래 마음이 좋을 성싶으냐? 아직까지는 그래도 네 아내다. 앞으로 데리고 살고 안 사는 것은 나도 무엇이라고 말하지 않지만 아직껏 아내로 있고 또 너를 바라고 이때까지 우리 집에서 갖은 고생도 다 하는 게 아니냐? 안 사는 날은 안 산다고 해도 사는 날까지는 그러지 말고 건너가 보아라."

은희를 데리고 안방으로 건너온 동환이에게 아버지가 간곡한 말을 꺼냈다.

"더운 여름에 한 방에서 어떻게 자겠소, 공연히 그런 소릴 하시네."

어머니는 아들의 편이 되었다.

"당신도 너무 그러지 마오. 즘생에게도 그러지 못할 텐데 집에서 그렇게 고생하는 사람을 조금이라도 생각해 주어야지……."

아닌 게 아니라 몹시 고생하는 사람이다. 토지를 소작인에게 주고도 사람을 사서 집에서 농사를 짓는다. 갖은 구박을 받아가면서도 일꾼의 밥을 짓고 집안 살림을 도맡아 가는 이가 그 며느리다.

"어데 가면 그만한 일 아니하고 밥을 얻어먹을 텐가!"

말이 자기 부부 두 사람의 언쟁처럼 되고 보니 말 꺼낸 의미가 없는지 아버지는 동환이를 보고,

"이혼을 할라거든 하루빨리 해라. 원쑤처럼 생각하는 사람을 집안에 두고 살 수 있겠니. 나두 편치 않아 못 견디겠다. 그러나 이혼하는 날까지는 면목을 보아서라도 사람의 대접을 해 주어라."
하고 명령처럼 말했다.

동환이는 무엇이라 대답할 수가 없었다. 어머니보다는 아버지가 편벽됨이 없고 또 누구에게나 이해를 가지고 대하려는 마음이 몹시 너그럽다. 말이 그르지도 않으며 한 마디 한 마디가 뼈에 사무치는 것 같다.

동환이는 자기의 경박함을 느꼈다.

사람을 미워하고 경멸하는 것이 어쩔 수 없는 일일는지는 몰라도 그것이 자랑거리는 못될 것이다. 자랑거리가 못 되는 것을 가지고 딴 사람에게까지 떠들썩하게 하고 또 괴롭게 한다는 것은 너무나 좁은 마음의 소치다. 그래도 문학을 한다고 하며 남의 감정과 마음의 물결을 안다고 하며 또는 알려고 애쓰는 자기로서 그리 찬성할 일이 못 된다.

어머니는 어디까지나 자기편이 되어 며느리 학대에 이를 갈며 덤비나 도리어 그 말에는 진실미가 없는 것 같아 반감을 사게 되었다. 아버지의 말로 보아서도 이혼하게 될 것은 기정 사실이다. 기정 사실을 가지고도 야단치는 것이 어리석은 일이 아닐는지.

동환이는 은희를 데리고 다시 건넌방엘 갔다.

나왔던 방으로 다시 들어갈 때 혹시 정욕을 참지 못하는 것이라 오해를 받을 것 같은 느낌이 있어 약간 불쾌하기는 했으나 내논 발을 다시 돌릴 수도 없다.

마누라는 울고 있던 모양이다. 눈알이 붉었고 나오는 콧물을 훌쩍훌쩍 들이마신다.

만약 혜련이가 이런 경우를 당했다면 울고 있을 게 아니라 남편을 붙잡고 시비를 가리려 할 것이며 시비를 가리지 못할 때는 퇴각으로서나마 남편을 경멸할 것이다.

동환이는 시름없이 앉아 있는 마누라 얼굴에서 혜련이를 그려 본다.

어떠한 고민이 있어 말도 못하고 앉아 있다면 감각이 빠른 혜련이는 벌써 자기의 마음을 알고 어떤 수단으로서든지 위로해 줄 것이다.

따뜻한 음성! 그것이 귀에 들리는 듯했다. 그 음성이란 동환이가 문학에서 구하려는 아름다운 것일는지도 모른다. 소설을 쓰고 싶어하고 소설을 써야 자기가 살 것 같은 마음도 역시 문학에서나마 자기가 구할 수 없는 아름다운 것을 창조하고 따라 문학적인 것을 현실적인 자기에게 끌어오고 싶은 때문이 아닐까.

동환이는 자리를 깔려고 했다.

몸과 마음이 피곤해서 생각도 줄기를 찾을 수가 없다.

그러나 마누라가 동환이보다 손을 빨리 써서 동환이의 자리를 아랫목에 깐다. 그리고는 거기에 대어 자기의 자리를 까는 모양이다.

동환이는 자기 자리를 끌어다 웃목에 펴고 싶은 생각이 부쩍 들었으나 또다시 그러고 싶지가 않았다. 한 사람을 괴롭히려면 먼저 자기가 그만한 괴로움을 맛보아야 하는 것이니까.

더욱이 옆자리를 하고라도 자기가 지켜야 할 절제는 넉넉히 지킬 수가 있을 것 같았다.

그인들 오죽 분하랴? 딸자식마저 자기를 싫다는 동환이에게 간다. 자기와 한 방에서 자기가 싫어 딴 방에 가는 남편을 은희란 년은 왜 따라간단 말인가?

독오른 뱀처럼 살기가 등등했다.

동환이는 아내의 태도에 화를 내고 어디라도 한 대 때려 주고 싶은 생각이 났으나 성난 뱀의 대가리를 톡톡 쳐 못 살 만큼 안타깝게 해 주고 싶은 잔인성이 일어나,

"은희는 오늘밤 나와 잔다고 그랬지?"

하고 다시 은희를 끌었다.

"이년, 가기만 했다 봐라."

아내는 뒤에서 으르렁거렸으나 동환이는 은희를 뺏어 안고 안방으로 건너왔다.

다음날 아침 동환이는 책을 끼고 동네 밖으로 나갔다.

집안에 앉아 있기는 마음이 답답하고 마을을 가기에는 발이 내밀어지지 않았다.

아버지는 말이 없는 사람이라 반가운 아들을 만나서도 재미있게 이야기할 줄을 모른다.

하기야 동환이 하나를 바라보고 낙을 삼은 아버지다. 누구에게나 자기 아들이 전문학교 졸업했다는 것을 자랑하여 때로는 자기도 아들이 지은 소설을 읽고 그 이야기를 또한 농부들에게 이야기해 주는 사람이다.

그러나 아들을 대하게 되면 별반 이야기를 아니하는 것이 그의 습성이었

다. 집안일 특히 유산을 상속받을 맏아들이지만 재산에 대한 것도 알리지를 않고 있다.

아버지는 그러하고 어머니는 그 대신 너무 말이 많아 동환이에게는 모두 이야기의 상대가 안 되었다.

더구나 마누라에 대한 것을 더 생각지 않고 싶은 생각이 나서 될 수만 있으면 그가 안 뵈는 곳에 가고 싶었다.

집을 나간다면 갈 데라고는 없다. 밤낮 고향을 떠나서 사는 만큼 친한 동무도 없을 뿐 아니라 한창 농사 때에 한가히 노는 사람도 없다.

풀밭에 누워 책이나 읽고 싶어져 작은 냇물을 끼고 동그랗게 솟은 마을 앞 작은 산엘 올라갔다.

우선 자그마한 동리를 둘러보고 소복이 앉아 있는 초가집들을 묵묵히 바라보았다. 작은 집이나마 그곳에서 잡념을 안 가지고 하루의 노동과 하룻밤의 안식을 즐기는 농부들이 한편 부럽기도 하며 한편 불쌍해도 보였다.

그 사람들에게는 생활에 대한 물질적인 요구가 있을 것은 사실이나 그것은 자기의 생각과 아주 다른 것이다. 말하자면 조금 단순한 것 같다. 단순한 것이 좋은 것인지 복잡한 것이 옳은지 또는 누가 단순하고 누가 복잡한지도 알지만 그들은 자기 만족이 있을 수 있고 체험이라는 것을 쉽게 가질 수 있는 것이니까 부러워 보인다. 그러나 인생이란 언제나 새로운 욕망을 가지려 하며 그것 때문에 고민이라는 것이 운명처럼 인간에게 따라다닌다. 그렇다면 새로운 욕망을 가져야 하는 것이 발전 있는 인간에게 반드시 있어야 할 것과 마찬가지로 좀더 큰 욕망을 가지려는 사람에게는 보다 더 큰 고민이 있어야 할 것이며 큰 고민을 가지는 사람일수록 가치가 있을 것이 아닐까?

동환이는 좀더 고민하고 싶다.

들고 온 도스토예프스키의   지하실의 수기   (地下室의 手記)를 끄집어내어 소설의 주인공 같은 분위기 속에 들어가려 하는 동환이의 마음은 고민을 예찬하고 싶었던 것이다.

그러나 글자가 눈에 잘 보이지 않았다.

무엇을 쓰고 싶다. 종이를 가져왔다면 혜련이에게 편지라도 쓰고 싶다.

무엇이나마 자기 마음을 발표하고 싶은 생각이 일어났지만 혜련이의 주소도 모를 뿐 아니라 가지고 온 종이도 없다.

풀 위에 누워 하늘을 쳐다본다.

먹고 싶게 맑은 하늘이 도리어 의지할 데가 없는 것 같아 모진 바람이 새까만 구름이라도 만들어 주었으면 좋을 것 같다.

'나의 괴로움이란 대체 얼마나 큰 것인가?'

그는 혼자 생각했다.

'사람을 사랑하려는 것과 사람을 미워하려는 생각에서 더 큰 것이 또 있을까?'

'사랑도 아니하고 미워도 아니하고는 살 수가 없을까?'

그러나 자기는 사랑이라는 아름다운 감정을 부정하고 살 수가 없을 것 같다.

사람이 행복스럽다는 것은 결국 아름다운 감정이 있기 때문이다.

지금 아내를 미워하고 부모와도 소격하게 지내는 것은 그 아름다운 감정을 갈망하는 반동이다.

동환이는 일어나 앉았다. 자기가 현재 요구하는 것은 마음으로 생각해 내려온 것이 아니라 육체적으로 자연히 생긴 것이다.

생각할 필요도 없다.

맑은 물이 마음에 들어와 가늘게 흐르는 작은 시냇물을 바라보노라니 저편에서 산 쪽을 향해 마누라가 무엇을 이고 오는 것이 흐릿하게 보인다. 오늘도 사람을 사서 논일을 한단 말을 들었으니 일꾼 점심을 이고 들로 가는 모양이었다.

머리에 큰 광주리를 이고 한 손으로 은희의 손목을 끌고 온다.

시집살림을 하면서도 아내의 대우를 조금도 못 받는 그가 며느리의 책임은 다해야 하는 모양이다.

그는 동환이의 아내가 아니라 시어머니의 며느리다. 어젯밤도 아내가 받을 대우를 못 받았다.

"여보."

　그가 산 밑에까지 왔을 때 동환이는 아내를 불렀다. 조용한 곳에서 무엇이나 아내의 이야기를 듣고 싶었기 때문이었다.

　머리 위에 이었던 밥광주리를 내려놓아 주고 자기 옆에 앉기를 청한 동환이는,

　"고생스럽지 않소?"

하고 마누라의 마음을 알아보려 했다.

　"고생스러울 게야 있나요."

　대답 아니할 수 없는 것이기 때문에 겨우 입을 여는 것 같이 간단히 말을 맺었다.

　"밤낮 그렇게 일을 하니까 힘들지 않아요?"

　"힘들어도 할 수 없지요."

　"할 수 없을 게 어데 있소. 재미도 없는 살림에 고생까지 하며 시집살이를 해서 무엇 해. 재미나고 마음 맞는 시집살이도 얼마든지 있을 텐데……."

　"………"

　아내는 대답을 아니했다.

　"그렇지 않아?"

　동환이는 대답을 재촉했다.

　"이제야 할 수 없지요."

　같이 앉아서도 딴 방향을 바라보며 있기 때문에 동환이에게는 아내의 얼굴이 보이지 않았으며 다만 떨려나오는 목소리로 그의 마음이 어떻다는 것을 알 수 있었다.

　"그게 틀렸다는 게야. 할 수 없다는 게 말이 되나. 제 발 제 손을 가지고 왜 할 수 없이 남에게 매여 살아. 시어머니도 좋아하지 않고 남편도 남편 같지 않은 시집살림을 누가 해야 된다구 그래?"

　"………"

　"응?"

　"………"

　"대답해 봐."

"………"

아내는 종시 대답을 아니했다. 눈물을 흘리는 얼굴이 동환이의 말을 찬성하지 못한다는 것을 넉넉히 의미했다.

"울지 마라. 아직도 나이 젊은 사람이 어데를 가든 행복스러운 살림을 못할 것 같아? 지금보다 더 힘든 살림은 딴 데 간대도 별반 없을 것이고 그것이 마음만 맞는 사람과 같이 있다면 힘든 줄도 모르는 것이 아니냐. 나는 당신을 미워하고 욕하고 싶지가 않아. 그러나 내가 당신과 같이 살 수 없다는 것은 알아 주어야지. 내가 잘 나고 당신이 못 났기 때문에 아니라 본래부터 당신과 나와는 마음이 맞지를 않아. 마음 안 맞는 부부가 백 년을 살면 무엇해."

동환이는 말을 꺼낸 김에 하고 싶은 말을 다했다.

"마음대로 하세요."

아내는 그 대답이 동환이를 만족시켜 줄 가장 좋은 대답인 줄 아는 모양인지 그리 서슴지 않고 말했다.

"마음대로 하라니?"

"아뭏게나 하세요. 제 상관하실 게 있어요."

아무리 이야기를 해야 그 이상 딴 말을 못할 아내다.

"당신도 딱한 사람이오. 자기의 몸을 너무 작게 보는 것도 불행 중 큰 불행이니까……."

"할 수 없지요."

그의 아내에게는 할 수 없다는 말밖에 딴 말이 있을 리 없다. 한 번 몸을 바친 남편에게 미움을 받는다 해도 미움보다는 생명이 높다.

목숨을 같이한 남편이 한때 싫다고 해서 그 남편을 떠난다는 것은 도저히 있을 수 없는 일이다.

"흥."

동환이는 기가 막혀 코웃음을 지었다. 이론으로라도 납득시키려던 것이 도리어 단념하는 수밖에 없다는 마음에 없는 말을 듣는 것이 불쾌하면서도 우울했다.

“제 생각을 말고 마음대로 하세요. 저는 아무래도 좋아요.”

아내는 자기 때문에 동환이가 괴로워한다는 것이 미안했던 모양이다.

“그만둬.”

동환이는 말을 할수록 자기만 속탈 것이 분명해서 그 이상 더 말하지 않으려 했다.

두 사람의 말이 심상치 않다는 것을 안 은희가 옆에서 어머니의 손목을 끌며,

“늦으믄 어떻게 해?”

하고 빨리 가기를 재촉했다.

“넌 나하구 여기 있자.”

동환이가 은희에게 말했다.

“엄마가 무서워 혼자는 못 가요.”

아버지가 무섭다는 말은 차마 못하고 은희는 이런 핑계를 했다.

“그럼 같이 가라.”

동환이가 할 말도 없다는 듯이 책을 펴고 풀밭에 누울 때 아내는 불러 주는 소리만도 반가워 산에까지 올라왔다. 결국은 그런 말밖에 못 들은 것이 마음에 차지 않는지,

“그럼 어떻게 하랍니까?”

하고 되레 물었다.

“마음대로 하구려.”

“그러시질 말구 정 밉거든 절 죽여 주세요. 저만 죽으면 아무 일도 없지 않아요.”

“잔소리 말구 빨리 가기나 해.”

아내는 광주리를 이고 걸어가기를 시작했다.

어린 은희는 힐긋힐긋 뒤를 돌아보며 어머니 옆에 붙어 따라가고 있다.

동환이는 책으로 얼굴을 가리고 하늘을 향해 사지를 뻗쳤다.

운명의 악희

　기차에서 동환이를 이별한 혜련이는 그 날 밤 한 시쯤 해서 원산에 내려 성실이를 만났다

　한 학기 전에 아무도 모르게 학교를 그만두고 어디로 갔는지도 모르게 없어졌던 그가 한 달 전쯤 해서 원산에 있으면서 유치원을 본다는 편지를 했었다.

　그 동안 편지로써 성실이가 받은 고통과 현재의 심경을 대강 알기는 했으나 그래도 보육학교 선생을 그만두고 유치원 선생이 될 만큼 괴로웠던 그의 마음을 좀더 알고 싶은 생각이 있어 얼마 전부터 성실이를 만나리라고 고대했던 차다.

　그들은 중학교 때부터 친한 사이였고 혜련이가 보육학교에 입학한 뒤에도 한 집에서 자취하며 지냈건만 서로 헤어졌다가 기약치 못했던 곳에서 서로 만나게 될 때 몹시 반가웠다.

　혜련이가 원산에 내린 것이 밤중이었으나 그들은 서로 자기가 지난 일을 이야기하기에 밤인 것도 잊어버렸다.

　"내가 서울을 떠날 때 너한테는 편지 한 장만 써 놓고 아무 말도 아니했지."

　그들은 저마다 동무의 이야기를 먼저 들으려 했으나 혜련이의 고집으로 성실이가 먼저 이야기를 꺼내고야 말았다.

　"그때 나는 죽고 싶을 만큼 괴로웠단다. 너한테만은 그런 이야기를 하고 싶었으나 원체 말이라는 것이 싫어져서 입을 벌리고 싶지가 않더구나."

　이러한 서두로 성실이는 의심이라는 것을 모르고 마음 전부를 기울여 사랑하던 사람이 자기를 벌써부터 배반하고 있다가 딴 여자와 결혼을 하고도 능글맞게 자기를 찾아왔다는 이야기, 거기에다 일 년 남짓하게밖에 안 된 학교에서는 학생들이 좋아하지 않는 기색이고 그래서 자기는 세상에서 버림받은 것만 같아 전부를 버린다 해도 자기가 기울였던 진심을 도로 찾기 위하여 남자에게 복수를 주기 위한 결심으로 우선 그 남자가 사는 곳에서 멀

지 않은 원산에까지 왔다는 것을 말했다.

이까지 말하고는 그때의 자기가 우스웠다는 듯이 성실이는 혼자 웃으면서 말을 다시 계속했다. 즉 그런 맘을 가지고 어떻게 하면 시원한 복수가 될까 하고 여러 가지로 궁리하였으나 돈도 없고 또 여자의 몸이라 자유스런 행동도 취할 수가 없어서 결국은 직접 그 남자를 찾아가 그 집안이나마 뒤집어 놓으려 했다는 것과 그런 생각을 한 뒤에 함흥까지 갈려고 하기는 했으나 정작 가려고 하니 자기가 너무 작은 사람인 것 같은 생각이 들어 그것도 그만두고 이제는 유치원 선생 노릇이나 하며 마음 편히 지낸다는 이야기를 했다.

"어떻게 해서 그렇게까지 굳게 먹었던 마음을 사그러뜨렸니?"

혜련이가 이런 말을 안 물을 수 없었다.

"복수를 하면 그게 얼마나 큰 것이며 설사 큰 복수를 했댔자 내게 시원할 게 어데 있겠니. 그러자면 자연 내 얼굴부터 더럽히구 들어가야 하지 않겠니? 나는 생각을 고쳤단다. 여자는 여자라는 것을 잊어서는 안 된다고. 그래서 이왕 왔던 김이니 직업이라도 얻어서 하루하루 살아가다가 좋은 사람이나 만나면 결혼이라도 하련다. 웃기는 왜? 여자가 혼자서 산다면 얼마나 살 것 같으니? 직업을 가진대도 삼십까지야 삼십 넘은 여자를 누가 써 줄 듯싶으니. 삼십 지난 뒤부터 죽을 때까지는 무엇을 먹구 무엇을 바라구 산다는 말이야. 너두 생각해 봐라."

말이야 그럴 듯도 했지만 너무나 변한 성실이의 마음이 혜련이를 놀라게 했다. 그렇게 쉽사리 고민을 잊을 수가 있으며 자존심을 없앨 수 있을까. 더구나 철면피의 남자는 어떤 작자일까.

"그래 그 남자가 함흥에 아직도 있니?"

"있구 말구. 요새는 뿌로카로 돈벌이를 하면서 기생 오입을 한다나 보더라. 대학을 졸업했다는 게."

"그 사내의 이름은 무에가?"

혜련이는 공연히 알고 싶었다. 알아야 쓸데도 없는 것이지만.

"그까짓 건 알아 무엇 하니? 말해도 모를 사람일걸."

“그래두.”

“송수만이라나.”

성실이는 아주 잊어버린 사람이라는 듯이 긴장 없는 말로 대답했다.

“송수만?”

혜련이는 그 남자의 이름을 부르고 놀라는 표정을 했다.

“왜 그러니? 너두 아는 사람이가?”

“아니야.”

혜련이는 차마 말을 못했다.

자기와 친하고 자기가 존경하는 동무 숙희의 남편이라는 말을 차마 어찌 하랴.

이렇게 두 사람은 그 밤을 꼬박 새우고 그 다음날 저녁때까지 혜련이가 지내던 이야기를 또한 주고받았다. 혜련이는 정진 가서 연자를 보고 싶은 생각도 급했지만 먼저 숙희의 생활을 알고 싶은 생각이 치밀어서 서울 갈 때 다시 들리겠다는 약속을 한 뒤 저녁차로 함흥으로 떠났다.

함흥에서는 혜련이가 자기 지난 이야기를 먼저 꺼냈다. 성실이에게서 들은 말이 있어 그렇게 생각이 되어 그런지는 몰라도 전과 같지 않게 자기에게까지 대우가 다른 수만이가 이상스럽기도 했지만 쾌활하고 천진함을 보여주려는 숙희 역시 어딘가 침울해진 것 같았다.

그래서 차마 숙희더러 먼저 이야기를 하라고 할 수가 없어서 어떤 동무가 떠난 뒤 밥을 굶게까지 되었던 이야기, 성구를 알게 되어 지금은 아주 좋은 동무가 되었으며 그의 소개로 알게 된 동환이가 아직껏 자기를 사랑한다는 이야기 또는 이번 오던 길에 동환이와 같이 철원까지 왔다는 것을 자세하게 말했다.

숙희는 옆에서 잠자코 혜련이가 몇 달 동안 지난 이야기를 자세히 듣고 나서,

“고생은 했어두 재미는 많이 봤구만.”

하고 혜련이를 쳐다보았다.

“좋기는 무에 좋아. 남 속 쓴 줄은 모르고.”

혜련이는 빈정거리는 것 같은 숙희를 꼬집어 주려고 손을 내밀었으나 풀한 새 홑이불이 왈그락하고 소리를 내므로 다시 손을 걷어들인 뒤,

"그러는 게 아니야. 그런데 오늘밤은 내가 송 선생 자리를 차지해서 미안한 걸."

하고 곤하겠다 하여 정거장에서 들어오자마자 이불을 깔고 숙희와 같이 누운 것을 이제야 미안하게 생각한 듯이 말했다.

"그런 소릴 할 테면 빨리 가요."

숙희는 자리에서 일어나 앉아 혜련이가 덮은 홑이불을 들어 제치었다.

"그럼 안 그럴게."

"그런다면 내가 용서를 하지."

숙희는 다시 이불 속에 누워 혜련이를 마주 보며,

"서울서 그만큼 재미를 보았으면 한턱 내야지."

하고 빙글빙글 웃었다.

"한턱은 무엇 때문에 내라구 야단일까?"

"권 선생하구 그만큼 친하며 박 선생하구는 연애까지 하니 한턱 내야 하지 않아?"

"아, 참 권 선생 이야기를 안 해 드려 미안합니다. 언제나 만나기만 하면 숙희 이야기를 했구 이번 올 때는 정거장에서도 문안해 달라구 그러던걸."

숙희는 혜련이를 툭 치고 입을 막는 시늉을 하며 '쉬' 했다.

이렇게 밤늦게까지 두 사람은 이야기를 재미있게 했다.

그러나 이야기란 혜련이가 지나던 서울 일을 자세하게 말한데 그쳤고 숙희의 이야기는 한 마디도 못 들었다.

숙희의 이야기가 퍽 듣고 싶었고 성실이를 그렇게까지 괴롭게 한 남편의 일을 어느 정도까지 알며, 알았다면 안 뒤의 마음이 어떠했는지 알고 싶었으나 차마 그런 것을 물어 볼 수가 없었다. 숙희의 눈치로 보아 결혼 당초의 태도와 조금 달리 혼자만이 숨긴 생각을 가지고 있는 것 같았으나 혜련이는 구태여 그것을 듣지 않아도 잘 알 수 있는 일이라 자기가 지난 일만을 하나 빼지 않고 주어 섬기였다.

다음날 아침까지도 혜련이는 동환이와 남산에 갔다 봉변당했던 이야기라든가 그이에게는 어째서 그런지 마음이 움직이지 않는다는 것이며 상대자가 어떤 사람이든 자기는 죽을 때까지 재혼을 못하리라는 것까지 무엇 하나 빼놓지 않고 이야기를 했다.

조반을 먹은 뒤 숙희의 남편이 바쁜 일이 있다 하고 곧 나가 버렸기 때문에 혜련이는 성구에게도 말하지 못했던 여러 가지 느낌을 이야기했다. 그것이 혜련이에게는 시원했다.

믿을 수 있는 동무, 흠 없는 동성 동무에게 혼자만 괴로워하던 것을 툭 털어놓고 이야기할 수 있다는 것이, 사실 성구와 그만큼 친하다 해도 그가 남자라는 점에서 못할 말도 있었고 동환이와 가장 친한 사람이라는 데서 말을 못한 것이 적지 않았다.

너 할 말이 없다고 생각할 때까지 이야기를 해 는 혜련이는 그래도 숙희의 일이 궁금해서,

"내 이야기는 그만하구 숙희두 그새 본 재미를 좀 이야기해요."
하고 말문을 터뜨렸다.

"아직 신혼이구 별일두 없으니까. 혜련이가 경험해 보았으니 알겠지만 그저 그렇지 별일이 있나."

숙희는 이야기를 꺼리는 모양이다.

"그래두 재미를 보았으면 이야기가 있겠지."

"이야기야 많지. 혜련이에게 결혼을 권할 만큼 재미본 이야기두 있지만 혜련이의 이야기를 들으니 마음이 산란해지는 것 같아."

종시 자기 말을 아니했다.

"송 선생은 퍽 바쁘신 모양이로구만. 손님이 왔는데두 말 한 마디 하시지 않구 나가 버리구……."

혜련이는 자기가 섭섭했다는 것을 말함으로써 그의 남편을 화제에 올려 놓았다.

혜련이는 숙희네 집에서도 하룻밤을 지낸 뒤 다음날 오후에 함흥을 떠났다.

분명 무슨 일이 있으련만 아무렇지도 않게 재미를 본다는 것은 결국 숙희가 옛날보다 달라졌다는 것을 느끼게 할 따름이며 따라 분명히 아는 일을 끝까지 숨기려는 태도가 자기를 속이려고 하는 것이라 생각 아니할 수 없는 것이니까 더 오래 있을 마음도 나지 않았다. 하기야 연자를 보고 싶은 마음이 급해 아무래도 이 날은 떠나려고 했던 것이지만 숙희에 대한 섭섭한 마음을 가지고 떠나려니 가슴이 이상하게도 술렁거렸다.

기차에 몸을 싣고도 혜련이는 숙희에 대한 생각을 잠시 잊어버리지 못했다. 이때까지 자기가 괴로운 길을 걸었고 현재도 수난의 길 위에 서 있건만 동무에게까지 멀리함을 받은 것 같은 느낌이 일어나 견딜 수가 없었다.

괴로운 사람은 어디까지나 괴로워야 하는 것이라 하지만 그래 마음의 동무까지도 가질 수가 없는가 하고 생각하니 갑자기 더 외로워졌다.

동편 바다기슭 모래밭에는 지금이 한창이라고 해당화가 만발해 있다.

바로 자기가 탄 기차가 붉은 꽃을 밟으며 달아나는 것처럼 눈앞에 보인다. 가시 많은 꽃.

사람도 없는 고적한 해변에서 일생을 보내는 불운한 꽃이다. 그러나 누구나 그 꽃을 아름답다 한다. 남자들이 지은 말이겠지만 여자를 꽃으로 비하는 것이 이런 해당화를 보고 하는 말이 아닐는지……. 그러나 해당화는 얼마나 쓸쓸할까.

혜련이는 면바로 바다를 내다보며 외로움 속에 잠겨 있었으나 그는 마음을 돌이키려 했다.

숙희가 그랬다는 것은 자기의 괴로움이 있으니까 그 괴로움을 터치지 않으려는 생각 때문이었을 게다라고 달리 생각을 했다. 속상하게 생각을 한댔자 자기에게 이로울 것이 무엇인가. 더욱 괴로울 것이요 괴로움을 일부러 만드는 것밖에 되지를 않는다.

혜련이는 숙희를 동정함으로써 마음을 편히 가지려 했다. 그러나 그런 생각이 들 때는 숙희가 불쌍해 보였고 결혼이라는 것이 또한 불결한 화상처럼 떠올랐다.

숙희가 자기 남편의 일을 모를 리 없다. 알면서도 모른 척하고 불행하면서도 행복스러운 것처럼 꾸미려는 것이 한편 숙희의 훌륭한 성격이지만 그래도 결혼생활이라는 것이 그래야만 하는가 하는 환멸만은 느끼지 않을 수 없었다. 물론 숙희는 누구에게나 현명하다고 칭찬을 받을 것이다. 방탕성 있는 남편을 한결같이 섬기는 그가 얌전하다는 말도 들을 것이다.

그러나 얌전하다는 말을 듣기 위하여 자기 자신을 속여도 좋을까. 자기를 꾸며 가며 산다는 것은 결국 자기를 속이는 것이니까.

혜련이는 한참 동안 바다 위의 범선을 세어 보았다. 물결 속에 잠겼다가는 바다 위로 기어 나오는 흰 돛을 위험하게 바라보았다. 생각을 그만두려는 때문이었다.

무엇이나 생각을 깊게 할 필요가 없었다. 그러나 범선을 하나 둘 하고 세는 동안 결혼이라는 것은 결국 자기를 속인 다음 자기를 속인 것과 꼭 같이 상대방을 속이며 사는 것이 아닐까. 또는 남보다도 속이는 수단이 능란할수록 결혼생활을 잘 운전한다고 하는 것이 아닐까 하는 생각이 들며 결혼에 대한 증오가 물결처럼 밀려나왔다.

'무엇 때문에 결혼을 해야 하는가?'

이런 생각도 해 보았으나 성실이 말과 같이 여자가 죽을 때까지 혼자서는 살아갈 수가 없는 것이니까 결혼을 해야지 하는 대답을 혼자 해 버렸다.

그러나 혼자 살지를 못해 결국 먹을 것이 없기 때문에 결혼을 한다는 것은 결국 자기를 속이고 상대방을 속인다는 것 외에 아무것도 없다.

청진역에 내릴 때까지 혜련이는 혼자서 이런 생각을 했다가는 물결처럼 지워 버리고 딴 생각을 다시 꺼냈다가는 구름같이 사라져 버리며 자기 마음을 걷잡지 못했다.

정거장엘 내리니 명애의 반가운 얼굴이 첫눈에 보였다.

아직 결혼이라는 것을 모르는 명애가 성스러워 보이고 깨끗한 것 같은 느낌에 반가움은 일층 더했다.

오빠나 올케나 적지 않지만 그들이 정거장에까지 나왔을 리 없을 것이기 때문에 그들을 찾아볼 것도 없이 명애와 버스를 탔다.

"얼마나 고생을 했어?"

진심에서 나오는 말을 명애가 인사 대신 물었다.

"조금 했지."

혜련이는 대답을 간단히 해 두고 우선 연자의 일이 궁금해,

"연자의 발은 좀 어떤가?"

하고 물었다.

"글쎄."

명애는 대답을 시원히 못했다.

"병원엔 자주 다녔나?"

"가 보면 알겠지."

명애가 대답을 꺼리는 것이 혜련이의 가슴을 덜컥 내려앉게 했다. 필시 무슨 일이 있는 모양이다. 흔들고 까불며 바다를 끼고 달아나는 버스가 몹시 느려 가만히 앉아 있을 수가 없을 만큼 혜련이의 마음은 갑자기 불안해졌다.

발병이니까 속병과 달라 그리 두려워할 것이 없다고 이때까지 심상히 여겨 왔지만 확실히 대답을 아니하려는 명애의 어색한 태도를 보자 속병을 가지고 놀라지 않게 하기 위하여 이때까지 자기를 속이지나 않았나 하는 생각이 들어 혜련이의 마음은 몹시 초조했다.

집에 돌아가는 도중이 급해서 확실히 따져 알고 싶은 생각도 들기는 했으나 정말 명애가 이때까지 자기를 속였던 것이 사실이라면 어떻게 하나 하는 겁이 들어 되레 묻지도 못했다. 연자를 눈으로 보면 모든 일을 알 수 있으리라는 조급증에서 버스가 좀더 빨리 가 주기만 바랐을 뿐이었다.

정류장에서 내려 낯익은 거리를 걸을 때 얼마 동안 보지 못했던 반가움이 응당 있었을 것이며 자기가 없는 새 얼마나 달라졌나 하고 거리를 둘러볼 것이 고향에 돌아온 사람의 마음일 것이나 혜련이는 길 옆의 집과 거리를 지나다니는 사람은 거들떠보지도 못하고 허둥지둥 걷기만 했다. 명애가 옆에서 걷고 있으나 실은 명애까지도 잊어버릴 정도였다.

집에 들어설 때도 가족들에게 인사할 생각은 없이 연자만 찾아내려고 했다. 마침 늙은 어머니와 연자만이 방 안에 있는 것을 본 혜련이는 어머니에

게 인사도 아니하고 연자 옆으로 가서,

"어데가 아프니?"

하고 우선 끌어안았다.

어린것이 그 동안 엄마를 떠나 얼마나 외로웠을까 하는 생각이 가슴을 치밀어 병에 대한 것을 잊어버린 듯이 아프라고 연자를 힘주어 껴안았다. 연자를 떠나 몇 달 동안이나 있다 온 것도 연자를 위하기 때문이지만 그래도 엄마가 몹쓸 사람이 되어 어린것을 내버렸던 것 같이 생각되어 눈물이 나오려 했다.

혜련이가 잃었던 정신을 찾은 것처럼 연자의 얼굴을 힘있게 보기를 한참 하였다. 몹시 상한 얼굴, 핏기가 없고 창백하다.

"엄마."

그래도 연자는 엄마를 만난 기쁨이 몹시 컸던 모양이다. 다른 말을 못하고 힘없는 소리로 엄마를 부르는 마음이 이때까지 자기를 얼마나 기다렸던 것일까.

"엄마가 나쁜 년이지?"

혜련이는 흐르는 눈물을 참지 못했다.

"엄마, 서울서 무얼 사 왔수?"

연자는 이때까지 엄마가 무엇을 사 가지고 온다는 말을 얼마나 들었는지 어린애다운 소리를 한다.

"응, 많이 사 왔다."

달래기 위하여 이런 말을 하기는 했으나 넉넉지 못한 돈으로 연자의 장난감도 마음대로 못 사 온 것이 새삼스럽게 괴로웠다.

그러다가 연자의 병이 어떻는가 하는 생각이 나서,

"어데가 아프니?"

하고 조금 안정된 목소리로 물었다.

"여기."

하고 연자는 자기의 바른 다리를 손가락으로 가리켰다.

혜련이는 아프다는 다리를 만져 보았다. 그리고는 헝겊으로 몇 벌 동여맨

바를 풀고 앓는 자리를 보려 했으나 그래도 들은 바와 같이 속병이 아니라
는 것이 약간 마음을 놓게 했다.

그러나 이때까지 아무 말도 아니하고 눈물만 홀리고 있던 늙은 어머니가,

"천천히 물어 보렴."

하고 풀기를 말린다.

그런다고 해서 보고 싶은 것을 참을 수 없는 혜련이는 고름이 묻고 때가
묻어 냄새나는 헝겊을 풀기 시작했다.

"엄마, 아퍼."

그것을 풀 때마다 얼마나 아팠댔는지 오래간만에 만난 어머니가 병을 보
려고 하는데도 연자는 발을 움칫하고 빼려 했다.

"괜찮다."

혜련이는 연자를 달래가며 아픈 자리를 뜯는다.

옆에 있던 어머니와 명애가 눈을 돌린다.

차마 눈으로 볼 수 없는 것이 나타나는 모양이다.

혜련이는 헝겊을 한 겹 두 겹 풀 때마다 가슴이 조여 왔다. 상처에 섞여
나온 피와 고름이 점점 무섭게 보인다. 헝겊이 이럴 때 속은 어떠할까 하는
두려움이 그의 손을 떨리게까지 했다.

헝겊을 풀고 살이 붉그스름하게 드러난 상처를 볼 때 혜련이는 기절할 것
처럼 정신이 아찔했다.

돈짝보다도 넓은 자국에 붉은 살이 드러났다.

이렇게 될 때 어린것이 얼마나 아팠을까? 그래서 명애도 병상을 말하지
않았던 것이로구나. 더구나 감은 헝겊을 보니 병원에도 가 보지 않은 것이
분명하다.

"왜 병원에두 안 다닐까?"

혜련이는 누구에겐지 모를 원망과 한탄이 섞인 어조로 말을 했다.

"집에서 고약만 썼단다."

어머니가 이런 대답을 했으나 혜련이는 그런 것을 들으려 하지도 않고 아
픈 자리를 만져 봤다.

"엄마는 아프게 하지 말어."

연자는 이런 말을 하다가 그래도 손가락으로 눌러보는 아픔에, '엄마'를 연방 불렀다.

급한 대로 했다면 당장에 병원으로 갔을 것이나 이미 밤도 늦었고 증상이 그만해지고 달포나 끌었다니 너무 급하게 구는 것이 이때까지 간호해 준 어머니와 또는 명애에게까지도 미안스러울 뿐 아니라 하룻밤을 지나는 사이에 별 이상은 없을 것 같아서 다음날 아침까지 기다렸다.

사실은 그 밤을 기다리기가 여간 힘들지 않았다. 어머니 말에 의하면 언제인가 한 번 병원엘 가 보고 그 뒤에는 한의에게 두어 번 가 뵈었을 뿐 약도 별반 쓰지 않았다 한다.

만약 자기 때문이었다면 어떻게 해서든지 고쳐 놓았을 것이라고 생각하니 원제 돈에 눈이 어두운 오빠네가 병원에 안 보낸 섯은 결국 돈이 들기 때문이었을 것이나 연자 부양료로 매달 얼마씩 받아먹는 게 있지 않는가? 그 돈을 조금만이라도 썼다고 하면 연자의 병이 곧 나을 것이며 이때까지 고통을 안 받아도 좋을 것이다.

뛰어다니다가 넘어진 것이 병의 원인이라고 하니 손만 빨리 썼다면 아직까지 끌 리가 없을 게다.

혜련이는 그러한 울분을 가지고도 오빠 앞에서는 될 수 있는 대로 말을 꺼내지 않으려 했다. 말을 한댔자 상대편에서는 무엇이라고 하든지 이미 핑계를 생각해 놓았을 것이며 되지 않는 핑계를 들을 때 도리어 자기가 더욱 애탈 것이 지난 경험으로 보아 넉넉히 알 수 있기 때문이다.

혜련이는 어린 연자가 얼마나 아팠을까 하는 것을 생각할 때 또는 빨리 아침이 되어 병원에 갈 생각을 할 때 도시 잠이 안 왔다.

지금 누운 곳은 오빠네 방과 조금 떨어져 눈앞에 그들이 보이지 않는다. 그러나 돈과 인정을 너무나 심하게 갈라놓고 인정 같은 것은 세상에 나올 때부터 못 가졌다는 것처럼 그것을 태연히 확대하는 꼴이 비위에 거슬려 무엇 때문에 오빠를 오빠라 부르고 못 믿어 찾아다니나 하는 것을 혼자 분하게 생각했다.

말자하면 인간성을 잃은 인간이 불쌍한 것이지만 불쌍하다는 것보다도 먼저 미웠다. 사람이 행복스럽게 살기란 몹시 힘든 세상이다. 그 세상에서 인간의 아름다운 점을 그대로 가지기란 여간 힘들지가 않다. 그래서 불량한 사람 상궤(常軌)에서 떠나가는 사람이 점점 성을 잃고 신(神)이 인간을 경계시키기 위하여 만든 돈에 온 정신을 기울인다는 것은 세상에서 사는 인류 전체의 불명예다.

같은 인간으로 넉넉히 미워할 만한 일이다. 연자는 그래도 잠을 이루었고 잠자는 숨소리를 쌔근쌔근하고 코로 내뿜었다.

혜련이는 그것의 코에서 나오는 바람을 입으로 삼키고 싶을 만큼 가엾어 보였다. 그래서 잠이 깨지 않을 정도로 잔잔한 이마에 입을 대 머리를 쓰다 듬어 주었다.

혜련이 바로 위에 누워 잠이 든 줄만 알았던 어머니가 혜련이 모녀 머리 위로 와 앉았다.

"어머니는 왜 안 주무세요?"

"잠이 안 오누나."

"빨리 주무세요."

혜련이는 어머니의 얼굴을 보고 싶지가 않았다. 어린것과 꼭같이 부족한 인간에게 학대를 받는 또 하나의 얼굴이 보기가 괴롭다.

"혜련아."

그래도 어머니는 말을 꺼냈다. 벼르고 벼르다 하는 말인 것 같다.

"넌 공부를 그만두고 빨리 시집이나 가거라. 젊은 게 혼자 지내기두 힘들지만 어린것을 봐서라두 이 집을 떠나라."

간곡한 어머니의 말에 혜련이는 대답을 못했다. 어디로 시집을 간다 하면 데리고 온 자식을 누가 귀여워해 주나요 하고 알아들을 수 있는 말로 반대를 할 수도 있는 것이나 몸에 저렸고 가슴에 엉키어 두었던 어머니의 진실한 말인 것일 뿐만 아니라 연자가 얼마나 고생했다는 것을 알려 주는 말이라 옳고 그르고 간에 대답을 할 수가 없었다.

"서울서 신랑감을 보지 못했니?"

"………"

"네가 어데 가서 연자와 같이 밥이야 굶지 않구 산단 말을 들었으면 나는 당장에 죽어도 마음이 놓이겠다."

혜련이는 이런 말하는 어머니의 마음을 잘 알 수 있었다. 그러나 자기는 어머니가 말해 주는 방법으로 살아갈 수는 없는 사람이다.

"어머니 우리 내일 이야기하고 이제는 잡시다."

혜련이는 어머니를 자리에 눕게 했다.

어머니와 같이 이야기한다는 것은 너무나 두려운 일이다. 가까이 해 줌이 반가우나 너무나 가깝게 와서 숨도 못 쉬게 하는 것 같다. 그 대신 애처롭게도 혼자서 아픔을 참고 견뎌 온 연자가 더욱 불쌍하게만 보인다.

다음날 아침 조반도 먹는 듯 마는 듯하고 혜련이는 연자와 같이 청진서 제일 크다는 공의(公醫)에게로 떠나려 했다.

"그만두기나 해라. 무슨 큰 병이라구 야단스럽게 그러냐? 병원두 그렇지. 신의보다도 한의가 믿음직하지. 그래 칼로 함부로 살을 찢는 게 좋단 말인가? 요전에 본 의생도 지금 쓰는 초약으로 몇 달 만 고치면 꼭 낫는대드라."

새벽부터 나대는 혜련이가 아무래도 성의 없는 자기를 나무람 하는 것 같이 보였는지 큰오빠가 혜련이를 말렸다.

"큰 병은 아니지만 자국이 너무 크니까 약이라도 발라 줄려고 그러지요."

혜련이는 듣기 좋은 말로 자기 의견을 주장했다. 사실 큰 병이라고는 생각지 않는다. 큰 병도 아닌 것을 몇 달이나 끌며 어린것을 아프게 했다는 것이 기막혔던 것이다.

"딴 약을 쓰면 더 화가 나서 애만 골리라. 낸들 너만 못해서 병원엘 안 보냈겠니? 공연히 애만 단련시키지 말구 내버려 두어라."

오빠는 자기 면목을 보아 어디까지나 반대를 했다.

"가서 붕대라도 갈아 주어야겠어요. 너무 더러워 볼 수가 없어요."

그만한 돈은 내게도 있으니 걱정을 말하고 한 마디 해 주고 싶었지만 혜련이는 그런댔자 이로울 것이 없을 것이 분명하기 때문에 좋도록 말을 해 놓고는 연자를 안고 밖으로 나왔다. 나올 때도 신의는 작은 병을 가지고 끔찍한 말을 하기 좋아하니까 쓸데없는 말을 곧이듣지 말라고 오빠가 당부하 듯 말했다.

작은 골목으로 해서 큰길가로 갔을 때 명애가 혜련이 앞에 나타났다.

"벌써 가나."

하고 자기가 늦었다는 것을 사죄하듯이 말했다.

"한시라두 빨리 가야지. 명애는 일 보러 안 가구 뭣 하러 와?"

"오늘은 일요일인 줄도 모르나?"

혜련이는 명애의 말에 놀랐다. 만일 일요일이라면 병원에서도 쉬지를 않 을까 하는 겁이 들었기 때문이었다.

"그러면 공연히 나오지 않았나?"

"왜?"

"병원에서도 쉬는 날이 아니야?"

"노는 병원두 있겠지만 일요일이라구 어데서나 다 노나."

명애는 혜련이가 일요일도 모르고 또 일요일이라서 병원이 다 노는 것으 로 생각하는 것이 이상했다. 만약 다른 일 때문이라면 농담이라도 해 주고 싶었을 게나 문제가 연자의 병 때문이라 어디까지나 모르는 것을 타일러 주 듯 말했다.

"그럼 공의(公醫)두 놀지 않을까?"

공의래야 특별히 신통한 것도 없지만 그래도 공의인 이상 그가 가장 믿음 직해서 혜련이는 꼭 시골여자같이 걱정을 해 가며 물었다.

"아마 그 병원두 놀지는 않겠지만 일찍부터는 시작하지 않을 게야."

"그럼 어데 갈까?"

"외과루 괜찮다는 ××병원엘 가지. 공의두 그이보다 낫단 말 없두 만……."

혜련이는 연자를 업은 채 ××병원을 향해 걸었다. 가서 더 커지지 않을 병인가를 알고 싶다는 것보다도 하루 속히 상한 자리를 고쳐 주고 연자를 아프지 않도록 만들어 주겠다는 것이 그의 가슴을 채웠다. 그와 동시에 어 린 연자의 병을 어떻게 해서라도 고쳐 줄 생각은 아니하고 도리어 병원에

가는 자기를 타이르듯이 말하는 오빠가 미운 생각이 들어 같이 걷는 명애와
는 말 한 마디 할 생각도 못했다.

　세관 앞을 지나 서쪽으로 뚫린 큰길을 걸을 때 웬만만 하면 청진서 제일
번화하다는 거리를 한 번이라도 거들떠봐야 할 게지만 혜련이는 지금 어디
를 걷고 있는지도 모르는 듯이 마음속의 생각 이외에는 조금도 주의를 주지
않았다.

　명애는 조금 섭섭했을 게다. 물론 혜련이가 연자의 병 때문에 그러는 것
이라는 것쯤은 이해할 수 있으나 그래도 청진에 남은 동무 가운데서 하나밖
에 없는 자기다. 몇 달 동안이나 헤어졌다 만났으니 그새 어떻게 지냈느냐
는 말 한 마디라도 물어 줄 줄 알았다. 사실은 자기도 하고 싶은 말이 있었
지만 혜련이가 공부하던 이야기가 무척 듣고 싶었던 것이다. 반드시 들을
말이 있을 것이다. 돈 한 푼 안 가져다 쓰며 공부하는 그 생활이 그것도 그
러려니와 속 털어놓고 말할 수 있는 동무를 만났다고 하는데도 말 한 마디
주고받지 못하는 것이 서럽다. 혜련이와 자기가 너무나 멀어진 듯도 했다.
그렇다고 해서 이야기를 먼저 꺼낼 수도 없는 일이라 그대로 따라가기만
했다.

　병원에 들어서니 아직 의사가 나와 있지는 않았다. 그러나 ‘뒷방’에서 사
는 의사라 환자가 왔다는 말을 듣고 곧 나왔다. 보니 아직 세수도 안 한 모
양이었다.

　“미안하지만 이 애 다리를 좀 봐 주세요.”

　혜련이는 연자의 다리를 앉은 의자에서 내밀려고 했다.

　“네, 그렇습니까? 이리로 오시지요.”

　의사는 진찰실로 안내했다.

　혜련이는 응접실에서 병을 보이려던 것도 과히 부끄러워하지 않고 곧 의
사의 뒤를 따랐다. 의사 앞에서 연자를 앉힌 뒤,

　“제가 없는 동안 구식 부모가 심상하게만 생각하구 병원엘 보내지 않아
다리가 몹시 더러워졌습니다.”

하고 혜련이는 무엇보다도 붕대도 없이 더러운 헝겊으로 처맨 것이 부끄러

위 그것을 변명했다.

의사는 아무 대답도 없이 손가락 끝으로 헝겊을 풀었다. 다 푼 뒤에는 옥시풀로 상한 다리를 씻고 손가락으로 사방을 눌러 본다.

얼마나 아픈지 연자가 발버둥을 치며 우는 바람에 혜련이와 명애는 양 다리를 한 편씩 맡아 꼭 쥐었다.

"응, 용타 울지 마라."

의사는 연자를 달래느라고 부드럽게 말했으나 조금도 어린애가 아프리라는 것을 생각지 않고서 함부로 손질하는 듯함이 인정머리 없이 보였다. 애가 울지 않게만 해서야 진찰이 안 될 것쯤은 상식으로도 알 수 있는 것이지만 자기 딸이 아파하는 것을 볼 때는 의사도 인정이 좀 있었으면 하는 생각이 안 들 수 없었다.

의사는 고름 나는 구멍을 터쳤다. 어린애는 죽는다고 벼락을 쳤으나 의사는 죽어라 하는 듯이 힘껏 터쳐 고름이 나오는 것을 보고야 손을 뗐다.

연자가 우는 동안 의사는 병난 발만을 들여다볼 뿐 아무 말도 아니했다.

혜련이와 명애가 연자를 달래 놓은 뒤에야,

"이제는 다 했다. 아프지 않다."

하고 으레 하는 말인 것처럼 다시 한 마디를 한 다음 연자의 발에 손을 댔다.

혜련이는 다시 속이 뜨끔했으나 말대로 외면만을 가만가만 만져 보는 게 조금 안심을 했다.

세 손가락을 합해 상처를 가볍게 몇 차례나 눌러 보던 의사는 혜련이의 얼굴을 쳐다보며 심상치 않은 듯한 얼굴로 물었다.

"언제부터 아프기 시작했습니까?"

"서너 달 되었습니다."

혜련이는 아직도 젊어 보이는 의사를 빤히 바라보며 대답했다. 그 뒤를 이어 명애가 동무와 놀다가 넘어져 그렇게 되었다는 이야기를 설명했다.

"고름은 언제부터 나기 시작했습니까?"

의사는 죄수에게 심문하는 재판장 같이 무뚝뚝하게 물었다.

"얼마 안 되었어요."

명애가 혜련이보다 먼저 대답했다.

의사는 말을 듣는지 마는지 하고 물끄러미 앉아 있다.

"나는 고치지 못하겠습니다."

하고 아주 냉정하게 말해 버렸다.

혜련이는 믿음직하지 않기는 하나 못 고치겠다는 말에 놀라며,

"왜요?"

하고 물었다.

"다리를 자르는 수밖에 없습니다."

"무슨 병이기예요?"

"고름이 뼛속에 들었습니다."

혜련이는 놀았다. 의사의 말이 믿고 싶지는 않지만 다리를 잘라야 한다는 말이 너무나 기막혔다.

다리를 자르다니…… 듣기만 해도 무시무시하다. 연자가 한 다리를 자르고 나머지 한 다리로 참새같이 깡충거리며 걷는 것을 눈으로 보는 듯했다. 하느님의 장난이 너무나 심하다. 혜련이는 생각만도 계속할 수가 없어서,

"참말입니까?"

하고 물었다.

"아무 약도 쓰지도 않았으면 고름이 뼈에까지 들어가지 않을 터인데 여기 붙였던 한약이 고름을 스며들어가게 했습니다. 뼛속에 든 고름을 빼는 수가 있나요."

혜련이는 기막힌 생각에 어쩔 줄을 몰랐다. 세상이 노래지는 것 같으며 하늘이 빙빙 도는 것 같았다.

의사의 말이 전혀 모르는 소리라고 생각할 수도 없다. 돈을 아끼느라고 한약도 좋다는 것을 썼을 리 없다는 의사의 말이 그럴 듯도 하다.

그러나 잘라 버리라니. 어미도 없이 혼자 가엾게 앓은 것이 불쌍해서 조급히 데리고 왔던 연자의 병이 그리 중할 줄이나 누가 꿈인들 꾸었으랴…….

혜련이와 명애는 의사의 말을 믿을 수가 없어서 첫번부터 가려던 공의에

게까지 갔다.

짐짓이 크고 가운데 구멍에서 고름이 나온다 하기로서니 다리를 잘라야 할 법이 어디 있는가.

큰오빠의 말과 같이 작은 병을 가지고 끔찍하게 말하기 좋아하는 때문이나 아닐까.

이런 때는 큰오빠의 입에서 나오는 말도 믿고 싶었다.

어쨌든 연자의 발목을 잘라야 하다는 것은 애당초부터 생각할 수도 없는 일이었다.

그러나 공의 역시 꼭 같은 말을 물어 본 뒤 골막염(骨膜炎)이란 병을 말했다. 고치기가 힘드는 것은 고사하고 오래 둘수록 위로 치밀어 오르기 때문에 이왕 자를 것이니 하루빨리 잘라 버려야 한다고 한다.

좀더 시원한 소리를 들으려고 했던 것이나 무엇이라고 입을 벌릴 수가 없다.

확실히 그렇습니까 하고 따져 보고 싶은 생각도 있으나 의사를 무시하는 말을 할 수 없고 그렇다고 해서 제 욕심만을 가지고 전혀 안 믿어 버린다는 것은 자기의 상식이 허락지 않았다. 아무리 안 믿고 싶은 일이지만 두 의사가 그래도 청진에서는 대표 될 만한 두 사람이 꼭 같은 말을 한다는 것은 아무래도 어떠한 근거가 있기 때문일 것이다. 근거가 있는 것을 안 믿어 버린다는 것은 어리석은 것밖에 안 된다. 그렇다고 해서 고분고분 믿어 버리고 의사의 말대로 속히 자르겠다는 말을 할 수 없었다. 어떻든지 병에 대한 것은 확실히 알려고 골막염이라는 것이 대체 어떤 것인가를 물었다.

"네, 골막염이라는 것을 쉽게 말하자면 나쁜 균이 뼈를 침범해서 자꾸 썩게 한다는 것입니다. 지금 어린애의 발목뼈가 조금 썩었습니다. 엑스광선을 비춰 보아야 얼마나 썩었는지 확실히 알 수 있습니다마는 썩기 시작하는 것은 분명합니다. 그것을 그대로 둔다면 계속 썩어 올라가 발목만 잘라도 괜찮을 것을 다리 전부를 자르게 될지도 모르게 됩니다."

의사는 치료방법은 신통한 것이 없다는 듯이 잘라야 한다는 것을 또 다시 설명했다.

"썩은 뼈만을 수술로 긁어낼 수는 없는가요?"

혜련이는 완강한 의사에게 무엇이라 말해야 좋을지 몰랐으나 자르지만 않고 고칠 도리가 없느냐는 듯이 물었다.

"살과 같지 않은 뼈를 어찌 그럴 수가 있나요? 더구나 썩은 다리가 뼈 사이인데 거길 긁어내면 맞붙었던 것이 제 갈 데로 가니까 결국 마찬가지 아닙니까. 어쨌든 자르지 않고는 별 도리가 없겠습니다."

혜련이와 명애는 연자를 업고 병원을 나섰다.

아무리 의사의 말이 귀신처럼 신통하다 할지라도 당장에 애를 맡길 수가 없다.

그들은 송장을 업은 사람처럼 무시무시한 생각과 온갖 슬픔을 품고 걸었다.

연자의 비명, 그것은 확실히 연자의 사형선고나 마찬가지였나.

혜련이는 연자를 업고 명애네 집으로 들어갔다. 연자의 병을 이처럼 만들어 놓은 큰오빠네 집엘 들어가고 싶지도 않았지만 그래도 무엇이라고 주절거릴 그들과 상대하고 싶지가 않았다.

반드시 의사의 말을 믿지 말라고 할 게다. 한약을 쓰면 꼭 낫는다고 천연스럽게 말할 것이 분명하다.

그들에게 있어서는 연자가 죽는다 해도 그리 원통할 것도 없을 노릇이지만 참말로 신의사의 말을 믿지 않을지도 모른다.

보기에 자그마한 구멍밖에 없는 상처다. 그것을 잘라야 한다는 것을 신의를 믿는 자기로서도 의아하게 생각하는 중이다.

좌우간 오빠네 집엘 두 번 다시 발을 들여놓고 싶지가 않을 뿐 아니라 이러쿵저러쿵 말할 것이 시끄러웠다.

명애가 자기 자리를 깔아서 연자를 눕힌 뒤,

"진작 병원엘 다녔으면 이런 일은 없지."

하고 한탄하듯이 혜련이를 위로하려 했다.

"………"

"내가 몇 번을 말했게. 병원엘 데리구 가자구. 이제는 그보다 더 큰 병원두 없구 어떻게 하나……."

명애는 같이 걱정하는 말밖에 딴 말을 할 수가 없었다. 그러나 혜련이는 그 말도 들었는지 말았는지 반 정신이 나간 사람처럼 멍하니 앉아 있었다. 명애는 다시 말을 꺼낼 수도 없어 혜련이의 눈치만 보고 있으려니 그의 얼굴에서 눈물이 방바닥에 떨어지고 있었다.

"아무래도 이 애 다리를 잘라야 한다면 같이 죽어 버려야 하겠어……."

딜레마

방학이 열흘 이상이나 남았는데 혜련이는 서울을 향해 떠났다. 바닷바람이 시원하다 할지라도 가시방석에 앉은 듯이 불안한 마음은 하루도 오래 있지를 못하게 했다. 청진이 자기에게 행운을 준 기억이 없지만 그래도 작년 여름에는 숙희를 만나 재미를 보았다. 금년에는 명애가 남아 있다 할지라도 언제나 연자의 병을 싸고도는 쓰라린 생각 때문에 두 사람의 이야기가 그리 재미나는 대목을 못 보여 주었다.

명애는 늙은 처녀로 결혼해야 할 걱정을 은근히 말했지만 혜련이에게는 그리 흥미 있게 들리지가 않았다. 결혼이란 것은 한 사람의 불행이 딴 사람의 불행과 합해지는 것이라고 생각되어 명애가 결혼 못하는 것이 동정되지가 않았다. 자기가 결혼만 아니했다면 오늘날의 불행이 없을는지도 모를 것이었으니까. 그뿐 아니라 결혼이란 것이 너무나 육체적인 것 같이 느껴져 그것을 찬성할 생각이 나지 않았다. 숙희의 예를 들어본대도 숙희가 자기 결혼생활에서 정신적 만족을 느끼는 것 같지 못하다. 부부의 관계를 유지하는데 기교(技巧)를 가졌다는 것은 결국 숙희가 자기 생활을 만족 못한다는 뜻이다. 비단 숙희뿐만 아니라 결혼생활에서 행복을 누리고 있는 사람이 몇이나 되는가.

도대체 연자의 병 이외의 딴 생각을 못하는 혜련이지만 명애에게는 너무나 냉정하게 대해 준 것이 자기로도 느낄 만한 정도였다.

청진을 떠나려 할 때 생각을 하니 알지 모를지는 모르지만 자기가 서울서 지내던 이야기를 조금도 들려 주지 않은 것이 미안스러웠다. 지나가는 이야기로 공부하던 이야기와 학교에 대한 것은 대강 말했지만 동환이에 대한 사실은 조금도 입 밖에 내지를 않았다. 명애에게는 무엇보다도 그 이야기가 듣고 싶었을는지도 모른다. 명애는 둘째로 자기 역시 그런 이야기를 말하는 것이 명애를 친하게 믿는 표시일 것을 생각했다. 그래서 떠나기 전에 동환이와 알게 된 동기며 얼마 동안은 조금도 안 만났으나 방학을 하고 올 때 기차간에서 만나 아직까지도 자기를 생각하고 있는 눈치가 있더란 것까지 이야기해 주려 했다. 나아가서는 앞으로 어떤 이야기가 있을는지도 모를 일이지만 자기는 어떻게 해서든지 그를 단념하도록 만들어 놓겠다는 결심까지 보여 주고 싶었다. 만약에 이상한 풍설이 돈대도 명애에게만은 오해를 사지 않도록 미리 방비해 놓으며 따라 자기의 결혼 태도를 보여 주려 했던 것이다.

그러나 떠나는 날까지 혜련이는 종시 그런 이야기를 꺼내지는 못했다. 그 동안 몇 번이나 만났지만 자기가 무지한 오빠 때문에 속이 상해 있을 때거나 연자가 정말 다리를 잘려야 하는가 하고 눈물을 흘리며 걱정할 때에 명애를 만났기 때문에 그런 말을 할 생각이 좀처럼 머리에 떠오르지 않았다.

그가 청진서 보낸 하루라는 것은 무한히 괴로운 것이었다.

모두들 잘라야 한다니 병원엘 다시 갈 수도 없고 하루가 지날수록 뼈가 점점 더 썩는다니 그대로 있을 수도 없고,

“어떻게 하니?”

하고 어머니가 걱정을 해 주어도 그것이 걱정에 그치고 마는 것이니만큼 마음은 무거워질 뿐이다.

“청진서 못 고치는 걸 서울서 고칠까.”

오빠는 미리부터 돈 안 줄 계획으로 이런 말을 한다. 고치지도 못할 것을 돈만 써서 무엇 하느냐는 말이었다.

그럴 때에는 연자 부양료나 내라고 시비를 따지고 싶었으나 자기 속만 더 탈 것이니 참아야 한다는 생각에 부럭부럭 일어나는 화를 내리 누르는 것

역시 쉽지가 않았다. 사실 웬만만 하다면 죽어도 간섭 아니하겠다던 연자의 부양료라도 쓰고 싶었다. 무슨 돈이건 연자를 병신만 안 되게 쓰는 데는 부끄럽지 않을 것 같았다. 그러나 오빠는 언제나 자기를 철모르는 애처럼 눌러 버렸다. 말을 해야 조금도 알아 줄 만한 인품이 못 된다.

그렇다고 해서 연자를 세월 가는 대로 그냥 내버려 둘 수는 없다. 어떻게 해서든지 서울로 데려다가 유명한 의사, 믿을 만한 병원엘 가서 진찰을 받고 수술을 해 주고 싶었다.

어쩐지 서울만 가면 발을 자르지 않고 고칠 수 있을 것 같은 느낌이 들었다. 그래서 서울로 떠나기는 했으나 어떻게 해서 연자를 데려올 수 있을까 하는 것은 또한 새로운 걱정이 아닐 수 없었다.

혜련이가 석왕사까지 가서 그들을 만났을 때 어린애들은 물론 애들 부친까지 반갑게 맞이해 주었다.

"나는 안 들리실 줄 알았댔습니다."

종태는 몹시 기다렸던 것처럼 말했다.

"학생들이 보고 싶어 그냥 지나갈 수가 있어야지요."

혜련이도 반가워하는 태도로 이야기를 했다. 어린애들의 손목을 잡고는,

"해수욕을 해서 얼굴 까맣게 탔구만……."

하고 천연스럽게 인사를 차렸다.

"무척 탔지요? 원산서는 밤낮 바다에서 살았으니까요."

종태는 자기 얼굴도 보아 달라는 듯이 손으로 이마를 쓸었다. 맏딸이 열 살, 맏아들이 여덟 살이나 났으나 종태는 그리 늙어 보이지가 않았으며, 그의 직업이 또한 상업인만큼 어조도 여간 점잖은 것이 아니었다. 외교를 중심으로 하는 어떤 무역회사의 상무라 말하는 태도 역시 아주 능란해 보였다. 혜련이는 이때까지 그와 교제할 기회가 없었지만 사귀어 두어야 할 필요를 느꼈기 때문에 그에게 지지 않을 생각으로,

"남자 어른은 얼굴이 좀 타야 건강해 보이지 않습니까. 퍽 좋아 보이시는데요."

혜련이는 쾌활하게 웃기까지 했다.

“천만의 말씀입니다.”

종태 역시 웃음으로 대답을 했으나 그 웃음이 일부러 만든 것과 달리 아주 자연스러웠다.

돈이 있다고 해서 남을 잘 보는 눈치가 있다든지 지위가 높다 해서 거만해 보인다든가 또는 젊은 여자니 마음을 사려고 태도를 꾸민다던가 하는 기색이 보이지 않았다.

쾌활하고 재미있는 사람으로 보였다.

이때까지 자기 역시 남자와의 교제를 삼가려 했고 그의 마누라 역시 자기를 경계하였기 때문에 종태를 사귀지 못했지만 사귀어 두어도 해롭지는 않을 사람같이 느꼈다.

“애들을 데리시구 약물이나 잡수러 가시지요.”

종태는 친절하면서도 범연한 듯이 어린애들을 부르며,

“너희들, 선생님 모시구 약터에나 갔다 오렴.”

하고 혜련이를 본다.

혜련이는 속으로 어째 같이 가자는 말을 아니할까 하고 그 인품에 감탄하면서도,

“서울엘 가 봐야지요.”

하고 사양을 했다.

“서울엘 오늘루 가신단 말씀입니까? 아니 아직 개학도 아니했을 게고 가면 더위에 땀만 흐리실 텐데 뭐 그리 바쁘게 가시렵니까. 여기는 바람이 시원하겠다. 어린애들도 갑갑해서 야단들 치는데 얼마 동안 계시다가 같이 가시지요. 이 여관엔 방도 많으니까 이런 데까지 와서 수고하시라고 하기는 미안하지만 저것들을 데리구 좀 동무해 주십시오.”

이러자 어린애들이,

“선생님 우리하고 같이 가요.”

하고 혜련이에게로 달려들었다.

혜련이는 고집이랄 것도 없지만 굳이 가야겠다고 한 자기 말을 내세울 이유가 없다. 가야만 할 일이 없으니까. 물론 종태에게 희망을 안 둔다면 한시

바삐 가야 할 것이지만.

그러나 너무 쉽사리 자기 말을 바꾸는 것이 안되어,

"그래도 가야지요."

"무슨 일이 특별히 있는지 모르겠습니다마는 얼마 동안 애들 동무해 주십시오. 애들아, 고뿌를 가지구 선생님과 같이 가라."

이런 때 혜련이는 연자의 말을 꺼내려 했다. 기실은 서울에 가서 돈을 변통해야 되겠습니다 하고 사실을 말하면 자기가 솔선해서 어떤 의견을 말하겠지 하는 생각이 들었기 때문이다.

입에서 그 말이 빙글빙글 돌았으나 차마 입 밖에는 꺼내지 못했다.

말로야 돈을 변통하는 것이니까 누구의 동정을 바라서 서울엘 간다는 뜻이 안 될지 모르지만 종태는 동정을 비는 것같이 해석할지 모른다. 왜냐하면 돈 있는 사람에게 돈 없는 사정을 말한다는 것은 언제나 구걸하는 의미가 되는 것이니까.

더구나 아직까지 그리 친하지도 못한 사이에 연자 이야기를 꺼낸다면 자기 반생에 대한 것을 전부 말해야 한다는 것이 싫었다.

"빨리 가세요."

종태의 맏딸이 고뿌를 들고 와서 혜련이의 손목을 잡아끌었다.

"가면 어떻게 해."

하고 혜련이는 약간 당황해 보이는 태도를 보이면서도 일어섰다.

"걱정마십시오. 이 여관에 빈 방도 많답니다."

혜련이는 종태의 말이 조금 이상하게 들렸다. 자기가 방이 없어 걱정이 되거나 종태를 못 미더워 그의 마음을 의심하지도 않건만 종태가 먼저 그런 생각을 한다는 것은 웬일인가.

종태 마누라가 언제나 자기를 경계하는 것도 남편이 믿을 수 없기 때문이 아니었을까 하고 생각하니 갑자기 그곳을 떠나고 싶었다.

그러나 자기에게는 그런 것과 거리가 먼 딴 생각이 있다. 아무것도 모르는 척하고 애들과 약터에 올라갔다.

그 날 밤 혜련이는 종태와 한 방에 앉아 여러 가지 이야기를 주고받았다.

이야기래야 별로 신통한 것은 없지만 개인에 관계되지 않은 것 말하자면 요새의 청진은 얼마나 달라졌다는 것들을 말했다.

하기야,

"공부도 자유스럽게 못하니 얼마나 딱하게 지냅니까? 가정교사라고 모셔다 놓고 한 달에 얼마씩 드린다는 것이 어떤 때는 민망스럽습니다."

어떤 말 위에 이런 이야기를 꺼낸 일도 있지만 혜련이는 될 수 있는 대로 그 말의 대답을 피하고 화제를 돌렸다.

"그렇게 애써 공부해선 무엇 하십니까? 물론 공부하시는 것은 좋지만 사회가 어데 여자를 그렇게 써 주어야지요."

혜련이는 이런 말이 나올 때 정색한 태도로 자기의 사정을 말할까도 했다.

그러나 시기상조라 생각했다.

첫째, 종대가 자기를 상대로 간격 없는 말을 히는 것도 이직끼지 돈값으로 일을 해 준다는 관념이 있기 때문일게요. 둘째로는 자기가 학문에 대한 열정을 가진 줄 알고 있기 때문일 게다. 그런 데에다 공으로 무엇을 구하는 비굴한 빛을 보인다던가 공부가 밥벌이를 위한 것이라는 것을 말한다면 지금과 같은 대우를 아니해 줄 게 뻔한 일이었다. 게다가 주제보다도 바랄 수 없는 욕망을 가졌다고 경멸받을 것이 싫었다.

더구나 별다른 눈치가 안 보이지만 친절한 것만은 사실이다.

석왕사에서 구하기 힘든 과일이라든가 둘이서 먹기에는 보기에도 많을 만큼 듬뿍 사 온 과자라든가 무엇 하나 후하지 않은 것이 없었다.

물론 돈 있는 사람이 손님을 대접하는 방법일는지 모르나 혜련이에게는 지나친 친절같이 느껴지었다.

무엇 때문에 친절히 해 줄까 하고 생각하니 아무래도 자기가 젊은 여자라는데 그 원인이 있음직했다.

그렇다. 이성이라는 것은 딴 생각이 없이 교제를 할 때에도 서로 호기심을 느끼고 따라 상대편의 호감을 사려는 것이 본능이다. 그 호감을 사려는 정도가 커질 때 문제는 크게 생긴다. 만약 종태가 평범한 마음을 가지고 자기를 대하고 있다 해도 어떠한 때 마음의 변화가 생길지 모른다. 더구나 자기가 무엇을 요구하고 또 자기가 요구를 들어 줄 때 그는 자기와 뗄 수 없는 관계가 있는 것처럼 느낄는지 모른다.

즉 혜련이를 어느 정도까지 자기 밑에 있은 사람이라 생각할 것이고 따라 혜련이의 생활 전부를 알고 거기에 대한 간섭까지 하려고 할는지 모른다.

혜련이는 이런 생각 저런 생각을 다 해 본 뒤 결국은 아무 말도 않기로 했던 것이다. 따라 오래 앉아 있어야 별로 신통한 이야기도 없는 것 같아 자기 방으로 가서 자려 했다.

"그런데 참 들어 볼 말이 하나 있습니다."

움직움직하는 눈치를 보았던지 혜련이를 일어나지 못하게 종태가 말을 꺼냈다.

"우리 집에 매일 다니시니까 잘 아시겠지만 내 처가 어떻습니까?"

"어떻다니요?"

혜련이는 육감이 움직여 자기도 모르게 얼굴을 약간 붉혔다.

"즉 어린애들을 공부시키는데 그 성격이 나쁜 영향을 주지 않을까요?"

"어째서 그러세요. 그만큼 똑똑하신 분이 얼마나 되나요. 저는 살림 잘하시구 모든 범절이 분명한데 매일 감탄을 합니다. 우리 같은 것이야 천 번 죽으면 그의 옆에 나갈 수 있습니다."

혜련이는 딴 말을 꺼내지 못하도록 방비선까지 쳤다. 그리고 나서는 말할 기회가 있다는 것이 잘못이라고 생각하여 곤하다는 핑계로 자기 방엘 뛰어왔다.

방 안에 가만히 앉아 생각을 하니 종태 역시 동무처럼 믿을 사람이 못 되는 것이 확실했다.

두 사람이 앉을 수 있는 첫 기회에 자기 마누라의 흉을 보려는 것은 마누라와의 정이 없다는 것을 말하려는 것일 게다. 혜련이는 소름이 끼치는 것을 느꼈다. 정까지 말하려고 했던 것이 무서웠다. 그러고 보니 설사 여유가 없다 할지라도 성구가 몹시 그리웠다. 그러한 사람이 또다시 없을 듯한 생각이 들자 한시바삐 만나 모든 것을 말하고 싶다. 그만은 잡념도 안 가질 것이요 또 어떠한 말을 해도 경멸하는 태도를 안 가질 것이다.

따라 자기로서도 부끄러울 게 없다. 일이 되든 안 되든 속이 시원히 말하고 싶고 그의 의견을 듣고 싶었다.

다음날 아침 혜련이는 석왕사를 떠났다.

단속문(斷俗門)을 지나 약물터로 올라가는 길이 눈에서 사라지지가 않으며 따라 좀더 한가한 몸이 되었다면 다문 며칠이라도 놀고 싶은 생각도 없지는 않았지만 그것보다도 하루를 더 있는 것이 불안해 못 견딜 지경이었다.

종태의 태도 역시 마음에 들지 않았고 그에게 무엇을 구해 본다는 것도 쓸데없는 망상에 지나지 않는 것이라 생각했지만 그의 애들을 볼 수 없는 것도 또한 한 원인이었다.

나이가 비록 다르지만 몸이 성하고 원기가 든든해서인 덕으로 산으로 함부로 뛰어다니는 모양이 차마 볼 수 없었다. 연자는 병만 없다면 동무들과 손목을 잡고 발똥발똥하고 있을 것을 생각하니 자유스럽게 덤비는 애들을 그대로 볼 수가 없었다.

"가서 무슨 볼일이 있을 것 같지도 않은데 그리 급히 가실 게 어데 있어요."

하고 종태가 붙들려 했으나 혜련이는,

"옷을 하나도 짓지 못했어요. 개학하기 전에 옷이나 지어 놓아야지요."

하고 핑계를 댔다. 하기야 집에서 새로 지어 오려던 옷을 겨우 빨기나 해서 그대로 가져오는 것이 사실이지만 서울서 그런 일을 할 수가 도저히 없을 게다.

"집에서는 무얼 했어요?"

"동무들과 놀내기에 할 수가 있어야지요."

혜련이는 조금도 자기 마음을 비치지 않고 석왕사를 떠났다.

그러나 또 한 사람을 단념하고 나니 몹시 고적했다. 꼭 되리라고 바랐던 것은 아니지만 그래도 희망은 줄어지고 낙망은 커지는 것이 적적했다.

서울 간대야 기껏 성구를 만나는 것이지만 자기 취직도 못해 걱정하는 사람이 무슨 능력이 있을까 하고 생각하니 막연히 그와 의논해 보겠다던 생각도 부질없는 짓 같았다.

더구나 성구는 이미 한 여자의 남편이다.

아무리 친하다 할지라도 성구로서는 자기 마누라와 혜련이를 구별할 것이고 따라 세상 누구에게든지 마누라 이상의 성의를 가지지 못할 것이다. 아무래도 자기 몸같이 생각하고 제 몸처럼 흠 없는 것은 다만 부부다.

혜련이는 우울에 잠겼다. 누구든 간에 자기 자신처럼 믿고 의지할 사람이 그리워진다. 자기와 같이 걱정해 주고 자기처럼 괴로워해 줄 사람이 꼭 한 사람 있었으면 했다.

그때 얼핏 동환이가 머리에 떠올랐다.

방학하고 집에 돌아갈 때 기차간에서 만났던 동환이, 그는 자기를 위하여 진심을 다해 줄 것이요. 자기를 제 몸같이 생각해 줄 것 같았다.

그러한 동환이를 왜 냉정하게 대해 주었던가 하고 후회도 해 보았다. 평범한 사람의 눈으로 볼 때 부족한 점도 없지는 않을 것이나 인간적인 좀더 높은 눈으로 볼 때 조금도 부족함이 없는 사람이다. 자기가 그와 같은 사람의 사랑을 받는다는 것은 몸에 넘치는 일이다.

당장에 그를 찾아가 품에 안기고 싶었다.

그만큼 자기를 생각하면서도 노골적으로 자기의 의사를 ·표현치 않을 뿐 아니라 방학 동안에 편지를 할 수가 있는 것이지만 그런 것도 취하지 않는다. 결코 성구만 못하지도 않다.

그러나 사랑! 하고 생각을 하니 동환이를 멀리 쫓고 싶어졌다. 하필 동환이라고 해서 그런 것이 아니라 사랑의 상대로 나타난 남자가 동환이 한 사람뿐이기 때문이다.

사랑을 꿈꿀 만큼 여유 있는 사람도 아닐 뿐 아니라 사랑을 반드시 행복스러운 것만으로도 생각지 못하는 혜련이다. 그러한 자기에게 마음을 유혹하고 잊어버리게 하려는 사랑이 동환이에게부터 있다면 동환이를 원망해도 할 수 없는 일이다.

"내가 정열을 잃어버렸나?"

그는 혼자 생각했다.

그러나 정열을 잃은 것은 아니다. 정열을 잃었다는 것은 마음이 허락지 않는다.

마음이 허락지 않는다고 해서 정열을 가지고 있다는 것이 그른지는 모르지만 뿌리째 빼 버릴 수도 없는 물건이다. 허나 자기가 외로운 사람인 것만은 숨길 수 없다. 몹시 외롭고 마음이 외롭다.

아침을 먹고 명심이를 회사로 보낸 뒤 자기도 책보를 싸 들고 나가려 할 때 성구는 엽서 한 장을 받았다.

대문 안에서 받은 채 그 자리에서 겉봉과 속 안을 읽고 난 성구는 고개를 설레설레 흔들고 빙긋이 웃었다.

방학 동안 편지 한 장 안 보냈을 뿐만 아니라 자기 편지의 회답도 잘라먹는 혜련이가 서울에 도착되자 자기를 기다린다는 엽서를 보냈다는 것이 수상스러웠기 때문이었다.

다른 말은 없고 그저 만나야 되겠다는 말만을 쓴 것과 또 개학이 아직도 일주일 이상 남았는데 벌써 올라왔다는 사실이 며칠 전 그이의 개학이 멀었는데도 일찍 올라온 동환이와 관련된 일이 있는 것 같았다. 편지 없는 것도 둘의 관계가 깊어진 때문이 아닐까 하는 생각이 퍼뜩 들자 방학을 하고 고향엘 갈 때 같이 만나서 어떤 이야기를 했을까 하는 생각이 궁금하기도 했다.

자기가 그만큼 애썼는데 나중에 와서는 결국 자기를 따돌린 것 같은 느낌이 나서 만난 뒤에도 아무런 이야기를 하지 않은 동환이나 편지 한 장 아니해 준 혜련이를 나무람 비슷이 꾸중해 주고 싶은 생각이 들었으나 그래도 걱정하던 일이 뜻대로 되었다는 것이 기뻐 한시바삐 그들을 만나 보고 싶었다.

성구는 쌌던 책보를 방 안에 그대로 놓아 두고 집을 나섰다. 어쩐지 도서관을 향해 걸어갈 때보다 걸음이 가벼운 것 같으며 마음 역시 전과 달리 청쾌한 것 같았다.

하기야 책보를 끼고 매일 도서관에 다닌다는 것이 무엇을 연구해 보겠다는 연구적인 마음 때문이 아니라 할 것이 없으니 괴로운 하루를 책 속에서 잊어 보자는 심산이기 때문에 비록 자기가 좋아하는 독서라 할지라도 그것이 권태를 가져왔던 것만은 사실이었다.

권태를 느낀다는 것보다도 세 식구의 생활을 아내 한 사람에게 맡기고 자기는 생산이 없는 채 놀기만 하고 있다는 생각이 머릿속에 뿌리를 박아 책을 읽는다 해도 머리에 들어오지가 않을 뿐만 아니라 언제나 자기의 무능이 떠올라 독서가 그에게 우울을 주는 때도 있었다. 할 일이 없어 책을 읽는 자기 신세다. 그런 만큼 아침만 되면 남과 같이 책보를 싸고 거리로 나서지만 일하러 가는 사람과 일이 없어 도서관에 가는 자기가 비교되어 늘상 아침을 비관하게 되었다. 만약에 먹을 것이 있어 예술에 충실한 것이라면 거기서 더한 일이 없을 것이요 또 자기가 쓰는 글이 전부 돈이 되어 생활비라도 나온다면 어느 정도의 안도를 가져올 것이나 아직까지도 신인이라는 간판이 그의 글을 사 주지 않는다.

성구는 누구를 만났던 간에,

"요새 어떻게 지내나?"

하고 물으면,

"도서관에서 세월을 보내네."

"팔자 좋구만!"

"할 수 없어서 책이나 보네."

하고 대답한다.

할 일 없어 하는 문학이 얼마큼 신통할는지도 모르지만 그런 마음을 가진 만큼 조그마한 일만 있어도 도서관을 그만두는 것이 예사였다.

성구는 혜련이를 찾아 그의 하숙으로 갔다.

아홉 시가 거의 되었지만 여자 혼자 있는 집을 방문하는데 너무 이르지 않나 하고 딴 데로 들려 갈까 하는 생각을 했으나 갈 데도 없다.

더구나 한시바삐 만나 그새 지낸 이야기를 듣고 싶으며 자기로서는 히야까시를 해 주고 싶어 견딜 수가 없었다. 그렇게도 연애를 부정하던 혜련이가 어떤 얼굴을 하고 있나 하는 것도 보고 싶은 일이다.

혜련이의 하숙집엘 들어가 그의 방 앞에 여자 신발이 놓여 있는 것을 본 다음,

"계십니까?"

하고 점잖게 물었다. 남들이 볼지도 모르는 일이지만 첫번부터 실없어서는
안 되는 것이니까.

"네."

하고 냉큼 문을 연 혜련이가 언제나와 같이 명랑하게,

"엽서를 보시고 오세요? 참 빠르네."

하며 인사말도 잊어버렸다.

"엽서는 무슨 엽서를 보냈어요?

성구는 인사할 생각은 아니하고 혜련이의 눈치를 보려 했다.

"좌우간 들어오세요."

혜련이는 성구를 방 안에 들어오게 한 뒤 말을 이었다.

"어제 저녁에 한 편지가 벌써 들어갔을까요?"

"편지 안 했다고 나무랄 할까 봐 미리 방패 쓰는 겜니까?"

"그럼 어떻게 내가 온 줄 알고 왔어요?"

"벌써 본 사람이 있거든요. 그렇기에 나는 속일 수가 없답니다."

그들의 이야기는 명랑했다.

"그런데 그 동안 청진에 있지 않았습니까?"

성구는 이어 말을 꺼냈다.

"왜요? 내내 있다가 왔는데요."

"아니 내 편지를 못 받지나 않았나 해서……."

"미안합니다. 회답도 못 드려서. 그러나 그만한 사정이 있었대도 그런 말
씀을 하실 거요?"

"나 같은 둔감한 사람이 그런 걸 아나요?"

"왜 그러십니까?"

"좋은 일이 있었으면 자기네가 좋았지 나야 알 수가 있나요? 엽서라도
해 주었다면 알려 드리는 것은 둘째고 축전을 쳐 드리지요."

혜련이는 무슨 소린지를 알 수 없었다.

"그게 무슨 말씀입니까?"

"공연히 그러시누만요. 한턱 내라구 할까 봐 그러세요?"

“참말이야요. 무슨 말을 들으셨어요?”

“그럼 개학이 아직 멀었는데 무엇 때문에 벌써 왔습니까?”

이 말에 혜련이는 성구가 쓸데없는 추측을 하고 있다는 것이 짐작되었다.

“무슨 말인지 똑똑히 해 보세요. 남자가 어쩌면 그리 멍하세요?”

성구는 벙글벙글 웃으면서,

“바다를 내버리고 또 그리워하는 어머니나 어린 딸을 두고 무더운 서울을 찾아온 것이 나를 보고 싶어서입니까?”

하고 혜련이의 얼굴을 바라보았다.

혜련이는 성구가 공연한 추측을 하고 있다는 것부터 우스웠지만 지금과 같은 자기를 오해하는 것이 싫었다. 뿐만 아니라 쓸데없는 농담도 그 이상 더 하고 싶지가 않았다.

“선생님.”

혜련이는 새침한 얼굴로 성구를 불렀다.

성구는 놀라는 표정으로,

“네.”

하고 대답했으나 비꼬아 댄 자기 말에 감정을 사기나 했나 해서 미안쩍게 웃었다.

“내가 서울에 일찍 온 것은 결혼을 할까 했기 때문입니다. 그러나 선생님 추측같이 좋은 사람이 있어 그러는 것은 아닙니다.”

“누가 결혼을 하지 말라고 그랬어요. 하루빨리 하라구 밤낮 권하던 사람이 누군데요.”

“그러나 선생님이 저를 행복스럽게 하기 위하여 권하던 그런 결혼과는 다르니까 너무 쓸데없는 말은 그만두세요.”

혜련이는 조금도 농담 같은 태도를 보이지 않았다. 눈을 움직이지 않고 무엇 한 가지만을 생각하는 듯한 그 얼굴에는 엄숙하면서도 비할 데 없는 사색이 숨어 있어 보였다. 성구는 농담만 하던 태도를 갑자기 달리하기가 힘들었으나 그래도 혜련이의 흥분된 얼굴에는 어딘가 압도되는 것 같았다.

“선생님!”

혜련이는 말을 무겁게 했다.

"지는 부잣집 첩으로 들어 갈랍니다."

성구는 어찌 해석할지를 몰랐다. 흥분한 혜련이가 입으로 하는 말은 얼토 당토않은 이야기다.

"좋지요. 부잣집엘 가거든 나두 먹을 것이나 좀 주십시오."

"네."

혜련이는 가볍게 대답을 했으나 고개를 숙이자 일 분도 못 되어 얼굴에 손을 가리고 밖에 뛰어나간다.

태도가 아주 심상치 않았다. 필시 우는가 싶다. 동환이와 사랑을 하려고 했으나 거기에 무슨 비극이 있어 그러지 않은가 추측도 되었지만 도시 알 수 없는 일이다. 그대로 웃어 지낼 일이 아니었다.

조금 뒤 혜련이가 울던 얼굴을 해 가지고 들어왔을 때,

"왜 그러세요. 제 말이 잘못됐습니까?"

하고 성구도 미안쩍게 물었다.

"………"

이때까지 볼 수 없던 혜련이의 침울한 얼굴이다. 무슨 일이 있거나 그렇 지 않으면 흥분해하는 것을 못 본 성구다.

"말씀을 해 보세요. 제 말이 잘못됐거든 사죄하겠습니다."

혜련이는 대답을 아니했다.

방 안은 재밖에 남지 않은 불탄 집처럼 쓸쓸했다.

성구도 차마 입을 열 수가 없어 고개를 떨어뜨리고 있을 때,

"선생님."

하고 혜련이가 방 안 공기를 헤치었다.

"네."

"참말 저는 첩으로 들어가렵니다. 돈만 많고 나 같은 과부도 좋다는 사람 만 있다면 하나 소개해 주십시오."

"소개야 힘들지 않지만 도대체 무슨 일인지나 알아야 하지 않겠습니까?"

"네."

혜련이는 이야기를 시작했다. 연자가 지금 어떤 병에 누워 있고 또 자기가 가지고 있는 연자에 대한 생각을 했다.

"제가 연자를 길러 놓고 그의 앞길을 조금이라도 열어 주는 일밖에 또 무슨 일이 있겠습니까. 고것의 다리를 자르고 인생의 참혹한 운명을 내 손으로 만들어 놓는다면 대체 내가 세상에서 사는 목적이 무엇입니까. 무엇 때문에 살아야 한다고 할 수 있습니까. 고것을 아름답게 길러 나와 같은 길을 안 걷게 만드는 것이 나의 희망이며 내가 사는 의무가 아니겠습니까."

혜련이는 이런 말까지 한 뒤에는 오빠를 사람으로 취급치 않는 이야기와 그 밖에는 돈이 날 데 없는 것까지 말한 뒤,

"처음에는 막연하게나마 누구의 도움을 받으려 했습니다. 서울에는 그래도 자기를 알아 줄 만한 사람이 있을 것 같았습니다. 그러나 모두 쓸데없는 생각이고 또 돈을 준다고 해도 부담이 될 만한 일을 하고 싶지 않습니다. 세상에는 좋은 사람도 있을 겝니다. 나 같은 평범한 여자를 구해 줄 만한 사람으로 돈의 책임을 안 씌우려는 이가 어데 있을 겝니까. 동정이라는 명칭을 붙여서 남을 구한다는 것부터가 동정을 받는다는 부담을 씌우는 것이지만 그만한 부담을 씌우려는 것이 또한 보통 상식일 것이니까 그런 것은 바라지 않겠습니다. 차라리 내 속이 썩어진다고 해도 정정당당히 돈을 받을 만한 조건을 주고 돈을 받으려 합니다. 가장 경멸하던 것이지만 그것이 내 자신을 위하는 행동이 아닐 때 경멸도 아무것도 없어질 것 같습니다. 이런 것은 어젯밤 또는 지금 생각해낸 것입니다마는 선생님은 어떻게 생각하세요?" 하고 묻는 것으로 말을 맺었다.

성구는 혜련이의 마음을 잘 알았다. 혜련이로서 중대한 일이 아닐 수 없으며 자기로 생각한다 해도 그런 결심을 먹을 만한 일이다. 더구나 그런 결심까지 할 만큼 고민하고 괴로워했을 혜련이를 생각할 때 어찌 그의 고통을 느끼지 못할 것인가.

자식에 대한 그만한 의리에 감동되어서라도 참다운 동정을 느끼지 않을 수 없다.

"네, 선생님의 마음을 알 수 있는 듯합니다. 그런데 연자의 병은 고칠 희

망이 있어 보이는가요?”

성구는 무엇보다도 연자의 병세를 알고 싶었다.

“그야 알 수 없지요. 하지만 서울에 오면 혹시 고칠 수 있을는지도 모르지 않아요. 그저 시골의사만을 믿고 싶지가 않습니다. 서울서도 고칠 수 없다면 거야 할 수 없지요.”

“그럼 우선 연자를 데려다가 진찰을 받아 보지요. 진찰의 결과를 보고 돈을 변통하는 것이 순서에 맞지 않을까요?”

“거야 그렇지요. 그렇지만 진찰한 뒤 서둔다면 시기가 늦어 되나요.”

“좌우간 너무 서둘지를 마십시오. 제가 좀 알아보지요.”

성구는 어떤 병원 의사를 알고 있다. 그에게 가서 연자의 병세를 이야기하고 고칠 수 있는가 없는가를 물어 본 다음 고칠 수 있다면 대체 얼마나 필요한가 하는 것까지 알아보려 했다. 될 수만 있다면 아는 의사의 힘으로 경비도 적게 들일 수 없는가 하는 것까지 교섭하려고 했다. 그렇게 하는 것이 혜련이를 위하는 것이다.

“하루만 여유를 주십시오. 그러나 첩으로 간다든가 그러한 상서롭지 않은 생각을 될 수 있는 대로 삼가십시오. 그 정신만은 아름다운 것이지만 그 생활이 그리 쉽기나 한가요. 세상이 몹시 현실적으로만 발달되었지만 그래도 진실을 가진 사람도 있으니까 구하면 될는지도 모르지요. 꼭 있으리라고 생각합니다. 생각한다기보다 믿어야지요. 만약 우리가 팔십 퍼센트의 진실을 가지고 사는데 우리 이외 사람은 이십 퍼센트밖에 못 가졌다면 환멸과 비애를 느낍니다. 그러나 내 팔십 퍼센트가 줄어지는 한이 있다 해도 그것으로 남을 움직이게 할 수 있다는 신념이 없다면 우리는 살아 나가지 못할 것입니다. 따라서 세상에는 진실을 아주 잊는 사람만이 사는 것이라 낙망할 때 우리는 현실에 응해 가며 살 수가 도저히 없을 것입니다. 나 이외 사람을 전부 악하다고만 보는 것은 너무나 심한 속단일는지도 모르지요.”

성구는 이런 말까지 해서 혜련이의 낙심을 풀어 주려고 했다.

“거야 그렇지요만은 내가 구할 수 있는 진실을 참말 줄 사람이 있을지가 의문이 아닙니까? 또 내가 염치 없이 먼저 구한다는 것부터가 내 진실을 없애고 들어가는 것이 아닐지요.”

“생각은 너무 치우치게 하면 끝이 없는 겝니다. 일반적으로 괜찮을 만한 정도를 구한다면 그것이 염치 없는 것도 아니니까요.”

성구는 어떻게 해서든지 혜련이를 남의 첩으로 가게까지만은 하고 싶지 않았다. 그래서는 안 되리라는 생각이 커서 그런지 첩으로 가지 않고도 연자의 병을 고칠 수가 있음직 느껴지었다.

의논을 길게 하는 것보다도 한시바삐 알아볼 것을 알아본 뒤 적당한 교섭을 해 보는 것이 순서일 듯해서 성구는 혜련이를 떠나 동무가 일 보는 S병원으로 갔다.

동무래야 중학 동창으로 우연히 만나는 기회가 아닌 다음 특별히 찾아가고 찾아오는 사이가 아니라 자기 일을 가지고 병원으로 만나러 가는 것이 조금 열적은 일이었지만 집도 모를 뿐 아니라 한시를 기다리기가 힘들어 염치 불구로 찾아갔다.

더욱이 그가 외과 담당의사가 아니고 신경과에서 일을 보고 있는 아직 의사라기보다 연구생으로 있는 만큼 그에게 병명을 확실히 알려는 것보다 그의 소개로 외과의사를 만나 자세한 것을 물어 보려 하는 것이니까 그리 쉬운 일 같지도 않았지만 병원에 관계하는 사람 가운데는 그 밖에 아는 사람이라고 없으니 할 수가 없다.

남대문을 지나 정거장 건너편에 있는 붉은 벽돌집이 S병원이다. 어느 쪽에 내과가 있고 어떤 편에 신경과가 있는지 병원이라고 다녀 보지 못한 성구인만큼 병원의 구조도 모른다. 약 냄새가 코를 찌르고 병으로 얼굴을 찡그리고 있는 사람만이 가득 찬 듯한 병원엘 쑥 들어서니 자기도 병자가 된 듯한 기분이 일어났다. 병원에 들어가는 사람마다가 전부 병자라는 법은 없을 게다. 병자를 간호하려고 가는 사람도 있을 것이요 의사와 볼일이 있어 가는 사람도 있을 것이다. 그러나 자기가 복도에 서 있는 사람들에게 신경과가 어디 있는가를 물어 보는 것은 자기가 신경에 대한 병을 가졌다고 알리기나 하는 것 같이 성구는 두리번거리며 무슨 실, 무슨 실 하고 써 붙인 문패를 찾아 돌아다녔다. 우스운 일이지만 될 수 있는 대로 병자가 아닌 것

을 보이고 싶어 걸음걸이나 얼굴의 표정까지 쾌활히 가졌다. 남에게 묻지
않고 한참 동안 돌아다니던 그는 한편 구석에서 신경과라는 작은 간판을 보
았다. 그는 틀림없이 신경과라는 것을 쳐다본 다음 자연스럽게 문을 노크했
다. 어쩐지 병자처럼 보이기가 싫었기 때문이다.

간호부가 문을 열고 고개를 내민 다음 환잔가 그렇지 않으면 누구를 찾아
온 사람인가를 살피고 있을 때,

"이 선생님 계십니까?"

하고 간호부보다 먼저 입을 열었다.

"네, 계십니다. 잠깐 기다리십시오."

아마 신경과에는 이 가가 한 사람뿐인지 또는 병 때문에 온 환자가 아
닌 것을 알았다는 뜻인지 그의 이름을 물을 생각도 아니하고 쑥 들어가 버
린다.

성구가 들고 간 맥고모자를 만지며 문을 향해 서서 동무가 나오기를 기다
렸다.

"이게 성구가 아닌가?"

얼마 안 있어 흰 실습복을 입은 동무가 나와 손을 내밀며 반가이 인사
했다.

"응, 얼마나 바쁜가?"

성구도 반가운 표정을 하기는 했으나 그래도 할 말이 없는 듯이 간단하게
답례를 해 버렸다.

그들은 낭하 한편 모퉁이에 있는 응접실 비슷한 곳에 앉아 그 동안 만나
보지 못한 인사를 주고받았다. 과히 친하지 않은 동무가 서로 만날 때는 찾
아가지 못한 이유와 양해를 구하는데 얼마 동안의 시간을 잡아먹는다. 그러
나 그런 인사가 지나가면 자기네들이 아는 동무의 소식을 이야기하거나 물
어 보는 법이지만 성구가 찾아간 것도 무슨 일이 있을 것 같고 의사인 자기
도 바쁜 일이 있는지 성구의 동무는,

"무슨 일이 있나?"

하고 금시 물었다.

“자네한테 의논해 볼 일이 있어 왔는데.”

“무슨 일인가?”

성구는 연자의 병을 될 수 있는 대로 자세히 말했다. 그러고 나서는,

“내 친척 누나의 딸인데 지금 과부로 그 애 하나만 믿고 사네 그려. 그것을 병신으로 만든다면 모녀 두 사람을 평생 괴로움 속에서 울고 지날 것은 물론이지만 그것을 볼 나의 괴로움도 적지 않네. 자네가 우선 고칠 수 있는가 없는가를 알아 줄 수 없겠나. 만약에 집안이 웬만만 하다면 어린애를 데려올 것인데 사정이 그렇지도 못하니 데려오지도 못했네.”

성구는 말을 꾸며대기는 했지만 참으로 느끼는 그대로였다. 혜련이의 불행이 연자의 병으로 일층 더할 것이며 눈에 보이는 듯한 그 괴로움을 차마 보고 있을 수도 없었다.

동무는 쾌히 승낙해 가지고 성구와 같이 외과로 가서 자세한 것을 말해 주었다.

외과의사는 보지 않고 말할 수 없으나 골막염이라도 그리 오래지만 않은 것이라면 자르지 않고 넉넉히 고칠 수 있다는 말을 했다.

“너덧 살이나 되었을까말까 한데요.”

성구는 말을 따지기 위하여 병이 시작한 때를 말했다.

“염려 없습니다.”

의사의 말을 듣고 우선 성구는 기뻤다.

고칠 수만 있는 것이라면 혜련이의 괴로움은 없어지는 것이니까. 성구는 의사에 몇 번인가 고맙다는 인사를 했다. 벌써 병을 고치기나 한 것처럼.

외과실을 나와서는 둘째 교섭을 시작했다.

그 동무도 자기가 가난하다는 것을 잘 아는 터이니까 우선 연자네 집안도 무척 가난하다는 것을 거리낌없이 말한 뒤 수술하고 입원하는 돈을 할인할 수 없느냐고 다짜고짜 물었다. 동무는 한참 동안 생각하더니,

“무료 입원실이라는 게 있지만 말은 바른 대로 거기서는 병을 고치기가 좀 힘드네. 또 거기에 들어오려면 경찰서의 소개장도 있어야 하니까 그리 쉬운 것도 아니지만 어데 힘써 보지. 좌우간 아까 외과의사도 나중에 말했

지만 병자를 데려와야 하지 않겠나.”

성구는 감동하는 빛을 가지고,

“그럼, 그래야겠군. 그런데 대강이지만 다해서 얼마쯤이나 필요할까?”

하고 물었다.

“거야 알수 있겠나. 얼마 동안 입원해야 할지도 모르는 일이니까 모르기는 하지만 전부 다 합해서 백 원쯤 가졌으면 족하겠지.”

성구는 약간 놀랐다. 병을 고칠 수 있다는 것은 더할 수 없이 반가운 일이지만 돈이 백 원이나 든다는 말을 들을 때 그게 적지 않은 것 같았다. 돈이 없어 첩으로까지 들어가겠다는 혜련이니 그가 어디서 변통할 수 없으리라는 것은 빤한 일이다. 변통한다면 자기 손으로 만들어야 할 것인데 도대체 어디서 구한다는 말이냐? 자기한테 그만한 여유가 있다면 아무 걱정도 없는 것이지만 여름 양복 한 벌도 변변히 못 입고 다니는 자기다.

그러나 그만큼 친절히 해 주는 동무에게 전혀 무료로 해 달라는 엉터리없는 청은 아무리 무식한 사람이라도 능히 꺼낼 수 없는 말이다.

“그럼 어린애를 데려오도록 하겠네.”

성구는 감사하게 인사를 하고 병원을 나서서는 댓바람에 혜련이를 찾아갔다.

“벌써 다녀오셨어요?”

혜련이는 무엇보다도 성구가 자기를 위하여 열심히 일을 보아 준다는 것만도 반가웠다.

“네.”

성구는 희망이 있다는 얼굴로 약간 웃었다.

“무엇이라고 합디까?”

“문제 없이 고칠 수 있다고 합디다.”

“그런 걸 시골서는 왜 잘라야 한다고만 그랬을까요?”

“그렇기에 시골을 엉터리라고 하며 또 웬만한 사람은 전부 서울로 올라와서 병을 고치지요.”

성구는 의사의 말을 믿었다. 믿고 싶은 생각도 있었기 때문이겠지만 S병원 외과 하면 누구든지 신용을 하는 터라 안 믿을려야 안 믿을 수도 없다.

"정말이에요?"

혜련이는 반신반의하는 태도였지만 그래도 반가운 것을 숨기지 못했다.

성구는 병원에서 들은 말에 자기 의견을 붙여 혜련이를 믿도록 만들었다. 그러고 나서는,

"우선 연자를 데려옵시다. 병자를 보아야 확실히 알 수도 있지만 병은 될 수 있는 대로 속히 고쳐야 쉽다니까요."

하고 흥분한 듯이 덤볐다.

"저두 데려와야 할 것은 아는데요."

혜련이는 딱한 듯이 말을 맺지 못했다. 그때야 성구는 잊어버렸던 것을 생각해내듯이,

"참 차비라도 있어야지요."

하고 힘없는 어조로 혼자 말하듯이 걱정을 했다.

"갔다 올 차비도 없는데요. 데려오기만 하면 또 그 비용은?"

성구는 대답을 못했다. 병신이 될 것을 성한 사람으로 고치는데 돈 백 원밖에 안 든다는 것을 뻔히 알면서도 그 돈도 없으면 어떻게 하느냐고 나무라고 싶었지만 도리어 자기에게 그만한 돈도 없다는 것을 부끄러워했다.

한참 동안 두 사람은 제각기 무엇을 생각하기에 무거운 침묵을 지켰으나 혜련이가 결심이 굳다는 듯이,

"중학 동창생이 있는데 부잣집 후처로 들어가라고 권하며 자기가 책임지고 소개해 주겠다고 하는 이가 있어요. 아무리 돈이 있다 해도 자식 있는 집 계모로 들어가서 죄를 짓고 싶지는 않으니까 첩으로 들어가지요. 그 동무한테 가면 그런 자리가 꼭 있을 듯합니다. 오늘 안으로 거길 가 보겠습니다."

성구는 들은 척도 하지 않았다. 그러나 못 들은 척하지도 않고 고개를 숙인 채 있다가,

"그럼 가 보십시오."

하고 말했다.

성구는 그 말 하기가 괴로웠으나 그 동안 자기도 그만한 돈을 만들 수 있을 것 같기도 했으며 따라 당장에 혜련이의 말을 반대했다가 자기 책임을 다 못하는 때 얼굴들 면목도 없을 것 같아 혜련이의 의견을 내버려 두었다.

"그럼 지금이라도 가 보겠습니다. 갈려면 한시바삐 가 봐야지요."

그들은 같이 집을 나섰다.

혜련이가 동무 경옥이를 찾아간 동안 성구는 동환이에게로 갔다. 혜련이가 경옥이에게 가는 동안 죽고 싶을 만큼 별별 생각을 다 한 것 같이 성구는 동환이의 하숙에 발을 들여 놓을 때까지 생각에 사로잡혀 어떤 골목을 걸었는지도 모른다.

혜련이가 가기는 가면서도 차마 갈 데를 가나 하고 몇 번인가 돌아서려고 한 것 같이 동환이를 찾아간다는 것이 옳은가 하고 내내 망설이었다. 즉 혜련이는 연자의 병을 고치기 위하여 자기가 희생하는 깃은 힐 수 없는 일이지만 그래도 좀더 성스러운 생활이 없는가 하고 애쓰던 마음이 결국 과거보다도 더 비참한 생을 가져오게 하고야 말았다는 것과 선악의 시비를 알면서도 의식적으로 그런 구렁에 빠진다는 것이 섧고 기막혔다. 그러나 어차피 불행한 생활에서 떠날 수 없는 것이라면 철저히 현실에서 남은 운명이 아닐까 생각하니 그리 겁도 나는 것 같지 않아 가기는 했다.

성구 역시 동환이가 혜련이를 어떻게 생각하는지 또는 혜련이를 생각한다고 해서 그의 마음을 사기 위한 행동 같은 그러한 돈을 벌지도 모르지만 설사 낸다고 해도 혜련이가 즐겨 받을는지도 모르는 것을 과연 해야 하는가 아니해야 옳은가 망설이었다. 혜련이의 오빠를 몹쓸 인간으로 욕을 해 보다가는 그래도 말만 잘하면 마음이 움직이겠지 하는 생각에 혜련이더러 그의 오빠를 움직이게 하도록 하고 싶은 생각도 들었다.

그러나 이제 가야 혜련이가 있을 것도 아니며 웬만만 하면 혜련이가 그런 생각을 못했을 리도 없을 것 같을 뿐만 아니라 동환이가 주는 돈이라 해서 싫고 좋고를 가릴 때가 못 되니 그대로 동환이를 찾았다.

혜련이는 경옥이를 찾아 대문을 들어설 때까지 자기가 할 말을 혹시 잊어버리지나 않을까 하고 마음속에 몇 번인가 되풀이해서 새겼다. 그러나 진작 경옥이를 만났고 전에 찾아갔을 때와 조금도 다름없이 요부와 같은 태도로 맞이해 주는 것을 목도할 때 차마 그러한 여자에게 자기가 남의 첩이 되겠다는 것을 말할 수가 없었다. 경옥이와 같이 물욕에 취하여 자기를 잊어버린다는 것이 견딜 수 없는 고통이었으며 설사 자기가 안 그렇다 해도 경옥이에게 그렇게 보이는 것마저 죽기보다 싫었다.

더구나 경멸하고 싶은 사람에게 고개를 숙이고 청을 든다는 것이 차마 힘들어 끝끝내 그 말을 못 꺼내고 시름없이 돌아왔다. 돌아오면서야 연자를 위하는 자기 성의가 적은 것을 뉘우치고 자기 육체에 대해 너무나 겁을 먹는다는 것을 스스로 경멸도 했다. 다시 한 번 찾아가 자기 속을 말하고 싶었다. 차마 입 밖으로 그 말이 안 나온다는 것은 거짓인 것 같았다.

그래도 두 번 다시 돌아쳐 경옥이를 찾아가,

"좋은 사람이나 하나 소개해 주지."

하고 단도직입적으로 말했다.

"이제야 정신이 든 모양이로군……."

혜련이는 구역질이 날 만큼 아니꼬웠으나

"응, 그래."

하고 웃었다.

"어떤 사람이 좋을까?"

"돈 있는 사람이지. 두 말 할 것 있나. 그런데 후실은 싫고 몸 편할 쌔큰(세컨드)이 좋아. 암만 생각해두 그게 귀염두 받구 마음 고생두 적을 것 같아. 참 경옥이는 쌔큰이 아니래도 이렇게 잘 사는 게 여간 부럽지 않아. 공부를 해두 별수가 있어야지."

"그럼, 그래두 쌔큰으루야 어데 갈 수 있나. 후실이야 본처니까 흠 할 게 없지만."

"괜찮아."

"그럼 곧 말해 볼까. 내일 아니 모레 저녁쯤 우리 집으로 오라우. 그새 말해 볼게."

이런 말을 주고받는 동안 성구는 동환이에게 끌려 본정 찻집에 가서 상록 수 밑에 앉아 있었다. 동환이를 만나서도 차마 혜련이의 말을 꺼낼 수가 없어서 머뭇거리고 있을 때 더운 방 안에 앉아 있기 싫으니 어디로 가자고 하는 동환이를 따라 밖으로 나섰던 것이다.

만약에 혜련이가 동환이를 생각한다는 말하자면 동환이가 기뻐할 이야기라면 그거야 서슴지 않고 말할 수 있었을 것이다. 그러나 도리어 감정을 살는지도 모르는 이야기가 그리 쉬울 리 없다. 그렇다고 해서 딴 데를 가고 싶은 생각이 있었느냐 하면 그렇지도 못하다.

돈 있는 동무라고 별반 없기도 하지만 알아듣지 못할 사람에게는 이야기를 꺼내고 싶지도 않았다. 하면 동환이에게 말하는 것이요 그렇지 않으면 자기로써 단념하는 것이 나을 듯하다. 선풍기 옆의 동환이의 얼굴만 쳐다보는 성구는 동환이가 혜련이에 대한 성의를 얼굴에 나타낼 때를 기다리는 것이었다.

"너의 학교는 언제부터 개학하는가?"

이야기를 못한다고 해서 묵언으로 지낼 수도 없어 성구는 대강 아는 일이지만 다시 물었다.

"한 열흘 뒤야."

동환이는 무엇을 생각하는지 사무적으로 대답을 했다.

"좀더 시원한 시골서 놀다 오지 무엇 하러 일찍 왔니."

그것도 성구는 알면서 물었다. 마누라와 같이 있는 것이 살이 내릴 만큼 괴롭고 집안 분위기 역시 마음에 들지 않아 오래 붙어 있지 못할 동환이의 시골 사정을 모를 리 없다.

"흐흥."

동환이는 아는 것을 대답할 필요가 없다는 듯이 코웃음을 쳤다.

"마누라가 불쌍한 생각이 안 들던?"

"너 같은 줄 아니? 사실이야 불쌍하지. 너의 마누라쯤은 문제도 안 될 만큼 불쌍하지. 너는 혼자 밥벌이를 한다고 해서 그것을 불쌍히 여기지만 내 처야 불쌍이 아니라 불행한 여자지. 그렇지만 불행한 것을 불행하다고 말 못하는 괴로움은 이중 삼중의 괴로움이라는 것을 모르니 이번에는 계획적으로 처를 괴롭게 했다. 그것이 내게도 괴로운 일이었지만 그러지 않을 수도 없는 괴로움이야 말할 수 없지."

동환이는 아내와 같이 옆에서도 자지 않았다는 것 또는 어린애를 몹쓸게 굴지 못하게 야단쳤다는 것 등 집에서 지낸 이야기를 보태 이야기했다.

성구는 동환이나 그의 처가 평생 고통 속에서 살아야 할 사람이라는 것을 재삼 느꼈으나 거기에 마음을 쏠릴 수 없는 때였다. 다만 외로워하는 기회를 타서 혜련이의 말을 꺼내려는 생각뿐이었다. 사실은 그런 말 끝에 혜련이의 이야기를 꺼낸다는 것이 동환의 아내에게 미안스러운 것 같았지만 아무래도 벌어진 일이라 동환이가 괴로워하지 않는 일이라면 어차피 할 수 없는 일이라고 생각하지 않을 수 없다. 만일 동환이가 그들에 대한 것을 승낙하고 혜련이가 그것을 받아 쓰게 된다면 두 사람의 사이가 좀더 호조로 나가게 될는지 모른다. 돈을 냈다고 어깨를 들 동환이도 아니고 돈을 썼다고 고개를 숙일 혜련이도 아니지만 만날 기회만 있어 다시 교제를 한다면 전에 가졌던 인상을 고칠 수 있을는지 모른다.

"최두 왔더라."

성구는 우선 혜련이에 대한 화제를 이렇게 꺼냈다.

동환이는 확실히 그 말을 들었다. 그러나,

"그래."

하고 무관심한 듯이 말하는 표정은 어딘가 어색한 빛이 보였다.

"갈 때 같이 가고도 방학 동안 편지두 안 해 주었니?"

뚱딴지같은 말이었으나 혜련이에 관한 이야기를 끊지 않으려는 마음이었다.

"자—식."

동환이는 너무 낮보지 말라는 듯이 웃었다. 그러고 나서는,

"언제 왔다던?"

하고 몹시 등한시하듯 하면서도 알고 싶다는 듯이 물었다.

"어제 온 모양이더라."

성구는 대답을 했으나 그 뒤는 동환이가 더 묻지 않았다. 얼굴이 좀더 자

세한 이야기를 해 주었으면 하는 표정이었으나 차마 묻지를 못해서 성구의
얼굴만을 쳐다보고 있었다.

성구도 그 이상 더 말을 못했다. 연자의 병 이외에는 들은 이야기도 없었
지만 두고 생각을 하니 혜련이의 이야기를 그만두는 것이 나을 것 같았다.
도리어 연자의 병을 이야기한데도 혜련이의 딸이란 관련을 붙이지 않고 병
원에서와 같이 자기 친척이라고 속여 그의 동정을 살피는 것이 말하기도 쉬
울 것이요 동환이도 대답하기에 편리할 것 같다. 혜련이를 생각하고 있는
것만은 알면서도 돈 문제를 꺼낸다는 것은 혜련이의 체면도 체면이려니와
자기가 비열한 뚜쟁이 같다. 동환이 역시 혜련이의 문제인 이상 이렇다 저
렇다는 대답을 하기가 힘들 것이다. 그래서 시원한 갈피스를 마시고 담배를
태울 때까지 말을 안 했다.

될 수 있는 대로 혜련이에 대한 생각을 없애게 하려고,

"오늘밤엔 활동사진 구경이나 갈까?"

하고 때마침 동환이가 엉뚱한 말을 꺼냈다.

"<뿌리바의 대장(隊長)>이 왔다지. 가 볼까."

성구는 자기가 돈을 못 낼 처지니까 그도 가자고 권할 수가 없어 그쯤 해
두었다.

그러나 동환이는 활동사진에 대한 생각이 갑자기 커진 듯이.

"<모스코의 하룻밤>에 나온 아리폴은 참으로 좋았지. 애인을 빼앗기고
고함치던 장면은 참말 비통했어. <뿌리바의 대장>에도 마지막 죽는 장면
이 통쾌하다는데 너 구경 안 갈래?"

성구는 어느 정도까지 기분이 가벼워진 동환이를 보고 자기 마음도 약간
가벼워지는 듯했으나 용건을 말할 기회가 점점 없어지는 듯해 슬그머니 속
탔다.

자기와 같이 나온 혜련이가 무슨 일을 꾸밀는지 모른다. 하려는 일이라면
못할 것 없을 듯한 혜련이다. 그런 만큼 한시바삐 이야기를 결말내어 그에
게 보고해 줄 의무가 자기에게 있는 것 같아 성구는 할 수 없이 이야기를
꺼내기 시작했다.

"동환아, 내 말을 좀 들어 주겠니?"

동환이는 성구가 갑자기 얼굴빛을 달리하고 말하는 바람에,

"무언?"

하고 어리둥절하게 물었다.

"기막힌 일이 있는데 듣기만이라도 해 다고. 참 엎친 데 덮친다고 기막혀 죽을 지경이다. 내 친척 가운데 몇 촌 누이가 있는데 딸 하나만 데리고 사는 과부야. 그의 딸이 얼마 전부터 골막염에 앓고 있는데 시골서는 자르는 도리밖에 없대. 그래서 서울 의사에게 물어 본 결과 자르지 않고도 고칠 수가 있다는데 그 비용이 참 딱하단 말이야. 그는 물론 한 푼도 없는 사람이지만 나도 어느 정도까지 책임을 져야겠는데 할 수가 있어야지. 그것도 웬만한 사람 같으면 몰라도 자기의 불행을 굉장히 크게 생각하고 있는 사람인데 그런 일까지 생기니 그저 죽으려고 한단 말이야. 사실 그에게 있어서 딸이 불구가 된다면 그는 죽은 사람이나 마찬가지가 될 것이니까. 참 이런 때는 내가 땅 속으로 들어갔으면 좋겠다. 안 볼 수도 없고 보면 기막히고 어떻게 했으면 좋겠니?"

"글쎄."

동환이는 시원한 대답을 아니했다.

"참말이지 조금 평범한 여자만 같아도 어데루 시집을 가라고 하겠는데 딸에 대한 지나친 책임 관념에 그러지도 못할 여자거든. 그의 괴로워하는 모양을 보고는 차마 견딜 수가 없어. 내 마음이 너무나 약해 그럴까?"

"약한 때문이 아니라 너무 선량해서 그렇겠지."

성구는 동환이 말이 좀더 구체적이었으면 했다. 그만만 해도 자기가 말하는 뜻을 앎직한데도 동환이는 남의 일 보듯 해 주는 것이 초조했다. 그러나 그렇다고 해서 자기 역시 구체적으로 돈을 취해 달라거나 돈에 대한 것을 입에 꺼낼 수가 없었다. 만약 자기 마음을 모른 척한다면 그뿐일 것 같았다.

그러나 성구의 얼굴을 물끄러미 쳐다보던 동환이다.

"대체 그 누나라는 이가 누구냐? 내가 알 만한 사람은 아니냐?"

하고 물었다.

이때까지 성구와 친하게 지내면서도 그에게 누나가 있다는 말을 못 들었으며 또 성구의 초조해하는 얼굴과 자기에게 동정을 구하는 것이 퍽 이상스러웠던 것이다. 이상스럽다기보다 육감이 혜련이의 이야기인 것 같다. 민감한 여자라든가 개가를 아니하려는 여자라든가 어린 딸에 대한 책임감이 지나치게 가진다는 것들이 혜련이를 연상하기에 충분했다.

그러나 성구는 그렇다고 가볍게 대답할 수가 없다.

"네가 아는 내 누나가 어데 있니? 아직까지 한 번도 말하지 않는 사람이야."

"혜련이가 아닌가?"

동환이는 이렇게 묻고 성구의 마음속을 들여다보듯이 그의 얼굴을 뚫어져라 하고 보았다.

성구는 놀렸다. 자기의 꾸며댄 밀이 시툴었다고 후회도 했다. 그러나 동환이가 눈치챘을 뿐만 아니라 혜련이에 관한 것이라는 것을 알려고 하는 열심히 눈에 보여 태도가 괜찮을 것 같다. 또 어찌되든 간에 혜련이에 관한 일인만큼 아무때라도 이야기할 것이니 숨길 수도 없는 일이다.

몹시 딱했으나,

"참말은 혜련의 일이다. 그래서 어제 올라왔다는데 차마 볼 수가 없게 괴로워허거든……."

하고 실토를 한 다음 자초지종을 설명했다.

혜련이가 첩이 되려는 생각까지 한다는 말을 하고는,

"이왕 너두 알게 되었는데 말하자면 어떻게 해서든지 죄를 살리도록 해주어라. 이런 말 하기는 나 역시 미안한 노릇이지만 그렇다고 해서 위기에 있는 사람을 살리지 않아서야 되겠니. 내가 바라기는 한 여자라는 것보다도 한 불쌍한 사람이라는 생각 밑에서 구원해 주어라. 잘 이해할 수 있는 사람의 괴로움을 건져 준다는 것이 얼마나 큰일이냐? 큰일은 둘째로 네가 구하지 않는 한 그들 모녀는 죽는 사람이다."

그러나 동환이는 아무 대답도 아니했다. 혼자서 무엇을 생각하는 모양이다.

"고칠 수 있는 줄 알면서도 못 고치는 게 얼마나 애타겠니?"

성구도 길게 말할 필요가 없을 것 같아 말을 중단에 끊었다. 말로 움직이게 하려는 것은 상대방을 믿지 못하는 것이 될 뿐만 아니라 일이 혜련이에 관한 것인 이상 더 말할 수도 없다.

아침밥을 먹고 조간신문을 뒤적거릴 때 동환이를 찾는 소리가 들려 왔다.

"누구요?"

하고 되물어 보기는 했으나 목소리로 짐작을 했기 때문에 그리 급하게 뛰어나가지도 않고 방 안에 앉은 채 손님이 들어오기를 기다렸다.

"조반 먹었니?"

찾아온 사람이 말했다.

"응."

동환이는 달갑지 않은 표정으로 대답을 하고 찾아온 사람을 그리 반기지 않는다.

"요즘은 늘 집에 있었니?"

찾아온 사람이 동환이가 읽던 신문을 뒤적거리며 물었다.

"갈 데가 있나."

동환이는 자못 시끄럽다는 듯이 무뚝뚝하게 대답했다. 서울 올라온 뒤 자기가 먼저 그 집을 찾아가기는 했지만 자기 마음이 무거울 때 조금도 필요로 느끼지 않는 사람인만큼 반가운 줄을 몰랐기 때문이다.

즉 인걸이었던 것이다.

자기가 무엇을 마음속으로 생각하는 때 인걸이를 만나면 도리어 어지러워지는 것이 생각의 실마리를 잊게 된다.

혜련이에게 돈을 준 뒤 그는 그 일이 옳은가 그른가를 아직까지 밝히지 못했으며 참으로 어떤 동기로써 돈을 주었는가 하는 대답을 얻지 못했다.

혜련이에 대한 미련은 아직 남아 있었다. 그렇다고 해서 혜련이에게 무엇을 바랄 수도 없다. 말하자면 혜련이를 생각하는 마음이 자기 혼자에게만 있다. 그 마음이 언제까지 계속될는지는 모른다.

이것만은 자기도 숨길 수 없는 일이다. 그러면 성구에게 자기 이름을 숨기며 이성으로서가 아니라 불쌍한 인간으로서 도움을 준다고 한 말이 참된 것인가? 자기의 마음을 합리화시키기 위한 아름다운 말이었던가. 혜련이를 생각하는 마음과 돈을 주었다는 사실을 아무리 좋게 해석한다 해도 그 이상 다른 길이 없을 것 같다.

혜련이가 언제 사실을 알는지 모르지만 알기만 하는 날에는 그 역시 그렇게 해석할 게 당연한 일일 게다.

한 달 쓸 잡비 속에서 이십 원을 빼낸다는 것은 적지 않은 일이다. 편지를 써야 할 게며 그뿐만 아니라 돈 백 원을 구하려면 상당한 수단이 필요하다.

매달 보내는 돈에서 돈 십 원이나 더 쓰는 것은 그리 문제가 안 된다 할지라도 예산 이외의 것에는 아버지가 꼼꼼한 계산을 들어야 허락한다. 그러니 동환이는 앞으로 닥칠 충돌쯤은 생각도 아니하고 허락해 버렸다.

그만한 희생을 하면서까지 허락한 자기가 결국 자기를 속였고 남에게 비웃음을 받는다면 그 이상 더 원통할 일이 없다.

"이제라도 그만둘까……."

이렇게까지 생각해 보았다.

그러나 다시 그러는 때 성구와 혜련이가 자기를 얼마나 비웃을까? 또 그들의 낙망이 자연 얼마나 큰 것일까. 더구나 혜련이가 그렇게도 괴로워하는 것을 모르기나 한다면 모르지만 아는 이상 가만 있을 수가 있는가.

달콤한 꿈이 생기면 쓰디쓴 웃음이 일어난다.

어떻게 해서 마음의 줏대를 잡을까 하고 생각하니 그저 괴로울 뿐이다.

누구에게 말할 수도 없는 일이다.

그런 때 비교적 말이 많은 인걸이가 찾아왔으니 달게 맞이해 줄 수 있을 리가 없다.

"요새두 연애를 하니?"

인걸이는 내막을 알고 비웃는 듯이 물었다.

동환이는 대답하기가 싫었다. 아니라고 하기도 싫고 그렇다고 하기도 싫어,

"응."

하고 그러나 너무 불친절하지는 않게 빙그레 웃었다.

"어데 너절한 연애를 하는 게로구나……."

언젠가 어떤 여자와 사귀게 되었다는 말을 들은 뒤 자세한 것을 듣지 못했지만 한 마디 들은 것으로 열을 반 안 듯이 말하는 것이 인걸이의 성격이었다. 이 날 동환이의 얼굴빛이 적이 우울해 보임에 그는 뒤거리를 치는 겸 이렇게 말했다.

동환이는 대답을 아니했다. 지난 경과를 보고 싶지도 않았지만 지금의 자기는 연애와 다른 감정을 가졌기 때문이었다.

동환이가 말을 하지 않으니 인걸이가 다시 이야기를 꺼냈다.

"연애라는 것은 우울하게 하는 게 아니다. 우울한 때 흉금을 터놓고 웃을 수 있는 연애가 아니면 그게 무슨 연애야. 그렇기 때문에 마음에 드는 여자가 있으면 먼저 그러한 상대가 되어 주겠는가를 따져야 하구 그렇지 못하겠다면 어떻게서든지 마음을 돌이켜야 한단 말이야. 여자란 이편에서 조금만 자기를 존경하는 것 같이 보여 주면 자존심이 강해지구 생각을 많이 하게 되는 것이니까 어떤 여자든지 첫번부터 막 눌러 주어야 하는 게니라. 처음에 싫증을 가질는지 모르지만 점점 끌려오는 것이 여자의 본능이니까…… 그러니까 마음에만 들면 잔소릴 말구 손목을 꼭 붙잡은 뒤 가슴을 떨리게 해 주어라."

인걸이는 웃으며 하는 말이었으나 진담같이 말했다.

"쓸데없는 소릴 말어라."

동환이는 그 말에 조금도 찬성치 않았다. 인걸이는 그러한 사람이다. 그러나 자기는 그러지 못할 사람이다.

"너는 연애를 너무나 정신적으로만 생각하기 때문에 실패를 하구 고통을 받는 줄 알어라. 연애라는 것은 결코 우상을 사랑하는 게 아니다. 사랑, 더구나 사내보다 약하고 이해 관계에 가장 눈이 밝은 여자를 사랑한다는 것인 줄 알아야 하니라. 결혼도 그런 것이지만 연애란 그것과도 달라 자기 마음 속의 장부(帳簿)에 적자(赤字) 생기지 말아야만 만족해하는 게 여자다. 그

만족을 기다려서는 연애를 못하느니라. 산판을 놀 새가 없게 마음을 꾹 잡아 놓아야 하는 게야."

동환이는 그 말이 약간 그럴 듯도 했다.

자기가 괴로움을 받은 것은 너무나 우상처럼 생각하고 사랑했기 때문이 아니었던가. 그러나 인걸이의 말이 옳다고 해서 자기가 그렇게 못한 것을 후회하거나 앞으로 그리 해 보겠다는 생각은 들지 않았다. 아무래도 자기는 그럴 수가 없는 사람이다.

"네나 그렇게 연애를 해라. 나는 연애두 아무것도 아니할 사람이니까……."

"이놈, 날 속일려고 그러니? 네 얼굴에 연애루 앓고 있다는 게 씌어 있어. 다 속여두 난 속이지 못하는 법이니라."

동환이는 인걸이가 혹시 성구에게 이야기를 듣지나 않았나 하고 생각했지만 설사 그가 안다 해도 먼저 말을 꺼내기가 싫어,

"다 그만두었다."

하고 대답했다.

"그러지 말구 얘기를 해라. 내가 가로채지는 않을게."

인걸이는 언제 들은 일도 있지만 태도와 표정으로 여의치 않게 되는 사건일 줄 짐작하고 궁금했다.

"어쨌든 연애는 애써 가며 할 게 아니다. 얘기하면 내가 방법을 가르쳐 주마."

동환이는 시원스레 이야기하고 싶은 생각도 났다. 이야기를 해서 그의 이견을 듣는 것이 큰 도움이 될 것도 같다. 무슨 일이든지 대담하게 처리하고 어차피 혜련이를 사랑할 수 없는 것이라면 생각을 결정하는 것이 도리어 깨끗할 것 같다.

그러나 왠지 모르게 혜련이의 이야기를 꺼내기가 싫었다.

인걸이가 안다면 댓자로 자기를 바보라고 말해 버릴 것이 분명하다. 혜련이를 체면 없는 여자라고 말할는지도 모른다.

"다 단념해 버렸다. 걱정 마라."

동환이는 거짓말을 해 두었다.

"내가 연애를 할 때 보아라. 내가 모범을 보여 줄 테니 그렇게 해 보아라. 사실 나두 이제 연애를 한다. 그러나 너같이 하지 않고 남자를 전부 다 아는 여자와 사귀어 가지구 서로 보고 싶을 때만 만나서 이야기를 하구 만나지 않는 동안은 아주 잊어버리게 하거든."

"네 마누라하구 일러 준다."

"다 양해를 받고 있으니까 걱정은 필요 없다. 사실 마누라에게 풀 수 없는 고적이 자꾸 생겨 큰일났어. 무위의 고적을 마누라에게 말하면 그는 더 외로워하니까 말할 수가 있어야지. 정말 연인을 만들어야 하겠어."

인걸이의 이 말은 사실인 듯했다. 남편과 동등의 지식을 가진 아내가 가정부인으로서 개성을 죽이는 외로움을 남편의 외로움 이상으로 클는지도 모르는 그 부부 사이에서 인걸이가 현실에 대한 비애를 이야기 못하고 외로움이 적지 않을 게다. 그러나 인걸이는 쓸데없는 말이나 한 듯이 이야기한 말을 지쳐 버리려고,

"오늘은 한강 보트나 타러 가자. 덥기두 한데."
하고 딴 말을 꺼냈다.

몇 번인가 권했으나 동환이는 그를 따라 나서지 않았다. 할 수 없이 인걸이가 혼자 나간 뒤 동환이는 책을 꺼내 들었다.

니체의   짜라투스트라   였다. 니체가 개인주의를 논했다는 것은 늘 들었지만 구명해 보지 못한 만큼 동환이는 자기라는 것을 알고 싶고 자기와 사회, 자기와 남들의 관계를 밝히려 했다. 더욱이 혜련이와 관계가 있은 뒤 자기의 타격이 너무나 심한 관계상 도대체 자기라는 것이 얼마 만한 가치를 가졌기에 한사람 때문에 이러한 고통을 받는가 하는 의문이 생겼던 것이다. 또는 자기를 잃지 않으려면 어찌해야 하는가 하는 것도 그 뒤로 할 일이 알고 싶었다. 자기를 생각하기 때문에 의리를 버리는 사람도 있다. 따라 자기를 잊어버리기 때문에 몇 배의 고통을 받은 사람도 있다.

토스토에프스키는 고민을 해라. 말로 형언할 수 없는 보다 큰 고통을 느낄 때 자기를 구할 수 있는 새 신념이 생긴다고 말했지. 우선 그 괴로움의

가치를 생각해 보고 싶었다.

그래서 이 책 저 책은 들춰 보았으나 어쩐지 니체가 자기 마음을 굳게 해 줄 듯해서 그것을 들었다. 그러나 쉽지 않은 책이 복잡한 머릿속에 들 리가 없었다.

자기가 생각해 오던 생각도 솟아오르며 인걸이가 하던 말도 머리에 떠오른다.

인걸이가 하던 말대로 여자를 우상으로 생각 말고 대담하게 사귈 필요가 있는 것같이 생각되다가는 인걸이의 외로움이 불현듯 일어나기도·했다.

너무 잘 알고 너무 잘 이해하는 부부의 비애가 보통이 아닐 것 같다. 함부로 떠들어대지만 그것이 자기의 고적을 속이려고 하는 짓이라 생각하니 인걸이가 불쌍하게도 보인다.

인걸이가 지금 마누라와 결혼하기 전 사오 년이나 연애를 했다. 그때야말로 정신적인 연애를 누구에게 지지 않을 만큼 열렬하게 했지만 지금에 와서는 두 사람이 꼭같이 비애를 느낀다.

"이러나저러나 마찬가지니 운명대루 살아갈까."

이렇게도 생각되었다.

이럴 때 성구가 찾아왔다. 성구를 보고 아무 말도 묻지 않았으나 얼굴을 보아 그이 역시 괴로움을 가진 사람이라는 것을 느꼈다.

온순한 성격에 가정적인 사람이라 가정에 대한 불만과 괴로움을 느끼지 않고 지내는 사람이지만 그 반면에 남편으로서의 직책과 생활에 대한 경제적 곤란을 느끼는 고통은 자기나 인걸이가 느낄 수 없는 만큼 큰 것이다.

그러나 성구를 보자 그런 생각은 오래 지니지를 못했다.

"최가 떠났니?"

우선 바쁜 것이 혜련이의 일이다.

"응, 그 날 밤으로 떠났어. 내일쯤은 애를 데리고 오겠지."

성구는 묻는 대로 대답했다.

"최가 무어라구 그러던?"

이때까지 혼자 생각하던 것과 달리 동환이는 혜련이에 대한 것이 궁금해 못 견딜 지경이었다.

　"누가 그렇게 고마운 사람이 있느냐구 자꾸 묻더라. 그러나 세상에는 고마운 사람도 있다구 대답했지. 안 가르쳐 주면 돈을 받지 않겠다구까지 하더라마는 제가 그렇게 뻗칠 만큼 여유가 있나. 궁금이야 하겠지만 그대로 갔지."

　"내 말은 아니했지?"

　"아니하구 않구."

　성구는 거짓말을 했다. 앞으로야 어찌되든 또는 동환이의 참마음이 어디 있든 간에 신신당부한 것이라 실토해 버렸다는 말을 할 수가 없었다.

　동환이는 곧 돈이 필요하리라는 것과 또 그새 어떻게서든지 변통을 해야 되겠다는 것을 성구에게 물어 보듯 말했다. 그리고는 집에 편지해도 그렇게 빨리 오지 못할 것과 온다 할지라도 자기가 어떻게 거짓말을 꾸며대야 할 것을 걱정했다. 아무 말도 아니한 여자 때문에 돈을 써야겠다는 것은 부모에게 차마 말할 수 없는 것이니까. 그러나 어떻게 해서든지 그만한 돈만은 돌릴 수 있으리라는 자신을 가졌다.

　말을 그까지 가니 동환이는 더 물어 볼 말이 있는 것 같으면서도 무엇을 물어 봐야 할는지 몰랐다. 그럴 때 성구가 한숨을 내쉬고,

　"난 또 큰일났다."

하고 말을 꺼냈다. 즉 마누라가 며칠 전부터 몸이 거북하다는 말이 있었고 그전에도 얼굴빛이 다르며 구미를 잃었지만 임신이나 아닌가 하고 한편 기뻐도 했고 직업 때문에 걱정도 하여 그리 크게 생각지 않았던 것이 어제 병원에 가 뵈니 폐가 약하더라고 하며 기운이 없어 오늘은 회사에 못 갔다는 것이다.

　성구는 동환이를 만나 본 뒤 곧 집으로 돌아왔다. 너무나 낙심하는 명심이가 보기에 딱하기도 했지만 혜련이가 떠났다는 것을 알리기도 해야겠기에 동환이를 찾아갔던 것이나 앓는 아내를 눕혀 두고 오래 나가 있을 수가 없어 집으로 왔다.

　아프대야 오금을 못 쓸 만큼 어디가 쑤시는 것은 아니었지만 폐병이란 말

에 놀라 별수 없이 죽는 것으로만 생각하는 아내가 불쌍했다. 하기야 자기도 너무나 무서운 병명에 아내를 죽여 버리는 것만 같아 어젯밤을 명심이와 같이 꼬박 새웠다.

성구가 집으로 들어가니 명심이가 성구의 얼굴을 보고 딴 편으로 돌아누웠다. 몹시 기다린 모양이었다. 앓는 자기를 두고 무슨 바쁜 일이 있느냐는 듯이 성구를 원망하는 눈치였다.

성구는 미안했다. 생각하면 안 가도 괜찮을 곳이나 그래도 동환이가 궁금해할 것이 안되어 갔던 것이나 정작 갔다 오니 명심이에게 낯을 대할 면목이 없다.

"좀 어떠우?"

면목없는 김에 옆에 가지도 못하고 물었다.

명심이는 대답을 아니했다. 돌아누운 채 눈물을 홀리는 모양이었다.

"잘못했수."

성구는 명심이 옆으로 가서 앉으며 말했다.

"사실은 만나 볼 사람이 있어서 갔댔는데……."

성구는 사실을 말하지 않았다. 바른 대로 말하지 못하는 것이 미안했지만 아내의 마음을 복잡하게 만들지 않기 위해 혜련이에 대한 것은 일체 이야기 안 했다. 전부 이야기해 버리는 것이 두 사람의 사이를 친밀히 할는지도 모르지만 비교적 단순한 명심이에게는 될 수 있는 대로 필요 없는 말을 아니 하는 것이 좋을 듯해서 이때껏 숨겼던 것이다. 혜련이와의 관계가 아무런 흠잡을 무엇이 없지만 그래도 자기가 섭섭하게 생각할 때는 그런 것으로 오해하기가 쉬운 일이다. 그게 명심이를 사랑하지 않기 때문이 아니라 명심이의 마음을 어지르지 않겠다는 보다 큰 사랑을 가졌기 때문이었다. 물론 숙희와의 과거를 한 마디나 이야기할 리가 없었다. 혼자만이 알고 있는 일을 명심이에게 이야기하여야 두 사이가 한 몸처럼 될 것 같이 생각했으나 그런 이야기를 들은 뒤 명심이가 어떤 생각을 가질까 하는 것이 겁났다. 그래서 이 날도 볼일 때문에 나갔다는 말로 핑계를 삼았다.

명심이는 그때야 성구를 향해 돌아누우며 성구의 손을 잡았다. 당신을 기다리기가 힘들었습니다 하는 듯이 쥐인 손에 힘을 주었다.

"너무 걱정 말아요. 마음만 굳게 먹고 조리를 잘하면 낫는다고들 합디다. 우선 필요한 것은 마음을 굳게 먹어야 하는 것이니까 상심을 말아요."

성구는 명심이의 얼굴을 보자 자기 마음마저 괴로워졌다. 그러나 명심이는 성구의 손을 놓지 않고,

"제가 죽으면 어찌하겠어요?"

이런 말을 했다.

"쓸데없는 말을 말아요. 이제 시초인데 조금만 조리를 하면 꼭 나을 게 아니요. 난 그런 소리 안 들을 테야."

성구는 명심이가 죽는다는 것을 생각하기 싫었다. 매일 밤 같이 이야기를 주고받던 명심이를 땅 속에 파묻고 자기가 공동묘지를 찾아다닌다는 그런 일은 꿈에도 생각하고 싶지가 않다. 더구나 죽다니. 같이 살다 같이 죽는다면 모르지만 결혼한 지 일 년도 못 되어 명심이가 죽는다는 게 도대체 말이 될 말이냐.

"그래두 잊지는 않겠지요."

명심이는 죽음을 생각하면서도 그게 가장 걱정인 모양이다.

"글쎄, 그런 소리는 말라니까. 그런 소리만 할려면 난 나가 버릴 테야!"

"그럼 아니할게요."

명심이는 그래도 죽는다는 게 서러워 눈물을 흘렸다.

성구는 흐르는 눈물을 씻어 주며,

"내일부터는 회사두 그만두고 집에 있으며 휴양을 하면 고칠 수 있는 게니까. 약한 몸으로 너무 애를 썼으니 그런 병인들 안 걸리겠수. 모두 내 죄지. 당신도 불쌍한 사람이 되어 나 같은 남편을 만났기 때문이 아니우. 내일부터는 구루마를 뜯어먹는다 할지라두 놀지를 않구 밥벌이를 하리다. 염려 말구 집에 있수."

성구도 울먹울먹했다. 명심이가 그런 병을 얻은 것 역시 자기의 죄가 아닌가.

"그런 말씀은 말아요. 그러면 난 죽을 테야. 너나 할 것 없이 힘있는 껏

죽는 날까지 일해야지요. 당신이야 그런 일보다도 문학을 좀더 열심히 하서
야지 않아유.”

이 말에 성구는 나오려던 눈물을 참지 못하고 흘러뜨렸다.

다음날 아침 성구는 혜련이를 찾아갔다.

오는 날인 줄 확실히 알면서도 새벽처럼 정거장에 나가는 것이 명심이에
게 미안해서 정거장에만은 나가지를 못했다. 만약 명심이가 그냥 누워서 회
사에도 나가지 못했다면 조반 먹은 뒤라 할지라도 그리 빨리 가지 못했을
것이다. 자기마저 일을 그만둔다면 남편의 걱정이 더 클 것을 염려하여 몸
이 그리 깨끗한 것 같지도 않지만 명심이는 벤또를 싸 가지고 회사엘 갔다.

성구는 차마 눈으로 보기가 힘들 만큼 명심이가 가엾어 보였다. 어떻게
해서든지 자기가 밥벌이를 해서 명심이의 수고를 덜게 해 주고 그의 병마저
고쳐 주어야 할 생각이 새삼스럽게 가슴을 찔렀으니 그렇다고 해서 신통한
수가 없다. 생각하면 속만 상할 뿐이다. 찾아갈 만한 사람은 다 찾아가 보았
고 알아볼 만한 데는 거의 알아보았다. 그러나 자기 하나를 앉혀 줄 빈 의자
는 어디에도 없었다. 자기의 기능이 그렇게도 부족한가 하고 한탄할 때도
있었으나 돈벌이라고 잘 사는 사람 가운데도 자기만 못한 사람이 얼마든지
있다.

지식이 그리 떨어지는 것도 아니요 남달리 나태해서 나쁜 인상을 주는 것
도 아니지만 무엇 때문에 자기만은 몇 푼 안 되는 아내의 월급으로 마음 못
놓고 사는 것일까.

물론 교활하지 못한 자기에게 사교적 수단이 없는 것만은 사실이나 그것
때문에 이제는 너무나 오래 긴장한 마음이 어느 정도까지 풀려 할 수 없다
는 단념에 가까운 생각을 가지었다.

폐병을 가지고도 남편의 괴로움을 크게 하지 않기 위해서 일하러 가는 아
내를 생각한다면야 혜련이의 일이건 누구의 일이건 자기 이외의 일을 참견
할 여유가 없을 것이다. 그러나 자기 일은 걱정한대야 쓸데없는 일이요 혜련
이의 일은 자기가 없는 한 큰 지장이 있을 것 같아 혜련이의 하숙으로 갔다.

여자의 몸이요 더구나 S병원에는 자기가 있어야 여러 가지 교섭을 할

수가 있다. 연자의 병을 고치고 못 고치는 것은 자기에게 있는 것 같기도 했다.

혜련이는 성구를 보자 무척 반가워했다.

해쓱한 얼굴로 낯설은 사람이 왔나 보다 하고 눈만 움직이며 보는 연자에게,

"아저씨가 오셨다. 인사를 해라."

하고 당치도 않은 말까지 했다.

연자에게 사람이 반가울 리가 없다. 자기 어머니야 옆에서 떠나지를 못하게 그리워할 것이나 처음 보는 남자에게 더구나 몸도 마음대로 움직이지 못하는 병자로서 인사가 다 무엇인가.

성구는 모녀를 둘러보고 자기 손에 두 생명이 달린 것 같이 생각되고 그들 역시 자기를 의지하는 것 같아 눈물이 나오려 했다.

서로 의지하고 사는 두 사람이 모두 의지할 만큼 든든한 것이 하나도 없다.

성구는 연자의 손목을 잡고 그의 발을 보았다.

그래도 서울엘 온다고 한쪽 다리에는 양말을 신었으나 살이 어찌나 파리했는지 양말이 살에 붙지를 못했다. 그나마 한쪽 다리는 파리 다리와 같이 뼈만 남은 것이 다치면 꺾어질 듯하다.

복숭아뼈 있는 데를 붕대로 싸맸으니 그 밖에 딴 상처가 보이지 않았으나 발목 한 편의 종기로 이렇게도 몸이 파리할 수가 있나 하고 놀랄 정도였다.

"여기 아프지?"

성구는 연자에게 물었다.

연자는 수줍어하는 표정도 없었지만 대답이 없다.

"이제 병원에 가서 고치면 곧 낫는다. 연자가 참 예쁘구만……."

성구는 연자의 얼굴까지 만져 보았다.

창백하고 여위어 본얼굴이 잘 드러나지 않았지만 혜련이를 닮아 뚜렷뚜렷한 눈과 시커멓고 길다란 속눈썹이며 얄따란 입술 할 것 없이 미운 데가 없는 얼굴이다.

예쁜 애가 그렇게 여윈 것을 목도하니 마음은 더욱 안되었다.

"너의 엄마가 나빠서 네가 앓는다. 이게 네 엄마가?"

성구는 이런 말이나 해서라도 자기의 마음을 흥분시키지 않으려 했다. 그러나 연자는 그렇지 않다는 듯이 혜련이를 쳐다보며 그리로 가까이 간다.

"쓸데없는 소릴 하시지. 엄마가 인제 고쳐줄 텐데……."

혜련이는 누워서 몸을 움직이는 연자를 두들겼다. 어쨌든 연자를 데려왔고 틀림없이 병은 고칠 것만으로 생각하니 혜련이가 가벼운 마음을 가졌다는 것도 무리는 아닐 것이다. 성구가 보기에는 유쾌한 얼굴을 일부러 꾸며 대는 것 같았다.

성구는 혜련이와 같이 연자를 데리고 S병원엘 갔다.

한시바삐 병을 보이고 확실한 이야기를 듣고 싶은 생각도 있었지만 그보다도 일찍 가면 일찍 갈수록 병이 빨리 나으리라는 생각을 두 사람이 꼭같이 가졌다. 뿐만 아니라 지금으로 말하자면 연자의 병을 고치는 것 이외에 딴 일이 없다.

피곤해서 누워 있는 연자를 끌고 S병원 낭하에 들어섰을 때 혜련이는 자기도 모르게 몸을 움틀거리며 놀랐다.

수술실에서 입원실을 향해 가는 침대차인 듯했으나 흰 보자기로 얼굴까지 가린 환자가 죽어서 병원을 나가는 듯 조심스런 간호부의 손에 끌려 혜련이 앞을 지나갔다.

알지도 못하는 사람이건만 혜련이는 그 환자에게 얼굴을 숙이었다. 마치 부모의 관 앞에 선 듯이.

흰 보자기를 덮고 신음 소리 한 마디 내지 못하는 그 환자가 어떤 병실로 들어갈 때까지 혜련이의 눈에는 같은 침대차에 눕혀 같은 간호부에게 끌려가는 연자가 보였기 때문이었다.

"빨리 갑시다."

하는 성구의 말에 혜련이는 자기가 발걸음까지 멈추고 섰던 것을 알았다.

혜련이는 불길한 생각을 버리지 못한 채 성구를 따라 외과라고 써 붙인 진찰실 맞은편까지 가서 의자에 앉았다.

성구는 어느 새 신경과로 뛰어가 자기 동무를 데리고 혜련이 있는 곳으로
달려왔다.

"제 동문데 인사하세요."

성구는 두 사람을 우선 인사시킨 다음 동무에게,

"곧 좀 볼 수 있을까?"

하고 물었다.

동무는 긴말을 아니하고 진찰실로 들어가더니 얼마 안 되어 그들을 진찰
실로 불렀다.

혜련이는 몸에 끼듯이 연자를 옆에 앉히고 과장이 부를 때를 기다렸다.

마침 환자가 있어서 치료를 하는 중이었다. 막을 치고 그 속에서 치료를
하기 때문에 어떤 환자인지는 알 수 없으나 참으려 하면서도 참을 수가 없
어 끙끙 앓는 소리를 하는 것이 분명히 들렸다.

혜련이는 손으로 얼굴을 가렸다. 자기도 병원을 찾아온 사람이지만 병원
이란 어쩐지 사람을 아프게 해 주는 곳인 것 같이 느껴졌기 때문이다.

얼마 지난 뒤 연자가 수술대 같은 침대에 눕고 과장이 옆에 서서 간호부
에게 붕대를 풀게 할 때 혜련이는 이 순간을 무사히 보내 달라고 기도를 올
리고 싶었다.

연자가 의사의 마음 여하로 아파도 할 것 같고 아프지 않게 고칠 수도
있을 것 같아 의사로 하여금 좀더 어진 마음을 가지게 해 주었으면 하고 빌
었다.

그러나 말이라고 한 마디를 물어 보지도 않고 점점 풀어지는 붕대만을 바
라보는 의사가 위엄스럽기만 할 뿐 연자를 측은히 생각해 주는 기색이 하나
도 안 보였다.

아무리 바쁘다 할지라도 '아프냐?' 또는 '그 놈 잘생겼군.' 하는 말 한 마
디라도 해 주었으면 좋았을 게다마는 상처를 만져 볼 때까지도 이렇다는 말
한 마디를 물어 보지를 않았다.

환부를 만져 보고 들여다볼 뿐 병의 원인이라든가 언제부터 앓기 시작했
는가를 알아보려고 하지 않는 의사가 나중에는 무엇을 알기나 하는가 하는

의심까지 주게 했다.

그러나 근 오 분 동안이나 환부 이외의 몸 전체까지 진찰하던 의사의 태도가 그리 신통치 못하다는 눈치 같을 때 혹시 생각도 못할 만큼 무서운 소리를 하지 않을까 하는 겁이 났다. 빨리 보고 얼마 동안이면 고칠 수 있다고 시원히 말해 주었으면 좋으련만 자기 자신도 믿을 수 없다는 듯이 고개를 기웃거려가며 청진기를 가슴에까지 대보는 것이 심상치가 않았다.

청진서와 같이 다리를 자르라고나 하지 않을까 하고 혜련이는 가슴을 조였다.

성구도 그의 동무도 또는 옆에 서서 의사 움직이는 손만을 바라보는 간호부도 긴장한 얼굴로 말이 없다.

조용한 진찰실, 뭇 생명의 처단을 내렸을 진찰실의 침묵. 거기에서 한 생명의 운명을 기다려야만 하는 혜련이의 마음.

"자다가 식은땀을 흘리지 않습니까?"

첫번으로 물어 보는 의사의 말.

혜련이는 무엇 때문에 병과 관련이 없는 말을 묻는지도 몰랐다. 그러나 생각해 보니 그런 일은 있는 것 같다.

"때루 식은땀을 흘립니다."

"폐가 나쁩니다. 이것도 결핵성 골막염인데 수술 같은 것으로 나을 병은 아닙니다. 시골 가서 일광욕을 잘 쐬우고 좋은 약과 영양분을 몇 해 동안 먹여 보십시오."

이것이 의사의 진찰이었으며 그의 말의 전부였다.

혜련이와 성구는 여러 가지로 병의 진상을 물었다. 결핵성 골막염이라는 게 대체 어떤 것인가까지 알아보았다. 혜련이는 의사의 말이 모르는 소리라고 주장하고 싶기까지 했으나 그러나 의사의 말과 연자의 병세 사이에 틀리는 점이 없기 때문에 그런 병이 아닐 거라는 말도 할 수 없었다.

어떤 전문학교 학생 하나가 손가락이 아프다고 병원엘 왔기에 그것을 진찰하니 겉으로는 아무렇지도 않지만 결핵성이라는 것을 능히 알 수가 있어 휴학을 하고 고향으로 가게 했다는 말까지 하며 그런 것은 수술을 하는 것보다 근본적 치료를 한 뒤에 외과 치료를 하여야 한다고 자기네들이 볼 병이 아닌 것처럼 냉정하게 말했다.

성구 역시 벙벙했다. 고칠 수 있느냐 하는 것이 문제가 아니라 고칠 비용이 있는가 없는가 하는 것이 걱정이었기 때문에 병을 고칠 수 없다는 말은 너무나 의외의 일이었다.

자기의 힘으로써 해 볼 수 있는 돈 문제야 자기만이 애쓰면 될 것 같은 자신이 처음부터 있었지만 돈이 있어도 어쩔 수 없다는 말을 들을 때는 그저 가슴이 내려앉을 뿐이었다.

더구나 동무가 성구를 조용한 데로 끌고 가서 애의 몸이 몹시 허약하여 결핵성이 밖에만 나타난 것이 아니라 폐까지 점하여 제2기로 들어갔다는 말을 할 때 혜련이에게도 알릴 수 없는 괴로움을 혼자서 당하고 있었다.

혜련이가 얼굴빛이 달라진 것만은 사실이나 그래도 냉정한 태도를 보이려고 시골 가서 휴양을 시킨다면 어떻게 해야 하느냐, 또는 약은 어떤 약을 먹여야 하는가 하고 외과의사에 묻는 것을 볼 때 그래도 연자에 대한 희망을 가지고 있구나 하는 생각이 들어 가슴이 막막해졌다.

"가 봅시다."

성구는 그 자리에 오래 있기가 싫었다.

혜련이 역시 그리 신통한 소리도 못 들을 곳에 오래 있을 필요가 없다고 생각했는지 성구의 뒤를 따랐다.

하숙에다 연자를 눕힌 성구와 혜련이는 한참 동안 말이 없었다.

성구가 들은 대로 말한다면 어떻게 해야 하는 막연한 걱정일 게다. 그러나 한참 뒤,

"다른 병원엘 가 봅시다. 의사에 따라 병을 보는 법이 다르기도 하니까요."

하고 성구가 입을 열었다.

실은 그렇기도 하다. 요행수로 고칠 수 있을는지도 모르는 일이지만 이왕 서울까지 온 이상 다른 병원에도 다녀 보아야 할 것 같았다.

"그럴까요?"

혜련이는 힘이 없으나 성구의 말을 받았다.

그에게는 아무 생각도 없다. 비록 거짓말일망정 능히 고칠 수 있다는 의사의 말을 듣고 싶었을 뿐이다.

"그럼 오늘은 늦었으니 내일 아침 일찍이 가 봅시다."

성구는 먼저 갔다. 성대 병원이나 의전 병원엘 갈려면 적어도 오전중이 아니면 안 된다. 이미 점심때가 지났으니 내일밖에 갈 수가 없는 일일 뿐만 아니라 아픈 몸으로 회사엘 간 마누라가 걱정도 되었다. 그새 돌아와서 누워 있지나 않는가 하는 걱정도 있었지만 딱해하는 혜련이와 마주 앉아 얼굴만 쳐다보기가 안되었다. 말을 하면 할수록 혜련이의 걱정이나 늘 뿐이었다.

성구마저 보내고 난 혜련이는 연자를 상대로,

"이제 곧 낫는다. 우리 연자 착하지."

"무얼 먹고 싶으니……."

하고 중얼중얼했다. 차마 연자의 얼굴을 바라보며 어린것의 운명을 생각하기란 어머니 된 몸으로 할 수가 없는 노릇이었다.

그러나 이야기도 달가워하지 않는 연자가 엄마의 눈치만 보듯이 눈을 끔벅끔벅하여 자기를 바라볼 때 혜련이는 군소리를 함부로 할 수도 없었다.

'못 고치면 어떻게 하나.'

이마와 콧등에서는 진땀을 흘렸다.

바람 한 점 없는 방 안에서 혜련이는 다시 생각에 사로잡혔다.

'청진의사들의 말이 맞았구나.'

이렇게 생각을 하니 너무나 허무한 마음이 의지할 데가 없이 고무풍선처럼 날아가 듯했다.

서울서 고치지 못하고 청진으로 돌려 보낸다면 그 뒤의 일은 어찌될까?

연자는 연자대로의 운명이 정해져 있는 것을 공연히 자기가 애쓰고 있지 않는가 이러한 생각까지 해 보았다.

그러나 다음날 아침 조반을 먹는 척하고 난 뒤에는 무작정하고 성구가 기다려졌다.

빨리 와서 딴 병원에 가 보고 싶은 생각만이 머리에 찼기 때문이었다.

웬만만 하면 밤에도 와 줌직한 성구가 밤새껏 발길을 아니했고 조반을 먹은 뒤에도 늦도록 와 주려니 하는 생각에 그의 사정이 따로 생긴 것을 짐작하지도 못했다.

남보다 일찍 가서 시간에 늦지 않도록 진찰을 받아야 하겠다는 생각에 성구를 기다려지는 마음 가슴을 졸이게 했다. 성구가 연자의 아버지도 아니요 자기 남편이 아닐 뿐만 아니라 친척도 아니다. 그러나 응당 와 줄 사람인 것처럼 기다려지는 것은 혜련이에게 물어도 대답할 수가 없는 심사였다.

벌써 비추이는 햇빛이 따가워 보인다.

"어찌 아직 아니 올까?"

이렇게 생각을 하니 자기 스스로도 대답할 말이 없었다. 어떠한 일이 있다 할지라도 오리라고 믿을 수 있는 사람이었기 때문에.

그러나 와야 할 성구가 아니 온다는 데 따라 혜련이는 새로운 겁이 들었다.

어제는 아는 사람이 있어 진찰비를 내지 않았지만 오늘부터는 돈이 필요하다. 선금을 내고야 진찰권을 살 수 있으며 진찰한 뒤 약을 먹여야 한다면 또 돈을 내야 한다. 그러나 수중에 돈이 한 푼도 없지 않은가!

성구는 벌써 그것을 생각하고 돈을 구면하러 간 것임에 틀림없다.

돈, 다시 돈이란 생각이 연자의 병보다 긴급한 것으로 생각났다.

만약 성구의 힘도 부족해서 그 돈이 되지 않는다면 어찌할까.

아무래도 고칠 수 없는 병이라면 차라리 성구에게마저 근심을 끼치지 않는 것이 낫지 않을까?

돈에 대한 것은 이 이상 더 생각하고 싶지가 않았다. 경옥이네 집에서 자기를 데리러 왔을 때 그의 격분이 어떤 것이었던가.

자기 발로 걸어가서 부탁한 일이었건만 경옥이의 친절이 도리어 원망스러웠고 첩 노릇을 해야 하는 자기 자신 역시 너무나 요망하고 경솔한 것을 뉘우쳤다.

만약 성구가 동환이에게 돈을 변통하기 전이었다면 그렇지도 않았을는지 모르지만 그 뒤라 그런지 데리러 온 사람까지 자기를 짐승보다도 천하게 보는 것 같았다.

　살기 얼마나 힘들어 자기 입으로 그런 말을 꺼냈던가 하는 비애와 같이 자기를 그런 사람으로 만들려고 애써 주는 경옥이가 원망스럽기도 했다.

　그러나 그런 일이 있은 뒤 성구를 믿는 마음에선지 며칠 동안에 돈에 대한 것을 잊어버렸다.

　그 돈, 생각만 해도 소름이 끼치는 돈 때문에 다시 속을 썩여야 하는가 하는 것은 혜련이로서 차마 견딜 수 없는 일이었다.

　"죽어 버렸으면."

　혜련이는 목숨마저 있는 것 같지 않은 잠든 연자에게 이런 말을 중얼거렸다. 허나 숨소리가 나고 가슴이 움직이려는 것을 볼 때 가장 독살스런 생각을 안개처럼 사그러뜨렸다.

　"내 연자지."

　혜련이는 연자의 뺨을 손으로 쓸었다.

　"죽다니 연자가 죽는다는 말이 될 말인가?"

　이러고 있을 때 구둣발 소리가 나며,

　"최 선생."

하고 부르는 소리가 났다.

　볼 것 없이 성구였다.

　"선생님 때문에 별 생각을 다 했어요."

하고 나무람부터 해 주려고 할 때 성구의 뒤에서 모자를 벗어 쥐고 선 사람이 보였다.

　혜련이는 인사할 말도 나오지 않았다.

　돈을 준다고 하더니 벌써 자기를 찾아왔던가 하는 불쾌한 생각이 들었기 때문이었다.

　그러나 자기 집에 온 사람이고 또 설사 그렇다 할지라도 나타나게 불유쾌한 빛을 보인다는 것이 경솔한 듯해서,

　"그새 안녕하셨어요? 들어오십시오."

하고 동환이에게 인사를 했다. 그러면서도 성구에게는 쓸데없는 짓을 한다

고 눈을 흘기었다.

성구가 그런 짓을 아니했다면 같이 올 리가 없을 것 같기 때문이었다.

성구는 그 뜻을 알고 빙그레 웃었다. 할 수 없다는 듯이.

"어린애 때문에 얼마나 걱정하십니까?"

동환이가 인사말을 했다.

혜련이는 그 말에 대답은 못했다. 성구의 말에 동환이가 돈 내는 것을 모르는 척하라고 했고 아는 척한댔자 구구하게 돈을 주셔서 고맙습니다 하고 감사하다는 것이 도리어 면구스러웠기 때문이다.

성구를 통해 이미 병세까지 알고 어제 병원에서 지난 경과도 들은 동환이라 그이 역시 딴말을 묻지 않았다.

우선 동환이가 자기를 찾아온 동기가 궁금해서 혜련이는 빨리 집을 떠나고 싶기만 해서

"늦지 않았어요?"

하고 성구에게 재촉했다.

성구는,

"늦어 미안합니다. 빨리 가십시다."

하고 동환이와 같이 밖으로 나간다.

혜련이는 성구가 오기만 기다리던 차라 별로 준비할 것도 없이 연자를 안고 뒤를 따라가려 할 즈음 성구가 혼자 들어와 이야기를 꺼냈다.

자기의 아내가 중한 병으로 누워 있게 되어 집을 나설 수 없다는 것과 자기 대신 동환이에게 모든 일을 부탁했다는 것이었다.

그리고는 동환이가 아직까지도 돈 주었다는 것을 혜련이가 모르는 줄 알고 있으니 그쯤 주의하라는 것을 당부했다. 그래서 오늘 필요한 돈도 성구가 동환이에게서 가져온 것을 혜련이에게 내주었다.

성구 역시 연극을 꾸미지나 않는가 하고 생각할 때 그가 능글스럽게 보였으나 핑계가 마누라가 앓는다는 말에 혜련이는,

"무슨 병이세요?"

하고 걱정하듯이 물었다.

"글쎄요. 시원치 못한 병인 것 같아요. 오늘부터는 누워 앓는가 보던데
요."
　이런 말을 하는 성구의 태도가 거짓을 꾸미는 것 같지는 않았다.
　"기쁜 병이신 게로군요?"
　"그랬으면 좋겠어요? 먹을 것두 없는 놈이 그리 좋을 것도 없지만……."
　"그럼 무슨 병이야요?"
　"글쎄요."
　"정말예요?
　"그럼 거짓말을 할까요."
　성구의 말은 힘이 없었다.
　"그러시면 빨리 가 보세요. 박 선생하구 같이 가 보지요."
　"글쎄, 아무래도 나는 집엘 가 봐야 할 것 같아요."
　이런 말을 하며 그들은 혼자서 기다리고 있는 동환이에게까지 왔다.
　"오늘부터 자네가 좀 애써 주게. 미안하지만 할 수 있나."
　성구가 동환이를 보고 새삼스럽게 인사 같은 말을 하자 혜련이가,
　"미안합니다. 바쁘실 텐데……."
하고 부언을 붙이며 같이 가 줄 것은 이미 알았다는 듯이 말했다.
　"천만의 말씀입니다. 혼자서 갑갑하실 텐데 동무나 해 드리지요."
　동환이는 말을 길게 하지 않았다. 비록 혜련이가 모른다 할지라도 자기가
혜련이를 위하여 돈을 내는 감이 있기 때문에 쾌활하게 이야기할 만한 용기
가 속에서 나오지를 않았다.
　혜련이는 혜련이대로 아는 것을 모르는 척하려니 말을 아니하는 수밖에
상책이 없으므로 고맙다는 말도 또는 괴로운 표정도 보이지 않았다.
　골목길을 나오는 동안 성구가 연자의 얼굴이 잘 생겼다거니 S병원에서는
어떤 말을 했다거니 하며 아무것도 모르는 사람에게 설명을 하듯 동환이에
게 말을 했다.
　동환이 역시 처음으로 듣는 것처럼 응응하며 성구와 연자의 얼굴을 번갈
아 보았다.

"우리 하숙 주인이 말하는데 꼭 이런 병으로 일 년 남아 앓다가 할 수 없이 신통치 않은 병원엘 갔는데 남이 다 못 고친다고 하던 것을 힘들지 않게 고쳤다고 그러던데요. 몇 곳을 다녀 보다가 거기까지 가 봅시다. 못 고치지는 않겠지요."

동환이는 이런 말을 하며 혜련이를 안심시키려고 했다.

벌써 그만 알아본 것이 고맙기도 했지만 그런 병을 고쳤다는 병원이 알고 싶어,

"어떤 병원이래요?"

하고 혜련이가 물었다.

동환이는 결핵성이라는 말까지 들었기 때문에 그곳에서 고칠 수 있을지 없을지 긴가민가했지만 혜련이가 그 말을 믿는 것 같아 들은 병원의 이름까지 말해 주었다.

좁은 길을 나와 전차 정류장까지 온 그들은 성구와 헤어져야 했다.

"미안합니다. 난 집으로 가겠습니다."

성구가 먼저 말을 했다.

"빨리 가 보세요."

혜련이는 성구의 마누라가 어떤 병으로 어떻게 앓는가 하는 것을 자세히 물어 보지 못했지만 가벼운 병인 것만은 같지 않았기 때문에 걱정하듯이 말했다.

"잘 간호해 주게."

동환이도 인사를 했다.

그러나 웃음을 띄운 성구는 자기 걱정은 말라는 듯이,

"빨리 갔다 오게. 될 수록이면 낫도록 고쳐 달라고 하게."

하고 자기 이야기는 꺼내지도 않았다.

"저의 걱정은 마시고 부인 병이나 고치도록 해 주십시오."

혜련이가 말했다.

성구는 만족한 얼굴로,

"네."

하고 간단한 말을 하고는 돌아서서 총독부를 향해 걸었다. 아내의 병이 걱정 안 되는 것은 아니지만 그보다도 목전의 혜련이와 동환이가 같이 가며 같은 편이 되어서 자기를 안심시키려는 것이 기뻤다.

이때까지 두 사람이 정답게 걷는 것을 본 적도 없었고 따라 언제나 불쾌하게만 이야기하던 혜련이의 마음이 변하여 아무 말 없이 동환이를 따라간다는 게 신기롭기도 했다.

혜련이를 위해서나 동환이를 위해서나 이러한 기회가 하루빨리 생기기를 이때까지 기다리던 차라 두 사람이 같이 걷는 것은 보기만 해도 일은 다 된 듯한 느낌이 있었다.

자기에게야 행인지 불행인지 모르지만 두 사람에게 그런 기회를 줄 수 있다는 것이 우연이면서도 기쁘지 않을 수 없었다.

성구는 한편 기쁘면서도 또 한편 가슴이 어지럽지 않을 수 없다. 이 날 아침에는 명심이가 각혈을 하지 않았는가. 폐가 각혈할 만큼 나빠졌다면 걱정 아니할 수 없는 형편이다.

명심이가 죽는다면, 이런 생각도 아니할 수 없다.

성구는 걸음을 빨리해서 집엘 갔다.

마누라는 잠이 들었는지 숨소리도 없이 누워 있다.

영원히 눈을 감은 사람 같다.

성구의 눈에서는 눈물이 흘렀다.

뜨거운 것이 눈 속에서 흘러나올 때 그것만으로는 시원치가 않아 가슴을 지르며 소리치고 싶은 충동이 일어났다.

방울 방울이 떨어지는 눈물이 좀더 줄기찼으면 얼마나 시원하랴.

명심이가 죽는다. 세상에서 나 하나만 믿고 사는 명심이가 죽어야 할 일이 어디 있는가. 결혼한 지 얼마 되지도 않았지만 그 동안도 남편을 위해 일하려기에 남편의 사랑도 못 받던 그가 벌써 죽으면 어찌하는가.

명심이마저 죽는다면 대체 자기는 누구를 의지하고 살 것인가. 세상에 믿을 물건, 의지할 사람이라곤 아무도 없다. 명심이가 없는 날이면 자기에게는 아무것도 없어지는 날이다.

"여보."
이때 명심이가 손을 내밀며 성구를 불렀다.
성구는 명심이의 내민 손을 힘있게 잡았다.
"여보."
"죽지 않을게요."
명심이는 얼굴에 웃을 띄우며 말했다.
그러나 성구는 그 말이 더 섧었다.
일부러 웃음을 꾸미는 얼굴 그것은 필시 자기를 안심시키려는 뜻이겠지.
"죽지 말어. 응, 죽다니, 빨리 나아서 재미있게 살아야지."
이렇게 말을 하면서도 눈물을 그대로 흘렸다.
"여보, 어데 공기 좋은 델 가서 병을 고칠 수 없을까. 당신을 두고 난 죽지 않을 테야."
명심이 말은 애끓는 애조가 숨어 있었다.
"그렇지. 한 달 만 수양하면 꼭 나을 게야."
성구는 이런 말을 했으나 그 다음에 오는 돈이 걱정이었다. 돈만 있다면 어디든 공기 좋고 좋은 곳으로 갈 수 있다. 그러나 명심이의 월급으로 그날 그날을 지내는 살림에 그런 돈이 어디서 나올까.
성구는 아는 동무들을 꼽아 보며 돈 있는 사람을 생각해 보았다.
하나도 없다. 있기는 있지만 그는 혜련이를 위하여 돈을 쓰고 있다.
일을 해 주고 그 대신으로 먹을 것이나 구하려 달을 두고 애써 오면서도 직업 하나 구하지 못한 그가 값 없이 돈을 바란다는 것이 쉬운 일이 아닐 것은 뻔하였다.

월광보(月光譜)

며칠 지나 혜련이가 개학하기 전날 연자는 수술을 했다.
이틀 동안이나 아무것도 못 먹었고 수술하는 그 날에는 물방울도 못 마신

연자가 보기에도 무시무시한 수술실로 들어갈 때,

"박 선생이 들어가 보십시오."

하고 혜련이는 차마 자기가 연자의 살이 베어지는 것을 볼 수 없어 동환이에게 청했다.

"어머니가 들어가야지 내가 왜 들어가요."

"그러시지 말구 들어가세요."

"난 그런 걸 보다가 기절할까 두려워 못 가겠습니다."

"사내대장부가."

"최 선생님 남자만 못한 여자던가요?"

"못 하지는 않지만……."

그들은 웃음을 웃고 있었지만 속은 두근거렸다.

옷을 전부 벗고 흰 수술복과 얼굴까지 가린 마스크를 쓴 뒤 간호부들과 또는 실습하는 학생 수십 명을 데리고 수술실로 들어가는 의사의 자태가 그들의 눈에는 사라지지 않았다.

그 의사의 손에는 날카로운 메스가 쥐어질 것이며 그 메스로 연자의 작은 발을 함부로 쨀 것을 생각하니 차마 들어가 입증할 용기가 나질 않았다.

누가 입증해야만 한다는 말도 아니했으나 보기는 해야 할 것 같고 차마 볼 수도 없고 해서 망설였다.

그럴 때 굳게 잠긴 문으로 '엄마' 하고 죽을 듯이 고함치는 연자의 목소리가 들렸다.

혜련이와 동환이는 화석처럼 굳어져 서로의 얼굴만 쳐다보았다.

연자의 목소리는 그치지가 않았다.

날카로운 칼날이 살을 여미는 중인가 보다.

그러나 연자의 울음소리는 마취제를 풍길 때였을 뿐 '얼마'가 지난 뒤에는 수술실 전체가 잠잠해졌다.

그때에야 연자가 마취를 당해 잠든 것을 알았다.

수술하는 동안 혜련이는 낭하 긴 의자에 동환이와 같이 앉아 수술이 끝날 때까지 정신을 연자 옆에 두고 있었다. 보지는 못하나 뻘건 살이 칼에 에어

내는 것을 눈앞에 보는 듯하다.

만약 마취를 하지 않았다면 얼마나 아프다고 야단칠까. 생각해도 몸이 오
싹해졌다. 의자에 앉지는 않았어도 자기 몸이 어디 있는지를 모르겠다. 어린
것은 뼈를 깎아 내는 줄도 모르고 잠들었겠지.

그래도 옆에 동환이가 앉아 있다는 것이 도움이 되었다. 만약 자기 혼자
만이 이런 일을 당했다고 한다면 실신할 것 같았다.

말은 없으나 자기와 같은 것을 생각하고 같이 걱정해 주는 듯한 동환이가
몹시 믿음직해서,

"선생님."

하고 불렀다. 말없이 있기가 너무나 힘들기 때문이었을는지도 모른다.

"네."

동환이는 힘없이 대답했다. 혜련이 이상으로 긴장한 듯 얼굴이 파랬다.

그러나 혜련이는 동환이를 부르고도 딴 말을 못했다. 할 말이 없다.

한참이나 지루하게 기다리고 있으려니 의사가 혼자 나오다가 혜련이와
동환이를 보고 눈으로 인사했다.

혜련이는 재빠르게 달려가서,

"다 했습니까?"

하고 물었다.

"네, 다 되었습니다."

의사는 땀을 쭉 흘렸다. 수술복이 땀에 젖어 살에 붙은 것을 보니 얼마
나 정신을 들여 애썼는가 하는 생각이 들어 감사하고 싶을 만했다. 의사는
이어,

"참 힘들었습니다. 뼈가 전부 삭았어요. 이것을 보십시오."

하고는 탈지면에 싼 뼈를 보여주었다. 자그마씩한 피 묻은 뼈가 한 주먹은
될 것 같다.

혜련이와 동환이는 놀랄 뿐이었다. 그러나,

"생각보다는 잘 된 것 같습니다."

하는 의사의 말에 적이 안심을 했다.

얼마 뒤 침대차가 간호부에게 끌려 혜련이 앞에 나타났다. 잠든 연자도 땀도 흘렸을 것이나 간호부는 바람을 쏘이지 못하게 하기 위하여 혜련이에게도 얼굴을 보이지 않았다.

침대차 뒤를 따라가는 혜련이는 상여 뒤에서 무덤으로 가는 상주 같다. 아픈 줄도 모르는 연자가 아직도 잠이 들었으니 참으로 재기나 할까 하는 두려움도 없지 않다.

병실 침대에 누운 연자! 마취약 냄새가 온몸에서 뿜어 오른다. 빨리 숨소리를 높이고 눈을 떠 주었으면 좋으련만!

혜련이는 눈물이 나오려 했다. 모두가 자기의 잘못으로 연자에게까지 이런 운명을 넣어뜨린 것 같은 생각이 들었기 때문이다.

수술한 결과는 비교적 좋은 편이었다.

얼마 후부터는 연자도 다리를 다치기나 의사기 심지를 바꾸어 깔 때 이외는 아프다고 울지를 않았다.

낮에는 동환이의 이야기를 듣노라고 침대에 누워서 귀를 다소곳하게 기울이고는 동환이를 쳐다본다. 심심하면 동환이가 사다 준 그림책을 보기도 하며 궁금해서 못 견딜 때는 쓰기소이(간병인)에게 먹을 것을 조르기도 했다.

혜련이나 동환이는 연자의 병 때문에 그리 걱정을 아니해도 좋을 만큼 됐다. 그러나 동환이만은 종일 병실에 있는 것이 지루하게 되었다.

혜련이는 아침에 학교를 갔다가는 저녁때에 돌아온다. 공부만 할 뿐만 아니라 남을 가르치기까지 하고야 돌아오니 자연히 늦는다. 다만 점심때를 이용하여 잠깐 다녀갈 뿐 그 밖에는 만날 수가 없는 것이다. 그렇다고 해서 혜련이가 있을 때만 간다는 것도 안됐고 해서 할 수 없이 아침부터 가 있기는 하지만 그래도 드문드문 빠지는 날이 있는 것은 동환이로서 할 수 없는 일이었다.

종일 혜련이를 기다리고 있기가 답답하고 병원 공기가 졸리기도 했다. 병원에 다니는 것이 연자의 병을 간호하자는 것이 목적일는지 모르지만 혜련이를 보지 못하는 것이라면 그리 부지런하게 매일 가지 않았을는지도 모르는 것이 동환이의 속마음이었으니까 혜련이가 없는 방 안에서 존다는 것도 무리는 아닐 것이다.

혜련이가 자기 딸을 입원시키고도 쯔기소이에게 맡긴 다음 자기 할 일을 다 하는 이상 동환이도 자기의 일을 하고 병원엘 나간다면 지루한 줄도 모를 것이요 혜련이와도 제 시간에 만날 수 있었으련만 그는 혜련이도 없는 연자를 위하여 학교에도 나가지 않는다.

학교에를 간다 해도 신통한 일을 못할 것이며 신통한 일이 있다 할지라도 자기에게 그리 필요한 것 같지가 않을 뿐 아니라 공부와도 달리 연구생이란 흐덥직한 직업은 있어도 그만 없어도 그만일 것 같다. 더욱이 하루를 두고 될 수 있는 대로 많은 시간 동안 혜련이를 생각할 수 있다는 것이 동환이에게는 무엇보다도 필요한 것 같았다.

혜련이를 생각할 수 없는 생활이란 자기에게 있을 수가 없는 것 같으며 혜련이를 떠난 자기 일생에는 발전이란 것도 있을 것 같지 않았다.

그 동안 지드의   좁은 문   을 혜련이에게 준 것도 그 소설의 주인공이 자기의 마음과 같다는 것을 보이기 위한 것이었으나 죽을 때까지 서로 생각하고 서로 존경함이 없이는 자기가 살 수 없는 것 같이 느끼게끔 되었다.

혜련이 역시 그러한 동환이의 마음을 눈치채고도 전같이 냉정한 태도를 보이지 않으며 어느 정도까지는 자기의 외로움을 동환이에게 하소하려고까지 했다.

"내 운명이 연자를 불행하게 만들었지만 연자가 또 나를 죽을 때까지 불행하게 할는지도 모르지요."

혜련이는 이런 말도 했다.

"그렇기에 자기의 현실을 자기의 손으로 고치지 않는 이상 운명적인 생각을 버리지 못할 뿐만 아니라 그 현실에서 허우적거리게 되는 것은 어쩔 수 없는 일일 겝니다. 현모가 되고 열녀가 되기 위하여 옛날의 관념을 가진다는 것은 조금 비현실적이지요."

동환이는 무슨 말에든지 혜련이의 마음을 움직이게 하려는 뜻을 풍겼다. 그것을 혜련이가 모를 리 없으니까.

"어느 것이 현실적인지는 모르지만 그러지 않을 수 없는 것이 또한 내 현실인 거야 어찌합니까?"

"………"

동환이는 아직까지 혜련이를 이론으로나마 공격하지를 못했다. 혜련이의 생각이 틀렸다고 한다면 결국은 재혼을 하리라는 것밖에 되지 않는다. 기실은 자기와 결혼해 달라고 말로 표현할 생각이 그리 있지 않으나 그래도 자기와 동무 이상의 친밀을 가지고 지내자는 말만은 하고 싶은 것이 이때까지의 생각이었다.

너무나 평범한 사이가 싫어졌다. 허허 하면 서로 웃고 한 마디 말하면 거침없이 농담이 나오는 그런 사이가 되었을지라도 그 가운데는 진심이 통하는 따뜻한 정이 숨어 있는 것 같지 않다. 누구에게도 주지 않는 또는 누구에게도 바랄 수 없는 체온이 그리웠다.

매일같이 병원엘 가고 혜련이가 없는 때도 침대 옆에 앉아 있는 것은 다만 한 마디나마 따뜻한 체온을 느낄 수 있는 혜련이의 말이 그립기 때문일 것이다. 그러나 종일 기다리다 만난 혜련이에게서 가슴속에 새겨 둘 말을 못 듣고 돌아갈 때는 하루가 너무너무 의미 없게 지나간 것을 후회하면서도 행여나 하는 생각에 매일같이 병원으로 다녔다.

동환이는 생각했다.

도와주는 것은 도와주는 것이요 사랑은 사랑이라고.

연자가 불쌍하고 혜련이가 딱해 변통해 준다는 것은 인간적인 본능이며 혜련이가 그립고 따라 친밀해지고 싶은 생각은 이성을 그리워하는 본능일 것이니까 구태여 내가 그를 도와주니까 사랑을 요구할 수 있다는 그러한 비열한 이론을 꺼내지 않을 수가 있을 것 같다.

사랑한다는 것은 순결해야 한다. 거기에 티가 있거나 잡것이 섞인다면 참된 사랑이 아니다. 만약 자기가 혜련이를 생각하는 마음에 잡티가 있다면 그것은 누구에게나 비평을 받아도 좋다. 그러나 혜련이의 단점까지를 뻔히 알면서도 그래도 사랑하려는 것은 순수한 마음이 아닐 수 없다.

그 동안 혜련이의 성숙도 알았으며 아무래도 옛날에 지내던 호화로운 티가 어딘가 남아 있다는 것까지 알았다. 상대방이 마음에 안 들 때는 물불을 가리지 않고 자기 속에 있는 것을 송두리째 털어놓는 것도 안다. 그것 때문에 앞으로 뗄 수 없는 사이가 된다 해도 약한 성격을 가진 자기의 고통이 얼마나 큰가 하는 것을 생각해 보았다.

그러나 혜련이는 필요했다. 사귀면 사귈수록 필요한 사람으로 만들고 싶었다.

이 날은 혜련이가 종일 병원에 있는 줄 알았기 때문에 하숙을 떠나 병원에 가는 길에서 이날은 반드시 자기 생각을 말해 보려니 하는 결심을 마음 속 깊이 먹었다.

그런 생각을 해서 그런지 설레는 마음에 혜련이는 보기가 부끄러운 것도 같았으나 병실로 들어섰다.

일요일임에도 불구하고 혜련이는 벌써 화장까지 하고 동환이가 사다 준 좁은 문   을 읽고 있었다.

"출근이 빠르신데요."

혜련이는 우선 이런 말로 인사를 했다.

사실 빨랐다. 전 같으면 일어나지도 않았을는지도 모른다. 그러나 그 역시 혜련이를 생각하는 때문에 일찍이 떠나 출동도 하는 것이 아닌가.

그러나 동환이는 그런 말을 꺼낼 수가 없었다. 자기가 그만큼 성의를 가졌다는 뜻을 말할 가장 좋은 기회이나 좀더 조용한 기회가 있으려니 하는 마음에 떨리는 가슴을 안은 채 참고 말았다. 그 대신 혜련이의 얼굴을 바라볼 뿐이었다.

노르스름한 생주적삼에 연하게 비치는 부드러운 살결로 하여 분칠한 것이 보일락 말락 한 뽀얀 얼굴이 더운 날에도 시원해 보였다. 어디라고 아름다운 데를 찾을 수가 없으나 성스럽고 부드러운 맛이 얼굴 전체에 숨어 있는 듯하다. 얼마 동안 그 얼굴을 보고 있을 때 혜련이도 동환이를 바라보는 바람에 동환이는 얼굴을 돌렸다.

보고 싶으면서도 떳떳이 볼 수 없는 얼굴이다. 들었던 얼굴을 떨어뜨리고 있으려니 무미하기도 했지만 새로운 걱정이 일어나,

"참 오늘은 동무들이 찾아오겠구만요?"
하고 물었다.

"걱정 마세요. 아는 사람이라고는 하나도 없으니까. 딸이 입원했다면 그 성화를 누가 받게."

이때까지 혜련이는 자기 동무들에게 딸이 있다는 것마저 이야기를 아니했다.

그러나 동환이는 걱정 말라는 뜻을 해석하려 했다. 자기가 병원엘 쫓겨 가야 될 걱정을 벌써 알고 하는 말인가. 그렇다면 자기가 혜련이 옆에 있기를 얼마나 즐겨 하는 줄 안다는 말인가?

그것까지 알아 준다면 더 할 말이 없다. 허나 자기 마음을 그렇게까지 자기 마음을 잊고 느끼지 못하는 것이 아닐까? 아는 것과 느끼는 것이 그만큼 다른 것이니까. 그래서 걱정 말라는 뜻 가운데 혜련이의 생각이 어떻게 배어 있는가를 알기 위하여,

"걱정이 아닙니다. 만약 동무들이 온다면 나 같은 사람이 필요가 없을 것 같아서요."
하고 먹은 것을 달라고 손 내밀었던 어린애처럼 열적게 이야기했다.

"글쎄요. 그렇게 필요가 없는 사람 같으면 아예 오시질 마셔야 하지 않을까요?"

되레 묻는 말로 동환이의 얼굴을 쳐다보았다.

이 말에는 동환이가 대답을 못했을 뿐만 아니라 얼굴을 붉혔다. 너무나 혜련이를 덜 믿었던 생각과 그만큼이나 자기를 필요하게 여기는 것을 이제야 깨달은 듯한 생각에 미안쩍기도 하며 부끄럽기도 해서 한편으로 흥분된 심장이 고동을 치였다.

그럴 때 병실 문을 열고 성구가 들어왔다. 수척한 얼굴이 몹시 상했다.

연자가 수술한 뒤에도 한 번 찾아왔었지만 그새 며칠 동안에는 얼굴이 못 쓰게 된 것 같았다.

혜련이는 자기가 앉았던 자리를 내주고 거기에 앉게 한 다음 안 와도 관계치 않다는 말과 부인의 병세에 대한 걱정의 말을 꺼내다.

심상치 않을 것이 그 병의 이름으로나 성구의 얼굴을 보아서나 대개 짐작할 수가 있는 것이지만 성구는 전과 달리 자기 마누라에 대한 이야기를 별반 아니했을 뿐만 아니라 도리어 아무렇지도 않은 듯한 표정을 했다.

"저 후원이 참 좋구만요. 나가들 봤어요?"

하고 성구는 창 밖을 내다보았다.

후원에 나무가 푸르게 섰고 그 속에 매미 소리가 난다 할지라도 거기에 흥취를 느낄 그가 아닌 것 같았지만…….

"나가 보구 말구요. 연자가 잠잘 땐 밤에도 나가 노는 걸요."

혜련이가 빠르게 대답했다.

"참들 좋구만. 그 대신 연자가 불쌍하구만. 연자야, 너는 이 아저씨하구 어머니하구 있을 땐 잠을 자지 말어. 네가 잠들 때는 너 혼자 내버려 둔다고 그러지 않니."

성구는 얼굴살을 움직이며 말했다.

"이제는 권 선생님도 아주 나빠졌는데. 박 선생, 그렇지 않아요."

"흐훙."

성구는 혜련이의 말에 코웃음 쳤으나 그래도 만족해하는 표정이었다.

안 나오는 웃음을 일부러 만들려고 하는 태도라든가 둘의 사이를 만족해하는 듯한 표정이 그들의 사이를 알아보려고 하는 것 같아 보였다.

실은 동환이에게 이야기를 들었을 게다. 어느 정도까지 친해졌고 따라 동환이의 마음이 어떻다는 것을 짐작한다. 그렇기 때문에 그러한 그들에게 불쾌한 시간을 만들어 주지 않고 따라 그들의 사이를 조금이라도 표면화시키겠다는 노력이 성구 마음속에 숨어 있었을 게다.

성구는 마음에 없는 이야기지만 두 사람의 태도를 보기 위하여 또는 서로 말 못하는 말을 자기를 통하여 시켜 보려고 여러 가지로 생각해냈다.

두 사람의 태도가 상당히 가까워졌다는 것은 긴말을 듣지 않아도 알 수 있었으나,

"내가 시간이 좀 있으면 한턱 받아먹어야겠는데…….

하고 눈치를 보았다.

"참, 한턱 내야 되겠는데…… 연자가 이제 퇴원하구 내가 졸업한 뒤 돈을 벌거든 그때 하지요."

혜련이는 뚱딴지같은 말을 했다.

"그러한 턱은 동환이가 받아야지. 내가 받을 자격이 있나요. 내가 먹자는 턱은 의미가 좀 다른데……."

"무슨 소리를 하는 거야. 알지도 못하는 소리를 혼자서……."

동환이가 옆에서 실없는 소리 말라는 듯이 가로막았다.

혜련이도 말이 그렇게까지 나오는 것은 온당치가 못한지,

"부인은 참말 어때요?"

하고 점잖게 물었다.

"네, 그저 그렇습니다."

성구는 이렇게 대답을 했으나 너무나 애타고 애달픈 감정의 반발로,

"아직 죽지는 않았습니다."

라고 대답하고 싶었다. 명심이의 병은 조금도 차도가 없을 뿐만 아니라 힘 자라는 껏 애쓰고 정성 있는 껏 낫기를 바라도 도리어 악화될 뿐이었다. 성구는 한참 동안 더 앉아 있다가 한숨을 '획' 내쉬고 일어섰다.

"또 가 봐야지."

혜련이와 동환이도 따라 일어섰다. 특히 동환이는 성구에게 자기 마음을 샅샅이 말하고 혜련이에게 그 말을 전해 달라고 부탁하고 싶은 생각에 병원 문을 나와서도 한참 동안이나 같이 걸었다. 혜련이와 그만큼 가까운 사이라 해도 차마 자기 입으로 혜련이의 귀에 그런 말을 고백할 수가 없을 것 같았기 때문이었다.

그러나 마누라의 병 때문에 눈을 뜰 수 없어 하는 성구에게 무슨 말을 부탁할 수가 있는가. 도리어 성구가 묻는 말에 입원료에 대한 것과 자기의 마음을 대답한 정도였다.

"그렇다면 이야기를 하려무나. 내 보기에도 최의 마음이 달라진 것 같더라. 혹시 기회가 있거든 나도 말해 보지만……."

성구가 이런 말을 해 줄 때 동환이는 그 말이 옳은 듯해서 곧 병원으로

돌아왔다.

만약 연자가 잠만 든다면 혜련이를 끌고 병원 뒤뜰로 가서 자세한 것을 말하리라 생각하고 연자의 잠드는 때만 기다렸다.

연자는 동환이의 마음을 알았던지 얼마 되지 않아 눈을 감았다.

일요일이라 간호부들도 쉬는지 병원 뒤뜰에는 흰 옷 입은 사람들의 내왕이 잦았다. 뿐만 아니라 병 방문 온 사람들도 환자들과 나온 것이 다른 날과 달리 많았다. 풀밭에 앉아서 이야기하는 사람들도 있고 혼자서 무거운 몸을 끌고 천천히 걸어다니는 환자 또는 한편 나무 그늘에서 기타를 뜯는 간호부도 보였다.

도회지 한복판에 있는 병원 같지 않게 하늘을 덮은 푸른 나무 속에선 매미들이 찢어질 듯 울어댄다.

그만하면 무던히 어지럽고 소란스러울 것 같으나 병원이란 생각이 있어 그런지 그 속에도 침울한 빛이 돌았다.

동환이와 같은 사람도 그 속에 끼어 그런지는 모르지만 침울한 얼굴을 가지고,

"오늘 이야기를 좀 하고 싶은데요."

하고 자기 맞은편에 앉은 혜련이의 얼굴을 쳐다보지도 못하는 동환이가 무척 굳은 마음을 먹은 듯이 말을 꺼냈다.

"무슨 말씀입니까?"

혜련이도 심상치 않은 얼굴로 물었다.

풀밭에 앉아 손만 움직거리면 풀잎이 닿는다는 것이 동환이에게는 큰 도움이었으리라. 죄 없는 풀을 뜯으며,

"언젠가 동무로 지내자는 말씀을 하셨지요?"

"네."

"나는 그 동무라는 게 만족치 못한 것 같아요."

"그럼요?"

"………"

동환이는 다음 말을 꺼내지 못했다. 혜련이와 이야기를 하기 위하여 그와

마주 앉았지만 하늘만 쳐다본다.

그러나 대답을 기다리며 딴 말을 꺼내지 않은 혜련이에게 말을 아니할 수가 없지 않는가.

"언제나 내 마음에 머물러 있고 또 나를 남같이 대해 주지 않는 그런 사이가 되었으면 해요."

"어떻게 하면 그렇게 될까요?"

"동무라는 것은 모름지기 이성을 초월한 듯한 말 같으나 그런 사이가 아니라 이성인 이상 이성으로서의 교제를……."

대답을 해야만 한다는 생각에서 이렇게까지 말했다. 그러나 시원하게도 혜련이가 그 말을 받다

"선생님, 저도 무척 생각을 했습니다."

하고 말을 끼냈다.

"나 역시 여자의 몸이라는 것을 잊지 못합니다. 때로는 외롭기도 하지요. 결혼을 못해 본 여자와도 달리 남자가 얼마나 필요하다는 것도 알지만 그래도 선생님과는 더 이상 더 다른 길을 취하지 못할 것 같아요."

"어째서요?"

"이유를 말해야 할까요? 이런 말을 하기는 어떨는지 모르지만 박 선생에게는 아직까지도 본마누라가 있지 않아요? 내가 어린애까지 있으니 청을 대일 것도 못 되지만 한 번 경험도 너무나 쓰린데다가 두 번씩이야 어찌 그럴 수가 있습니까. 또 내가 허락을 한다 해도 어린애까지 있는 여자를 박 선생이 좋아하실는지도 모르지요. 지금은 어떨는지 모르지만 앞으로 마음이 변할는지도 모르는 일이고 또 박 선생이 그렇지 않다 해도 박 선생의 부모는 어떤 생각을 가지실지 모르지 않아요."

동환이는 혜련이가 그만큼이나 털어놓고 이야기해 주는데 용기를 얻어,

"전부 걱정할 필요가 없는 문제가 아닐까요. 이혼 문제는 시간 문제요. 부모라든가 그러한 생각은 조금이라도 가진다는 것이 나를 못 믿는 때문인 것 같습니다."

"그렇지만 않지요. 박 선생의 마음으로 이혼하는 것이라 하지만 입장을

바꾸어 놓고 보면 내가 남의 부인을 내보내게 하는 것이라 생각하니 할 수도 없는 것입니다. 결혼은 연애와도 달라 현실적인 것이 되어 마음속의 꿈으로만 해결지을 수가 없으니까요."

동환이는 이혼이 혜련이를 안 뒤부터 하려는 일이 아니라 그 전부터 자기 어머니까지 찬성하는 일이라는 것과 다른 것은 조금도 문제 안 된다는 것을 애써 설명했다.

"그러나 현재 연자가 병에 누워 있고 또 박 선생도 본부인을 가지고 있으니까 무엇이라고 대답하기가 힘듭니다."

혜련이의 이 말에는 자기로서도 번민을 하고 있다는 의미와 동환이에게 하루빨리 이혼을 하라는 뜻이 포함되었다.

사실 그 동안 혜련이는 동환이를 잘 알았다. 전과 달리 때로는 모든 것을 의지하고 싶기도 했다. 그가 없으면 적적하기도 했고 그를 만나면 기쁘기도 했다.

조건이 가장 나쁜 자기를 무조건하고 용납해 줄 사람 가운데 그 이외에 딴 사람이 있을 것 같지 않을 것도 생각했다.

그러나 그에게는 본마누라가 있지 않는가?

다음날 저녁때도 혜련이는 동환이와 같이 연자 침대 옆에 앉아 있었다. 아무 일도 없었던 것처럼 이야기도 천연스럽게 했다.

"오늘 이 선생(숙희)에게서 편지가 왔는데 퍽 괴로운 모양이야요. 전에 만났을 때는 입 밖에도 내지 않던 말을 전부 썼겠지요. 결혼 생활이 쓰라리게 느껴지는 것 같은데 만약 그 이야기를 권 선생이 들으면 어떨까요?"

동환이는 무슨 뜻인지 확실히 몰랐다. 성구까지도 숙희의 결혼 생활이 어떤 것인가를 모르는 처지에 동환이가 그 사정을 알 리 없다. 그러나 성구의 옛날 애인이라는 것만은 알기 때문에,

"글쎄요."

라는 말로 대답을 굼떴다. 어제 꺼냈던 말이 완전한 끝을 내지 않았고 어제 긴장되었던 마음이 아직 풀리지가 않아 자기와 관계없는 이야기에 흥미를 느끼지 못했다. 어제 혜련이의 이야기로 자기에 대한 호의를 알았으며 또한

불리한 환경을 번민한다는 그 마음을 잘 알았다. 그러나 확실한 말을 듣지 못한 것이 마음에 걸려 견딜 수가 없다.

"아마 권 선생이 그런 말을 들으면 퍽 섭섭히 생각하겠지요."

혜련이는 숙희가 어떤 사정에 있다는 것은 말하지 않고 무턱 동환이에게 대답을 청구했다.

그 태도가 마치 어제 일은 되도록 잊어버리자는 것 같았다. 그렇다고 해서 내가 알 수 있습니까 하고 무성의하게 대답을 할 수가 없어서,

"물론 섭섭하겠지요."

하고 대답했으나 아무래도 달가운 마음에서 대답하는 말이 아니라는 것을 숨기지 못했다.

그 눈치를 챘는지 혜련이도 말을 그 이상 꺼내지 않았다. 그때 간호부가 문을 열고 혜련이에게 진화가 왔다는 것을 알려 주었다.

어디서 전화가 왔을까 하고 궁금히 생각하면서도 재빠르게 뛰어나갔으나 동환이만은 전화한 사람을 능히 짐작했다. 혜련이에게 전화 걸 만한 사람이라고 별반 있지도 않을 뿐만 아니라 이날 아침 동환이가 성구를 찾아가 어제 지난 일을 보고하고 후원을 청구하는 뜻을 표시했기 때문에 반드시 성구가 무슨 말을 하려는 것인 줄 알았다.

얼마 안 있어 돌아온 혜련이는 아니나 다를까 성구에게서 전화가 왔다는 말을 하고,

"좀 만나자고 이야기를 하던데요."

하며 만나자는 이유를 생각하듯이 잠깐 고개를 떨어뜨렸다. 동환이는 그 틈을 타서,

"만나 보십시오."

하고 자기는 만난다는 것을 도리어 꺼리는 것처럼 그러나 안 만날 수야 있느냐 하는 것처럼,

"나는 좀 볼일이 있어 가 보아야겠습니다."

하고 꽁무니를 빼려 했다. 자기가 있어 가지고는 성구가 이야기를 꺼내지도 못할 것만이 사실이지만 실상은 자기에게도 일은 있었다.

"모르는 사람이기나 한가요. 왜 가실라고 그러세요."

전화에 조용히 만나고 싶다는 말이 있으나 그래도 동환이를 쫓아 보내는 듯한 느낌에 혜련이는 미안했다.

"참말 볼일이 있어요. 누구와 만나자 약속까지 해 놓고는 잊어버리고 있었지요."

동환이는 일어서서 밖으로 나가며,

"그럼 내일 또 뵙겠습니다."

하고 인사를 했다. 혜련이는 낭하까지 따라나와,

"내일은 몇 시쯤 오세요?"

"전같이 오지요."

"그럼 안녕히 가십시오."

하고 동환이를 보냈다.

병원을 나선 동환이는 어디부터 가 볼까 하고 정류장 앞에서 망설였다.

몇 곳을 다녀 보았으나 모두 실패뿐이었다.

안 가 본 데가 어딘가 하고 자기의 동무를 생각해 보았으나 가 볼 만한 데는 거의 다 가 보았다. 안 가 본 데라고는 없어 못 들어 줄 데가 아니라 자기의 말을 옳다고 들어 줄지 모르거나 그렇지 않으면 차마 자기 입으로 그런 말을 꺼내고 싶지 않은 데들뿐이다.

그러나 지금에 와서는 그런 것을 가릴 처지가 못 된다.

입원한 지 보름 만에 입원료를 한 번 물고 그 뒤는 이십 일이 거의 지나는 동안 동전 한 푼 물지를 못했다. 이제까지는 어떻게 해서나마 혜련이의 식비와 즈기소이료 또는 연자의 과일값을 자기 주머니 속에서 털어 주었지만 이제는 담배 피울 돈도 주머니 속에 없다. 그러나 오늘 성구가 혜련이를 만나 자기가 부탁한 이야기를 하려 하는 생각을 하니 돈보다 더 중요한 일이 또 있는 것 같았다.

필경 자기에게는 못한 말이지만 성구에게만은 확실한 대답을 하려니 하고 생각하니 성구 만날 시간이 궁금했다.

전차가 와서 정류장에 머문다. 차장이 고개를 내밀고 빨리 타기를 재촉하

듯이 내려다볼 때 동환이는 그때야 전찻값도 없는 자기가 안전지대에 서 있는 것을 느끼고 돌아서 걷기를 시작했다.

다음날 저녁때 동환이는 병원 후원에서 잡기장을 만지고 있었다. 혜련이에게 부탁 받은 숙제를 짓고 있는 것이다. 혜련이가 학교에서 주는 숙제도 전부 해 갈 수가 없을 만치 바쁘기도 하지만 동환이가 할 수 있는 것은 자기가 하는 것보다 나으리라는 생각에 이따금씩 그런 일을 시켰다. 동환 역시 혜련이를 생각하는 의미에서라도 자기가 할 수 있는 것은 그리 사양치를 않았다.

어린애들에게 들려 줄 간단한 이야기, 이것이 이 날 동환이가 지어야 하는 작문이었다.

동화를 써 보지 않은 동환이지만 그래도 이야기를 짓는 것이니까 소설을 쓰는 것과 거의 같아 어떤 구상까지 떠올라 잡기장에 글을 쓰기 시작했다. 그러나 두어 줄도 쓰기 전에 붓대가 머물러 섰다. 생각이 나오지 않았고 그 이야기와는 아주 관계가 없는 딴 생각이 앞을 막았던 것이다.

"얼마를 더 기다려야 하나……."

오늘 아침에는 무엇보다도 어제 성구와 혜련이의 이야기가 궁금하여 성구를 찾아갔다. 마누라의 병으로 정신을 잃은 성구에게 자기 일로 자주 찾아가는 것이 미안했지만 그래도 아니 알고는 견딜 수 없는 일이라 그의 집까지 갔었다. 성구는 기뻐하는 얼굴로 전날 밤에 이야기한 것들을 자세히 말하여 혜련이도 전과 달리 동환이를 생각하는 것만은 사실이며 따라서 지금의 처지로 무슨 말을 할 수 없고 얼마 더 두고 보면서 책임 있는 말을 하겠다는 것으로 보아 상당히 기울어졌다는 것을 전했다. 그러고 나서는 이때까지 적극적으로 나서지 못하던 그가 갑자기 생각을 달리한다는 것이 체면상으로 못할 일이니까 그런 말로 시간을 끄는 것이 아닐까 하고 자기 의견까지 첨부했다.

이런 말을 듣고 병원으로 온 동환이는 성구의 말이 전부 그럴 듯도 했다. 자존심이 센 혜련이가 자기를 좋다고 해서 금방 좋다는 말을 할 수 없는 것은 사실이다. 그러나 얼마나 지내야 자기 본심을 숨김없이 말할 수 있을까.

그러나 혜련이가 자기를 그만큼 생각해 준다는 것만은 안심할 일이다.

'시간이 해결해 주겠지.'

이런 생각으로 마음을 안정시키려고 했으나 그래도 그 시간이라는 것이 언제까지의 일인지가 궁금했다.

동환이는 다시 잡기장을 꺼내 이때까지 쓴 두어서너 줄의 글을 읽고 그 이야기의 줄거리를 생각했다.

몇 줄을 내리썼다. 술술 거침없이 내리 써지는 것은 아니었지만 한 줄 쓰고는 읽고 한 줄을 쓰고는 읽고 하니 그래도 전후의 생각이 멈추지 않았다. 연자의 병간호를 한답시고 일찍부터 왔지만 자기가 병간호에 꼭 필요한 사람도 아니고 해서 종일 뒤뜰에 있는 것이 그리 못할 짓은 아니다. 허나 올 때 얼굴을 보이고 저녁때까지 한 번도 병실엘 들어가지 않으니 쓰기소이며 어린 연자에게까지 얼굴 들 면목이 없는 것 같다. 그러나 이왕 그렇게 된 것을 혜련이가 올 때가 된 지금에 들어가 본다는 것이 더 이상스러워 산보 나왔던 병자들이 저녁 먹으러 들어갈 때까지 그대로 후원에 혼자 앉아 있었다. 그때 혜련이가 자기를 찾아 나온다.

"어쩌면……."

혼자서 앉아 있는 게 보기에 딱했던지 혜련이가 놀라듯 말했다.

"방 안에 앉아 있기가 더워서……."

동환이는 동환이대로 혜련이 없는 병실에 들어가지 않았다는 핑계를 대며 일어섰다.

들어가자는 말이 누구 입에서도 나오지 않았지만 그들은 어깨를 겨누고 들어갔다.

"무엇을 했어요?"

"………"

동환이는 혜련이의 잡기장을 보이고 웃었다. 혜련이도 웃으며,

"미안한데요."

하고 동환이를 보았다.

마음이 꼭 맞는 두 사람이 그 이상 더 즐겁게 웃으랴.

그러나 그들은 병실로 들어설 때 그들의 웃음을 깨치는 사람이 기다리고 있었다.

뒤뜰에 나갔다는 말을 듣고 기다리던 간호부가 종이 한 조각을 던져 주고 나갔다.

말할 것 없이 입원료 독촉장이었다. 혜련이가 받아 든 종이를 동환이가 뺏듯이 잡아 보고는 곧 주머니 속에 넣지만 그들은 서로 얼굴을 내려뜨렸다.

동환이는 혜련이에게 미안했고 혜련이는 동환이 보기가 미안했기 때문이었다.

걱정을 한다는 것은 더 미안한 일이요 또 부끄러운 일이다. 뿐만 아니라 혜련이에게 근심을 주는 것이 되어,

"미안합니다. 그러나 걱정마십시오."

하고 돈에 대한 것을 생각지 않도록 말했으나 동환으로서는 속이 타는 듯했다.

며칠 지난 일요일 밤이었다. 그날은 일요일임에도 불구하고 동환이는 병원엘 나가지 못했다. 오래 만나면 만날수록 혜련이 보기가 부끄럽고 자기 마음이 딱해서 일부러 안 나갔던 것이다.

전 같으면야 새벽같이 일어나 뛰어갔을 게고 일요일을 참으로 손꼽아 기다렸던 것이나 요즘에는 도리어 그게 두려웠다. 만약 혜련이가 만나기 싫어 그런 것이라면 그야 안 만나는 것이 큰 타격을 줄 것도 없지만 만나고 싶은 마음을 가지고도 만날 수 없는 것이니 문제는 컸다.

동환이는 동무들을 찾아다녔다. 별로 이야기할 것도 없으나 시간을 보내기 위한 수단으로 이 동무네 집에도 저 동무네 집에도 함부로 다닌 것이다. 만약 호의로 찻집에라도 가자는 이가 있다면 그는 두말 않고 따라갔다.

자기 주머니에는 차 사 먹을 만한 돈도 준비되어 있지 못했으니까.

동환이는 얼마 동안 돌아다니다가 문득 생각이 떠올라 현재 학교에 다니고 있는 동무를 찾아갔다. 상당한 재질을 가지고 있는 사람으로 연구하고 있는 역사 방면에는 교수들에게도 촉망을 받은 사람이다. 그러나 돈이 없어 고학을 하는 이다.

부모도 없고 형제도 없다. 멀리되는 친척, 그도 여자 혼자만이 살고 있는 친척집에서 밥을 얻어먹는 사람이다. 그와도 상당히 친하다고 할 수 있으나 사귀기를 학문의 토론으로 친했기 때문에 집으로 찾아가기는 이번이 처음이었다.

돈 없는 사람의 심정을 이해하지 못하거나 그들의 생활이 어떤 것인지는 모른 것이 아니지만 갑자기 그런 사람을 만나 보고 싶은 생각이 들었기 때문이다.

그는 우선 집에 들어서면서 방 안을 휙 둘러보았다. 비록 고학을 한다 하는 사람이지만 즐비한 서적과 벽에 붙인 전쟁화(戰爭畵)가 그의 취미를 묵묵히 말해 주었다. 그러나 책상 하나 똑똑한 것이 없고 책 이외에는 돈 들었을 만한 것이 하나도 없었다.

"담배 피우게."

동무가 마코를 내놓았다.

"언제부터 담배를 피어?"

동환이는 이때까지 담배 피우는 것을 보지 못했기 때문에 놀라는 듯이 물었다.

"돈 없는 사람은 담배도 못 피우는 줄 알어? 없는 사람은 있는 사람보다도 더 쓰고 싶다는 것을 모르는 게로구만. 내 담배는 맛이 더 좋으니까 한 개 피워 봐."

"그런 것두 철학인가?"

"누가 철학이라고 그래? 나는 철학하고도 거리가 먼 사람이지만 철학을 경멸하고 싶은 사람의 말일세. 대체 철학이라는 것은 자기가 자기를 믿을 때 연구도 할 수 있는 학문이 아닌가? 내가 지금 역사를 공부한다고 누구나 말하지만 해골도 없는 옛날의 영웅을 책상 앞에서 공부한다는 것이 나와 무슨 상관이 있는 건가? 잘 노는 부잣집 애를 보호하려고 밤낮 따라 다니는 할 일 없는 자나 마찬가지가 아니야."

"상당한 변화가 생겼구만."

"암 무엇 때문에 내 마음이 움직여져야 하는 것부터 생각해 보니 내가 미워 죽겠네.”

동환이는 더 듣지 않아도 그의 마음을 알 수 있었다. 고학도 마음대로 되지가 않아 요즘에 와서는 돈걱정을 하려기에 책도 잘 못 읽는다는 것을 알기 때문에 돈으로 하여금 자기의 연구도 계속 못하는 비애를 가졌다는 것이 뚜렷했다.

동환이는 그 이상 더 앉아 있고 싶지도 않아 그 동무를 떠나 나왔다. 나오면서 생각난 것은 돈이라는 것이 얼마나 많은 사람을 괴롭히고 얼마나 많은 재사를 거꾸러뜨리는가 하는 것이었다. 아니 그보다도 돈이라는 것이 사람이 하고자 하는 일을 얼마나 막아 주는가 하는 것이었다.

더구나 그만한 것도 없는 것이라면 단념이라도 할 수 있을지 모르지만 자기에게는 없는 것도 아니다. 있으면서도 쓸 수가 없다.

길을 걸으려니 혜련이가 자기를 이렇데 생각하고 있을까 하는 생각이 기가 막히게 머리를 쥐어흔들었다. 일요일이니 아침부터 자기를 기다리고 있으리라. 기다리는 동안 자기가 돈이 없어 차마 가지 못한다는 것도 혜련이가 생각을 하리라.

차마 생각하기도 싫다.

그러나 혜련이를 피해 다닐 수가 있는 일인가? 혜련이를 피해 다니니…….

몇 시간 뒤 동환이는 혜련이에게 전화를 걸었다. 저녁때 잠깐 만나자는 것이었다.

전화를 받을 때는 어째서 종일 오지 않았느냐고 나무람부터 말했으나 혜련이도 무슨 생각을 했던지 동환이가 만나야 되겠다는 이야기에는 그 이유를 캐려고 하지 않았다,

동환이는 저녁도 먹지 못하고 혜련이를 기다렸다. 사람이 과히 많지 않은 안국정 네거리 한편 모퉁이에 서서 혜련이가 올 데를 바라보고 있노라니 아직 그의 얼굴이 보일 때도 안 되었지만 벌써부터 가슴이 두근거렸다.

모름지기 마지막 고백일는지도 모르는 이 날 밤의 이야기가 그에게 있어서 얼마나 중대한 것이랴.

생각다 생각다 못해서 종시 혜련이를 만나 자기의 마음 알려 주고 자기의 곤란한 입장을 설명하는 수밖에 없었기 때문에 이미 혜련이까지 불러 논 동환이지만 대체 자기의 일이 어찌되는 것인가 하고 생각하니 끓는 물처럼 가슴이 설렐 뿐 혜련이를 만난다 해도 무슨 이야기부터 꺼내야 할지조차 알 수 없었다.

혜련이를 만나고 안 만나는 것은 둘째고 자기의 입장이 이렇게도 딱한가 하고 생각했을 때 혜련이를 보지 말고 어디로 도망가고 싶을 만큼 마음이 격분해졌다.

그러나 이미 온다고 한 혜련이를 안 만날 수 있는가.

약속한 시간에 혜련이는 틀림없이 왔다.

"미안합니다."

우선 이런 말을 하고는 혜련이가 따라 오든 말든 앞서서 걸어가는 동환이의 태도에 혜련이도 무슨 일이 있는 것을 짐작했으리라. 그도 동환이를 따라 어디로 가느냐는 말도 묻지 않고 그저 걸었다.

재동을 지나 돈화문까지 말없이 걷고 나니 사정도 사정이겠지만 무슨 일인지 알고 싶은 생각에 궁금해서,

"오늘은 어째 오시질 않았어요?"

하고 혜련이가 물었다.

"네, 그런 사정이 있습니다."

혜련이도 더 물을 수가 없어서 침울한 동환이의 태도를 엿볼 뿐 그대로 따라갔다.

창경원 앞을 지나 고공(高工)으로 가는 곧바른 길로 들어섰을 때 동환이는 다시 미안합니다라는 말을 먼저 꺼낸 뒤,

"내일쯤 집에 다녀와야겠습니다. 책임을 지고도 입원료까지 내지 못해 참말 부끄럽습니다. 그러나 성의가 없어 그렇게 되었다고 해석해 주지 마십시오."

"천만의 말씀입니다. 제가 되려 미안해 할 말은 꺼내지 마십시오."

"아닙니다. 이때까지는 이런 말을 하려고도 하지 않았으나 지금은 아니할

수도 없습니다. 집에 그만한 돈이 없으면 첫번부터 승낙치 않았을 것이나 그래도 자신이 있었습니다. 청을 거절해 본 일이 없는 아버지라 무엇이든 들을 줄만 알았던 것이 그렇지가 않게 되었지요. 그렇다고 이제 와서 책임을 못 지겠다는 것은 아닙니다. 집에 가서 한 번 더 사정을 말한 뒤 그래도 안 듣는다면 부모와도 결별할 작정입니다.”

“그렇게까지 하실 필요는 없습니다. 제 일 때문에 박 선생님이 그렇게 된다면 제 낯은 어떻게 됩니까? 그렇게까지는 말아 주십시오…….”

“아닙니다. 제가 처음 이 일을 맡게 된 것이 순수한 인간적 진실의 발로였다는 것은 숨길 수 없습니다만 그 마음을 지금에 와서 꺾는다는 것은 최 선생을 위한다기보다 내 자신을 위하여 도저히 할 수 없는 일입니다. 그것은 최 선생에 대한 면목 문제가 절대 아닙니다. 자기 마음속으로 옳다고 긍성한 이 일을 끝냈지 못한 내 자신이 문제입니다.”

“그래도 저는 그렇게까지 해서 주는 돈을 쓸 수가 없을 것 같은데요…….”

“쓰고 안 쓰는 것은 별 문제입니다. 만약 내 성의가 완전히 이루어진다면 그뿐입니다. 그러나 최 선생님! 이렇게까지 마음을 먹게 되는 내 속이 어떤 것일까 하는 것만은 생각해 주십시오.”

동환이는 한숨을 쉰 뒤 한참 동안 말을 중단시켰다.

“이런 말을 되풀이한다는 것은 열적은 일이지만 그래도 이야기 아니할 수 없는 것이 내 속입니다. 일생에 처음 당하는 일이요 따라 마지막일인지도 모릅니다. 너무나 추근거린다고 비웃어도 할 수 없습니다마는 하루빨리 무슨 말을 해 주실 수 없을까요. 질질 끌고만 가는 그런 태도가 견딜 수 없이 갑갑합니다. 만약 끊어야 한다고 하며 내 자신이 어떻게 변할는지는 모르지만 최 선생 앞에서는 깨끗하게 내 마음을 씻으렵니다. 일생일대의 일이니까 분수령에서 오래 어물거릴 수가 없습니다.”

동환이로서는 용감하게도 자기의 뜻을 발표했다. 아마 자기의 아버지에 대한 격분이 물불을 가리지 못하게 흥분시켰을 게다.

혜련이는 묵묵히 들을 뿐이었다.

무엇이라고 따져 대답할 수 없는 마음은 동환이의 절박한 사정에도 여전했다. 시원한 대답을 듣고 싶어하는 동환이의 마음이 조급할 줄은 안다. 자기 역시 딴 것을 생각지 않는다면 동환이의 마음을 섭섭하게 해 주고 싶지 않았다. 동환이를 기쁘게 해 주는 것이 자기의 행복이 되는지도 모른다. 그러니 지금의 그런 문제로써 행복감을 느낄 수 있는 때가 절대로 아니다. 연자의 병이 조금 나아지고 불구 될 걱정이 덜해졌다고 하나 만약 계속해서 입원할 수 없다면 이때까지보다도 더 괴로움을 맛보아야 할 운명이다. 동환이가 어떻게 해서든지 그것만은 해 주리라는 믿음은 있지만 이십여 일 동안이나 애쓰면서도 이때껏 돈 한 푼도 변통치 못한 것으로 보아 확실히 믿을 수도 없다. 마음이 변하리라고 생각되지는 않지만 사정이 허락지 않는다면 그이로선들 어떻게 할 것인가.

연자의 병을 걱정하지 않고 자기 자신의 문제만을 운운한다는 것은 비록 동환이가 즐거워하는 것이라 할지라도 양심상 할 수 없는 일이다.

"이제는 체면도 생각지 않습니다. 한 마디의 대답을 시원히 들어야겠습니다."

묻는 말에 대답이 없으니 동환이야 물론 속이 탄다. 자기로서는 이 이상 참을 수가 없다. 그러나 자기 말소리를 들으며 걷던 혜련이는,

"선생님이 그렇게 자꾸 서두르신다면 제 입장이 퍽 딱합니다. 얼마 전에 말씀드린 것과 달라진 것이 없습니다마는 제가 먼저 구체적 의견을 말하기 전까지는 참아 주십시오. 제 태도로 제 마음이 어떠리라는 것쯤은 아실 텐데요."

"무슨 말씀입니까?"

"제가 선생님을 좋지 않게 생각하는 것 같습니까?"

"네, 그것만은 대개 짐작할 수 있습니다. 그러나 그전 짐작만으로 내 자신을 진정시킬 수는 도저히 없습니다. 예스, 노—두 가지 말 가운데 하나를 택하여야 나는 내 길을 잡을 수가 있습니다. 자아의식을 잃고 또 자신을 속이며 매일 자기를 몇백 번씩 분력시켜야만 하고 지금의 생활은 내 생리가 허락지 못합니다."

혜련이는 대답 대신에 동환이의 얼굴을 보았다. 조용해진 작은 거리의 가로등도 비추었지만 그렇게 밝지 않은 거리라서 그런지 달빛같이 그 음울한 얼굴은 은연하게 비쳤다.

달빛과 전등불이 합쳐 살빛을 부드럽게 하기도 했지만 동환이의 얼굴은 과연 일생에 몇 번 볼 수 없는 심각한 정열과 탄식이 그득 차 있는 것 같다.

문학 소년의 센티한 연애가 아니고 흔히 있는 입에 발린 고백도 아니다.

그러한 동환이에게 자기 마음을 바치지 못하고 도리어 바쳐 주는 마음도 받지 못하는 혜련이다.

혜련이는 대답을 아니하기로 했다. 대답을 할 수도 없다.

어느 새 동소문까지 다다랐다. 무너진 성터의 달빛은 더욱 윤택해 보인다.

그들은 성터 밑 풀밭에 앉았다.

대답을 요구한 동환이는 대답을 기다리기에 말이 없고 대답해야 힐 혜련이는 대답 못하는 마음에 말이 없다.

맞댔을 만큼 가까이 앉았으니 체온이 서로 통하는 것을 제각기 느꼈다.

달을 쳐다보면서도 달에 대한 것을 한 마디도 말하지 않는 동환이이 가슴 속에는 혜련이가 그득 차 있을 게다.

철식이가 살아 있는 동안 그와 같이 달을 보았을 것이요 달빛 아래 나란히 앉아도 보았을 것이지만 그가 과연 동환이같이 자기를 생각해 주었을까.

혜련이는 동환이의 손목을 잡았다. 처음으로 혜련이의 살을 닿아 보는 동환이의 손이 떨렸으나 그는 조금도 움직임이 없이 창공을 향해 얼굴을 쳐들고 있다.

"박 선생님, 저를 용서해 주십시오. 자기에게 너무나 노예가 된 저를 저주해 주십시오."

동환이는 흥분한 혜련이를 위로해 주려는 빛도 없었으나 그를 보지도 않았다.

"저는 성격의 파산자입니다. 무엇 하나를 붙잡고야 살아갈 수 있는 저이지만 그를 붙잡기가 또한 곤란합니다. 선생님에 대한 생각이 아직 덜 미치었다고 해도 할 수 없지만……."

혜련이는 이런 말을 하면서 스스로 슬퍼졌다. 너무나 사실인 자기를 자기의 입으로 토하는 것이 더욱 서글펐다. 그뿐만 아니라 달을 향해 혼자서 눈물을 흘리고 있는 동환이를 그대로 보고만 있어야 하는 자기가 너무나 요망된 것 같았다.

로방초

다음날도 혜련이는 학교에를 갔고 공부가 필한 뒤에는 가정교사로 애들을 가르치러 갔다. 장래의 희망을 가지겠다고 학교를 다니는 것이요 학교에를 다닌다고 돈벌이도 하는 것이지만 이 날은 자기의 희망을 갑자기 잊어버린 듯했다. 결국 셀룰로이드제의 인간같이 속이 빤히 보이는 것이지만 보자기로 씌운 희망을 만들어 놓고 그 희망에 속고 있는 것이 아닌가 생각되었다.

비스킷에 끌려가는 어린애를 지성이 없다고 말할 것이 아니라 알지도 못하는 미끼에 갈팡질팡하는 자기를 무지하다고 말해야 할 것 같다.

학교에서도 그랬지만 남의집 어린애들을 앞에 놓고도 제 정신의 반을 잃었다. 저녁때 연자를 찾아 병원으로 왔을 때 그는 종일 무엇을 했는지 기억할 수도 없었다는 것으로 그 전날 밤의 일이 얼마나 크게 마음을 흔들어 놓았는지 가히 추측할 수 있다.

"엄마."

병실에 들어서자 연자가 혜련이를 부르며 일어나 앉는다. 기분이 좋은 모양이다."

"오늘두 아프지 않았니?"

혜련이는 책보를 침대 위에 놓고 연자 옆에 앉았다.

"선생님이 와서 약을 넣었니?"

"응!"

"안 아팠니?"

“안 아파.”

“울었겠구나.”

“그럼 막 쑤시는걸.”

“그래야 낫지.”

연자를 대하니 마음이 조금 안정되는 것 같았다. 발을 잘라야 한다는 말을 믿지 않으면 안 될 만하던 연자의 발병도 요즘은 훨씬 나아졌다. 몸이 회복되며 살이 오른 것도 올랐거니와 의사의 말이 관절이 조금씩 움직이는 것으로 보아 아무렇지도 않게 나을 수가 있다는 것이었다.

그런 만큼 참으로 연자의 병이 나날이 나아가는 것 같고 또 연자의 기분이 좋은 것을 보면 의사의 말이 참으로 미더워지는 것 같아 요즘은 연자를 보기만 해도 신기로운 생각에 딴 여념이 없어진다.

그러나 생가은 흘러아 하는 모양이다.

그때까지 무엇을 하고 있었는지 쓰기소이가 잊어버리고 있었던 것처럼 편지 한 장을 급하게 내밀며,

“이걸 주고 가십디다.”

라고 했다.

설명을 붙이지 않더라도 동환이의 편지가 분명하다.

오늘도 필시 병원까지 왔을 동환이가 자기를 만나지도 않고 편지 한 장을 써 놓고 간 것을 보니 그 역시 어젯밤부터의 심경이 달라진 것이 분명하다.

혜련이는 조급히 편지를 뜯었다.

“어젯밤 일은 생각지 않으려고 합니다. 오늘 시골 내려갔다 오겠다는 보고만을 하겠습니다.

부모와 등지는 한이 있더라도 내 의리만은 다할 작정입니다. 과장도 아니고 자랑도 아닙니다. 또 나를 동정한다는 생각을 가진다면 나는 내 마음에서 나오는 일이라고 내 마칠 것을 미리 말해 둡니다. 일생에 두 번 없을 내 중요한 의무를 이행할 생각이니 걱정 마시고 며칠만 기다려 주십시오. 늦어도 걱정 마시고 며칠만 기다려 주십시오. 늦어도 삼일 후에는

돌아오겠습니다."

대단히 급하게 쓴 것이 되어 그런지 글씨도 알아보기 힘들었으나 혜련이는 동환이의 뜻을 알아볼 수 있었다.

돈이야 가져오건 말건 의지하고 있던 사람이 자기 곁을 떠났다고 하니 허전하다. 이때까지도 돈 때문에 걱정이야 하고 왔지만 동환이가 매일 찾아와 주었으니 자기 걱정은 덜한 것 같았으나 동환이가 떠났다는 것을 알게 되니 그 걱정이 자기 혼자 것이 되는 성도 싶다.

입원료를 내지 못해 쫓겨날 것 같기도 하고 쯔기소이의 급료를 못 주어 창피를 당할 것 같기도 하다.

쯔기소이가 동환이와의 관계를 알 리 없지만 그래도 그 동안 눈치채서 알았을는지도 모르니 그 역시 유쾌하지가 않다.

그렇게 생각하니 연자의 병이 나아진 것만은 고마우나 동환이를 믿고, 아니 믿지 않아야 할 사람을 의지하고 입원시켰다는 것이 자기의 잘못 같기도 하다.

"아저씨가 저의 집엘 간대."

연자는 아무것도 모르고 동환이가 없는 것을 영색한다.

"응, 볼일이 있어 가셨나 부다."

병이 나아갈수록 기분이 좋아졌으면 그뿐일 연자에게 비위에 맞도록 달래는 말을 하기가 싫었다.

어쩌면 좋을까 하는 생각은 언제나 혜련이의 머리에서 떠나지 않는 가장 중요한 생각이요 따라 그를 괴롭히는 가장 큰 사색이다.

자기의 마음을 자기가 붙잡지 못하는 괴로움에서 더 큰 슬픔이 어디 있을까 하고 생각하니 자기 같은 사람은 참으로 불쌍한 존재 같았다.

동환이의 정열과 그의 성격으로 보아 다른 생각을 일체 버리고 그를 사랑한다면 결코 자기의 행이 없을 것 같다. 사랑 때문에 독약을 마시는 그러한 사람들의 정열을 자기도 조금만 가질 수 있다면 문제가 없을 게 아닌가.

창기 노릇을 하면서도 자기의 직업에 만족해하는 여자가 얼마든지 있다. 그러한 여자가 도리어 자기보다 의지가 굳을 뿐 아니라 몹시 생활에 충실한 것 같다.

생활을 보아서나 자기 일생을 보아서나 동환이를 떠난다는 것이 행복일 수 없을 것을 번연히 알면서도 동환이를 따르지 못하는 자기는 대체 어찌된 여자일까.

연자는 혼자서 침대에 일어나 앉았다.

혼자 무엇을 생각하고 있는 어머니가 무료하게 보였던지,

"엄마."

하고 부른다.

혜련이는 혼자서 몸을 움직이는 연자를 보고도 그 기특함에 놀란 척도 하지 않고,

"응?"

하고 힘없이 발했다.

"나 언제나 걸어다닐까?"

"얼마만 있으면 다니겠지."

"밖에 나가구 싶은걸."

"며칠만 더 있거라. 벌써 몸을 움직이면 되나."

"일어나 앉아두 이제는 아프지 않은걸, 뭐!"

"그래두……."

혜련이는 조금 낫다고 나불나불 이야기하는 연자가 도리어 원망스럽다.

연자 때문으로 해서 자기는 자기의 마음을 붙잡지 못하는 것 같기 때문이다.

연자만이 없다면 하고 싶은 일을 마음껏 할 수가 있을 것 같다. 그러나 연자는 어머니의 마음을 알 리 없다.

병이 나아질 때 구미가 돌아오면 무엇이나 먹고 싶어할 것이 사실이지만 얼마 안 되는 요깡(양갱) 하나를 사 줄 돈이 없다.

자기 주머니에서 연자 줄 것을 얼마나 사다 주었는가 하는 생각이 새삼스레 든다.

아무것도 없다.

아무것도 없는 병자의 어머니가 그 병자를 입원시키고 그래도 병이 낫기를 기다린다는 것이 어리석어도 보인다.

그러나 그러한 자기를 전부 아는 동환이가 자기 옆을 떠나 버렸다는 데서 모든 책임이 전부 동환이에게 있는 것 같기도 하다.

동환이가 승낙치 않았다면 자기의 운명은 이미 달리 결정되었을는지 모른다.

혜련이는 가슴이 막막했다. 그러나 연자의 요구에 대답은 해 주어야 하지 않는가.

차마 못 사 주겠다는 말을 할 수 없고 해서 목구멍에서 나오지 않는 말로

"우리 밖에 나가 볼까. 내가 업어 줄게."

하고 연자가 한 말을 잊어버리도록 했다.

"응, 그래 빨리."

연자는 도리어 기뻐했다.

혜련이는 연자의 발이 어디 다치지 않도록 주의를 하며 그를 업었다. 그리고는 기다란 낭하를 걸었다.

한쪽이 유리문으로 되었기 때문에 그리 어두운 낭하도 아니었건만 번호 붙인 병실이 열이나 있어 그런지 몹시 침침해 보였다.

그 침침한 낭하를 슬리퍼 소리를 내며 걸어가는 혜련이 자신이 또한 침울해 그런지 한 방 한 방 지나는 병실 속이 전부 연자와 같은 병자와 자기 같은 간호인으로 그득 찬 듯하다.

언젠가는 남편을 입원을 시키고도 입원료를 낼 수가 없어 그 부인이 자살했다는 이야기를 들었다. 자기와 같은 사람도 얼마든지 있다, 그러나 일등 병실에서 돈 같은 것은 걱정도 아니하고 병만 낫기를 기다리는 사람이 얼마나 많은가. 죽지만 않기를 바라는 사람은 가슴을 더욱 졸이는지도 모른다.

혜련이는 발걸음을 재촉했다. 한 초라도 빨리 바깥 공기를 마시고 싶다. 시원한 공기를 마음껏 마시고 싶다.

나무 그늘 밑 잔디밭에 나왔건만 연자를 내려놓을 수가 없어 선 채로 그냥 거닐었다.

자기 이외에도 병원 뜰에 나온 사람이 적지 않다.

그들은 모두가 입원료를 낸 사람들이겠지 하는 생각은 죄를 지은 듯한 혜련이가 마땅히 가질 생각이다.

그렇게 생각하니 자기 하나만이 그런데 대해 걱정하는 것 같다.

어쨌든 동환이가 빨리 와 주었으면 하는 생각이 서글프게 일어난다. 그만 옆에 있다면 자기는 그런 걱정을 아니해도 좋을 것 같다. 이때까지도 전혀 걱정이 없었던 것은 아니지만 지금처럼 남부끄럽게까지는 생각지 않았다. 동환이를 볼 때마다 대체 어떻게 할 작정인가 하는 남의 걱정 같은 근심을 해 왔을 뿐이다.

그러나 이제는 돈도 없는 것이 뻔뻔스럽게 입원까지 시켰다고 세상의 경멸이 자기의 몸을 뚫고 들어오는 것처럼 느낀다.

병원 뜰을 거닐고 있기는 하지만 자기 발에 짓밟히는 진디까지도 자기를 비웃는 듯하다. 사실 잔디에게도 면목이 없다.

혜련이는 한숨을 내쉬었다. 울고까지 싶다. 자기를 사랑한다는 동환이가 자기를 이렇게 만들어 놓고 마음 편히 떠나갈 수 있을까?

혜련이는 동환이의 이때까지 말이 전부 의심스럽기도 했다. 무슨 일이 있든 자기 옆을 떠나 주지 않아야만 할 것 같다. 그러나 동환이도 자기를 생각하기 때문에 시골을 가지 않았는가.

지금쯤 그이도 돈 안 주겠다고 하는 부모와 싸우기에 땀을 흘릴 게다. 내가 이렇게 걱정할 것을 생각하고 마음을 조이기도 할 것이다.

도리어 미안하다. 자기 때문에 부모를 등지고 일생이 불행해진다면 어찌할까. 그러나 장래야 어찌되었든 그것까지 생각할 여유가 없다. 한시바삐 돈을 가져다 주었으면 하는 생각뿐이다. 돈은 둘째고 누가 옆에 있어 주기만 해도 나을 것 같다.

어머니가 있으되 그 사랑을 못 받는 처지고 오빠가 있으되 의지할 바 못된다. 조금이라도 인정이 있고 사람답다면 이런 경우에 누이동생을 혼자 내버려 두지 않을 게다. 제 돈으로 동생을 구해 주지 못한다 할지라도 연자의 부양료나마 이런 때 줄 수 있는 오빠라면 혜련이가 왜 이런 괴로움을 맛볼 것인가.

혜련이가 자기 사정을 하소하지도 않거니와 오빠라는 이는 혜련이의 현재를 생각도 아니할 것이다.

그러나 친척에게 도움을 받겠다는 것은 이미 단념한 터라 혜련이로서는 새삼스럽게 그를 애통히 여길 필요도 없다. 자기를 참으로 알아 주고 진심으로 자기를 도와주는 사람만이 그리울 뿐이다.

근래에 와서는 성구도 얼굴을 보이지 않는다. 와야 별 신통한 수가 없을 것이지만 그래도 옆에 와서 이야기라도 들어 주었으면 하는 생각이 난다.

뿐 아니라 병들었다는 그의 마누라의 병세도 알고 싶다. 모름지기 아내의 병으로 말미암아 며칠째 오지를 못하는 것이 아닌가 하고 생각하니 불안해지기도 한다.

천애의 고아같이 돌보아 주는 사람 하나 없는 것이 가장 고독한 일이지만 성구를 생각하니 자기의 아는 사람이 모두 자기와 거의 같은 것 같다. 성구는 물론 동환이 역시 그렇고 숙희나 실연으로 말미암아 시골로 가서 유치원 선생 노릇 하는 성실이 역시 고독한 사람들이다. 돈이 문제가 아니다. 마음이 가난한 게 제일 쓰라린 일이다.

뜰에 나와서도 가슴이 시원해지지가 않는 것 같아 다시 병실로 들어가려고 돌아설 때,

"최 선생."

하고 마주 걸어오는 이가 있다.

"권 선생."

혜련이는 어서 오라고 마중 나가듯이 걸으며 성구를 불렀다.

"좀 어떻습니까?"

성구는 연자의 병문안부터 했으나,

"경과는 매우 좋아갑니다."

하는 혜련이는 그것보다는 더 중요한 일이 있다는 근심을 얼굴에 보였다. 그러나 자기 말만은 먼저 할 수가 없어서,

"부인 병은 어떠신가요?"

“글쎄요. 죽지 않으면 살겠지요.”

“참. 말씀은 어째 그렇게 하세요?”

“사실 말이지요. 나쁘게 한 게 있나요.”

성구는 지친 듯이 피곤한 어조였다.

“참말 좀 어떠세요?”

혜련이는 성구의 얼굴을 보아 심상치 않음을 느끼었다.

“그만 물어 보십시오. 불행한 사람에게 불행이 겹친다는 건 응당 있을 일이니까요. 희망이 있음직하지 않습니다. 그런데 동환이는 어데 갔어요?”

성구는 화제를 돌리려 했다.

“제 이야기는 후에 하기로 하고 부인 병세를 좀 알려 주십시오. 중병인 줄 알면서 한 번 문안도 못 가 할 말은 없습니다마는…….”

성구는 혜련이의 말에 힌숨을 죽이고 나무 밑에 있는 의자에 앉으며 말했다.

“뻔한 일이 아닙니까? 내게 힘이 있습니까? 그이에게 힘이 있습니까? 힘 없는 두 사람이 그 힘든 병을 고칠려고 하는 게 무리한 일이 아니에요. 이 따금씩 병원에 가 물약을 사 오나 그게 효력 있을 리도 없고 나는 그저 나에 대한 시련이라고 믿습니다. 불행이 나를 두들길 대로 두들겨 주기만 바랍니다. 그러면 최후에 가서는 무슨 길이 있겠지요. 내 앞에는 벽이 있을 뿐입니다. 그 벽이 내 몸에 닿을 때 내가 그 벽을 뚫느냐 그렇지 않으면 그 벽에 깔리느냐 하는 것이 남은 가장 중요한 문제이지요. 다만 불쌍한 것은 아내일 뿐입니다. 나는 취직도 바라지 않습니다. 그저 오는 불행을 맞이하고 남의 불행을 이해해 보려는 것뿐입니다. 취직을 아니해도 내 한 몸이 죽을 리는 없겠지요.”

이까지 말한 성구는 잠깐 말을 멈추었다가,

“내 이야기는 이뿐입니다. 그런데 동환이는 어데를 갔어요?”

하고 혜련이를 쳐다본다. 혜련이는 무엇이라 위로할 수도 없다. 혼자서 그만큼 생각을 할 때는 무엇이라 위로하는 말이 되레 듣기 싫어질 게다. 그래서 묻는 말에 대답을 하려고 입원료를 가져오기 위해 자기 집으로 갔다는 말을 간단히 설명했다.

성구는 혜련이 등 뒤에 업힌 연자를 보며,

"너두 벌써부터 그게 무슨 고생이냐? 불행을 체험하기 위해 나온 사람 같구나."

하고 자기 자신에게 하는 말처럼 중얼거렸다. 그러고 나서는,

"동환이도 불쌍한 사람이지. 어데로 도망을 가 버리고 말지. 또 무슨 애를 쓰느라고 집엘 갔을까?"

하고는 하늘을 쳐다본다.

"아닌 게 아니라 미안해 죽겠어요."

"어떻게 될는지도 모를 한 여자를 위하여 그렇게 애쓸 필요가 어데 있담. 나 같으면 모른 척하구 도망갈 게다."

혜련이는 의아했다. 동환이를 동정하면서 자기는 좋지 않게 여긴다. 조금도 농조가 섞인 말이 아닌데 더하다. 어째서 자기를 나쁘게 말할까 하고 성구의 얼굴을 내려다보았으나 성구는 자기를 동정하는 빛이 없다.

"최 선생."

하고 자기를 부르는 말에도 무엇을 공격하려는 눈치다.

"네."

혜련이는 무엇이나 들을 수밖에 없는 것 같이 힘없이 대답을 했다.

"최 선생같이 잔인한 이도 드물 겁니다. 대체 동환이를 어쩔 셈입니까? 그를 살리겠어요. 그렇지 않으면 죽이겠어요?"

"제가 어찌 그를 살구고 죽일 수가 있습니까?"

"그가 살고 죽는 것은 최혜련의 손에 있습니다. 죽는다고 해서 목숨이 끊어지는 것은 아니지만 그의 개성이 없어진다면 죽는 것과 마찬가지니깐요. 잘 알겠습니다마는 낚시에 코를 꿰고 그렇게 오랫동안 쥐어흔들었으면 그를 잡든가 놓아 주든가 해야 하지 않아요? 불쌍해서라도 그를 안심시키고 싶을 텐데."

"그건 너무 심한 말인데요? 내가 그를 낚시로 나꾼단 말입니까?"

"그런 말이야 둘째로 하고 나는 동환이가 불쌍해서 하는 말입니다."

"나도 그에게는 미안한 마음이 여간이 아니에요. 그러나 내가 내 자신을 어쩔 수 없는데 어떻게 합니까. 만약 어쩔 수 없게 만들어 놓아 준다면 나 역시 차라리 좋겠어요."

"미안하단 말로 굼뗄 수야 없는 일이지요. 또 어쩔 수 없는 환경을 만들면 그때 최 선생이 그 환경을 감수할는지 누가 압니까? 결국 문제는 한 사람의 회생에 있습니다."

"회생도 마음이 허락할 때에 성립되는 게 아니에요. 나는 회생이란 자기를 잊어버리는 행동보다 내가 스스로 긍정할 수 있는 때 올 것이라고 생각합니다."

"그만둡시다. 나는 동환 군을 불쌍하다고 생각되어 그런 말을 한 것뿐입니다. 이지도 가져야 하고 정서도 가져야 하며 따라 그 두 가지가 합리적으로 걸탁되어야민 행동이 있을 최 선생에게 무엇을 책하기나 권힌다는 것이 쓸데 있는 일입니까?"

혜련이는 대답을 아니했다. 할 말이 없다. 가장 쓰린 말을 해 준 성구가 밉다. 혼자라면 울고야말 말이다.

성구와 혜련이는 병실로 들어왔다. 연자를 침대에 눕히고 둘이는 침대 옆의 의자에 앉았다.

"좌우간 동환이가 빨리 와야겠군요?"

이런 말을 하는 성구는 흥분이 조금 풀린 모양이다.

"글쎄 말이에요."

혜련이도 딴 생각을 아니하겠다는 얼굴이다.

딴 병자들이 있는 병실에서 두 사람만이 아는 이야기를 꺼낼 필요가 없다. 혜련이 역시 성구가 어떤 마음에서 그런 말을 꺼냈다는 것을 알기 때문에 그를 끝까지 나무랄 필요가 없다.

"얼마나 더 있으면 퇴원하게 된대요?"

성구가 물었다.

"잘만 되면 일 개월 안짝에 퇴원할 수 있다는데요. 그러기나 해 주었으면 좋겠는데요."

"좌우간 못 고칠 줄 알았던 것을 이만큼이라도 고쳤으니 그걸 다행으로
여겨야지요."

"거야 그렇지요."

이때 간호부가 들어와,

"사이 상."

하고 종이조각을 건넨다. 그리고는,

"될 수 있는 대로 빨리 지불하시라고 합디다."

하고는 나간다.

혜련이는,

"네."

하고 대답을 하고 나서 종이조각을 들여다보았으나 별 게 없었다. 입원료
독촉장이다. 그것을 혼자만이 보고 있을 때 성구가 뺏듯이 집어다가 자기도
씌어진 숫자를 읽는다. 그러고 나서는 다시 혜련이에게 돌려 주고 일어선다.

"가겠습니다."

"네."

묻는 말도 아니요 가라는 말도 아닌 반신반의의 말을 하는 혜련이도 일어
섰다. 가도 좋고 안 가도 좋다는 무관심한 태도다. 그보다도 자기 머릿속에
는 딴 생각이 꽉 들어 박혔다는 것을 말해 주는 듯하다. 낭하까지 나왔을 때
도 성구에게 잘 가라는 인사를 할 것 같지가 않다. 정신을 잃은 사람 같다고
나 할까.

"동환 군이 곧 올 게니까 며칠만 참아 달라고 그러십시오. 설마 이삼 일
이야 기다려 주겠지요. 선량한 동환이가 아니 오지는 못할 게니까."

성구는 이런 말을 하고는 잘 있으란 말도 아니하고 걸어간다. 혜련이는
더 따라갈 생각도 아니하고 낭하에 선 채 성구를 보내고 있다.

살기에 꼭같이 지친 사람들이다. 헤어질 때 인사도 주고받기 싫어하며 무
엇을 추궁해서 생각하려고도 하지 못하는 쇠진한 사람들이다.

혜련이는 병실로 들어왔다. 연자가 침대에 일어나 앉았다. 벌써부터 너무
일어났다 누웠다 하며 운동하는 것이 좋을 것 같지 않지만 아무 말도 아니

하고 내버려 두었다.

아무것도 하고 싶지가 않다. 말도 하고 싶지 않고 움직이고 싶지도 않다. 그렇다고 해서 무엇을 생각하고 싶지도 않다.

될 대로 되라고 하는 따위의 생각뿐이었다. 간호부가 다시 독촉 올 것이 걱정되었으나 그도 지금부터 겁내고 싶지가 않다.

피곤해진 심신을 풀고 싶은 생각뿐이다. 맹장염으로 아들을 입원시킨 바로 옆 침대의 여인이,

"집에서 돈이 미처 오지 않은 모양이시로군요?"

하고 남의 걱정을 해 주려 한다.

"네."

혜련이는 누가 묻는 것까지 가릴 필요가 없다. 대답을 했으면 그만이다.

"곧 오겠지요. 그렇게 걱정하실 게 있어요? 편지는 하셨어요?"

"네."

"어린애 부모는 계시겠지요?"

"네."

"부모가 있으면 어째 한 번도 아니 오실까요. 부모 대신 고생을 하시는구만요."

"네."

"그래 뭐 아버지가 계시면 그 앤 퍽 좋겠습니다. 우리 애는 아버지도 없답니다."

병원에 들어온 지 얼마 안 된 여자가 되어 그런지 말동무가 그리워 대답도 시원히 하지 않는 사람을 붙들고 이야기를 건네려 한다.

혜련이가 말대답하기가 싫을 뿐만 아니라 한 마디 대꾸를 하면 연달아 이야기가 나올 것이 겁났다.

사흘쯤 지난 뒤였다. 하루하루를 조여 가며 동환이를 기다렸건만 떠난 지 삼사 일이 지나도록 그는 돌아오질 않았다.

혜련이는 그래도 학교엘 다니며 설마 안 오지는 않겠지 하고 기다렸다. 학교에도 갈 기력이 없었지만 병실에 있으며 입원료 독촉 왔던 간호부의 얼

굴을 보려니 차라리 학교에라도 가서 동무들이 들썩이는 가운데서 그런 것을 잊어 보겠다는 생각에 결석을 아니했던 것이다.

그뿐 아니라 가정교사를 소개해 준 인선이가 무엇을 물으려는 눈치가 있을 때는 사정 이야기나 해 보겠다는 복안도 있었다.

그러나 아무것도 수포였다. 학교에서 동무들이 좋아라 떠들고 뛰어다니나 자기 정신은 한 품도 뗄 수가 없었으며 인선이와 이야기할 기회가 없는 바도 아니었지만 동환이와의 관계를 고백하고 싶지가 않을 뿐더러 동환이를 기다리지 못하여 혀 빠르게 딴 길을 구한다는 것이 못할 짓 같아 그 역시 입 밖에 꺼내질 못했다.

그러면서 방과 후에는 가정교사 노릇을 하러 갔다가 병원으로 돌아오며 매일같이 동환이가 와 있질 않는가 기다렸다.

어린애들을 가르치러 갈 때마다는 집 주인 종태를 만났다. 종태를 볼 때는 지난 여름방학 때 자기에게 열심히 해 주던 것이 기억나서 먼저 돈을 청구해 보고 싶은 생각까지 들었다. 청구만 하면 곧 줄 것이 분명하다. 아직까지 자기를 보면 빙그레 웃는다. 말은 차마 못하지만 웃음으로 악의를 가지지 않았다는 것을 알 수 있다. 차마 자기 입으로는 말을 못하리라. 표정으로도 마음이 뚜렷하게 나타낼 것은 못하리라. 평범한 인사로 그저 웃는다는 것이 종태로서도 취할 수 있는 가장 가긍한 일이 아닌가.

만약 이유를 말하지 않고 돈을 취해 달라고 한다 하더라도 취해 줄 것 같은 눈치는 넉넉히 알 수 있다.

그 뒤 혹시 종태가 되레 혜련이에게 청구하는 것이 있다면 모두 내 주어도 무방할 게 아닌가. 이미 각오한 몸이다.

성구가 한 말 같이 오는 불행을 몸으로 볼 각오가 생기었다.

그의 집에 들어설 때마다 말해 볼까 하는 충동이 일어났지만 병원으로 돌아가면 동환이가 돌아와서 자기를 기다리고 있을 것만 같아 끝내 그는 성공치를 못했다.

그 날도 행여나 동환이가 연자 침대 옆에 앉아 있지 않을까 하는 생각을 가진 채 병실에 들어갔다.

그러나 매일처럼 연자의 옆에는 아무도 없다. 아니 아는 사람이 없다. 그 대신 알지 못하는 남자 하나가 연자와 이야기를 하고 있었다.

딴 환자를 보러 왔다가 심심해서 이야기를 하는가 부다 하고 생각한 뒤 혜련이는 자리가 놓여 있는 마루에 책보를 던지고 힘없이 앉았다.

오늘도 아니 왔으니 아주 안 올 사람인가, 성구 말같이 아주 도망가지나 않았는가 하는 의심이 났다.

도망을 갔다면 얼마나 비겁한 짓인가.

도망가야 할 경우라면 버젓하게 이야기를 하거나 또 자기의 태도에 불만을 가졌다면 정면공격을 하고 떳떳이 떠남이 남자로서의 취할 태도가 아닌가.

혜련이는 동환이에게 속기나 한 것처럼 분하기도 했다.

혹시 시일이 조금 늦겠기든 엽서로라도 알림직하다. 이리지도 지리지도 않는 동환이의 마음을 알 수 없는데 싫증도 난다.

이런 생각을 혼자서 하고 있으면서도 연자와 같이 이야기하던 남자가 자기 온 뒤로 말을 그쳐 버렸다는 것을 알 수 있었다.

애 간호인이 왔으니 잠잠한가 보다 하고 있을 때 연자가,

"어머니."

하고 혜련이를 불렀다. 그 순간 혜련이는 얼굴을 붉혔다. 만약 그 말을 옆에 맹장염으로 입원한 애의 어머니가 들었다면 며칠 전 부모는 계시겠지요 하고 묻는 말에 그저 네네 하고 대답한 말이 어찌되는가.

그러나 그런 것을 생각할 여유가 없게서리,

"이 아저씨가 과자를 사 오셨다누."

하고 말했다.

혜련이는 누군지는 모르나 과자를 사 왔다는 말에 자리에서 일어섰다. 그 때 그 사내도 의자에서 일어서며,

"저 한인걸입니다. 동환이의 친구올시다."

하고 인사를 한다.

혜련이도 그저 있을 수가 없어,

“최혜련이올시다.”

하고 같이 인사를 했다.

“연자 때문에 퍽 고생하시겠습니다.”

모든 것을 다 안다는 듯이 넌지시 인사말을 널어놓는다.

혜련이는 당황했다. 동환이의 친구라고 하지만 어떤 남자인지 또 무엇 때문에 혼자서 왔는가 하는 생각에 초조하면서도 궁금했으나 한참 동안은 연극 같기도 한 일에 벙벙해 있었다.

동환이가 제 친구 가운데 인걸이라는 사람이 있다는 것을 말해 준 듯도 하지만 관심을 두지도 않았을 뿐 아니라 자세한 이야기를 들은 것 같지도 않아 갑자기 찾아 준 인걸이의 방문에 놀라지 않을 수 없다.

혹시 동환이의 소식을 알려 주려 오지나 않았을까 하고도 생각해 보았으나 동환이의 가장 친한 성구를 두고 잘 알지도 못하는 인걸이를 보냈을 리가 없을 것 같아 도대체 무엇 하러 왔을까 하는 게 몹시 궁금스러웠다.

얼마 있으면 방문한 목적을 알 수 있으련만 혜련이는 성급히 그게 캐고 싶었다.

아마 동환이나 성구가 제 친구라고 해서 자기 이야기를 했을는지 모른다. 그렇다면 정말 연자에게 과자를 주기 위해서 왔는가. 그렇다면 언제 왔는지도 모르지만 자기가 돌아올 때까지 기다려야 할 일은 무엇일까?

연자에게 문안을 했으면 일찌감치 돌아가는 것이 모르는 사람의 첫 인사임직하다.

혹시 흑심을 가진 남자나 아닐까?

상상은 자유였다. 순간일망정 하고 싶은 생각을 다했다.

“입원한 지 얼마나 되었지요?”

하고 인걸이가 사뭇 평범한 듯이 사교적인 웃음을 웃으며 물었다.

“한 달 거의 되지요.”

혜련이는 입원한 날짜를 세어 보지도 않고 함부로 대답했다.

“결과는 퍽 좋은 것 같군요?”

“네.”

혜련이는 어떤 남자며 무엇 하러 온 남자라는 것을 확실히 알지 못하는
이상 긴 대답도 꺼렸다.

인걸이는 그 눈치를 챈 듯이 그 이상 더 이야기를 하지 않고 한참 동안
침묵했다. 그러다가 무엇이 생각난 듯이 펄떡 일어서며,

"저 잠깐 볼 수 없을까요?"

하고 정중하게 말을 하고는 낭하로 나간다.

혜련이는 찾아온 사람이 할 말이 있다니 따라가지 않을 수도 없다.

낭하에 나서니 인걸이는 벌써 한참 동안이나 걸어가고 있었다.

비밀을 가진 남녀의 사람의 눈을 피하기 위해 거리를 두고 걷는 것처럼
혜련이는 인걸이를 멀리 보며 따라갔다.

병원 구조를 벌써부터 알았는지 병원 뒤뜰로 가는 것을 순조로이 걷는다.
돌아가는 대목에서 혜련이기 띠리오는가를 살펴려고 뒤돌아 보면시 걷는 인
걸이를 볼 때 혜련이는 더욱 이상스러운 감이 들었다. 무슨 이야기를 하려
고 처음 보는 자기를 힘들게 끌고 나갈까?

그러나 두려울 것은 없다. 한 남자를 대할 때의 태도는 벌써부터 준비되
어 있다. 비록 어떤 말이 나오든 말에 끓릴 일은 없을 게고 또는 남자라고
해서 함부로 위압당하는 일도 없을 게니까 모르는 사내라고 해도 만나기를
꺼릴 필요도 없다.

더욱이 현재의 자기와 관계가 있는 이야기를 하는 그러한 남자라면 상대
도 아니할 뿐 아니라 어떤 방법으로 간에 공격해 줄 생각까지 있다.

인걸이는 병원 뜰에 나가 혜련이가 오기를 기다리지 않고 의자에 앉았다.

혜련이가 옆에 오는 것을 보더니 옆자리를 가리키며 앉기를 권한다.

혜련이도 사양함이 없이 앉았다.

그러나 같은 뜰에서 세 남자를 상대로 들락날락하는 자기가 딴 사람에게
어떻게 보일까 하는 겁이 들었다. 참으로 남자의 출입은 잦다. 허나 여자 동
무라고는 발길을 하지도 않는다. 응당 여자에게는 여자 동무가 많아야 할
일이지만 자기는 그렇지가 못하다. 동무될 여자가 없는 탓일지는 몰라도 남
자만을 동무로 가졌다는 사실을 딴 사람들이 볼 땐 혹시 손가락질할는지도

모른다.

그러나 지금 그런 것을 걱정할 필요는 없다. 아무리 손가락질을 받는다고 해도 마음을 꺼릴 일이 없을 뿐 아니라 그런 것에 구애되어 생활을 간이화할 필요도 느끼지 않기 때문이다.

자기가 불필요로 느끼지 않는 한 딴 사람들의 헛된 평판을 귀기울여 들을 필요가 없다.

"나는 동환이와 같은 고향에서 살던 사람입니다. 그와는 아직도 가까운 사이지요."

인걸이가 말을 꺼내기 시작했다. 그 말이 정작 할 말의 준비라는 것을 알았기 때문에 혜련이는 말을 중단시키지 않으려고 묵묵히 그 뒤 말을 기다렸다.

"동환 군을 통하여 최 선생의 이야기를 대강 들었습니다. 오늘 찾아온 것도 실은 동환 군의 심부름을 하러 온 것인데 단도직입적으로 말하지요. 입원료는 좀 물었는가요?"

혜련이는 기분이 상했다. 심부름이면 용건을 말하거나 전할 것이 있거든 전했으면 그뿐이지 첫번 만나 첫번으로 묻는 말이 그럴 법이 있는가, 그러나,

"박 선생이 서울 오셨나요?"

하고 진정한 태도를 물었다.

"네, 와 있습니다."

이 말에 혜련이는 참지를 못하고 얼굴을 붉혔다.

만약 동환이가 시골서 돌아왔다면 자기를 먼저 찾아 줄 것이다. 그래서 시골 갔다 온 경과를 한시바삐 일러 주어야 할 것을 인사도 없는 사람을 보내고 자기는 얼굴도 내놓지 않는 이유가 어디 있을까. 혜련이는 동환이의 태도가 못마땅히 느껴졌다. 사람을 모멸해도 분수가 있지 자기가 남을 동정을 받고 있다는 사실을 낯 모르는 사람의 입에 나오도록 해야 하는 것인가?

혜련이는 인걸이에게 더 물으려 하지 않았다.

이때까지야 어쨌든 그만큼 무성의한 동환이의 이야기를 들을 필요가

없다.

"동환이는 어제 저녁 시골서 왔답니다. 그러나 부모와 타협이 안 된 모양 같습니다."

혜련이는 인걸이의 용건이 그 말을 전하러 온 것인 줄 알고,

"네, 그래요. 잘 알았습니다."

하고 그 자리에 더 앉아 있기도 싫어 일어서려 했다.

"그러나 동환 군은 퍽 괴로워하는 모양입니다."

인걸이는 일어서려는 혜련이를 붙잡듯 말을 곧 꺼냈다.

"부모에게 거짓말을 할 수가 없어 있는 사실을 말했다는 것은 동환이의 선량한 성격 때문이겠지만 그 부모로 말하면 아들을 방종하다고 보았다는 것 역시 부모로서 걱정할 바라고 생각합니다. 퍽 아들을 귀해하는 집안인 것은 니도 잘 알지만 부모기 시키지 않는 일에 돈을 쓴다는 것은 상식적으로 싫어할 게 사실입니다. 며칠 동안 싸움을 한 모양입니다. 결국은 동환이가 지고만 모양입니다. 그래서 서울에 오기는 했으나 차마 최 선생을 찾아볼 낯이 없고 그렇다고 해서 그냥 내버려 둘 수도 없는 형편이라고 나를 찾아왔더군요."

혜련이는 앉은 채로 인걸이의 말을 들었다. 인걸이는 첫번과 달라 말투가 좀 부드러워졌기 때문에 들어도 그리 불쾌하지가 않았다.

"아시겠지만 동환이의 성격이 그렇지 않아요. 그래 도리어 부모의 말을 듣기로 하고 앞으로는 시골서 지내겠다는 약속까지 했다더군요. 최 선생을 만날 수 없는 서울에 있을 수도 없으니까 차라리 부모의 말을 순종하는 의미로 시골서 공부나 하겠다는 그런 결심인가 보아요. 그래 나는 나약한 그를 꾸짖었습니다."

이까지 말한 인걸이는 혜련이더러 할 말이 있거든 해 보라는 듯이 그의 얼굴을 바라보았다.

혜련이는 인걸이의 말로써 동환이의 마음을 알 수 있었다. 그렇게 생각한다면 동환이로서 그 길을 위한다는 것이 능히 있을 수 있는 듯도 해서 묵묵히 있었다. 그러나 인걸이의 말이 동환이를 꾸짖었다고 하나 결국은 자기를

꾸짖는다는 뜻같이 혼자 불쾌함을 느끼었다.

인걸이는 혜련이를 바라보다가,

"그때 이런 경우에 있는 동환 군을 최 선생은 어떻게 생각하시렵니까?"
하고 묻는다.

"괜찮지요."

혜련이는 분명하게 대답했다. 이미 부모에게 순종하게 된 동환이다. 따라
동환이의 힘을 빌리지 못하게 된 자기의 운명은 내일부터라도 어찌될는지
모른다.

"그럼 조금도 책임을 느끼지 않는다는 말이로군요?"

인걸이가 재차 묻는다.

"할 수 없지요. 그가 걷는 길과 내가 걷는 길이 다른 이상 책임을 느끼면
무엇을 합니까?"

"그 이야기는 다음에 다시 하기로 합시다. 이게 동환 군이 전해 달라는
겁니다. 아마 최 선생을 알고 난 뒤부터의 일기인 모양입디다."

인걸이는 주머니에서 적지 않은 원고봉투를 꺼내어 주었다.

"돌려 보내주십시오. 그런 것을 받으며 서로 짐이 되니까요."

혜련이는 그것을 받으려고도 하지 않았다.

"그러나 읽으시든 안 읽으시든 내가 맡은 부탁이니 받기는 해야 할 것입
니다."

혜련이는 받을 필요가 없다고 생각했다. 오늘 동환이를 만나지 못한다는
것은 앞으로도 못 만난다는 것이다. 그렇다 할진대 마음만 무거워질 그런
것을 알 까닭이 어디 있는가. 그뿐 아니라 자기를 깊은 구덩이에 넣고도 그
래도 연연한 감정에서 살려는 동환이가 가증스러웠다. 그러나 떠밀 듯이 맡
기는 인걸이와 싸웠댔자 시원할 수가 없을 게다. 던져서 태운다 할지라도
그 자리에서 받아야 했다.

"그것을 안 받는다면 최 선생의 아량이 너무나 좁지요. 보지 않으려거든
내가 간 뒤 쓰레기통에라도 넣으시구려."

이렇게 말하는 인걸이의 말도 그럴 듯했다. 그러나 그까짓 것보다도 앞으

로 닥칠 일이 어찌할 건가?

눈앞이 암담했다.

그때 인걸이는 지갑을 꺼냈고 지폐 몇 장을 세고 있었다.

돈을 세어 한 손에 쥔 인걸이는,

"이것은 동환이의 돈이 아니지만 동환이의 돈과 같은 것입니다. 동환이가 내게 부탁하는 마지막 소원이라고 하여 최 선생의 일을 맡겼습니다. 최 선생을 처음으로 만나는 내가 최 선생을 위해 낸다면 거짓말이 되지요. 동환 군을 위해서 내놓는 돈이니까 염려 말고 받으십시오."

하고 이야기를 한 뒤에는 지폐를 혜련이에게 내놓는다.

"네, 고맙기는 합니다."

혜련이는 주는 돈을 받으려고 하지 않고 하늘을 쳐다보며 이야기했다.

"그러나 딴 데서 돈이 왔으니까 그만두십시오."

인걸이는 혜련이의 사정을 조금도 빼지 않고 들었기 때문에 도리어 감사하게 받을 줄 알았다.

"왜 그러십니까?"

"돈이 생겼으니까 그러지요."

혜련이는 딴 거짓말을 지을 수가 없다.

거짓말이라는 것을 확실히 알릴 만한 말을 하기 싫어 막연하게 돈이 있다는 것으로 그 돈을 거절했다.

돈이 생긴 것도 아니고 인걸이 손에 쥐인 돈이 탐나지 않은 것도 아니지만 실로 그 돈을 볼 때 갑자기 돈이 미워지었다.

이때까지 동환이에게서 받았던 돈도 도로 내주어 쭉 찢어 버리고 싶었다.

돈으로 가까웠고 돈으로 멀어지었다는 생각을 하니 돈이 더러워 보인다. 동환이가 떠나갔다는 것이 원통하다기보다 돈이 사람의 관계를 지배한다는 게 싫다.

이제 인걸이가 주는 돈을 받는다면 인걸이와 어떤 사이가 되는지 모른다. 자기 비밀을 벌써 알고 있지만 동환이에게와 같이 자기 비밀을 자기 입으로 말해야 될 사이가 되는지도 모른다.

그뿐 아니라 받지 않아야 할 것을 받다 자기의 생활을 이 이상 더 몽롱하게 만들고 싶지가 않다.

불이면 불, 물이면 물 어쨌든 자기의 생활을 따지고 거기에다 점을 찍어 놓고 싶다.

은혜를 받고 그 은혜로써 생각하여 자기를 움직이지 못하게 하는 굴레가 싫다.

동환이도 돈을 모르는 사이로 지냈다면 그를 괴롭히지 않게 하였을는지도 모른다. 결국은 그가 괴로워했고 자기도 괴로웠다.

연자의 병은 지금만큼 차도가 있으니 앞으로 그리 걱정할 필요가 없다. 어떤 수가 날 게다. 만약 아무 수도 없다면 최악의 길은 얼마든지 있으니까.

그것이 차라리 인걸이의 돈을 써서 거기에 굴레를 쓰고 따라 돈을 주었다는 관계로 자기 생활에 대한 가장 중요한 일에 참견을 하도록 하는 것보다는 나을 것 같다. 아무리 간섭을 받지 않고 멋대로 살고 싶다.

"어데서 생겼습니까?"

인걸이는 의아한 듯이 캐어물었다.

"그것은 알 필요가 없습니다. 좌우간 걱정을 말아 주십시오."

"생길 데가 없으리라고 생각하는데요."

"어째서 그런 판단을 쉽게 내리십니까?"

"동환이에게서 들었지요."

"나도 내 손으로 내 생활을 타개할 능력이 조금은 있습니다."

혜련이는 인걸이의 말이 옳은데 분했다. 사실 이때까지 자기는 딴 데서 무엇을 구하지 못했다. 못했다는 것을 인걸이의 말로 새삼스럽게 느끼니 분했다. 그래 이때까지 그러지 못한 자기를 꾸짖고 따라 설사 그럴 능력이 없었다 할지라도 좀 가져 보겠다는 생각에 큰소리를 했다.

"흐흥."

인걸이는 혜련이를 비웃는 뜻인지 그런 것을 처음으로 알았다는 뜻인지 콧소리를 했다.

"더 할 말이 없으시겠지요."

혜련이는 잠깐 동안 인걸이의 대답을 기다리는 듯이 있다 아무 말도 없는 기회를 타서 일어섰다.

"안녕히 가십시오."

먼저 인사를 내던지 듯하고 걸었다.

그 뒤의 인걸이는 생각도 아니하고.

혜련이는 병원으로 들어와서는 병실로 들어가지를 않고 이층으로 올라갔다.

화분이 놓여 있는 소파가 가로놓여 있는 낭하 한편 휴게실에 걸터앉았다.

눈앞에는 간호부들이 사람을 구해 낸다는 자존심을 가진 것처럼 바쁘게 왔다갔다 한다.

매점에서 환자 줄 물건을 사 들고 피곤하게 걷는 간호인들도 보인다.

보이기는 보이나 망막에 걸려 머리까지는 늘어오지 않았다.

그의 눈에는 눈물이 고였다.

이미 날은 어두웠다.

하룻밤을 무사히 지내겠다는 조바심을 가진 듯 병원 입원실은 조용하면서도 몹시 긴장된 듯하다.

쓰기소이들은 돌아가 버리고 간호인들이 침대 옆마루에 누워 잠들려 한다.

중병 아닌 환자를 간호하는 사람들도 피곤한 몸을 쉬노라고 누워 있는 모양이 전장에 나가는 남편을 따라가다 다리가 아파 길 위에 펄썩 주저앉은 서양여자 같다.

혜련이는 그 중에도 가장 피곤한 사람의 하나일 게다.

그도 자리에 눕기는 누웠다. 누워서도 무엇을 읽고 있는 그의 얼굴에는 힘이라곤 조금도 없다.

극도의 외로움 속에서 이런 일도 있었던가 하듯이 지난 일을 회상하는 모양이다.

그는 인걸이가 주고 간 동환이의 일기를 읽고 있다.

처음부터 전부 읽을 수는 없고 또 처음 것을 읽을 필요도 없는지 맨 마지막치를 읽는다.

"최혜련이여 —

영원히 잘 가라. 나에게 새로운 지옥을 가져다 준 여자여! 나는 지금의 내 현실을 지옥으로밖에 알 수 없다. 좀더 기다려 달라고 할는지 모르지만 나의 생리는 포화상태에 있다. 참는다는 것은 죽는다는 게다.

죽는다는 게 겁나는 것은 아니다. 죽는 순간이 무섭다. 죽음을 가져다 주는 그 순간이 무섭다. 순간은 한 영원이다. 순간 연장이 영원이래서가 아니라 순간이 강철에 새긴 글자처럼 지워지지가 않기 때문이다.

이 이상 더 기다려 달라는 잔인한 말을 한다면 그런 잔인한 사람을 기다릴 필요가 어디 있을까. 확실히 혜련이도 불쌍한 여자다.

아무리 노력한다 해도 자기를 붙잡지 못할 여자다. 만약 노력이나 할 줄 모르는 여자라면 자신만은 괴로움을 느끼지 못할 게다. 노력할 줄도 알고 노력이 헛된 것까지도 아는 불행한 여자다.

설사 나더러 기다려달라 한다 할지라도 혹시나 자기의 노력이 뜻대로 될까 하는 욕심에 지나지 못하는 게다. 그러한 혜련임을 알면서도 기다려 보겠다는 것은 내가 나를 속이는 것이다.

결국은 자기가 자기를 속이는 것이 남을 속이는 것이 된다. 그게 사람들 맺음이지만 나는 그를 포기한다.

나는 혜련이가 준 지옥에서 빠져 나올 길을 찾는 것만이 남은 노력이다.

어떤 길이 있을는지 모르겠지만 그 길을 걸을 때는 분명 지금의 내가 아닐 것만은 사실이다. 성격을 개조할 게다.

세상이 몹쓸 놈이라 해도 좋다. 좌우간 지금의 내가 싫다.

문학도 당분간 버리겠다. 아니 쓴다는 것을 잊겠다. 나와 같은 인간을 그린다는 게 싫다. 또 미운 지금의 내 이름을 누구에게 보이기 싫다. 이름을 다투는 문단에서 이를 싸움할 용기가 어디 있는가.

그러나 혜련이 너무 걱정 마소, 나에게 내 길이 있을 게다. 나대로의 노력이 있을 게다. 내 노력은 혜련이의 노력과는 다르다. 나는 살릴 수 있는 노력일 게다.

 연자의 퇴원을 못 보는 것은 죄송하다. 연자에 대한 책임을 이행 못하는데 혜련이에게보다 병자인 연자에게 미안하다. 인걸이를 보내기는 하나 내 마음을 만족시키기 위한 것도 아니요 혜련이를 기쁘게 하겠다는 것도 아니다. 연자를 위하는 나의 가장 비열한 일이다. 그러나 연자야, 빨리 퇴원해서 참새같이 뛰어라. 차라리 미련한 여자가 될지언정, 나는 연자와 거의 같은 내 딸을 잘 교육시키겠다. 가장 현명하거나 가장 불량한 여자가 되도록. 혜련이를 떠나 시골로 간다. 그러나 가슴은 쓰리다.

 최혜련이여, 영원히 잘 있거라."

혜련이는 감각이 없는 사람 같이 읽던 것을 자리에 내려뜨리고 천장을 본다. 눈물도 한숨도 그러나 기쁨도 없는 얼굴이다.

태워 버리려던 것을 그래도 읽었고 읽은 뒤에도 내버리지 않는 혜련이는 동환이의 그림자를 그리고 있는지도 모른다.

마누라의 장례를 치르고 난 성구는 동환이의 편지를 받았다.

서울은 무덤이다. 친애하는 너와도 작별한다. 너는 어디까지나 네 선량한 성격을 가지고 살아라. 그러나 조금이나마 비겁하지 말라. 비겁은 가장 비겁한 것이다라는 뜻의 편지가 원고지로 두어 장 씌어 있었다.

그러나 마누라를 죽이고 말았고 그 마누라를 무덤 속에 묻고 온 날 아무리 친한 동무의 마지막 비슷한 편지라 할지라도 성구에게는 그리 큰 충동을 주지 못했다.

그저 저승으로 간 마누라에 가슴이 찼을 뿐이다. 며칠 전까지도 자기 옆에서 호흡하고 있던 사람이 이제는 같은 곳에 있을 수도 없다. 낮이나 밤이나 아무도 없는 땅속에서 혼자 누워 있을 마누라가 불쌍하기만 하다.

무변광야에서 집 잃고 풀 위에 잠든 사람도 외로울 것이거든 영원히 돌아오지 못할 곳에서 홀로 눈감고 있을 마누라가 얼마나 외로울까. 그런 마누라를 내버려 두고 죽은 사람이라고 자기 혼자만 사람 사는 고장에 있는 것이 죄송스럽기도 하다.

생각하면 뜨거운 눈물이 흘러내릴 뿐이다.

울려고 하는 것도 아니고 울어야 될 것 같지도 않지만 그저 자기도 모르게 뜨거워지는 것을 보면 그게 눈물이었다.

자기가 외롭다는 생각보다도 죽은 사람이 불쌍하다는 생각뿐이다.

물을 마시고 이야기를 하던 것이 며칠 전 일이 아니언만 그때 일이 눈에서 사라지지 않았다. 그는 그만 돌아올 수 없는 몸이 되었다.

죽은 사람은 감각도 없겠지. 그러나 숨 못 쉬는 고난 속에 들어가 아래위가 흙으로 덮이었건만 과연 괴로운 줄 모를까?

성구는 이런 것을 생각하고 있었다.

비록 한 여자의 사랑을 받지 못한다고 해서 괴로워할 것만은 사실이겠지만 동환이가 자기보다 더할까?

자기도 동무를 버리지 않았건만 동환이가 자기를 버린다는 것은 너무나 자신만을 생각하는 것 같다.

물론 동환이가 명심의 죽음을 알지 못했을 것이나 그래도 시골 가기 전 자기를 한 번쯤 찾아 줄 것이 아닌가.

명심이가 앓는 것을 알면서도 조그마한 일에 자기 이외의 것을 잊어버리는 동환이다.

영원히 간다고 해도 두려울 것이 없는 것 같다.

참으로 세상에 두려울 것이 없다. 죽음보다 더 두려울 것이 어디 있을 건가.

죽음까지 눈으로 본 자기다.

그러나 며칠 지난 뒤부터 점점 고적을 느끼었다. 고적이라는 것보다 아픔만을 느끼던 성구도 명심이에 대한 그리운 생각이 들며 혼자 남은 자기의 외로움을 느끼지 시작했다.

아픔과 외로움이 거의 같은 것이나 아픔은 명심을 위한 것이었고 외로움은 자기를 위한 것이다.

자기를 떠난 날이 멀어 갈수록 간 사람보다 자기를 생각하게 되는 모양이다.

“권 서방, 바람이라두 쏘이구 오게.”

장모가 방구석에만 있는 성구를 보고 젊은 사람을 걱정해하는 말이었다.

“네.”

성구도 걱정을 안 시킬 모양으로 대답했다. 딸을 잃은 어머니의 마음이 성구 자기보다 못하지 않을 게다. 더욱이 아무 희망이 없는 노인이다. 도리어 자기가 위로를 해 주어야 할 처지다.

성구는 방에서 나왔다.

얼마 동안은 먹을 걱정 같은 것도 문제도 안 되었다. 그러나 이제부터 장모를 먹여 살릴 근심을 해야 할 것이 아닌가.

아직 그런 생각을 채 할 수 없지만 장모에게는 그래도 그런 눈치나마 보여야 할 것 같다.

“그럼 좀 나갔다 오겠습니다.”

“너무 오래 있지는 말게.”

“네.”

성구는 거리로 나왔다.

그러나 어디를 갈 것인가. 아무리 생각해 보아야 갈 데가 없다.

문학친구들을 찾아가기에는 마음이 허락질 않는다. 그 동안 무슨 일이 있는지도 모르는 친구들에게 마음에 없는 이야기를 하기가 싫다.

도서관에 가서 책이나 읽을까 하는 생각은 애당초에 일어나지도 않는다.

종로 거리를 걷는다는 것은 미친 짓 같다. 혹시 누구를 만나면 악수를 하고 문안을 주고받아야 한다.

시외로 나가 혼자 산책이나 할까.

그러나 어디 가서나 외로움을 터뜨려 놓아야 살 것 같다. 그러려면 결국 혜련이를 찾을 길밖에 없다.

병원 앞까지 이르렀을 때 성구는 돌아서려고 했다. 혜련이도 누구도 만나고 싶지가 않기 때문이었다. 아무리 외로움을 이야기한댔자 기껏 위로를 받을 것뿐이다. 위로라는 것은 어디까지나 제삼자가 남에게 주는 것이다. 지금의 성구는 같이 느끼고 같이 외로워해 줄 사람만이 만나고 싶다.

그러나 그런 사람이 어디 있을 겐가. 자기밖에 아무도 없을 것이다.

혜련이는 필시 자기를 위로해 줄 게다. 그러나 같이 아파해 줄 수는 없다.

도리어 자기의 외로움을 남에게 이야기해서 위안을 받겠다는 생각이 죽은 명심이에게 미안한 것 같아 좀더 혼자만이 명심이를 위하여 아파하려고 집엘 가려 했다.

그러나 혜련이도 괴로워하는 사람, 더구나 동환이가 떠난 뒤 어찌나 되어 가는지 궁금한 생각이 든다.

위로를 받지 않아도 같이 괴로워하는 사람의 얼굴만 보아도 조금 나을 듯해서 그는 내친걸음을 그대로 걸었다.

혹시 울고나 있으면 어찌할까 하는 겁이 들기도 했다. 자기 역시 울어 본 사람이지만 여자가 우는 것을 보는 것이란 그리 유쾌한 것이 아니다. 괴로워해도 남에게는 눈물을 보여 줄 것이 아니라 생각되었다. 허나 혜련이는 사람 앞에서 눈물 흘릴 여자가 아니다.

성구는 병실 앞까지 걸었다. 입원실에 들어섰을 때는 예상과 전혀 다른 혜련이를 보았다.

반가워한다기보다 어쨌든 기뻐하는 표정이 어딘가 숨은 얼굴이었다. 성구는 퍽 놀랐다.

그것보다도 더 놀란 것은 그러한 혜련이 옆에 혜련이 표정보다도 더 복잡한 얼굴을 가진 여자가 있었다. 반드시 만나려니 하기는 했었지만 못 만나지 않을까 하고 기다리다 만났다는 듯이 그러한 표정을 한 이가 옛날의 숙희였다.

"아이구."

가 숙희의 인사였다. 일어서기는 했지만 반가워해야 할지 놀라야 할지 모르겠는 모양이다.

"안녕하셨어요?"

성구는 침착한 태도로 인사를 했다.

"네."

숙희는 무엇이라고 자기도 인사말을 해야 하겠으나 대답에 그치는 모양이다.

"언제 오셨나요?"

성구가 물었다.

"오늘 왔어요. 몇 시간 되지 않았어요."

상대자의 얼굴을 쳐다보며 똑똑한 어조를 말하는 숙희가 옛날과 다름 없다.

성구는 반가웠다. 뿐 아니라 자기도 모르게 가슴이 떨리는 듯하다. 그래서 마음을 진정시키려고,

"연자는 좀더 나았어요?"

하고 기실은 그런 것을 생각할 만한 때가 못 되나 혜련이에게 얼굴을 돌렸다.

"네, 이제는 일어서기까지 하는데요. 그런데 이렇게 알고 오셨어요?"

혜련이는 놀려먹고 싶다는 말씨였다.

"알기는 무얼 알고 와요."

성구는 공연한 것인 줄 알면서도 반문했다.

"이번엔 숙희가 나하고 만날려고 왔는데…… 참 기막혀서……."

하고 혜련이가 웃는다.

"그럼 나는 가지요. 두 분의 약속을 깨뜨려 미안합니다."

성구는 웃었다.

"별말씀을 다 하시네. 혜련이두 공연한 소릴 말어."

숙희는 성구가 참으로 가기나 하는 것처럼 말했다.

"숙희는 겁이 나는 모양이지."

"우리, 말을 그렇게 하지 말기루 합시다."

성구는 딴 사람들도 있는 방 안에서 심한 농담을 하는 게 그리 온당치 않는 것 같았다. 더구나 이제는 그런 말을 들을 만한 숙희와 자기의 관계가 아니다. 숙희는 어디까지나 한 남자의 부인이요 성구는 명심이가 죽었을망정 한 여자의 남편이다.

"그럴까요."

혜련이도 성구의 말에 태도를 고치는 모양이다.

"연자의 병을 들으시고 오셨어요?"

성구는 세 사람의 공기를 고치려고 숙회에게 이런 말을 물었다.

"서울두 와 본 지가 오랬구 바람도 쏘일 겸해서 왔어요. 그런데 부인님도 안녕하신가요?"

갑자기 성구 마누라가 생각난 모양이다.

보지도 못했지만 성구를 위해 문안하는 뜻이겠지.

그러나 성구는 망설였다. 이 자리에서 죽었다는 말을 해야 할 것인가. 그렇지 않으면 지금의 공기를 그대로 가지기 위해 거짓말을 해야 할 것인가.

성구는 결국 얼굴을 떨어뜨리고,

"네."

하고 완전한 말을 피해 버리고 말았다.

숙회와 이야기를 주고받고 할 때 성구는 옛날 서로 사랑하던 때와 꼭 같은 느낌을 가졌다.

가슴도 두근거린다.

숙회 역시 흥분된 것 같고 마음의 동요를 일으킨 것 같다. 말은 평범하게 하나 몸은 조금도 부동자세가 아니다. 이것을 만지다가는 저것을 만져 보기도 하고 발을 합치고 앉았다가는 한 다리를 길게 뻗쳐 보기도 한다.

그런 것을 볼 때 성구의 마음은 한층 더 흥분되었다. 이제 다시 그와의 관계를 맺을 것은 못 되지만 명심이가 이미 세상 떠났다는 것을 알려주고 싶기도 했다.

그러나 생각했다. 그가 남의 부인이라는 것을 잊지 않겠다고. 그래서,

"동환이가 아주 시골로 갔다지요?"

하고 혜련이에게 그 뒷일을 물었다.

"네, 한 일주일 지났습니다. 아주 시골로 가 버린 모양이에요."

"참 싱거운 사람이야."

"자기에게는 상당한 이유가 있겠지요. 그러나……."

혜련이는 뒷말을 맺지 않았다.

"그러나 어쨌단 말이야? 나 같아도 그럴 수밖에 없겠네."

옆에서 숙희가 꾸지람 하듯 말했다.

"글쎄, 내가 무어라고 말하나. 그저 내가 딱했단 말이지."

"여자란 대개 자기만을 생각하니까 그게 결과가 나쁜 때도 있을 게지요."

성구는 생각 없이 이런 말을 했다. 혜련이를 두고 한 것이 아니라 자기를 두고 딴 남자에게 갔다는 숙희를 가리켜 한 말이지만 실상은 입이 생각보다 먼저 나온 말이었다. 숙희가 혜련이를 책망하는 순간에 튀어나온 말이었다.

그래 그 말에 얼굴을 붉히는 숙희를 보기 전에,

"참 그 뒤 어떻게 지냈어요?"

하고 딴 말을 재빠르게 꺼냈다.

"지금 숙희가 와 있지 않아요?"

혜련이도 먼저 한 말을 못 들은 듯 뒷말의 대답만을 했다.

"그렇습니까?"

성구는 무안해하는 숙희의 생각을 돌리려고 고맙다는 듯이 말했다.

그새 동환이가 간 뒤로 혜련이는 인걸이가 주는 돈을 안 받았고 그 다음 날은 학교를 결석하고 곰곰이 생각하다가 숙희에게 편지를 썼던 것이다. 하기야 별별 생각은 다했지만 그래도 자기를 가장 잘 알아 주는 사람에게 도움을 받는 길밖에 없다는 것을 느끼었기 때문이었다. 몸을 희생시켜 연자의 병을 고친다 할지라도 그게 연자의 장래가 행복스러울 것이 못 될 게 분명하다. 비겁하고 체면은 없지만 결국 장래 희망을 가질 수 있는 길이 가장 옳게 생각되었던 것이다.

성구는 대강 짐작할 수 있었다. 동환이가 떠난 뒤 숙희가 와서 앉아 있고 또 혜련이의 얼굴이 그리 주름살 잡히지 않았다는 것은 결국 혜련이가 숙희에게 새로운 보조를 받았다는 걸게다.

"사람은 참말 죽으란 법이 없는가 봐요."

혜련이가 말을 꺼냈다.

"참 인걸이라는 사람이 권 선생하고 동무시지요. 그가 박 선생이 간 뒤 찾아와서 돈을 줍디다만 내 손으로 해 보겠다는 일종의 발악에서 거절하고 난 뒤 기막혔어요. 그때의 고민은 굉장했지요. 그러나 얼마 안 되어 숙희가 이렇게 와 주었으니 고마운 세상이에요.”

“내가 무어 하는 게 있나.”

숙희는 사양하는 말씨다.

“고맙습니다. 나두 동환이가 시골 가 버렸다는 편지를 받고 저으기 걱정했어요. 그러나 내 걱정쯤이야 아무것도 아니니까.”

“천만의 말씀입니다. 권 선생이 안 계셨더면 혜련이가 어떻게 되었을지도 모를 것입니다. 세상에 그만큼 고운 마음을 가지신 이가 몇이나 될까요?”

숙희가 성구를 칭찬한다.

“놀리시진 마십시오. 속으로 최 선생을 얼마나 욕한 사람이게요.”

“참, 내가 얼마나 공격두 받구 혼난지 알어. 권 선생 아니었더면 또 고민은 없었을는지도 몰랐을 게야. 그것두 숙희의 책임인지 모르지만.”

혜련이는 웃었다.

“그 책임 때문에 이렇게 오신 게구만요.”

성구도 웃었다. 숙희도,

“글쎄요.”

하고 웃었다. 세 사람 가운데는 근심이 조금도 없는 듯싶다. 그러나 한참 동안 웃고 지나다가,

“그런데 부인님 병은 좀 어떠세요? 참 숙희에겐 그 이야기를 못했나 부다. 권 선생 부인님이 벌써 오래 전부터 누워 앓는단다.”

하고 혜련이가 물을 때 세 사람의 얼굴은 전부 달라졌다.

“묻지 말아 주십시오. 그런 말은 말구 산보나 나갑시다.”

성구는 얼마 동안 잊었던 생각을 도로 하고 한숨을 쉬었다.

옛날의 숙희를 오랜만에 우연히 만났다는 것은 성구의 기쁨이었다. 그래 만난 그 찰나에는 과연 명심이도 있었던 것이나 이제 다시 명심이를 기억할 수 있을 때 성구의 가슴은 한층 괴로웠다. 숙희에게서 맡은 일시적 위안이란 그야말로 한때의 위안에서 지나지 않는다. 생각하면 숙희도 혜련이도 살아 있건만 명심이 혼자만이 죽었다는 것이 성구 자기의 운명 때문인 것 같

다. 살아 있는 사람들이 부럽다. 숙희가 자기를 떠나 그의 남편에게로 가는 날에는 자기와 아주 멀어지는 사람이다.

그런 사람 앞에서 자기가 기뻐한다는 것은 자기를 속이는 것밖에 없다.

그러나 숙희를 금시 떠날 수도 없다.

"그래요, 얼마나 걱정하십니까?"

혜련이의 말에 숙희가 위로하듯 물을 때,

"이제는 걱정도 아니하게 됐습니다."

하고 성구는 탄식하듯이 대답했다. 그런 말도 아니할 것이나 슬픔을 숨기고 싶지가 않아졌기 때문이었다.

"그럼?"

숙희가 재차 묻는다.

"영원히……."

"아니……."

숙희는 몹시 놀란다.

"가장 편안한 사람이 되었답니다."

"언제요?"

숙희와 혜련이가 꼭같이 묻는다.

"며칠 전에……."

숙희와 혜련이는 잠잠했다. 상상 못했던 일이었다.

성구도 잠잠했다. 이야기를 더 하려 하지도 않고 무엇이라고 물어 주기를 기다리지도 않는다.

혼자서 무엇을 생각하는 모양이다.

침묵이 그들 마음을 통할 수 있는 단 하나의 무기다. 이런 때 입을 벌린다는 것은 도리어 남의 슬픔을 가볍게 하는 것이다. 성구도 다만 골낸 얼굴로 아무 말 없이 해 주는 그들을 믿었다. 그러나 자기 때문에 그 무거운 공기를 만드는 것도 안되어,

"우리 산보나 갑시다. 나를 위해서."

하고 청했다. 나가서 바람이라도 쏘이고 싶다.

"우리 나가서 걸을까?"

숙희가 곧 혜련이를 유혹한다.

그들은 곧 병원 밖을 걸었다.

성구를 가운데 놓고 걸어가는 세 사람의 발소리는 권태가 일어나지 않을 음률적 소리였다.

"참 어떻게 해요."

성구의 왼편에서 걷던 숙희가 말한다.

"우리 그 소리 그만두기로 약속하고 걸읍시다. 그렇지 않으면 나는 안 갈 테요."

성구는 약간 발걸음을 늦추며 말했다. 외로움을 느끼지만 그들 앞에서 외로워하고 싶지 않고 그들 입에서 새로운 기억을 짜내 주지 않기를 바랐다.

아무 대답이 없다.

"약속 아니할 테요?"

성구는 아주 발을 멈추고 질문한다.

"가십시다."

혜련이가 그런 약속은 아니하겠다는 듯이 말했다. 숙희는 성구 옆에 서서 혜련이와 성구의 이야기가 결말나기만을 기다린다.

"참말 약속을 해야 갈 테요."

성구가 재차 재촉하자 혜련이는 못 견디는 듯이,

"그럼 약속할게요."

하고 마지못해 말한다. 세 사람은 총독부 앞까지 나왔다. 누가 말하지도 않았건만 안국정 쪽으로 걷는다.

안국정 네거리까지 와서는 성구가 멎는다.

잠깐 동안 서 있다가 숙희의 귀에 입을 대고,

"극장구경 시켜 줄래요?"

하고 묻는다.

그러자 숙희는 즉시 혜련이에게,

"우리 극장구경 갈까?"

한다.

혜련이는 무엇을 생각하는 양 대답이 없다.

"오랜간만인데 구경이나 같이 가."

숙회는 둘이만 가는 게 안되어 될 수 있는 대로 혜련이를 끌려고 했다. 그를 빼고 간다는 것은 혜련이에게 미안한 일이었기 때문이다.

"난 가 보아야겠어, 연자가 기다릴 텐데."

혜련이는 혜련이대로 그들 축에서 빠지려 했다. 연자를 두고 밤늦게까지 있을 수도 없지만 오래간만에 만난 두 사람이 자유스럽게 이야기할 수 있는 시간도 주고 싶었다.

"공연히 그러시누만요. 잠깐 다녀오십시다."

성구도 그를 데리고 가지 않는다면 어떤 생각을 할는지 몰라 같이 가기를 권했다.

"그러지 말구 빨리 가요."

그러나 성구와 숙회의 말에도 혜련이는 따르지 않았다. 자기가 두 사람의 방해가 되는 게 싫었다. 비록 사이가 멀어야 할 두 사람일망정 서로의 사정을 이야기하고 싶고 두 사람만이 앉을 기회를 가지고 싶어할 것 같다.

혜련이는 단순히 두 사람을 위하여 그들을 떠나 병원으로 돌아가기로 했다.

"잘 다녀 와."

하고 두 사람이 걸어가는 것을 바라본 혜련이는 자기가 그들 축에 끼이지 못하는 설움을 느꼈고 또 그들이 자기를 서글프게 해 주기 위해 사이좋게 걷는 것 같았다.

세 사람이 두 사람으로 되었을 때 성구는 어떤 구속에서 해방된 듯한 느낌을 가졌으나 한편 되레 가슴이 두근거렸다. 자기의 외로움을 풀어 줄 수 있는 오직 하나의 사람이라는 생각에 하고 싶은 말도 못해야 한다는 것이다.

못할 바는 없다. 그만한 것쯤은 용납해 줄 수 있는 숙회다. 그러나 주책없는 짓이 아닐 수 없다. 숙회를 괴롭히거나 그에게 좋지 못한 인상을 주고 싶지가 않다. 그가 자기를 떠나 딴 남자와 결혼할 때 역시 그를 괴롭힐 이야기를 하지 않았다.

이제 만약 조금이라도 자기가 불행하다거나 또는 숙희를 원망하는 눈치가 있어 보인다면 얼마나 괴로워할 것인가.

견지정 길을 걸으면서 종로까지 나올 때까지 성구는 이런 것을 생각하며 이야기를 꺼내지 못했다.

숙희는 같이 걷는 성구가 마누라의 죽음으로 인해 말 못 할 괴로움이 있을 것을 알면서도 무엇이라고 위로를 할 것인가, 그가 불행한 것을 말한다면 그 책임을 자기도 져야 할 것이니까. 자기 역시 행복스러운 생활은 못한다. 그러나 이제 자기의 불행을 말할 권리와 면목이 있는가.

남편 수만이는 가정이 부유한 때문인지 윤락의 생활을 계속한다. 상당한 교양도 있는 사람이 정상적인 면이 조금도 없고 동물적 행동만을 취하는 것을 볼 때 늘 가슴 쓰려 한다.

술 먹고 밤늦게 들어오거나 그렇지 않으면 밤을 딴 곳에서 보내고 다음날 들어오는 남편을 볼 때 숙희는 자기의 결혼을 후회하고 성구를 생각해 본 때가 적지 않았다. 그가 윤락의 생활을 하는 게 밉다는 것보다 아무 가치를 느끼지 못하는 남자의 아내가 되었다는 자기가 불쌍해 보이기 때문이었다.

그러나 후회하고 슬퍼한들 무슨 소용이 있을 겐가. 성구가 다시 혼자 몸이 되었다기로니 이제 그에게 달려갈 수가 있으며 설사 성구가 그것을 바란다고 할지라도 어찌 사회의 눈을 피할 수 있는가.

숙희는 서울 있는 동안 다만 성구의 동무가 되어 준 것밖에 아무것도 없다. 누가 무엇이라고 하든 그의 동무가 되어 주어야 할 것만은 거절할 수 없다. 성구가 바라지 않는데도 자기는 그의 동무가 되어야 한다.

이런 것을 생각하기에 이야기를 잊었던 숙희는 종로 네거리까지 왔을 때,

"어데로 갈까요?"

하고 물었다. 퍽 명랑해 보인다. 성구 역시 가벼운 어조로,

"명치정으로 갈까요. 가서 보고 좋은 게 없거든 딴 데루 가기루 하구."

"그럴까요."

그들은 명치정 쪽을 향해 걸었다. 얼마 걷지도 않아,

"참, 저녁이나 먹고 가야지 않아요?"

하고 숙희가 새 의견을 말한다.

"미안해서……."

"미안하게 느끼신다면 전 돌아가야겠는데요."

"그럼 그런 소릴 말기루 할까요."

"참말이지요?"

숙희는 반갑다는 듯이 반문한다. 성구는 만족해하는 숙희를 보고 기뻐했다.

"조용한 데루 가지요?"

"선생님이 좋아하시는 데루 안내해 주세요. 그런 데두 알아 두어야지 않이요."

"그렇게 말을 하신다면 안내하기두 거북한걸요. 그럼 보통 잘 다니는 명과(明菓)로 가지요."

그들은 가벼운 보조로 본정을 걸었다.

명과에 들어가 저녁을 먹을 때도 퍽 명랑했다. 누가 보아도 부부거나 연애하는 남녀로 생각할 만큼 재미있게 이야기도 했다.

명과에서 영화 안내를 보고 야초극장으로 가기로 한 그들은 다시 걷기를 시작했다.

성구는 숙희만을 숙희는 성구만을 생각하기에 딴 것은 모두 잊고 혹시 누구를 만나면 어쩌나 하는 겁까지 잃었다.

"함흥서도 늘 구경 다니십니까?"

성구가 묻는다.

"글쎄요."

숙희는 웃으며 성구를 볼 뿐이다.

"퍽 재미 많으시지요."

성구는 웃어 주는 숙희를 볼 때 갑자기 그 웃음을 언제나 볼 수 없는 고적을 느꼈다.

숙희도 그런 성구의 마음을 알고 시원히 재미없는 자기 살림을 말하고 싶었다. 그러나,

"재미를 보는지요? 좀 생각해 대답하지요."

하고 웃으며 성구를 보았다. 재미 보지 못한다는 뜻인 줄 안 성구는 자못 마음이 놓이는지,

"나도 함흥에 놀러 갈까요. 그 재미 좀 노누러."

한다.

"오십시오."

대답은 했지만 숙희는 얼굴을 숙였다. 참으로 성구와였다면 재미있는 일도 있었을 게 갑자기 생각났기 때문이다.

자장가

이 년이 거의 지난 어떤 봄날이다.

혜련이가 일 보는 유치원에서 집으로 돌아가고 있을 때 뒤에서 그를 부르는 소리가 났다.

혜련이는 늘 듣는 사람의 목소리임에도 그리 놀라지도 않고 뒤를 돌아보며 발걸음을 멈추었다.

과히 멀리 떨어지지 않은 곳에서 자기를 따라오느라고 뛰어오는 유치원 조수 춘자를 볼 때 유치원에 무슨 일이 생겼는가 하고 춘자가 채 닿기도 전에,

"무슨 일이 생겼어?"

하고 물었다.

"아니요."

춘자는 헐떡거리며 혜련이 가까이까지 왔다.

"그럼?"

혜련이는 재차 물었다. 때론 원장이 늦게 와서 자기를 찾는다든가 어떤

때는 웬 애가 어디 다쳐 집까지 데려다 주어야 하는 일이 종종 있기 때문에 뛰어오며 자기를 부르는 춘자가 또 그런 일을 알리러 오는 것만 같았기 때문이었다.

"아무 일도 없어요. 나두 이리루 좀 가 볼려구 그저 따라왔지요."

"이리루 가면 어덴데요?"

춘자의 가는 길은 반대 방향이었다. 창전리에서 대동강 쪽으로 가는 길은 경창리로 가는 길과 동서로 꼭 반대다.

"날두 따뜻하니까 산보도 할 겸……."

춘자는 혜련이를 따라오는 이유를 밝히지 않았다. 그런 춘자에게 따져 물을 것도 없어,

"그럼 같이 갑시다."

하고 걸었다.

나이도 자기보다 대여섯 살 어리지만 자기 밑에 있는 조수라 너무 캐서 묻는 게 되레 실례인 성싶기도 했다.

뿐 아니라 혜련이와 그이는 한 달도 못 된 이십여 일 전에 알았다.

몇 번 혜련이를 찾아왔던 일은 있지만 그리 가까울 정도의 교제가 없다.

"퍽 더워졌는데요."

혜련이는 일기에 대한 이야기로 같이 걷고 있는 두 사이를 무료하게 하지 않으려 했다.

"벌써 오월이 아니에요. 그래두 서울보다는 덜 덥지 않습니까?"

"글쎄요. 강이 가까워서 덜 더운 것 같기는 합니다."

이런 이야기를 하며 혜련이의 집으로 들어가는 이문리(理門理) 골목까지 왔다.

"우리 집에 가서 놀다 가지요."

"선생님."

춘자는 발을 멈추고 청을 드는 얼굴로,

"모란봉 산보 안 가실래요?"

한다.

“다음에 가지요.”

혜련이는 골목으로 조금씩 들어선다.

“선생님하구 말씀할 게 있는데.”

“집에 가서 합시다 그려.”

“그래두.”

“무슨 말?”

“가서 말씀드릴게요.”

“우리 집에 가면 어때요, 누가 있나요. 어머니와 어린애밖에 없는걸 뭐.”

“그래두.”

춘자는 무조건하고 혜련이를 데리고 딴 데로 가려 했다.

혜련이는 이상스럽게 생각했다. 별로 할 말도 있지 않을 것 같은데 내용은 말치도 않고 그저 모란봉으로 끌고 가려는 것이 수상스러웠다.

그러나 하겠다는 말도 안 들어 주기가 안되어 궁금한 생각을 하면서,

“그럼 강변으로 갑시다. 모란봉은 좀 멀어서.”

하고 의견을 들어 주었다.

“네.”

춘자는 즐거운 모양이다. 모양은 과년한 여자 같으나 아직 스물 안팎 처녀라 처녀답게 즐거워하는 표정을 한다.

강변은 멀지 않았다. 큰길가에서 조금만 내려가면 나무가 쌓인 조용한 곳에 이를 수 있다.

그들은 돌 위에 서로 떨어지게 앉았다. 조금 위에서는 빨래하는 부인네들이 방망이질을 하고 그 웃길에는 산보객들이 연달아 섰다.

강에는 벌써 보트를 타는 중학생들이 원기 있게 노를 젓고 있다.

능라도에는 수양버들이 푸르러졌다.

금수강산이라고 하더니 과연 볼수록 좋은 경치다. 맑은 물, 마시고 싶게 깨끗한 물이 소리 없이 흐른다.

혜련이는 한참 동안 강물을 들여다보다가,

“무슨 말이요?”

하고 춘자의 말을 재촉했다.

"천천히 하지요."

"빨리 하지 무얼 그래?"

춘자가 이야기하기가 난처한 듯이 한참 동안 묵묵히 있다가,

"연자 아버지 이름이 누구신가요? 평양 사람 아니야요?"

하고 혜련이의 눈치를 보아 가며 물었다. 혜련이는 그 묻는 말에 가슴이 뜨끔했다. 사실에 맞는 이야기를 알고 묻는 데는 반드시 그 속에 이유가 있을 게다.

"왜요?"

하고 묻기는 했으나 춘자가 자기의 비밀을 다 아는 것 같은 겁이 들었다.

춘자는 말을 해야 할지 또는 아니해야 할는지 혼자서 망설이었다.

"무슨 발을 들었어요?"

하고 혜련이도 물을 때도,

"네."

하고는 그뿐이었다.

"들었거든 말해 주어요."

혜련이는 궁금하기도 했다. 들었을는지도 모를 이야기다. 넓은 것 같아도 몹시 좁은 게 사람의 사회다. 어떻게 해서 춘자의 귀에 그 말이 들어갔는지 들어보아야 할 노릇이다.

죽은 남편 철식이네 집이 평양이요 그의 부모가 아직 살아 있는 것이니 어디서 자기가 평양에 온 것을 탐지했는지도 모른다.

"어데서 최 선생 이야기를 하니까 연자의 아버지가 평양 사람이 아니냐고 되려 묻기에 하는 말이지요."

춘자는 혜련이에 대한 새 지식을 말하려고 강변까지 왔고 또 이미 말을 꺼낸 터라 아니하려도 아니할 수 없는 일이었다.

"평양 사람은 아닙니다."

우선 혜련이는 그 말을 부정해 놓고 그래도 자초지종을 알고 싶어서,

"좌우간 그 말을 한 이가 누굽니까? 나를 알 사람이 평양에 있음직하지

않는데……."

하고 캐서 물었다.

　춘자는 할 수 없다는 듯이,

　"우리 집 바로 옆에 사는 사람인데요. 우리 집에 눌러 왔기에 이런 이야기 저런 이야기를 하다가 어떻게 해서 최 선생 이야기를 꺼내게 되었어요. 그래 연자가 귀엽게 생겼더라는 말까지 했더니 되려 차근차근 최 선생 이야기를 묻더군요. 고향이 청진이 아니냐구 또는 남편이 돌아가시지 않았느냐구. 나중에는 몇 해 전에 돌아가시지 않았느냐구 묻겠지요. 그래 아는 것만 대답하구 모르는 것은 모르다구 했어요. 참 중국에 가서 살았다구 하지 않더냐구 묻겠지요. 그래 그런 건 모른다구 했더니 아주 아는 척하구 설명까지 해 줍디다. 그러더니 나중에는 최 선생이 자기 며느리라나요. 퍽으나 놀랐어요. 그렇지 않을 게라고 말을 해 보았으나 도리어 저더러 모른다구 하며 야단치더구만요. 한 번 선생님을 찾아간다구까지 하던데요. 그래 그게 정말인지 선생님에게 말이나 해 볼려고 했어요."

　혜련이는 가슴이 덜컥 주저앉았다.

　벌써 철식이 부모가 자기가 평양에 온 것을 알았고 또 춘자가 자기의 과거를 알게 되었다는 것이 예상했던 일이지만 너무나 빠르게 알았다는 게 기막혔다.

　학교 졸업을 할 때 취직을 바랐으나 그런 것을 예상하고 평양에는 본시부터 지망하지를 않았었다.

　제1희망, 제2희망. 제3희망까지 틀려 버리고 말 때 혜련이는 적이 실망을 했다. 모든 곤란을 무릅쓰고 공부를 한 것이 결국 졸업 후 취직을 하려는 것이었건만 졸업장을 받고 나니 갈 데가 없다.

　혜련이는 교장을 찾았다. 어디든지 좋으니 보내 달라고 재삼 부탁했다.

　딴 동무들은 대부분이 희망했던 곳으로 가는 모양 같았다. 자기만이 낙오된 듯 실망을 느낀다는 것은 학교에서도 그리 좋게 보지 않았다는 증거일는지 모르지만 학교 선생이나 딴 동무의 말이 자기의 조건이 좋지 못하다는 것이었다. 처녀가 아닌 것, 나이가 많다는 것 이것은 혜련이로서도 떳떳이 말할 수 없는 자기의 약점이었다.

그래 희망지를 적으라고 할 때는 자기가 마음 둔 곳을 적었다. 그러나 그게 안 되고 말 때 그는 아무데라도 되게만 해 달라고 부탁 아니할 수 없었다. 가장 나쁜 조건이라도 가겠다는 뜻이었다. 그러나 평양에라도 가게 해 달라는 뜻은 아니었다. 철식이 집이 있는 평양만은 그만두려고 생각했으나 차마 평양에는 안 가겠다는 말을 할 수가 없었다. 굶주린 사람이 맛있는 음식을 가린다는 그런 느낌을 교장에게 줄 수는 없었으니까. 그러나 수많은 곳에서 자기가 가장 싫어하는 평양에만 자리가 있다는 것은 무슨 운명일까.

몹시 주저했다. 그러나 우선 가지 않으면 안 되었다. 그곳마저 오라는 데를 안 간다면 참말로 갈 곳이 없다. 혜련이는 유치원 선생으로 있는 옛날 친구 성실이에게도 편지를 하여 자기 사정 이야기를 하고 될 수 있는 대로 빨리 한 자리 구해 달라는 청을 해 두었다. 그리고는 곧 딴 데로 갈 운동을 한 전제로 평양까지 왔던 것이다.

평양에 올 때부터 철식이 부모를 만나기나 하면 어찌할까 하고 속으로 걱정했으나 온 지 불과 한 달도 못 되어 그들이 먼저 알았다. 그러나 춘자에게 그게 사실이라고 고백을 한다면 자기가 어떻게 되는지 모른다.

"이상한 사람두 있구만요. 연자의 아버지는 청진 사람이었구요. 또 교원 노릇을 하다가 폐병으로 죽었어요. 상해는 다 무슨 상해입니까."

"글쎄나 말이에요. 나두 그럴 것 같지 않은데 그 노파가 자꾸 그래서……."

"자기 아들 생각을 몹시 하는 사람인 모양이군요."

이럴 때 거짓말을 해 놓았지만 혜련이는 불길한 예감에 떨었다.

춘자를 먼저 보내고 강물을 바라보며 혼자 앉아 있는 혜련이는 흐르는 물 속에 자기 마음을 보았다.

끝없이 깊을 것 같은 퍼런 물이 흔들흔들 움직일 때 그 속에는 자기와 같은 요정이 숨은 듯하다. 깊이도 넓이도 한없이 큰 바다, 그 속에서 외로운 혼을 잡고 물결에 시달리며 갈 곳 몰라하는 무엇이 눈에 보인다. 외롭다고 소리를 지른다. 들어 주는 사람이 하나도 없다고 속을 태우면서도 아우성을

친다.

이따금씩 커다란 물고기가 그를 둘러싼다. 그를 피하려고 노력한다.

혜련이는 그게 바로 자기라고 생각했다.

이상도 감정도 다 잊어버렸으며 비록 자기였다 할지라도 아무 쓸데가 없는 바다 속의 요정, 그의 운명은 다만 외로울 뿐이 아닌가.

혜련이는 삼 년 전 상해서 철식이의 해골을 가지고 돌아오던 때를 생각했다. 그 구박을 받던 광경도 눈에 보이었다. 성실이를 만나 위로를 받던 것도 생각났다.

그게 바로 이 평양에서 생겼던 일이건만 이제 다시 평양을 찾아오게 된 자기가 어떤 즐거움을 느낄 수 있을 건가.

성실이도 없는 평양은 사막이 아닐 수 없다. 즐거움이 없을 것쯤은 미리부터 상상했던 일이다.

이제 그런 생각을 해야 아무 쓸데도 없는 노릇이지만 그럴 줄 뻔히 알면서 무엇 하러 왔던가 하는 후회가 새삼스럽게 일어났다.

성실이에게 부탁은 했다 할지라도 쉽지 않은 취직이다. 마음대로 될 수 없을 것 같다.

"그렇다면 어떻게 할까."

혜련이는 또한 물을 보았다. 투명체이면서도 끝이 보이지 않은 그 물의 마음이 부럽다. 유유하게 아무 걱정 없이 흐른다. 그러면서도 사람들에게는 아름답다는 말을 듣는다.

아름답다는 말을 들어볼 수도 없을 뿐 아니라 마음대로 흐를 수도 없는 자기다. 평양이 싫다면 어디로 갈 것인가?

갈 데가 없다.

혜련이는 그 이상 더 생각을 계속할 수가 없어 집으로 돌아왔다. 불길한 무엇이 집에서도 자기를 기다리고 있는 것 같이 조바심을 하고 돌아왔다.

방에 들어서니 연자가 편지 한 장을 내 준다.

겁날 편지를 보낼 사람도 없건만 뱀을 만지듯 떨리는 손으로 편지를 집어 들고 보낸 사람의 이름을 읽었다. 권성구라는 글자가 똑똑히 쓰인 것을 보고야 한숨을 내쉬었다.

왜 겁까지 많이 가지게 되었을까 하고 혜련이는 혼자서 자기를 책망했다.

겁부터 먼저 먹는다는 건 그만큼 약해졌다는 것을 알려주는 게다.

혜련이는 굳어지려 했다. 굳지 않고는 살수가 없는 자기다.

그는 성구에게서 온 편지를 뜯었다.

뜯을 때 명애와의 결혼이 어찌되어 가는가 하는 궁금한 생각이 먼저 들어 빨리 읽고 싶었다.

그러나 한참 동안은 그들에 대한 이야기가 없었다.

혜련이더러 좀더 외로운 생활을 해 보라. 만약 평양이란 도시가 혜련이에게 조금만치라도 허영적 안위를 준다면 혜련이를 위하여 슬퍼해야 할 도시라는 이야기를 썼다.

나중에 가서 '명'자(明字)와 무슨 인연이 있던지 명신이를 잃고 명애와 다시 결혼을 하게 되었다는 이야기가 씌어 있었다.

우선 청진 동무 명애와 성구가 결혼하게 되었다는 꽃다운 생각 —— 숙희가 성구를 위해 명애를 소개했다는 아름다운 마음을 생각해 보았다.

그러나 남의 꽃다운 생각은 자기의 쓰라린 마음을 자아내게 했다.

꽃다운 일을 상상할 수도 없는 자기 일생, 이렇게 생각하니 우울하다.

그런 생각을 그만두기로 했다.

그러나 성구가 말한 대로 평양이 자그마한 안위도 주지 않는 도시라면 자기를 구원할 수가 있을까 하고 반문했다.

허나 자기를 구할 길이란 어떤 경우에도 있지 못할 것 같다.

사실 이때까지의 자기를 놓치지 않고 안위를 받으며 살았다. 그 안위 때문으로 해서 자기 분열을 계속해 왔다. 만약 안위가 없이 기쁨이나 심한 고통만을 느꼈다면 마음자리는 잡았을는지 모른다.

독신 생활을 하면서도 남의 결혼을 볼 때 무척 아름답게 보는 그런 마음은 안 가지게 되었을 게다.

편지를 책상 위에 던진 혜련이는 연자를 물끄러미 보았다.

숙희의 도움으로 병을 완전히 고치고 이제는 앓던 애 같지 않게 자라나고 있다.

처녀 맵시가 제법 날 만큼 복스러운 얼굴이다.

그러나 그 연자가 자기와 같이 얼마나 불행한 환경에서 고생을 해야 하는가 하는 생각이 들었다.

그 연자가 장성해서 자기의 길을 걸어가게 된다면 자기는 얼마나 행복스러울까 하고 자문했다.

그러나 자기를 생각 못하는 지금의 연자가 도리어 귀여울 것 같다. 책임감을 느끼지 않고 도리어 연자의 걱정을 받게 될 때는 연자에게 필요 없는 자기가 될게다.

그러나 이제 그런 생각을 해서 무슨 소용이 있을 것인가.

"연자야, 오늘두 잘 놀았니? 할머니에게 걱정 끼치지 않구. 참 할머니는 어데 가셨니?"

차라리 쓸데없는 생각을 말고 사랑하는 마음을 가지는 게 가장 현명한 일일 것 같아 연자를 안았다.

"응, 저 할머니는 반찬감 사러 가셨어."

재롱을 피워 가며 똑똑하게 말하는 연자의 말이 뇌 속으로 속속 스며들었다.

온몸이 짜릿짜릿 하는 듯했다.

그렇게 똑똑한 연자 때문에 자기가 고민했다는 것을 후회하고 싶었다.

다만 얼마나마 월급을 받아 발을 못 뻗고 살던 어머니까지 모셔 왔다. 어머니도 주머니에 몇십 전씩 돈을 넣고 마음대로 저자에 나간다는 기쁨이 오죽할 것인가.

현실에 만족하고 살까 하는 소리가 가슴에서 들리는 듯했다.

"어머니는 편지를 써야겠군."

혜련이는 연자를 놓고 책상을 마주 대했다.

"권 선생,

무엇보다 두 분에게 행복이 있기를 빕니다. 과거를 씻고 명애를 힘써

사랑해 주십시오. 사랑할 수 있는 마음을 가진 이가 가장 행복스러울 것
입니다.”

이까지 쓰고 나서는 붓끝을 입에 물었다.
사랑할 수도 없는 사람이 있는가 하는 생각이 들자 자기가 그런 축인 것
같다.
동환이는 어디를 갔을까 하는 생각이 문득 든다.
동환이에게 백 번이라도 사죄를 하고 싶은 생각이 일어난다.
다시 한 번 자기를 찾아 주었으면 하는 공상도 일어난다.
그러나 부질없는 생각, 아무리 생각한들 무슨 소용이 있으랴.
문득 명애가 부러운 듯하다.
성구와 같은 사람과 부부를 맺고 마음을 내맡길 수 있는네 얼마나 행복스
러울까.
그것도 부질없는 생각이다.
현실을 떠난 생각 또는 현실을 떠나려는 생각은 자기를 희롱하는 것밖에
안 된다.
그는 붓대를 들고 쓰기를 계속했다.

“평양은 선생님이 기대하는 바와 같이 아무런 안위도 안 주는 곳입니
다. 그 반대로 불안만을 주는 것 같습니다. 그러나 나에게는 구원이 없을
것 같습니다. 안위도 바라지 않고 불안도 바라지 않습니다마는 불안만은
심장과 더불어 언제까지나 몸에 붙어 있을 것 같습니다.
선생님,
이중성격을 늘 비난하실 줄 압니다.
참으로 감정으로 이성을 죽여 버리지도 또는 이성으로 감정을 무너져
버리지도 못했습니다. 만약 그랬다면 가책을 느꼈거나 자부심을 가져 보
았거나 했을 겁니다. 그러나 가책을 받거나 자부심을 가져 본 적도 없습
니다. 다만 이 시대가 나에게 짊어 준 현실에 깔려 있는 건만 말씀드리겠

습니다.”

혜련이는 다시 붓을 놓았다. 무엇이라고 더 쓰고 싶으나 생각을 해야 할 것 같다. 그러나 그 편지는 끝을 맺지 못하고 말았다.

“주인님 계십니까?”

생소한 말소리가 쟁하고 울려온다. 혜련이는,

“네.”

하고 밖을 내다보았다. 어찌해야 좋으랴, 춘자가 말한 그대로 철식이의 어머니, 옛날의 시어머니가 뜰에 서 있지 않는가.

혜련이는 머리가 핑 돌았다.

오고야 말 운명은 목전에 다다랐다. 그러나 어쩐 일인지 혜련이의 얼굴을 본 시어머니는 부드러운 목소리로,

“평양에 왔으면 그래두 시집이라구 찾아와야 하지 않니. 난 너 같은 이가 왔다구 하기에 정말 네가 왔나 하구 오늘 보러 왔더니 넌 정말 너루구나.”

혜련이는 시어머니의 부드러운 말을 어떻게 해석해야 할는지 몰랐다.

시어머니가 돌아간 뒤 연자가,

“난 안 갈 테야.”

하고 혜련이 무릎으로 올라올 때 혜련이는 용서 없이 어린 연자의 뺨을 소리나게 때렸다.

안 가겠다는 말이 미운 것은 아니었다.

“어린것을 왜 때리니?”

어머니가 못마땅하다는 듯이,

“어린것이 무슨 죄가 있냐?”

하고 눈물을 흘린다.

혜련이는 실신한 여자처럼 말이 없다.

매를 맞은 연자는 울면서도 그래도,

“엄마.”

하고 달려든다.

그때는 품에 안기려는 연자를 떠밀려 하지도 않고 하는 대로 내버려 둔다.

"이리 온."

혜련이 어머니가 연자를 안아 간다.

"이게 무슨 팔자가 벌써부터 이렇게 세담. 그러나 내가 이걸 떼 주고 어떻게 사나."

늙은 얼굴에서 눈물이 떨어진다.

연자는 할머니 가슴포개를 잡아 흔든다.

"응, 우리 연자는 나하구 살지."

혜련이는 할머니와 손녀가 무슨 말을 하고 있는지도 듣지 않는 모양이다.

성구에게 쓰던 편지를 꺼내 들고 어떤 영감이나 일어난 듯 편지를 쓰기 시작했다.

"외로운 혼입니다.

인제 연자마저 뺏기게 되었습니다. 남아 있는 맨 마지막의 것까지 주어 버려야 할 것 같습니다. 주지요. 달라는 대로 다 주지요. 달랄 권리는 없지만 줄 의무는 있는가 봅니다. 줄 게 없으면 받아야 할 것 같지만 받을 생각은 가지지도 않겠습니다. 가장 큰 것을 잃고 먼지같이 작은 것을 얻으면 무엇 합니까? 차라리 죽을 때까지 내 것을 주며 살렵니다. 영원히 구함 못 받은 여자라고 말씀해 주셔도 좋습니다.

선생님, 저 같은 여자가 세상에 또 있어야 할지 그렇지 않으면 더 있어서는 안 되는지 잘 생각해서 세상에 경고해 주십시오."

혜련이는 끝을 맺은 셈으로 붓을 놓았다.

쓰면 얼마든지 쓸 수 있는 듯했다. 그러나 앉았던 자리에 그대로 누워 버렸다.

연자는 어느덧 할머니 무릎에서 잠이 든 듯하다. 할머니가 요와 베개를 내린다.

혜련이는 일어나 앉았다. 때려준 뺨을 만졌다.

죄 없는 연자의 복스럽게 자라는 얼굴을 들여다보았다.

뜨거운 눈물이 무릎에 떨어졌다.
알지 못하는 새에 떨리는 목소리가 가슴속에서 울려 나왔다.

잘 가거라. 아가, 우리 귀한 아가
오늘 저녁 꿈속에 천사 너를 보호해 잘 자라 내 아기 밤새 편히 쉬고
낙원의 단꿈을 꾸며 잘 자거라.

브람스의 <자장가>였다.
노래를 그치고는 다시 책상으로 돌아와 성구에게 보낼 편지를 계속해서
썼다.

"선생님,
연자를 재웠습니다. 단꿈을 꾸라고 자장가를 불러 주었습니다. 다시는
더 불러 줄 수 없는 노래였습니다. 만약 이 노래가 구슬픈 세레나데였다
면 도리어 아름다울는지도 모르지요.
선생님, 정말 못쓰겠습니다."

혜련이는 붓을 놓고 쓴 편지를 봉투 속에 넣었다.
그리고는 비치는 자기 얼굴이 보일 때 그 거울을 곧 내던졌다.
무심코 책상 위에 놓인 수공품 앨범을 꺼냈다. 그러나 그 역시 들쳐 보자
마자 덮어 버렸다.
마음을 안정시킬 수 없는 혜련이었다.
마음 둘 곳 없는 혜련이, 그는 외로운 여자였다.

(원) 《만선일보》 1939. 12 ~ 1940. 8,

(출)　　　20세기 중국조선족 문학사료전집　　　제5집 연변인민출판사, 2001. 4.

일년, 쌍영 – 만우 박영준전집 7/중 · 장편

2006년 4월 25일 인쇄
2006년 4월 30일 발행

지은이 · 박영준
펴낸이 · 백규서
펴낸곳 · 도서출판 동연
출판등록 · 1992년 6월 12일 제2-1383호
주소 · 서울시 마포구 망원동 385-2 2층
전화 · 335-2630 / 팩스 · 335-2640

값 20,000원

무단 전재와 복제를 금합니다.
ISBN 89-85467-46-8 04810
ISBN 89-85467-31-X (세트)